千首宋人絕句校註

[清]严长明 编选

吴战垒 校注

上册

浙江古籍出版社

图书在版编目(CIP)数据

千首宋人绝句校注 / (清) 严长明编选；吴战垒校注. —杭州：浙江古籍出版社，2020.5(2024.1 重印)
ISBN 978-7-5540-1670-1

Ⅰ.①千… Ⅱ.①严…②吴… Ⅲ.①宋诗—注释 Ⅳ.①I222.744

中国版本图书馆 CIP 数据核字(2020)第 000670 号

千首宋人绝句校注

[清]严长明 编选 吴战垒 校注

出版发行	浙江古籍出版社 (杭州市体育场路 347 号 邮编：310006)
网 址	https://zjgj.zjcbcm.com
责任编辑	刘 蔚
文字编辑	郭大帅
封面设计	常 菁
责任校对	吴颖胤
责任印务	楼浩凯
照 排	浙江大千时代文化传媒有限公司
印 刷	杭州丰源印刷有限公司
开 本	850mm×1168mm 1/32
印 张	23.25
字 数	584 千
版 次	2020 年 5 月第 1 版
印 次	2024 年 1 月第 2 次印刷
书 号	ISBN 978-7-5540-1670-1
定 价	96.00 元

前　言

《千首宋人绝句》，清严长明编选，初刻于乾隆三十五年(1770)，毕沅为之作序。

严长明(1731—1787)，字冬友，一字用晦，号道甫，又号智斋，江宁(今江苏南京)人。少年即负才誉，受学于桐城派古文家方苞之门。乾隆二十七年(1762)南巡，以诸生献赋，赐举人，授内阁中书，直军机处，官至内阁侍读。历充《通鉴辑览》《一统志》《热河志》《平定准噶尔方略》等纂修官。以父忧去官，引疾不出。后入毕沅幕，为掌文书章奏。平生博学多识，举凡经史诸子、诗文词赋、金石书画、天文历算、医学方技等，无不通晓。袁枚称其"绝世聪明"。著有《归求草堂诗文集》及杂著二十余种。姚鼐有《严冬友墓志铭》，《碑传集》《国朝先正事略》《清史稿》均有传。

严氏编选《千首宋人绝句》，是在乾隆二十八年(1763)任职京师之时，他仿南宋洪迈《万首唐人绝句》之例，而去其尚奢之弊，严加拣别，虽然宋人绝句的数量远过于唐人，却只选了一千首。清代诗论家潘德舆认为《千首宋人绝句》"较之洪容斋《万首唐人绝句》，纂次颇核，所选诗皆有可观，亦较胜王渔洋《唐人万首绝句选》本"(见《养一斋诗话》卷五)。这个看法是较为公允的。

《千首宋人绝句》选七绝六百八十六首，五绝二百十六首，六绝九十八首，总计恰好千首之数。所选诗人三百六十五家，平均每人不到三首。选者视野较为开阔，没有囿于少数大家和名家的圈子，只要好诗，均在甄采之列。例如以词人著称的周邦彦，诗作传者寥寥，严氏却别有眼光地选了一首《曝日》，确是一首好诗，王国维对它也十分赞赏。又如宋末江湖派诗人，历来讥其浅薄，严氏也沙里淘金地选出一定数量的可诵之作。即或因袭旧选体例，选了一点“鬼神”之类的诗，也无非是好事者或无名氏所托，所选亦大多可观。看得出来，严氏在搜辑抉择方面是下了一番工夫的。

《千首宋人绝句》所选三百六十五家中，苏轼四十六首，居首位；其次为王安石，二十八首。以下选得较多的八家为：黄庭坚二十一首，秦观十六首，陈与义十一首，范成大二十四首，杨万里二十一首，陆游二十一首，姜夔二十二首，刘克庄二十四首。这十家共计二百三十四首，超过总数的五分之一。这个比例，大体上是恰当的。可见选家在扩大视野的同时，并没有忽视突出重点，分清主次。这样就使得这个选本较能客观地反映宋人绝句的风貌和成就，也多少能看出宋诗之所以异于唐诗的特色来。

就所选几家重点诗人的作品来看，严氏也别具只眼，去取不同一般。凡传诵很广，人人耳熟能详的作品，一般不予入选。例如苏轼就未选“欲把西湖比西子，淡妆浓抹总相宜”，也未选“不识庐山真面目，只缘身在此山中”；王安石就未选“春风又绿江南岸，明月何时照我还”；甚至连叶绍翁这样的诗人，也不选他那首广为传诵的“春色满园关不住，一枝红杏出墙来”，而有意选了一些不太为人所知的好诗。这种“避熟取生”的做法，为佳作之林增添了新的奇花异卉，也扩大了读者的欣赏视野，使人耳目为之一新。当然作为选本，有些代表作还是非选不可的，例如选陆游的七绝，而未选他的《示儿》，总觉是一个缺憾。从今天的眼光来看，有些诗可以不选，而未选的好诗也还不少。时代不同了，审美习尚也在变化，对于一个前人的选本，产生这种审美口径的偏差是很自然的，并不足诟病。

值得指出的是，严长明编选《千首宋人绝句》是出于“一时寄兴，兼以资吟”，时间较为仓促，“至于雠勘异同，校正伪舛，固将有事而未遑也”（见《诗例》）。由于对所选的诗未能细加校勘，讹失也就不少。举其大者而言，约有下列数端：其一，编次失当。且不论由唐五代入宋及由宋入元几位作者的入选问题，即以宋人而言，据其《诗例》所说，“以登第时代分卷”，其实也有不少次第错乱，今于名家小传标出登第时代，读者稍加比观，即能发现。其中最不合理的是把张方平赠苏辙的一首诗置于苏辙追和之作的后面，而无论从年辈、科第、仕履等方面，张方平都应在二苏兄弟之前。其二，误署作者。如卷二曾巩《将行陪贰车观灯》，不见于《元丰类稿》，实为晁补之所作，见《鸡肋集》。清王士禛《居易录》《香祖笔记》均加称引，且明言其为晁补之离齐州守任时所作。又如卷四苏过《金陵上吴开府两绝句》，原系刘过之作，见于《龙洲集》。选者因沿《式古堂书画汇考》之误，而未加辨正。再如卷七韩璘，为南归金人，其归宋始末并所作诗均见叶绍翁《四朝闻见录》，此本却误署“高丽使臣”。其三，他诗牵合入题。如卷五张孝祥《送纸衾韩中父再用韵》误系于《题定山寺》之下。又如卷八徐铉《行园树》误植为《题雷公井》，首句二字又蒙《题雷公井》而误，致文义不通。至于诗题中人名错讹，亦时有所见。其四，非绝句而入选。如卷一张泌《晓行》，《全唐诗》题作《长安道中早行》，为七律，此截其前四句作七绝。卷八苏轼《嘲子由》，原诗八句，而各本多止前四句，此亦误为五绝。同卷晁冲之《谢任伯久无书常子然寄茶谢之因简任伯》，据《宋诗纪事》所录，应为五律，此本截其前四句作五绝入选。虽然，古人以为“绝者，截也”，截取四句作为绝句似亦未可厚非，如刘克庄《后村千家诗》中，就有把常见的杜甫律诗截为绝句之例，但就严其体例、别其体裁而言，终觉有欠慎重。至于其他字句讹失，就更不在少数，具见校记，不再赘及。

此书有一九二七年商务印书馆线装排印本，至一九三六年，十年间共印四版，可见颇受读者欢迎。但商务本除订正卷五张孝祥一诗误植外，于其他讹失未作校正。这次仍取乾隆庚寅(1770)原刻本为底本，校以《宋诗钞》《宋百家诗存》《宋元诗会》《宋诗纪事》《后村千家诗》《南宋群贤小集》《南宋六十家集》以及各家别集、诗话、笔记等。对于由唐五代入宋及由宋入元诸家之作，还参校了《全唐诗》《元诗选》及有关别集。凡重要异文，均出校记，置于有关注文之后，不另列，以省篇幅。

所选诗人，均作小传，材料取自有关总集、别集及史传、年谱等，并曾参考了今人有关著述。选者严长明，似知者不多，今取其三传，作为本书附录。

在注释方面，凡有关本事、典故出处、难解词语等，均尽量注明。并选引前人评论及有关资料，时亦参以己见，或作必要考辨，以供参考。引书凡三百余种，散见有关校注条文，不另列引书目录。

由于此书向无校注本，宋诗注本亦寥寥可数，可取资者甚少，加以本人学识有限，校注中的疏失定所难免，恳望读者有以教之。

吴战垒

一九八五年菊花开时

于杭州东城

重印附记

此书出版问世后，披览群书，续有所得，疏失之处，亦间有发现。今趁重印之际，予以订补。然知也无涯，见固有限，尚祈高明，以匡不逮。①

一九九八年菊花开时

于杭州东城

① 编者按：此次再版对原注今地名据现行行政区划规范作了修订。

序

忆癸未岁，余与道甫读同居京师宣武门外，宅有听雨楼，为汪荇洲先生故第，竹石闲逸，足资吟啸。道甫一日偶于插架中检《万首唐人绝句》，相谓曰："昔洪迈以唐绝五千余首对孝宗，而著录者乃不及十分之四。曩余浏览宋绝，数实倍之。每思整汇之以成书，而复恐蹈洪氏尚奢之诮也。"余谓文敏所编固无须乎则效，但宋绝中胜篇迥作，散置诸家，譬则珠玑在漂浪间，不得明眼者以拣别之，俾终与砂砾相等，亦良可惜。道甫因综所记忆，得其遥深清隽者七百余篇，复为旁加锼会，藏弆箧中，计今已八载矣。

今年秋，余以屯田之役奉使西行，之吉木萨，此地为汉车师所属之小石城，地皆平莽，氓户言语不通，赖此卷在行笈中，少纾愊抑，复念当时兴会所寓，弃之可惜也。入关后，因述其颠末，付镂木家，以寄道甫。道甫时亦扈从木兰，他日得此，应哂吾两人相距万里，于库屯郭壁间犹复觍缕文事，无异听雨楼燕话时也。

乾隆庚寅十月，弇山毕沅书于酒泉官舍。

诗　例

一宋刘文定，当南渡时欲取中兴后诸家五七言绝句，各选百首行世，本朝王文简亦欲为之，其书惜皆未就。偶与毕弇山前辈论及，因各就腹笥所有，并搜箧衍，录得七言二百八十九家，五言一百十二家，六言四十四家，诗一千首。仿宋洪文敏《万首唐人绝句》原本之例（宋嘉定癸未会稽守汪纲刻，今行世者乃赵宧光更定本也），先七言，次五、六言，厘为十卷。

一洪文敏原本目录二卷，各缀其人科目及所历官或布衣处士、仙鬼于下，今酌用其例。以帝王、后妃、宫掖、宗室、降王、降臣、宋臣、属国外臣、闺媛、释子、羽士、尼、无名子、神仙、鬼怪、妓女分次。至宋臣先后，以登第时代分卷（太祖、太宗、真宗三朝一卷，仁宗朝一卷，英、神、哲三朝一卷，徽、钦两朝一卷，高、孝、光、宁四朝一卷，理、度两朝一卷，六言统为一卷）。其未登第而入仕者，以及处士遗民，约分世次，附于各卷之后。

一张泌初仕南唐，入宋官虞部郎中，孙光宪初仕高平，入宋官黄州刺史，唐宋诗中俱可收录；至刘兼于宋官荣州，王周官巴蜀，王操官殿中丞，滕白官工部郎中，并载史传，诸家编入唐诗，殊为失据。他如李九龄为乾德五年进士（见《瀛奎律髓》），王初为祥符时人（见《书录解题》），杜常为元丰时人（见《画墁录》《河上楮谈》），王岩、郭震为淳化时人（见《全蜀艺文志》《文献通考》），则尤当刊正者。阅者当不以误载为嫌也。

一刘元载、詹光茂妻、赵晟母三诗，并见《历代吟谱》，天圣中礼部尚书孙冕曾序三媛诗为《三英集》(序载《诗话总龟》)，选者皆误入唐代。又无名神降郑滜家诗，湘妃题庙中诗，因载宋人说部(一见《避暑漫抄》，一见《彦周诗话》)，爰为采录，并非效尤文敏撦挦妇女仙鬼之诗以期充数也。

一戴表元虽列《元史·儒学》，然本咸淳辛未进士；至牟巘、方回、熊钚，并于宋代登第。他如尹廷高、袁易诸人，或本未仕元，或服官旋罢，皆不得与赵孟頫辈入元为达官与国政者比。至黄庚隐居天台，著名越社，则又霁山、天放之流，是以诸家虽载元诗，此集仍为录入。

一是编所录，旧所记诵者十之七，搜诸本集及各家说部者十之五。陈星斋前辈、程蕺园同年见之，汰去二百余首，适得千首之数。因命胥钞二本，一付弇山前辈，一藏箧中。是固一时寄兴，兼以资吟，至于雠勘异同，校正讹舛，固将有事而未皇也。

乾隆癸未十月望日道甫严长明纂。

目　录

卷一　七言一

卷二　七言二

卷三　七言三

卷四　七言四

卷五　七言五

卷六　七言六

卷七　七言七

卷八　五言一

卷九　五言二

卷十　六言一

卷　一

七　言　一

太　宗

太宗（939—997），即赵炅（jiǒng 炯）。太祖赵匡胤之弟。原名匡义，后改名光义，即位后改名炅。976—997 年在位。

赐陈抟[1]

曾向前朝号白云[2]，后来消息杳无闻。
如今若肯随征召，总把三峰乞与君[3]。

【注释】

①陈抟：字图南，五代后唐长兴年间进士。厌战乱，入武当山学道，后隐居华山。一日骑驴过华阴，闻赵匡胤（宋太祖）登帝位，大笑堕驴说："天下从此定矣！"太平兴国年间，太宗召他进京，赠以此诗，并赐号希夷，优加礼遇。陈抟辞归时赋诗明志，有云："三峰千载客，四海一闲人。世态从来薄，诗情自得真。乞全麋鹿性，何处不称臣？"太宗知不可留，赐宴便殿，为其送行。见宋王辟之《渑水燕谈录》卷四《高逸》。

②曾向：曾在。前朝：指五代后周。周世宗柴荣曾召见陈抟，赐号白云先生。南朝梁隐士陶弘景赋诗答齐高帝诏说："山中何所有？岭上多白云。只可自怡悦，不堪持寄君。"见《陶隐居集》。

③三峰：华岳三峰，即西岳华山，陈抟隐居之地。乞与：给与。

徽　宗

徽宗(1082—1135),即赵佶。神宗赵顼之子。1100—1125年在位。任用蔡京、童贯等人,朝政混乱。尊信道教,大建宫观,穷奢极欲,搜括民财,国内阶级矛盾激化,农民起义四起。宣和七年(1125)金兵南下,传位于儿子赵桓(钦宗),自称太上皇。靖康二年(1127)与钦宗一同被金兵所俘,后死于五国城(今黑龙江依兰)。

赐燕帅王安中荔枝①

保和殿下荔枝丹②,文武衣冠被百蛮③。
思与廷臣同此味④,红尘飞鞚过燕山⑤。

【注释】

①王安中:字履道,阳曲(今山西太原)人。进士出身,政和中,自大名主簿,累擢中书舍人、御史中丞、翰林学士承旨。出授燕山路宣抚使,故称燕帅。宋陆游《老学庵笔记》卷三:"宣和中,保和殿下种荔枝成实,徽庙手摘以赐燕帅王安中,且赐以诗曰(诗如上略)。"

②保和殿:宋谢枋得《碧湖杂记》:"东都宣、政间,禁内有保和殿,殿西南庑有玉真轩,轩内有玉华阁,即安妃妆阁也。"

③百蛮:古代指与华夏对称的各少数民族。这句是说皇恩沾被边远地区。

④廷臣:一作"近臣"。

⑤“红尘”句：快马扬尘飞送荔枝，让远在燕山的臣子尝新。唐杜牧《过华清宫绝句》：“一骑红尘妃子笑，无人知是荔枝来。”飞鞚：驰马。鞚，马勒。燕（yān 烟）山：宣和四年（1122）置燕山府路，治所在燕山府（今北京西南）。

赵昌江梅山茶[①]

赵昌下笔摘韶光，一轴黄金满斗量[②]。
借我圭田三百亩[③]，真须买取作花王。

【注释】

①赵昌：字昌之，广汉（今四川梓潼）人，北宋著名画家。善画花果、草虫，师法滕昌祐，设色明润，笔迹柔美，具形神兼备之妙。尤善写生花卉，自号“写生赵昌”。《宣和画谱》卷十八载御府所藏赵昌画作一百五十四件，其中有《梅花山茶图》《早梅山茶图》等。

②“赵昌”二句：意谓赵昌把春光摄取笔下，一幅画的价值要用满斗的黄金来计算。韶光：春光。轴：卷轴。指装裱而成的画幅。

③圭田：古代卿大夫供祭祀用的田地。《孟子·滕文公上》：“卿以下必有圭田，圭田五十亩。”三百亩，形容其多，非实数。

宫　词[①]

玉钩红绶挂琵琶[②]，七宝轻明拨更嘉[③]。
捍面折枝新御画[④]，打弦惟恐损珍花。

清晨檐际肃霜鲜[⑤]，晓日初销万瓦烟。
隆德重阳开小宴[⑥]，竞将黄菊作花钿[⑦]。

【注释】

①明毛晋缉《二家宫词》,收宋徽宗宫词三百首。所选为其中二首。

②红绶:红色丝带。

③七宝:用多种宝物装饰的器物。这里指琵琶拨具的装饰。嘉:美好。

④捍面:即捍拨,护拨的饰物。折枝新御画:指捍面上饰有皇上新画的折枝图。折枝,画花枝而不连根。

⑤肃霜:露凝为霜。《诗经·豳风·七月》:“九月肃霜。”

⑥隆德:宫殿名。见元杨奂《汴故宫记》。重阳:农历九月九日。宋时重阳节,赐臣下糕酒,并插以菊花。

⑦花钿:花朵形的首饰。

孝　宗

孝宗(1127—1194),即赵昚(shèn 同慎),太祖七世孙,高宗(赵构)嗣子。1162—1189 年在位。即位之初,任用主战派张浚,隆兴元年(1163)符离之战失败后,与金国重订和约。淳熙十六年(1189)传位于赵惇(光宗)。

题刁光胤画册①

雪里山茶

一枝残雪照山城,春意原非复后生②。
羞把红颜媚儿女,梅兄知我岁寒情③。

雪景水仙

黄冠翠帔玉为姿④,何处春风一见之?

未到湘江清绝地,试看山谷老人诗⑤。

【注释】

①刁光胤:唐末著名画家。长安(今陕西西安)人。工画花鸟,作画甚勤,非病不休,非老不息,年逾八十,益不废所学。著名画家黄筌出于他门下,开了五代、北宋"黄氏体制"花鸟画派的先声。

②"春意"句:指山茶雪里开花,在冬天就把春意带给人间。复:指阳气回复。古人以为天地间阴阳二气,每年冬至日,阴气尽,阳气复生,称一阳来复。

③"羞把"二句:雪中吐艳的山茶无意取媚世俗儿女,只有梅花理解它傲寒的情操。古人称松、竹、梅为"岁寒三友"。

④黄冠翠帔:女仙人的装束。借以形容水仙花黄色的花蕊和绿色的叶子。帔(pèi 佩),披肩。

⑤山谷老人:北宋诗人黄庭坚的号。详见卷三作者介绍。黄庭坚《王充道送水仙花五十枝欣然会心为之作咏》诗:"凌波仙子生尘袜,水上轻盈步微月。是谁招此断肠魂,种作寒花寄愁绝?含香体素欲倾城,山礬是弟梅是兄。坐对真成被花恼,出门一笑大江横。"山谷老人诗,即指此。

杨皇后

杨皇后(1162—1233),宋宁宗赵扩之后。年少入宫,忘其姓氏，以杨次山为兄，遂姓杨氏。一说会稽（今浙江绍兴）人。庆元元年（1195）封平乐郡夫人，进封婕妤。六年（1200）进贵妃，嘉泰二年（1202），立为皇后。理宗即位，尊为皇太后，同听政。逾年撤帘。卒谥恭圣仁烈。

宫　词[1]

后院深沉景物幽，奇花名竹弄春柔。
翠华经岁无游幸[2]，多少亭台废不修。

云影低含百子池[3]，秋声轻度万年枝[4]。
要知玉宇凉多少[5]，正在观书乙夜时[6]。

【注释】

①明毛晋辑《二家宫词》，收杨后宫词五十首。所选为其十一、其十七。

②翠华：以翠羽饰于旗杆顶上的旗，为皇帝仪仗。因借以指皇帝。白居易《骊宫高》诗："翠华不来岁月久，墙有衣兮宫有松。"经岁：即经年，年复一年。这句是称颂君王勤于朝政，不事游宴。

③百子池：汉建章宫西有百子池，取后宫妃嫔多子之意。《诗经·大雅·思齐》"则百斯男"毛传："大姒十子，众妾则宜百子也。"旧题汉刘歆《西京杂记》："汉时，宫中尝以七月七日临百子池，作于阗乐。"这里借指后宫池苑。含：《宋诗纪事》作"涵"。百子池，《二家宫词》作"柏子池"。

④万年枝：冬青树枝。宋徽宗曾以"万年枝上太平雀"为题，试画院诸生。宋吴曾《能改斋漫录》卷八《沿袭·万年枝》："唐上官仪《咏雪》诗：'幸因千里雁，还绕万年枝。'谢玄晖《中书省》诗：'风动万年枝。'晏元献诗：'万年枝上凝烟动，百子池边瑞日长。'卢多逊《新月》诗：'太液池边看月时，好风吹动万年枝。'王维《史馆山池》云：'春池百子内，芳树万年

余。’晏用此也。万年枝，江左谓之冬青，惟禁中则否。韩子苍《冬青》诗云：‘离宫见尔近天墀，雨露常私养种时。惆怅一株岚雾里，无人识是万年枝。’”明俞弁《逸老堂诗话》卷上以为万年枝非冬青，引《草木疏》云：“檍木枝叶可爱，二月花白，子似杏，今在处官园种之。取亿万之义，改名万岁树。”以为即此。

⑤玉宇：瑰丽的宫殿。唐李华《含元殿赋》：“玉宇璇阶，云门露阙。”

⑥观书乙夜：指帝王夜间读书。唐张九龄《为何给事进亡父所著书表》：“伏惟陛下，听政中昃，观书乙夜。”乙夜，二更时分，约夜间十时。一夜分五更，依次以甲乙丙丁戊为名。一更为甲夜，余类推。

花蕊夫人

花蕊夫人，五代后蜀主孟昶之妃。姓徐，一说姓费，青城（今四川都江堰市西）人。孟昶降宋后，花蕊夫人被掳入宋宫，为太祖所宠。据近人考证，传世《花蕊夫人宫词》，非她所作。五代前蜀主王建之妃徐氏，亦号花蕊夫人。所作宫词，写前蜀宣华宫游乐故事，《花蕊夫人宫词》中，可确定为她所作的九十余首。

宫　词

薄罗衫子透肌肤，夏日初长板阁虚①。
独自倚栏无一事②，水风凉处读文书。

梨园子弟簇池头[3]，小乐携来候宴游[4]。
旋炙红笙先按拍[5]，海棠花下合梁州[6]。

【注释】

①板阁：木板构筑的小阁。

②倚栏：《宋诗钞·花蕊集》作“凭栏”。

③梨园子弟：唐玄宗曾选乐工三百人、宫女数百人，教授乐曲于梨园，号“皇帝梨园子弟”。这里指宫廷歌舞艺人。簇：齐集。子弟，《续湘山野录》作“弟子”。

④小乐：小乐队。候：《续湘山野录》作“俟”。

⑤旋炙红笙：笙，管乐器名。大者十九簧，小者十三簧。笙的簧片烘热后吹奏，声音格外清亮悦耳。旋，急忙。炙，烘烤。宋周密《齐东野语》卷十七《笙炭》：“盖笙簧必用高丽铜为之，艴以绿蜡，簧暖则字正面声清越，故必焙之而后可。”北周庾信《春赋》：“更炙笙簧，还移筝柱。”炙，《宋元诗会》作“把”。红笙，《宋元诗会》作“银筝”。

⑥合：排演。梁州：唐教坊舞曲名。原名凉州。宋洪迈《容斋随笔》：“凉州，今转为梁州，唐人已多误用。”宋张先《减字木兰花》词：“舞彻梁州，头上宫花颤未休。”

叶静慧

叶静慧，宋宫人。恭帝德祐二年（1276），临安沦陷后，随三宫被俘北至燕京（今北京）。

送汪水云归吴[①]

塞上砧声响似雷[②]，怜君骑马向南回。
今宵且向穹庐醉[③]，后夜相思无此杯。

【注释】

①汪水云：即汪元量，字大有，号水云，钱塘（今浙江杭州）人。南宋宫廷琴师。1276年，随三宫被掳北去，写了许多抒发亡国之痛的诗篇。留滞燕京甚久，后南归为道士，临行时与故宫人等酾酒挥泪，鼓琴而别。送行者以“劝君更尽一杯酒，西出阳关无故人”分韵赋诗为赠。题共十四首，人各一韵，以王清惠为首唱，并序记其事。叶静慧以及下首作者章妙懿都是当时赋诗送行的宫人。此首押“杯”字韵。

②砧声：捣衣声。砧，捣衣石。边塞秋风一起，四野一片捣制寒衣之声，令人生羁旅之情。

③穹庐：毡帐。北方游牧民族所居。这里指被俘后留滞的燕京。

章妙懿

章妙懿，宋宫人。随三宫被俘至燕京。参见前首注①。

送汪水云归吴

一从骑马逐铃銮[①]，过了千山更万山[②]。
君已归装向南去，不堪肠断唱《阳关》[③]。

【注释】

①铃銮:即銮铃,皇帝的车铃。这句是说随徽、钦二帝被俘北去。

②更:《宋诗纪事》作“又”。

③《阳关》:指《阳关三叠》,送别之曲。唐王维《送元二使安西》诗:“渭城朝雨浥轻尘,客舍青青柳色新。劝君更尽一杯酒,西出阳关无故人。”乐府以此诗入谱,名《阳关三叠》。汪元量南归,宫人赋诗送别,即以此曲后二句为韵,故倍觉离情难堪。

赵师秀

赵师秀(?—1220),字紫芝,又字灵秀,号天乐,永嘉(今浙江温州)人。宋代宗室。绍熙元年(1190)进士,曾任上元主簿、金陵幕从事,筠州推官。晚年寓居钱塘,终老其地。与徐照(字灵辉)、徐玑(号灵渊)、翁卷(字灵舒)并称“永嘉四灵”。诗学晚唐,多闲逸写景之作,反对江西诗派的艰涩生硬,风格清丽,但较纤弱。有《清苑斋集》。

玉清夜归[①]

岩前未有桂花开[②],观里闲寻道士来。
微雨过时松路黑,野萤飞出照青苔。

【注释】

①玉清:道观名。道书有玉清、上清、太清三境,合称“三清”,皆天帝所居。

②未有:《宋诗钞补》作“未见”。

池　上

朝来行药向秋池[①],池上秋深病不知。
一树木犀供夜雨[②],清香移在菊花枝。

【注释】

①行药:服药后,漫步以散发药性。

②木犀:桂花。

数　日[①]

数日秋风欺病夫,尽吹黄叶下庭芜[②]。
林疏放得遥山出,又被云遮一半无。

【注释】

①宋赵与时《宾退录》卷六:“《青箱杂记》载李太伯一绝云:‘人言落日是天涯,望极天涯不见家。已恨碧山相掩映,碧山还被暮云遮。’识者曰:‘此诗有重重障碍,李君其不偶乎?’后果如其言。吾族人紫芝师秀亦尝赋一绝云(诗如上略)。气象略相似,仅脱选而卒。”

②庭芜:庭中杂草。

赵希𣖺

赵希𣖺(lù 路),字谊父,祖籍汴京(今河南开封),南渡后寓浙江。太祖九世孙。能诗,擅七绝。有《抱拙小稿》。

过临平[①]

市井萧条景物非，居人犹号永和堤[②]。
春山十里斜阳树，漠漠残红杜宇啼[③]。

【注释】

①临平:在浙江杭州市东北。今属余杭区。

②永和堤:宋理宗绍定三年(1230)十月筑永和堤,用以捍护临平湖。见《临平记》。

③杜宇:即杜鹃。又名子规、鷤鴂、催归。传说周末蜀帝杜宇,亡国身死,魂魄化为杜鹃,啼声凄苦,如说"不如归去"。后人常借以抒写旅愁归思或亡国之悲。玩此诗意,似作于宋亡之后。

次萧冰崖梅花韵[①]

冰姿琼骨净无瑕[②],竹外溪边处士家[③]。
若使牡丹开得蚤[④],有谁风雪看梅花?

【注释】

①萧冰崖:即萧立之,字斯立,号冰崖,宁都(今属江西)人。淳祐十年(1250)进士。诗宗江西派。有《萧冰崖诗集》。其《题修水黄公梅溪》二首之一云:"种近春风鼎鼎家,竹篱茅舍亦光华。开时不作寻常实,着眼溪头看此花。"与此诗用韵相同。

②冰姿琼骨:形容梅花傲寒吐艳,风韵清绝。琼,美玉。宋毛滂《蔡天逸以诗寄梅诗至梅不至》诗:"冰肌玉骨终安在,赖有清诗为写真。"

③竹外溪边:指梅花傍竹临水的风姿。宋张镃《玉照堂梅品》提出"花宜称"(与梅花适宜相称者)二十六条,"清溪""竹边"为其中两条。苏轼

《和秦太虚梅花》诗："江头千树春欲暗，竹外一枝斜更好。"处士：有才德而隐居不仕的人。宋代处士林逋隐居杭州孤山，种梅养鹤，有"梅妻鹤子"之称。

④蚤：通"早"。

赵若槸

赵若槸（yì 艺），字自木，号霁山，崇安（今属福建）人。魏王廷美十世孙。咸淳十年（1274）进士。入元不仕，徜徉山水以终。有《涧边集》。

暮　春

香透蜂房蝶梦残①，一帘新雨又春阑②。
柳腰瘦得难禁舞③，今夜东风莫更寒。

【注释】

①蝶梦：《庄子·齐物论》："昔者庄周梦为胡蝶，栩栩然胡蝶也。"蝶梦残，指暮春花尽，胡蝶已不能做采花的好梦了。

②春阑：春残。

③柳腰：喻杨柳的柔条细弱如美女之腰。唐白居易的女伎樊素善歌，小蛮善舞，他曾作诗说："樱桃樊素口，杨柳小蛮腰。"见唐孟棨《本事诗·事感》。难禁舞：无力禁受起舞。禁，读平声。

南唐后主

南唐后主，即李煜(937—978)，五代南唐国主。字重光，初名从嘉，号钟隐，也称李后主。徐州(今属江苏)人。一说湖州(今属浙江)人。在位十五年。宋太祖开宝八年(975)，宋兵攻破金陵，国亡被俘，后被毒死。善诗文，精艺事，尤工词。前期所作大多描写宫廷享乐生活，后期则追怀故国，感叹身世，开出另一境界。语言清新洗炼，感染力很强。

咏柳书黄罗扇示庆奴①

风情渐老见春羞②，到处销魂感旧游③。
多谢长条似相识，强垂烟态拂人头④。

【注释】

①这是一首写在罗扇上咏柳的诗，字迹为李煜所擅长的撮襟书(卷帛而书)。宋姚宽《西溪丛语》卷下："毕景儒有李重光黄罗扇，写诗一首云(诗如上略)。后细字云：'赐庆奴。'庆奴，似宫人小字，诗似柳诗。"又见宋邵博《闻见后录》卷十七。庆奴：宫女名。

②风情：指男女相爱的情怀。句意谓老去逢春，已无复当年的风月情怀。

③销魂：形容心魂摇荡，不能自持。

④"长条"二句：写垂柳拂面，依依如有旧知之情。长条：指垂柳。唐李商隐《离亭赋得折杨柳二首》之一："人世死前惟有别，春风争拟惜长条。"

徐　铉

徐铉(916—991),广陵(今江苏扬州)人。初仕吴,又仕南唐,后归宋,官至散骑常侍。精小学,曾校订《说文解字》。又参与编纂《文苑英华》。与弟锴俱以文名,号“大小二徐”。有《徐公文集》。

柳枝词①

夹岸朱栏柳映楼②,绿波平漫带花流③。
歌声不出长条密,忽地风回见彩舟④。

水阁春来乍减寒⑤,晓妆初罢倚栏干。
长条乱拂春波动,不许佳人照影看。

【注释】

①题共十二首,此选其四、其七。柳枝词:乐府近代曲《杨柳枝》的流变。一般用以咏柳抒怀,亦有不限于抒写本事者。

②朱栏:一作“朱颜”。

③漫:一作“幔”。

④彩舟:装饰华美的船。

⑤水阁:临水的楼阁。乍:初。

张 泌

张泌，字子澄，常州(今属江苏)人。仕南唐，初官句容尉，李煜征为监察御史，历考功员外郎、内史舍人。随李煜归宋，以故臣在史馆，迁郎中。每逢寒食节，必亲自扫祭李煜墓，哭之甚哀。

晓 行①

客离孤馆一灯残②，牢落星河欲曙天③。
鸡唱未沉函谷月④，雁声新度灞陵烟⑤。

【注释】

①此诗《全唐诗》题作《长安道中早行》，为七律。此首系截取其前四句而成。其后四句为："浮生已悟庄周蝶，壮志仍输祖逖鞭。何事悠悠策羸马，此中辛苦过流年。"楝亭本《后村千家诗》题作《晓行》，为七绝。

②馆：客舍。

③牢落：寥落，稀疏。唐韩愈《送杨凝郎中贺正》诗："天星牢落鸡喔咿，仆夫起餐车载脂。"星河：银河。唐白居易《长恨歌》："迟迟钟鼓初长夜，耿耿星河欲曙天。"欲曙：《后村千家诗》作"欲晓"。

④鸡唱未沉函谷月：函谷，函谷关。在今河南灵宝市南。《史记·孟尝君列传》载：齐国孟尝君被囚于秦国，后得脱出逃，半夜至函谷关，关门未开。守关人规定鸡啼才能出入。孟尝君宾客中有人会学鸡啼，于是群鸡齐啼，得以出关。这里借写晓行情景。

⑤灞陵:本作霸陵。因霸水而得名,汉文帝刘恒筑陵葬此,故称。故址在今陕西西安市东。为东出客旅必经之地,道旁多柳树,送行者多于此折柳赠别。烟:指烟柳。

寄　人①

别梦依依到谢家②,小廊回合曲栏斜。
多情只有春庭月，犹为离人照落花。

【注释】

①题共二首,此选其一。清徐釚《词苑丛谈》卷七:“张泌仕南唐为内史舍人,初与邻女浣衣相善,作《江神子》词云:‘浣花溪上见卿卿,眼波明,黛眉轻;高绾绿云,低簇小蜻蜓。好是问他来得么?和笑道:莫多情!’后经年不复相见,张夜梦之,寄绝句云(诗如上略)。”

②谢家:谢娘家。谢娘,美人的代称。五代前蜀韦庄《浣溪沙》词:“孤灯照壁背窗纱,小阁高楼谢娘家。”

孙光宪

孙光宪(约900—968),字孟文,自号葆光子,贵平(今四川仁寿东北)人。家世业农,独好学。聚书数千卷,校勘抄写,老而不辍。事南平三世,累官荆南节度副使,检校秘书少监等职。后归宋,授黄州刺史。工词,风格清朗。著有笔记《北梦琐言》。

竹枝词①

门前春水白蘋花②，岸上无人小艇斜。
商女经过江欲暮③，散抛残食饲神鸦④。

【注释】

①题共二首，此选其一。竹枝词，本巴渝（今四川东部）一带民歌，唐代诗人刘禹锡改作新词，咏三峡风光和男女恋情，盛行于世。后人继作，大都歌咏当地民情风俗和男女相思之情。语言平易，音调轻快。间有哀怨之作。

②白蘋花：一种水中浮草，花白色，俗称马尿花。

③商女：歌女。唐杜牧《泊秦淮》诗："商女不知亡国恨，隔江犹唱《后庭花》。"

④散抛：《五代诗话》作"闲抛"。神鸦：啄食祠神祭品的乌鸦。

采　莲①

菡萏香销十顷陂②，小姑贪戏采莲迟。
晚来弄水船头湿③，更脱红裙裹鸭儿④。

【注释】

①《花间集》署皇甫松作，题为《采莲子》，系唐时教坊曲，共二十首，此选其一。

②菡萏（hàn dàn 汉旦）：荷花。南唐李璟《摊破浣溪沙》词："菡萏香销翠叶残。"陂（bēi 悲）：池塘。香销：《花间集》《全唐诗》作"香连"。

③弄水：玩水。

④鸭儿：雏鸭。明杨慎《升庵诗话》卷十一《诗用儿字》："古诗有用近

俗字而不俗者，如孙光宪《采莲》诗曰（诗如上略）。李群玉《钓鱼》诗曰：'七尺青竿一丈丝，菰蒲叶里逐风吹。几回举手抛芳饵，惊起沙滩水鸭儿。'"李冰若《花间集评注》引《栩庄漫记》云："'更脱红裙裹鸭儿'，写女儿憨态可掬。"

刘 兼

刘兼，长安（今陕西西安）人。北宋初，官荣州刺史。有诗一卷。

西 斋

西斋新竹两三茎，也有风敲碎玉声①。
莫恨移来栏槛远，譬如元本此间生②。

【注释】

①风敲碎玉声：喻风吹竹叶，发声清越。

②元本：本来。元，同"原"。

王 周

王周，明州（今浙江宁波）人。大中祥符五年（1012）进士。庆历中官司封郎中，知明州。有诗一卷。

湖口县[1]

柴桑分邑载图经[2]，屈曲山光展画屏[3]。
最是芦洲东北望，人家残照隔烟汀[4]。

【注释】

①湖口县：今属江西。在鄱阳湖之口，故名。境内有石钟山、大孤山之胜。

②柴桑：古县名。在今江西九江市西南，西汉置。唐代为浔阳郡治所。分邑：属县。湖口旧属浔阳郡。图经：文字外附有图画的书籍，指地理类之书。

③画屏：一作"翠屏"。

④烟汀：烟水迷茫的沙洲。

巫山庙[1]

庙前溪水流潺潺，庙中修竹声珊珊[2]。
襄王一梦杳难问[3]，晚晴天气归云闲。

【注释】

①巫山：在四川巫山县东，即巫峡。有十二峰，峰下有神女庙。巫山庙，即神女庙。

②修竹声珊珊：是说风吹竹动，如闻神女从容而来的衣佩之声。修竹，长长的竹子。珊珊，形容玉佩之声。宋玉《神女赋》："动雾縠以徐步兮，拂墀声之珊珊。"原作"姗姗"，缓步貌，义亦可通，此据《全唐诗》改。

③襄王一梦：楚襄王与宋玉游云梦台馆，宋玉告以楚怀王曾游高唐，梦与巫山神女相会。神女辞别时说："妾在巫山之阳，高丘之阻。旦为朝云，暮为行雨。朝朝暮暮，阳台之下。"其夜襄王寝，亦梦与神女遇，其状甚

丽。详宋玉《高唐赋》《神女赋》序。杳难问:渺茫难以问证。

宿疏陂驿[1]

秋染棠梨叶半红[2],荆州东望草平空[3]。
谁知孤宦天涯意[4],微雨萧萧古驿中。

【注释】

①疏陂驿:在今湖北松滋市西。驿,驿站。古代供传递公文的人或来往官员暂住、换马的处所。

②棠梨:一名甘棠,俗称野棠。春初开小白花,结实如小楝子,可食。

③荆州:州治在今湖北江陵。为长江中游的政治军事重镇。

④孤宦天涯:单身到离家乡很远的地方去做官。唐崔湾《望韩公堆》诗:“孤宦一身千里外,未知归日是何年?”

李九龄

李九龄,洛阳(今属河南)人。乾德二年(964)进士第三人。开宝六年(973)诏修《五代史》,他与史官卢多逊、扈蒙、李昉、刘兼等同修,并和扈蒙共专笔削,七年书成。有诗一卷。

山中寄友人

乱云堆里结茅庐,已共红尘迹渐疏[1]。

莫问野人生计事[②]，窗前流水枕前书。

【注释】

①共：与。《后村千家诗》作“并”。红尘：指扰攘的人世。

②野人：山野之人。作者自称。生计事：有关度日谋生之事。

荆溪夜泊[①]

点点渔灯照浪清，水烟疏碧月胧明[②]。

小滩惊起鸳鸯处，一只采莲船过声。

【注释】

①荆溪：在今江苏常州。

②疏碧：淡青色。

过相思谷[①]

悠悠信马春山曲[②]，芳草和烟铺嫩绿[③]。

正被离愁着莫人[④]，那堪更过相思谷！

【注释】

①相思谷：在岳州巴陵县（今湖南岳阳）东一百三十里相思山中。

②信马：不加鞭策，听马而行。曲：曲折幽深之处。

③“芳草”句：春草与山间的烟岚融成一片嫩绿之色。暗喻离愁如绵绵春草之无际。汉淮南小山《招隐士》：“王孙游兮不归，春草生兮萋萋。”

④着莫：撩惹、沾惹。宋杨万里《和王司法雨中惠诗》诗：“无那春愁着莫人，风颠雨急更昏昏。”

山行见桃花[1]

一树繁华夺眼红[2]，开时先合占春风[3]。
可怜地僻无人赏，抛掷深山乱木中。

【注释】

①《全唐诗》题作《山舍南溪小桃花》。

②繁华：繁花。华，通“花”。《全唐诗》作“繁英”。

③合：应当。春风：《后村千家诗》作“东风”。

张 咏

张咏(946—1015)，字复之，濮州鄄城(今山东鄄城县)人。太平兴国五年(980)进士。官枢密直学士，两知益州，仕至吏部尚书。刚肠嫉恶，不喜俗礼。自号乖崖子，画像自赞说：“乖则违众，崖不利物；乖崖之名，聊以表德。”有《乖崖集》。

闻鹧鸪[1]

画中曾见曲中闻，不是伤情即断魂。
北客南来心未稳，数声相应在前村[2]。

【注释】

①鹧鸪：鸟名。形似母鸡，头如鹑，胸前有白斑。鸣声如说：“行不得

也哥哥。”能使行客生羁旅之感。

②“北客”二句:《太平御览》卷九二四引汉杨孚《异物志》:“鹧鸪,其形似雌鸡,其志怀南,不思北,其名呼飞,但南不北。”唐郑谷《席上贻歌者》诗:“坐中亦有江南客,莫向春风唱鹧鸪。”相应:相呼应。原作“相映”,据《宋诗钞·乖崖集》改。

向敏中

向敏中(949—1020),字常之,开封(今属河南)人。太平兴国进士。知广州,兼领市舶。淳化四年(993)任右谏议大夫、同知枢密院事。真宗初任参知政事等职。熟悉边疆道路斥堠,澶渊之役时,以知永兴军负防卫西北重责。官至左仆射兼中书侍郎、平章事。居大任三十年,善于采拔后进,以廉直称。

桃　花

千朵秾芳倚树斜[①],一枝枝缀乱云霞。
凭君莫厌临风看，占断春光是此花[②]。

【注释】

①秾芳:繁盛的花朵。倚树:《后村千家诗》作“倚槛”,义较胜。

②占断:占尽,享尽。

王禹偁

王禹偁(954—1001),字元之,济州钜野(今山东巨野)人。出身农家。太平兴国八年(983)进士,授武成主簿。曾任右拾遗、左司谏,刚直敢言,多次遭贬。至道元年(995),任翰林学士,坐讪谤罢知滁州,改扬州。真宗即位,复召为翰林学士,预修《太祖实录》,以直书史事,为宰相所不满,出知黄州,后迁蕲州,病死。

他反对五代和宋初的浮靡文风,主张诗学杜甫、白居易,文学韩愈、柳宗元,为北宋诗文革新运动开了先声。诗风简古雅淡,朴素平易,颇多现实内容。有《小畜集》。

春居杂兴①

两株桃杏映篱斜，妆点商山副使家②。
何事春风容不得，和莺吹折数枝花③。

【注释】

①题共二首,此选其一。《苕溪渔隐丛话》《诗林广记》《诗人玉屑》《宋诗纪事》题作《春日杂兴》。《小畜集》同此。

②商山副使:淳化二年(991),王禹偁因替徐铉辩诬,被贬为商州团练副使。商山,一作"商州"。今陕西商洛。

③"何事"二句,似寓谪居而不见容于当政之意。《苕溪渔隐丛话》前

集卷二十五引《蔡宽夫诗话》:“元之本学白乐天诗,在商州尝赋《春日杂兴》云(诗如上略)。其子嘉祐云:‘老杜尝有“恰似春风相欺得,夜来吹折数枝花”之句,语颇相近。’因请易之。王元之欣然曰:‘吾诗精诣,遂能暗合子美邪?’更为诗曰:‘本与乐天为后进,敢期杜甫是前身。’卒不复易。”陆游《老学庵续笔记》:“语虽极工,然大风折树,而莺犹不去,于理未通,当更求之。”清贺裳《载酒园诗话》卷一“诗不论理”有云:“论诗虽不可以理拘执,然太背理则亦不堪。”并谓此诗:“且莫问雷同古人(指语同杜诗),但安有花枝催折,莺不飞去,和花同坠之理?此真伤巧。”清黄白山评:“此正‘诗别有趣’之谓,若必讥其无理,虽三尺之童亦知莺必不与花同坠矣。”(见《载酒园诗话》附)近人王文濡《宋元明诗评注读本》卷四则曲为之解:“言从莺声中吹落也。”按:和莺吹折花枝,正以申“春风容不得”之意,虽于理未恰,则正以抒其牵连受累之情。

泛吴淞江①

苇篷疏薄漏斜阳②,半日孤吟未过江。
惟有鹭鸶知我意,时时翘足对船窗。

【注释】

①吴淞江:又名松陵江、松江、吴江、苏州河。源出太湖,流经苏州、昆山、上海等地,会合黄浦江入海。江口名吴淞口。

②苇篷:芦苇编织的船篷。

李建中

李建中(945—1013),洛阳(今属河南)人,祖籍京兆(今陕西西安)。太平兴国八年(983)进士,历知曹、解、颍、婺四州,累官工部郎中,判太府寺。前后三求掌西京御史台,人称“李西台”。淡于荣利,爱洛阳风土,构筑园池,称“静居”。多藏古器名画。擅长书法,尤精真行,字形瘦健,称一时之绝。有《土母帖》等墨迹传世。好游山水,所至多留题,自称“岩夫民伯”。

直　宿①

春风夜急铜龙漏②,淡月半斜金井栏③。
已觉亚枝花露重④,宿莺犹睡怯余寒。

【注释】

①宋赵与虤《娱书堂诗话》卷上录此诗与《早期》诗,并引吕居仁跋云:“观西台诗,想见国初太平气象不远,余风遗烈,足以竦动后世。‘涉想贞观初,难与数子偕。’吾与诸公亦云。”直宿:侍臣在宫中值夜。

②铜龙漏:漏,古代计时器。以铜壶受水,以漏箭刻符号指示时辰。水满箭尽则泻于池中。铜龙,漏器铸铜为龙头,使水从龙口吐出。

③金井栏:装饰华美的井栏。一说金井,取“金生丽水”之意。

④亚枝:枝叶低垂。亚,通“压”。杜甫《上巳日徐司录林园宴集》诗:“花蕊亚枝红。”花露:《娱书堂诗话》作“风露”。

早　朝①

着衣香重海棠风②,人在瀛洲御苑东③。
将对赤墀班未定④,井干楼角日先红⑤。

【注释】

①参见《直宿》注①。

②着（zháo）衣：触衣。

③瀛洲：传说中的海上神山。唐太宗开文学馆，以杜如晦、房玄龄等十八人为学士，分三番递宿于阁下。命阎立本绘象，褚亮为之赞，各题名字爵里，号“十八学士”。当时称选中者为“登瀛洲”。御苑：皇家园林。

④赤墀（chí 迟）：皇宫中用红漆涂饰的台阶。班：朝班。朝官排列的位次。

⑤井干楼：指宫中高楼。《史记·孝武纪》：“乃立神明台、井干楼，度五十余丈，辇道相属焉。”司马贞《索隐》：“言筑累万木，转相交架，如井干。”井干，井上围栏。

郑文宝

郑文宝（952—1012），字仲贤，汀州宁化（今属福建）人。太平兴国八年（983）进士。初师事徐铉，仕南唐为校书郎。入宋，受知于李昉。历官陕西转运副使、兵部员外郎。好谈方略，熟悉西北山川形势，风土人情，曾献《河西陇右图》，主张营田积粟，对西北经济军事政策有所策议。曾参与抵御西夏及辽的战役。多才多艺，工鼓琴，善篆书，有诗名，为欧阳修、司马光所称。诗格清丽轻柔，尚承晚唐五代遗风。

阙　题①

亭亭画舸系寒潭②，只待行人酒半酣③。
不管烟波与风雨④，载将离恨过江南。

【注释】

①阙题:犹无题。一作《柳枝词》。共三首,此选其一。或谓张耒或孙冕所作。前两句周紫芝《太仓稊米集》引作:“临分只待酒初酣,画舸亭亭系寒潭。”次序互易,文字亦有异同。宋何汶《竹庄诗话》引《诗事》曰:“古今柳词,惟郑文宝一篇有余意也。诗云(诗如上略)。终篇了不道柳,惟一‘系’字是工夫,学者思之。”按:此诗写离情,似脱胎于唐韦庄《古别离》诗:“晴烟漠漠柳毵毵,不那离情酒半酣。更把玉鞭云外指,断肠春色在江南。”明陆娟《代父送人之新安》诗:“津亭杨柳碧毵毵,人立东风酒半酣。万点落花舟一叶,载将春色过江南。”则融化二诗,痕迹甚明。

②亭亭:孤独貌。画舸(gě):饰画的船。寒潭:一作“春潭”。

③只待:一作“直到”“只向”。

④烟波:一作“波涛”。

寇 凖

寇凖(961—1023),字平仲,华州下邽(今陕西渭南)人。太平兴国进士。授大理评事,知巴东县,通判郓州。召授右正言,直史馆。敢言直谏,太宗比为魏徵。淳化五年(994),为参知政事。景德元年(1004),拜同中书门下平章事。辽兵大入,中外震骇,他力排众议,劝真宗往澶州督战,订澶渊和议而还。为王钦若所排陷,罢相知陕州。天禧三年(1019)再相。真宗病,刘皇后行朝政,他密奏请太子监国,事泄罢相,封莱国公。遭丁谓之忌,贬道州司马,再贬雷州司户参军,死于贬所。其诗含思凄惋,富于情韵。有《寇莱公集》。

书河上亭壁[①]

暮天寥落冻云垂[②]，一望危亭欲下迟[③]。
临水数村谁画得？浅山寒雪未消时[④]。

【注释】

①题共四首，分咏四时景物。此选其四，咏冬景。河：指黄河。《寇忠愍集》《两宋名贤小集》题作《予顷从穰下移莅河阳，洎出中书，复领分陕，惟兹二镇，俯接洛都，皆山河襟带地也。每凭高极望，思以诗句状其物景，久而方成四绝句，书于河上亭壁》。

②寥落：空旷寂寥。冻云：寒云。

③危亭：高处的亭阁。

④浅山：指积雪未化，山色浅淡。

江南春[①]

杳杳烟波隔千里[②]，白蘋香散东风起[③]。
日落汀洲一望时，柔情不断如春水[④]。

【注释】

①《寇忠愍集》《两宋名贤小集》题作《追思柳恽汀洲之咏，尚有遗妍，因书一绝》。宋范雍《忠愍公诗序》引寇準之婿王曙评云："乃暮年迁谪流落不归之意，诗人感物，固非偶然。"宋释文莹《湘山野录》卷上："（寇準）富贵之时，所作诗皆凄楚愁怨，尝为《江南春》二绝，云：'波淼淼，柳依依。孤村芳草远，斜日杏花飞。江南春尽离肠断，蘋满汀洲人未归。'又曰（诗如上略）。"宋胡仔《苕溪渔隐丛话》后集卷二十谓寇準"诗思凄婉，盖富于情者"，亦称引《江南春》二诗，并谓："观此语意，疑若优柔无断者，至其端委庙堂，决澶渊之策，其气锐然，奋仁者之勇，全与此诗意不相类，盖人之

难知也如此。”

②杳杳(yǎo 咬),遥远貌。

③白蘋:见本卷孙光宪《竹枝词》注②。二、三句化用南朝梁柳恽《江南曲》:“汀洲采白蘋,日落江南春。”

④柔情:《诗林广记》作“愁情”。

春　恨

侵阶草色连朝雨，满地梨花昨夜风。
蜀魄不来春寂寞①,楚魂吟夜月朦胧②。

【注释】

①蜀魄:指杜鹃。传说为蜀帝杜宇魂魄所化,故名。参见本卷赵希槠《过临平》注③。

②楚魂:战国时楚国诗人屈原,忠而被谗,放逐在外,行吟于沅湘流域。因不忍眼看政治腐败和国家沦亡,遂投汨罗江自杀。这里借指跨越而遭冤抑的诗人。

陈尧佐

陈尧佐(963—1044),字希元,号知余子,世称颍川先生。阆州阆中(今属四川)人。端拱二年(989)进士。历仕州县,留意民政。累官参知政事,同中书门下平章事。景祐五年(1038)罢相致仕。卒谥文惠。善古隶八分,笔力端劲,点画肥重,世谓之“堆墨书”。工诗,尤善绝句。有《愚丘集》《遣兴集》。

虎　丘[1]

人间灵迹遍曾游[2]，只欠吴门访虎丘[3]。
今日偶来无限感，阖闾坟左剑池头[4]。

【注释】

①题共二首，此选其二。虎丘：在苏州市西北，为流纹岩小丘。相传吴王阖闾葬此，三日而虎踞其上，故名。有虎丘塔、云岩寺、剑池、千人石、生公讲台、吴王阖闾墓等名胜古迹。

②灵迹：名胜古迹。

③吴门：古吴县（今江苏苏州）的别称。为春秋吴国都城，故称。

④阖闾（hé lǘ 合驴）：亦称阖庐。春秋末吴国国君。姓姬，名光。派专诸刺杀王僚而自立。公元前515—前496年在位。被越王勾践所败，受重伤去世。剑池：传说秦始皇东巡过虎丘，寻求吴王阖闾的宝剑，见虎当坟而踞，始皇以剑击之不及，误中于石，遗迹尚存。剑不能得，乃陷成池，即剑池。一说阖闾曾用鱼肠、扁诸等宝剑各三千殉葬于此，故名。

吴　江[1]

平波渺渺烟苍苍，菰蒲才熟杨柳黄[2]。
扁舟系岸不忍去，西风斜日鲈鱼乡[3]。

【注释】

①吴江：县名。五代梁时吴越析置。今属江苏。西临太湖，为鱼米之乡。

②菰蒲：菰，禾本科植物，生浅水中，其新芽即茭白，结实为菰米。蒲，水草，可编席。《太平御览·百卉部》引《通语》：“诸葛亮见殷礼而叹曰：‘东吴菰芦中，乃有奇伟如此人！’”菰芦，犹菰蒲，指水乡风物。

③西风斜日鲈鱼乡:《晋书·张翰传》:“翰因见秋风起,乃思吴中菰菜、莼羹、鲈鱼脍,曰:‘人生贵得适志,何能羁宦数千里,以要名爵乎?’遂命驾而归。”这里是说在秋风落照中经过张翰的故乡,不禁亦生依恋难舍之感。西风,《温公续诗话》《中山诗话》《湘山野录》《宋诗纪事》作“秋风”。斜日,《湘山野录》作“斜入”。乡,《温公续诗话》《宋元诗会》作“香”。宋胡仔《苕溪渔隐丛话》前集卷二七引张耒云:“陈文惠有《题松江》诗,落句云:‘西风斜日鲈鱼乡。’言惟松江有鲈鱼耳,当用此‘乡’字。而数处见皆作‘香’字,鱼未为羹献,虽嘉鱼直腥耳,安得香哉?”宋吴曾《能改斋漫录》卷五《辨误》亦谓松江有鲈乡亭,并引张先诗“但怪鲈乡一旦成,分却松江半秋色”,以证“以‘乡’为‘香’,其误甚明”。宋王楙《野客丛书》卷七引《松江诗话》云:“鱼虽不香,作羹芼以姜橙,而往往馨香远闻。故东坡诗曰:‘小船烧薤捣香齑。’李巽伯诗曰:‘香齑何处煮鲈鱼?’鱼作‘香’字未为非也。”王楙按:“仆谓作者正不必如是之泥。刘梦得诗曰:‘湖鱼香胜肉。’孰谓鱼不当言香耶?但此‘鲈鱼香’云者,谓当八九月鲈鱼肥美之时节气味耳,非必指鱼之馨香也。张右史之说,既已失之,而周知和乃复牵引苏、黄(黄当为李之误)二诗,以证鲈鱼香之说,且谓芼以姜橙,往往馨香远闻,其见谬甚,所谓道在迩而求诸远。‘鲈鱼香’字,比‘鲈鱼乡’甚觉气味长,更与识者参之。”明杨慎《升庵诗话》卷七谓后人于陈尧佐题诗处立鲈香亭,“和者计百余人,皆不及也”。字亦作“香”。按:两说不妨并存。苏轼《初到黄州》诗:“长江绕郭知鱼美,好竹连山觉笋香。”又《南园》诗:“春畦雨过罗纨腻,夏陇风来饼饵香。”笋尚在山,麦未成饼,而已觉其香,其理正与鱼未成羹,而似闻其香同。《冷斋夜话》所谓“如《华严经》举果知因,譬如莲花,方其吐花,而果具蕊中”。类皆诗人想象之词,以抒其独特之敏感,不得以违情悖理目之。

洞霄宫①

娟娟红树碧峰前②,为爱桃花入洞天③。
偶逐霓旌才百步,却忧人世已经年④。

【注释】

①题共四首,此选其四。洞霄宫:道观名。在今浙江临安大涤、天柱两山之间。岩壑深秀,道书以为第七十二福地。梁武帝元封三年(前108),于此投龙简为祈福所。唐高宗弘道元年(683),建天柱观。唐昭宗乾宁二年(895),钱镠重建。宋真宗大中祥符五年(1012),陈尧佐奏改今名。宋代宰相大臣乞退或免官,常以提举临安府洞霄宫系衔。

②娟娟:美好貌。

③为爱桃花入洞天:晋陶渊明《桃花源记》,记武陵渔人因迷路,无意中进入世外桃源。这里借指洞霄宫。

④"偶逐"二句:是说才进入洞宫不深,世上却可能已经过了多年。霓旌:虹霓似的彩色旌旗。指仙人的仪仗。

钱 昆

钱昆,字裕之,临安(今浙江杭州)人。吴越王钱倧之子。随叔父钱俶归宋。不按例受封,愿从科举出身,中淳化三年(992)进士。累迁至三司度支官。仁宗时历知庐、濠、泉、亳、梓、寿、许七州,为政尚宽简。官至谏议大夫。以秘书监致仕。卒年七十六。

游铁岸①

晴红烟绿衬虚亭②,公退因来得野情③。
落日东风懒归去,拟将薄禄换溪声④。

【注释】

①铁岸:在河南济源市北,济渎庙东,夹济河之岸,坚如铁石,故名。

②晴红烟绿:指花红柳绿的阳春烟景。晴红,晴日红花。烟绿,如烟的绿柳。

③野情:野外的情趣。

④薄禄:指微薄的官俸。句言俸禄不如溪声,有退归林泉之意。

路　振

路振(957—1014),字子发,永州祁阳(今属湖南)人。淳化进士。试《卮言日出赋》,所作典赡,擢甲科。通判邠州,徙徐州。召直史馆。景德中修两朝国史,为编修官。大中祥符初使契丹,归撰《乘轺录》以献。累擢知制诰,同修起居注。文词温丽,诗有唐人之风,为名辈所称。

题惠泉师壁①

汉公尝说惠泉师②,解讲《楞严》解赋诗③。
今日我来师已去,草堂风雨立多时。

【注释】

①惠泉师:宋代高僧。俗姓张,四川成都人。惠亦作“慧”,《宋诗纪事》卷五引《补续高僧传》:“孙何游南台,闻惠泉高概,叩其门,一见如旧识,馈劳加厚。后二年,何为进士举首。同年路振官彭门,何盛称泉好义甚笃。振下车,诣焉,师已去浙矣。振叹慕,留诗壁间。”

②汉公:孙何之字。作者友人,同年进士。

③《楞严》:佛经名。全称《大佛顶如来密因修证了义诸菩萨万行首楞严经》。十卷。“首楞严”,华语“一切事究竟巩固”义。经中阐述心性本体,属大乘秘密部。解:懂得,能够。

章得象

章得象(978—1048),字希言,建州浦城(今属福建)人。咸平五年(1002)进士。为大理评事、知玉山县,迁本寺丞。居翰林十二年,刘太后听政期间能独立自守,以此为仁宗所赏识,亲政后擢同知枢密院事,旋拜相。在中书八年,不用宗党亲戚。庆历中,出判陈州及河南府,旋以疾致仕。封郇国公。卒谥文宪,改谥文简。

玉光亭①

千层瓌玉对轩窗②,池上新亭号玉光。
只此便堪为吏隐③,神仙官职水云乡④。

【注释】

①玉光亭:作者自注:“在玉山县。”玉山县,今属江西,以县北有怀玉山而得名。本诗为作者知玉山县时作。

②瓌玉:宝玉。瓌(guī 归),同“瑰”。《宋诗纪事》作“怀玉”。轩:有窗槛的亭室。

③吏隐:指官职低微,隐于下位。唐宋之问《蓝田山庄》诗:“宦游非吏

隐,心事好幽偏。”

④神仙官职:指官小身闲,萧散如神仙。水云乡:云水渺茫之处。指隐者居游之地。

晏　殊

晏殊(991—1055),字同叔,抚州临川(今江西抚州)人。七岁能文,十四岁召试学士院,赐同进士出身。累擢知制诰、翰林学士。庆历间拜枢密使。四年(1044),为谏官论罢。历知颍、陈、许、永兴等州军,后移河南,以疾归京师。卒谥元献。

平生喜诗酒,以文章得时誉。好贤接士,善于知人,当世知名之士如范仲淹、富弼、韩琦、欧阳修等多出其门。著作丰富,有诗文集二百四十卷,不传。所作《珠玉词》,情调悠闲,语言婉丽,承南唐词风,艺术成就颇高。

张殿院惠古瓦研①

邺城宫殿久荒凉②,缥瓦随波出禁墙③。
谁约薛文成古研④?等闲裁破两鸳鸯⑤。

已溛玉锋磨薛骨⑥,更持蟾泪湿云根⑦。
欲知千载凄凉意,尚有昭阳夜雨痕⑧。

【注释】

①殿院:殿中侍御史的俗称。惠:惠赠。古瓦研:用古瓦制成的砚。研,同“砚”。《宋诗纪事》作“砚”。

②邺城:今河南安阳市。曹操封魏王时都此。曾筑铜雀台、金虎台、冰井台,其上复道楼阁相连,称为三台。

③缥瓦:琉璃瓦。指铜雀台瓦,体质细润,坚硬如石,因以琢制为砚。清余怀《砚林》:“相州古邺都,魏武铜雀台在其处。瓦绝大,王文叔得其一以饷黄鲁直,东坡为作铭者。先公自燕还,亦得二砚,大者背有隐起六隶字曰:‘建安十五年造。’”苏轼《次韵和子由欲得骊山澄泥砚》诗:“举世争称邺瓦坚,一枚不换百金颁。”

④约:准绳。指按规格裁制。苏文:指古瓦上布满了藓痕。文,纹痕。

⑤两鸳鸯:指鸳鸯瓦,即嵌合成对的瓦。晋陆翙《邺中记》:“邺中铜雀台,皆鸳鸯瓦。”两,《宋诗纪事》作“碧”。

⑥恣:听任。玉锋:指刻玉的刀。这句是说用玉刀琢磨布满苔藓的古瓦,使之成为砚。

⑦蟾泪:注水器中的清水。蟾,指蟾蜍形的砚台注水器。陆游《不睡》诗:“水冷砚蟾初薄冻。”云根:石头。古人以为云触石而出,故称。这里指砚。这句是说向砚中注水。

⑧昭阳:宫殿名。汉成帝宠后赵飞燕所居。其后宠衰废为平民,自杀而死。南唐冯延巳《采桑子》词:“昭阳旧恨依前在,休说当时。”昭阳夜雨痕,暗寓恩遇兴衰之慨。

杜　衍

杜衍(978—1057),字世昌,越州山阴(今浙江绍兴)人。大中祥符元年(1008),擢进士甲科,出仕州郡,断狱明决,屡雪冤案。仁宗时召为御史中丞,兼判吏部流内铨,改知审官院。治事明敏,属吏无所施其奸。庆历三年(1043)任枢密使,次年拜相。与韩琦、范仲淹共事,支持“庆历新政”,遭阻抑,为相百日而罢。以太子少师致仕,封祁国公。卒谥正献。

雨中荷花①

翠盖佳人临水立②,檀粉不匀香汗湿③。
一阵风来碧浪翻,真珠零落难收拾④。

【注释】

①《后村千家诗》卷九载僧居简《雨中荷花》诗:“翠盖佳人临水立,寂寞雨中相对泣。温泉洗出玉肌寒,檀粉不匀香汗湿。”首尾二句与此诗首二句同。居简,理宗嘉熙中住净慈光孝寺。能诗,有《北涧诗集》。

②翠盖:翠羽装饰的华盖。喻荷叶。梁元帝《采莲赋》:“绿房兮翠盖,素实兮黄螺。”苏轼《横湖》诗:“贪看翠盖拥红妆,不觉湖边一夜霜。”亦写荷花。

③檀粉:浅红色的脂粉。香汗湿:喻荷花着雨。

④“一阵”二句:风吹荷叶如碧浪翻动,叶上雨珠纷纷坠落。真珠:即珍珠。喻雨珠。

范仲淹

范仲淹(989—1052),字希文,吴县(今江苏苏州)人。少时贫困力学,大中祥符八年(1015)进士。历官清正,关心民生疾苦,以“先天下之忧而忧,后天下之乐而乐”为己怀,为世所称。仕至枢密副使,参知政事。与富弼、欧阳修等推行庆历新政,为人中伤,被指为朋党,罢政。以资政殿学士为陕西四路安抚使,知邠州。守边数年,边人亲爱,呼为“龙图老子”。为将号令严明,爱抚士卒。后以疾请邓州,寻徙荆南,杭州、青州。卒赠兵部尚书,谥文正。工诗词散文,有《范文正公集》。

怀庆朔堂①

庆朔堂前花自栽,便移官去未曾开②。
如今忆着成离恨③,只托春风管领来④。

【注释】

①仁宗景祐三年(1036),范仲淹因上《百官图》,揭露宰相吕夷简用人不当,被贬知饶州(治所在今江西鄱阳)。庆朔堂是他在饶州官署后圃所筑堂名。据宋吴曾《能改斋漫录》卷十一记载:范仲淹在饶州时,悦乐籍一小妓。移官后作了这首诗寄给后任魏介,魏得诗就把乐妓赎买出来送给范仲淹。宋姚宽《西溪丛语》卷下亦记其事,谓范仲淹到京,作此诗寄后任,且以绵胭脂寄乐妓,赠诗云:“江南有美人,别后长相忆。何以慰相思,赠汝好颜色。”果如此,则庆朔堂之花,是暗喻所悦的乐妓。但宋徐度《却扫编》卷下则以为此诗是寄给天庆观一位道士的。道士为范仲淹在郡时相过从的朋友,其居室名“春风轩”,末句云云,即请其代为护持花木。清陈焯《宋元诗会》卷八既斥前说之妄,亦不取寄道士之说,有云:“按志,公曾植九松于堂前,间以杂卉。未几即移润州,故作此诗。所谓芝产三茎,松栽百尺者是也。而稗史谓公别有属意,岂其然乎!”此说似较允当。

②便:立即,不久。指时间短暂。《宋元诗会》作“更”。一作“为”。移宫:指改知润州(今江苏镇江)。

③如今:《西溪丛语》《宋元诗会》作“年年”。此句《能改斋漫录》作“年年长有别离恨。”

④管领:照看,保护。《范文正公集》《却扫编》作“管勾”。《宋元诗会》作“勾管”。此句《青箱杂记》《能改斋漫录》作“已托东风干当来”。

桐庐方正父家藏唐翰林画白芍药,予来领郡事,因获一见,感叹久之。题二十八字。景祐元年十月七日①

治乱兴衰甚可嗟,徒怜《水调》诉荣华②。
开元盛事今何在?尚有《霓裳》寄此花③。

【注释】

①明道二年(1033),范仲淹因谏废郭后事,被贬知睦州(治所在今浙江建德)。桐庐,当时为睦州领县。唐翰林:唐代在翰林院安置画家,称待诏、祗候、供奉。景祐元年:公元1034年。即范仲淹被贬睦州的第二年。景祐,宋仁宗(赵祯)年号。

②“治乱”二句:感叹前朝的治乱兴衰,只有通过《水调》的怨抑之声倾诉出来。嗟:叹息。《水调》:曲调名,属商调曲。唐曲凡十一叠,前五叠为歌,后六叠为入破。其歌第五叠五言,声调最为怨切。元辛文房《唐才子传·李峤》:“明皇将幸蜀,登花萼楼,使楼前善《水调》者奏歌,歌曰:‘山川满目泪沾衣,富贵荣华能几时?不见只今汾水上,惟有年年秋雁飞。’帝惨怆移时,顾传者曰:‘谁为此?’对曰:‘故宰相李峤之词也。’帝曰:‘真才子!’不待终曲而去。”

③“开元”二句:是说唐玄宗开元年间歌舞升平的盛世已经过去了,现在从这幅宫廷画师所作的白芍药上,还可以领略到当年《霓裳羽衣舞》的风姿。开元:唐玄宗年号。当时国力强盛,经济繁荣,文化发达,史称“开元盛世”。《霓裳》:即《霓裳羽衣曲》。唐代大曲。原为开元中西凉节度

使杨敬述所献的印度《婆多门曲》，经唐玄宗润色并制歌词，于天宝十三年改用此名。《乐府诗集》卷五十六《舞曲歌辞五》引《唐逸史》："罗公远多秘术，尝与玄宗至月宫。初以拄杖向空掷之，化为大桥。自桥行十余里，精光夺目，寒气侵人。至一大城，公远曰：'此月宫也。'仙女数百，皆素练霓衣，舞于广庭。问其曲，曰：'《霓裳羽衣》。'帝晓音律，因默记其音调而还。四顾桥梁，随步而没。明日召乐工，依其音调作《霓裳羽衣曲》。"这里是以白芍药比喻身穿白色霓裳羽衣的舞女。宋邵雍《白芍药》诗："阿姨天上舞《霓裳》。"

司马池

司马池（980或989—1041），字和中，陕州夏县（今属山西）人。司马光之父。举进士。历仕州县长吏，擢利州路转运使，知凤翔府。入为侍御史知杂事，改户部度支、盐铁副使。曾召知谏院，辞不就。以不慕荣利，为仁宗所称。擢天章阁待制、知河中府，徙同州、杭州。因不谙江南民情习俗，决事不当，被劾，降知虢州，徙晋州。

行　色①

冷于陂水淡于秋②，远陌初穷见渡头③。
赖是丹青无画处，画成应遣一生愁④。

【注释】

①行色：出门行役的景况。司马光《温公续诗话》："先公监安丰酒税，

赴官，尝有《行色》诗曰（诗如上略）。岂非状难写之景也。”按：此诗有刻石，在故安丰县（今河南固始东南），为司马池之孙司马宏知县事时所立。张耒有记云：“梅圣俞以诗名一时，尝言‘诗之工者，写难状之景如在目前，含不尽之意见于言外。’此诗有焉。”见《张右史文集》卷四十八《记行色诗》。宋吴子良《林下偶谈》卷二：“司马池《行色》诗云（诗如上略）。前辈称之。此诗惟第一句最有味。范文正《野色》诗：‘非烟亦非雾，幂幂映楼台。白鸟忽点破，夕阳还照开。肯随芳草歇，疑逐远帆来。谁会山公意，登高醉始回。’第二联亦岂下于池诗乎？此梅圣俞所谓‘状难写之景，如在目前’也。”清翁方纲《石洲诗话》卷三，“宋初司马池《行色》诗，或谓范文正《野色》诗足以配之。然二诗皆一时伫兴，故佳。不比后人某声某影，连类成题也。”

②陂（bēi 杯）：池塘。这句形容行色冷于池水，淡于秋色，可感知而难以言状。

③陌：道路。见：《张右史文集》作“到”。这句是说刚走完远路，又看到渡口。形容水陆行役无穷。

④赖是丹青无画处：又作“赖是丹青不能画”“赖得丹青无处画”“犹赖丹青无处画”。赖：亏得。丹青：中国古代绘画常用的红色和青色颜料。因借指绘画。《汉书·苏武传》：“竹帛所载，丹青所画。”这两句是说行色凄然难画，倘若画成，使人看了将终生愁苦不堪。

田　况

田况（1005—1063），字元均，祖籍阳翟（今河南禹州市），居开封（今属河南）。少有大志，好读书，文思敏捷。天圣进士，又举贤良方正。曾陈治边十四事，多为仁宗采纳。历官右正言、知制诰,以右谏议大夫知成都。至和元年(1054)擢枢密副使,嘉祐中拜枢密使。以太子少傅致仕。卒谥宣简。有《金岩集》《儒林公议》。

琴　堂①

西汉文章世所知，相如闳丽冠当时②。
游人不赏凌云赋③,只说琴堂是故基。

【注释】

①琴堂:即琴台,在四川成都,相传为司马相如弹琴之处。相如家贫,当地富人卓王孙有女文君新寡,好音乐,相如以琴声挑之,文君夜奔相如,结为夫妻。同至临邛卖酒,文君当垆,相如涤器。见《史记·司马相如传》。宋邵博《题相如琴台》诗:“长卿本豪杰,礼外安可处?手挥南风琴,心谓东邻女。杂身佣保中,初不忌笑侮。大者固已立,下此皆可补。”可与此诗参看。

②相如:即司马相如,字长卿,蜀郡成都(今属四川)人。西汉著名辞赋家。所作《子虚赋》,深得汉武帝赏识。闳(hóng洪)丽:气魄洪大,词采华美。冠:居于首位。

③凌云赋:司马相如作《大人赋》,言游仙事,汉武帝读了十分高兴,“飘飘有凌云之气,似游天地之间意。”见《史记·司马相如传》。

王　伸

王伸(一作绅),乾德中以左补阙知永州。《宋诗纪事补遗》

谓蜀人，家长安。熙宁中为岐山宰，绍圣中知永州。按：自乾德末至熙宁初，相距已百年之久，两者殆非一人。

虎　丘[1]

山头古寺多陈迹[2]，故国空余气象雄[3]。
霸业已随流水去[4]，阖闾坟草又西风[5]。

【注释】

①虎丘：见本卷陈尧佐《虎丘》注①。

②山头古寺：指云岩寺。

③故国：指春秋时吴国。

④霸业：雄霸一方的王业。春秋时吴王阖闾为五霸之一。

⑤阖闾：见本卷陈尧佐《虎丘》注④。

欧阳詹

欧阳詹，乾德中献野史，授黄冈宰。

公宇芦[1]

渔家合得两三茎[2]，公退徐吟思倍清[3]。
官满不将归旧隐，萧萧留与后人听[4]。

【注释】

①《诗话总龟》前集卷十四引《雅言杂载》:“欧阳詹,乾德中献野史,授黄冈宰,有诗行于世。《闻猴》云:‘啼猿非有恨,行客自多悲。’《闻笛》云:‘不知吹者意,何似听人心?’《卧屏》云:‘横琴遮远洞,举手出高峰。’《公宇芦》云(诗如上略)。”公宇芦:公署园池中的芦苇。

②合:应该,理当。

③公退:办完公事退堂。宋楼钥《送从子渊宰浦江》诗:“公退读书二子侍,县斋松竹已成林。”思(sì 四):情思,心绪。

④“官满”二句:官期将满,回乡归隐时不把芦苇带去,让它的萧萧清风留给后任听赏。比喻把清白的官风留给后人。将:带。

王　操

王操,字正美,江南处士。太平兴国时,上《南郊颂》,授太子洗马,仕至殿中丞。

题水心寺壁①

分飞南渡春风晚,却返家林旧业空②。
无限离情似杨柳,万条垂向楚江东。

【注释】

①宋佚名《历代吟谱》:“王操谒宋国老,献诗,送数百缣。于钟陵饮酒,数日而尽。醉中挂帆数百里,至落星湾,半醉醒,烟雨中登水心寺,题诗于壁。”水心寺:即落星寺,在江西鄱阳湖北落星湾中。传说有星坠水化

石而名。

②旧业:原有的家产。唐卢纶《晚次鄂州》诗:“旧业已随征战尽,更堪江上鼓鼙声。”

滕　白

滕白,宋太宗时为工部郎中,也称滕工部,有《工部集》。

燕

短羽新来别海阳①,真珠高卷语雕梁②。
佳人未必全听尔, 正把金针绣凤凰③。

【注释】

①短羽:小鸟。指燕。海阳:县名。晋置,以南滨大海而名。即今广东潮州市潮安区。唐徐璧《春燕》诗:“双燕今朝至,何时发海滨?”

②真珠:即珍珠。指珠帘。南唐李璟《摊破浣溪沙》词:“手卷真珠上玉钩,依前春恨锁重楼。”宋刘兼《春燕》诗:“多时窗外语呢喃,只要佳人卷绣帘。”雕梁:雕花的栋梁。燕子营巢之处。宋史达祖《双双燕·咏燕》词:“还相雕梁藻井,又软语商量不定。”高:原误作“亭”。下并脱“卷”字。据《全唐诗》校补。

③“佳人”二句:化用唐秦韬玉《燕》诗:“曾与佳人并头语,几回抛却绣工夫。”尔:你。指燕。

郭　震

郭震，蜀郡成都（今属四川）人。博学能诗，悠然有物外之志。《东坡题跋》卷三《记郭震诗》云："蜀人任介、郭震、李畋，皆博学能诗，晓音律，相与为莫逆之交。游荡不羁，礼法之士鄙之，然皆才识过人。"又云："震将死，其友人往问之。侧卧欹枕而言，其友曰：'子且正身。'震笑曰：'此行岂可复啖名哉！'虽平生谈谐之余习，然足以见其临死而不乱也。"有《渔洲集》。

题龙华山①

昔年曾到此山回②，百鸟声中酒一杯。
最好寺边开眼处③，段文昌有读书台④。

【注释】

①龙华山：在四川广都县（今双流区东南）。宋叶廷珪《海录碎事》："段文昌有别业在广都县龙华山，尝杜门力学于此。郭震有题龙华山诗云（诗如上略）。"

②回：《海录碎事》作"来"。

③开眼处：开阔显眼的地方。

④段文昌：字墨卿，又字景初，临淄（今山东淄博）人。唐元和中为翰林学士，穆宗朝入相，出为剑南西川节度使。文宗立，拜御史大夫，封邹平郡公，复节度西川卒。宋计有功《唐诗纪事》卷五十："文昌字墨卿，有别业在广都县之南龙华山，尝杜门力学于此，俗谓之段公读书台。"

老　卒[①]

老来弓剑喜离身，说着沙场更怆神[②]。
任使将军全得胜[③]，归时须少去时人[④]。

【注释】

①《宋元诗会》题作《老兵》。

②怆(chàng 创)神：神情悲伤。

③任使：即使，尽管。

④归时须少去时人：《宋元诗会》作“归时不尽去时人”。

王　嵒

王嵒(yán 岩)，淳化中隐居蜀川。有集。

回旧山[①]

庾家楼上谢家池[②]，处处风烟少旧知[③]。
明日落花谁共醉？野溪猿鸟恨归迟[④]。

【注释】

①旧山：故乡。

②庾家楼：晋庾亮在武昌任刺史时，曾与僚吏殷浩、王胡之等登南楼赏月，谈咏竟夕，兴致很高。见《世说新语·容止》。后人因名南楼为庾

楼。谢家池:南朝宋诗人谢灵运很赞赏从弟谢惠连的诗,他在永嘉(今浙江温州)西塘作诗,竟日不成,忽梦见惠连,便得“池塘生春草”的佳句。见《南史·谢惠连传》。后人因名谢灵运吟诗处为谢池。这里庾家楼、谢家池都不是实指,而借以比况家乡风月吟咏之地。

③旧知:旧相识。

④野溪猿鸟恨归迟:南朝齐孔稚圭《北山移文》嘲讽出山做官的隐士,有句说:“蕙帐空兮夜鹤怨,山人去兮晓猿惊。”这里是说家乡的猿鸟怨恨他归去得太晚。

任　玠

任玠,蜀郡成都(今属四川)人。通五经,纬候音律,琴棋书画,皆得其妙。以荐入京,真宗会试学士院,献诗一千二百韵。赐进士,授汝州团练推官。

题黄休复茅亭①

聚散枯荣一梦中,西归亲友半成空。
唯余大隐茅亭客②,头白论交有古风③。

【注释】

①黄休复:字归本,湖北人,长期客居蜀中。通《春秋》,精画艺,好收藏前人书画名迹。著有《茅亭客话》《益州名画录》等。

②大隐:指身居朝市而恬淡如退隐的人。晋王康琚《反招隐》诗:“小隐隐陵薮,大隐隐朝市。”

③头白论交有古风：指道义之交，始终不渝，有古人醇厚之风。汉邹阳《狱中上梁王书》："谚曰：'有白头如新，倾盖如故。'何则？知与不知也。"后以白头如新指交情经久不渝，与原意不同。头白：《宋诗纪事》作"垂白"。

王　初

王初，建安（今福建建瓯）人。天圣二年（1024）进士。有诗一卷。

即　夕

风幌凉生白袷衣①，星榆历乱绛河低②。
月明休近相思树，恐有韩凭一处栖③。

【注释】

①风幌：风吹窗帘。幌，窗帘。白袷衣：白色夹衣。唐李商隐《春雨》诗："怅卧新春白袷衣。"袷（jiá 夹），双层的衣被。

②星榆：指繁星。古乐府《陇西行》："天上何所有？历历种白榆。"历乱：零乱。《宋诗纪事》作"才乱"。绛河：银河。古人观天以北极为标准，仰视银河在北极之南，红色象征南方，故称银河为绛河。绛（jiàng 降），红色。

③"月明"二句：相传战国时宋康王夺舍人韩凭妻何氏，夫妇皆自杀。两坟相望，一夜之间，坟顶各生大梓木，十天内长大盈抱，两树屈体相就，根交于下，枝错于上。又有鸳鸯一对，常栖树上，晨夕不去，交颈悲鸣。宋

人哀之，名其树为相思树。见晋干宝《搜神记》卷十一。韩凭：即代指鸳鸯。北周庾信《鸳鸯赋》："佳栖梓树，堪是韩凭。"

春日咏梅花

靓妆才罢粉痕新①，迢递风回散玉尘②。
若遣有情应怅望，已兼残雪又兼春③。

【注释】

①靓(jìng静)妆：美丽的妆饰。以美人喻梅花。

②迢递：高远貌。玉尘：常以喻雪。这里喻风中落梅。唐白居易《酬皇甫十早春对雪见赠》诗："漠漠复雰雰，东风散玉尘。"

③"若遣"二句：如果让有情的人看见飞落的梅花，一定会怅然凝望，感叹时序匆匆，一年又过。因为梅花象征着已逝的冬天和刚到的春天。

卷　二

七　言　二

韩　琦

韩琦(1008—1075),字稚圭,安阳(今属河南)人。天圣进士。任右司谏,正直敢言,曾一次劾罢宰相、参政四人,为时论所称。出任陕西安抚使,与范仲淹共同防御西夏,有“韩范”之称。三朝执政,迭任枢密使、宰相,封魏国公。著有《安阳集》。

和春卿学士柳枝词[①]

淡烟轻日簇谁家[②],微出青旗一道斜[③]。
对景似嫌春意老,更摇疏影扫残花。

画桥南北水连天,才听莺声又晚蝉。
长使离魂容易断,春风秋月自依然。

【注释】

①春卿:吴育,字春卿,浦城(今属福建)人。天圣进士。曾任翰林侍读学士、资政殿大学士。柳枝词:见卷一徐铉《柳枝词》注①。题共五首,此选其二、其三。

②簇:围聚。此指柳荫浓密。

③青旗:酒幌子。以青布为之,故名。一道:《宋诗钞·安阳集》《宋元诗会》作“一带”。

欧阳修

欧阳修(1007—1072),字永叔,号醉翁、六一居士,吉州庐陵(今江西吉安)人。幼贫而好学,曾以芦荻画地练字。天圣八年(1030)进士。庆历三年(1043)知谏院,擢知制诰,支持范仲淹等庆历新政。新政失败,出知滁、扬、颍等州十一年。召迁翰林学士。嘉祐二年(1057)知贡举,排抑险怪艰涩的"太学体",文风为之一变。五年(1060)任枢密副使,次年拜参知政事。为官清正,关心民生疾苦。

平生喜奖掖后进,曾巩、王安石、苏洵、苏轼、苏辙等都得到他的赏识和提拔。他是当时文坛公认的领袖。诗、词、散文都卓有成就。诗矫西昆体的流弊,以气格为主,语言流动潇洒,韵致天然。其畅达处亦开宋诗散文化之倾向。卒谥文忠。有《欧阳文忠公集》。

寄赠丁判官①

西陵江口折寒梅②,争劝行人把一杯③。
须信春风无远近,维舟处处有花开④。

【注释】

①此诗为景祐四年(1037)欧阳修被贬为湖北峡州夷陵(今湖北宜昌)县令时所作。丁判官:指丁宝臣,字元珍。当时任峡州判官。欧阳修常跟

他唱和。判官,地方长官的僚属,佐理政事。寄:《欧阳文忠公集》作“戏”。

②西陵江口:湖北宜昌西北夷山附近长江出口处,即西陵峡口。折寒梅:南朝宋陆凯与范晔友好,从江南寄一枝梅花给范晔,赠诗说:“折梅逢驿使,寄与陇头人。江南无所有,聊赠一枝春。”

③一杯:《欧阳文忠公集》作“酒杯”。

④维舟:系船。

梦中作

夜凉吹笛千山月①,路暗迷人百种花。
棋罢不知人换世②,酒阑无奈客思家③。

【注释】

①夜凉:一作“夜深”。

②棋罢不知人换世:传说晋王质入山砍柴,见童子数人一边下棋,一边唱歌,王质就放下斧头听。童子给他一颗枣核似的东西,含在嘴里就不觉得饥饿。不久,童子下完棋,催他回去。王质拿起斧柄已经腐烂。回到家乡已过了几十年,亲友差不多都去世了。见旧题南朝梁任昉《述异记》。

③酒阑:酒尽。句言酒本所以销愁,无奈酒后乡愁更甚。

别　滁①

花光浓烂柳轻明②,酌酒花前送我行。
我亦且如常日醉③,莫教弦管作离声④。

【注释】

①滁:滁州。州治在今安徽滁县。欧阳修于庆历五年(1045)贬知滁州,庆历八年(1048)由滁州徙知扬州。

②浓烂:烂漫,艳丽。一作“浓郁”。轻明:轻柔明媚。一作“轻盈”。

③且：聊且。一作“只”。

④弦管：管弦乐器。

宿云梦馆[①]

北雁来时岁欲昏[②]，私书归梦杳难分[③]。
井桐叶落池荷尽，一夜西窗雨不闻[④]。

【注释】

①云梦：古泽薮名。分跨湖北境内大江南北，江北为云，江南为梦。面积广八九百里。西起今松滋、荆门，东至今黄冈、麻城，北抵今安陆，南逾大江。自晋以后则专指洞庭湖为古云梦，范围缩小。西魏置云梦县，即今湖北安陆市。馆：馆舍。行旅止息之所。

②岁欲昏：一年将尽。

③私书归梦：传说雁能捎带书信，这里是由闻雁而引起怀人和思乡之感。私书，私人来往的书信。唐李商隐《赠从兄阆之》诗：“私书幽梦约忘机。”

④“井桐”二句：井桐：井旁梧桐。常用作悲秋之物。古人以为秋雨滴在梧桐和残荷上，使人感到一种萧索的秋意，能触发旅愁和乡思。唐温庭筠《更漏子》词有云：“梧桐树，三更雨，不道离情正苦。一叶叶，一声声，空阶滴到明。”唐李商隐有“留得枯荷听雨声”的名句(《宿骆氏亭寄怀崔雍崔衮》)。这里说梧桐叶落，荷叶也已凋残，夜雨失去了触媒，悄悄地在窗外下着，旅人仿佛无所闻，其实他的内心未必平静。这里还化用李商隐《夜雨寄北》诗：“君问归期未有期，巴山夜雨涨秋池。何当共剪西窗烛，却话巴山夜雨时。”此诗可谓运化无迹，情韵俱到。

石　介

石介(1005—1045),字守道,兖州奉符(今山东泰安东南)人。天圣八年(1030)进士。历郓州观察推官,南京留守推官、嘉州军事判官。后丁忧,躬耕徂徕山下,教授《易经》,人称徂徕先生。入为国子监直讲。庆历中韩琦荐为太子中允,直集贤院。著文指摘时弊,无所忌讳。平生以师道自居,推崇扬雄、韩愈,与欧阳修友善。反对西昆体颓靡文风。诗有气骨,寓温厚于激直之中。著有《石徂徕集》。

泥溪驿中作①

山驿萧条酒倦倾，嘉陵相背去无情。
临流不忍轻相别，吟听潺湲坐到明②。

【注释】

①宝元元年(1038),石介任嘉州(今四川乐山)军事判官,是夏入蜀。诗作于入蜀道中。题下自注:“嘉陵江自大散关与予相伴二十余程,至泥溪,背予去。因有是作。”(伴,原误作“别”。背,原误作“偕”。据《石徂徕集》改。)泥溪:在四川宜宾西北一百八十里。驿:见卷一王周《宿疏陂驿》注①。嘉陵江:源出陕西凤县东北嘉陵谷,西南流到略阳县北纳西汉水,到四川广元市纳白龙江,南流经南充、合川到重庆入长江。大散关:在陕西宝鸡市西南大散岭上。是渭南平原进入秦岭的要道。

②“临流”二句:以不忍与江流相别,反衬客程之寂寞和旅况之凄清。

唐戎昱《移家别湖上亭》诗:“黄鹂久住混相识,欲别频啼四五声。”杜牧《赠别》诗:“蜡烛有心还惜别,替人垂泪到天明。”均于无情处生情,可参看。温庭筠《过分水岭》诗,句意尤为相似:“溪水无情似有情,入山三日得同行。岭头便是分头处,惜别潺湲一夜声。”潺湲(chán yuán 蝉园):缓慢的水流声。

王　琪

王琪,字君玉,华阳(今属四川)人,徙居舒州(今安徽潜山市)。约宋仁宗嘉祐初前后在世。举进士,调江都主簿。上时务十二事,仁宗嘉之。除馆阁校勘集贤校理。数临东南诸州,政尚简净。以礼部侍郎致仕。终年七十二。

答永叔问月①

班班疏雨寒无定②,皎皎圆蟾望欲阑③。
应在浮云尽深处④,更凭丝竹一催看⑤。

【注释】

①《两宋名贤小集》题作《答永叔问》。永叔:欧阳修的字。欧阳修有《中秋不见月问客》诗:“试问玉蟾寒皎皎,何如银烛乱荧荧?不知桂魄今何在?应在吾家紫石屏。”王琪之诗或答此而作。又据宋叶梦得《石林诗话》卷上载,王琪为晏殊幕僚时,尝逢中秋阴晦,晏殊早寝,无赏月之兴。王投以诗云:“只在浮云最深处,试凭弦管一吹开。”晏殊得诗大喜,即索衣而起,召客治具。至夜分,果月出,遂欢饮达旦。按:王琪投晏殊诗与此诗

后二句略同，倘非误植，或许因前后情景相似而一诗两投。

②班班：亦作“斑斑”。点滴不断的样子。

③圆蟾：圆月。传说月中有蟾蜍，故名。望欲阑：望眼欲穿的意思。

④尽深处：指月亮躲在云层的最深处。尽，最。

⑤丝竹：弦管乐器。看：助词。读平声。表示试一试的意思。这句是说用音乐催月亮出来。

苏舜钦

苏舜钦（1008—1048），字子美，绵州盐泉（今四川绵阳东南）人，徙居开封（今属河南）。景祐元年（1034）进士。庆历四年（1044）范仲淹荐为集贤校理、监进奏院。以岳父杜衍和范仲淹主新政，为人倾陷，以细故除名。退居苏州，筑沧浪亭，读书其中，寄愤懑于诗文。诗风雄健，颇多感慨时事，抒写怀抱之作。小诗清新可诵。与梅尧臣齐名，世称“苏梅”，很得欧阳修推重。著有《苏学士集》。

淮中晚泊犊头①

春阴垂野草青青②，时有幽花一树明。
晚泊孤舟古祠下，满川风雨看潮生③。

【注释】

①淮：淮河。犊头：淮河边的小地名。《苕溪渔隐丛话》前集卷三十二引《王直方诗话》：“山谷累书此诗，或真草与大字。”刘克庄《后村诗话》卷

二评云:“极似韦苏州。”翁方纲《石洲诗话》卷三评云:“妙处不减唐人。”

②春阴:春天的阴云。

③川:河川。《诗林广记》作“洲”。陈衍《宋诗精华录》卷一评此句:“视‘春潮带雨晚来急’,气势过之。”

秋日登阊门[①]

年华冉冉催人老[②],风物萧萧又变秋[③]。
家在凤凰城阙下[④],江山何事苦相留[⑤]?

【注释】

①《诗话总龟》前集卷三十二引《古今诗话》:“苏子美失意,秋日登苏之阊门云(诗如上略)。又书其旁云:‘江山留人也,人留江山也。’卒不用,亦诗之谶。”阊门,江苏苏州城西北门。《吴越春秋·阖闾内传》:“立阊门者,以象天门通阊阖风也。阖闾欲破楚,楚在西北,故立阊门以通天气,因复名之破楚门。”《苏学士集》题作《秋怀》。

②年华:《诗话总龟》作“年光”。冉冉(rǎn 染):慢慢地。渐进貌。屈原《离骚》:“老冉冉其将至兮。”此句《古今诗话》类说本作“时光冉冉都如梦”。

③风物萧萧:《诗话总龟》作“云物涓涓”。

④凤凰城阙:亦称“凤城”,谓京城。唐张仲素《圣明乐》诗:“宫花将苑柳,先发凤凰城。”这里指北宋京城开封。阙(què 确):宫门前的望楼。

⑤何事:《古今诗话》类说本作“安用”。

初晴游沧浪亭[①]

夜雨连明春水生,娇云浓暖弄微晴[②]。
帘虚日薄花竹静,时有乳鸠相对鸣。

【注释】

①沧浪亭:苏州名园。原为五代吴越广陵王钱元璙的花园,宋仁宗庆历五年(1045),苏舜钦在园内建沧浪亭,因以亭名园。

②娇云:舒展作态的春云。微晴:《苏学士集》作“阴晴”。

司马光

司马光(1019—1086),字君实,自号迂叟,陕州夏县(今山西闻喜)涑水乡人。世称涑水先生。少聪颖好学,以父荫为将作监主簿。宝元初进士。历天章阁待制兼侍讲、知谏院,任事敢言。英宗时进龙图阁直学士,判吏部流内铨。神宗即位,擢翰林学士,权御史中丞。反对王安石变法。熙宁三年(1070)出知永兴军。次年判西京御史台,自此退居洛阳十五年,专心主持编撰《资治通鉴》,元丰七年(1084)成书。哲宗即位,高太后听政,召入主国政,任尚书左仆射兼门下侍郎,尽废新法。为相八月,病卒。追封温国公,谥文正。有《司马文正公集》。

静　夜

午夜空斋四悄然,清寒透骨不成眠。
秋风故揭疏帘起①,正漏月华来枕前②。

【注释】

①故:有意。

②月华：月光。

独步至洛滨[①]

草软波清沙径微[②]，手携筇竹着深衣[③]。
白鸥不信忘机久，见我犹穿岸柳飞[④]。

【注释】

①题共二首，此选其二。洛滨：洛水之滨。洛水，亦称洛河，源出陕西洛南县西北，东入河南，流经洛阳，至巩义市洛口入黄河。《诗林广记》题作《过邵康节居》。宋邵伯温《邵氏闻见录》卷十八："公（司马光）一日着深衣，自崇德寺书局散步洛水堤上，因过康节天津之居，谒曰程秀才云。既见，温公也。问其故，公笑曰：'司马出程伯休父，故曰程。'留诗云云。"邵雍有步韵和作二首。

②沙径：《邵氏闻见录》作"沙路"。

③筇（qióng 穷）竹：竹杖。《邵氏闻见录》《诗林广记》作"筇杖"。深衣：古代士大夫家居的便服。上下相连，前后深长，故称深衣。

④"白鸥"二句：传说海上有人好鸥鸟，鸥鸟成群与他嬉游。其父命他捉一只玩玩，他去海上，鸥鸟就飞翔不下，不再亲近他了。见《列子·黄帝》。这是说人有机诈之心，外物就不敢亲近；相反，忘机（忘却机诈之心），则可以与外物相游。这两句是说白鸥不信作者早已忘机，见他仍然惊飞。以言超然忘机，物我相契之不易。

闲　居

故人通贵绝相过[①]，门外真堪置雀罗[②]。
我已幽慵僮更懒[③]，雨来春草一番多。

【注释】

①通贵:达官贵人。绝相过:断绝来往。

②门外真堪置雀罗:形容门庭冷落。《史记·汲黯列传赞》:“始翟公为廷尉,宾客阗门;及废,门外可设雀罗。”罗,捕鸟的罗网。

③幽慵:懒散。僮:仆人。

文彦博

文彦博(1006—1097),字宽夫,汾州介休(今属山西)人。天圣进士。累迁殿中侍御史。庆历七年(1047)任枢密副使,旋拜参知政事,擢同中书门下平章事。皇祐三年(1051)劾罢。至和二年(1055)复相。神宗时,反对王安石新法。出判河阳、河南等地。元丰六年(1083)以太师致仕。元祐初,司马光当朝,废弃新法,请他平章军国重事,以年老,特许六日一朝。元祐五年(1090)复以太师致仕。历仕四朝,任将相五十年之久。封潞国公。有《潞公集》。

寒食游压沙寺雨中席上偶作①

沙路无泥地侧金②,满园香雪照琼林③。
一枝带雨尊前看,还是去年寒食心④。

【注释】

①寒食:清明前一天或两天。相传起于晋文公为纪念功臣介子推抱

木被焚，因而禁火寒食。压沙寺：在今河北大名县。以梨花之盛，闻于天下。

②金：形容黄沙。

③香雪：指梨花。唐李白《宫中行乐》诗："梨花白雪香。"宋黄庭坚《压沙寺梨花》诗："压沙寺后千株雪，长乐坊前十里香。"琼林：形容林中花开洁白如玉。

④"一枝"二句：唐白居易《长恨歌》："梨花一枝春带雨。"唐温庭筠《鄠杜郊居》诗："寂寞游人寒食后，夜来风雨送梨花。"

吕夷简

吕夷简(979—1044)，字坦夫，寿州(治今安徽凤台)人。一说先世居河东，后徙开封(今属河南)。咸平进士。真宗朝历任地方官。屡请取消农具征税，减轻民工劳役。以刑部郎中，权知开封府。仁宗初年，刘太后临朝，任宰相，阻止浮费。仁宗亲政，罢相，未几复相。因排斥范仲淹，为时论所不满。以太尉致仕。封申国公，徙许国公。谥文靖。有集二十卷。诗风清润和雅。

天华寺[1]

贺家湖上天华寺[2]，一一轩窗向水开[3]。
不用闭门防俗客，爱闲能有几人来。

【注释】

①天华寺：又名天花寺。在浙江绍兴东关。陆游《老学庵笔记》卷六：

"会稽镜湖之东,地名东关,有天花寺。吕文靖尝题诗云(诗如上略)。今寺乃在草市通衢中,三面皆民间庐舍,前临一支港,与诗殊不合。岂陵谷之变迁已如此乎?或谓寺本在湖中,后徙于此。"宋叶寘《爱日斋丛钞》卷三引此诗与曾幾《题意大师房》诗:"头白高僧心已灰,石菖蒲长水蕉开。庄严茗事炉烟起,不用关防俗子来。"评云:"两诗韵同意亦合。视荆公'我亦暮年专一壑,每逢车马便惊猜',气象广窄可见。"

②贺家湖:即镜湖,又名鉴湖。在今浙江绍兴市南。唐开元中,秘书监贺知章求退居乡里,以湖为放生池,诏赐镜湖一曲。因名贺家湖。

③轩窗:长廊的窗户。《诗话总龟》作"僧窗"。

王安石

王安石(1021—1086),字介甫,号半山,抚州临川(今江西抚州)人。庆历二年(1042)进士。初知鄞县,有政绩。嘉祐三年(1058)上万言书,主张改革政治。熙宁十年(1069)任参知政事,次年拜相。积极推行新法,遭保守派反对。七年(1074),罢相,出知江宁府。八年,复相。九年,再罢相。退居江宁(今江苏南京)半山园。封舒国公,改荆国公。卒谥文。

他是北宋诗文大家。散文雄健峭拔,诗歌遒劲清新。尤擅绝句,晚年所作,精深华妙,一唱三叹,有"荆公绝句妙天下"之称。有《临川先生文集》。

乌　塘①

乌塘渺渺绿平堤②,堤上行人各有携。

试问春风何处好？辛夷如雪柘冈西[3]。

【注释】

①乌塘：在江西金溪县西六十里，王安石外祖母家附近。诗中柘冈也在其地，上有王安石读书堂。王安石晚年退居金陵（今江苏南京）后，很思念故乡风物，常常见诸吟咏，此首即是一例。又有《柘冈》诗云："柘冈西路花如雪，回首春风最可怜。"可与此诗参看。

②绿：一作"渌"。

③辛夷：一名木笔花。有紫、白二色，大如莲花，香气浓郁。白色的名玉兰。江南地暖，早春开花，因又名迎春花。柘（zhè 浙）：落叶灌木或乔木，叶可喂蚕。

江宁夹口[1]

落帆江口月黄昏，小店无灯欲闭门。
侧出岸沙枫半死[2]，系船应有去年痕[3]。

【注释】

①题共三首，此选其三。江宁：今江苏南京。夹口：江出两山之间的地方。按：此诗又署方惟深作，字句有小异。首句作"客航收浦月黄昏"，"小店"作"野店"，"系船"作"系舟"。《宋诗纪事》卷三十六引《莆阳文献》云："此诗荆公爱之，尝书坐右，后人误入荆公集中。"方惟深，见本书卷四。

②侧出岸沙枫半死：《王荆文公诗笺注》（下省作《荆公诗注》）作"半出岸沙枫欲死。"李壁注："真迹作'侧出岸沙枫半死'，尤佳。"

③应有：《荆公诗注》作"犹有"。

送和甫至龙安，微雨，因寄吴氏女子①

荒烟凉雨助人悲，泪染衣襟不自知。
除却春风沙际绿②，一如看汝过江时。

【注释】

①和甫：王安石弟弟安礼的字。嘉祐进士。曾以翰林学士知开封府，官尚书左丞。与安石政见不一，苏轼因作诗讽刺新法下御史狱时，他曾予以营救。吴氏女子：王安石女，嫁吴安持，封蓬莱县君，能诗。

②春风：《荆公诗注》作“东风”。杜甫《阆水歌》：“更复春从沙际归。”

悟真院①

野水从横漱屋除②，午窗残梦鸟相呼。
春风日日吹香草，山北山南路欲无。

【注释】

①悟真院：在南京钟山八功德水之南。

②从横：四散奔流貌。从，同“纵”。屋除：房前台阶。

随　意

随意柴荆手自开①，沿冈度堑复登台②。
小桥风露扁舟月，迷鸟羁雌竞往来③。

【注释】

①柴荆：柴门。

②堑(qiàn 欠):壕沟。

③迷鸟羁雌:指失群无伴的鸟。汉枚乘《七发》:“(龙门之桐)朝则鹂黄鳱鴠鸣焉,暮则羁雌迷鸟宿焉。”南朝宋谢灵运《晚出西射堂》诗:“羁雌恋旧侣,迷鸟怀故林。”迷鸟,失群之鸟。羁雌,无伴的雌鸟。

金陵即事①

水际柴门一半开，小桥分路入苍苔。
背人照影无穷柳，隔屋吹香并是梅②。

【注释】

①题共三首,此选其一。李壁注:“此诗吟讽不足,可入画图。”金陵:今江苏南京。即事:指有感于眼前事物而作。

②并是:都是。

即　席①

曲沼溶溶泮尽澌②,暖烟笼瓦碧参差③。
人情共恨春犹浅，不问寒梅有几枝。

【注释】

①即席:指在座席间挥笔而就。

②沼:池。泮(pàn 判):流冰。澌:解冻,消融。

③参差(cēn cí):错落不齐。

北　望①

欲望淮南更白头，杖藜萧飒倚沧洲②。
可怜新月为谁好，无数晚山相对愁。

【注释】

①原题作《北堂》，据《临川集》改。

②杖藜：扶藜杖而行。藜，多年生草本，茎老可作手杖，取其轻便。沧洲：滨水之地。指隐者所居。南朝齐谢朓《之宣城出新林浦向板桥》诗："既欢怀禄情，复协沧洲趣。"

题　扇①

玉斧修成宝月团②，月中仍有女乘鸾③。
青冥风露非人世④，鬓乱钗横特地寒⑤。

【注释】

①宋惠洪《冷斋夜话》卷三谓李格非尝曰此诗作意本唐卢仝《醉归》诗："昨夜村饮归，醉倒三四五。摩挲青莓苔，莫慎惊着汝。"又《天厨禁脔》评云："读之令人一唱三叹，譬如朱弦疏越有遗音者也。"

②玉斧修成宝月团：传说月亮由七宝合成，经常有八万二千户负责修理。有人名郑仁本，游山迷路，遇到一位月亮的修理工，他打开包袱，里面有几柄斧头和两包玉屑饭。见唐段成式《酉阳杂俎》前集卷一。宋曾几《癸未八月十四至十六夜月色皆佳》诗："明时谅费银河洗，缺处应须玉斧修。"汉班倢伃《怨歌行》："裁为合欢扇，团团似明月。"这句是说团扇像是玉斧修成的圆月。团，《说诗乐趣》作"圆"。

③月中仍有女乘鸾：指团扇上画着乘鸾仙女。传说春秋时萧史善吹箫，作凤鸣。秦穆公以女弄玉妻之。一夕吹箫引鸾凤，夫妻同乘升天仙去。见旧题汉刘向《列仙传》卷上。女乘鸾，指弄玉。南朝梁江淹《杂拟》诗："纨扇如团月，出自机中素。画作秦王女，乘鸾向烟雾。"唐刘禹锡《团扇辞》："上有乘鸾女，苍苍虫网遍。"又，传说鸾鸟喜偶，对镜而照，见影便舞。故称镜为鸾镜。见南朝宋范泰《鸾鸟诗序》。这里以鸾镜喻月，而仍关合团扇，语意婉曲。月中：《临川集》《王直方诗话》《冷斋夜话》《后村千家诗》作"月边"，义较胜。宋林季谦《扇》诗："不见乘鸾月边女。"

④青冥：指天空。以其青色而高远，故称。

⑤鬓乱钗横：形容女子睡醒时的情态。这里指梦醒。特地：特别，格外。钗横：《临川集》作“钗斜”。

登飞来峰①

飞来山上千寻塔②，闻说鸡鸣见日升③。
不畏浮云遮望眼④，自缘身在最高层⑤。

【注释】

①飞来峰：在杭州灵隐寺前。相传东晋时印度僧人慧理见此山，惊异地说：“此乃中天竺国灵鹫山之小岭，不知何以飞来？”由此得名。按：灵隐飞来峰无塔，李壁《王荆文公诗笺注》已献其疑：“灵隐飞来峰，则无塔，兼所见亦不远，恐别一处也。”明瞿佑《归田诗话》卷上引作《咏北高峰塔》，明田汝成《西湖游览志余》卷二十一亦转引其文作《咏北高峰塔》，未知所据。清赵翼《瓯北诗话》卷十一引作《登北高峰塔》，注云：“见《石林诗话》。”而今本《石林诗话》不见称引。经蒋礼鸿先生考证，此诗所谓“飞来山上千寻塔”，实为越州（今浙江绍兴）城南飞来山之塔。传说山从东武飞来，故名。山上有应天塔，今俗称塔山。其地高敞，“圜视井邑，如阅图画。越之形胜，十得六七”。与本诗所写正相符。皇祐二年（1050），王安石知鄞县秩满而归，路经越州，有《登越州城楼》诗。本诗当亦同时所作。说见蒋礼鸿《咬文嚼字·王安石诗飞来山在绍兴证》。

②飞来山：《瓯北诗话》作“飞来峰”。千寻：极言其高。古以八尺为一“寻”。

③鸡鸣见日升：唐孟浩然《天台》诗：“鸡鸣见日出，常与仙人会。”此用其语意。

④浮云：汉陆贾《新语》：“邪臣蔽贤，犹浮云之障白日也。”唐李白《登金陵凤凰台》诗：“总为浮云能蔽日，长安不见使人愁。”此诗即景抒怀，寓意在有无隐显之间。

⑤自缘:因为。同义复词。

城东寺菊

黄花漠漠弄秋晖①,无数蜜蜂花上飞。
不忍独醒辜尔去②,殷勤为折一枝归③。

【注释】

①黄花:菊花秋开,秋令在金,以黄色为正,故称。漠漠:密布貌。形容花开繁密。秋晖:秋天的阳光。

②独醒:《楚辞·渔父》:"屈原曰:'举世皆浊我独清,众人皆醉我独醒。'"这里指不饮酒。辜尔:辜负你。尔,指菊花。这句是说对花不可不饮酒。

③殷勤:情意恳切。

示永庆院秀老①

禅房借枕得重攲②,陈迹翛然尚有诗③。
嗟我与公皆老矣,拂天松柏见栽时④。

【注释】

①永庆院:寺院名。在江苏南京城北门外乌龙潭北。秀老:俞秀老,名紫芝。喜佛理,工诗,王安石与他往还唱和甚密。宋叶梦得《石林诗话》卷中:"俞紫芝,字秀老,扬州人,少有高行,不娶。得浮屠心法,所至翛然,而工于作诗,王荆公居钟山,秀老数相往来,尤爱重之,每见于诗,所谓'公诗何以解人愁,初日芙蓉映碧流。未怕元刘争独步,不妨陶谢与同游'是也。"

②攲(qī 欺):斜靠。

③翛(xiāo 肖)然:自然超脱貌。《庄子·大宗师》:"翛然而往,翛然

而来而已矣。”

④“嗟我”二句，见当年手栽松柏，今已长成参天之材，因感时光流逝，年华老大。唐李白《胡僧歌》：“此僧年纪那得知，手种青松今十围。”

次韵朱昌叔①

寄公无国寄钟山②，垣屋青松晻霭间③。
长以声音为佛事，野风萧飒水潺湲④。

【注释】

①朱昌叔：朱明之，字昌叔，王安石妹婿。仕至大理少卿。能诗。安石与他唱和颇多。《临川集》题作《次昌叔韵》。

②寄公：原指失国后寄居别国的诸侯。借称退位后寄居他乡的大臣。王安石罢相后，退居江宁，封舒国公，改荆国公，世称荆公。虽有封号，却无其地。宋李壁注：“本朝郡国之封止为名耳，未尝实君其土也。公在钟山，故云‘寄’。”钟山：在今南京东北十五里，俗称紫金山。王安石罢相后退居其地。

③晻霭（yǎn ǎi 演矮）：云气昏暗貌。

④声音为佛事：《维摩诘经·菩萨行品》：“有以音声语言文字而作佛事。”这两句是说从松涛、风水等自然声响中参悟佛理。

黄　庶

黄庶（1018—?），字亚父，一作亚夫，号青社，洪州分宁（今江西修水）人。黄庭坚之父。庆历二年（1042）进士。历佐一府三州，后摄知康州。工诗。有《伐檀集》。

和柳子玉官舍①

思山斋②

吴儿心着吴山深③，终南满目不自慰④。
有时蝉蜕书几边，梦到五湖千里外⑤。

怪　石

山鬼水怪着薜荔⑥，天禄辟邪眠莓苔⑦。
钩帘坐对心语口，曾见汉唐池馆来⑧。

小　池

清泉数斛关幽事⑨，坐见镜中鱼往来⑩。
浮萍蚀尽秋月面，霜为一磨如匣开⑪。

新　泉

墙根新冽寒泉眼⑫，风廊一股来泠泠⑬。
灯花夜半知我喜⑭，恰是旧山穿石声⑮。

【注释】

①柳子玉：柳瑾，字子玉，庆历二年（1042）进士。工诗，擅行草。玩诗

意，其官舍当在长安（今陕西西安）。原题共十首。亦署为黄庭坚作。见《山谷别集诗注》卷下。宋史季温注云："或疑此十首亚夫作，今两存之。以见山谷诗句得之家传，犹杜子美于审言也。"郭绍虞《宋诗话辑佚·洪驹父诗话》案云："山谷《和柳子玉官舍十首》云：'山阿有人着薜荔，庭下缚虎卧莓苔。手磨心语知许事，曾见汉唐池馆来。'故《山谷诗注》引《洪驹父诗话》后更有'或疑此十首亚夫作'之语。"

②思山斋：书斋名。取思念吴山之意。

③吴儿：吴地（泛指江浙一带）的人。作者自注："君吴人。"心着：心恋。吴山：在今浙江杭州西湖东南，春秋时为吴国南界，故名。按：据此，柳瑾似为钱塘（今杭州）人。

④终南：山名。在今陕西西安市南，又称南山。

⑤蝉蜕：蝉所脱之壳。喻解脱。《史记·屈原传》："蝉脱于浊秽，以浮游尘埃之外。"五湖：太湖。这里泛指江南云水之乡。这两句说柳子玉宦游情薄，而思念故乡的湖山之美。

⑥山鬼：山中之神。屈原《九歌·山鬼》："若有人兮山之阿，被薜荔兮带女萝。"薜荔：蔓生植物。这句是说怪石上布满藤蔓。山鬼、水怪，均喻怪石。此句《山谷别集》作"山阿有人着薜荔"。

⑦天禄、辟邪：传说中的神兽。亦喻怪石。

⑧钩帘：卷帘。心语口：心口相语。唐韩愈《郑群赠簟》诗："手磨袖拂心语口。"汉唐池馆：指前朝苑囿。长安为汉唐古都，故云。这两句是说坐对怪石，暗自忖度，见其苑古，知阅世已多。按：黄庶《怪石》一首，当时脍炙人口，推为奇作。明杨慎《升庵诗话》卷七认为可与唐张碧《池上怪石》诗媲美，"二诗殆未易甲乙也"。张碧诗云："寒姿数片奇突兀，曾作秋江秋水骨。先生应是厌风雷，着向池边塞龙窟。我来池上倾酒尊，半酣书破青烟痕。参差翠缕摆不落，笔头惊怪黏秋云。我闻吴中项容水墨有高价，邀得将来倚松下。铺却双缯直道难，掉首空归不成画。"陈衍《宋诗精华录》卷一评《怪石》："落想不凡，突过卢仝、李贺。亚父，山谷父，家学可见一斑。"钩帘坐对心语口：《山谷别集》作"手磨心语知许事"。

⑨斛（hú 胡）：量器。古以十斗为一斛，南宋末改为五斗一斛。这里

喻泉水流量。关:相关。《山谷别集》作"开"。

⑩镜中鱼往来:喻池水清澈如镜。唐沈佺期《钓竿篇》:"人疑天上坐,鱼似镜中悬。"

⑪"浮萍"二句:浮萍侵蚀了圆如秋月的池面,寒霜降落时,浮萍枯死,池面又如新磨的镜子似地打开了。匣:镜匣。

⑫冽:寒冷。这里指新涌出的寒泉。

⑬泠泠(líng 灵):形容水声清越。晋陆机《招隐》诗:"山溜何泠泠,飞泉漱鸣玉。"

⑭灯花:灯芯的余烬,爆成花形。古人以灯花为吉兆。杜甫《独酌成诗》:"灯花何太喜,酒绿正相亲。"

⑮旧山:家山。穿石声:指穿石而出的泉声。这句是说如闻家乡的山泉穿石而出,思乡之感油然而生。

苏　颂

苏颂(1020—1101),字子容,泉州同安(今属福建)人,徙居润州丹阳(今江苏镇江)。庆历二年(1042)进士。历仕州县,有能名。为杜衍、欧阳修所称。累迁集贤校理。出知颍州,擢三司度支判官。神宗立,召修起居注,知制诰。元祐七年(1092)拜右仆射,兼中书门下侍郎。绍圣末以太子少师致仕。卒赠司空、魏国公。学问渊博,尤明于典章故事,于天文历算、山经本草,无所不通。有《苏魏公集》。

和题李公麟《阳关图》①

三尺冰纨一绝诗②,翩翩车马送行时③。

尊前怀古闲开卷，看尽关山远别离④。

【注释】

①题共二首,此选其二。李公麟:字伯时,舒州(治今安徽潜山)人。熙宁进士。官至朝奉郎。晚年退居龙眠山,因号龙眠居士。擅书画,善画马,尤工山水佛像。多用白描,称为宋画第一。《阳关图》:李公麟根据唐王维《送元二使安西》诗意画的阳关送行图。当时许多诗人都有题咏。《苕溪渔隐丛话》后集卷九引《复斋漫录》:"(王维)《送元二使安西》绝句云:'渭城朝雨浥轻尘,客舍青青柳色新。劝君更尽一杯酒,西出阳关无故人。'李伯时取以为画,谓之《阳关图》,予尝以为失。按《汉书》:阳关去长安二千五百里。唐人送客西出都门三十里,特是渭城耳,今有渭城馆在焉。据其所画,当谓之《渭城图》可也。东坡《题阳关图》诗:'龙眠独识殷勤处,画出阳关意外声。'皆承其失耳。山谷题此图云:'渭城柳色关何事,自是离人作许悲。'然则详味山谷诗意,谓之《渭城图》宜矣。"(此条又见《能改斋漫录》卷三《辨误》,字句略有异同。)参见卷一章妙懿《送汪水云归吴》注③。

②冰纨:细洁雪白的丝织品。这里指画绢。一绝诗:指王维《送元二使安西》诗。

③翩翩:往来貌。

④"尊前"二句:是说一边饮酒,一边怀着思古的闲情打开画卷,不觉把关山行役的离别情景尽收眼底了。这是赞美画得逼真传神。

刘　敞

刘敞(1019—1068),字原父,号公是。临江新喻(今江西新余)人。庆历六年(1046)进士。历吏部南曹、知制诰。迁集贤殿学士，判南京御史台。博闻强识，尤长于《春秋》学，不拘传注，开宋人评议先儒先声。著有《公是集》。

十二月二十七日宿柳河，闻永叔是日宿松山，作七言寄之①

相望不容三日行，多歧无奈百长亭②。
欲知河柳春来绿，正似松山雪后晴。③。

【注释】

①仁宗至和二年（1055）八月，欧阳修奉使辽国，贺辽太后生辰，值辽主耶律宗真（兴宗）卒，子耶律洪基（道宗）继位，欧阳修改充贺登位国信使。是年十二月宿于辽境松山馆（见宋胡柯《欧阳文忠公年谱》）。刘敞亦于是年使辽吊祭辽主去世，起行之期，当稍后于欧阳修。他因熟知辽国山川道路，而为辽人所叹服。见《宋史》本传。柳河：辽境馆驿名。在今河北承德市附近。松山：辽境馆驿名。在今内蒙古自治区赤峰市西北。永叔：欧阳修字。《公是集》题作《柳河》。

②多歧：岔路多。长亭：古时设在路旁供行人休息的亭舍。百：言其多。这两句是说相望不过有三天的路程，却因多岔路而显得很遥远了。按：柳河与松山之间相距约一百五十公里。

③松山：《公是集》作"山松"。义较长。按：山松、河柳，正用松山、柳河二地名而倒言之，以寓相望之意。

春　草①

春草绵绵不可名②，水边原上乱抽茎③。

似嫌车马繁华处，才入城门便不生④。

【注释】

①宋蔡正孙《诗林广记》后集卷十："原父此诗，是将罗邺《赏春》诗意翻一转，真有唐人意度。"唐罗邺《赏春》诗："芳草和烟暖更青，闲门要地一时生。年年点检人间事，惟有春风不世情。"《两宋名贤小集》署刘攽作。

②绵绵：延续不断貌。汉乐府《饮马长城窟行》："青青河畔草，绵绵思远道。"不可名：指野草不知其名。《宋元诗会》作"未有名"。

③抽茎：拔节生长。《公是集》作"抽荣"。

④"似嫌"二句：宋末鲍輗有《重到钱塘》五首，写国亡后旧都的凄清景况，其五有云："百年车马阊门外，独独春风草又生。"即本刘诗之意而反用之，语极感慨。处：《宋元诗会》作"地"。便不生：《公是集》作"不见生"。

赠别长安妓茶娇①

玳筵银烛彻宵明②，白玉佳人唱渭城③。
唱尽一杯频起舞④，关河风月不胜情。

【注释】

①宋晁公武《郡斋读书志》："原父出知永兴，惑官妓，得惊眩疾，力求便郡。"宋吴曾《能改斋漫录》亦引刘敞在永兴军时所作挟妓宴饮诗，有句云："艳肤丽华烛，皓齿扬清歌。临觞不作意，奈此粲者何！"并谓："予后读国史原父本传载：'原父在永兴，惑官妓，得惊瞀病。'乃知前诗故不徒作也。"按：仁宗嘉祐五年(1060)，刘敞因言事与台谏官异而被劾，自请出知永兴(治在今陕西西安)，岁余因病召还(见《续资治通鉴》)。玩诗意，情地皆合，官妓或即茶娇("白玉佳人"云云，正暗示其名，见注③)。《宋诗纪事》此诗归刘攽，或据宋范公偁《过庭录》："刘贡父知长安，妓有茶娇者，以色慧称，贡父惑之，事传一时。贡父被召还朝，茶娇远送之，为夜宴痛饮，有别诗曰(诗如上略)。至阙，欧阳永叔出城迓贡父，贡父病酒未起。

永叔问故，贡父曰：‘自长安路中亲识留饮，颇为酒病。’永叔戏之曰：‘贡父，非独酒能病人，茶亦能病人矣。’”按：“知长安”者为原父而非贡父，兄弟互易，或记忆所误。今不取。

②玳筵：以玳瑁装饰坐具的筵席。指盛宴。三国魏刘桢《瓜赋序》：“布象牙之席，薰玳瑁之筵。”玳瑁（dài mào 代冒）：爬行动物，形状如龟，甲壳黄褐色，光润而有黑斑，可作装饰品。《过庭录》“玳筵”作“画堂”。《宋诗纪事》同。

③白玉佳人：指官妓茶娇。白茶花之上品称玉茗，很名贵。白玉佳人，暗喻茶娇之名。于若瀛《茶花》诗：“还宜雪里娇。”渭城：指《阳关三叠》。见卷一章妙懿《送汪水云归吴》注③。

④频：《过庭录》作“须”。《宋诗纪事》同。

刘攽

刘攽（1023—1089），字贡父，号公非，临江新喻（今江西新余）人。刘敞之弟。与兄同举庆历六年（1046）进士。历州县官二十年，入为国子监直讲，迁馆阁校勘。因反对王安石新法，出为地方官，治尚宽平。元祐初官中书舍人。从小刻苦好学，博览群书，精于史学考据，助司马光编撰《资治通鉴》，分担汉代部分。诗风近欧阳修。有《彭城集》《公非集》。

自校书郎出倅泰州作[①]

璧门金阙倚天开[②]，五见宫花落井槐[③]。
明日扁舟沧海去[④]，却将云气望蓬莱[⑤]。

【注释】

①熙宁三年(1070)四月,刘攽因写信给王安石批评新法,被放外任,通判泰州。校书郎:官名。属秘书省。掌校勘书籍,订正讹误。倅(cuì翠):副职。指任通判。泰州:治所在海陵(今江苏泰州)。宋赵令畤《侯鲭录》卷二谓曾亲闻刘攽向顾子敦诵此诗,可见其颇为自赏。据《诗话总龟》前集卷八引《王直方诗话》云,此诗结句"云气"原作"云表"(一作"云里"),王安石改为"云气"。清袁枚《随园诗话》卷三讥王安石所改"几乎文理不通"。钱锺书《谈艺录》七四《王荆公改诗》对此作了辩说:"夫蓬莱宫阙,本缥缈五云之间;今玉皇案吏既远谪而不得住蓬莱矣,于是扁舟海上,回首云深,望觚棱而恋魏阙,此贡父之意也。'将云表'所以不妥者,在云之表,云远而蓬莱更远,可见云而不可见表,故不得将而望也。'将云里'所以不妥者,在云之里,云外而蓬莱内,云可见而里不可见,故不得将而望也。'从云里'所以不妥者,似乎身上天上,从云中望出,非身浮海上,从云外望入,词意欠明晰也。'却从云气望蓬莱'者,谓姑从云气而想望蓬莱宫阙,望者想望也,深得逐臣依国,慰情胜无之用心,何不通之有。"《谈艺录补订》复指出《史记·封禅书》言蓬莱、方丈、瀛洲三神山,"未至,望之若云",是其来历。按:钱先生所论固是,然王安石所改,关键不在"云"而在一"气"字,所引于"气"字仍无着落。窃以为"云气望蓬莱"乃用《史记·孝武本纪》语。详见注⑤。此等处,不惟切合情事,且见记诵之博,正是荆公所长。宋刘过《投诚斋》诗:"绫衾厌入承明直,却把一麾江上来。云气隔天迷望眼,不堪花落几宫槐。"语意脱胎于此诗。《彭城集》题作《题馆壁》。《宋元诗会》题作《出判泰州题馆壁》。

②璧门:汉建章宫正门。后泛指宫门。金阙:皇宫。倚天:形容其高。

③五见宫花落井槐:指在内廷任职五年。古时宫中多植槐,取以怀远人之意。又,宋时学士院第三厅有巨槐,称槐厅。相传居此者,多至入相。见沈括《梦溪笔谈·故事》。此句宛曲而见身分。王安石称赏云:"'五见宫花落石槐',此作诗法也。"见《诗话总龟》前集卷八引《王直方诗话》。井槐:《诗话总龟》作"石槐"。《苕溪渔隐丛话》《诗林广记》作"古槐"。

④沧海:《彭城集》作"江海"。

⑤却将:《彭城集》作“却从”。云气望蓬莱:《史记·孝武本纪》:“入海求蓬莱者,言蓬莱不远,而不能至者,殆不见其气。上乃遣望气佐候其气云。”蓬莱:传说海上三神山之一。唐元稹《以州宅夸乐天》诗:“我是玉皇香案吏,谪居犹得住蓬莱。”按:苏轼《送刘攽倅海陵》诗有云:“读书不用多,作诗不须工。海边无事日日醉,梦魂不到蓬莱宫。”可参看。

袁　陟

袁陟,字世弼,号遯翁,南昌(今属江西)人。家富藏书,少刻厉好学。庆历六年(1046)进士。知当涂县。官止太常博士。卒年仅三十四。诗学韦应物。有《遯翁集》,今不传。

赠郭功甫①

从来多病王僧祐②,自小能文谢惠连③。
各厌尘劳思物外④,莫辞携手访林泉⑤。

【注释】

①题共二首,此选其一。郭功甫:即郭祥正。详卷三作者介绍。

②王僧祐:字胤宗,南朝齐临沂(今属山东)人。官至黄门侍郎。善老庄,喜弹琴,工草隶。年少体弱多病,居丧期间。头发都掉光。这里作者借以自比。《苕溪渔隐丛话》前集卷三十七引《潘子真诗话》:“(袁陟)读书最苦,因尔瘵瘠,殁时才三十四岁。自作墓铭,叙其平生。”

③谢惠连:南朝宋陈郡阳夏(今河南太康)人。从小能文,以诗歌擅名。与族兄谢灵运并称“大小谢”。参见卷一王昷《回旧山》注②。这里借

以称誉郭功甫。《苕溪渔隐丛话》前集卷三十七引《潘子真诗话》:"袁世弼,南昌人,宦游当涂,时功甫尚未冠也。世弼爱其才,荐于梅圣俞,自尔有声。功甫尝谓吾大父清逸云:'数载汲引,袁二丈力也。蒿埋三尺,不敢忘其赐。'"

④尘劳:佛教称世俗事物的烦恼为尘劳。泛指事务劳累。物外:世外。指超脱于世事之外。

⑤携手访林泉:指一同归隐山林。

张公庠

张公庠,字元善,皇祐元年(1049)进士。熙宁中官著作佐郎。元符三年(1100)以朝议大夫尚书都官员外郎知晋州,改苏州。有《泗水集》。

道　中[1]

一年春事已成空[2],拥鼻微吟半醉中[3]。
夹路桃花新雨过[4],马蹄无处避残红[5]。

【注释】

①《竹庄诗话》题作《涂中》。《两宋名贤小集》题作《晚春途中》。《苕溪渔隐丛话》前集卷五十四:"《云斋广录》只载此诗后两句,云是李元膺《游春》诗,未知孰是。郑毅夫《代探花郎》一绝,与前诗格调殊相类,今录于此,诗云:'嫩绿轻红相向开,一番走马探春回。青初不管露痕湿,直入乱花深处来。'"

②已成空:《侯鲭录》《两宋名贤小集》作“又成空”。

③拥鼻微吟:晋谢安因为鼻子患过病,吟咏时声音重浊。许多人都用手掩着鼻子来学他吟咏。见《晋书·谢安传》。后指用雅音曼声吟咏。

④夹路:《侯鲭录》作“夹道”。《竹庄诗话》作“来到”。

⑤残红:落花。

郑　獬

郑獬(1022—1072),字毅夫,一作义夫,安陆(今属湖北)人。少负俊才,宝祐五年(1053)进士第一。通判陈州,入直集贤院。出知荆南,还判三班院。神宗初,拜翰林学士,权知开封府。因不满王安石新法,出知杭州,徙青州。为官有直声,能体恤民情。时方散青苗钱,又不忍使民无罪而陷法网,引疾求闲,提举鸿庆宫,卒。诗风爽朗流畅。有《郧溪集》。

绝　句①

田家汩汩水流浑②,一树高花明远村。
云意不知残照好,却将微雨送黄昏③。

【注释】

①《两宋名贤小集》题作《田家》。《能改斋漫录》卷八引此诗与苏舜钦《淮中晚泊犊头》诗(见前)相对比,认为此诗第二句“一树高花明远村”和苏诗第二句“时有幽花一树明”相类似,“然皆清绝可爱”。《竹庄诗话》卷十六引《复斋漫录》论二诗,语同。然题作《田间》。

②汩汩（gǔ 古）：流水声。《两宋名贤小集》此句作“数亩低田流水浑。”

③“云意”二句：乌云不懂得夕阳的美，黄昏时却下起毛毛细雨来了。状物拟人，极有情韵。“云意不知残照好”：《两宋名贤小集》作“云阴佛暑风光好”。

蠡　口①

千重越甲夜城围②，战罢君王醉不知③。
若论破吴功第一，黄金只合铸西施④。

【注释】

①蠡口：在江苏苏州北。西通无锡，北通常熟，东通昆山，为苏州北门。传说范蠡从这里乘扁舟泛于五湖。

②千重：《韵语阳秋》引秋“十重”。越甲：指越国的兵士。甲，古代战士穿的革制护身衣。城围：《韵语阳秋》作“成围”。

③战罢君王醉不知：指西施到吴国后，吴王沉溺在酒色之中，兵临城下还不知道。唐李白《乌栖曲》：“姑苏台上乌栖时，吴王宫里醉西施。”战罢，《韵语阳秋》作“宴罢”。

④“若论”二句：越王勾践攻破吴国后，论功行赏，范蠡不受赏，浮扁舟游于五湖。越王就命良工用黄金铸范蠡的像，放在身边做纪念。见《吴越春秋·勾践伐吴外传》。宋葛立方《韵语阳秋》卷十九引此诗云：“谓非西施则吴不亡，吴不亡则安得以黄金铸范蠡之容哉？”这里是说论破吴之功，应推西施为第一，黄金只该用来铸西施的像。只合：只该。金元好问《论诗》诗：“论功若准平吴例，合着黄金铸子昂。”

程　颢

程颢(1032—1085),字伯淳,也称明道先生。洛阳(今属河南)人。嘉祐二年(1057)进士。熙宁初,为太子中允、监察御史里行,因不满新法,改外任。历签书镇宁军判官、知扶沟县。哲宗立,召为宗正丞,未行而卒。与弟程颐同受学于周敦颐,并称"二程"。其学泛涉诸家,出入老释,返求之于六经。在洛阳讲学十余年,弟子称受其教"如坐春风"。世称其兄弟之学为"洛学"。后人合编二人之言论著作为《二程全书》。按:原题"程子",今署其名。

题淮南寺

南去北来休便休①,白蘋吹尽楚江秋。
道人不是悲秋客②,一任晚山相对愁③。

【注释】

①休便休:要归休便归休,随遇而安,情绪毫不波动。《宋元诗会》作"谁得休"。

②悲秋客:指伤感的文人。语出宋玉《九辩》:"悲哉秋之为气也。"

③一任:任凭,随它。

和诸公梅台[①]

急须乘兴赏春英，莫待空枝漫寄声[②]。
淑景晴风前日事，淡云微雨此时情[③]。

【注释】

①梅台：在湖北钟祥市东，相传为汉梅福所筑。

②"急须"二句：应该及时乘兴欣赏春花，不要等到只剩空枝了才徒然地写诗致意。唐无名氏《金缕衣》诗："花开堪折直须折，莫待无花空折枝。"漫：徒然，空自。寄声：传达问候。这里指作诗致意。

③淑景晴风：丽日和风。淑，美好。景，日影。淡云微雨：指细雨轻寒天气。宋耿仙芝断句诗："浅水短芜调马地，淡云微雨养花天。"这里是说晦明景异，人心所感也自不同。

程　颐

程颐(1033—1107)，字正叔，世称伊川先生。洛阳(今属河南)人。程颢之弟。皇祐时，任太学学职。治平、元丰间，大臣屡荐，不仕。哲宗初，以司马光荐，历任秘书省校书郎、崇政殿说书，管勾西京国子监。绍圣中，因政见不合，削职送涪州编管，移峡州，旋遇赦归。与兄程颢同为北宋理学创立者。治学以《大学》《论语》《孟子》《中庸》为标指，而达于六经，以穷理为本。讲学三十余年，门人甚众。按：原题"程子"，今署其名。

谢王佺期寄药[①]

至诚通圣药通神[②],远寄衰翁济病身[③]。
我亦有丹君信否,用时还解寿斯民[④]。

【注释】

①王佺期:名筌,字佺期,又字子真,岐州(治今陕西凤翔)人。隐居嵩山。元丰中赐号冲熙处士。《能改斋漫录》卷十一载程颐自言:"王子真寄药与颐,无以为答。且素不作诗,亦非禁而不作,第不欲为闲言语耳。如古人作诗,无如杜甫。云:'穿花蛱蝶深深见,点水蜻蜓款款飞。'如此闲言语,道出则甚?颐所以不作诗。今寄子真诗云(诗如上略)。子真之学,须是独善,虽至诚洁行,然大抵只是长生久视之术,止济一身,故有是句。"宋吕本中《紫微诗话》谓邢恕尝以丹药馈程颐,程颐报以此诗,当记忆之误。按:程颐斥作诗为闲言语,故平生绝少作诗,集中存诗,亦不过寥寥数首而已。他这首答谢王佺期的诗,完全是说理的韵语,不像程颢的诗还有一些情感和诗味。

②至诚:诚实真挚。《中庸》:"唯天下至诚,为能经纶天下之大经,立天下之大本,知天地之化育。"通圣:指达到道德的最高境界。《孟子·尽心下》:"大而化之之谓圣。"《能改斋漫录》引作"通化"。通神:指药能疏通精气,有效验。《礼记·乐记》"幽则有鬼神"注:"圣人之精气谓之神。"此句《紫微诗话》引作"至神通化药通神"。

③济病身:《紫微诗话》作"救病身"。

④寿斯民:使人民健康长寿。斯,此。指当今。《论语·卫灵公》:"斯民也,三代之所直道而行也。"朱熹注:"斯民者,今此之人也。"这句是说自己的"丹药"可以用来解救天下百姓的苦痛,使他们安居乐业,健康长寿。"丹药"指儒家经世济民之道,针对王佺期的"独济一身"而言。

梅尧臣

梅尧臣（1002—1060），字圣俞，宣州宣城（今属安徽）人。宣城古名宛陵，故世称宛陵先生。初年屡试不第，以荫补河南主簿，历镇安军节度判官等。皇祐三年（1051）召试，赐进士出身。以欧阳修荐，为国子监直讲，累迁尚书都官员外郎。

一生致力于诗歌创作，重视《诗》《骚》传统，反对西昆体浮艳文风。诗与苏舜钦齐名，时号“苏梅”。诗风闲淡朴素，为欧阳修、苏轼、王安石等人所推重。有《宛陵集》。

京师逢卖梅花[1]

驿使前时走马回[2]，北人初识越人梅[3]。
清香莫把荼蘼比[4]，只欠溪头月下杯。

忆在鄱君旧国旁[5]，马穿修竹忽闻香。
偶将眼趁胡蝶去[6]，隔水深深几树芳。

曾见竹篱和树夹[7]，高低斜引过柴扉[8]。
对门独木危桥上，少妇髻鬟犹戴归。

【注释】

①题共五首。此选其二、其三、其四。

②驿使前时走马回：用陆凯寄梅花赠诗事。见卷二欧阳修《寄赠丁判官》注②。

③北人初识越人梅：钱锺书《谈艺录补订》云："梅为南植，北地罕见，故南人咏梅，每嘲北人之仅知有杏。"并广引其例，如晏殊《红梅》诗："若更迟开三二月，北人应作杏花看。"王安石《红梅》诗："北人初未识，浑作杏花看。"汪元量《醉歌》："北人环立栏干曲，手指红梅作杏花。"

④荼蘼（tú mǐ 图靡）：落叶小灌木，晚春开白花，香气浓郁。

⑤鄱君：指吴芮。秦末曾任鄱令，故称。鄱，今江西鄱阳县。《史记·项羽本纪》："鄱君吴芮率百越佐诸侯，又从入关，故立芮为衡山王，都邾。"鄱君旧国，即指邾城。《括地志》："故邾城在黄州黄冈县东南二十里。"黄冈县，今属湖北。

⑥眼趁：目光随着。

⑦竹篱和树夹：竹篱连着树木迤逦编成。夹，编。

⑧柴扉：柴门。

苏　轼

苏轼（1037—1101），字子瞻，一字和仲，号东坡居士，眉州眉山（今属四川）人。嘉祐二年（1057）进士，复举制科，授凤翔府判官。治平中，召试得直史馆。熙宁中，上书力言王安石新法之弊，出为杭州通判，徙知密、徐、湖三州。元丰二年（1079），因作诗讽刺新法，下御史狱。旋贬黄州团练副使。哲宗元祐间，旧党当权，新法被废，因召还朝，累迁翰林学士知制诰，兼侍读。政见虽与王安石不同，却有改革弊政之愿，因不满司马光尽废新法，又出为地方官。历知杭州、颍州、扬州。后复召还，官至礼部尚书。绍圣初，新党重新执政，又劾其为文“诽谤先帝”，落职降官，累贬惠州安置，复谪儋州。元符三年(1100)赦还，次年病卒于常州。高宗时赠太师，谥文忠。一生久历地方官职，关心民生疾苦，所至卓有政绩。学识渊博，才情卓绝，诗文书画，均有很高成就。散文汪洋恣肆，明白畅达，为“唐宋八大家”之一。诗风清雄，想象丰富，语言奔放，有不可羁勒之势，为宋诗卓然大家。又擅词，豪放旷达，无事不可言，无情不可抒，于词坛别开一派，对后世有深远影响。书法擅行楷，取法王僧虔、颜真卿、杨凝式，而能自创新意，用笔丰腴跌宕，有天真烂漫之趣。与蔡襄、黄庭坚、米芾并称“宋四家”。画主神似，喜作枯木怪石，为早期文人画的代表人物。著有《东坡七集》《东坡乐府》等。

骊　山[①]

功成惟愿善持盈[②]，可叹前王恃太平[③]。
辛苦骊山山下土[④]，阿房才废又华清[⑤]！

【注释】

①清王文诰《苏文忠公诗编注集成》(以下简称《苏诗编注集成》)题作《骊山三绝句》。此选其一。治平元年(1064)罢凤翔判官任，路过长安时作。

②骊山：在今陕西临潼市南。古代骊戎居之，故名。山北有秦始皇墓。山西北麓有温泉，唐时环山建造宫殿，为避暑胜地。

③惟愿：《苏诗编注集成》作“惟欲”。持盈：安守成业。《国语·越语下》：“夫国家之事，有持盈，有定倾，有节事。”

④山下：一作“山上”。

⑤阿房(é páng 婀旁):宫名。秦始皇建,驱民工七十余万,天下怨苦。秦亡,为项羽所焚毁。故址在今陕西西安市西北。《三辅黄图》:“阿房宫,亦曰阿城。惠文王造宫未成而亡。始皇广其宫规,恢三百余里。离宫别馆,弥山跨谷,辇道相属,阁道通骊山八百余里。”华清:宫名。唐玄宗开元十年(722)在骊山建温泉宫,天宝六载(747)改名华清宫。内有朝元阁、长生殿、羯鼓楼等。玄宗每年十月往骊山,与杨贵妃游乐其间。

中秋月[①]

暮云收尽溢清寒[②],银汉无声转玉盘[③]。
此生此夜不长好, 明月明年何处看[④]?

【注释】

①这是《阳关词》三首之一。三诗各自记事,以《阳关三叠》之声歌之,故名。熙宁十年(1077)中秋,作者与弟弟苏辙观月彭城(今江苏徐州)所作。《东坡题跋》卷三:“余十八年前中秋夜,与子由观月彭城作此诗,以《阳关》歌之。今复此夜,宿于赣上,方迁岭表,独歌此曲,聊复书之,以识一时之事,殊未觉有今夕之悲,悬知有他日之喜也。”

②暮云收尽溢清寒:写云散月出。清寒,指月亮。

③银汉:银河。玉盘:喻圆月。李白《古朗月行》:“小时不识月,唤作白玉盘。”转:指月亮移动。苏轼《水调歌头》咏月有“转朱阁,低绮户,照无眠”之句。《诗林广记》作“泻”。

④“此生”二句:感叹世上好景不常,人生行踪无定。刘克庄以为与唐人高适“今年人日空相忆,明年人日知何处”之句暗合(《后村诗话》后集卷一)。蔡正孙亦指出苏轼这种思想情感并非一时的感触,例如他的《十月十五观月黄楼席上次韵》:“为问登临好风景,明年还忆使君无?”又《和子由山茶盛开》诗:“雪里盛开知有意,明年开后更谁看?”王禹偁《黄州新建小竹楼记》:“四年之间,奔走不暇,未知明年,又在何处?”(《诗林广记》

后集卷三)均可参看。

六月二十七日望湖楼醉书[①]

黑云翻墨未遮山，白雨跳珠乱入船。
卷地风来忽吹散，望湖楼下水如天。

放生鱼鳖逐人来[②]，无主荷花到处开。
水枕能令山俯仰，风船解与月徘徊[③]。

乌菱白芡不论钱[④]，乱系青菰裹绿盘[⑤]。
忽忆尝新会灵观[⑥]，滞留江海得加餐。

献花游女木兰桡[⑦]，细雨斜风湿翠翘[⑧]。
无限芳洲生杜若[⑨]，吴儿不识楚辞招[⑩]。

未成小隐聊中隐[⑪]，可得长闲胜暂闲[⑫]？
我本无家更安往，故乡无此好湖山。

【注释】

①望湖楼：五代时吴越王钱弘俶所建。又名香经楼、先德楼。故址在杭州西湖昭庆寺前。这五首绝句作于熙宁五年(1072)，时作者通判杭州。

②放生鱼鳖：真宗天禧四年(1020)太子太保判杭州王钦若奏请以西湖为放生池，禁捕鱼类，为皇帝祈福延寿。仁宗嘉祐七年(1062)，沈遘知杭州，亦禁捕西湖鱼鳖。西湖宝石山麓曾建有放生亭。

③"水枕"二句：船上倚枕看山，山随水波上下起伏；风吹船儿飘荡，船

与月亮进退徘徊。

④乌菱白芡:菱角、芡实。乌指菱壳,白指芡肉。芡,水生植物,子可供食用。俗称鸡头。西湖所产菱芡,很有名。

⑤青菰:俗称茭白,生于水边。菰,一作“丝”。绿盘:喻芡叶。圆形,如荷叶,浮在水面。

⑥会灵观:本名五岳观,在汴京(今河南开封)。观内有凝祥池,产鸡头,味极鲜美。见《汴京遗迹志》。欧阳修《食鸡头》诗:“凝祥池锁会灵园。”自注云:“市师卖五岳观鸡头最佳。”这句是回忆在汴京会灵观吃鸡头的旧事。

⑦木兰桡:即木兰舟。船的美称。桡(ráo 饶),船桨。唐皇甫冉《润州南郊》诗:“留滞木兰桡。”

⑧翠翘:妇女首饰。美如翠鸟之尾羽,故名。

⑨芳洲:生长芳草的小岛。一作“汀洲”。杜若:香草名。屈原《九歌·湘君》:“采芳洲兮杜若,将以遗兮下女。”

⑩吴儿:指江浙一带水乡子弟。唐杜甫《陪郑广文游何将军山林》诗:“刺船思郢客,解水乞吴儿。”楚辞招:《楚辞·招魂》:“湛湛江水兮上有枫,目极千里兮伤春心。魂兮归来哀江南!”唐杜甫《归梦》诗:“梦归归未得,不用《楚辞》招。”这句是说吴儿自觉江南之乐,根本不理会《楚辞》招魂的哀怨,作者以之反衬自己滞留江海,心怀朝廷,隐然有以屈原自况之意。

⑪未成小隐聊中隐:晋王康琚《反招隐》诗:“大隐隐朝市,小隐隐薮泽。”唐白居易《中隐》诗:“大隐住朝市,小隐入丘樊。樊丘太冷落,朝市太嚣喧。不如作中隐,隐在留司官。”这句是说既不能归隐山林,就只得安于闲官,聊作“中隐”而已。

⑫可得长闲胜暂闲:白居易《和裴相闲行》诗:“偷闲意味胜长闲。”这里反用其意,是说怎能得到长久的闲散,胜过这暂时的偷闲呢?可得:岂得,哪得。作者于熙宁四年(1071)春上书神宗,论朝政得失,被贬杭州通判后,辞官退隐之思,常见于诗中。

和文与可洋州园池[1]

湖　桥

朱栏画柱照湖明，白葛乌纱曳履行[2]。
桥下龟鱼晚无数，识君拄杖过桥声[3]。

望云楼[4]

阴晴朝暮几回新，已向虚空付此身[5]。
出本无心归亦好[6]，白云还似望云人[7]。

待月台

月与高人本有期，挂檐低户映蛾眉[8]。
只从昨夜十分满，渐觉冰轮出海迟[9]。

筼筜谷[10]

汉川修竹贱如蓬[11]，斤斧何曾赦箨龙[12]？
料得清贫馋太守，渭川千亩在胸中[13]。

【注释】

①文与可：即文同。苏轼表兄。详卷三作者介绍。洋州：治所在今陕西洋县。文与可于熙宁八年（1075）知洋州。原题共三十首，此选四首。熙宁九年（1076）作。洋州，一作“洋川”。

②白葛乌纱:葛巾纱帽。指便服。曳履:穿着拖鞋。这句写文与可潇洒的风姿。

③“桥下”二句:是说文与可经常从桥上经过,桥下的鱼鳖已熟悉他的步履声。按,文与可《湖桥》有句云:“自问一日中,往来凡几过。”苏轼和诗正对此而生发之。清纪昀批云:“暗用‘堂堂策策’事,写出闲逸。”堂堂策策,见五代谭峭《化书》卷五:“庚氏穴池,构竹为凭槛,登之者,其声策策焉;辛氏穴池,构木为凭槛,登之者,其声堂堂焉。二氏俱牧鱼于池中,每凭槛投饵,鱼必踊跃而出。他日但闻策策堂堂之声,不投饵亦踊跃而出。”

④望云楼:在洋州郡圃内,极高峻。唐德宗曾登楼题字。

⑤虚空:状楼之高。《华严经》:“处世界,如虚空,如莲花不着水。”兼寓此意。付此身:一作“寄此身”。

⑥出本无心:晋陶潜《归去来辞》:“云无心以出岫。”喻出仕本非有意。

⑦白云还似望云人:晋陶潜《始作镇军参军经曲阿》诗:“望云惭高鸟,临水愧游鱼。”这句是说白云出入无心,舒卷自由,正与文与可出处淡然,对官场无所系恋的人品相似。不说人如白云,而说白云如人,颠倒设喻,正以称美其人。

⑧蛾眉:女子秀美的眉毛。喻月,南朝宋鲍照《玩月》诗:“月映西北墀,娟娟似蛾眉。”

⑨冰轮:指圆月。唐朱庆余《十六夜月》诗:“昨夜忽已过,冰轮始觉亏。”

⑩筼筜(yún dāng 云当)谷:在今陕西洋县西北五里。筼筜,竹名。生在水边,肌薄节长,是竹中最大的一种。谷因多竹而得名。

⑪汉川:汉水。修竹:长竹。蓬:蓬草。秋天枯萎后,风卷而飞,又名飞蓬。这句形容竹多而不值钱。

⑫斤斧:砍伐树木的斧头。赦:免除。箨(tuò 拓)龙:指竹笋。箨,竹笋的皮壳。唐卢仝《寄男》诗:“竹林吾最惜,新笋好看守。万箨抱龙儿,攒迸溢林薮。箨龙正称冤,莫杀入汝口。丁宁嘱付汝,汝活箨龙否?”这句是说文与可并不放过林中的竹笋。

⑬“料得”二句:料想你这位清贫而馋嘴的太守,把水边千亩竹林都吃

进肚子了吧！这是跟文与可开玩笑的话。苏轼在《文与可画筼筜谷偃竹记》中，写文与可拆读此诗的情景，有云："与可是日与其妻游谷中，烧笋晚食，发函得诗，失笑，喷饭满案。"渭川千亩：《史记·货殖列传》："渭川千亩竹……此其人皆与千户侯等。"按，洋县并不在渭水边上，这里是用典。渭川，《苏诗编注集成》作"渭滨"。

和孔密州东栏梨花①

梨花淡白柳深青，柳絮飞时花满城。
惆怅东栏一株雪，人生看得几清明②？

【注释】

①诗为《和孔密州五绝》之三。孔密州：即孔宗翰，字周翰，孔道辅之子。以父任为将作监主簿，复举进士，知蕲、密、陕、扬、洪、兖六州。元祐初，除司农少卿，刑部侍郎。他是继苏轼之后的密州（治今山东诸城）知州。

②一株雪：喻梨花。唐韩愈《闻梨花发》诗："闻道郭西千树雪。"一株，《苏诗编注集成》作"二株"。据宋洪迈《容斋随笔》卷十五载，张耒极爱赏此诗，每吟一过，必击节赏叹不止。陆游《老学庵笔记》卷十，则以为唐杜牧有"砌下梨花一堆雪，明年谁此凭栏干"之句，东坡虽非剽窃，但前人已道，不知张耒何故赏爱如此？明俞弁《逸老堂诗话》卷下反驳陆游说："余爱坡老诗浑然天成，非模仿而为之者，放翁正所谓洗瘢索垢者矣。"

惠崇春江晚景①

竹外桃花三两枝②，春江水暖鸭先知③。
蒌蒿满地芦芽短④，正是河豚欲上时⑤。

【注释】

①题共二首，此选其一。题一作《书衮仪所藏惠崇画二首》。晚景：一作“晓景”，似较胜。惠崇：一作慧崇，建阳（今属福建）人，一作淮南人。能诗善画，为宋初“九僧”之一。宋郭若虚《图画见闻志》卷四：“建阳僧慧崇工画鹅雁鹭鹚，尤工小景，善为寒汀远渚，萧洒虚旷之象，人所难到也。”王安石亦有诗相赞：“画史纷纷何足数，惠崇晚出吾最许。”（《纯甫出释惠崇画要予作诗》）

②三两枝：原作“两三枝”，平仄不协，据《苏诗编注集成》改。

③春江水暖鸭先知：清毛奇龄与友人论宋诗，友人举此句，以为胜于唐人。毛不以为然，说：“‘花间觅路鸟先知’，此唐人句也。觅路在人，先知在鸟，鸟习花间故也。先者，先人也。若鸭则先谁乎？水中之物皆知冷暖，必以鸭，妄矣。”（见《西河诗话》卷五）王士禛《居易录》、袁枚《随园诗话》皆驳其说，西河弟子张文梵《螺江日札》则力辩其诬，形成一宗诗案。钱锺书《谈艺录》六八谓东坡此诗为题画之作，必画中有桃、竹、芦、鸭等物，故诗中遍及之。西河未顾诗题，遂有此灭裂之谈。并谓东坡诗意实近梁王筠《雪里梅花》诗：“水泉犹未动，庭树已先知。”其自作《游桓山会者十人》云：“春风在流水，凫雁先拍拍。”此意盖数用也。说甚谛，足息诸家之喙。

④蒌蒿：即白蒿。江淮之间人用以作鱼羹。芦芽：芦笋。《本草纲目》说“河豚宜于蒌蒿荻笋同煮”。

⑤河豚（tún 屯）：鱼名。肉味鲜美，但肝和血液有剧毒。生活于近海，春水涨时，河豚即溯江而上，于淡水中产卵。梅尧臣《范饶州坐中客语食河豚鱼》诗：“春洲生荻芽，春岸飞杨花。河豚当是时，贵不数鱼虾。”

书李世南所画秋景①

野水参差落涨痕，疏林欹倒出霜根②。
浩歌一棹归何处③？家在江南黄叶村。

【注释】

①李世南：字唐臣，安肃（今河北徐水）人。明经及第。官至大理寺丞。工画山水。此诗作于元祐二年（1087），时作者在汴京任翰林学士，李世南亦在京参加《元祐敕令式》的编写工作。宋邓椿《画继》卷四述李皓（世南之孙）谈世南所画秋景图云："此图本寒林障，分作两轴。前三幅尽寒林，坡所以有'龙蛇姿'之句，后三幅尽平远，所以有'黄叶村'之句。其实一景而坡作两意。"从同时人题咏用韵推知，此题应有三首，现存二首，此选其一（《画继》提及"龙蛇姿"一首，现存，本书未选）。

②攲倒：倾斜。一作"攲侧"。霜根：形容树根苍老。

③浩歌：诸本皆作"扁舟"。《画继》卷四作"浩歌"，且云："'浩歌'字，雕本皆以为'扁舟'，其实画一舟子张颐鼓枻，作浩歌之态。今作'扁舟'，甚无谓也。"但纪昀校批云："如不出'扁舟'字，则'浩歌'一曲茫然无着，不见定是鼓枻。此必后来改定，不得执墨迹驳之。"按："扁舟""浩歌"，义各可取。必谓不出"扁舟"字，则"浩歌"茫然无着，此亦不然。盖"浩歌"下有"一棹"字，正示扁舟鼓枻之意也。纪说未谛。

予去杭十六年而复来，留二年而去。平生自觉出处老少粗似乐天，虽才名相远，而安分寡求，亦庶几焉。三月六日，来别南北山诸道人，而下天竺惠净师以丑石赠行，作三绝句[①]

当年衫鬓两青青[②]，强说重临慰别情。
衰发只今无可白[③]，故应相对话来生[④]。

出处依稀似乐天，敢将衰朽较前贤[⑤]。

便从洛社休官去，犹有闲居二十年⑥。

在郡依前六百日，山中不记几回来⑦。
还将天竺一峰去，欲把云根到处栽⑧。

【注释】

①元祐六年(1091)三月,苏轼被召还京,为翰林承旨。这三首绝句作于离杭之时。苏轼第一次来杭任通判在熙宁四年(1071)十一月,熙宁七年(1074)五月,自杭州移知密州;元祐四年(1089)七月,第二次到杭州任知州。前后相隔约十六年,故云"去杭十六年而复来"。至此,又离去,近二年。平生:一作"平日"。出处老少粗似乐天:乐天,唐代诗人白居易的字。苏轼常以白居易相比,其所作《轼以去岁春夏侍立迩英,而秋冬之交子由相继入侍,次韵绝句四首,各述所怀》其四:"定似香山老居士,世缘终浅道根深。"自注云:"乐天自江州司马除忠州刺史,旋以主客郎中知制诰,遂拜中书舍人。轼虽不敢自比,然谪居黄州,起知文登,召为仪曹,遂忝侍从。出处老少,大略相似。庶几复享此翁晚节闲适之乐焉。"参见《诗话总龟》前集卷九引《王直方诗话》"东坡慕乐天"条。下天竺:天竺山在西湖西面,分上中下三天竺,各有寺院。惠净是下天竺寺的僧人。丑石:石以丑、瘦、透为美。丑指苍老怪异。

②衫鬓两青青:即青衫和青鬓。指当年在杭州通判任上,鬓发还未苍白。白居易《琵琶行》:"江州司马青衫湿。"宋的通判类似于唐的司马,都是州府长官的行政助理。青衫,低级官员的服色。衫鬓,一作"双鬓"。

③只今:现在。无可白:指全白了,不能再白了。

④来生:佛教轮回的说法,指人死后再投生为人。即下一世。白居易《送后集往庐山东林寺兼寄云皋上人》诗:"来生缘会应非远,彼此年过七十余。"一作"前生"。

⑤敢:岂敢。较:比较,比拟。衰朽:一作"衰老"。

⑥"便从"二句:白居易于会昌二年(842)致仕,退居洛阳,和僧人如满

结香火社，以文酒自娱，会昌六年(846)去世。实仅五年。这里说“二十年”，乃用白居易洛阳所作《闲居自题，戏招宿客》诗中所云：“水畔竹林边，闲居二十年。”白居易卒年七十五，苏轼这年五十六岁，意谓如能活到白居易这个年龄，则从现在休官，还可闲居二十年。便从：一作“便将”。

⑦“在郡”二句：白居易《留题天竺灵隐两寺》诗：“在郡六百日，入山十二回。”按：白居易于长庆二年(822)七月任杭州刺史，长庆四年(824)五月，任满离杭，先后近两年之期。苏轼于元祐四年(1089)七月知杭州，元祐六年(1091)三月被召还京，与白居易在郡之期差不多，故云“依前六百日”。

⑧“还将”二句：指带走惠净所赠送的天竺石。将：携带。天竺一峰、云根，均指天竺石。到处栽：暗喻行踪不定。白居易离杭时，也带走了天竺山石。有诗云：“三年为刺史，饮冰复食蘗。惟向天竺山，取得两片石。”(《三年为刺史二首》之二)

赠武道士弹贺若①

清风终日自开帘，凉月今宵肯挂檐②。
琴里若能知贺若，诗中定合爱陶潜③。

【注释】

①武道士：不详。贺若：琴曲名。唐文宗时待诏贺若夷所制，因以为名。见唐段安节《乐府杂录》。赠：《苏诗编注集成》作“听”。

②“清风”二句：说清风吹开帘幕，凉月挂在屋檐，都是因为倾听琴声的缘故。借以形容琴声之美。今宵：一作“通宵”。

③“琴里”二句：是说在琴曲中能欣赏《贺若》的人，对陶潜的诗也一定会喜爱。这是以陶潜诗的淡远而有余韵相比。贺若：《后村千家诗》作“贺监”。

忆黄州梅花[1]

虽老于梅心未衰，今朝谁赠楚江枝[2]？
旋倾尊酒临清影，正是吴姬一笑时[3]。

不用相催已白头，一生判却见花羞[4]。
扬州何逊吟情苦，不枉清香与破愁[5]。

【注释】

①题共五首。此选其三、其四。黄州：州治在今湖北黄冈市。苏轼曾谪居黄州五年。这是晚年回忆黄州梅花之作。元丰三年（1080）初赴黄州时，过春风岭，曾作《梅花》二绝，其二云："何人把酒慰深幽，开自无聊落更愁。幸有清溪三百曲，不辞相送到黄州。"

②楚江枝：指梅花。黄州古属楚地，故云。暗用陆凯赠梅事。参见本卷欧阳修《寄赠丁判官》注②。

③吴姬：吴地美女。喻梅花。李白《金陵酒肆留别》诗："风吹柳花满店香，吴姬压酒唤客尝。"正是：一作"正似"。

④判却：不顾，豁出去。作者《吉祥寺赏牡丹》诗云："人老簪花不自羞，花应羞上老人头。"这两句是说人已年老，仍欲赏花，顾不得见花而羞了。

⑤"扬州"二句：南朝梁何逊为扬州法曹，官舍内梅花盛开，他吟咏于梅花树下，意兴很深。后来调到洛阳，因思念梅花不已，要求再任扬州。杜甫《和裴迪登蜀州东亭送客逢早梅相忆见寄》诗："东阁官梅动诗兴，还如何逊在扬州。"这里是以何逊自比，说自己为梅花苦心吟哦，也算报答梅花以清香解愁的一番深情了。

次韵子由使契丹至涿州见寄[1]

胡羊代马得安眠，穷发之南共一天[2]。

又见子卿持汉节[③]，遥知遗老泣山前[④]。

毡毳年来亦甚都[⑤]，时时鴂舌问三苏[⑥]。
那知老病浑无用，欲向君王乞镜湖[⑦]。

【注释】

①子由：作者弟弟苏辙的字。契丹：指辽国。公元916年耶律阿保机创建，国号契丹。974年改国号为辽(983—1066年间曾重称契丹)。与北宋对峙，是统治中国北部的一个王朝。1125年为金所灭。共历九帝，统治二百一十年。元祐四年(1089)八月，苏辙出使辽国，贺辽主生辰。涿州：治今河北涿州市。当时属辽境。这是对苏辙寄诗的和韵之作，共四首。所选为其二、其三。苏辙原唱四首，本书本卷亦选其二、其三，用韵相同，可参看。

②胡羊代马：泛指北方的羊群和骏马。胡，古代对北方或西方少数民族的统称。代，代郡，治今河北蔚县。出骏马。穷发：指极其荒远的地方。《庄子·逍遥游》："穷发之北，有冥海者，天池也。"这两句是想望南北归于一统。

③子聊：汉苏武字子卿，武帝时出使匈奴，被扣，匈奴贵族多方威胁利诱，迫使投降，不从；又让他去北海牧羊，要公羊生子始可释放。他坚持十九年，坚贞不屈。节：符节。古代使臣出使，持节以为凭证。这里是以苏武比苏辙，以气节相勉。同是出使，又同姓，用典贴切。

④遥知遗老泣山前：五代后晋石敬瑭把燕云十六州(约当今河北、山西两省北部地)割让给契丹，每年献帛三十万匹，称契丹主为"父皇帝"，自称"儿皇帝"。终北宋之世，都未能收复燕云十六州。遗老：前朝遗民。指想望祖国统一的广大北方人民。

⑤毡毳(cuì 翠)：指穿着毛皮衣服的北方少数民族。这里指契丹。都：漂亮，时髦。

⑥时时鴂舌问三苏：作者自注："余与子由入京时，北使已问所在；后

馆伴，北使屡诵三苏文。”鴂(jué 决)舌，比喻语音难懂，好像鴂鸟的叫声一样。鴂，即伯劳。有的地区叫虎不拉。《孟子·滕文公上》：“今也南蛮鴂舌之人，非先王之道。”三苏，指苏洵、苏轼、苏辙父子三人。这句是说契丹使者也爱诵三苏之文。

⑦欲向君王乞镜湖：用贺知章事。见本卷吕夷简《天华寺》注②。晁冲之《留别江子之》诗：“不从刺史求彭泽，敢向君王乞镜湖。”欲向，一作“欲问”。

赠刘景文①

荷尽已无擎雨盖②，菊残犹有傲霜枝。
一年好景君须记③，最是橙黄橘绿时④。

【注释】

①刘景文：名季孙，开封祥符(今河南开封)人。博学能诗，苏轼以国士目之，曾予举荐。时任两浙兵马都监，在杭州。苏轼与他时有唱酬。诗作于元祐五年(1090)知杭州任上。

②擎雨盖：喻荷叶。

③好景：一作“好处”。

④最是：一作“正是”。

荔　枝①

罗浮山下四时春②，卢橘杨梅次第新③。
日啖荔枝三百颗④，不辞长作岭南人⑤。

【注释】

①原共二首，此选其二。题一作《食荔枝二首》。又作《惠州一绝》。绍圣三年(1096)在惠州作。诗前有自序云：“惠州太守东堂，祠故相陈文

惠公，堂下有公手植荔枝一株，郡人呼之将军树。今岁大熟，尝啖之余，下逮吏卒。其高不可致者，纵猿取之。”

②罗浮山：在广东东江北岸，增城、博罗、河源等县之间。长达百余公里，峰峦四百余，风景秀丽，为粤中名山。相传罗山之西有浮山，为蓬莱之一阜，浮海而至，与罗山并体，故称罗浮。

③卢橘：与橘近似，其皮经久变黑，故名。（卢，黑色。）但古人常用作枇杷的别称。这里亦指枇杷。

④啖（dàn 旦）：吃。三百，言其多，非实数。

⑤岭南：泛指五岭以南，即今两广地区。作者这时被放逐于惠州（治今广东惠州），故自称“岭南人”。

慈湖夹阻风①

捍索桅竿立啸空②，篙师酣寝浪花中③。
故应菅蒯知心腹，弱缆能争万里风④。

日轮亭午汗珠融⑤，谁识南讹长养功⑥。
暴雨过云聊一快，未妨明月却当空⑦。

【注释】

①慈湖夹：在今安徽当涂背面。题共五首，此选其一、其四。绍圣元年（1094）六月南迁路过而作。苏轼南迁，初闻命贬英州（治今广东英德市），船行至当涂，又接再贬惠州之命。夹，一作“峡”。

②捍索：桅竿两旁的绳索。啸空：在空中呼啸。

③篙师：船工。

④“故应”二句：菅（jiān 监）、蒯（kuǎi）：都是多年生草本植物，可用以搓编草绳。这里指缆绳。这两句是说小小缆绳懂得船工的心意，敢于跟万里长风竞争而前行。作者借以抒写顶风逆浪，履险若夷的心情。

⑤亭午：当午，中午。

⑥南讹：《尚书·尧典》："申命羲叔，宅南郊，平秩南讹。"注云："讹，化也。掌夏之官，平序南方化育之事。"长养：即化育。这句是说南方虽然炎热，却有促使万物生长化育之功。

⑦"暴雨"二句：写南方炎夏时，暴雨初过，云散月出。快：快意。亦暗喻所适而安，心境坦荡。

次韵郭功甫①

早知臭腐即神奇②，海北天南总是归③。
九万里风安税驾，云鹏今悔不卑飞④！

【注释】

①郭功甫：即郭祥正。详卷三作者介绍。郭功甫观苏轼所画雪中麻雀有感，作诗寄惠州，诗云："平生才力信瑰奇，今在穷荒岂易归。正似雪林枝上雀，羽翰虽好不能飞。"苏轼即次其韵而作。《苏诗编注集成》题作《次韵郭功甫观予画雪雀有感二首》。此选其一。

②臭腐即神奇：《庄子·知北游》："故万物一也，异其所美者为神奇，其所恶者为臭腐；臭腐复化为神奇，神奇复化为臭腐。"

③归：归宿。

④"九万"二句：《庄子·逍遥游》："北冥有鱼，其名为鲲。鲲之大，不知其几千里也。化而为鸟，其名为鹏。鹏之背，不知其几千里也。怒而飞，其翼若垂天之云。……风之积也不厚，则其负大翼也无力，故九万里则风斯在下矣。"安：如何，何处。税驾：解驾，停车。指归宿。《史记·李斯传》："物极则衰。吾未知所税驾也。"卑飞：低飞。这两句是作者有感一生才情飞扬而身世坎坷的愤叹。

沿流馆中得二绝句①

淮西功德冠吾唐，吏部文章日月光。

千载断碑人脍炙，不知世有段文昌[2]。

李白当年流夜郎，中原无复汉文章。
纳官赎罪人何在？壮士悲歌泪万行[3]。

【注释】

①《东坡题跋》卷三《记临江驿诗》录此二诗，云："绍圣间，临江军驿壁上得此诗，不知谁氏子作也。"宋胡仔《苕溪渔隐丛话》前集卷三十九："东坡云：'绍圣间人得二诗于沿流馆中，不知何人作也。今录之，以益箧笥之藏（诗如上略）。'苕溪渔隐曰：'或云此二诗乃东坡窜海外时作，盖自况也。不知其果然否？'"按：《东坡题跋》卷三别有《记沿流馆诗》："'帘卷窗穿户不扃，隙尘风叶乱纵横。幽人睡足谁呼觉，欹枕床前有月明。'绍圣间，人得此诗于沿流馆中，不知何人诗也。今录之，以益箧笥之藏。"《苕溪渔隐丛话》牵合二事，误矣。沿流馆，当作"临江驿"。宋赵令畤《侯鲭录》卷二云："绍圣中，有人过临江军驿舍，题二诗，不书姓名。时贬东坡，毁《上清宫碑》，令蔡京别撰。"下引二诗，"李白当年谪夜郎"一首在前，字有少异。注云："乃江邻几子我作，或云张文潜作。"（按，子我乃江端友字，江邻几即江休复，非一人。）《经进东坡文集事略》卷五十五《上清储祥宫碑》宋郎晔注引赵伯山《中外旧事》，亦录此二诗，叙述同《侯鲭录》，并谓"乃江邻几作，或张文潜。"宋袁文《瓮牖闲评》卷五云："苏东坡奉敕撰《上清储祥宫记》，后朝廷磨之，别命蔡元度（蔡卞）作，故东坡有诗云（'淮西'一首）。退之《淮西碑》，亦是磨后复使文昌再作，此二事大相类也，东坡遂托为此诗。绍圣间，有人于沿流馆中得之，盖亦有少不平故耳。而苕溪渔隐不知有此，乃谓东坡窜海外时作，欲以自况，非也。"宋费衮《梁溪漫志》卷四《东坡沿流馆诗》云："东坡在翰林，被旨作《上清储祥宫碑》，哲宗亲书其额。绍圣党祸起，磨去坡文，命蔡元长（蔡京）别撰。玉局遗文中有诗云（'淮西'一首）。其题云：'绍圣中得此诗于沿流馆中，不知何人作也。戏录之，以益箧笥之藏。'此诗乃东坡所作，盖寓意《储祥》之事，特避其祸，故

托以得之,味其句法则可知矣。”宋葛立方《韵语阳秋》卷三,记《平淮西碑》事,谓东坡谪官过旧驿,见壁间有人题“淮西”一诗,因喜而诵之。并不谓谁作。宋陈岩肖《庚溪诗话》卷下,亦记其事,并引“淮西”一首,云:“后见韩无咎,云是江子我诗。”清王士禛《居易录》卷九:“此诗因坡公而发,特以退之淮西事为譬,非元和间人作也。其言‘吾唐’者,是时党禁方严,故托之前代云尔。以为直言淮西事者误,娄坚以为东坡诗尤误矣。”清纪昀苏诗批校则云:“确是东坡所托。”清厉鹗《宋诗纪事》卷三十三录“淮西”一首,题作《韩碑》,署江端友作。同书卷九十六《临江驿舍二诗》,又列为无名子作,前后歧出。陈衍《宋诗精华录》卷三同前。诸家异说,录以备考。

②“淮西”四句:唐宪宗元和十二年(817),平定淮西藩镇吴元济,诏韩愈撰《平淮西碑》,归功于宰相裴度,时节度使李愬先入蔡州,擒吴元济,自居首功,对此不平。李愬妻乃公主之女,出入禁中,诉说碑辞不实,诏命磨去碑文,命翰林学士段文昌重撰刻石。宋政和中,知州陈珦又磨去段文,再刻韩文。吏部:指韩愈,曾任吏部侍郎。日月光:可与日月争光。《史记·屈原传》:“推此志也,虽与日月争光可也。”脍炙:形容传诵人口。段文昌:见卷一郭震《题龙华山》注③。淮西:《侯鲭录》作“晋公”。功德:《东坡题跋》《侯鲭录》作“功业”。吾唐:一作“皇唐”。千载:《黄常明诗话》作“千古”。不知世有:《黄常明诗话》作“世间谁数”。

③“李白”四句:安史之乱时,永王李璘以抗敌为号召,在江陵起兵,邀请李白参加他的幕府。李白出于爱国心,接受了邀请。然而李璘却想乘机扩充势力,与他哥哥肃宗(李亨)发生矛盾,不久兵败被杀。李白因“从逆罪”当诛,据说因为他过去曾营救过郭子仪,这时郭子仪就请求免去自己的官职为李白赎罪,因而减死流放夜郎(今贵州桐梓县一带)。纳官赎罪,即指郭子仪事。汉文章,指气势雄伟的宏文巨制。按,黄庭坚《病起荆江亭即事十首》之七:“文章韩杜无遗恨,草诏陆贽倾诸公。玉堂端要真学士,须得儋州秃鬓翁。”把远谪儋州的苏轼,推为当代的大手笔,以为真正的翰林学士,非苏轼不可(苏轼谪居岭海,鬓发尽脱,故云“秃鬓翁”)。流夜郎:《侯鲭录》作“谪夜郎”。无复:《侯鲭录》作“不复”。人何在:《侯鲭

录》作“何人在”。壮士悲歌泪万行:《东坡题跋》作“志士临风泪数行”。

纵　笔[①]

白头萧散满霜风，小阁藤床寄病容[②]。
报道先生春睡美[③]，道人轻打五更钟[④]。

【注释】

①此诗作于绍圣四年(1097)初春,作者在惠州。据宋人曾季貍《艇斋诗话》说:这首诗传到当时的宰相章惇那里,他很恼怒,认为苏轼被贬而仍能如此安稳地享受“春睡美”,便把他再贬到更为荒远的儋州(今海南儋州市)。清纪昀批云:“此诗无所讥讽,竟亦贾祸,盖失意之人作旷达语,正是极牢骚耳。”

②“白头”二句:元符二年(1099)苏轼贬到儋州后,又作《纵笔三首》,其一有云:“寂寂东坡一病翁,白头萧散满霜风。”与这两句情怀相同,只是颠倒了一下语序。

③春睡美:清王文诰《苏诗编注集成》案:“公祠有‘睡美处’三间,在朝云祠傍,最为幽胜。”这是后人为纪念苏轼而取其诗语以命名的。

④道人:僧人的别称,始于六朝。见钱大昕《十驾斋养新录》卷十九《道人道士之别》。

黄州春日杂书[①]

清晓披衣寻杖藜[②]，隔墙已见最繁枝。
老人无计酬清丽[③]，夜就寒光读《楚辞》。

病腹难堪七碗茶[④]，晓窗睡起日西斜。
贫无隙地栽桃李，日日门前看卖花。

【注释】

①题共四首,所选为其三、其四。

②杖藜:见本卷王安石《北望》注②。

③清丽:指春天夜晚花枝映月的清绝景色。

④七碗花:唐卢仝《走笔谢孟谏议新茶》诗:“一碗喉吻润,两碗破孤闷。三碗搜枯肠,唯有文字五千卷。四碗发轻汗,平生不平事,尽向毛孔散。五碗肌骨清,六碗通仙灵。七碗吃不得也,唯觉两腋习习清风生。”

苏　辙

苏辙(1039—1112),字子由,一字同叔,号颍滨遗老,眉州眉山(今属四川)人。苏轼之弟。嘉祐二年(1057)与兄轼同科进士。复举制科。因反对新法,出为河南推官,历陈州教授、齐州书记、庆天府佥判。元丰中,兄轼作诗讽刺新法得罪,坐谪监筠州酒税。哲宗立,旧党执政,召为右司谏,论罢蔡确、章惇、吕惠卿等新党大臣,累迁御史中丞,进门下侍郎。后因事忤哲宗及元丰诸臣,累遭贬斥,徙居许州。徽宗时复为太中大夫,提举宫观,致仕。淳熙中,谥文定。诗文深受苏轼影响,风格亦相近,但成就不如其兄。有《栾城集》。

逍遥堂会宿[①]

逍遥堂后千章木[②],常送中宵风雨声[③]。
误喜对床寻旧约[④],不知漂泊在彭城[⑤]。

秋来东阁凉如水[6]，客去山公醉似泥[7]。
困卧北窗呼不醒[8]，风吹松竹雨凄凄。

【注释】

①原题作《逍遥堂》，据《栾城集》补“会宿”二字。《栾城集》诗前有小引云：“辙幼从子瞻兄读书，未尝一日相舍。既壮，将游宦四方，读韦苏州诗，至‘那知风雨夜，复此对床眠’，恻然感之。乃相约早退，为闲居之乐。故子瞻始为凤翔幕府，留诗为别，曰‘夜雨何时听萧瑟？’其后子瞻通守余杭，复移守胶西，而辙留滞于睢阳、济南，不见者七年。熙宁十年二月，始复会于澶、濮之间，相从来徐，留百余日，时宿于逍遥堂。追感前约，为二小诗记之。”熙宁十年（1077），时苏轼任徐州知州。逍遥堂，即徐州官舍堂名。《诗林广记》题作《会子瞻兄宿逍遥堂二绝》。《宋诗精华录》题作《与兄子瞻会宿二首》。《诗话总龟》前集卷九引《王直方诗话》：“东坡爱韦苏州诗云：‘谁知风雨夜，独此对床眠。’向在郑西别子由云：‘寒灯相对记畴昔，夜雨何时听萧瑟。’又有初秋寄子由云：‘买田秋已议，筑室春当成。雪堂风雨夜，已作对床声。’又子由与坡相从彭城，赋诗云（诗如上略）。子由使虏，在神水馆赋诗云‘夜雨从来相对眠，兹行万里隔胡天’。此其兄弟所赋。坡在御史狱有云‘他年夜雨独怆神’；在东府有云‘对床定悠悠。夜雨今萧瑟’。其《同转对》有云‘对床贪听连宵雨’；又云‘对床老兄弟，夜雨鸣竹屋’。可谓无日忘之。”广引其例，足供参征。参见宋叶大庆《考古质疑》卷四“对床夜雨”条。

②千章：指大树成林。章，大木材。《史记·货殖传》：“山居千章之材。”《诗话总龟》《苕溪渔隐丛话》《诗林广记》作“千寻”。

③常送：《诗话总龟》《苕溪丛话》《诗林广记》《宋元诗会》作“长送”。中宵：半夜。

④对床：两床对卧。指双方倾心交谈。旧约：指早日退隐，闲居家山之约。

⑤彭城：今江苏徐州。

⑥东阁:《宋诗精华录》作“官阁”。

⑦山公醉似泥:山公,指晋山简。他在镇守襄阳时,常常出外喝酒,大醉而归。李白《襄阳歌》:“傍人借问笑何事,笑杀山公醉似泥。”客去:《宋诗精华录》作“别后”。

⑧困卧北窗:晋陶潜《与子俨等疏》:“五、六月中,北窗高卧,遇凉风暂至,自谓是羲皇上人。”不醒:《宋诗精华录》作“不起”。

神水馆寄子瞻兄①

夜雨从来相对眠②,兹行万里隔胡天。
试依北斗看南斗, 始觉吴山在目前③。

谁将家集过幽都④,每被行人问大苏⑤。
莫把文章动蛮貊, 恐妨谈笑卧江湖⑥。

【注释】

①原题四首。所选为其二、其三。作者自注云:“十一月二十六日。是日大风。”元祐四年(1089),苏辙以翰林学士出使辽国,贺辽主生辰。诗为途中所作。参见苏轼《次韵子由使契丹至涿州见寄》注①。神水馆:涿州(治今河北涿州市)的一所馆驿。神水,原作“神木”,地在陕西,误。据《栾城集》改。《诗林广记》题作《涿州寄子瞻》。

②夜雨从来相对眠:见《逍遥堂会宿》注①。

③“试依”二句:是说相隔万里,只能从天上北斗星和南斗星的方位,来辨认兄长所在的地方。吴山:在杭州。这时苏轼在杭州任知州。

④将:携带。家集:指苏氏父子的文集。幽都:指北方荒远之地。旧称日没于此,万象阴暗,故名。《尚书·尧典》:“申命和叔,宅朔方,曰幽都。”传:“北称幽,则南称明,从可知也。都,谓所聚也。”这里指北方辽国境内。

⑤大苏：指苏轼。宋王辟之《渑水燕谈录》卷四："苏氏文章擅天下，目其文为三苏。盖洵为老苏，轼为大苏，辙为小苏也。"此句《栾城集》作"逢见胡人问大苏"。

⑥"莫把"二句：蛮貊（mò 陌）：古代对少数民族的泛称。这里指辽国。《渑水燕谈录》卷七："张芸叟奉使大辽，宿幽州馆中，有题苏子瞻《老人行》于壁间者。闻范阳书肆中亦刻子瞻诗数十篇，谓之《大苏小集》。子瞻才名重当代，外至夷虏，亦爱服如此。"这两句是说苏轼文名远扬，连边远之地都受到惊动，这就容易遭人忌恨，以致妨碍了今后归卧江湖的心愿。这是鉴于苏轼因文字得祸的沉痛教训，劝他少作诗文。

使契丹题寺壁①

乱山环合疑无路，小径萦回长傍溪。
仿佛梦中寻蜀道，兴州东谷凤州西②。

【注释】

①《栾城集》题作《绝句二首》。此选其一。清王士禛《池北偶谈》卷十七："古北口一寺中，有石刻苏颍滨诗云（诗如上略）。盖公元祐间奉使契丹时所题，而辽人刻石者。"则此诗乃题于古北口某寺壁上。古北口，又名虎北口，长城隘口之一。为宋、辽交通要道。在今北京市密云区东北。

②兴州：治今陕西略阳县。凤州：治今陕西凤县。均为入蜀必经之地。

追和张文定公①

少年便识成都尹②，中岁仍为幕下宾。
待我江西徐孺子③，一生知己有斯人④。

【注释】

①张文定公:即张方平。详卷三作者介绍。宋洪迈《容斋四笔》卷四:"张文定公在蜀,一见苏公父子,即以国士许之。熙宁中,张守陈州南都,辟子由幕府。元丰初,东坡谪齐安,子由贬监筠酒税,与张别,张凄然不乐,酌酒相命,手写一诗曰:'可怜萍梗飘蓬客,自叹匏瓜老病身。从此空斋挂尘榻,不知重扫待何人?'后七年,子由召还,犹复见之于南都。及元符末,自龙川还许昌,因侄叔党出坡遗墨,再读张所赠诗,其薨已十年,泣下不能已,乃追和之曰(诗如上略)。两诗皆哀而不怨,使人至今有感于斯文。"按:张方平赠苏辙诗见本书卷三。张年辈仕履均在三苏之前,其原唱反置追和之后,乃编排失当处。

②少年便识成都尹:张方平于至和元年(1054)知成都,时苏辙方十六岁,青春年少,故云。

③江西徐孺子:徐稚,字孺子,东汉南昌(今属江西)人。家贫,躬耕而食。朝廷多次征聘,不仕。陈蕃为太守,不接宾客,只有徐稚来,才特地为他设一榻,他走了就悬挂起来。见《后汉书·徐稚传》。唐王勃《滕王阁序》:"徐孺下陈蕃之榻。"这里是以陈蕃比张方平,以徐稚自比,感激张的知遇之恩。因张赠诗有"从此空斋挂尘榻,不知重扫待何人"之句,故答语非泛泛之词。

④斯人:此人。指张方平。

曾　巩

曾巩(1019—1083),字子固,建昌南丰(今属江西)人。人称南丰先生。嘉祐二年(1057)进士。通判越州,历知齐、襄、洪、福、明、亳诸州,所在有政绩。元丰中,判三班院,迁史馆修撰，典修五朝国史。擢中书舍人。病卒于江宁。以散文著名，为“唐宋八大家”之一。秦观、陈师道、彭渊材等人认为他不会作诗，其实他的诗颇见功力，七绝尤饶风致。著有《元丰类稿》。

将行陪贰车观灯①

行歌红粉满城欢②，犹作常时五马看③。
忽忆使君身是客，一时挥泪逐金鞍④。

【注释】

①此诗《元丰类稿》未收。《宋诗纪事》据宋谢维新《古今合璧事类备要后集》采录。按：翻检《古今合璧事类备要后集》未得。此诗见《鸡肋集》卷二十二及《宋诗钞·鸡肋集》，实为晁补之（无咎）所作。清王士禛《居易录》卷三十四、《香祖笔记》卷十二皆称引晁补之此诗。《居易录》谓曾巩以熙宁五年（1072）守济南，其后二十一年，晁补之继来为守，于离任时，作《别历下》二绝句及《将行陪贰车观灯》等诗，并加引录，视为本州之荣（《宋诗纪事》系于曾巩名下《赴齐州》一诗，亦晁补之作，见《鸡肋集》卷二十二，题作《赴齐道中》，同见《居易录》称引）。贰车：副车，副长官。指通判。

②行歌红粉满城欢：形容观灯时男女盛装歌舞，全城一片欢乐。

③五马：太守的代称。古代一乘四马，汉时太守出行增加一马，故称五马。古乐府《日出东南隅行》：“使君从南来，五马立踟蹰。”这里借指知州。

④使君：对州郡长官的尊称。这两句是说正在看灯的州民，忽然想到这位好长官马上要离他们而去了，心里舍不得，纷纷流泪跟在他的车马后面。

咏　柳①

乱条犹未变初黄，倚得东风势便狂②。

解把飞花蒙日月，不知天地有清霜[3]。

【注释】

①这是一首有寓意的咏物诗。所咏句句是柳。而言外别有所刺。

②“乱条”二句：喻小人一旦得势，便猖狂不可一世。初黄：指柳芽新吐，其色嫩黄。未变初黄，喻条件尚未成熟。

③“解把”二句：喻小人欺下蒙上，遮蔽光明；因警告其不要得意过早，终究难逃严正的惩罚。飞花：指柳絮。清霜：秋霜。杨柳经霜便凋零枯萎。

蒋之奇

蒋之奇（1031—1104），字颖叔，宜兴（今属江苏）人。嘉祐二年（1057）进士，复举制科。神宗初累迁殿中侍御史。以诬劾欧阳修贬官。旋为淮东转运副使，升江淮荆浙发运副使。长于理财，治漕运，以干练称。哲宗朝，累擢翰林学士兼侍读。徽宗立，除知枢密院事，拜观文殿学士。崇宁初，出知杭州，因议弃河湟夺职。提举灵仙观。卒谥文穆。著有《三经集》。

贺兄之翰宠换苏郡印[1]

早同侍宦向长洲[2]，今拥旄麾访旧游[3]。
自古风流诗酒地，韦苏州后蒋苏州[4]。

【注释】

①之翰:之奇兄。历知荆南、洪州、成都、苏州等地。宠换苏郡印:指荣任苏州知州。蒋之翰绍圣中以右朝散大夫知苏州。按:宋范成大《吴郡志》卷四十九《杂咏》,载蒋之奇《贺兄之翰宠换苏印二首》,其一为七律,次即此首。七律后自注云:"之奇两乞东南一麾,次遂拜扫,皆不允。"可见他对兄长调任苏州是十分欣慰的。蒋之翰和作二首,亦一律一绝,其和此首云:"从来疏拙懒身谋,揽辔登车已倦游。幸有醉乡为乐地,何妨吟笑老东州。"《宋诗纪事》据《吴郡志》收录,而仅录其七绝,不知何故。贺:原误作"和"。《宋诗纪事》误同。据《吴郡志》改。苏郡印:《吴郡志》《宋诗纪事》作"苏印"。

②侍宦:随从在外做官的长辈。按:之奇兄弟的伯父蒋堂,于景祐四年(1037)六月知苏州,皇祐中再次守苏。之奇本题七律有云:"却寻旧日池台胜,犹忆当年几杖随。"自注:"苏台有池阁之胜,之奇与太尉日游此。"之翰和作亦云:"昔年曾预儿孙列,投老犹疑笔砚随。"自注,"伯考太尉,凡有撰述,翰与颍叔必预检阅,或口授书之。"可知之翰兄弟早年曾同侍蒋堂于苏州。推其时,当在皇祐间蒋堂二次守苏之日。蒋堂曾任枢密直学士,故称"太尉"。早同:原误作"早闻",据《吴郡志》《宋诗纪事》改。

③旄麾(huī 挥):旌旗。官员的仪仗。这里指出任州府长官。南朝宋颜延之《五君咏·阮始平》诗:"屡荐不入官,一麾乃出守。"麾,本为挥斥之意,后用作"旄麾"之"麾",于是成为出守之典。

④韦苏州:唐代诗人韦应物,贞元初为苏州刺史,人称韦苏州。有《韦苏州集》十卷。

杨　杰

杨杰,字次公,号无为子,无为军(今安徽无为)人。嘉祐四年(1059)进士。元丰中官太常,一时礼乐之事,皆预讨论。精佛理,尝被诏从高丽僧游。元祐中为礼部员外郎,出知润州。除两浙提点刑狱。卒年七十。有《无为集》。

东峰白云院①

僧爱白云溪上飞，白云飞处敞禅扉②。
莫言便是无心物，忆着故山依旧归③。

【注释】

①杭州上天竺山的顶峰,常年白云缭绕,因名白云峰。宋时天竺寺僧建堂其下,名白云堂。见《淳祐临安志》卷八。此诗疑写其地。

②禅扉:寺门。

③无心物:指白云。晋陶潜《归去来辞》:“云无心以出岫,鸟倦飞而知还。”忆着故山:指白云思归。晋张协《杂诗十首》之八:“流波恋旧浦,行云思故山。”这两句是借物兴感,表示退隐故山之志。参见本卷苏轼《和文与可洋州园池》注⑥⑦。

遥碧亭

幽鸟无心去又还①,迢迢湖水出东关②。
暮云留恋飞不动，添得一重山外山③。

【注释】

①幽鸟无心去又还:见前诗注③。作者《西湖参寥山房》诗:“白云幽鸟应相信,出本无心倦即还。”语意甚明,可资参证。此诗所写境地亦似杭州西湖。

②迢迢湖水出东关:湖水,似指杭州西湖。发源于灵隐山的南北二

涧，合流于飞来峰路口合涧桥，又东过行春桥，出灵隐浦，注入西湖，谓之钱源，俗名金沙港，为西湖最大水源。参见《西湖游览志》卷十。

③“暮云”二句：日暮云还，峦山不动，远望如山外又添一山。宋郑震《荆江口望见君山》诗：“只是青云浮江上，教人错认作山看。”意相似。

孔武仲

孔武仲，字常父，临江新淦（今江西新干）人。兄文仲、弟平仲，并有文名，时称“三孔”。嘉祐八年（1063）进士。元祐初，为秘书省正字，迁校书郎、著作郎。尝论科举之弊，反对王安石《三经新义》，请复诗赋取士。历国子司业、中书舍人，擢给事中，迁礼部侍郎。以宝文阁待制知洪州，后徙宣州。被列为元祐党人，夺职。居池州卒，年五十七。有《宗伯集》。

五鼓乘风过洞庭湖，日高已至庙下①

半掩船篷天淡明，飞帆已背岳阳城②。
飘然一叶乘空度③，卧听银潢泻月声④。

【注释】

①题共二首，此选其一。其二为七律。五鼓：五更，黎明之时。洞庭湖：在湖南省北部，长江南岸。湘、资、沅、澧四水均汇流于此，在岳阳城陵矶入长江。湖中小山甚多，以君山为最著名。庙：指洞庭湖中君山的湘妃庙。

②岳阳城：今湖南岳阳市。濒临洞庭湖。

③飘然一叶：喻浪中轻舟。唐李贺《送沈亚之歌》："烟底蓦波乘一叶。"

④银潢：银河。这句是写银波万顷，上下苍茫，恍如置身天际，听到银河带着月光的流泻之声。

沈　括

沈括（1031—1095），字存中，钱塘（今浙江杭州）人。至和初，以父荫为沭阳主簿。嘉祐八年（1063）进士。熙宁中，参与王安石变法。历检正中书刑房公事、提举司天监。熙宁八年（1075），出使辽国，力斥其夺地之谋。图其山川形势，为《使契丹图抄》奏上。迁翰林学士，权三司使。元丰中出知延州，徙秀州。晚年居润州梦溪园。平生博学多闻，于天文、历算、方志、音乐、医药等无所不通。始置浑仪、景表、浮漏等天文仪器，造新历，为后世采用。著述近四十种，多亡佚。传世有《梦溪笔谈》《长兴集》等。

归　计[①]

住山人少说山多，空只年年忆薜萝[②]。
不是自心应不信，眼前归计又蹉跎[③]。

【注释】

①归计：归山退之计。

②“住山”二句：是说真正退隐山林的人少，而嘴上说说的人多。他们每年都是空自想望山林而已。唐韦丹寄诗给僧人灵澈，表示想退隐，灵澈答诗说：“相逢尽道休官去，林下何曾见一人！”（见《云溪友议》卷四）薜萝：藤蔓类植物。借指山林隐者的住处。唐刘长卿《使回次杨柳过元八所居》诗：“薜萝诚可恋。”

③“不是”二句：自明心迹，言归山之计，非有所不愿，实有所不能。指牵累太多，一时难以遂愿。蹉跎：落空。着一“又”字，见多次事与愿违，言外不胜叹惋。

孙 复

孙复（992—1057），字明复，晋州平阳（今山西临汾）人。举进士不第，退居泰山，世称泰山先生。石介等皆师事之。研治《春秋》，著《春秋尊王发微》十二篇。因范仲淹、富弼等推荐，除秘书省校书郎、国子监直讲。仁宗亲临太学，召为迩英阁祗候说书，讲说多异先儒。罢出为州县佐官。后复入，迁殿中丞，卒。病中曾口授门人祖无择十五万言，录藏秘阁。有《孙明复小集》。

八月十四夜月

银汉无声露欲垂①，玉蟾初上欲圆时②。
清尊素瑟宜先赏，明日阴晴未可知③。

【注释】

①欲垂:《后村千家诗》作"暗垂",宜从。否则重"欲"字。

②玉蟾:指月亮。传说月中有蟾蜍,故云。欲圆:指农历八月十四夜,明月将到全圆之时。范仲淹《十四夜月》诗:"天意将圆夜,人心待满时。"

③"清尊"二句:是说眼下自可饮酒、听音乐,快活地赏月,不必等到明天八月中秋,因为明天的阴晴还不知道。这是一种执着于现在的态度,所指不必限于赏月。清尊:指清酒。尊,酒杯。素瑟:不加装饰的瑟。

李　觏

李觏(1009—1059),字泰伯,建昌军南城(今属江西)人。庆历二年(1042),举茂才异等不第,倡立盱江书院,从学者常数万人。以范仲淹荐,试太学助教。历任太学说书、权同管勾太学。以文章知名,通经术,素不喜《孟子》,力排佛、道二教。朱熹称其文字不软帖,有气象,得之于经,议论如三苏父子,得之于《战国策》。能诗,风格雄劲清奇,命意措语均有过人之处。有《盱江集》,今人有整理本《李觏集》。

送僧游庐山①

行非为客住非家②,此去庐山况不遐③。
要见南朝旧人物,池中惟有白莲花④。

【注释】

①庐山:又名匡山,在江西九江市南。北靠长江,东南傍鄱阳湖。相

传秦末有匡俗兄弟七人庐居此山，因而得名。峰峦耸秀，林木幽深，有五老峰、香炉峰、含鄱口、白鹿洞、三叠泉等胜迹。

②行非为客住非家：僧人云游四海，不恋止于一处，故云。

③遐：远。

④“要见”二句：晋末僧人慧远与慧永、刘遗民、雷次宗等十八人结社于庐山东林寺，同修净土之法，因号白莲社。谢灵运平日恃才傲物，少所推重，一见慧远，肃然心服，凿东西二池种白莲，要求入社，慧远以灵运心杂而不许。见宋陈舜俞《庐山记》卷二。南朝：指东晋以后，据有南方的宋、齐、梁、陈四朝。

绝　句①

人言落日是天涯②，望极天涯不见家③。
已恨碧山相掩映④，碧山还被暮云遮⑤。

【注释】

①《李觏集》《宋诗钞·盱江集》题作《乡思》。诗写游子望乡，出语吞吐蝉联，用意层层推进，曲曲写出目尽而思不穷的意境。宋吴处厚《清箱杂记》卷七：“诗以言志，言以知物，信不诬矣。江南李觏，通经术，有文章，应大科，召试第一。尝作诗曰（诗如上略）。识者曰：‘观此诗意，有重重障碍，李君恐时命不偶。’后竟如其言。又陈文惠公未达时，尝作诗曰：‘千里好山云乍敛，一楼明月雨初晴。’观此诗意，与李君异矣。然则文惠致位宰相，寿余八十，不亦宜乎！”

②落日：《清箱杂记》《类苑》作“日落”。

③望极：《诗话总龟》作“望断”。

④已恨：《清箱杂记》作“堪恨”。掩映：许政扬《宋元小说戏曲语释》（二）“掩映”：“在古人口语中，‘映’字别有‘遮掩’一义。《说文》：‘映，隐也。’此虽不数见于后世字书，却仍在唐宋人笔下出现。”并广引其例，说明“映”即“遮”义，又引李觏此诗，谓一本“掩映”作“阻隔”，殆后人妄改。

《李觏集》《宋诗钞·盱江集》作“阻隔”。

⑤还被:《诗话总龟》作“更被”。暮云:《类苑》作“暮烟”。

邵雍

邵雍(1011—1077),字尧夫,范阳(今河北涿州市)人。少随父徙卫州共城(今河南辉县市),居城西北苏门山,刻苦为学。出游河、汾、淮、汉,从李之才受《河图》《洛书》及象数之学。屡授官不赴。晚居洛阳,名所居为“安乐窝”,自号安乐先生、伊川翁。反对熙宁新政,与司马光、富弼、吕公著等过从甚密。元祐中,谥康节。他根据《易传》,参以道教思想,建立宇宙构造图式和学说体系,成为一种神秘的先天象数之学。好吟诗,与程颐之斥诗为“闲言语”有所不同;但所作大多淡乎寡味,为“讲义语录之押韵者”(刘克庄语)。著有《伊川击壤集》《皇极经世》等。

懒起①

半记不记梦觉后,似愁无愁情倦时。
拥衾侧卧未忺起②,帘外落花撩乱飞。

【注释】

①宋邵伯温《邵氏闻见录》卷十八:“康节有《安乐窝中》诗云(诗如上略)。公(司马光)爱之,请书纸帘上,字画奇古,某家世宝之。”《宋诗纪事》题作《安乐窝》。

②拥衾(qīn 侵):裹着被子。未忺起:睡得舒舒服服地不想起床。忺(xiān 先),舒服,适意。《邵氏闻见录》《宋诗纪事》作“欲”。

林 逋

林逋(967—1028),字君复,钱塘(今浙江杭州)人。早岁放游江淮间,后归杭州,隐居西湖孤山二十年。终身不仕,亦不婚娶。种梅养鹤,人称“梅妻鹤子”。咸平、景德间,真宗闻其名,赐粟帛,并诏地方官岁时存问。卒谥和靖先生。工书画,善为诗,多吟咏湖山胜景和抒写隐逸生活,诗风孤峭淡远。有《林和靖诗集》。

孤山隐居书壁①

山水未深猿鸟少②,此生犹拟别移居。
直过天竺溪流上③,独树为桥小结庐。

【注释】

①孤山:在杭州西湖。四周碧波萦绕,一山孤峙湖中,因而得名。山多梅花,也称“梅屿”。林逋结庐于孤山北麓。《诗林广记》题作《书孤山隐居壁》,有云:“和靖居西湖之孤山,结庐其上,足未尝履城市。此诗有卜居之意,犹以为入山未深,入林未密也。”刘克庄以为此诗用贾岛“犹嫌佳处人知处,见拟移家更上山”句意。杨万里五言云:“犹道山中浅,仍移水中居。俗人又剥啄,掉入白芙蕖。”亦本此意(见《后村诗话》后集卷一)。

②猿鸟:隐者的山林伴侣。唐黄滔《敷水卢校书》诗:“宅带松萝僻,日

惟猿鸟亲。”

③天竺：见本卷苏轼《予去杭十六年而复来……》注①。

送易从师还金华①

吟卷田衣岁向残②，孤舟夜泊大江寒③。
前峰数本长松色④，及早归来带雪看⑤。

【注释】

①易从：僧人名。师，对僧人的尊称。《林和靖诗集》作“易师”。金华：今浙江金华市。

②吟卷：诗稿。田衣：又名田相衣。即僧人穿的袈裟。形如稻田畦畔分明，故名。岁向残：一年将尽。

③大江：指钱塘江。

④前峰：《林和靖诗集》作“前岩”。数本：数株。一作“百本”。

⑤归来：一作“回来”。

卷　三

七　言　三

李清臣

李清臣(1032—1102),字邦直,先世魏县(今河北大名西北)人,徙居安阳(今属河南)。皇祐进士。治平二年(1065)中制科,授平江军签判。召试除集贤校理,同知太常礼院。神宗朝任国史编修官。历同修起居注,进知制诰、翰林学士。元丰六年(1083),自吏部尚书拜尚书右丞,进左丞。因反对废新法,罢知河阳。哲宗亲政,拜中书侍郎,主绍述之说,恢复青苗、免役法,变元祐之政。徽宗朝为门下侍郎,逾年罢知大名府。著有《淇水集》。

绝　句

八尺方床织白藤①,含风漪里睡瞢腾②。
若无万里还家梦③,便是三湘退院僧④。

【注释】

①白藤:又名沙藤,其茎坚韧,可制器物。这句是说方床是用白藤编织而成的。

②含风漪:风吹水面起的波纹。南朝陈阴铿《经丰城剑池》诗:“夹篆澄深绿,含风结细漪。”这里形容簟纹。唐韩愈《郑群赠簟》诗:“谁谓故人知我意,卷送八尺含风漪。”瞢(méng 蒙)腾:迷迷糊糊。宋岳珂《梦尚留三桥旅邸》诗:“天上归来打六更,梦回搔首正瞢腾。”

③万里还家梦：唐崔涂《春夕旅怀》诗："蝴蝶梦中家万里。"

④三湘：潇湘、资湘、沅湘。泛指今洞庭湖南北，湘江流域一带。退院僧：办完法事下堂的僧人。喻清闲。

彭汝砺

彭汝砺(1047—1095)，字器资，饶州鄱阳(今江西波阳)人。治平二年(1065)进士第一。历任幕职官。神宗时召为监察御史里行。陈时政十事，指摘利害，多人所难言者。元丰初，提点京西刑狱。元祐中迁中书舍人，进权吏部尚书。出知江州。著有《鄱阳集》。

君宜弟还鄱阳，风雨未行，驰寄此诗①

鸿雁行行如弟兄②，天寒故故作秋声③。
江湖寂寞风雨急，今夜扁舟行未行？

【注释】

①君宜：即彭汝方，汝砺弟。以汝砺荫得簿尉。汝砺卒，弃官归葬。宣和初知衢州，方腊攻城，城陷死。

②雁行：《礼记·王制》："兄之齿，雁行。"因以喻兄弟。意谓兄长弟幼，年齿有序，如雁之飞行而有次序。

③故故：频频，常常。杜甫《月》诗："时时开暗室，故故满青天。"亦可作象声词解。陆游《晚起》诗："雏莺故故啼檐角，飞絮翩翩堕枕前。"

徐　积

徐积(1028—1103),字仲车,楚州山阳(今江苏淮安)人。三岁丧父,因父名石,终身不用石器,行路遇石,避而勿践。事母至孝。治平四年(1067)进士。除扬州司户参军、楚州教授,改和州防御推官。徽宗立,改宣德郎。政和中赐谥节孝处士。苏轼称其诗文怪而放,风格近于卢仝(见《东坡志林》卷二)。有《节孝集》。

赠黄鲁直①

不见故人弥有情②,一见故人心眼明③。
忘却问君船住处,夜来清梦绕西城。

【注释】

①黄鲁直:即黄庭坚。详本卷作者介绍。清潘德舆《养一斋诗话》卷六评此诗云:"寥寥短章,而质实深厚之意,溢于楮墨。先生尝示学者曰:'为文字无学纤丽,须是浑浑有古气。'此章近之矣。《千首宋人绝句》选之,有旨哉!"

②弥:更。

③一见故人心眼明:唐韩愈《杏园送张彻侍御》诗:"相见眼还明。"宋陈师道《答晁以道》诗:"古人相见眼偏明。"

钓　者

有人口诵浮云曲[①]，手把潇湘一竿竹[②]。
荻花洲上作茅庵，坐看江头浪如屋[③]。

【注释】

①浮云曲：指轻视功名富贵的隐者之歌。《论语·述而》："不义而富且贵，于我如浮云。"

②潇湘一竿竹：斑竹，又称湘妃竹。传说舜南巡不返，葬于苍梧，舜妃娥皇、女英赶至湘水，思帝悲泣，泪滴竹上，竹皆成斑。见晋张华《博物志》。这里指钓鱼竿。

③坐看江头浪如屋：即"任凭风浪起，稳坐钓鱼船"之意。《南唐书·史虚白传》："元宗南游豫章，次蠡泽，虚白鹤裘藜杖，迎谒道旁。元宗驻跸劳问曰：'处士亦尝有所赋乎？'曰：'近得溪居诗一联。'使诵之，曰：'风雨揭却屋，浑家醉不知。'"

张景修

张景修，字敏叔，常州（今属江苏）人。治平四年（1067）进士。元丰末为饶州浮梁令。两为宪漕，五领郡符。大观中，迁祠部郎中，年已近七十。叶梦得称其"少刻苦作诗，至老不衰，典雅平易，时多佳句"（《石林诗话》卷中）。有《张祠部集》。

贫　居①

茅檐月有千钱税，稻饭年无一粒租②。
生事萧条人问我，水芭蕉与石菖蒲③。

【注释】

①宋龚明之《中吴纪闻》卷三“(张景修)虽两为宪漕,五领郡符,其家极贫窭,僦市屋以居。尝有绝句云(诗如上略)。观其诗,大抵多清淡。”

②“茅檐”二句:写赋税多而年成少,无法交纳钱租。千钱:《中吴纪闻》引作“千金”。

③水芭蕉、石菖蒲:均水生植物,根可充饥。水芭蕉,喻其风清;石菖蒲,喻其有节。二句极言生计萧条,虽贫穷,却清高而有节操。

赵　抃

赵抃(1008—1084),字阅道,号知非子,衢州西安(今浙江衢州市)人。景祐元年(1034)进士。仕州县,以治绩召为殿中传御史。刚正立朝,弹劾不避权贵,声誉凛然,时称“铁面御史”。出知睦州,改梓州路转运使,徙益州路。遍行部中,禁吏为奸,自奉甚俭,蜀风为之一变。召为右司谏,以言事罢知虔州。历度支副使,河北都转运使。治平初知成都,以一琴一鹤自随,为政简易。神宗立,擢参知政事。与王安石不合,罢知杭州,徙青州。熙宁五年(1072)再知成都。复徙越州、杭州,致仕。卒谥清献。有《赵清献集》。

和宿峡石寺下[1]

淮岸浮图半倚天[2]，山僧应已离尘缘[3]。
松关暮锁无人迹[4]，谁放钟声入画船？

【注释】

①峡石：一作硖石，在今安徽寿县西北。《水经·淮水》："淮水又北经山硖中，谓之硖石。"陈衍评此诗云："令张继见之，前贤岂能不畏后生！"（《宋诗精华录》卷一）认为可与唐人张继的《枫桥夜泊》诗相媲美。

②浮图：又称浮屠、佛图，梵语音译"窣堵波"，即塔。

③尘缘：佛教认为色、声、香、味、触、法为六尘，是污染人心、使生嗜欲的根缘。因以指一切世俗事物。

④松关：松木门。指山寺之门。

文　同

文同（1018—1079），字与可，号笑笑先生，梓州永泰（今四川盐亭东）人。苏轼从表兄弟。皇祐元年（1049）进士。授汉州通判，历知陵、洋等州。元丰元年（1078），以尚书司封员外郎充秘阁校理知湖州，死于赴任途中。人称"文湖州"。工诗文，善篆、隶、行草、飞白，尤擅画竹，学者甚众，有"湖州竹派"之称。著有《丹渊集》。

北　郭[1]

绕树垂萝荫曲堤，暖烟深处乱禽啼。
何人来此共携酒，可惜拒霜花一溪[2]。

【注释】

①郭：外城。

②可惜：可爱。拒霜：即木芙蓉。仲秋开花，耐寒不落，故名。

郡学锁宿[1]

长柏高柟荫广庭[2]，夜凉人静梦魂清。
不知山月几时落，每到晓钟闻雨声。

【注释】

①郡学：即州学，宋时官设的地方学校。锁宿：宋时贡举考试过程中，为防止考官作弊和杜绝亲友请托，于各级考试举行前数日，考官即同时进入贡院，关闭院门，宿于其中。直到考毕，定出等第，考官方得出院。谓之锁宿。这里指州考时任考官锁宿。

②柟（nán 南）：即楠木。树身高大。

刘　弇

刘弇（1048—1102），字伟明，庐陵（今江西吉安）人。元丰二年(1079)进士,继中博学宏词科。绍圣中,知峨眉县。改太学博士。元符中进《南郊大礼赋》,哲宗称赏,以为司马相如、扬雄复出,除秘书省正字。徽宗立,改著作佐郎、实录院检讨。文风峻洁。有《龙云集》。

莲花峰法云即事①

十十五五跳波鱼②,三三两两踏歌姝③。
前山后山碧一色,似不多愧潇湘图④。

【注释】

①题共二首,此选其二。莲花峰:在陕西华山,亦称西峰,为华山主峰之一。峰顶翠云寺前有大石,状如莲花,故称。翠拔千仞,悬绝异常。登其巅俯瞰,秦川茫茫,渭、洛二水如银带盘曲其间,景色十分壮观。法云:疑即翠云寺。

②跳波鱼:喻群峰腾跃之状。唐陆龟蒙《马当山铭》:"怪石凭怒,跳波狂发。"

③踏歌:以脚踏地为节拍而歌。姝(shū 殊):年轻女子。这句是以唱歌的美女比喻山峰的秀丽多姿。

④潇湘图:湖南潇水和湘水一带风景佳胜,宋代山水画家宋迪曾绘《潇湘八景图》。句谓山峦耸翠,一碧无际,风光毫不逊色于潇湘烟景。

送徐择之秘校还睢阳①

汴水东头古堞开②,青鸾舞影几楼台③。
莫将归雁比行色,身未到家春已来④。

【注释】

①徐择之:徐处仁,字择之,应天谷熟(今河南商丘东南)人。元丰进士。曾任秘书省校书郎 。徽宗时,历官太常博士,礼部尚书,尚书右丞。以忤童贯落职。钦宗时召为中书侍郎。建炎时,以观文殿大学士为大名尹。以刚廉称。秘校:秘书省校书郎。睢阳:郡名,以在睢水之阳得名。治所在今河南商丘南。为徐处仁家乡所在地。

②汴水:又名汴河、汴渠。宋时由河南旧郑州、开封、归德北境,至商丘市南,东南流经安徽宿县、灵璧、泗县入淮河。古堞:古城。指睢阳。在汴水东头。堞(dié 蝶),城墙上凹凸形的矮墙。

③青鸾舞影:喻水清如镜,楼台倒映水中。青鸾,指鸾镜。传说鸾鸟见影而舞,故以为镜饰。亦以指镜。参见卷二王安石《题扇》注②。

④“莫将”二句:传说鸿雁正月自南归北。句言人未到家,而雁已先归。用隋薛道衡《人日思归》诗:“人归落雁后,思发在花前。”

蔡　肇

蔡肇(?—1119),字天启,润州丹阳(今属江苏)人。元丰二年(1079)进士。从王安石游,受器重。又从苏轼游,声誉益显。历明州司户参军,江陵推官。元祐中为太学正,通判常州。徽宗时入为户部、吏部员外郎,兼编修国史。后拜中书舍人,罢为显谟阁待制,出知明州。被劾夺职,提举洞霄宫。会赦,复知睦州,卒。工诗文,擅画山水、人物。有《丹阳集》。

题画授李伯时①

鸿雁归时水拍天,平冈老木尚寒烟②。

付君余地安渔艇[3]，乞我寒江听雨眠[4]。

【注释】

①宋张邦基《墨庄漫录》卷三："蔡肇天启，从官京师日，有薮泽之思。常于尺素作平冈老木，极有清思。因授李伯时，令于余地加远水归雁，扁舟以载。天启乃题小诗云（诗如上略）。伯时懒不能竟。他日，王渔之彦舟取去，以示宗子令戬，即取笔点染，如诗中意。天启见之，爱其佳。后天启泛舟，宿横塘，遇雨，闭篷而卧，夜分不寝，闻归雁声，因复为诗云（即《泛舟横塘遇雨》，见下）。此画后入贵家，予尝见之，渺然有江湖之思。"李伯时：即李公麟。见卷二苏颂《和题李公麟阳关图》注①。

②寒烟：《两宋名贤小集》作"依然"。

③付君：《两宋名贤小集》作"借君"。余地：指画上空白处。秦观《春江秋夜图》诗："请君添小艇，画我作渔翁。"

④乞我：给我。乞，给予。

泛舟横塘遇雨[1]

平野风烟入梦思，殷勤作画更题诗。
扁舟卧听横塘雨，恰遇江南归雁时。

【注释】

①横塘：在江苏南京市西南。参见前诗注①。

邹　浩

邹浩（1060—1111），字志完，号道乡居士，晋陵（今江苏常州)人。元丰五年(1082)进士。历扬州、颍昌府教授,太常博士。哲宗朝为右正言,以谏立刘后,谪新州。徽宗立,复为右正言,进中书舍人,同修国史。迁吏、兵部侍郎。知江宁府、越州、杭州等地。再以谏立刘后事,贬永州。崇宁五年(1106)返故里。大观元年(1107)复直龙图阁。高宗朝,赠宝文阁学士,谥曰忠。著有《道乡集》。

仁老寄墨梅①

前年谪向新州去②,岭上寒梅正作花③。
今日霜缣玩标格④,宛然风外数枝斜。

【注释】

①仁老:即仲仁,北宋僧人。会稽(今浙江绍兴)人。住衡州(今湖南衡阳)华光山,号华光长老。擅画梅,每当花开月夜,就窗间疏影,用水墨晕写,创为墨梅。黄庭坚叹赏其所作墨梅说:"如嫩寒清晓,行孤山篱落间,但欠香耳。"亦工山水平远小景。所作《平沙远水图》,黄庭坚誉为"超凡入圣"。

②新州:今广东新兴县。

③岭上寒梅:指大庾岭上的梅花。

④霜缣(jiān 间):指画着梅花的绢。缣,细绢。霜,形容绢地之白。也兼写梅花傲冰霜的品格。标格:指梅花的风韵。

晁说之

晁说之(1059—1129),字以道,又字伯以,慕司马光之为人,自号景迂生。济州钜野(今山东巨野)人。先世澶州清丰(今属河南)人。元丰五年(1082)进士。苏轼荐其文章典丽,可备著述。元符中知无极县,应诏上书,指斥王安石及绍述诸臣,以党籍放斥。靖康初召为秘书少监,进中书舍人兼太子詹事。力谏钦宗不可割让三镇,反对放弃汴京,为言者所论,落职提举崇福宫。建炎初,终徽猷阁待制。平生博览群书,通六经,尤精《易传》。工诗,善画山水。著有《景迂生集》《晁氏客语》等。

明皇打毬图[①]

宫殿千门白昼开[②],三郎沉醉打毬回[③]。
九龄已老韩休死,明日应无谏疏来[④]。

【注释】

①明皇:即唐玄宗李隆基。谥号"至道大圣大明孝皇帝",习称明皇。打毬:马上打球的玩乐。唐时盛行。毬,今通写作"球"。古时以皮为之,中实以毛,足踢或杖击为戏。唐封演《封氏见闻志·打毬》:"开元、天宝中,玄宗数御楼观打毬为事,能者左萦右拂,盘旋宛转,殊可观。然马或奔逸,时致伤毙。"

②宫殿千门白昼开:《后村千家诗》作"阊阖千门万户开"。

③三郎:指唐玄宗。兄弟六人,一人早亡,排行第三,故称。唐郑嵎《津阳门》诗:"三郎紫笛弄烟月,怨如别鹤呼羁雌。"自注:"内中皆以上为三郎。"

④九龄:指张九龄。唐玄宗时宰相。正直敢言,常评论政治得失,曾请杀安禄山以杜绝后患。玄宗生日,百官多献珍异,九龄进《千秋金鉴录》,具陈前古兴废之道,请玄宗引以为鉴。后为李林甫所谮,罢相。韩休:唐玄宗时宰相。为人刚直不阿,好切谏君主过失。玄宗的左右说:"自休入朝,陛下无一日欢,不如去之。"玄宗说:"吾虽瘠,天下肥;吾用休,为

社稷耳。”玄宗宴乐游猎，小有过差，就问左右：“韩休知道吗？”话刚说完，韩休的谏疏就到了。这两句慨叹正直敢谏的大臣已经老病去世，君王可以无所忌惮地纵情游乐了。引古鉴今，言外寓有微讽。结句一作“无复明朝谏疏来”。

郭祥正

郭祥正，字功父，号谢公山人，太平州当涂（今属安徽）人。熙宁进士。知武冈县，签书保信军节度判官。既挂冠，号醉吟先生。后复出，通判汀州，知端州。元祐初，阶至朝请大夫。请老，归家于青山下。诗学李白，才气纵横，风格豪放，梅尧臣许为李白后身。有《青山集》。

寄东坡先生自朱崖量移合浦①

君恩浩荡似阳春，海外移来住海滨。
莫向沙边弄明月，夜深无数采珠人②。

【注释】

①朱崖：即珠崖，今广东海口市。以位于大海崖岸之边，又出珍珠，故名。量移：被贬远方的臣子，遇赦酌情移近处安置。元符三年（1100），苏轼由儋州（今海南儋州市）谪所迁廉州（今广西合浦县）安置，算是“皇恩浩荡”，由“海外”移向“海滨”了。按，原题脱“量移合浦”四字，据《宋诗纪事》补。

②“莫向”二句：传说蚌蛤所孕的珍珠随着月亮的圆缺而变化。晋左

思《吴都赋》:“蚌蛤珠胎,与月亏全。”这里是以蚌珠借喻苏轼,劝他善自藏晦,少作诗文,免遭窥伺者的捃拾中伤。合浦盛产珍珠,苏轼量移其地,作者因就当地风物设喻进劝,情地都很贴切。宋罗大经《鹤林玉露》乙编卷四《诗祸》:“东坡文章,妙绝古今,而其病在于好讥刺。文与可戒以诗云:‘北客若来休问事,西湖虽好莫吟诗。’盖深恐其贾祸也。乌台之勘,赤壁之贬,卒于不免。观其狱中诗云:‘梦绕云山心似鹿,魂飞汤火命如鸡’,亦可哀矣。然才出狱便赋诗云:‘却对酒杯疑是梦,试拈诗笔已如神。’略无惩艾之意,何也?晚年自朱崖量移合浦,郭功父寄诗云(诗如上略)。其意亦深矣。”参见宋王应麟《困学纪闻》卷十八《评诗》。弄明月:玩赏月光。苏轼《虔州八境图》诗:“谁向空中弄明月,山中木客解吟诗。”

月下怀广胜法师①

下方遥忆上方僧②,素月青林隔几层③。
钟磬声沉香篆息④,只应诗思冷如冰⑤。

【注释】

①法师:《宋百家诗存》作“华师”。作者另有《题华师院壁》诗。似以“华师”为是。然则“广胜”当为寺院名。

②下方:下界,指人间。上方:天上,指仙界。这里是比喻山上山下。

③素月青林:暗寓怀人之意。用杜甫《梦李白二首》之一:“魂来枫林青,魂返关塞黑……落月满屋梁,犹疑照颜色。”

④磬(qìng 庆):寺院中的打击乐器,形如钵,铜制。香篆:指香烟屈曲缭绕,形如篆文,故称。又,香上刻有篆文印记用以计时者,亦称香篆。息:《宋百家诗存》作“熄”。这句写声沉香止,万籁静寂,僧人入于禅定境界。

⑤诗思冷如冰:形容诗思清绝,无尘俗气。唐韦应物《休日访人不遇》诗:“怪来诗思清人骨,门对寒流雪满山。”

李之仪

李之仪，字端叔，沧州无棣（今属山东）人。元丰进士。从苏轼于定州幕府，历枢密院编修官，通判原州。元符中监内香药库。徽宗初提举河东常平。师事范纯仁，坐为纯仁作遗表及行状，编管太平州，遂居姑熟溪，自号姑溪老农。后诏知唐州。终朝请大夫。能文，尤工尺牍，苏轼称其入刀笔三昧。其诗取经险峭，而有浑浩雄深之气。亦工长短句。有《姑溪前后集》《姑溪词》。

惠崇扇面小景[①]

耳冷无人唱竹枝[②]，归心惟有梦魂知。
杨花扑面烟波阔，犹记征帆欲卸时。

【注释】

①惠崇：见卷二苏轼《惠崇春江晚景》注①。

②竹枝：竹枝词。见卷一孙光宪《竹枝词》注①。

与晋卿相别，忽复春深，得书见邀[①]

留陶渊明把酒碗，送陆修静过虎溪[②]。
胸次九流清似镜[③]，人间万事醉如泥[④]。

【注释】

①此诗亦署黄庭坚作。题为《戏效禅月作远公咏》,并有序云:“远法师居庐山下,持律精苦,过中不受密汤,而作诗换酒 ,饮陶彭泽。送客无贵贱,不过虎溪,而与陆道士行过虎溪数百步,大笑而别。故禅月作诗云:‘爱陶长官醉兀兀,送陆道士行迟迟。买酒过溪皆破戒,斯何人斯师如斯?’故效之。”见《山谷诗内集》卷十七。晋卿:王诜,字晋卿,山西太原人,徙居开封。娶英宗女魏国大长公主为妻,拜驸马都尉,利州防御史。与苏轼等友善,以党籍被谪。家有宝绘堂,收藏古今书画。工画山水,学李成,善江上云山和寒林远景。兼工书法、诗词。

②“留陶”二句:东晋僧人慧远居庐山东林寺,送客不过虎溪。一天与陶渊明、陆修静共话,送他们时边走边谈,不知不觉过了虎溪。虎就突然吼叫起来,三人大笑而别。见宋陈舜俞《庐山记》卷二。后人为绘《虎溪三笑图》。按:宋楼钥《攻媿集·又跋东坡三笑图赞》,谓慧远、渊明、修静三人不相及,修静至庐山时,慧远、渊明都已去世,共话大笑事乃出于后人附会。陆修静:字元德,浙江吴兴(今属湖州)人。南朝宋元嘉末庐山道士。原误作“陆静修”,据《姑溪集》改。留:《山谷诗内集》作“邀”。

③胸次九流清似镜:喻胸中如江河流泻,清澄如镜。苏轼《次韵僧潜见赠》诗:“道人胸中水镜清,万象起灭无逃形。”九流:指江河支派之多。唐孟浩然《自浔阳泛舟经明海作》诗:“大江分九流,淼漫成水乡。”

④醉如泥:用山简事。见卷二苏辙《逍遥堂会宿》注⑦。又,东汉周泽为太常,时人讥之曰:“一岁三百六十日,三百五十九日斋,一日不斋醉如泥。”见《后汉书·周泽传》。

晁补之

晁补之(1053—1110),字无咎,号归来子,济州钜野(今山东巨野)人。元丰二年(1079)进士。曾任吏部员外郎、礼部郎中、兼国史编修、实录检讨官等职。党论起,徙外,历知湖州、密州、果州。大观末,知达州,改泗州,卒。少小聪敏,十七岁至杭州,撰《钱塘七述》,得苏轼称赏,为"苏门四学士"之一。词学苏轼,无浮艳之习。散文畅达,诗风清俊。亦擅绘画。著有《鸡肋集》《晁氏琴趣外编》。

赴广陵道中①

急鼓咚咚下泗州②,却瞻金塔在中流③。
帆开朝日初生处,船转春山欲尽头。

杨柳青青欲哺乌④,一春风雨暗隋渠⑤。
落帆未觉扬州远,已喜淮阴见白鱼⑥。

【注释】

①题共三首。此选其二、其三。广陵:郡名,治所在今江苏扬州。

②泗州:旧城在当时淮河北边,即今江苏盱眙县北,已沉入洪泽湖中。

③金塔:即泗州塔。唐代建,宋初修葺,极为工巧,传说经著名建筑师喻皓设计。

④哺乌:指乌鸦生子。乌,乌鸦。南朝乐府《读曲歌》:"暂出白门前,杨柳可藏乌。"

⑤隋渠:即运河。隋炀帝杨广所开,故称。暗:形容柳荫浓密。

⑥淮阴:县名,在江苏。白鱼:淮水所产,以味美著名。宋时曾作贡品。宋王禹偁《送李著作》诗:"饭馈海陵红稻软,脍擎淮水白鱼肥。"

扬州杂咏①

皂荚村南三里许②,春江不隔一程遥。

双堤斗起如牛角[3]，知是隋家万里桥[4]。

【注释】

①题共七首。此选其五。

②皂荚：落叶乔木。花开淡黄色，结荚果，可以用来洗涤衣物。三里许：《池北偶谈》引作“三四里”。

③双堤斗起如牛角：形容双堤连接处高起，势如牛角相牴。双堤，《池北偶谈》引作“双陂”。

④隋家万里桥：疑为万岁桥，隋建，今不存。唐李益《扬州送客》诗：“南行直入鹧鸪群，万岁桥边一送君。”清王士禛《池北偶谈》卷十一《谈艺一》以为即皂荚桥。

皖口寄怀前太平守陈公度[1]

常爱东陵早拂衣[2]，我行曾不扣荆扉[3]。
凭君天柱峰头望[4]，看我扁舟几日归[5]？

【注释】

①皖口：镇名。在安徽怀宁县西，皖水入长江之口。又名山口镇。太平：州名。治所在今安徽当涂。陈公度，作者自注：“龙舒人。”龙舒，今安徽舒城。

②东陵：指汉初邵平。本秦东陵侯，秦亡为民，种瓜于长安城东。瓜味甜美，人称“东陵瓜”。拂衣：拂衣而去，指退隐。南朝宋谢灵运《述祖德》诗：“高揖七州外，拂衣五湖里。”

③荆扇：柴门。指陈公度退隐之处。晋陶潜《归园田居》诗：“白日掩荆扉，虚室绝尘想。”这句是说不曾去拜访隐居的友人。

④天柱峰：皖山最高峰，在安徽潜山县西北。

⑤看我扁舟几日归：暗用春秋时越国大夫范蠡功成后扁舟泛五湖归隐之事，自明归隐江湖之志。扁（piān 偏）舟，小舟。唐李商隐《安定城

楼》诗:“永忆江湖归白发,欲回天地入扁舟。”

自画山水留春堂大屏题其上①

胸中正可吞云梦②,盏里何妨对圣贤③。
有意清秋入衡霍④,为君无尽写江天⑤。

【注释】

①《宋诗纪事》题作《自题画留春堂山水大屏》。

②吞云梦:喻胸襟广阔。汉司马相如《子虚赋》:“吞若云梦者八九,于其胸中曾不蒂芥。”云梦,见卷二欧阳修《宿云梦馆》注①。

③圣贤:指酒。曹操禁酒,当时饮酒者作隐语,称清酒为“圣人”,浊酒为“贤人”。见《三国志·魏志·徐邈传》。

④清秋:《鸡肋集》注:“一作‘扶筇’。”衡霍:湖南衡山,一名霍山。汉武帝巡行南郡,登安徽天柱山,称之为南岳。这里即指天柱山。

⑤为君:《鸡肋集》注:“一作‘毛锥’。”

秦　观

秦观(1049—1100),字少游,一字太虚,号淮海居士,高邮(今属江苏)人。元丰八年(1085)进士。曾任蔡州教授、太学博士、秘书省正字兼国史院编修官等职。在新旧党争中,被视为元祐党人,哲宗绍圣以后,累遭贬谪。先后贬监处州酒税,徙郴州,编管横州,又徙雷州。徽宗即位,召为宣德郎,未赴任,中道卒于藤州。善诗词策论,早年即见赏于苏轼,为“苏门四学士”之一。

词风轻婉倩秀，为北宋婉约派代表作家。诗亦清新婉丽，深得王安石赏爱。有《淮海集》。

泗州东城晚望[①]

渺渺孤城白水环，舳舻人语夕霏间[②]。
林梢一抹青如画，应是淮流转处山。

【注释】

①泗州：见本卷晁补之《赴广陵道中》注②。白水：指淮河。

②舳舻（zhú lú 逐卢）：指船。舳，船后舵；舻，船头。夕霏：傍晚的云气烟雾。南朝宋谢灵运《石壁精舍还湖中》诗："林壑敛暝色，云霞收夕霏。"

绝　句[①]

松柏萧森溪水南[②]，道人为作小圆庵[③]。
市区收罢鱼豚税[④]，来与弥陀共一龛[⑤]。

此身分付一蒲团[⑥]，静对萧萧竹数竿[⑦]。
偶为老僧煎茗粥[⑧]，自携修绠汲清泉[⑨]。

【注释】

①《淮海集》题作《处州水南庵》，共二首。绍圣元年（1094）贬监处州酒税时作。处州，今浙江丽水。

②萧森：错落耸立貌。

③圆庵：圆形小屋。三国时魏国隐士焦先住在简陋的圆形小屋里，形如蜗牛壳，称为蜗庐。此句原作"道人只作两团庵"，据《淮海集》改。

④鱼豚税：泛指杂税。时作者职为监税，故云。

⑤弥陀：佛像。龛（kān 堪）：供奉佛像的石室。

⑥分付：托付，交给。蒲团：僧人坐具，坐禅及跪拜时所用。用蒲草织成，形圆，故名。

⑦竹：《淮海集》作“玉”。

⑧煎茗粥：烧茶水和煮粥。

⑨修绠：汲水的长绳。清泉：《淮海集》作“清宽”。

四时四首赠道流①

夜深楼上拨书眠②，天在栏干四角边。
风扫乱云毫发尽③，独留璧月照人圆④。

天风吹月入栏干⑤，乌鹊无声夜向阑⑥。
织女明星来枕上⑦，了知身不在人间。

【注释】

①《淮海集》题共四首，“天风”首在“夜深”首之前，依次为其二、其三。《侯鲭录》引作《游仙词》。《宋诗纪事》题作《游仙诗》。道流：僧道的统称。这里指女道士。

②拨书眠：犹废书眠。指困倦抛书而睡。拨，废弃。《说文通训定声》：“拨，假借为废。”唐杜甫《九月一日过孟十二仓曹十四主簿兄弟》诗：“力稀经树歇，老困拨书眠。”

③风扫：《淮海集》作“风拂”。

④璧月：圆月。璧，圆形的玉器。一作“碧月”。

⑤此首《墨庄漫录》题作《纳侍儿边朝华》。

⑥乌鹊：传说农历七月七日晚上（七夕），是牛郎织女相会之时，成群的乌鹊在银河上搭桥，让牛郎织女渡桥相会。夜向阑：夜将尽。《淮海集》

《侯鲭录》《宋诗纪事》作“子夜阑”。

⑦织女明星：指仙女。传说华山有仙女名明星，服玉浆，白日升天。唐李白《西上莲花山》诗：“西上莲花山，迢迢见明星。素手把芙蓉，虚步蹑太清。”

春 日[①]

一夕轻雷落万丝[②]，霁光浮瓦碧参差[③]。
有情芍药含春泪， 无力蔷薇卧晓枝[④]。

袂衣新着倦琴书[⑤]，散策池塘返照初[⑥]。
翠碧黄鹂相续去[⑦]，荇丝深处见游鱼[⑧]。

【注释】

①题共五首。此选其二、其三。

②万丝：指细雨。

③霁(jì 计)光：雨过新晴的阳光。碧参差(cēn cī)：形容绿色琉璃瓦上晴光闪动的样子。作者《和参寥》诗：“楼阁过朝雨，参差得霁光。”景状相似，可参看。

④“有情”二句：金元好问《论诗三十首》之二十四：“有情芍药含春泪，无力蔷薇卧晚枝。拈出退之山石句，始知渠是女郎诗。”将秦观这两句诗与韩愈《山石》诗“芭蕉叶大栀子肥”相比，讥其纤弱如女郎语。陈衍《宋诗精华录》卷二评云：“遗山讥‘有情’二语为女郎诗。诗者，劳人思妇公共之言，岂能有《雅》《颂》而无《国风》，绝不许女郎作诗耶！”芍药：观赏植物。花大而美，名色繁多。含春泪：指芍药花上带着隔夜的春雨。晓枝：原作“晚枝”。据《淮海集》《宋诗钞·淮海集》改。

⑤袂衣：双层的衣服，即夹衣。

⑥散策：拄着拐杖散步。策，竹杖。返照：夕阳的反射之光。

⑦翠碧:鸟名:即百舌鸟。毛羽翠碧,善效他禽语。黄鹂:即黄莺。

⑧荇丝:即荇菜。在水中浮动如丝带,故称。

秋　日

霜落邗沟积水清[①],寒星无数傍船明。
菰蒲深处疑无地, 忽有人家笑语声[②]。

月团新碾瀹花瓷[③],饮罢呼儿课《楚辞》[④]。
风定小轩无落叶, 青虫相对吐秋丝。

连卷雌霓挂西楼[⑤],逐雨追晴意未休[⑥]。
安得万妆相向舞[⑦],酒酣聊把作缠头[⑧]。

【注释】

①邗(hán 含)沟:又称邗江,即今江苏扬州至淮安的一段运河。

②"菰蒲"二句:宋陈岩肖《庚溪诗话》卷下:"晋、宋间,沃州山帛道猷诗曰:'连峰数千里,修林带平津。茅茨隐不见,鸡鸣知有人。'后秦少游诗云:'菰蒲深处疑无地,忽有人家笑语声。'僧道潜号参寥,有云:'隔林仿佛闻机杼,知有人家在翠微。'其源乃出于道猷,而更加锻炼,亦可谓善夺胎者也。"清翁方纲《石洲诗话》卷三,"王半山'青山缭绕疑无路,忽见千帆隐映来',秦少游'菰蒲深处疑无地,忽有人家笑语声'所祖也。陆放翁'山重水复疑无路,柳暗花明又一村',乃又变作对句耳。"

③月团:圆形的茶饼。瀹(yuè 越):指烹茶。花瓷:指茶碗。

④呼儿:《后村千家村》作"呼童"。

⑤连卷:长而弯曲的样子。《后村千家诗》作"倒垂"。雌霓:一名副虹,即双虹中色彩浅淡的虹。南朝宋沈约《郊居赋》:"驾雌霓之连卷,泛天

江之悠永。”

⑥逐雨追晴：虹现可以占晴雨。俗谚：“东虹晴，西虹雨。”宋陆佃《埤雅·释鸟》：“鹁鸠灰色无绣颈，阴则屏逐其匹，晴则呼之。语曰‘天将雨，鸠逐妇’者是也。”这句是说鹁鸠因虹现而尽情地鸣噪追逐。意未休：《后村千家诗》作“去未休”。

⑦安得：原作“要得”，从《淮海集》改。万妆相向舞：千万个盛妆的女子相对而舞。

⑧缠头：古代歌舞艺人表演时以锦缠头，演毕，观者以罗锦相赠，称为缠头。这里是指把彩虹作为礼物送给舞女。宋严有翼《艺苑雌黄》评云：“可谓语豪而工者也。”见《诗林广记》后集卷八所引。

张　耒

张耒（1054—1114），字文潜，号柯山，楚州淮阴（今属江苏）人。熙宁进士。历任临淮主簿、寿安尉、咸平县丞等地方官。元祐初，以范纯仁荐，召试，迁秘书省正字，历著作佐郎，秘书丞、史馆检讨、起居舍人。绍圣初，以直龙图阁知润州。新党执政，被列入元祐党籍，徙宣州，谪监黄州酒税。再徙复州。徽宗初召为太常少卿，出知颍、汝二州。崇宁初，新党再度执政，以曾为苏轼“举哀行服”，再贬房州别驾，黄州安置。寻得自便，居陈州，主管崇福宫，卒。

早年以文章受知于苏轼，为“苏门四学士”之一。散文似苏辙。诗学长庆体，颇多反映现实之作，语言平易自然。亦工词。有《柯山集》。

雨中题壁

去年此日泊瓜洲[①],衰柳萧萧客系舟[②]。
白发天涯叹流落,今宵听雨古宣州[③]。

【注释】

①瓜洲:又称瓜埠洲。在今江苏扬州境内,地处长江北岸,与镇江市隔江斜对。

②客系舟:《柯山集》作“系客舟”。

③听雨:《柯山集》《宋诗钞·宛丘集》作“对雨”。宣州:隋置,州治在今安徽宣城市。这两句感叹晚年辗转流徙,不遑宁处。诗当为绍圣初自润州(治今江苏镇江)徙官宣州时作。

春日怀淮阳[①]

西城门外古壕清[②],太昊祠前春草生[③]。
早晚粗酬身计了[④],长为闲客此间行。

最爱南城汲井园,春来蔬甲不胜繁[⑤]。
人家断处无鸡犬[⑥],迟日东风似古原[⑦]。

【注释】

①题共六首。此选其一、其三。淮阳:今河南淮阳县。北宋为陈州治所。相传伏羲建都于此。有伏羲墓。

②壕:护城河。

③太昊(hào 浩),即传说中的古帝伏羲。太昊祠在河南淮阳县西北三里伏羲墓侧。

④身计:为自身生活的打算。

⑤蔬甲:菜荚,即刚长出来的菜芽。作者《春蔬》诗:"关心太昊祠前路,小甲连畦带雪青。"原注云:"予有蔬圃,在陈州太昊祠南。"

⑥断处:尽处。

⑦迟日:春天的太阳。《诗经·豳风·七月》:"春日迟迟。"唐杜甫《绝句二首》之一:"迟日江山丽,春风花草香。"

偶　题

相逢记得画桥头，花似精神柳似柔。
莫谓无情即无语，春风传意水传愁。

春水长流鸟自飞，偶然相值不相知①。
请君试采中塘藕，苦道心空却有丝②。

【注释】

①相值:相遇。

②"请君"二句:藕:谐音"偶"。丝:谐音"思"。语意双关,表示相思之情。苦道:《柯山集》作"若道"。

题周文翰郭熙山水①

洞庭木落万波秋②,说与南人亦自愁。
欲指吴松何处是③?一行征雁海山头④。

【注释】

①题共二首,此选其二。按:此诗亦见晁补之《鸡肋集》卷二十,题作《题工部文侍郎周翰郭熙平远二首》,此其二。周文翰:不详。据《鸡肋

集》，则当为"文周翰"，任工部侍郎。其人似为收藏所题郭熙山水画的主人。郭熙：北宋著名画家。字淳夫，河南温县人，工画山水，学李成，而有新创。善作寒林乔木、回溪断涧、烟云出没、峰峦隐现等平远之景，笔墨森秀华润，与李成并称"李郭"。著有山水画论《林泉高致》。

②洞庭木落万波秋：屈原《九歌·湘夫人》："袅袅兮秋风，洞庭波兮木叶下。"木落，《宋诗钞·宛丘集》作"叶落"。

③欲指：《柯山集》作"指点"。吴松：即吴淞江。见卷一王禹偁《泛吴淞江》注①。《柯山集》《宋诗钞·宛丘集》作"吴江"。玩诗意，周文翰似为吴地人。

④征雁：远飞的大雁。《柯山集》《宋诗钞·宛丘集》作"鸿雁"。

夜闻风雨有感

留滞招提未是归[①]，卧闻秋雨响疏篱。
何当粗息飘萍恨，却诵僧窗听雨诗[②]。

【注释】

①招提：寺院。梵语"拓斗提奢"，义为四方。后省作拓提，误为招提。四方僧之住处称招提僧房。后为寺院的别称。

②"何当"二句：是说不知哪一天能结束的生涯，在安定的环境中再来吟味今天这首僧窗听雨的诗篇。命意构思取李商隐《夜雨寄北》诗："何当共剪西窗烛，却话巴山夜雨时。"何当：犹言何时。粗息：基本结束。飘萍恨：飘泊之恨。萍生水上，根无所据，随风飘荡，故以喻转徙他乡，行踪无定。

柯山杂诗[①]

幽人睡足岸纶巾[②]，策杖开门卯酒醺[③]。
黄叶满山乌鹊噪，江城秋日少人行。

【注释】

①题共四首,此选其一。柯山:在今江苏无锡惠山侧。相传为周太王次子仲雍五世孙柯相所治之地。

②幽人:隐士。《周易·履》:“履道坦坦,幽人贞吉。”岸纶巾:推起头巾,露出前额。形容简率不拘。岸,《柯山集》作“戴”。纶(guān 官)巾,古代用青丝带编的头巾。相传为诸葛亮所创,因名为诸葛巾。

③卯酒:早晨喝的酒。卯,指早晨五时至七时。醺:微醉。

怀金陵①

曾作金陵烂漫游②,北归尘土变衣裘③。
芰荷声里孤舟雨④,卧入江南第一州⑤。

【注释】

①题共三首,此选其三。金陵:今江苏南京市。

②烂漫:纵情,放浪。

③尘土变衣裘:尘土使衣衫变色。晋陆机《为顾彦先赠妇》诗:“京洛多风尘,素衣化为缁。”句写北国风尘倦旅,流露出对南游的怀念。

④芰(jì 计)荷:指菱荷叶。

⑤江南第一州,指金陵。南朝齐谢朓《入朝曲》:“江南佳丽地,金陵帝王州。”

张舜民

张舜民,字芸叟,号浮休居士,又号矴斋,邠(bīn 宾)州(治今陕西彬县)人。陈师道姐夫。治平二年(1065)进士。元丰四年(1081),随军攻西夏,写诗有“灵州城下千枝柳,总被官军斫作薪”“白骨似沙沙似雪,将军也上望乡台”之句,被人劾奏,谪监郴州酒税。元祐初,赦还,除监察御史,进秘书少监,使辽。加直秘阁,为陕西转运使。徽宗初,召为右谏议大夫。坐元祐党人,谪楚州团练副使,商州安置。高宗朝追赠宝文阁直学士。生平喜论事,以敢于直言见称。工诗词。嗜画,题评精确。亦能自作山水。著有《画墁集》。

板子矶[1]

石上红花低照水，山头绿篆细含烟[2]。
天生一本徐熙画[3],只欠鹧鸪相对眠。

【注释】

①板子矶:在今安徽繁昌县西北大江中。南邻荻港,北接无为县界。诗作于入湘途中。作者《郴行录》:“过板子矶,矶上红黄丛花,俯照江面,花繁而石怪,间以翠筱,正如徐熙所画者,乃知艺之工者皆有本也。”可与本诗参看。

②绿篆(xiǎo 小):绿竹。

③徐熙:五代南唐画家。江宁(今江苏南京)人,一作钟陵(今江西进贤西北)人。出身“江南布衣”,一生未做过官。擅画江湖汀花水鸟,虫鱼蔬果。与后蜀黄筌并称“徐黄”。黄筌多画宫廷中花鸟,故当时有“黄家富贵,徐熙野逸”之称。所作花木,粗笔浓墨,略施杂彩,色不碍墨,笔迹不隐,人称“落墨花”。

赠山人张无惑[1]

西征已度故关山[2],秋雨零零路屈盘[3]。

受尽艰辛心不足，馀程又展画图看④。

【注释】

①山人：山林隐士。张无惑：作者自注："善画山水。"宋邓椿《画继》卷四："张无惑，山人也。善画山水。"

②西征：指元丰四年(1081)，作者随庆州知州高遵裕攻西夏。故关山：指西夏辖境的汉唐故土。

③零零：稀疏不断。屈盘：屈曲盘旋。

④馀程：《画继》《宋诗纪事》作"解程"。解，疑因"馀"字草书形近而误。

崔　鶠

崔鶠(yǎn 演)(1058—1126)，字德符，号婆娑先生，先世雍丘(今河南杞县)人，后徙居阳翟(今河南禹州市)。元祐进士。任筠州推官。徽宗初，上书颂扬司马光，指斥章惇，任相州教授。政和中，为绩溪令。不容于蔡京，免官居郏城(今河南郏县)，建婆娑园，屏居十余年。钦宗即位，起任殿中侍御史，徙右正言，极论蔡京之奸，为时议所重。以龙图阁直学士致仕。工诗，风格清峭雄深。有《婆娑集》，今不传。

与叔易过石佛看宋大夫画山水①

霜落石林江气清②，隔江犹见暮山横。

个中只欠崔夫子，满帽秋风信马行[3]。

【注释】

①叔易:陈恬,字叔易,阆中(今属四川)人。居阳翟(今河南禹州市)涧上村。工诗文,与鲜于绰、崔鹍齐名,号“阳城三士”。大观中应召,任校书郎。有《涧上丈人集》。石佛:疑指河南洛阳城南伊水入口处龙门山的石窟造像,开凿于北魏至唐代,共造佛像九万七千余尊。通称龙门石窟或伊阙石窟。宋大夫:不详。按,与作者同时有宋迪,字复古,河南洛阳人。哲宗朝进士,官度支员外郎。善画寒林松石,尤善平远山水。苏轼曾赞其画“妙绝一时”。不知是否此人。

②石林:山名。一名万安山。在今河南洛阳东南四十里。

③“个中”二句:个中:此中。指画中。崔夫子:作者自称。陈与义《题余秀才所藏江参山水横轴画》诗:“此中只欠陈居士,千仞冈头一振衣。”即依此诗。

洪　炎

洪炎,字玉父,豫章(今江西南昌)人。黄庭坚的外甥。与兄朋(龟父)、刍(驹父)、弟鸿(羽父)俱以诗文名,时称“四洪”。元祐进士。官至著作郎、秘书少监。徽宗朝官中书舍人。诗学黄庭坚。有《西渡集》。

蜡　梅[1]

见江楼下蜡梅花[2],香扑金尊醉落霞[3]。

独倚东风和梦觉④，一枝春色别人家⑤。

【注释】

①蜡梅：黄庭坚《书戏咏蜡梅二首诗后》云："京洛间有一种花，香气似梅花，亦五出，而不能晶明，类女工捻蜡所成，京洛人因谓蜡梅。"

②见江楼：即滕王阁。唐显庆四年(659)滕王李元婴为洪州都督时所建。旧址在江西新建区西章江门上，西临大江，有"西江第一楼"之称。作者《曾仲共和余登滕王阁诗，盖旧诗也，复次韵》诗："西江东畔见江楼，江月江风万斛愁。"

③金尊：酒杯。落霞：唐王勃《滕王阁序》："落霞与孤骛齐飞，秋水共长天一色。"这里既写滕王阁即景，兼喻醉颜红如晚霞，语意双关。

④和梦觉：《西渡诗集》《宋百家诗存》作"如梦觉"。

⑤一枝春色别人家：言梅枝吐艳，无奈春色为他人所占。一枝春色，指蜡梅花。参见卷二欧阳修《寄赠丁判官》诗注②。这里有借花喻人之意。据说洪炎有侍儿名小九，聪慧知书，能为洪代检资料，很受宠爱。洪尝月夜携登滕王阁，洪赋诗有"为理伊州十二叠，缓歌声里看洪州"之句。后因兵乱失散，洪炎怅然怀想不已。见宋曾季貍《艇斋诗话》。诗或有感于此事而发。

黄庭坚

黄庭坚(1045—1105)，字鲁直，号山谷道人，晚号涪翁，洪州分宁(今江西修水)人。治平四年(1067)进士。神宗时，任北京国子监教授，知太和县。哲宗立，召为校书郎、《神宗实录》检讨官、秘书丞兼国史编修官。《实录》成，擢起居舍人。绍圣初，新党谓其修《实录》"多诬"，贬涪州别驾、黔州安置。后移戎州。徽宗初，曾一度起用，后又除名，编管宜州卒。

早年以文章受知于苏轼，为"苏门四学士"之一。政治见解亦与苏轼一致，哲宗绍圣以后，累遭新党打击。在"苏门四学士"中成就最高，诗与苏轼齐名，并称"苏黄"。后被推为江西诗派创始人。作诗倚仗学力，强调"无一字无来处"，讲究句法，有所谓"点铁成金""夺胎换骨"之说。追求奇拗硬涩的风格，有偏重形式的倾向。对当时和后世影响较大。有《山谷全集》。

雨中登岳阳楼望君山①

投荒万死鬓毛斑②，生入瞿塘滟滪关③。
未到江南先一笑，岳阳楼上对君山。

【注释】

①题共二首，此选其一。崇宁元年(1102)正月，作者从荆州回故乡江西，途经岳阳时作。岳阳楼：在今湖南岳阳城西门，面临洞庭湖。君山：一名洞庭山，在岳阳西南洞庭湖中。

②万死：九死一生，侥幸活了下来。投荒：被流放到荒远的边地。作者于绍圣二年(1095)被贬黔州(今四川彭水)，元符元年(1098)，再徙戎州(今四川宜宾)，前后在荒远的川黔边境谪居六年。元符三年(1100)五月，徽宗即位，才被放回。唐柳宗元《别舍弟宗一》诗："一身去国六千里，万死投荒十二年。"

③生入：活着回来。东汉班超于明帝时出使西域，使西域五十余国纳贡内属，因功封定远侯。居西域三十一年，年老思乡，上疏求归，有"但愿生入玉门关"之语。《山谷诗内集》作"生出"。瞿塘滟滪(yàn yù 艳预)：瞿塘峡和峡口的滟滪堆，都是长江三峡中的险地，故称为"关"。

病起荆江亭即事[1]

闭门觅句陈无己[2]，对客挥毫秦少游[3]。
正字不知温饱未[4]？西风吹泪古藤州[5]。

【注释】

①题共十首，此选其八。元符三年(1100)五月，作者遇赦放还，因江涨未能下峡，遂于次年即建中靖国元年(1101)正月，由江安(今属四川)乘船，顺流东下，四月抵沙市(今属湖北)，因患痈疮，卧病二十余日。《病起荆江亭即事》组诗，即写于病愈游荆江亭之时。荆江亭：在今湖北江陵。原题脱"亭"字，据《山谷诗内集》补。宋洪迈《容斋续笔》卷二指出黄庭坚这一首诗是仿效杜甫的《存殁绝句》体，即一首诗中写两位友人，一存一亡。时陈师道尚在，而秦观已去世。

②陈无己：陈师道，字无己。详本卷作者介绍。传说他作诗时闭门苦思，把家人、鸡犬都赶出门去。觅句：指苦吟。杜甫《又示宗武》诗："觅句新知律，摊书解满床。"

③秦少游：秦观，字少游。详本卷作者介绍。对客挥毫，形容才思敏捷。杜甫《饮中八仙歌》："脱帽露顶王公前，挥毫落纸如云烟。"毫，指毛笔。

④正字：官名。陈师道当时刚任命为秘书省正字。不知温饱未：《宋史·陈师道传》："家素贫，或经日不炊，妻子愠见，弗恤也。"

⑤藤州：今广西藤县。元符三年(1100)秦观自雷州南归途中，死于藤州。吹泪：一作"挥泪"。

从张仲谋乞蜡梅[1]

闻君寺后野梅发，香蜜染成宫样黄[2]。
不拟折来遮老眼，欲知春色到池塘[3]。

【注释】

①作于元祐元年(1086)。张仲谋:张询,字仲谋,咸阳(今属陕西)人。曾知施州。能诗,与黄庭坚唱和甚多。

②宫样黄:宫中女子化妆涂额的黄色,即蜂黄。六朝以来,贵族女子喜以黄色涂额,此风唐宋时犹存。宫,原误作"官",据《山谷诗内集》改。

③欲知春色到池塘:南朝宋谢灵运《登池上楼》诗:"池塘生春草。"这里指蜡梅报春,兼写张仲谋因此而生诗兴。参见卷一王嵒《回旧山》注②。

和陈君仪读《太真外传》[①]

扶风乔木夏阴合, 斜谷铃声秋夜深。
人到愁来无处会, 不关情处总伤心[②]。

《梁州》一曲当时事, 记得曾拈玉笛吹[③]。
端正楼空春昼永[④], 小桃犹学淡胭脂[⑤]。

高丽条脱琱红玉[⑥], 逻逊琵琶捻绿丝[⑦]。
蛛网屋煤昏故物[⑧], 此生惟有梦来时。

【注释】

①题共五首。此选其二、其三、其四。元丰二年(1079)作。陈君仪:待考。《太真外传》:宋乐史撰有《杨太真外传》。太真,唐玄宗贵妃杨玉环为女道士时号太真,住太真宫。

②"扶风"四句:《杨太真外传》载杨贵妃缢死于马嵬驿后,有云:"上(指玄宗)发马嵬,行至扶风道。道旁有花,寺畔见石楠树团圆,爱玩之,因呼为端正树,盖有所思也。又至斜谷口,属霖雨涉旬,于栈道雨中闻铃声,隔山相应。上既悼念贵妃,因采其声为《雨霖铃》曲,以寄恨焉。"扶风:郡

名。治今陕西凤翔县。斜(yé 爷)谷:在陕西终南山,北口称斜谷,南口称褒谷,同为一谷,长一百七十里。为古代陕蜀通道。宋曾季貍《艇斋诗话》评此诗云:"全用乐天诗意。乐天云:'峡猿亦无意,陇水复何情。为到愁人耳,皆为断肠声。'此所谓夺胎换骨者是也。"总伤心:《艇斋诗话》作"亦伤心"。

③"梁州"二句:《杨太真外传》:"其后,上复与妃侍者红桃在焉。歌《凉州》之曲,贵妃所制也。上帝御玉笛,为之倚曲。曲罢相视,无不掩泣。上因广其曲,今《凉州》留传者益加焉。"《梁州》:乐曲名。本名《凉州》。开元时西凉州所进。当时事:一作"开元梦"。

④端正楼:在骊山华清宫内,杨贵妃梳洗的地方。春昼永:在心理上感到春日之长,无可排遣。

⑤小桃犹学淡胭脂:指春来桃花开放,好像当年杨贵妃浅红色的淡妆。胭脂,红色的化妆品。

⑥高丽条脱琱红玉:条脱,手镯、臂环。琱红玉,用红玉雕琢而成。琱(diāo 雕),雕琢。唐玄宗以高丽国所贡红玉臂环送给杨贵妃。贵妃死后,女伶谢阿蛮献上这件旧物,唐玄宗睹物思人,凄然泣下。见《杨太真外传》。

⑦逻逤琵琶捻绿丝:琵琶以逻逤檀木为槽,以渌水蚕丝为弦。逻逤,即今西藏拉萨。绿,通"渌",清澈。《杨太真外传》:"妃子琵琶逻逤檀,寺人白季贞使蜀还献。其木温润如玉,光耀可鉴,有金镂红文,蹙成双凤。弦乃末诃弥罗国永泰元年所贡者,渌水蚕丝也,光莹如贯珠瑟瑟。……诸王、郡主、妃之姊妹,皆师妃,为琵琶弟子。"这两句一作"一双条脱玻璃玉,三尺琵琶绿蚕丝"。

⑧屋煤:凝结在屋上的烟尘。昏故物:一作"脂泽歇"。

奉答李和甫代简①

山色江声相与清②,卷帘待得月华生③。
可怜一曲并船笛④,说尽故人离别情。

【注释】

①题共二首，另一首为五绝。元丰六年（1083）知太和县（今江西泰和）时作。李和甫：不详。代简：指以诗代替书信。

②相与：相共，同样。

③待得月华生：欧阳修《临江仙》词："栏干倚处，待得月华生。"月华，月亮。

④并船笛：两船相靠，吹笛送行。

题李伯时《阳关图》[①]

断肠声里无形影，画出无声亦断肠[②]。
想得阳关更西路，北风低草见牛羊[③]。

【注释】

①《山谷诗外集》题作《题〈阳关图〉二首》。此选其一。元祐二年（1087）作。李伯时《阳关图》：见卷二苏颂《和题李公麟〈阳关图〉》注①。

②"断肠"二句：意谓《阳关三叠》本是一曲抒写离情别绪的无形音乐，但是一旦把它化成画面，诉诸视觉，却也能使人产生离别的哀愁。这里涉及作为时间艺术的音乐与空间艺术的绘画之间的转化关系和艺术效能问题。《能改斋漫录》卷七认为这两句化用李商隐《赠歌妓》诗："红绽樱桃含白雪，断肠声里唱《阳关》。"其实只是稍袭其词而改易其意，所谓"夺胎换骨"也。画出无声亦断肠：《能改斋漫录》作"画出阳关更断肠"。

③北风低草见牛羊：北朝乐府民歌《敕勒歌》："天苍苍，野茫茫，风吹草低见牛羊。"

上萧家峡[①]

玉笥峰前几百家[②]，山明松雪水明沙。
趁虚人在烟中语[③]，荷篆归来有蕨芽[④]。

【注释】

①萧家峡：在今江西峡江县境内。诗作于元丰四年（1081）。

②玉笥（sì 似）峰：在今江西峡江县东南四十里。旧名群玉峰，相传汉武帝元封五年（前106）巡行南部，受上清箓于群玉之山，见有玉箱如笥委坛中，忽失去，因改今名。（笥，方形竹器。）道教以为第三十七洞天。有三十二峰。

③"趁虚"二句：趁虚：赶集。虚，集市。荷篆，背着竹器。《论语·微子》："遇丈人，以杖荷篆。"注："篆，竹器"。蕨芽：蕨菜的嫩叶。形如小儿拳，其茎紫色，故又名拳菜、紫蕨。这两句《山谷诗外集》作："趁虚人集春蔬好，桑菌竹萌烟蕨芽。"

和黄龙清老[①]

万山不隔中秋月[②]，一雁能传寄远书。
深密伽佗枯战笔[③]，真诚相见问何如[④]。

风前橄榄星宿落[⑤]，月下桄榔羽扇开[⑥]。
照默堂中有相忆[⑦]，清秋或遣化人来[⑧]。

骑驴觅驴真可笑[⑨]，非马喻马亦成痴[⑩]。
一天月色为谁好，二老风流各自知[⑪]。

【注释】

①《山谷诗内集》题作《寄黄龙清老三首》。作于崇宁三年（1104）。是年二月，作者过洞庭，经潭、衡、永、桂等州，五、六月间至宜州（今广西宜山）贬所。诗为中秋望月怀友之作。黄龙：黄龙山，在今江西武宁县境内。清老：僧人惟清，自号灵源叟，恐龙山法堂禅师的传人。黄庭坚对他称许很高，认为"平生所见士大夫人品，未有出此公之右者"（《与徐师川书》）。

②万山不隔中秋月：南朝宋谢庄《月赋》："隔千里兮共明月。"

③深密:佛经名。伽佗:即偈,佛经中的赞颂词。枯战笔:指干涩而有力的书法。

④真诚:《山谷诗内集》作“真成”。

⑤星宿(xiù 秀):天上星星。此句喻橄榄果实成熟时在风中下坠。

⑥桄榔:热带常绿乔木,果实倒圆锥形,有辣味。花汁可制糖,茎髓可制淀粉。羽扇开:桄榔树叶为羽状复叶,四张如羽扇。

⑦照默堂:照,一作“昭”。宋惠洪《僧宝传》:“清老居黄龙,未几宝觉殁,即移疾居昭默堂,颓然坐一室。”

⑧化人:佛教称神、佛变形为人,以化度众生者为化人。《维摩诘经·弟子品》:“如来所作化人,若以是诘,宁有惧不?”

⑨骑驴觅驴:喻忘其本有而徒作他求。《大藏一览》:“参禅有二病:一是骑驴觅驴,二是骑不肯下。”真可笑:《山谷诗内集》作“但可笑”。

⑩非马喻马:《庄子·齐物论》:“以马喻马之非马,不若以非马喻马之非马也。”这是针对公孙龙“白马非马”的诡辩论而发的。这句与上句是说忘却本心,外求至道,而为言语形相所拘者,均不足取。

⑪“一天”二句:是说对月相忆,彼此心照不宣。唐杜甫《秋风二首》之二:“不知明月为谁好,早晚孤帆他夜归。”又,《宿赞公房》诗:“放逐宁违性,虚空不离禅。相逢成夜宿,陇月向人圆。”《寄赞上人》诗:“与子成二老,来往亦风流。”

往岁过广陵,值早春,尝作诗云:“春风十里珠帘卷,仿佛三生杜牧之。红药梢头初茧栗,扬州风动鬓成丝。”今春有自淮南来者,道扬州事,戏以前韵寄王定国二首[①]

淮南二十四桥月[②],马上时时梦见之。
想得扬州醉年少[③],正围红袖写乌丝[④]。

日边置论诚深矣[5]，圣处时中乃得之[6]。
莫作秋虫促机杼，贫家能有几绚丝[7]？

【注释】

①元祐二年(1087)作。广陵:今江苏扬州。“春风”四句,隐括唐杜牧《赠别》诗:“娉婷袅袅十三余,豆蔻梢头二月初。春风十里扬州路,卷上珠帘总不如。”又《题禅院》诗:“觥船一棹百分空,十岁青春不负公。今日鬓丝禅榻畔,茶烟轻飏落花风。”三生:指前生、今生、来生。杜牧之:即杜牧。牧之是他的字。红药:指芍药。扬州的芍药很有名。茧栗:小如茧和栗,形容蓓蕾。王定国:名巩,字定国,号清虚先生。莘县(今属山东)人。张方平婿。曾官扬州。从苏轼学文,苏轼下狱,他受牵连,贬官监宾州盐酒税。后还京,官至宗正丞。平生练达世务,好议论时政,臧否人物。

②淮南:路名,宋置。统十七州、四军、二监。治所在扬州(今属江苏)。熙宁中分淮南为东西两路,东路仍治扬州,西路治庐州(今安徽合肥)。这里指扬州。二十四桥:唐时扬州繁盛,城内共有二十四座桥,后转为一桥的专名。清李斗《扬州画舫录》以为即吴家砖桥,一名红药桥,在熙春台后。唐杜牧《寄扬州韩绰判官》诗:“二十四桥明月夜,玉人何处教吹箫?”

③扬州醉年少:指王定国。

④红袖:指歌妓。乌丝:即乌丝栏。划有黑格线的绢素或纸笺。这句是说许多歌妓正围着王定国,要他写新诗。

⑤日边:指京城。晋明帝司马绍数岁时,父问:“长安何如日远?”答曰:“日远。不闻人从日边来,只闻人从长安来,由此可知。”明日又问,则对曰:“日近。”问:“何故?”答曰:“举头见日,不见长安,是以知近。”见《世说新语·夙惠》。置论:放过一边,置而不论。诚深矣:指所见确有深意。这句是说不必求在京城做官,赞赏王定国这种甘于外任的态度。

⑥圣处时中乃得之:《三国志·魏志·徐邈传》:“赵达问以曹事,邈曰:‘中圣人。’达言之太祖,太祖甚怒。鲜于辅进曰:‘平日醉客谓(酒)清

者为圣人，浊者为贤人，邈性修慎，偶醉言耳。'后文帝幸许昌，问邈曰：'颇复中圣人否？'邈对曰：'时复中之。'帝大笑。"中，应读去声。这句是说最惬意的还是经常喝一点好酒。

⑦"莫作"二句：劝王定国体恤民间劳苦，不要催科逼税。秋虫：指促织，鸣声如催女工纺织，故名。王安石《促织》诗："只向贫家促机杼，几家能有一绚丝？"机杼（zhù柱）：织布机。机以转轴，杼以持纬。绚（qú渠）：指束丝。

万州太守高仲本宿约游岑公洞，而夜雨连明，戏作①

肩舆欲到岑公洞②，正怯冲泥傍险行③。
定是岑公閟清境，春江一夜雨连明④。

篷窗高枕雨如绳，恰似糟床压酒声⑤。
今日岑公不能饮，吾侪犹健可频倾⑥。

【注释】

①建中靖国元年（1101）正月，作者自江安（今四川江安县）顺水路东下，途经万州（治今重庆万州区）时作。高仲本：待考。岑公洞：在重庆万州南。洞口有岩石盘结如华盖，名岑公岩。传说隋初岑道愿避乱隐居于此，故名。

②肩舆：轿子。

③冲泥：冒着泥泞而行。

④"定是"二句：想来是岑公把洞中的清幽境界封闭起来不让外人看，所以连夜春雨下到天明，弄得道路泥泞难走。閟（bì闭）：深闭。唐刘禹锡《含辉洞述》："先是斯境翳于榛薄，閟其清光，有待而发。"

⑤糟床：榨酒器具。唐陆龟蒙《看压新醅寄怀袭美》诗："晓压糟床渐

有声，旋如荒涧野泉清。”压酒：米酒将熟时，压榨取酒。这句写雨声不断，有如糟床压酒之声。为下句饮酒作一过渡。

⑥吾侪：我辈。犹健可频倾：《山谷诗内集》作“闻健且频倾”。宋任渊注：“乐天诗：‘闻健偷闲且勤饮。’又云：‘园林亦要闻闲置。’其义犹今人之言‘闻早’也。”按，闻早，犹言趁早，似唐宋时俗语。闻健，犹趁健，与“犹健”较，语气更为主动。

寇国宝

寇国宝，字荆山，徐州（今属江苏）人。绍圣四年（1097）进士。官吴县主簿。能诗。曾从陈师道学，相互唱酬颇多。陈师道《赠寇国宝三首》中有句云：“口拟说诗心已解，世间快马不须鞭。”“留年看举天南翼，过目先空冀北群。”对他称赏备至，期许甚高。

题阊门外小寺壁①

黄叶西陂水漫流②，籧篨风急滞扁舟③。
夕阳暝色来千里④，人语鸡声共一丘。

【注释】

①宋叶梦得《石林诗话》卷中：“余居吴下，一日出阊门，至小寺中，壁间有题诗一绝云（诗如上略）。句意极可喜。初不书名氏，问寺僧，云吴县寇主簿所作，今官满去矣。归而问之吴下士大夫，云寇名国宝，盖与余同年，然皆莫知其能诗。余与国宝榜下未尝往来，亦漫不省其为人。已而数

为好事者举此诗,乃有言国宝徐州人,久从陈无己学,始知文字渊源有所自来,亦不难辨,恨不得多见之也。”清王士禛《彭城怀古》八首之五云:“黄叶西陂七字诗,后山诗派石林知。南山磐石流脂滑,不刻长洲主簿词。”即缘此而发。陈衍《宋诗精华录》卷三:“国宝为后山入室弟子,读此诗殆无愧色。”阊门:见卷二苏舜钦《秋日登阊门》注①。

②陂(bēi 杯):堤岸。

③籧篨(qú chú 渠除):粗竹席。这里指船帆。范成大《离池阳十里清溪口复阻风》诗:“恰从秋浦挂籧篨,又泊清溪十里余。”

④暝色:暮色。句意颇似唐柳宗元《始得西山宴游记》:“苍然暮色,自远而至。”又唐贾至《送友人使河源》诗:“萧条千里暮,日落黄云秋。”

石悉

石悉(mào 茂),悉即“懋”之省字,字敏若,自号橘林,芜湖(今属江苏)人。元符三年(1100)进士,宣和元年(1119)中博学宏词科。不愿趋奉权贵梁师成,遂被排摈。仕止密州教授。有《橘林集》。按:胡仔《苕溪渔隐丛话》前集卷五十三指出《橘林集》中诗,与汪藻《浮溪集》相犯甚众,如属汪作,则石悉“好诗本来无多子,倘去此,遂空冀北之群矣”。吴聿《观林诗话》则断言“可读者,皆汪彦章(藻)诗也”。

绝　句

来时万缕弄轻黄①,去日飞毬满路旁②。
我比杨花更飘荡,杨花只是一春忙。

【注释】

①万缕弄轻黄：指初春嫩黄的柳条在风中轻扬。唐李商隐《柳》诗："漠漠轻黄惹嫩条。"

②飞毬：指暮春飘飞的柳絮。毬，今通写作"球"。柳絮作小球形，故称。

雪

风卷寒云暮雪晴，江烟洗尽柳条轻①。
檐前数片无人扫，又得书窗一夜明②。

【注释】

①柳条轻：以柳絮喻雪。春尽絮飞，故柳条轻。晋谢安雪天与子侄辈讲论文义，问："白雪纷纷何所似？"侄儿谢朗说："撒盐空中差可拟。"侄女谢道韫说："未若柳絮因风起。"谢安十分称赏。见《世说新语·言语》。

②"檐前"二句：是说檐前留下数片积雪，可以映照书窗夜读。暗用晋孙康家贫好学，映雪夜读故事。

王　雱

王雱（1044—1076），字元泽，抚州临川（今江西抚州）人，王安石之子。聪明早熟，未成年著书数万言。治平四年（1067）进士，调旌德尉。熙宁四年（1071）除太子中允、崇政殿说书，受诏撰《诗义》《书义》，擢天章阁待制兼侍讲。八年（1075）书成，迁龙图阁直学士，以病辞。卒年仅三十三。著作多佚，今仅存《南华真经新传》。

绝　句[1]

霏微细雨不成泥[2]，料峭轻寒透袂衣[3]。
处处园林皆有主，欲从何地看春归[4]？

【注释】

①原二首，此选其二。

②霏微：细雨濛濛貌。不成泥：小指雨不能形成泥潦。

③料峭：风寒着肌战栗貌。多形容春寒。

④"处处"二句：园林皆有主，无地可送春，则赏春之无缘更可想见。极写荒寒孤寂情怀。欲从：《宋诗纪事》作"欲寻"。

张方平

张方平（1007—1091），字安道，号乐全居士，应天宋城（今河南商丘）人。天资颖悟，博闻强记。景祐元年（1034），举茂才异等科，知昆山县。又中贤良方正科，迁睦州通判。历知制诰、权知开封府，进翰林学士，拜御史中丞，改三司使。坐事罢知滁州，徙江宁府、杭州，入判吏部流内铨，出知滑州，徙益州。治平中，召拜翰林学士承旨。神宗即位，拜参知政事。反对王安石新法，致仕。守蜀时，得苏洵及其子轼、辙，深为器重。苏氏父子对他亦深有知遇之感。卒谥文定。著有《乐全先生集》。

送苏子由监筠州酒税[1]

可怜萍梗蓬飘客[2]，自叹匏瓜老病身[3]。

从此空斋挂尘榻，不知重扫待何人[④]？

【注释】

①《东坡题跋》卷三《题张安道诗后》："元丰三年，家弟子由谪官筠州，张安道口占此诗为别，已而涕下。安道平生未尝出涕向人也。"子由，苏辙字。筠州，今江西高安市。详见卷二苏辙《追和张文定公》注①。

②萍梗蓬飘：喻行踪漂泊无定。指苏辙。萍梗，浮萍、断梗。蓬，干枯的蓬草。皆随风飘荡之物。唐杜甫《将别巫峡赠南卿兄瀼西果园四十亩》诗："苔竹素所好，萍蓬无定居。"唐许浑《晨自竹径至龙兴寺崇隐上人院》诗："客路随萍梗，乡园失薜萝。"此句《东坡题跋》《诗话总龟》《苕溪渔隐丛话》引作"因嗟萍梗才名客"。

③匏瓜老病身：喻老病无用。作者自指。《论语·阳货》："吾岂匏瓜也哉，焉能系而不食！"匏（páo 刨）瓜：葫芦。按，此句与上句似用唐欧阳詹《初发太原途中寄所思》诗："流萍与系匏，早晚期相亲。"

④"从此"二句：抒发怜才惜别之感，用陈蕃挂榻事。见卷二苏辙《追和张文定公》注③。《东坡题跋》《诗话总龟》《苕溪渔隐丛话》作"一榻从兹还倚壁，不知重扫是何人？"

韩　维

韩维（1017—1098），字持国，雍丘（今河南杞县）人。先世真定灵寿（今属河北）。韩亿子，韩绛弟。以门荫入仕。欧阳修荐为检讨，知太常礼院，出判泾州，除同修起居注，进知制诰。神宗时，除龙图阁直学士，历知州郡。元祐初，召拜门下侍郎。旋为忌者所馋，分司南京。以太子少傅致仕。绍圣二年（1095），坐元祐党,安置均州。元符初复官,卒。著有《南阳集》。

庵中睡起五颂寄海印[1]

窗间日射寒松影，枕上风传过雁声。
梦境觉来元一际[2],不劳唇齿话无生[3]。

火衰水劣病余身[4],未散虚空一聚尘[5]。
更欲强招年少客，折花同赏梦中春。

【注释】

①题共五首。此选其一、其五。颂:偈颂。佛经中的颂词。这里指含有佛教意味的诗。海印:僧人名。

②元:同“原”。一际:佛家语。指彼此间无差别。《大智度论》卷十九:“涅槃不异世间,世间不异涅槃,涅槃际世间际,一际无有异故。”这句是说梦境和现实本无差别。

③无生:佛教认为万物的实体无生无灭,故称。唐王维《登辨觉寺》诗:“空居法云外,观世得无生。”这句是说无生之理只须妙悟,而用不着言说。

④火衰水劣:指精力衰退。古人以水、火、木、金、土为五行,认为万物都由五行所生,人体的五脏亦分别与之对应。五行失调,即引起疾病。

⑤虚空一聚尘:喻人体的虚幻渺小。

蔡　觌

蔡觌,治平中为定海县尉。

正觉寺清风轩[1]

海风拍枕灯初暗，山雨打窗人正寒。
料得此轩秋更好，怒涛推月上栏干。

【注释】

①正觉寺清风轩:作者自注:“在定海县西北。”定海县,今属浙江。

沈　辽

沈辽(1032—1085),字叡达,钱塘(今浙江杭州)人。与兄沈遘、从叔沈括,并称“沈氏三先生”。以兄任入仕,监寿州酒税。熙宁间为西院主簿,监明州市舶司及杭州军资库,摄华亭县事。以嫌夺官,流永州,徙池州。筑室池州齐山,名为“云巢”,并以自号。工诗文、善书法,楷、行俱佳,见称于时。著有《云巢编》。

寄四明神智师[1]

甬水楼头看尽山[2],南城寺里扣禅关[3]。
老师多事犹相记[4],千里驰书慰病孱[5]。

【注释】

①四明:四明山,在今浙江宁波市西南。相传山有方石,四面如窗,中

通日月星辰之光，故名。神智：僧人名。

②甬水：即甬江。源出四明山，在镇海口入海。

③禅关：寺门。

④老师：对僧人的敬称。

⑤驰书：寄信。病孱（chán 蝉）：病体虚弱。

杜　常

杜常，字正甫，卫州（治今河南卫辉市）人。杜太后（宋太祖、太宗母）族孙，折节学问，无戚里习气。神宗时进士第四人登第。元丰中，知郓州，权发遣秦、凤等路提刑，累官工部尚书。崇宁中，以龙图阁学士知河阳军。

题华清宫①

东别家山十六程，晓来和月到华清②。
朝元阁上西风急③，都入长杨作雨声④。

【注释】

①据明朱孟震《河上楮谈》载，杜常有骊山诗四首，后人刻石于骊山华清宫，前题“权发遣秦、凤等路提点刑狱公事太常寺杜常”，后跋云：“正甫大寺自河北移使秦、凤，元丰三年九月二十七日过华清，有诗四首，词意高远，气格清古。邑人曹端仪，既亲且旧，因请副本，勒诸方石，以垂不朽。闰九月初一日，颍川杜诩记。”本诗及后诗《夜雨晨霁》为四首中其一、其二。华清宫：见卷二苏轼《骊山》注⑤。《全唐诗》诗题无“题”字。

②“东别”二句:《全唐诗》作“行尽江南数十程,晓星残月入华清”。晓星,一作“晓风”。元吴师道《吴礼部诗话》:“‘晓风’,以陈仁《诗统》作‘晓乘’为是,下有‘西风’字,不应重用也。”明杨慎《升庵诗话》卷五《杜常华清宫》:“‘晓星’,今本作‘晓风’,重下句‘西风’字,或改作‘晓乘’,亦不佳。余见宋敏求《长安志》,乃是‘星’字。”

③朝元阁:在骊山华清宫南。传说天宝七载(748),玄元皇帝(即老子)见于朝元阁,因改名降圣阁。

④长杨:宫名。旧址在今陕西周至县东南。本秦旧宫,汉代加以修饰,宫中多植垂杨,故名。这里借以指骊山行宫。《吴礼部诗话》:“‘长杨’止以树言尔。近有僧圆至,注作长杨宫,在盩厔(即今周至)县南。相去辽远,知其不通,遂谓诗人寓言托讽,皆谬也。”《升庵诗话》卷五《杜常华清宫》引宋敏求《长安志》云:“长杨非宫名,朝元阁去长杨五百余里,此乃风入长杨树叶似雨声也。”并谓此说“深得作者之意”。按:诗人用典不必胶固时地,两说不妨并存。雨声:喻风中秋叶萧萧作响。

夜雨晨霁

柏叶青青栎叶红①,高低相倚弄清风②。
夜来雨后轻尘敛,绣出骊山岭上宫③。

【注释】

①柏(jiù 旧):乌柏树。栎(lì 利):俗名橡树或麻栎。

②清风:《宋诗纪事》作“秋风”。

③“夜来”二句:暗用杜牧《过华清宫绝句》:“长安回望绣成堆,山顶千门次第开。”

陈师道

陈师道(1053—1102),字无己,又字履常,自号后山居士,徐州彭城(今江苏徐州)人。少从曾巩学文,绝意仕进。曾巩荐其修史,以布衣未用。元祐中,以苏轼等荐,授徐州教授。又任太常博士。言者论其私与苏轼往来,罢为颍州教授。绍圣初,又论其进用非由科第,罢归。元符三年(1100)十一月,召为秘书省正字。逾年卒。家贫,清介自守。与赵挺之(赵明诚之父)为连襟,而素恶其为人。适预郊祀行礼,天寒无棉衣,妻子就借于赵家,他讯问得知,执意不穿,因受寒发病死。友人邹浩买棺以葬。

诗学杜甫、黄庭坚,风格简古,为江西诗派重要作家。苏轼尝称其诗云:“凡诗,须做到众人不爱、可恶处,方为工;今君诗不惟可恶,却可慕;不惟可慕,却可妒。”(叶梦得《石林燕语》卷八)有《后山集》。

绝　句①

秋床归卧不缘愁,病与衰谋作老仇②。
数树直青能尔瘦③,一轩残照为谁留?

书当快意读易尽④,客有可人期不来⑤。
世事相违每如此,好怀百岁几回开⑥?

【注释】

①题共四首,此选其一、其四。元符三年(1100年)在徐州作。

②病与衰谋作老仇:是说衰病交加,好像有意跟老人作对。按:作者自绍圣初罢归,至此已四年,晚境凄苦,逾年即去世。

③能尔:如此,这样。

④书当快意读易尽:是说好书读时畅快,不知不觉间已读完。宋任渊《后山诗注》引晋嵇康云:"每读二陆之文,未尝不废书而叹,恐其卷之竟也。"

⑤可人:使人满意的人。指心意相投的朋友。期:相约。这句是说好友相约而未来。

⑥"世事"二句:是说世间不如意事多,人生百年难得几回欢乐。晋羊祜曾叹息:"天下不如意事,恒十居七八。"见《晋书·羊祜传》。唐杜甫《秋尽》诗:"怀抱几时独好开?"宋谢枋得以为"好怀百岁几回开"句化用《庄子·盗跖》语意:"人上寿百岁,中寿八十,下寿六十,除病瘐死丧忧患,其中开口而笑者,一月之中不过四五日而已矣。"见《诗林广记》后集卷六引。陈师道对这两句诗也颇为自赏,他后来在《寄黄充》诗中又云:"俗子推不去,可人费招呼。世事每如此,我生亦何娱!"陈与义《书怀示友十首》之一:"俗子令我病,纷然来座隅;贤士费怀思,不受折简呼。"即本此诗。

谢赵生惠芍药[1]

从微至老走风尘[2],喜见乡园第四春[3]。
独舞东风醉西子[4],政缘无语却宜人[5]。

九十风光次第分[6],天怜独得殿残春[7]。
一枝剩欲簪双髻,未有人间第一人[8]。

【注释】

①题共三首,此选其二、其三。元符三年(1100)在徐州作。芍药:见本卷秦观《春日》注④。

②从微至老:从少到老。《书·尧典》疏:"舜居虞地,以虞为氏,故从微至老,常称虞氏。"走风尘:风尘仆仆,为生计而奔走。

③喜见乡园第四春:作者自绍圣初罢归家居,至此已四年,故云。

④醉西子:喻花光红艳可爱。芍药有名种号"醉西施"。

⑤政缘无语却宜人:唐玄宗和杨贵妃在太液池赏千叶莲花,左右都赞叹花美,玄宗认为花虽美却不会说话,不如杨贵妃这朵"解语花"更美。见五代王仁裕《开元天宝遗事》卷下。这里反其意而用之,是说正因为花不会说话,却更显得风姿宜人。政,同"正"。唐韩愈《牡丹》诗:"对客偏含不语情。"唐罗隐《牡丹》诗:"若教解语应倾国,任是无情也动人。"

⑥九十风光:指春光。春季三个月共九十天,故云。

⑦殿残春:芍药于春天末夏初开花,成为春光最后的象征,故云。殿,最后。苏轼《芍药》诗:"多谢化工怜寂寞,尚留芍药殿春风。"

⑧"一枝"二句:是说很想折下一枝芍药,簪在美人的发髻上,可惜找不到这样的绝代佳人。借花寄意,感叹理想的人才难得。剩欲:很想。按:陆游《偶读陈无已〈芍药〉诗云:一枝剩欲簪双髻,未有人间第一人。盖晚年所作也。为之绝倒,戏作小诗》:"少年妄想已痴绝,镜里何堪白发生。纵有倾城何预汝,可怜元来未解情!"嘲笑陈师道年老尚思风流,曲解诗意,未为知言。任渊《后山诗目录序》云:"读后山诗,大似参曹洞禅,不犯正位,切忌死语。"正谓此等也。清潘德舆《养一斋诗话》卷八评此诗云:"此真眼空一世,无人之见者存也。炫耀干进者,胸次有此等语耶!"

从寇生求茶库纸①

南朝官纸女儿肤②,玉版云英比不如③。
乞与此翁元不称④,他年留待大苏书⑤。

【注释】

①元符三年(1100)在徐州作。寇生:即寇国宝。见本卷作者介绍。茶库纸:公家库藏的纸,即官纸。

②南朝官纸:指南唐后主李煜所用的澄心堂纸,一名玉屑笺,光润滑腻,极宜书画。明郎瑛《七修类稿》卷七“辩证类”:“澄心堂纸,陈后山以为肤如卵膜,坚洁如玉,此必见之而言之,得如此真也。”女儿肤:喻纸质洁白柔滑。

③玉版:一种洁白如玉的精良宣纸。云英:指五色如云母纹的彩笺。

④乞与:给与。此翁:作者自称。元:同“原”。不称:不相称。作者自谦之词。冒广生《后山诗注补笺》云:“后山无书名,然东坡最重其书。”

⑤大苏:指苏轼。擅书法,与蔡襄、黄庭坚、米芾并称“宋四家”。参见卷二苏辙《神水馆寄子瞻兄》注⑤。

绝　句[①]

云海冥冥日向西[②],春风欲动意犹微[③]。
无端一棹归舟疾, 惊起鸳鸯相背飞。

【注释】

①元符三年(1100)在徐州作。

②冥冥:昏暗貌。屈原《九歌·山鬼》:“云容容兮而在下,杳冥冥兮羌昼晦。”

③春风欲动意犹微:一作“春风着意力犹微”。

贺　铸

贺铸(1052—1125),字方回,自号庆湖遗老,卫州(今河南卫辉市）人。宋太祖贺皇后五代族孙。十七岁至汴京，授右班殿直，监军器库门。后调任地方武职。四十岁因苏轼等荐，才转为文官。徽宗立，通判泗州，徙太平州。大观中致仕，卜居苏州、常州。政和初管勾杭州洞霄宫，宣和初再致仕。为人豪爽耿直，使酒尚气，好议论时政，不满屈居下位。能诗文，尤长于词。其《青玉案》词有“一川烟草，满城风絮，梅子黄时雨”之句，为时人称赏，呼为“贺梅子”。有《庆湖遗老集》《东山寓声乐府》。

吴门秋怀[①]

吴门客鬓再经秋，城郭篮舆久倦游[②]。
平净松江三万顷[③]，不应无处着渔舟[④]。

【注释】

①吴门：今江苏苏州市的别称。

②篮舆：竹轿。

③松江：见卷一王禹偁《泛吴淞江》注①。

④着：安放。句写游钓江湖之志。

重游寄老庵怀僧芝[①]

浪游已恨失芝公[②]，陈躅空留梦境中[③]。
欲问孤云何处去[④]？庭前双树自西风[⑤]。

【注释】

①寄老庵：寺院名。僧芝：待考。北宋苏州有僧人名则之，俗姓杨，能诗，有《禅外集》。不知是否其人。

②浪游：到处漫游。

③陈躅：陈迹。躅，足迹。

④孤云：喻闲游自在。指僧芝。唐杜牧《将赴吴兴登乐游原一绝》："闲爱孤云静爱僧。"

⑤庭前双树自西风：佛教禅宗重机锋、顿悟。有问赵州从谂禅师："如何是祖师西来意？"答曰："庭前柏树子。"见《五灯会元》卷四。这里暗用此典，既寓即景怀人之意，又切合禅师的身份和环境气氛。

刘吉甫

刘吉甫，籍里未详。熙宁元年（1068）解试，元符中累官承务郎，元符末坐应诏上书言诋讥降职。入元祐党籍。

闻　笛

戍鼓停挝月五更①，呜呜巧作断肠声②。
江南自是春来早，吹到梅花梦也清③。

【注释】

①戍鼓：边防驻军的鼓声。挝（zhuā 抓）：敲打。

②呜呜：形容悲哀如啼哭之声。苏轼《前赤壁赋》："其声呜呜然，如怨如慕，如泣如诉。"

③梅花：笛曲有《梅花落》。

晁冲之

晁冲之，字叔用，号具茨先生，济州钜野（今山东巨野）人。晁补之从弟。晁公武父。早年曾受学于陈师道。授承务郎。绍圣间党祸作，隐居具茨山（在今河南禹州）。徽宗时屡荐不起。诗学杜甫，为江西派重要作家。刘克庄称其意度沉阔，气力宽余，一洗诗人穷饿酸辛之态，南渡后惟陆放翁可以继之（见《后村先生大全集》卷九十五）。可谓推许备至。亦工词。有《具茨集》《晁叔用词》。

题超化寺壁

曲池风定碧澜平，小白鱼如镜里行①。
水竹再来应识我，壁间不用更题名②。

【注释】

①小白鱼如镜里行：状池水平静清澈，游鱼历历可见。用唐沈佺期《钓竿篇》："鱼似镜中悬。"

②"水竹"二句：唐王播少时孤贫，寄居扬州惠昭寺木兰院，随僧斋食，为诸僧所不礼。后贵显，重游旧地，见昔日在寺院壁间所题诗，僧人已用碧纱盖护，因感慨重题曰："二十年来尘扑面，如今始得碧纱笼。"见五代王定保《唐摭言》卷七。这里反用其意，谓他年重来，水竹仍应相识，用不着再感慨题诗了。

戏留次裒三十三弟①

白下春泥尚未干②，汴流更待小潺湲③。
不知汝定成行不？寒食今无数日间④。

【注释】

①题下自注云："颂之。"按：裒（póu），疑当作"裒道"，夺一"道"字。颂之其名；三十三，为其排行。颂之，字裒道，当自《诗经·周颂·般》"敷天之下，裒时之对"而来。冲之兄弟辈之字，多有"道"字；《宋诗钞·具茨集》于此诗前有致弟辈四诗，如别饰道二十弟（贲之）、别息道二十二弟（兑之）、和虞道二十三弟（豫之）、赠决道念八弟（夬之）等，则颂之字裒道，似可推知。

②白下：今江苏南京市的别名。

③汴流：见卷三刘弇《送徐择之秘校还睢阳》注②。

④"不知"二句：用唐颜真卿《寒食帖》语意："天气殊未佳，汝定成行否？寒食只数日间，得且住为佳耳。"不：同"否"。寒食：见卷二文彦博《寒食游压沙寺雨中席上偶作》注①。

米　芾

米芾（1051—1107），初名黻，字元章，自号海岳外史、中岳外史、鹿门居士、襄阳漫士等。世居太原（今属山西），后迁襄阳（今属湖北），晚年住润州（今江苏镇江）。历知雍丘县、涟水军，以太常博士出知无为军。徽宗时召为书画学博士，擢礼部员外郎，人称“米南宫”（礼部员外郎俗称南宫舍人）。因个性狂放，举止怪异，世称“米颠”。能诗文，精鉴别，工书画。行、草书博取前人所长，自出新意，格调超迈，有“风樯阵马，沉着痛快”之评。用水墨点染法画江南山水，风格独创，子米友仁继其画法，世称“米家山”或“米氏云山”。喜蓄金石古器，尤嗜奇石。著有《宝晋英光集》《书史》《画史》等。

垂虹亭①

断云一叶洞庭帆②，玉破鲈鱼金破柑③。
好作新诗寄桑苎④，垂虹秋色满东南。

【注释】

①垂虹亭：在江苏吴江东垂虹桥上。宋仁宗庆历八年（1048）县令李向建。王安石《送裴如晦宰吴江》诗：“他时散发处，最爱垂虹亭。”

②断云：孤云。喻孤帆。洞庭：太湖的别名。晋左思《吴都赋》：“指包山而为期，集洞庭而淹淹。”刘逵注引王逸曰：“太湖在秣陵东，湖中有包山，山中有如石室，俗谓洞庭。”湖中有洞庭山，分东西二山，东山古名莫厘山、胥母山，元明后与陆地相连，成半岛。西山即古包山，今仍在湖中。

③玉破鲈鱼金破柑：指脍鲈鱼和破柑橘，以佐美餐。玉，喻鲈鱼肉质的晶莹鲜嫩。金，喻柑橘外皮的色泽金黄。吴江的鲈鱼和洞庭山的柑橘（名洞庭柑）都是当地秋令的名产。苏舜钦《望太湖》诗：“笠泽鲈肥人脍玉，洞庭柑熟客分金。”鲈鱼，见卷一陈尧佐《吴江》注③。金，《宋诗钞·襄阳集》作“霜”。

④桑苎（zhù 住）：唐陆羽，肃宗上元初隐居苕溪（在今浙江湖州），自称桑苎翁，杜门不出，著书自娱。这里借指江湖隐士。寄：《升庵诗话》引作“继”。

张　俞

张俞，字少愚，号白云先生，益州郫（今四川成都郫都区）人。屡举不第，因荐除秘书省校书郎，愿以授父而自隐于家。六召不应。文彦博治蜀，为筑室于青城山白云溪。有《白云集》。

游骊山①

玉帝楼前锁碧霞②，终年培养牡丹芽③。
不妨野鹿逾垣入，衔出宫中第一花④。

【注释】

①骊山：见卷二苏轼《骊山》注①。按：宋刘斧《青琐高议》前集卷六《骊山记》，述张俞游骊山作记事。略云：俞尝命一仆荷酒肉，一仆携纸笔，与三四友人游骊山，而于山下访老叟，求古遗事。一耕者导至田翁家，翁年已九十三，自谓尝见祖辈言往事，晋汉时不知也，唐自明皇而下则所素记。因命子开钥，取书授俞，乃骊山宫殿图也。翁按图指示，豁然如在目前。俞喜曰："骊宫吾已知之矣！"后乃记与翁问答语，皆有关明皇偕贵妃幸骊山事。同卷又有《温泉记》，题注"西蜀张俞遇太真"，署"亳州秦醇子履撰"。述张俞再过骊山，留题二绝，其二即本诗。夜梦太真遣二吏见召，命入浴温泉，并与太真对卧而语。不久鸡唱，侍者促起，俞泣下相别。太真取百合香系俞臂，复命前吏引还，入门，吏推仆而觉。事涉荒唐，意好事者因俞作游骊山诗附会而成。

②玉帝楼前锁碧霞：玉帝，道教称天帝，即元始天尊。《上清经》："元

始（天尊）居紫云之阙，碧霞为城。”唐王朝崇奉道教，以老子（李耳）为皇室同姓，于高宗乾封元年（666），追封老子为“太上玄元皇帝”。唐玄宗尤为笃信，曾多次亲祠玄元皇帝庙，又在骊山建朝元阁，天宝七载（748），传说玄元皇帝见于阁中，因改名降圣阁。这里即以玉帝楼借指朝元阁。楼前，《后村千家诗》作“楼台”。

③终年培养牡丹芽：《龙城异人录》：“宋单父有种艺术，凡牡丹能变易千种。明皇召至骊山，种花万本，色样各殊，内人呼为花神。”

④“不妨”二句：宋刘斧《青琐高议》前集卷六《骊山记》：“宫中牡丹最上品者为御衣黄，色若御服；次曰甘草黄，其色重于御衣；次曰建安黄；次皆红紫，各有佳名，终不出三花之上。他日，近侍又贡一尺黄，乃山下民王文仲所接也。花面几一尺，高数寸，只开一朵，鲜艳清香，绛帏笼日，最爱护之。一日，宫妃奏帝曰：‘花已为鹿衔去，逐出宫墙不见。’帝甚惊讶，谓：‘宫墙甚高，鹿何由入？’为墙下水窦，因雨窦浸，野鹿是以得入也。宫中亦颇疑异，帝深为不祥……翁笑曰：‘殊不知禄山游深宫，此其应也。’”按：“鹿”“禄”同音，故云。宫中第一花：指牡丹。金赵秉文《五月牡丹应制诗》：“金盘荐瑞休嗟晚，犹是人间第一花。”不妨：不碍。《青琐高议》引作“不防”。衔出：《后村千家诗》作“衔去”。

卷　四

七　言　四

唐　庚

唐庚(1071—1121),字子西,眉州丹棱(今属四川)人。早年即有诗名,文采风流。人称“小东坡”。绍圣进士,为州县官。徽宗大观时入朝为博士。张商英荐其才,提举京畿常平。政和间,商英罢相,他亦受牵连,被贬惠州。后赦还,复官承议郎,提举上清太平宫。归蜀,道病卒。著有《眉山集》《唐子西文录》。

春日杂兴①

爱梅长恐着花迟②,日祷东风莫后期③。
及得见梅还冷淡,东风全在小桃枝。

【注释】

①题共四首,此选其一。

②着花:开花。唐王维《杂诗三首》之二:“来日绮窗前,寒梅着花未?”

③日祷东风莫后期:天天祈求春风及时催开梅花。后期,指耽搁了花期。

王钦臣

王钦臣，字仲至，应天宋城（今河南商丘）人。王洙之子，以荫入官。清亮有志操，文彦博荐试学士院，赐进士及第。哲宗时迁集贤殿修撰，知和州，徙饶州。斥提举太平观。徽宗立，复待制，知成德军。入元祐党籍。工诗文，善交游。藏书数万卷，手自校正，世称善本。著有《广讽味集》。

宿华岳观①

凌空老树云垂叶，压屋梨花雪照人②。
深愧地仙教俗客③，殷勤留看华山春。

【注释】

①华岳：西岳华山。在今陕西华阴市。观（guàn 贯）：道教的庙宇。

②“凌空”二句：参天古木，枝叶荫如浓云；满树梨花，压檐明如白雪。

③地仙：道教称住在名山修炼的仙人。这里指道士。晋葛洪《抱朴子·论仙》：“按《仙经》云：上士举形升虚，谓之天仙；中士游于名山，谓之地仙；下士先死后蜕，谓之尸解。”

游王官谷①

钟鼎山林出处明②，中间不合枉高情③。
有钱须买王官谷④，流水声中过一生⑤。

【注释】

①王官谷:在今山西永济市,中条山中。旁有天柱、跨鹤诸峰,瀑布、贻溪诸水,岩洞深邃,泉壑幽胜。唐末司空图隐居于此。

②钟鼎山林:指在朝和在野。钟鼎,朝廷礼器,用以纪事铭功。山林,隐者悠游之所。出处明:对于出仕或退居之道,践履分明,毫不苟且。

③中间不合枉高情:旧题宋尤袤《全唐诗话》卷五引王禹偁《五代史阙文》,以具体事实批驳五代《梁史》旧文称司空图"躁于进取,颇自矜伐,端士鄙之";"负才慢世,谓己当为宰辅,时人恶之"等等,指出司空图"以清直避世,终身不仕梁祖,故《梁史》拾图小瑕以泯大节者,良有以夫!"不合枉高情,即不该冤屈司空图的高尚情操。事或指此。

④有钱须买王官谷:《世说新语·排调》:"支道林(遁)因人就深公买印山,深公答曰:'未闻巢由买山而隐。'"后来就称归隐之资为买山钱。这里是钦仰司空图其人,故欲买山而隐王官谷。

⑤流水声中过一生:指隐居山中,聆听清泉流泻之声,以洗涤尘虑,终生都不出仕。

孙　觌

孙觌(1081—1169),字仲益,常州晋陵(今江苏常州)人。大观三年(1109)进士,政和四年(1114)中词科。历官国子司业、侍御史、翰林学士。汴京破,受金人女乐,为钦宗草降表。建炎三年(1129),为户部尚书,知温州。旋改知平江府,以扰民夺职。绍兴二年(1132),知临安府,以盗用军钱除名。提举鸿庆宫,自号鸿庆居士。归隐太湖二十余年。孝宗朝,命编类蔡京、王黼等事实,上之史官。生平大节有亏,早期附汪伯彦、黄潜善,诋李纲，后复阿谀万俟卨，谤毁岳飞，为人所不齿。著有《鸿庆居士集》。

游金沙寺，寺有陆希声侍郎读书堂，在颐山上①

一龛明灭佛前灯②，破裓犹残一两僧③。
似说鸿盘读书处④，试寻幽伴拄乌藤⑤。

绿笋遗苞半出篱⑥，清溪一曲翠相迷。
古苔称意坏墙满⑦，好鸟尽情深树啼。

【注释】

①宋葛立方《韵语阳秋》卷八："陆希声隐居宜兴君阳山，今金沙寺，其故宅也。自著《君阳山记》，叙其景物亭馆如辋川，尚可得其仿佛。"君阳山，又名颐山，在今江苏宜兴市东南，金沙寺即在山上。陆希声：苏州吴县（今江苏苏州）人。唐昭宗时任户部侍郎、同中书门下平章事。曾读书隐居于颐山，作《颐山十七咏》，以纪其胜。

②龛（kān 堪）：供奉佛像的石室或柜子。

③裓（gē 格）：僧人受戒的衣服。残：剩下。这句是说寺中还留着一两个穿着破旧裓衣的僧人。形容寺院的败落。

④鸿盘：当为陆希声的字号。

⑤乌藤：指藤杖。

⑥遗苞：脱去外壳。

⑦称意：随意。形容苍苔任意滋长，遍布坏墙。

李弥逊

李弥逊(1090—1153),字似之,苏州吴县(今江苏苏州)人。大观二年(1108)进士,调单州司户。政和间,累官起居郎。以言事剀切,贬知卢山县,改奉嵩山祠。靖康元年(1126),召为卫尉少卿。绍兴七年(1137),迁起居郎。自贬后二十余年,复居是职,论事鲠直如初。绍兴十年(1140),试户部侍郎。以力排和议,忤秦桧,落职退居十余年。晚岁隐居福建连江西山筠溪,自号筠溪翁。著有《筠溪集》。

次韵林仲和筠庄①

叠叠重重两岸山,钩连秀色上琅玕②。
孤亭四壁面烟雨③,人与白鸥分莫寒④。

【注释】

①此诗作者原误作李弥远,据《宋百家诗存》《宋诗别裁集》改。林仲和:不详。作者有《初到连江,和林公同华先辈》诗,疑即此人。筠庄:作者晚年隐居庄园名。地在今福建连江西山筠溪,有水竹之胜。

②琅玕(láng gān 郎竿):指竹。宋苏过《从范信中觅竹》诗:"十亩琅玕寒照坐,一溪罗带恰通船。"

③孤亭:原作"孤云"。据《宋百家诗存》《宋诗别裁集》改。

④莫:同"暮"。

谭知柔

谭知柔，字胜仲，号华阳居士，金坛(今属江苏)人。政和二年(1112)进士。历官通判邵州，终秘书少监。善为诗。有《华阳居士集》。

晚醉口占①

晚醉扶筇过竹村②，数家残雪拥篱根。
风前有恨梅千点，沙上无人月一痕。

【注释】

①宋胡仔《苕溪渔隐丛话》前集卷五十四："剽窃他人诗句，以为己出，终当败露，不可不戒。如近时吴可《晚春》诗云：'小醉初醒过别村，数家残雪拥篱根。枝头有恨梅千点，溪上无人月一痕。'余偶于一达官处见谭知柔所献诗文一编，试取阅之，即吴可之诗在焉，但易其题曰《晚醉口占》，仍改诗中三四字而已(诗如上略)。"宋魏庆之《诗人玉屑》卷三"宋朝警句"，举"风前有恨梅千点，溪上无人月一痕"两句，亦注作者为吴可。《南宋群贤小集》及《宋诗纪事》均于吴可名下收此诗，但题作《小醉》，略有数字异同，如"别村"作"竹村"，"枝头"作"风前"，则谭作改易更少。按：这宗被揭露的抄袭案，看来证据确凿。谭知柔剽窃别人的诗，且改易诗题，仿佛率口吟成之作，还要去投献给达官贵人，不管其动机如何，终究是可恶的。但胡仔也指出"知柔诗文编中，小诗极有可喜者"。且举了二例，可谓不没其长。对他另一首古风与所传吕居仁的一篇竟一字不差，则表示存疑，

说:“未知竟谁作也。”可见其态度是十分审慎的。口占:不用起草,信口作诗。

②扶筇:拄杖。筇(qióng 穷),竹名,又名扶老竹,可为杖。

沈与求

沈与求(1086—1137),字必先,德清(今属浙江)人。政和五年(1115)进士。历知潭州、镇江府,荆湖南路、两浙西路安抚使。高宗朝,累官吏部尚书、翰林学士兼侍读,除参知政事,知枢密院事。有《龟溪集》。

曾宏父将往雪川见内相叶公,以诗为别,次其韵以自见①

扬舲送子下苕雪②,系缆沙头多柳株。
十载风埃老行客,不知鸥鸟记人无③?

【注释】

①题共十首,此选其六。曾宏父:曾惇,字竑父,一作宏父,南丰(今属江西)人。绍兴中曾知台州、黄州。雪(zhá 札)川:即雪溪,在浙江湖州。内相叶公:指叶梦得,字少蕴,苏州吴县(今江苏苏州)人,迁居湖州乌程(今浙江湖州)。徽宗朝,累官翰林学士。内相,是翰林学士的别称。因专掌内命,参与有关进退大臣等机密事宜,职权重要。故称。

②扬舲:开船。舲(líng 灵),有窗户的小船。苕雪:苕溪和雪溪。苕溪分东西二溪,分别出天目山南北。东苕溪东北经德清县为余不溪,又名龟

溪；北至旧吴兴县即为霅溪。东西苕溪至旧吴兴县城中合流，由小梅、大浅两湖口入于太湖。因两岸多苕花（芦花），秋时飘飞水上如雪，故名。

③“十载”二句：感叹多年在外行旅，寄情于家乡的云水之地，愿与旧日的鸥鸟为友，过隐居生活。

朱 松

朱松（1097—1143），字乔年，号韦斋，婺源（今属江西）人。朱熹之父。曾受学于程门弟子罗从彦。政和八年（1118）同上舍出身，授建州政和县尉，调南剑州尤溪县尉。绍兴四年（1134），召试除秘书省正字。历官著作佐郎、史馆校勘、吏部员外郎。以反对秦桧和议，出知饶州，主管台州崇道观，卒。著有《韦斋集》。

杂小诗[①]

松风十里客襟凉，路入江南选佛场[②]。
欲问道人三世事[③]，楼钟重听未应忘。

【注释】

①题共八首，此选其三。

②选佛场：僧人开堂设戒之地。《景德传灯录》卷十四“天然禅师”：“初习儒学，将入长安应举……偶一禅客问曰：‘仁者何往？’曰：‘选官去。’禅客曰：‘选官何如选佛。’曰：‘选佛当往何所？’禅客曰：‘今江西马大师出世，是选佛之场，仁者可往。’”按：马大师即唐代高僧马祖道一。在

江西开堂接众，凡经受戒者，都有成佛之分，故云选佛场。

③道人：有道之人。指僧人。三世：过去、现在、未来。

石门寺[①]

林栖相唤出幽谷[②]，我亦欲起天未明。
枕中决决响山溜[③]，一似荒城长短更[④]。

【注释】

①题共四首，此选其三。石门寺：在江西靖安县北四十里泐潭之右，即马祖道一卓锡之地。

②林栖：栖息在林中的鸟。出幽谷：《诗经·小雅·伐木》："伐木丁丁，鸟鸣嘤嘤。出自幽谷，迁于乔木。"

③决决：流水声。唐韦应物《县斋》诗："决决水泉动，欣欣众鸟鸣。"山溜：山泉。

④长短更：古时夜间打鼓报更，鼓声少的为短更，鼓声多的为长更。苏轼《汲江煎茶》诗："坐听荒城长短更。"

王庭珪

王庭珪(1079—1171)，字民瞻，号卢溪先生，吉州安福(今属江西)人。政和八年(1118)进士。调衡州茶陵丞，不就。筑草堂于卢溪，因以自号。绍兴中，胡铨上疏乞斩秦桧，谪新州，他以诗送行，极致推许慰勉之诚，被人告讦，以讪谤罪，送辰州编管。桧死，许自便。孝宗时，召对内殿，除国子主簿、直敷文阁。

著有《卢溪集》。

和读书台入夜即事[①]

池底星光个个添，半钩斜月吐纤纤[②]。
数声寒笛西风下，人在朱楼暮卷帘[③]。

【注释】

①读书台:古人静居读书之地。此未详所指。

②“池底”二句:写入夜星月逐次映于池中景象。“添”“吐”写出夜色渐浓。纤纤:形容新月细曲之貌。南朝宋鲍照《玩月城西门廨中》诗:“始见西南楼,纤纤如玉钩。”

③暮卷帘:《宋诗钞·卢溪集》作“卷暮帘”。

韩　驹

韩驹(？—1135),字子苍,仙井监(今四川仁寿)人,徙汝州(今河南临汝)。政和二年(1112)召试,赐进士出身,除秘书省正字。累迁中书舍人,权直学士院。南渡初,知江州。卒于抚州。能诗,早年学苏轼,后由徐俯介绍,认识黄庭坚,列入江西派,晚年对苏、黄亦有所不满,不欲拘于一派。苏辙题其诗卷云:“我读君诗笑无语,恍然重见储光羲。”周紫芝则称其诗淡泊而有思致,奇丽而不雕刻,极似张耒。有《陵阳集》。

行至华阴呈旧同舍①

落日同骑款段游②，倦依松石弄清流。
蓬莱汉殿春分手③，一笑相逢太华秋④。

【注释】

①华阴：县名，在今陕西。旧同舍：指旧日馆阁同僚。原作“同社”，据《宋诗钞·陵阳集》改。作者另有《偶书二绝，呈馆中旧同舍》，可证。

②款段：马行迟缓貌。《后汉书·马援传》：“乘下泽车，御款段马。”

③蓬莱汉殿：蓬莱，海中神山名，传说仙府秘籍均藏于此。汉代中央校书处东观藏书极多，因此学者称之为“老氏藏室，道家蓬莱山”。这里指秘书省之类曲司图籍的中央官署。作者曾供职其中。

④太华：即华山。在今陕西渭南县。

题伯时所画宫女①

睡起昭阳暗淡妆②，不知缘底背斜阳③？
若教转盼一回首，三十六宫无粉光④。

【注释】

①伯时：李伯时。见卷二苏颂《和题李公麟阳关图》注①。《宋诗钞·陵阳集》《宋诗纪事》题作《题李伯时画背面仕女》。按：苏轼《续丽人行》题周昉所画背面欠伸宫女，有句云：“画工欲画无穷意，背立春风初破睡。若教回首更嫣然，阳城下蔡俱风靡。”“隔花临水时一见，只许腰肢背后看。心醉归来茅屋低，方信人间有西子。”胡仔以为韩驹此诗乃用苏诗语意，而不及苏诗之伟丽。见《苕溪渔隐丛话》后集卷三十四。

②昭阳：见卷一晏殊《张殿院惠古瓦研》注⑧。

③缘底：为何。

④“若教”二句：是说如果这美人回头流盼，就足以使后宫所有宫人都黯然失色。用白居易《长恨歌》语意：“回眸一笑百媚生，六宫粉黛无颜色。”三十六宫：形容宫殿之多。三十六，非实数。汉班固《西都赋》：“离宫别馆，三十六所。”

谢人送凤团及建茶①

白发前朝旧史官②，风炉煮茗暮江寒③。
苍龙不复从天下，拭泪看君小凤团④。

【注释】

①题共二首，此选其一。凤团，又名小凤团，宋代茶叶精品，以模压成凤纹，故名。为贡茶之一。建茶：福建建溪一带所产的名茶。宋沈括《梦溪笔谈·杂志二》：“古人论茶，唯言阳羡、顾渚、天柱、蒙顶之类，都未言建溪……建茶皆乔木，吴、蜀、淮南唯丛茇而已，品自居下。建茶胜处曰郝源、曾坑，其间又岔根、山顶二品尤胜。”

②白发前朝旧史官：作者自指。此诗作于南渡以后，故称“前朝”。前朝：一作“先朝”。

③风炉煮茗：黄庭坚《谢黄从善司业寄惠山泉》诗：“风炉煮茗卧西湖。”

④“苍龙”二句：苍龙：指龙团，又名小龙团、小团龙，宋代茶叶精品，以模压成龙纹，故名。为贡茶之一。从天下：指皇帝给臣下赐茶。作者自注：“史官月赐龙团”。按：宋吴曾《能改斋漫录》卷八《沿袭》认为这二句本唐韩偓《谢人惠含桃》诗：“金銮岁岁长宣赐，忍泪看天忆帝都。”（自注：“每岁初进之后，先宣赐学士。”）但“意虽本致光（韩偓）而语工”。又见宋魏庆之《诗人玉屑》卷十六引《复斋漫录》。

曹 勋

曹勋（1098—1174），字功显，一作公显，号松隐，阳霍（今河南禹州）人。曹组之子。宣和五年（1123），以荫补承信郎，命赴廷试，赐同进士出身。靖康初，为阁门宣赞舍人，除武义大夫。从徽宗北迁，受徽宗半臂绢书，自燕山遁归。建炎元年（1127），至南京诣高宗上御衣书，请募死士，由海道救徽宗。忤执政意，被黜外，九年不得迁秩。绍兴中曾三度使金，以迎归韦太后功，拜昭信军节度使。孝宗朝，加太尉，提举皇城司。请祠居天台山。卒赠少保，谥忠靖。著有《松隐文集》《北狩见闻录》。

枕上闻杜宇①

催晓钟残景气清②，杜鹃声里梦魂惊。
山林广袤不知乐③，犹作不如归去声④。

【注释】

①杜宇：见卷一赵希棡《过临平》注①。

②景气：指清晓景象。唐韩愈《独钓》诗："秋晨景气醒。"

③广袤（mào 冒）：面积宽广。东西的长度叫"广"，南北的长度叫"袤"。

④不如归去声：古人以为杜鹃的啼声好像说："不如归去！"因有"催归"之称。

和双溪[①]

从来绝粒喜留侯[②]，作个庵成漫几秋。
未得归休桐柏去[③]，每寻故老话台州[④]。

【注释】

①双溪：指苏籀，字仲滋，苏辙之孙。南渡后居婺州（今浙江金华）。官至监丞。有《双溪集》。双溪，在今浙江金华丽泽祠前。由永康、东阳两港之水流到金华城东南后并入婺江，在两水交汇处的一段名叫双溪。

②绝粒：即辟谷。道家以不吃五谷为修炼的一种方法。留侯：汉张良，佐汉高祖刘邦定天下，以功封留侯。晚年好黄老，学神仙辟谷之术。

③桐柏：山名，在今浙江天台县西北二十五里。有紫霄、翠微、玉泉、卧龙、莲花、华林、玉女、玉霄、华顶等九峰，上有桐柏宫，唐景云时司马承祯建。九峰回环，宫在其中，道家称为金庭洞天。

④台州：治所在今浙江临海。桐柏宫所在地天台，即属台州治内。

送曾竑父还朝[①]

借寇何能共此邦[②]，离怀未易寸心降[③]。
惟将老泪逐梅雨[④]，流入玉溪同一江[⑤]。

【注释】

①题共二首，此选其二。曾竑（hóng 宏）父：即曾惇。见本卷沈与求《曾宏父将往霅川见内相叶公以诗为别次其韵以自见》注①。按：曾惇绍兴中曾知台州，此诗当作于台州任满还朝之时。同题之一有句云："天台雨多士民悦，要雨雨来晴便晴。"可证。

②借寇：东汉寇恂曾为颍川太守，有治绩。后随光武帝至颍川，百姓遮道向光武帝要求"复借寇君一年"。见《后汉书·寇恂传》。因以"借

寇”指当地人民挽留官员。这句是说好官员不能长久与当地百姓在一起。在称颂的语气中流露出恋恋不舍的情意。

③离怀未易寸心降:离别使人难以为怀,心情总是平静不下来。寸心,心居胸中方寸之地,故称。降,抑制。

④梅雨:又称黄梅雨。指江南梅子黄时的连绵阴雨。

⑤玉溪:即青溪,源出浙江天台山,南流至桐柏山,入始丰溪,又东南流入临海县界,与永安溪合流为灵江。

守闸书事,时已退居①

薄阴疏雨湿春容②,两岸增添绿与红。
短棹悠悠了无事,却怜云水旧匆匆③。

【注释】

①闸:水闸。

②春容:春天的景色。

③“短棹”二句:自喜小船悠游,闲散无事,却有感于江上云水依旧匆匆奔忙。短棹:指小船。棹(zhào 召),船桨。

戏示子舍①

日日有花终日赏,时时酌酒亦时醒。
今年剩得优游乐②,亭榜宜书醉景亭③。

【注释】

①子舍:作者的兄弟辈。集中有寄赠子威兄及子忱诗,辈行均同。

②剩得:尽得。

③榜:匾额。

宋齐愈

宋齐愈,字文渊,号退翁。宣和三年(1121)上舍第一。靖康初,官右谏议大夫。建炎元年(1127),为左司员外郎,试起居郎。以推举伪楚张邦昌,论死。

绝　句[①]

向来松桧欣无恙[②],坐久复闻南涧钟。
隐隐修廊人语绝[③],四山滴沥雪鸣风[④]。

【注释】

①《能改斋漫录》卷十一引作《睢阳道中》,共二首,押同韵,此选其二。《宋诗纪事》据以转录,却误作二题,此首别题《绝句》。睢阳,今河南商丘。又,此诗作者原署作"宋齐愚",误。据《能改斋漫录》《宋诗纪事》改。

②无恙:无病无忧。这句是说过去的松树、桧树都安然完好。欣:《能改斋漫录》《宋诗纪事》作"喜"。

③修廊:长廊。

④滴沥:指积雪融化下滴之声。

陈与义

陈与义(1090—1138),字去非,号简斋,洛阳(今属河南)人。政和三年(1113),登上舍甲科,授文林郎、开德府教授,除辟雍录。丁内艰,服除为太学博士,历著作佐郎,司勋员外郎,擢符宝郎。因事受牵连,谪监陈留酒税。靖康难起,汴京陷落,南奔避乱,流离湖湘之间。绍兴元年(1131),至越州(今浙江绍兴),任兵部员外郎。历官起居郎、中书舍人、翰林学士知制诰。绍兴七年(1137),为参知政事。以疾请去,提举洞霄宫,卒。

早年曾学诗于崔鶠,崔告以:"凡作诗,工拙所未论,大要忌俗而已。天下书虽不可不读,然慎不可有意于用事。"(见徐度《却扫编》卷中)亦受黄庭坚、陈师道影响,为江西诗派重要作家。一生推尊杜甫,所作近体,词句明净,音律宏亮;南渡后,身经战乱,颇有忧国伤时,慷慨苍凉之作。亦工词,擅书法。著有《简斋集》。

秋　夜①

中庭淡月照三更,白露洗空河汉明②。
莫遣西风吹叶尽,却愁无处着秋声③。

【注释】

①宋张邦基《墨庄漫录》卷六:"七言绝句,唐人之作往往皆妙。顷时

王荆公多喜为之，极为清婉，无以加焉。近人亦多佳句，其可喜者不可概举……陈与义《秋夜》云（诗如上略）。如此类甚多，不愧前人。”

②河汉：银河。洗空：《宋元诗会》作“澄空”。

③“莫遣”二句：风吹落叶，飒飒作秋声，叶尽则秋声无着。欧阳修《秋声赋》：“星月皎洁，明河在天，四无人声，声在树间。”

雨　过

水堂长日净鸥沙①，便觉京尘隔鬓华②。
梦里不知凉是雨，卷帘微湿在荷花③。

【注释】

①鸥沙：鸥鸟栖息的沙洲。

②京尘：京华尘土。指都市的喧嚣。隔鬓华：犹言抛在脑后。鬓华，指头发花白。

③“梦里”二句：睡梦中感到凉意，却不知外面在下雨，醒来卷帘，看到沾湿的荷花，才知道下过雨。这是举果知因句法，点明题面。

和张矩臣水墨梅①

粲粲江南万玉妃②，别来几度见春归。
相逢京洛浑依旧，惟恨缁尘染素衣③。

含章檐下春风面④，造化功成秋兔毫⑤。
意足不求颜色似，前身相马九方皋⑥。

自读西湖处士诗，年年临水看幽姿⑦。

晴窗画出横斜影[8]，绝胜前村夜雪时[9]。

【注释】

①题共五首，此选其三、其四、其五。是为僧人仲仁（华光长老）所作水墨梅花而题的。据说宋徽宗很称赏第四首（“含章檐下春风面”），作者“自此知名，仕宦亦寖显”。见《苕溪渔隐丛话》前集卷五十三。清代画家恽格亦称赏此首，许为“此真知画者也”。见《瓯香馆集》卷十二。清翁方纲则以为：“惟‘意足不求颜色似，前身相马九方皋’句有生韵，余亦不尽佳也。”见《石洲诗话》卷四。宋洪迈和朱熹则赞赏第三首（“粲粲江南万玉妃”），洪以为“语意皆妙绝”，朱亦以为胜于第四首。见《容斋续笔》卷八及《朱子语类》卷一百四十。张矩臣：字元方，好学能诗，曾为迪功郎、南都幕掾。常与陈与义相唱和。矩，一作“规”。规臣，字元东，矩臣之兄。

②粲粲：明丽貌。玉妃：即唐玄宗宠妃杨玉环。因其白净美艳而借以喻雪或梅花。唐韩愈《辛卯年雪》诗：“白霓先启途，从以万玉妃。”唐皮日休《行次野梅》诗：“茑拂萝捎一树梅，玉妃无侣独徘徊。”宋陈善《扪虱新话》卷二：“客有诵陈去非《墨梅》诗于予者，且云：‘信古人未曾道此。’予诵其一曰：‘洁白江南万玉妃，别来几度见春归。相逢京洛浑依旧，只是缁尘染素衣。’‘世以简斋诗为新体，岂此类邪？’客曰：‘然。’予曰：‘此东坡句法也。坡《梅花》绝句云：月地云阶漫一尊，玉奴终不负东昏。临春结绮荒荆棘，谁信幽香是返魂。简斋亦善夺胎耳。’”引诗略有小异。

③“相逢”二句：晋陆机《为顾彦先赠妇》诗：“京洛多风尘，素衣化为缁。”南朝齐谢朓《酬王晋安》诗：“谁能久京洛，缁尘染素衣。”缁（zī 姿）尘：黑色的尘土。

④含章檐下春风面：南朝宋武帝女寿阳公主，人日（农历正月七日）卧含章殿檐下，梅花落其额上，成六出花，拂之不去。宫人效之，称为梅花妆。见唐韩鄂《岁华纪丽》卷一。春风面，喻面容娇美。唐杜甫《咏怀古迹五首》之三：“画图省识春风面。”这里喻指梅花。

⑤造化功成秋兔毫：是说画家用巧夺天工之笔，把梅花的美丽姿容再现出来。秋兔毫，指毛笔。宋胡穉注引《笔谱》：“凡作笔，须取仲秋兔毫。”

⑥“意足”二句：春秋时，秦穆公要伯乐找千里马，伯乐推荐友人九方皋去找。三个月后回来报告说已经找到了。穆公问是什么样子的马，回答说：“牝而黄（黄色的母马）。”牵来一看，却是“牡而骊”（黑色的公马）。穆公很不高兴，责怪伯乐推荐这个人连马的颜色公母也分不清。伯乐长叹说：“得其精而忘其粗，在其内而忘其外；见其所见，而不见其所不见；视其所视，而遗其所不视。若皋者，乃有贵乎马也！”见《列子·说符》。这里是比喻画家画墨梅，重其神似意足，而不拘于外表色相的刻板相同。用典贴切而浑化无迹。

⑦“自读”二句：宋林逋隐居杭州西湖孤山，有咏梅名句云：“疏影横斜水清浅，暗香浮动月黄昏。”处士：有德才而隐居不仕的人。幽姿：指梅花清幽的风姿。

⑧晴窗画出横斜影：指僧仲仁就窗间取影画梅。《花光梅谱》：“墨梅始自花光，仁老之所酷爱。其方丈植梅数本，每花时，辄移床其下，吟咏终日，莫知其意。偶月夜未寝，见窗间疏影横斜，萧然可爱，遂以笔规其状，凌晨视之，殊有月下之思。”

⑨绝胜前村夜雪时：唐齐己《早梅》诗：“前村深雪里，昨夜一枝开。”这句是说画梅胜于真梅。

题俞秀才所藏江参山水横轴画①

万壑分烟高复低，人家随处有柴扉②。
此中只欠陈居士③，千仞冈头一振衣④。

【注释】

①原题二首，此选其二。俞秀才，名恺，字羲仲。江参：宋代山水画家。元夏文彦《图绘宝鉴》卷四：“江参，字贯道，江南人。形貌清臞，嗜香茶以为生。居霅川，深得湖天之景，平远旷荡，尽在方寸。长于山水，师董源、巨然、赵叔向。居三衢，治园筑馆，取《楚词》之言，名之曰‘崇兰’。尝与陈简斋、程致道从容其中，命贯道为之图，及令画史各绘像其上，乃赋诗

焉。”可见他和陈与义、程俱都有交往。

②随处:到处,处处。

③陈居士:作者自指。居士:淡于功名,萧散闲居的人。

④千仞冈头一振衣:晋左思《咏史》诗:“振衣千仞冈,濯足万里流。”三、四句参见卷三崔鹍《与叔易过石佛看宋大夫画山水》注③。

题向伯共过峡图①

旌旗翻日淮南道②,兴罢归来雪一船③。
正有佛光无处着, 独将佳句了山川④。

过峡新图世所传, 峡中犹说泛舟仙。
拄天勋业须君了⑤,借我茅斋看十年⑥。

【注释】

①向伯共:即向子諲,字伯恭,一作伯共,号芗林居士,清江(今属江西)人。元符末,以恩补官。徽宗朝,官淮南东路转运判官。南渡初,统兵勤王。官至徽猷阁待制、户部侍郎。晚年知平江府,以拒金兵入境议和忤秦桧,致仕。

②旌旗翻日淮南道:指向子諲任淮南东路转运判官。宋代转运使掌一路或数路财赋,兼理边防、治安、巡察等事务,为府州以上行政长官。转运判官的职位略低于副使。韩愈《和裴相》诗:“旗穿晓日云霞杂。”翻日,原作“翻月”。据《简斋集》改。

③兴罢归来雪一船:晋王徽之住在山阴(今浙江绍兴),一天,夜雪初霁,月色清朗,忽然想念住在剡溪的友人戴逵,便乘小船往访。船到戴逵门前,却又回来了,说:“乘兴而来,兴尽而返,何必见戴。”见《世说新语·任诞》。这里借写向子諲的高情雅兴。一船,一作“满船”。

④“正有”二句:四川峨眉山有佛光,常于雨后出现,大如圆镜,四围青

黄红绿之色，光明洞彻，毫发毕照。而观者只见自己形貌，不见他人，谓之摄身光。这二句是说江山有奇景而无心久恋，只是写下美好的诗句来酬答山川。了：了结，完成。按：陈与义诗好用“了”字（下首“拄天勋业须君了”亦一例），后元好问受其影响，亦好用“了”字。钱锺书《读艺录补订》广引其例，可参看。

⑤拄天勋业：指击退金兵，统一中原的大业。拄天，撑天使不堕。唐张祜《咏武人王智兴侍中》诗：“王氏柱天勋业外，李陵章句右军书。”按：建炎中向子諲知潭州时，曾组织军民抗击金兵，作者对他期许甚高。在《别伯共》诗中说：“好为南极柱，深慰旅人悲。”

⑥借我茅斋看十年：表示自己虽无力国事，却有心期望友人建功立业。诗作于建炎中，时作者正流离道途，故云。

程　俱

程俱（1078—1144），字致道，衢州开化（今属浙江）人。以外祖邓润甫恩荫，补苏州吴江县主簿。宣和二年（1120），赐上舍出身。官镇江通判、礼部员外郎。高宗时，为秘书少监，擢中书舍人，兼侍讲。秦桧荐领重修哲宗史事，力辞不就。提举江州太平观，除徽猷阁待制，卒。辞章典雅，善为制诰。叶梦得称其诗兼得中唐诸体之长。著有《北山小集》。

避寇仪真①

茅茨低小对青山②，准拟余年向此间③。
南望青山是黄鹤④，欲凭黄鹤寄书还。

【注释】

①原题二首，此选其二。仪真：今江苏仪征市。

②茅茨：茅屋。

③准拟：打算。

④黄鹤：山名，在今江苏丹徒区南三里。传说南朝宋武帝刘裕贫贱时常游山中竹林寺，见有黄鹤飞舞，后改寺名为黄鹤。

戏题画卷①

五载京尘白鬓须，丹青遐想寄衡巫②。
如今扫迹长林下，却对真山看画图③。

【注释】

①原题二首，此选其一。

②"五载"二句：是说五年京城的烦嚣生活使人衰老，打开山水画卷，不禁悠然遐想湘中的名山。丹青：指图画。衡巫：指衡山（主峰在今湖南衡山县西北、衡阳县北）和巫山（在今湖南城步县东，上有十二峰）。

③"如今"二句：是说现在隐退山林，却可以面对真实的山水来欣赏画卷上的山水了。扫迹：扫除足迹。指隐居不出，谢绝交往。

三峰草堂①

雨洗千山翠欲浮，稻畦松涧已争流。
朝来风急凝云尽，历历钟声过五州②。

【注释】

①原题二首，此选其二。三峰草堂：旧址在今江苏金坛三茅山。山有大茅、中茅、小茅三峰。唐陆龟蒙《寄茅山何威仪》诗："大小三峰次九华。"

②历历:形容清晰。

试端溪石砚偶书[①]

人生当复几两屐[②],我饮宁须三百杯[③]。
破砚犹堪磨老境,醉拈椽笔扫霜煤[④]。

【注释】

①原题二首,此选其二。端溪石砚:今广东德庆县端溪所制之砚,简称端砚,为砚中上品。唐刘禹锡《唐秀才赠端州紫石砚以诗答之》诗:"端州石砚人间重。"

②人生当复几两屐:晋阮孚喜欢穿木屐,有人去看他,他正在吹火蜡屐(在屐上涂蜡,使其滑润),叹息说:"未知一生当着几两屐?"见《世说新语·雅量》。几两,几双。这句是感叹人生短促,难得穿破几双鞋子。

③宁须:岂须,哪须。唐李白《将进酒》诗:"烹羊宰牛且为乐,会须一饮三百杯。"这句是说所饮有限,为欢不多。

④椽笔:大笔。晋王珣梦见有人给他一支如椽的大笔,认为"此当有大手笔事"。见《晋书·王导传附王珣》。霜煤:指墨。古代用漆烟和松煤做墨。这句是说醉后濡笔和墨,纵横书写。

张　嵲

张嵲(niè 聂),字巨山,襄阳(今属河南)人。宣和三年(1121),上舍中第。绍兴九年(1139),除司勋员外郎。累迁敷文阁待制,知衢州。少从表叔陈与义学,诗风颇受影响。著有

《紫微集》。

绝　句

一行疏树对柴门，又见荒烟上晚村。
日日墙阴观日影，人生消得几朝昏[1]？

日炙机构已半红[2]，更熏花气满襟风。
路傍谒舍蹲遗兽[3]，应有荒坟在麦中。

【注释】

①消得：禁得起。这句感叹晨昏相催，人生易老。

②日炙：太阳晒烤。

③谒舍：客店。遗兽：指墓前留下的石兽。

刘子翚

刘子翚（huī 辉）（1101—1147），字彦冲，一作彦仲，号屏山，又号病翁，崇安（今属福建）人。父刘韐死靖康之难，以荫补承务郎。通判兴化军。后因体弱多病，归隐屏山（在今福建武夷山市东），专事讲学，深研《周易》。朱熹曾就学于他门下。能诗，而少道学气，风格明朗俊爽。著有《屏山集》。

铜　爵①

金碧销磨瓦面屋，　乱山依旧绕宫城。
路人休唱《三台曲》，台上而今春草生②。

【注释】

①铜爵：指铜雀台。爵，通“雀”。见卷一晏殊《张殿院惠古瓦研》注②。

②“路人”二句：《三台曲》：乐府杂曲名，为三十促拍曲。三台，指曹操在邺城所筑的铜雀台、金虎台、冰井台。故址在今河南漳县西南。这两句感叹古今兴废，昔日富贵功业、歌舞风流，已尽成历史陈迹。作者《过邺中》诗：“逐鹿营营一梦惊，事随流水去无声。黄沙日傍荒台落，绿树人穿废苑行。”可参看。

景阳钟①

景阳钟动晓寒清，度柳穿花隐隐声。
三十六宫梳洗罢②，却吹残烛待天明。

一刀残月淡觚棱③，遥望林梢晓色升。
寂寞小帘风露冷，玉盆脂水已生冰④。

【注释】

①景阳钟：南朝齐武帝（萧赜）因为深宫中听不到端门的更鼓声，就置钟于景阳楼上，宫人闻钟声，即早起梳汝。景阳楼故址在今江苏南京玄武湖侧。

②三十六宫：见本卷韩驹《题伯时所画宫女》注④。

③一刀:一弯。觚棱:宫殿上斜角处的瓦脊,因成方角棱瓣之形,故名。这句写天将黎明时,在一弯淡月映照下,宫殿的瓦脊露出隐隐的轮廓。

④玉盆脂水:指盆中宫女洗宿妆的水。脂,脂粉。

绝　句[1]

目送孤鸿独倚楼[2],晚风吹泪更横流。
蕉花落处蛮烟碧[3],六十三程是白州[4]。

竹绕茅檐水绕阶, 东风渐欲放春回。
丁宁红紫休争发[5],待取山南刺史来[6]。

【注释】

①原题二首。为远谪岭南之友人而作。其人似指赵鼎,绍兴年间任宰相,因力排和议,为秦桧所倾。据《宋元学案》卷四十三刘勉之传附录载,赵鼎出镇南州(即漳州,治今福建龙海)时,曾顺道去看望刘勉之。作者与刘交情甚契,定当有所闻知。不久,赵鼎即遭谗远贬岭南,先安置潮州(治旧广东潮阳县),后移吉阳军(今海南三亚),终于绝食而死。诗当作于闻赵鼎被贬之时,因秦桧正当国,故未敢显言。臆测如是,俟再考。

②目送孤鸿:指寄托念远之思。晋嵇康《赠秀才入军》诗:"目送孤鸿,手挥五弦。"

③蕉花:红蕉花,又名美人蕉,形似芭蕉而矮小,花色红艳。生长于南方湿、热带。蛮烟:指南方山林中湿热郁蒸的烟瘴之气。

④六十三程:极言道路之遥远。程,约计道里之称,犹言一段路。白州:唐置,治所在今广西博白县。

⑤丁宁:反复嘱咐。红紫:泛指百花。

⑥待取:等到。山南刺史:指谪守岭南的友人。山南,县名,汉置,属

珠崖郡(今海南岛)。

汴京纪事[①]

空嗟覆鼎误前朝[②],骨朽人间骂未销。
夜月池台王傅宅[③],春风杨柳太师桥[④]。

梁园歌舞足风流[⑤],美酒如刀解断愁。
忆得少年多乐事,夜深灯火上樊楼[⑥]。

【注释】

①原题共二十首,感慨靖康之变和汴京沦陷的情景,谴责金人南侵,讽刺权奸误国,为传诵一时的名作。清翁方纲《石洲诗话》卷四:"刘屏山《汴京纪事》诸作,精妙非常。此与邓栟桐《花石纲》诗,皆有关一代事迹,非仅嘲评花月之作也。宋人七绝,自以此种为精诣。"此选其七、其十七两首。

②覆鼎:《周易·鼎》:"鼎折足,覆公餗。"意谓鼎足折断,食物从鼎里倒出来。这里喻指失职误国的大臣。即三、四两句所指的王黼和蔡京这两个受人唾骂的权奸。

③王傅:指王黼,因官封"太傅楚国公",故称。他在汴京有方圆数里的大宅第。

④太师:指蔡京,因官封"太师鲁国公",故称。他在汴京的住宅于靖康元年(1126)闰十一月八日被烧,这里说"太师桥",是指当年的遗址。太师,一作"相公"。

⑤梁园:在今河南开封市东南,汉梁孝王(刘武)所筑,为游赏延宾之所。

⑥樊楼:北宋汴京的著名酒楼,在东华门外景明坊。

有　怀[1]

刘致中[2]

山空坠石咽寒溪，雨湿浮云晚更低。
不见萧屯刘处士，年年清梦绕瓜畦[3]。

郑向明[4]

当年册府仰才华[5]，一跌青云万里赊[6]。
白首却来莲社里[7]，幅巾缁褐诵《楞伽》[8]。

傅茂元[9]

松底柴门尽日关，主人西去几时还？
长镵委地黄精老[10]，时有寒猿啸砚山[11]。

【注释】

①原题十首，首咏一人。此选其三、其四、其七。

②刘致中：即刘勉之，字致中，建州崇安（今属福建）人。不事科举，力耕自给。与胡宪、刘子翚讲论性理，人称白水先生。

③"不见"二句：怀念隐居种瓜的友人刘勉之。萧屯：地名，刘勉之隐居躬耕处。作者《谢刘致中瓜》诗："顾我小诗偏发市，年年博得萧屯瓜。"知刘曾营瓜圃，可参看。

④郑向明：作者友人，生平不详。玩诗意，似仕途受挫后，皈依佛教者。

⑤册府：古代帝王藏书之所。玩句意，郑向明似曾任职于秘书省。

⑥一跌青云万里赊：指仕途受挫，一落千丈。青云，喻仕途显达。《史记·范雎传》："贾不意君能自致于青云之上。"赊，远。

⑦莲社：见卷二李觏《送僧游庐山》注④。

⑧幅巾：以绢一幅束发，不戴帽子。表示萧散。缁褐：黑布衣。《楞伽》：佛经名。相传为佛在师子国楞伽山所说，故名。述说宇宙一切事物皆自心所见，虚幻不实。为佛教禅宗、法相宗、法性宗的理论依据。

⑨傅茂元：作者友人，生平不详。玩诗意，似曾隐居福建砚山。作者集中有与他唱和之作。

⑩长镵委地黄精老：杜甫《乾元中寓居同谷县作歌七首》之二："长镵长镵白木柄，我生托子以为命。黄独无苗山雪盛，短衣数挽不掩胫。"长镵（chán 蝉），长柄的尖头掘土器。黄精：即黄独，俗名土芋。野生植物，根茎球状，肉白皮黄，蒸熟可食。长镵倒在地上，黄精老了没人挖，是说人已离开了。

⑪砚山：在今福建建阳市北。山有石，上平如案，有微黑点隐隐如砚，故名。

方惟深

方惟深，一作维深，字子通，莆田（今属福建）人，家长洲（今江苏苏州）。曾从王安石游。崇宁五年（1106）特奏名，授兴化军助教。后隐居长洲城东故庐，为时所高。卒年八十三。有《方秘校集》。

宋龚明之《中吴纪闻》卷三称："（方惟深）凡有所作，荆公读之，必称善，谓深得唐人句法。尝遗以书曰：'君诗精淳警绝，虽元、白、皮、陆，有不可及。'"

谒荆公不遇①

春江渺渺抱墙流②，烟草茸茸一片愁。
吹尽柳花人不见，青旗催日下城头③。

【注释】

①谒：拜访。荆公：即王安石。封荆国公，世称荆公。详卷二作者介绍。宋龚明之《中吴纪闻》卷四："方子通一日谒荆公未见，作诗云（诗如上略）。荆公亲书方册间，因误载《临川集》。后人不知此诗乃子通作也。"按：此诗载《临川集》卷三十，题作《春江》。

②墙：《宋诗纪事》作"樯"。

③青旗：酒旗，以青布为之，故名，《中吴纪闻》《宋诗纪事》作"春旗"。

苏　过

苏过（1072—1123），字叔党，号斜川居士，眉州眉山（今属四川）人。苏轼少子。元祐七年（1092），任右承务郎。绍圣元年（1094），苏轼谪岭南，随行奉侍。建中靖国元年（1101），苏轼卒，营葬于汝州郏城（今河南郏县）小峨眉山。遂家颍昌（治今河南许昌），营湖阴水竹数亩，名为小斜川，因以自号。历监太原府税，知郾城县，晚年通判中山府。善书画，能诗文，时称"小坡"。著有《斜川集》。

金陵上吴开府两绝句[1]

时平无事清吟好，卫霍贪功未足奇[2]。
争似一篇人脍炙，四方传诵卧龙诗[3]。

庙堂陶铸人才尽，流落江淮老病身[4]。
又踏槐花随举子[5]，思量邓禹是何人[6]！

【注释】

①此诗实为刘过所作，见《龙洲集》卷八，题作《上吴居父》，共二首。清卞永誉《式古堂书画汇考·书考》卷十《苏氏一门诸帖》收此二诗，原迹署名只一“过”字，而未著其姓，因误以为苏过作。《宋诗纪事》据以误录。翁方纲《石洲诗话》卷四亦沿其误。清吴长元《斜川集订误》有说。按：吴居父，即吴琚，字居父，号云壑，汴（今河南开封）人。宪圣太后之侄，太宁郡王吴益之子，世称“吴七郡王”。性喜书画，学米芾，擅作大字。据吴廷燮《南宋制抚年表》，吴琚于淳熙十六年（1189）帅襄阳，庆元六年（1200），以镇安节度使、开府仪同三司判建康。与本诗题及作者自注均相符。而苏过卒于宣和五年（1123），下距吴琚开府判建康之时已七十余年，是根本不及见的。且如吴长元所云，诗中江淮老病及槐花举子之语，与苏过生平亦不合。故知决非其作。刘过，见卷五作者介绍。

②卫霍：指汉代名将卫青、霍去病。均有武功。后霍去病功多于卫青，“青日衰而去病日益贵，青故人门下多去事去病，辄得官爵。”见《汉书·卫青霍去病传》。未足奇：原作“未是奇”。据《龙洲集》改。

③“争似”二句：争似：怎似；哪里比得上。卧龙：指诸葛亮。《三国志·蜀志·诸葛亮传》：“徐庶见先生，先主器之，谓先主曰：‘诸葛孔明者，卧龙也，将军岂愿见之乎？’”作者句下自注：“开府帅襄阳时，尝游隆中，为诸葛孔明赋诗，有‘翻覆看俱好’之句，为世传诵，故云。”隆中，在今湖北襄

阳西，为诸葛亮隐居之地。

④“庙堂”二句：称颂吴开府尽力为国家培育人才，慨叹自己却老病流落江淮之间。言外有希望加以援引之意。庙堂：指朝廷。

⑤又踏槐花随举子：指落第后，再次忙于准备科举考试。唐李淖《秦中岁时记》：“进士下第，当年七月复献新文，求拔解，曰：‘槐花黄，举子忙。’”宋黄彻《䂬溪诗话》卷四：“唐谚云：‘槐花黄，举子忙。’东坡有‘强随举子踏槐花，槐花还似昔年忙’，俗云‘槐催举子踏花黄’是也。”

⑥思量邓禹是何人：羡慕邓禹年轻时即功勋卓著，身居高位，感叹自己老病流落，尚不得一第。邓禹，字仲华，东汉初南阳新野（今属河南）人。从刘秀起兵，为前将军，下河东，入夏阳，军声大振。刘秀即位后，拜大司徒，封酂侯，食邑万户，时年仅二十四。南朝齐王融，自期三十岁内位至公辅，及为中书郎，抚案长叹：“为尔寂寂，邓禹笑人！”意谓功业未显，默默无闻，不免为邓禹所笑。见《南史·王融传》。

米友仁

米友仁（1072—1151），一名尹仁，字元晖，小名寅哥、虎儿，晚年自号懒拙老人。世居太原（今属山西），后徙襄阳（今属湖北），又徙润州（今江苏镇江）。米芾长子。力学嗜古，早年即以书画知名，世称“小米”。宣和四年（1122），应选为书学博士。绍兴中，仕至权兵部侍郎，敷文阁直学士。能诗文，善行书。山水画重写意，发展其父技法，以水墨点染烟云林峦，运笔草草，崇尚天趣，自称为“墨戏”之作。存世画迹有《潇湘奇观图》《云山得意图》等。著有《阳春集》。

自题《大姚村图》[1]

老年尚喜管城子[2]，更爱好山江上青。
武林秋高晓欲雨[3]，正若此画云冥冥[4]。

【注释】

①原题二首，此选其二。大姚村：在今江苏苏州。作者的妹妹嫁在这个村子。《大姚村图》是作者绘的一幅画。诗后自注云："绍兴戊午(1138)季春十一日，书于大姚五湖田舍。"

②管城子：毛笔的别称。语出韩愈《毛颖传》。黄庭坚《戏呈孔毅父》诗："管城子无食肉相，孔方兄有绝交书。"

③武林：今浙江杭州市的别称。

④云冥冥：烟云迷蒙的样子。屈原《九歌·山鬼》："云容容兮而在下，杳冥冥兮羌昼晦。"

晁公武

晁公武，字子止，号昭德先生，济州钜野(今山东巨野)人，徙四川嘉定府(今四川乐山)。晁冲之之子。绍兴进士。官侍御史，四川安抚制置使、利州路安抚使，历知兴元府、恭州、荣州、合州。乾道中，以敷文阁直学士，为临安府少尹。家富藏书。守荣州时，校勘异同，论述大旨，撰《郡斋读书志》二十卷，为宋代目录学名著。有《昭德文集》。

夏日过庄严寺，僧索诗，为留绝句[1]

出门散策烟栖树[2]，归路扶舆月蜕云[3]。
十里江村入图画，野桥沙路杳难分。

【注释】

①原题二首，此选其二。庄严寺：在今四川成都。

②散策：扶杖散步。唐杜甫《郑典设自施州归》诗："羸老思散策。"

③扶舆：犹"扶摇"，形容盘旋而上。汉王褒《九怀·昭世》："登羊角兮扶舆。"一说即"彷徉"之音转，徘徊、游荡之意。这里似取后说为长。月蜕云：指月亮从云层中露面。蜕（tuì 退），虫类蜕壳。这里借喻脱出。

谢 薖

谢薖（kē 柯），字幼槃，号竹友，抚州临川（今江西抚州）人。尝为漕司首荐，省闱报罢。以布衣终。工诗文，与从兄谢逸媲美，时称"二谢"。诗入江西派。吕本中称"逸诗似康乐（谢灵运），薖诗似玄晖（谢朓）"。著有《竹友集》。

戏咏石榴晚开[1]

靡靡江蓠只唤愁[2]，眼前何物可忘忧[3]？
楝花净尽绿阴满[4]，才见一枝安石榴[5]。

【注释】

①题共二首，此选其一。清王士禛《居易录》卷十一评此诗云："甚有风致。非苏、黄门庭中人不能道也。"

②江蓠：又名蘼芜，是一种香草。

③眼前：《居易录》作"眼中"。

④楝(liàn 练)花：暮春楝树所开之花，淡紫色，很香。

⑤安石榴：即石榴。传说为汉武帝时张骞自西域安国传入内地，故名。夏月开花。按：此诗三、四两句似脱胎于王安石《咏菊》诗："千花百卉凋零后，始见闲人把一枝。"王安石诗则本白居易《题窗竹》诗："千花百花凋零后，留向纷纷雪里看。"

潘大临

潘大临，字邠老，一作豳老，齐安(今湖北黄冈)人。能诗，早年得句法于苏轼。与徐俯、洪刍等友善。诗入江西派。其断句"满城风雨近重阳"，为世所称。家贫，年未五十，卒。著有《柯山集》。

题张圣言画[①]

荻花索索水津津[②]，日落空山开霁新[③]。
松下有人摩诘似[④]，与渠烟火作比邻[⑤]。

【注释】

①《两宋名贤小集》题作《题张圣言画四时景物》，共四首，此选其二。张圣言：宋代山水画家。生平不详。作者有《赠张圣言画柯山图》诗。

②荻花:芦花。索索:犹瑟瑟,风吹芦荻声。津津:秋水满盈貌。

③开霁:雨过放晴。

④摩诘:唐代诗人兼画家王维的字。官至尚书右丞。晚年隐居蓝田辋川,弹琴赋诗,啸咏终日。似:相似。

⑤渠:他。比邻:近邻。这句是说将画挂在室内,朝夕相对,犹如跟画中人结邻作伴一样。

陶　弼

陶弼,字商翁,永州祁阳(今属湖南)人。以功授阳朔县主簿,调阳朔令。两知邕州。以招纳诸蛮有功,四迁为东上阁门使、康州团练使。能诗文。今存《邕州小集》一卷。

山　茶①

江南池馆厌浮红②,零落山烟山雨中③。
却是北人偏爱惜,数枝和雪上屏风④。

【注释】

①题共二首,此选其二。山茶:常绿观赏植物,性耐寒,能在雪中开花。

②池馆:园林。浮红:犹浮花,寻常之花。《两宋名贤小集》作“深红”。

③山烟山雨:《两宋名贤小集》作“空山烟雨”。

④数枝和雪上屏风:指在屏风上画雪里山茶。

寄苏州徐处士弁,弁能画山水①

平南无策鬓如霜②,七十峰前旧隐乡③。

相约祝融峰上去[4]，借君吟笔画潇湘[5]。

【注释】

①徐弁：苏州（今属江苏）人。隐居不仕，善画山水。

②平南：指平抚南方少数民族起事。

③七十峰：指湖南衡山，有七十二峰。七十，举其成数而言。旧隐乡：过去隐居之地。

④祝融峰：衡山七十二峰的最高峰。峰上去：《两宋名贤小集》《宋诗纪事》作“孤顶上”。

⑤潇湘：指潇湘烟景。见卷三刘弇《莲花峰法云寺即事》注④。

陆士规

陆士规，生平不详。宋罗大经《鹤林玉露》乙编卷一《黄陵庙诗》：“陆士规，布衣，工诗。秦桧喜之。尝挟秦书干临川守，馈遗不满意，升堂嫚骂。守惧，以书白秦自解。秦怒陆甚，陆请见，不出。然犹令其子小相者见之，问其近作。陆诵其《黄陵庙》一绝云（诗见下，略）。小相入诵之。秦吟赏再四，即接见，待之如初。”

黄陵庙[1]

东风吹草绿离离[2]，路入黄陵古庙西。
帝子不知春又去[3]，乱山无主鹧鸪啼[4]。

【注释】

①黄陵庙：在今湖南湘阴县北黄陵山上。黄陵山一名湘山，湘水由此入洞庭湖。相传舜二妃墓在其上，立庙，世称黄陵庙，即湘妃庙。

②离离：草长纷披貌。唐白居易《赋得古原草送别》诗："离离原上草。"

③帝子：指湘妃。因为二妃都是帝尧的女儿，故称"帝子"。屈原《九歌·湘夫人》："帝子降兮北渚，目眇眇兮愁予。"

④乱山无主鹧鸪啼：用唐郑谷《鹧鸪》诗名句："花落黄陵庙里啼。"俗谓鹧鸪鸣声如说："行不得也哥哥！"

毛　开

毛开（nián，同"年"），字平仲，衢州信安（今浙江常山）人。礼部尚书毛友之子。曾任宛陵、东阳二州通判。工诗词。与尤袤友善，袤尝序其集。有《樵隐集》。

泊钓台①

洲渚寒云薄暮天，萧萧灯火落帆边。
严陵滩上孤舟远②，一夜归心听雨眠。

【注释】

①钓台：在今浙江桐庐县富春山上，俯临富春江，有东西二台，各高数十丈。相传为东汉隐士严光（子陵）垂钓处。

②严陵滩：在今浙江桐庐县南富春江中。因严子陵而得名。滩上：《宋诗纪事》作"滩下"。

邵　博

邵博（？—1158），字公济，号西山，先世范阳（今河北涿州市），迁居洛阳（今属河南）。邵雍之孙，伯温之子。绍兴八年（1138），赐同进士出身，除秘书省校书郎。九年（1139），知果州，又知眉州。著有《西山集》。

题智永上人《潇湘夜雨图》①

曾拟扁舟湘水西，夜窗听雨数归期②。
归来偶对高人画，却忆当年夜雨时。

【注释】

①智永：宋邓椿《画继》卷五："智永，成都四天王院僧。工小景，长于传模，宛然乱真，其印湘之匹亚欤……尝作《潇湘夜雨图》，上邵西山，西山即题曰：'尝拟扁舟湘水西，篷窗剪烛数归期。偶因胜士挥毫处，却忆当年夜雨时。'西山既咏诗，问永曰：'前辈曾有此诗否？'永因诵义山《问归篇》，西山矍然，亟取诗以归，翌日乃复改与之（即本诗，略）。深恐多犯前人也。"按：邵西山即邵博。智永所诵义山《问归篇》，即李商隐《夜雨寄北》诗："君问归期未有期，巴山夜雨涨秋池。何当共剪西窗烛，却话巴山夜雨时。"邵博改后此诗，构思措语仍似李诗。这也许是一种普遍性的联想心理使然。自李诗一出，后来自觉的仿作和不自觉的暗合皆有之。参见卷三张耒《夜闻风雨有感》。

②夜窗：原作"夜间"。据《画继》《宋诗纪事》改。

欧阳铁

欧阳铁，字伯威，庐陵（今江西吉安）人。屡困场屋，笃意于诗。有《脞辞集》。

绝　句[①]

恋树残红湿不飞，杨花雪落水生衣[②]。
年来百念成灰冷，无语送春春自归。

篷窗卧听疏疏雨，却是芭蕉夜半声[③]。
烟浪蔽天天倚盖[④]，略容一点白鸥明。

【注释】

①宋魏庆之《诗人玉屑》卷十九引《赵威伯诗余话》："庐陵欧阳伯威（铁），少与周益公同场屋，连战不利，遂笃意于诗。诚斋尝摘其警句抄之。"下录五、七言诗十六联，并七绝四首，引杨万里跋云："乌啼花落，欣然会心处，酌大白，咽伯威诗，欲驭风骑气也。"此选其一、其四。按：今本赵与虤（威伯）《娱书堂诗话》卷下有此条。然欧阳铁之"铁"字作"铁"，误。铁字伯威，盖取义于铁钺之威也。

②杨花：即柳絮。水生衣：指浮萍。古人有杨花落水化为浮萍之说。

③却是：《诗人玉屑》作"却似"。

④天倚盖：指烟波浩渺，天幕四垂如盖。有如《敕勒歌》"天似穹庐，笼

盖四野”之意。

柴　援

柴援，曾为小吏，自言五代后周柴氏后裔。颇能诗。南渡前后在世。按：另有柴援，余干（今属江西）人，崇宁二年（1103）进士，非一人。

寄　远①

别时指我堂前柳，柳色青时望子归②。
今日柳绵吹欲尽，尚凭书去说相思。

【注释】

①宋徐度《却扫编》卷下：“先公旧有小吏曰柴援，自言周室之裔，颇能诗。尝有《寄远》诗曰（诗如上略）。又有《客舍》诗曰：‘只影寄空馆，萧然饥鹤姿。秋风北窗来，问我归何时？’其佳句可喜多此类。先公屡欲官之，未及而卒。世谓诗能穷人，此尤其甚者也。”按：“先公”指徐度之父徐处仁，徽宗时官至尚书右丞，钦宗时拜太宰，兼门下侍郎。

②望子归：《却扫编》《宋诗纪事》作“望子时”。

阎孝忠

阎孝忠，字资道，汝阳（今河南上蔡）人。建炎二年（1128），知淮宁府。以直秘阁知蔡州，金人陷城被执，不知为守臣，命作担夫，乘间逃。金人去，郡人仍请部使者以其权知州，从之。

题黄相山①

东带连山接五羊②，西分郴水下三湘③。
路人到此休南去，岭外千峰尽瘴乡④。

【注释】

①黄相山：又名黄箱山、黄岑山、上岭山、客岭山，在今湖南郴州南八十里，接宜章县界。即骑田岭，五岭之一。与诸岭连属，横绝南北，寒暖气候顿殊。为楚粤之关，自湖南郴州入广东连山必经通道。

②连山：今广东连山市。五羊：指广州。古时传说有五位仙人乘五色羊执六穗秬来到广州，因名广州为五羊城。

③郴（chēn 嗔）水：源出湖南郴州黄相山，北流至郴口，入湘江。三湘：潇湘、资湘、沅湘。参见卷三李清臣《绝句》注④。

④岭外：指五岭以南，即今广东、广西地区。瘴乡：瘴雾之地。瘴（zhàng 障），旧指南方山林间湿热蒸发致人疾病之气。

卷　五

七　言　五

朱 熹

朱熹(1130—1200),字元晦,一字仲晦,号晦庵,又号晦翁、遁翁、云谷老人、沧洲病叟,别称紫阳。徽州婺源(今属江西)人,生于南剑洲尤溪(今属福建),侨寓建阳(今属福建)考亭。绍兴十八年(1148)进士,任泉州同安县主簿。淳熙时,知南康军,改提举浙东茶盐公事。光宗时,知漳州,入为秘阁修撰。宁宗初,官焕章阁待制,旋以本职提举南京鸿庆宫。庆元二年(1196),伪学禁起,落职罢祠。后致仕。卒后追谥"文"。理宗朝,从祀孔庙。

受业于李侗,得二程之传,兼采周敦颐、张载等人学说,集北宋以来理学之大成,建立起一个完整的客观唯心主义思想体系。对中国封建社会后期影响极大,明清两代其学说被提到儒学正宗地位。

学问渊博,遍注典籍,对经学、史学、文学、乐律以至自然科学,都有不同程度贡献。著有《四书集注》《诗集传》《楚辞集注》以及门人辑录的《朱子语类》等。也能诗,颇清新活泼,较少道学气。有《朱文公文集》。按:原题"朱子",今署其名。

水口行舟①

昨日扁舟雨一蓑②,满江风浪夜如何?
今朝席卷孤篷看,依旧青山绿树多③。

郁郁层峦夹岸青，青山绿水去无声[4]。
烟波一棹知何许？鶗鴂两山相对鸣[5]。

【注释】

①水口：今福建古田县水口镇。绍熙二年（1191）四月，朱熹自漳州离任回崇安，途径水口，此诗当作于其时。

②蓑（suō 梭）：蓑衣，遮雨所穿。苏轼《定风波》词："一蓑烟雨任平生。"昨日：《宋诗钞·文公集》作"昨夜"。

③"今朝"二句：雨过天晴，依然风物秀美。富有化险为夷的理趣，是对人生境遇的一种体验。

④青山：《朱文公文集》《宋诗钞·文公集》作"春山"。

⑤鶗鴂（tí jué 提决）：即杜鹃。

淳熙甲辰仲春，精舍闲居，戏作武夷棹歌十首，呈诸同游，相与一笑[1]

武夷山上有仙灵，山下寒流曲曲清。
欲识个中奇绝处，棹歌闲听两三声。

一曲溪边上钓船，幔亭峰影蘸晴川[2]。
虹桥一断无消息，万壑千岩锁翠烟[3]。

二曲亭亭玉女峰[4]，插花临水为谁容[5]？
道人不复荒台梦[6]，兴入前山翠几重。

三曲君看架壑船[7]，不知停棹几何年？
桑田海水今如许[8]，泡沫风灯敢自怜[9]。

四曲东西两石岩[10]，岩花垂露碧㲯毶[11]。
金鸡叫罢无人见[12]，月满空山水满潭。

五曲高山云气深[13]，长时烟雨暗平林[14]。
林间有客无人识，欸乃声中万古心[15]。

六曲苍屏绕碧湾[16]，茅茨终日掩柴关[17]。
客来倚棹岩花落，猿鸟不惊春意闲。

七曲移船上碧滩，隐屏仙掌更回看[18]。
人言此处无佳景，只有石堂空翠寒[19]。

八曲风烟势欲开，鼓楼岩下水潆洄[20]。
莫言此处无佳景，自是游人不上来。

九曲将穷眼豁然，桑麻雨露见平川[21]。
渔郎更觅桃源路，除是人间别有天[22]。

【注释】

①淳熙甲辰：宋孝宗淳熙十一年（1184）。朱熹于这一年筑精舍于武夷山五曲平林洲。精舍：学舍，讲学之所。武夷山：在福建崇安县西南。

相传梁武夷君居此，故名。山有三十六峰，三十七岩，溪流缭绕其间，分为九曲，人称九曲清溪。朱熹首倡的武夷棹歌，首篇总咏，然后逐首分咏九曲之胜。历代赓和者多达二十余家。棹歌：船歌。棹，船桨。

②幔亭峰：在天柱峰左侧，峰顶平旷。相传武夷君于此设幔亭，宴会乡人。

③“虹桥”二句：传说武夷君在幔亭峰顶设宴招待乡人，于空中架虹桥接引二千余人上山。宴罢，乡人辞别下山。忽然风雨暴至，虹桥飞断。回视峰顶，岑寂如初。

④玉女峰：在二曲溪畔，高数十仞。峰顶花木参簇，恍如鬟髻，天然娟秀，有美女之态。两石附于后，如侍女随行之状。

⑤为谁容：《诗经·卫风·伯兮》：“岂无膏沐，谁适为容？”容，妆扮。

⑥荒台梦：一作“阳台梦”。指梦与巫山神女相会。见卷一王周《巫山庙》注③。

⑦架壑船：三曲的小藏峰，又名仙船岩，东壁石罅间悬空搁着两只船棺，即架壑船。

⑧桑田海水：即沧海桑田，喻世事变迁。旧题晋葛洪《神仙传·王远》：“麻姑自说云：‘接待以来，已见东海三为桑田。’”

⑨泡沫风灯：喻瞬息即逝。南朝陈徐陵《徐则法师碑》：“假矣生民，何其夭脆。譬彼风雷，同诸泡沫。”《万喜同归集》：“无常迅速，念念迁移。石火风灯，逝波残照，露华电影，不足为喻。”苏轼《孙莘老求墨妙亭》诗：“后来视今犹视昔，过眼百世如风灯。”

⑩东西两石岩：指四曲东岸的大藏峰和隔岸相对的仙钓台。

⑪毶毵（lán sān 蓝三）：毛羽散垂貌。这里形容草木纷披。

⑫金鸡：指金鸡洞。传说洞中有金鸡报晓。

⑬高山：《朱文公文集》作“山高”。

⑭平林：指五曲的平林渡一带。

⑮欸（ǎi）乃：行船桨橹声。唐柳宗元《渔翁》诗：“烟消日出不见人，欸乃一声山水绿。”

⑯苍屏：指六曲的苍屏峰，因青苍屏立，故名。

⑰茅茨:茅屋。柴关:柴门。

⑱隐屏:又名大隐屏,在五曲。仙掌:即仙掌峰,在六曲。

⑲“人言”二句:一作“却怜昨夜峰头雨,添得飞泉几道寒”。

⑳鼓楼岩:一名“仙家楼台”,在八曲溪旁。岩前山石罗列,仰望如重楼飞阁。潆洄:水流回旋盘绕。

㉑“九曲”二句:晋陶潜《桃花源记》写渔人从山洞进入桃花源,有云:“初极狭,才通人,复行数十步,豁然开朗。土地平旷,屋舍俨然,有良田美池桑竹之属。”此用其语意。

㉒“渔郎”二句:意谓不必更找世外桃源,武夷山的清溪九曲,就是人间仙境。

陈　渊

陈渊,字知默,初名渐,字几叟,号默堂,南剑州沙县(今属福建)人。杨时弟子,传二程之学。绍兴五年(1135),赐进士出身。七年(1137),诏举直言敢谏之士,以胡安国荐,除御史。累迁右正言,终宗正少卿。为诗不甚雕琢,时露真趣。著有《默堂集》。

和司录行县道中,偶风雨有感之作①

荼蘼卧雨有余态②,芍药倚风无限情③。
正是江南花欲尽,淡云来往日微明。

【注释】

①原题二首,此选其一。司录:司录参军的简称。掌府衙庶务,户婚诉讼,通书六曹案牒。

②荼蘼:见卷二梅尧臣《京师逢卖梅花》注③。按:荼蘼暮春开花,居二十四番花信风之二十三候,故下言"江南花欲尽"。宋王洪《暮春游小园》诗:"开到荼蘼花事了。"

③芍药:见卷三秦观《春日》注④。按:古人称芍药为殿春之花,故有"婪尾春"之名(婪尾,最后一杯酒。因借指殿后)。

萧德藻

萧德藻,字东夫,号千岩居士,长乐(今属福建)人。绍兴三十年(1160)进士。曾任乌程(今浙江湖州)县令。后即定居于乌程屏山。早年曾从曾幾学诗。后与尤袤、杨万里、范成大、陆游并称。杨万里序其诗云:"近世之诗人,若范石湖(成大)之清新,尤梁溪(袤)之平淡,陆放翁(游)之敷腴,萧千岩之工致,皆余之所畏者云。"(《诚斋集》卷八十一《千岩摘稿序》)尤袤亦赞其诗风高古。著有《千岩摘稿》,今已亡佚。

古　梅[1]

湘妃危立冻蛟背[2],海月冷挂珊瑚枝[3]。
丑怪惊人能妩媚[4],断魂只有晓寒知。

百千年藓着枯树，三两点春供老枝[⑤]。
绝壁笛声那得到，只愁斜日冻蜂知[⑥]。

【注释】

①清潘德舆《养一斋诗话》卷五:“宋人萧德藻梅诗,有‘江妃危立冻蛟背,海月冷挂珊瑚枝’,看似崛强,实与‘雪满山中高士卧,月明林下美人来’(按,明人高启诗),一太熟,一太生,同是诗家左道。凡学诗者,入手即辟此二种,方有根基可望,勿认萧君二语胜于季迪(高启)也。”陈衍《宋诗精华录》卷三评此诗云:“梅花诗之工,至此可叹观止。非和靖所想得到矣。”又评其二云:“首二句,可作前一首注解。”

②湘妃:见卷四陆士规《黄陵庙》注①②。这里借喻梅花之贞洁。冻蛟背:形容梅树负雪蟠屈之状。

③珊瑚枝:热带海中腔肠动物分泌的石灰质骨骼,聚连有如树枝。故名。这里喻梅枝。

④丑怪惊人能妩媚:指古梅老干盘曲,形状丑怪,而傲寒开花,风骨凛然,能给人以妩媚之感。《新唐书·魏徵传》载唐太宗语:“人言(魏)徵举动疏慢,我但见其妩媚耳。”

⑤“百千”二句:宋张道洽《咏梅杂诗》:“百余年树未为古,三四点花何限春。”语意即本此诗。三两点:《后村千家诗》作“一两点”。

⑥“绝壁”二句:意谓古梅生于绝壁之上,《梅花落》的笛声吹它不落,却担心被斜阳所照和寒蜂所采。极写孤高不求知赏的品格。笛声:指笛曲《梅花落》。元王冕《白梅》诗:“疏花个个团冰雪,羌笛吹他不下来。”亦借写冰雪坚贞之操,可参看。

范成大

范成大(1126—1193),字致能,号石湖居士,苏州吴县(今江苏苏州)人。绍兴二十四年(1154)进士。乾道三年(1167),知处州。六年(1170),使金,不畏强暴,刚直有气节。后知静江府兼广西道安抚使,四川制置使、知成都府,所至有政绩。淳熙五年(1178),为参知政事,仅两月,被劾罢。晚年退居故乡石湖。

工诗,与尤袤、杨万里、陆游合称“南宋四大家”。曾受江西诗派影响。诗风清新朴素,长于绝句。使金途中所作绝句七十二首,感事伤时,充满爱国热情。晚年所作《四时田园杂兴》六十首,尤为人称道,颇能反映农村生活面貌和真实感受,生活气息和艺术感染力较强。部分作品因受释道思想影响,亦常流露消极情绪。有《范石湖集》。

次韵陆务观慈姥岩酌别二绝①

送我弥旬未忍回②,可怜萧索把离杯③。
不辞更宿中岩下④,投老余年岂再来⑤!

明朝真是送行人,从此关山隔故情⑥。
道义不磨双鲤在⑦,蜀江流水贯吴城⑧。

【注释】

①陆务观:即陆游。见本卷作者介绍。慈姥岩:在今四川青神县东北五里之中岩,岩下有潭,传说为慈姥龙所居。岩前有寺,作者和送行友人即宿于寺中。按:范成大于淳熙元年(1174)十月任四川制置使、知成都,次年秋到任,即邀请陆游入幕任参议官。淳熙四年(1177)夏离成都,陆游和其他友人送至眉州(今四川眉山),在慈姥岩饮酒话别。陆游赠诗送行,至“挥泪失声”(见作者另一诗题),作者亦有“泪落中岩水不流”之句。这

二首是次韵还答之作，具见两人交谊之深。

②弥旬：满旬，即经过十多天。旬，十天。

③把离杯：持酒话别。把，手持。

④中岩：即慈姥岩。

⑤投老：到了老年。投，到、临。

⑥“明朝”二句：作者《吴船录》卷上记当时惜别情景，有云：“癸未（六月十五日）早食后，与送客出寺，至慈姥岩前，徘徊皆不忍分袂。复班荆小饮岩下。须臾风雨大至，岩溜垂下如布，雨映松竹，如玉尘散飞，诸宾各即席作诗，不觉日暮，皆不成行。下山复入宿寺中。”送行人：《范石湖集》作“送人行”。

⑦不磨：不灭。双鲤：指书信。古乐府《饮马长城窟行》：“客从远方来，遗我双鲤鱼。呼童烹鲤鱼，中有尺素书。”这句是说道义之交永久不灭，相嘱别后常通书信，以慰渴念。

⑧蜀江流水贯吴城：言两地情思相通。蜀江，指陆游客居之地。吴城，今江苏苏州，作者故乡。

四时田园杂兴[1]

春日田园杂兴之十

种园得果仅偿劳[2]，不奈儿童鸟雀搔[3]。
已插棘针樊笋径[4]，更铺鱼网盖樱桃。

晚春田园杂兴之九

谷雨如丝复似尘[5]，煮瓶浮蜡正尝新[6]。
牡丹破萼樱桃熟，未许飞花减却春[7]。

冬日田园杂兴之一

斜日低山片月高，睡余行药绕江郊⑧。
霜风扫尽千林叶⑨，闲倚筇枝数鹳巢⑩。

冬日田园杂兴之四

松节然膏当烛笼⑪，凝烟如墨暗房栊⑫。
晓来净拭南窗纸⑬，便觉斜阳一倍红。

【注释】

①原题共六十首，前有小引云："淳熙丙午（1186），沉疴少纾，复至石湖旧隐，野外即事，辄书一绝，终岁得六十篇，号《四时田园杂兴》。"原分"春日""晓春""夏日""秋日""冬日"五组，每组十二首。

②偿劳：偿还所付出的劳动。

③搔：损害。汉刘向《新序·杂事》载楚人忌梁人瓜好，晚上偷偷去"搔瓜"，使瓜焦死。

④棘针：指荆棘。樊：围起篱笆。

⑤谷雨：二十四节气名，在公历四月十九、二十或二十一日。这里指谷雨节前后下的雨。

⑥浮蜡：指新酒熟时，酒面上黄色的泡沫。

⑦飞花减却春：唐杜甫《曲江》诗："一片花飞减却春。"

⑧行药：见卷一赵师秀《池上》注①。

⑨扫尽：《范石湖集》作"捣尽"。

⑩筇枝：竹杖。鹳（guàn 贯）：形如鹭，捕鱼虾为食。巢于水边高树上。

⑪然：即"燃"。膏：油。烛笼：灯笼。这句指取松树枝干中有油脂处，

燃点照明，以代灯烛。

⑫房栊：窗户。

⑬晓来：《范石湖集》作“晚来”，宜从。净拭：《范石湖集》作“拭净”。

泊衡州[1]

客里仍哦对雨吟，夜来星月晓还阴。
空江十日无春事，船到衡阳柳色深。

【注释】

①衡州：治所在今湖南衡阳。按：淳熙元年(1174)冬，作者奉命帅蜀，次年春，自桂林(广西安抚使任上)起行，入湖南，过衡阳，不渡洞庭，而西渡赤沙湖，由华容、石首一带转至江陵登舟入蜀。诗为过衡阳时作。

喜收知旧书，复畏答书[1]

故人寥落似晨星[2]，珍重书来问死生。
笔意不如当日健，鬓边应有雪千茎[3]。

强裁尺素答相思[4]，两目昏眵腕力疲[5]。
牵率老夫今至此[6]，门前犹说报书迟[7]。

【注释】

①知旧：知交，旧友。书：书信。清吴伟业《梅村》诗：“惯迟作答爱书来。”即用此题意。

②寥落如晨星：喻稀少。唐韩愈《华山女》诗：“黄衣道士亦讲说，座下寥落如明星。”

③应有：《范石湖集》《宋诗钞·石湖集》作“应也”。兼人我而言，义

较长。雪千茎:喻白发繁多。

④强裁尺素:指强打精神,裁笺作答。尺素,古人写信用长一尺左右的绢帛,后因作书信的代称。

⑤昏眵:指年老视力模糊。眵(chī 痴),俗称眼屎。《范石湖集》《宋诗钞·石湖集》作“眵昏”。

⑥牵率:亦作“牵帅”。牵引、勉强之意。《左传·襄公十年》:“牵帅老夫,以至于此。”今:《范石湖集》作“令”。

⑦报书:回信。

题画卷[①]

凿落秋江水石明[②],高枫老柳两滩横。
君看叠巘云容变[③],又有中宵雨意生[④]。

【注释】

①原题五首,此选其一。

②凿落:酒器。唐韩愈《晚秋郾城夜会联句》:“酡颜倾凿落。”这里喻秋江明净,使人心醉。

③叠巘(yǎn 演):高峰。

④中宵:半夜。

秋　蝉

断角斜阳触处愁[①],亭前搔首日悠悠[②]。
世间最有蝉堪恨,送尽行人更送秋。

【注释】

①断角:断续的画角声。角声呜咽,以喻秋蝉的哀鸣。触处:到处。

②亭:指长亭。送别之地。搔首:抓头焦思,表示思绪烦乱,唐杜甫

《梦李白》诗:“出门搔白首,若负平生志。”

杨万里

杨万里(1127—1206),字廷秀,号诚斋,吉州吉水(今属江西)人。绍兴二十四年(1154)进士。任永州零陵丞。孝宗初,知奉新县。召为国子监博士,历太常丞、太子侍读等。淳熙末,以议配享忤孝宗,出知筠州。光宗即位,召为秘书监。又出任江东转运副使。宁宗朝,以宝谟阁学士致仕。后屡召不赴。为官刚正,不畏权势;主张抗金,反对苟安,为时人所称。

早年曾受学于张浚,勉以正心诚意之学,因自名其室为“诚斋”。工诗,为南宋四大家之一。尤擅七绝。初学江西诗派,又学王安石,后崇晚唐,风格清新活泼,语言平易自然,饶有情趣,自成一家,时称“诚斋体”。有《诚斋集》。

读《贞观政要》①

拔士新丰逆旅中②,怀贤鸭绿水波东③。
酒倾一斗彘肩客④,醋设三杯羊鼻公⑤。

【注释】

①《贞观政要》,唐吴兢撰。共十卷四十篇。分类编录唐太宗与魏徵、房玄龄、杜如晦等大臣的问答、诤议和奏疏等,以见唐太宗贞观年间政事的纲要,作为封建统治的典范。

②拔士新丰逆旅中：唐马周贫穷而有学识，赴长安求功名，寄宿于新丰旅店。店主人看不起他，不招待吃饭，他也不在意，命酒自酌。后来他替中郎将常何代拟的奏章，得到唐太宗赏识，常何说明出于马周之手，太宗即日召见，令直门下省，后授监察御史。新丰，今陕西新丰镇一带。逆旅，旅店。

③怀贤鸭绿水波东：贞观十九年(645)，唐太宗出征高丽，劳而无功，深为后悔，感叹说："魏徵如果还活着，一定不让我干这件事！"鸭绿，即鸭绿江。我国与朝鲜的界水。

④酒倾一斗：指马周在新丰旅店受主人冷遇，命酒一斗八升，悠然自酌。鸢(yuān 渊)肩：双肩耸起如鸢(老鹰)。《新唐书·马周传》说马周"鸢肩火色"，其貌不扬。

⑤醋设三杯羊鼻公：羊鼻公，唐太宗对魏徵的戏称。旧题唐柳宗元《龙城录·魏徵嗜醋芹》："有日退朝，太宗笑谓侍臣曰：'此羊鼻公，不知遣何好而能动其情？'侍臣曰：'魏徵好嗜醋芹。'"

和仲良催看黄才叔秀才南园牡丹①

愁雨留花花已烂②，作晴犹喜两朝寒③。
山城春事无多子④，可缓黄园看牡丹。

【注释】

①仲良：姓张，名材，山东人，曾任湖南零陵县司法参军。是作者任零陵县丞时的同僚。黄才叔：不详。

②烂：形容花光照眼。

③作晴：天气转晴。

④无多子：不多。子，语助词。作者《秋晓出郊》诗："丰年气象无多子，只在鸡鸣犬吠中。"

不寐听雨

雨到中宵寂不鸣，只闻风拂树梢轻。

瓦沟收拾残零水，并作檐间一滴声[1]。

【注释】

①“瓦沟”二句：夜半雨止后，檐溜由大变小，由急变缓，最后瓦沟里残留的雨水并流为一滴，缓缓地滴落。写不眠听雨的过程和心理，十分细腻真切。

甲申上元前，闻家君不快，西归见梅有感[1]

官路桐江西复西[2]，野梅千树压疏篱。
昨来都下筠篮底[3]，三百青钱买一枝[4]！

千里来为五斗谋[5]，老亲望望且归休[6]。
春光尽好关侬事[7]，细雨梅花只做愁。

【注释】

①甲申：指宋孝宗隆兴二年(1164)。上元：农历正月十五，即元宵节。家君：父亲。不快：身体不适。这年作者从杭州回家乡江西探亲，沿江西行，故称西归。

②官路：官修的大路。桐江：钱塘江中游自建德至桐庐一段，称桐江。

③都下：指南宋行都杭州。筠篮：竹篮。底：里面。

④三百青钱买一枝：三百钱，当时可买米三四斗之多。言都市花价之贵。这是因路见村落千树野梅而生的感触。

⑤五斗谋：指为糊口而作官。五斗，指微薄的薪俸。晋陶潜为彭泽令，上级派人来，要他整装迎接，他说：“吾不能为五斗米折腰，拳拳事乡里小人！”于是弃官而去。见《晋书·陶潜传》。

⑥望望：再三瞻望貌。归休：回去吧。休，语助词。

⑦尽好：尽管好，虽好。关侬事：干我什么事？即与我不相干。

舟中戏题[1]

花处青山柳处溪，新来宿处旧曾炊。
到家失却行程历[2]，只检西归小集诗[3]。

【注释】

①淳熙六年(1179)，离常州任，西归家乡时作。

②行程历：按日所纪的行程。历，日历。

③西归小集：作者将去官西归途中所作之诗编入《西归集》，此诗即在其中。

过安仁市得风挂帆[1]

西望柯山正蔚蓝[2]，衢州只在此山南[3]。
却愁路尽风犹剩，回纳清风与破帆[4]。

【注释】

①安仁市：即安仁镇，在今浙江衢州市东四十里。淳熙六年(1179)，西归途中作。

②柯山：指烂柯山，在今浙江衢州市南。传说为王质入山砍柴，观棋烂柯处。参见卷二欧阳修《梦中作》注②。

③衢州：今浙江衢州市。玩诗意，为舟行望宿之地。

④"却愁"二句：是说只怕一天的行程结束，而风还不止，那就只好把它奉还给卸下的破帆了。口气很幽默。回纳：犹回奉。奉还所赠之物。宋人书信常用语。

钓雪舟倦睡[1]

小阁明窗半掩门，看书作睡正昏昏。

无端却被梅花恼[2]，特地吹香破梦魂[3]。

【注释】

①诗前原有小序云："予作一小斋，状似舟，名以'钓雪舟'。予读书其间，倦睡，忽一风入户，撩瓶底梅花极香，惊觉，得绝句。"

②恼：撩拨，引逗。即序中"撩瓶底梅花极香"之"撩"。王安石《夜直》诗："春色恼人眠不得，月移花影上栏干。"

③特地：特意，故意。

丁酉四月一日之官毗陵，舟行阻风，宿椆陂江口[1]

虫声两岸不堪闻，把烛销愁且一尊[2]。
谁宿此船愁似我？船篷犹带烛烟痕。

千里江山一日程，出山似被北风嗔[3]。
东窗水影西窗月，并照船中不睡人[4]。

【注释】

①丁酉：宋孝宗淳熙四年(1177)。作者于此年知常州。之官：赴任。毗陵：今江苏常州。椆(zhōu 周)陂江：一作周陂江，距作者家乡不远。陈衍《宋诗精华录》卷三选录其一，评云："水宿情况，今人不复知矣。"

②把烛：持烛。一尊：一杯。指酒。

③嗔(chēn)：怪罪。

④并照：同照。

游定林寺，即荆公读书处[1]

钟山已在万山深，更过钟山入定林。

穿尽松杉行尽石，一庵犹隔白云岑[②]。

一个青童一蹇驴，九年来往定林居[③]。
经纶枉被周公误[④]，相罢归来始读书。

半破僧庵半补篱，旧题无复壁间诗[⑤]。
只余手植双桐在，此外仍兼洗砚池。

【注释】

①定林寺：在今江苏南京东钟山（俗称紫金山）。后废，孝宗乾道末年徙建于南京东南方山。荆公：即王安石。

②白云岑（cén）：白云弥漫的山峰。

③“一个”二句：青童：道童。蹇驴：驽钝的驴子。蹇，跛，行动迟缓。王安石晚年退居钟山时，出门则骑驴，以一童自随。宋叶梦得《避暑录话》卷上：“王荆公不耐静坐，非卧即行。晚卜居钟山谢公墩，自山距州城适相半，谓之半山。畜一驴，每食罢，必日一至钟山，纵步山间，倦则即定林而睡，往往至日昃乃归，率以为常。有不及终往，亦必跨驴半道而还，未尝已也。”王安石自神宗熙宁九年（1076）十月再次罢相，退居江宁钟山，至哲宗元祐元年（1086）四月去世，前后共九年多，故云“九年来往定林居”。

④经纶枉被周公误：王安石托古变法的根据是相传为周公所著的《周礼》，他亲自为《周礼》作注，列于“新学”。新法受到重重阻挠和反对，王安石亦因之罢相。所以说被周公所误。经纶，治理国家大事。

⑤旧题无复壁间诗：宋吴聿《观林诗话》：“今金陵定林寺壁，荆公书数百字，未见赏音者。”又，贺铸曾在定林寺壁间题诗一绝，云：“破冰泉脉漱篱根，坏衲遥疑挂树猿。蜡屐旧痕寻不见，东风先为我开门。”王安石见了大加称赏，由此知名。见《诗话总龟》前集卷十一引《王直方诗话》。这里是说寺院荒败，旧迹难寻。

蝶

篱落疏疏一径深，树头先绿未成阴。
儿童急走追黄蝶，飞入菜花无处寻[1]。

【注释】

①菜花：油菜花，色黄。故黄蝶飞入，不能辨寻。

中秋前二夕钓雪舟中静坐[1]

去岁中秋政病余[2]，爱他月色强支吾[3]。
今年老矣差无病[4]，后夜中秋有月无？

【注释】

①原题二首，此选其二。钓雪舟：见《钓雪舟倦睡》注①。

②政：同“正”，刚刚。病余：病后。

③支吾：同“枝梧”。支持，支撑。

④差：较。

明发房溪[1]

山路婷婷小树梅[2]，为谁零落为谁开？
多情也恨无人赏，故遣低枝拂面来。

【注释】

①原题二首，此选其一。明发：天色刚发亮。《诗经·小雅·小宛》：“明发不寐，有怀二人。”朱熹集传：“明发，谓将旦而光明开发也。”这里指黎明启程。房溪：在今广东梅县。

②婷婷：美好貌。陈师道《黄梅》诗："冉冉梢头绿，婷婷花下人。"这里是比喻梅花美好的风姿。

张孝祥

张孝祥（1132—1169），字安国，号于湖居士，和州乌江（今属安徽）人。绍兴二十四年（1154）进士第一。疏请昭雪岳飞，为秦桧所忌。孝宗朝，累迁中书舍人，直学士院，领建康留守，因赞助张浚北伐，罢职。后知荆南府，为荆湖北路安抚使，兴办水利，有政绩。乾道五年（1169），因病退居芜湖，旋卒。

平生意气豪迈，不忘恢复大计。工诗词，诗风潇洒，词境雄阔。著有《于湖集》。

和如庵①

厌听诸方三昧禅②，却思夜雨对床眠③。
欲知千偈如翻水④，看取朝来绿涨川。

【注释】

①原题六首，此选其一。如庵：昭亭山广教讲寺长老。作者对他很敬仰，诗集中有多首怀赠之作。《重入昭亭赋二十韵》有云："如庵说千偈，微辞谛真诠。静极炷炉熏，对床且安眠。"可与此首互参。昭亭山：即敬亭山，在今安徽宣城北。

②诸方：指多种佛法。苏轼《荣师湛默堂》诗："诸方人人把雷电。"三昧禅：佛教指排除一切杂念，使心神归于平静。三昧，梵文音译，意为"定"

"正定"。《智度论》卷七:"善心一处不动,是名三昧。"

③夜雨对床眠:见卷二苏辙《逍遥堂会宿》注①④。

④千偈如翻水:形容口诵偈语,滔滔不断。南朝梁慧皎《高僧传·鸠摩罗什》:"从师受经,日诵千偈。偈有三十二字,凡三万二千言。"苏轼《金山妙高台》诗:"机锋不可触,千偈如翻水。"偈(jì 计),佛经中的颂词。梵语偈佗的简称。四句为一偈,每句三、四、五、六、七言以至多言不等。

题定山寺①

蹇驴夜入定山寺②,古屋贮月松风清③。
止闻挂塔一铃语④,不见撞钟千指迎⑤。

千山苍茫月东出, 万木摆摇风怒号。
幽人隐几抚群动, 清灯明灭炉烟高⑥。

【注释】

①《宋百家诗存》题共四首,题下注云:"时十六岁。"此其一、二。《宋诗纪事》录其一,题注"时"作"时年"。《于湖集》题共二首,无题注。定山寺:在今江苏江阴市东二十五里定山。原名飞锡庵,唐贞观中建,为法响禅师驻锡处。宋绍兴中改名定山寺。

②蹇驴:见本卷杨万里《游定林寺即荆公读书处》注①。

③古屋贮月松风清:写寺中月光盈溢,松风清爽。苏轼《汲江煎茶》诗:"大瓢贮月归春瓮……松风忽作泻时声。"此似用其字面。按:作者爱读苏轼诗,玩此诗用语,可见一斑。

④止闻:只闻。《宋诗纪事》作"正闻"。挂塔一铃语:指塔上檐铃在风中作声。定山寺有塔名普照。苏轼《大风留金山两日》诗:"塔上一铃独自语。"

⑤撞钟千指迎:指寺院敲钟,召集僧人迎客。千指,一百人(每人十

指）。形容僧人众多。苏轼《宿海会寺》诗：“大钟横撞千指迎，高堂延客夜不扃。”又《与王郎昆仲及儿子迈晚入飞英寺》诗之四：“撞钟履声集，颠倒云山衣。”

⑥“幽人”二句：写收心澄虑的禅定境界。灯影炉烟，弥见其静。隐几：斜靠在几案上。隐，倚。《庄子·徐无鬼》：“隐几而坐，仰天而嘘。”抚群动：安抚内外嚣动，使归于静寂。群动，泛指一切活动声息。这两句用苏轼《宿净土寺》诗：“闭门群动息，香篆起烟缕。”

送纸衾韩中父再用韵①

雪中纸衾有奇趣，暖香夜作椒兰熏②。
毗邪丈室本无病③，天女为散花纷纭④。

【注释】

①原题二首，再用韵二首，此选其一。按：本书乾隆三十五年被刻本此诗系于《题定山寺》之下，商务本据宋刊《于湖集》订正补目，并谓道甫原选盖据缺叶之本而误系。今校《宋百家诗存》，此诗亦系于《题定山寺》之下，题共四首，此其三。或所据与道甫相同，或正为道甫原选所从出（《宋百家诗存》刻于乾隆六年，早道甫之刻三十年）。纸衾（qīn 侵）：纸做的轻软被子。

②“雪中”二句：写纸被温软舒适而有清香。椒、兰：都是香草。《荀子·议兵》：“芬若椒兰。”陆游《寄谢朱文纸被》诗：“纸被围身度雪天，白于狐腋暖于绵。”

③毗邪丈室：指维摩诘所居。毗（pí 皮）邪，一作“毗耶”。梵语音译，义译平整庄严。古印度大城名。一说国名。相传为释迦牟尼逝世地。《维摩诘经·方便品》：“尔时毗邪大城中，有长者名维摩诘。”维摩诘居丈室称病，诸菩萨往视疾，闻所说法。

④天女为散花纷纭：《维摩诘经·观众生品》：“时维摩诘室有一天女，见诸大人闻所说法，便观其身，即以天华散诸菩萨、大弟子上，华至诸菩萨

即皆堕落,至大弟子便着不堕。”华,同“花”。这里以天女散花喻雪花纷飞。陆游《夜大雪歌》:“初疑天女下散花。”

吕本中

吕本中(1084—1145),初名大中,字居仁,学者称东莱先生。寿州(治今安徽凤台)人。吕公著曾孙,吕好问之子。以荫授承务郎。绍圣间,以元祐党人子弟免官。元符中,辟大名府帅司干官。宣和六年(1124),除枢密院编修。靖康初,为祠部员外郎,再直秘阁。绍兴六年(1136),特赐进士出身。历起居舍人,中书舍人,权直学士院。曾上书陈恢复大计。以与赵鼎善,忤秦桧,被劾罢。

诗学黄庭坚、陈师道,而主自然圆转如弹丸,号活法。亦重李白、苏轼,风格较为明畅。南渡后有悲慨时事之作。著有《东莱先生诗集》《紫微诗话》《江西诗社宗派图》等。

昨日晚归,戏成绝句,呈子之,兼烦转示进道丈①

春愁如故妨人乐, 旧藓新苔不暂晴。
想见江郎闭船卧②,满川风雨报天明③。

【注释】

①原题三首,此选其三。子之:江端本,字子之,陈留(今属河南)人。江休复之孙。母为刘敞之女。诗入江西派。兄弟三人,兄端礼、端友,并

有文名。早年以元祐党人子弟,隐居不求仕进。进道丈:姚述尧,字进道,号何山道人,华亭(今上海松江)人。丈,对长辈的尊称。

②江郎:指江子之。

③满川:见卷二苏舜钦《淮中晚泊犊头》注③。

正月末雪中有作[①]

柳着河冰雪着船,小桃应误取春怜[②]。
床头有酒须君醉,又废蒲团一夜禅[③]。

【注释】

①有作:《宋百家诗存》作“有酌”。

②“柳着”二句:是说春寒冰雪未化,桃花的花期该被延误了。着:粘着,堆积。取春怜:得到春天的爱抚。指开花。

③“床头”二句:写饮酒而废了坐禅。蒲团:见卷三秦观《绝句》注⑥。

送文潜归,因成一绝奉寄[①]

水天空阔片帆开,野岸萧条送骑回[②]。
重到张公泊船处,小亭春在锁青苔。

【注释】

①文潜:即张耒。见卷三作者介绍。

②送骑(jì 计):骑马送客的人。

示沈宗师[①]

九日狂阴一日晴[②],落花飞絮作清明。
与君携手南楼去[③],共听长江月下声。

【注释】

①沈宗师:仪真(今江苏仪征)人。喜与元祐党人子弟交往,与吕本中唱酬最多。其子公雅从学于吕本中,并编次吕本中诗集,刊行于世。见曾幾《东莱先生诗集后序》。

②狂阴:极言天气阴晦。

③南楼:一名玩月楼、庾楼。在今湖北鄂州市南。晋庾亮曾与属吏登楼玩月。参见卷一王嵒《回旧山》注②。

周紫芝

周紫芝,字少隐,号竹坡居士,宣城(今属安徽)人。从李之仪、吕本中游。家贫力学,两以乡贡赴礼部,皆下第。绍兴中举进士。历右迪功郎敕令所删定官,枢密院编修官。绍兴二十一年(1151),出知兴国军。秩满奉祠归庐山。著有《太仓稊米集》《竹坡诗话》。

将别湖居

西子湖边一短窗①,几年和雨看湖光。
青山换得微官去,鱼鸟应须笑漫郎②。

【注释】

①题共二首,此选其二。西子湖:杭州西湖的别称。因苏轼《饮湖上初晴后雨》诗“欲把西湖比西子,淡妆浓抹总相宜”而得名。

②鱼鸟:游息于江湖山林之地,是隐者的伴侣。三国魏嵇康《与山巨

源绝交书》:“游山泽,观鱼鸟,心甚乐之。”漫郎:唐时元结自称浪士,后任官为郎,时人以为浪者漫为官,称之为“漫郎”。这里借以自比。

楼　钥

楼钥(1137—1213),字大防,号攻媿主人,明州鄞县(今浙江宁波)人。隆兴元年(1163)进士。乾道中,以书状官从汪大猷使金,记途中见闻,成《北行日录》。光宗时,任起居郎兼中书舍人,兼直学士院。后以论事忤韩侂胄,去官。侂胄被杀,起为翰林学士,迁吏部尚书兼翰林侍讲。后同知枢密院事,进参知政事。散文以精博见称。能诗。有《攻媿集》。

过从子泽家①

楚楚新篁脱绿苞②,城居约略似荒郊。
土膏更得春风力③,直引蔷薇上竹梢。

【注释】

①从子:侄儿。

②楚楚:茂密貌。《诗经·小雅·楚茨》:“楚楚者茨,言抽其棘。”新篁:初生的竹。《攻媿集》《宋诗钞·攻媿集》作“初篁”。绿苞:嫩竹的外壳。

③土膏:泥土肥沃滋润。《国语· 周语上》:“阳气俱蒸,土膏其动。”

陆　游

陆游(1125—1210),字务观,号放翁,越州山阴(今浙江绍兴)人。绍兴二十四年(1154),应礼部试,名列前茅,因论恢复,被黜落。孝宗即位,赐进士出身,任枢密院编修官。旋先后任建康、镇江、隆兴通判。乾道二年(1166),以"力说张浚用兵"罪,罢官。六年,起为夔州通判。八年,入四川宣抚使王炎幕,从军至南郑。范成大帅蜀,为参议官。淳熙五年(1178),东还。七年,提举江西常平茶盐公事,以发粟赈灾,被劾罢官。十六年,任礼部郎中,又被劾罢。回乡闲居十余年。嘉泰二年(1202),被召修孝宗、光宗两朝实录,次年完成,升宝谟阁待制,致仕。

一生抗战报国之志始终不渝,传世诗作九千多首,大都洋溢着爱国热情。梁启超称誉说:"集中十九从军乐,亘古男儿一放翁!"(《读陆放翁集》)除风格豪迈的诗篇外,也不乏清新婉丽之作。词亦有名,明杨慎评为"纤丽处似淮海,雄慨处似东坡"。有《剑南诗稿》《渭南文集》。

楚　城①

江上荒城猿鸟悲，隔江便是屈原祠②。
一千五百年来事，只有滩声似旧时③！

【注释】

①楚城:在今湖北秭归县东。楚国最初建都之地。淳熙五年(1178),奉命东归,过秭归作。

②屈原祠:在今湖北秭归县东南五里归乡沱。传说为屈原故居所在。见作者《归州重五》诗自注。

③"一千五百年"二句:从屈原去世(约前278),到陆游作此诗的淳熙五年(1178),有一千四百五十多年。举其成数而言,为一千五百年。这两句感慨江山易代,人事变迁,只有滩声依然如故。

秋风亭拜寇莱公遗像[①]

江上秋风宋玉悲[②],长官手自葺茅茨[③]。
人生穷达谁能料,蜡泪成堆又一时[④]。

【注释】

①原题二首,此选其一。乾道六年(1170)赴夔州任,途经巴东时作。作者《入蜀记》卷六云:"十月二十一日晚泊巴东县,谒寇莱公祠堂,登秋风亭,下临江山,是日重阴微雪,天气飕飕,复观亭名,使人怅然,始有流落天涯之叹。"秋风亭:在今湖北巴东县西,寇凖年轻及第,初知巴东县时所建。寇莱公:寇凖封莱国公,故称。详见卷一作者介绍。

②秋风宋玉悲:宋玉,战国楚人。所作《九辩》开头有"悲哉秋之为气也,萧瑟兮草木摇落而变衰"句,后人即称为宋玉悲秋。唐杜甫《咏怀古迹五首》之二:"摇落深知宋玉悲。"

③葺(qì 气):用茅草盖屋。

④"人生"二句:穷达,困厄和显达。传说寇凖好夜宴,不点油灯,而燃名贵蜡烛,连马棚、厕所里也通宵点烛。烛泪凝地,往往成堆。见欧阳修《归田录》卷一。高步瀛《唐宋诗举要》卷八:"放翁之意,盖谓(寇凖)在巴东俭约,而后宦达则豪侈也。"按:陈师道《后山谈丛》卷三:"莱公资豪侈,自布衣夜常设烛厕间,烛泪成堆,及贵,而后房无嬖幸也。"清王士禛即本

后山此说,谓寇準未显达时即已豪侈,为相后反俭约,此正英雄本色不可及处。不以陆游此诗为然。见《居易录》卷十二。

重阳

照明丹叶一林霜①,折得黄花更断肠②。
商略此时须痛饮③,细腰宫畔过重阳④。

【注释】

①照明:《剑南诗稿》作"照江"。丹叶:指经霜而变红的枫叶。

②黄花:菊花。重阳节有饮菊花酒的习俗。

③商略:准备,打算。

④细腰宫:指楚宫。《韩非子·二柄》:"楚灵王好细,而国中多饿人。"唐李商隐《闻歌》诗:"青冢路边南雁尽,细腰宫里北人过。"

寄题朱元晦武夷精舍①

蝉蜕岩间果是无, 世人妄想可怜渠②。
有方为子换凡骨, 来读晦庵新著书③。

山如嵩少三十六④,水似邛崃九折途⑤。
我老正须闲处着⑥,白云一半肯分无⑦?

【注释】

①原题五首,此选其二、其五。淳熙十年(1183)九月作于山阴。朱元晦:即朱熹。见本卷作者介绍。武夷精舍:见朱熹《淳熙甲辰仲春精舍闲居戏作棹歌十首》注①。

②"蝉蜕"二句:是说修道尸解,纯属虚无;可怜世上有人还是痴心妄

想。蝉蜕:蝉蜕壳。宗教家谓修道者死后,留下形骸,魂魄散去成仙,如蝉之脱壳,即所谓尸解。唐释贯休《经旷禅师院》诗:"再来寻师已蝉蜕。"渠:他。指妄想尸解的世人。

③"有方"二句:是说有办法脱换凡胎俗骨,那就得认真读朱熹的最新著作。这是称颂朱熹的客气话。陈衍《宋诗精华录》卷三评云:"恐未必然。亦过屠门而大嚼,贵且快意耳。"晦庵:朱熹的号。

④嵩少:指嵩山。在今河南登封市北。东太室山,西少室山,相距七十里,总名嵩山。因山石有室而名。三十六:指武夷山三十六峰。

⑤邛崃(qióng lái 穷来):指邛水。在今四川邛崃市南。源出邛崃山,东流至新津县,入岷江。九折途:形容水道曲折。这里指武夷山的九曲清溪。

⑥闲处着:置身闲散之地。着,安置。

⑦白云一半肯分无:问能否分取山中归隐之地。用南朝梁陶弘景诗。见卷一太宗《赐陈抟》注②。

排　闷[1]

西塞山前吹笛声[2],曲终已过雒阳城[3]。
君能洗尽世间念, 何处楼台无月明。

【注释】

①题共六首,此选其二。绍熙四年(1193),闲居山阴时作。

②西塞山:在今湖北大冶市东九十里长江边。一名道士矶。作者《入蜀记》云:"晚过道士矶,石壁数百尺,色正青,了无窍穴,而竹树迸根,交络其上,苍翠可爱。自过小孤,临江峰嶂,无出其右。矶一名西塞山,即玄真子《渔父辞》所谓'西塞山前白鹭飞'者。"按:一说玄真子(张志和)《渔父辞》所写之西塞山,在旧浙江吴兴县西。

③雒(luò 洛)阳城:即洛阳城。但按之方位不合,这里似指雒城。古城在今四川广汉市北,自古为争蜀之战略要地。

湖村月夕[1]

客路风尘化素衣[2]，闲愁冉冉鬓成丝[3]。
平生不负月明处，神女庙前闻《竹枝》[4]。

【注释】

①题共四首，此选其一。

②风尘化素衣：见卷四陈与义《和张矩臣墨梅》注③。

③冉冉：渐渐。屈原《离骚》："老冉冉其将至兮，恐修名之不立。"

④神女庙：即巫山神女庙。见卷一王周《巫山庙》注①。《竹枝》：见卷一孙光宪《竹枝词》注①。

小雨极凉，舟中熟睡至夕[1]

舟中一雨扫飞蝇，半脱纶巾卧翠藤[2]。
残梦未离窗日晚[3]，数声柔橹下巴陵[4]。

【注释】

①淳熙五年(1178)，自成都东归，过岳阳作。

②纶(guān关)巾：青丝编的头巾，又名诸葛巾。相传为三国时诸葛亮所创。翠藤：指藤床。

③残梦未离：一作"清梦初回"。

④柔橹：指橹声轻柔。宋释道潜《秋江》诗："数声柔橹苍茫外，何处江村人夜归。"巴陵：今湖南岳阳。

建安遣兴[1]

建安酒薄客愁浓，除却哦诗事事慵[2]。

不许今年头不白，城楼残角寺楼钟。

【注释】

①建安:今福建建瓯市。淳熙六年(1179)新春,陆游任建安通判,仅半年。此诗即任上作。

②慵(yōng 庸):困倦,懒得动。

剑门道中遇微雨[①]

衣上征尘杂酒痕，远游无处不销魂[②]。
此身合是诗人未？细雨骑驴入剑门[③]。

【注释】

①剑门:亦名剑阁、剑门关,在剑州(今四川剑阁县)大剑山、小剑山之间,有阁道三十里,形势险要,为蜀地门户。原作"剑南",据《剑南诗稿》改。此诗为乾道八年(1172),陆游入蜀时作。

②销魂:心醉,神往。

③"此身"二句:唐代有不少诗人骑驴的佳话,如李白骑驴过华阴,孟浩然雪中骑驴,李贺骑驴觅句,孟郊骑驴苦吟,郑綮说"诗思在灞桥风雪中驴子背上"等等。陆游骑驴入蜀,不免引起联想,因而发出"此身合是诗人未"的自问。合是:应是,该是。按:在作为蜀道咽喉的剑门关,却以诗酒之身,"细雨骑驴"而入,这情景似乎是矛盾的,对于抱有报国之志的陆游来说,其感慨自不难想见。

枕上闻急雨[①]

枕上雨声如许奇[②],残荷丛竹更催诗[③]。
唤回二十三年梦，灯火云安驿里时[④]。

【注释】

①题共二首,此选其一。

②如许:如此。

③更催诗:《剑南诗稿》作“共催诗”。

④“唤回”二句:回忆二十三年前的蜀中往事,抚今追昔,心绪难平。作者这时退居故乡山阴,年已七十余。云安:今四川云阳县。

溪上醉吟[1]

行行不知溪路深[2],但怪素月生遥岑[3]。
不辞醉袖拂花絮, 与子更醉青萝阴。

【注释】

①淳熙十一年(1184)春,作于山阴。

②行行,不停地走。三国魏曹操《苦寒行》:“行行日已远,人马同时饥。”

③素月:皓月。素,白色。遥岑:远山。

夜　归[1]

芡浦菱陂夜半时[2],小舟更着疾风吹[3]。
青荧一炬枫林外[4],鬼火渔灯两不知[5]。

【注释】

①题共二首,此选其二。

②芡浦菱陂:指生长芡实和菱角的池塘。

③着:被,受。

④青荧一炬:一点青白色而闪动的光。

⑤鬼火:即磷火。尸体腐烂时所分解的磷化氢,能自动燃烧,夜间墓

地所见青白色火焰即是。俗称鬼火。

沈　园[1]

城上斜阳画角哀[2]，沈园无复旧池台[3]。
伤心桥下春波绿，曾是惊鸿照影来[4]。

梦断香销四十年，沈园柳老不飞绵[5]。
此身行作稽山土[6]，犹吊遗踪一怅然[7]。

【注释】

①沈园：故址在今浙江绍兴禹迹寺南。陆游二十岁左右娶表妹唐氏为妻，两人感情和好，但唐氏不容于陆母，被迫离婚，陆游十分痛苦。数年后，他在沈园偶然与已经改嫁的唐氏相遇，为作《钗头凤》词。不久，唐氏就郁郁去世（事见周密《齐东野语》卷一、陈鹄《耆旧续闻》卷十、刘克庄《后村先生大全集》卷一百七十八《诗后续集》。诸说略有异同，以刘克庄说较信实）。陆游晚年两过沈园，回首往事，总是触景伤感。第一次是绍熙三年（1192），写了一首感旧的七律；第二次即庆元五年（1199），写了这两首绝句。开禧元年（1205），又有梦游沈氏园二绝，可见他是如何不能忘情了。陈衍《宋诗精华录》卷三评云："无此绝等伤心之事，亦无此绝等伤心之诗。就百年论，谁愿有此事？就千秋论，不可无此诗。"原本"梦断"一首在前，现据《剑南诗稿》互易其次。

②城上斜阳画角哀：《后村诗话》引作"肠断城头画角哀"。画角，古代绘有彩饰的军乐器，多用在城头报时辰，其声凄凉。

③沈园无复旧池台：沈园原属沈氏，后属许氏，又改属汪氏，陆游于绍熙三年（1192）重游沈园时，已三易其主。这句是感叹园林易主，景物全非。无复，《剑南诗稿》作"非复"。

④曾是：《后村诗话》作"曾见"。惊鸿：三国魏曹植《洛神赋》："翩若

惊鸿。”形容女子体态轻盈。这里指唐氏。

⑤不飞绵：指柳树枯老，不再开花飘絮。绵，指柳絮。《后村诗话》作“不吹绵”。

⑥行作：将化为。稽山：会稽山，在绍兴东南。这句是说自己年过七十，将要入土。

⑦怅然：伤感而有所失貌。《剑南诗稿》《后村诗话》作“泫然”。

张良臣

张良臣，字武子，一字汉卿，号雪窗，大梁（今河南开封）人。南渡初，其父避兵乱徙家于鄞县（今浙江宁波）。隆兴元年（1163）进士。官止监左藏库。淳熙末卒。工诗，楼钥书其诗集后云：“武子闭门读书，室无长物。性嗜诗，不轻作，或终岁无一语，故所作必绝人。”有《雪窗小集》。

感　旧

三十六陂春水绿①，四十九年人事非②。
扬子江头永嘉后，吴侬荡桨北人稀③。

【注释】

①三十六陂：在今江苏扬州市。

②四十九年人事非：《淮南子·原道训》：“故蘧伯玉行年五十，而有四十九年非。”意谓活到半百，才知道以前四十九年中的错误。这里是痛苦地反省靖康之难后，故土沦陷，宋室南迁，自己也转徙江南，举目有山河之

异，不仅为一身之恨而已。

③“扬子”二句：感叹南渡后，南北隔绝，扬子江头划船的多为吴人，而很少有北方人了。扬子江：唐代于扬子津（今江苏江都区南）渡江抵京口（今江苏镇江），后置扬子县于此，因称今江都、镇江之间的长江为扬子江。永嘉：晋怀帝司马炽年号（307—313）。永嘉后四年，晋室南渡，是为东晋。这里是以东晋比拟南宋。

晓　行①

千山万山星斗落，一声两声钟磬清②。
路入小桥和梦过③，豆花深处草虫鸣。

【注释】

①元韦居安《梅磵诗话》卷上：“李元膺《秋晚早行》诗云：‘雾侵驼褐晓寒轻，星斗阑干野外明。寂寞小桥和梦过，豆田深处草虫鸣。’近世雪窗张武子亦有《早行》诗云（诗如上略）。末二句仅易三字，岂暗合耶？否则不无蹈袭之失。”按：李无膺，哲宗绍圣间人，曾为南京教官。

②钟磬：寺院诵经做佛事要撞钟击磬。磬（qìng 庆），形如钵，铜制。

③和梦过：形容早起上路，睡意未消，所过处恍惚如梦。

示长芦仁禅师①

丛丛竹雀闹人家，农事春来渐有涯。
品字柴头煨正暖②，不知风雪到梅花。

【注释】

①长芦：地名，在今江苏高淳区西北，靠近石臼湖，隔湖对安徽当涂县境。

②品字柴头煨正暖：把木柴叠搁成品字形，发火取暖。柴头，木柴坚

硬有节处。耐燃烧。煨,使火缓经久。宋无《答无功岁暮见寄》诗:“豆秸灰动拥炉天,品字煨残榾柮烟。”

酒　熟

浊醪初熟荐霜螯[1],不拟寒山不广骚[2]。
清晓豆花篱下立,竹枝独与月争高[3]。

【注释】

①浊醪(láo劳):浊酒。荐:进。霜螯(áo敖):秋天的螃蟹、下酒物。

②寒山:唐代僧人。大历中隐居天台翠屏山,山又名寒岩,因自号寒山子。能诗,与国清寺僧拾得友善而齐名。存诗三百余首,多类似佛家偈颂之作。王安石退居钟山时,有拟寒山、拾得诗二十首。广骚:汉扬雄哀屈原不遇于世,作《反离骚》以吊屈原,又依屈原《离骚》愿意作《广骚》。广,推扩其意。这句是说恬淡自得,哀乐不容于心。

③“竹枝”:《两宋名贤小集》作“竹梢”。

山房惠猫[1]

从来怜汝丈人乌[2],端正衔蝉雪不如[3]。
江海归来声绕膝,定知分诉食无鱼[4]。

【注释】

①山房:山中房舍。这里指僧舍。

②丈人乌:指黑猫。丈人,对猫的戏称。兔子、乌鸦、蜻蜓、结草虫等,都有“丈人”之称。

③衔蝉:指猫。黄庭坚《乞猫》诗:“闻道狸奴将数子,买鱼穿柳聘衔蝉。”雪不如:喻毛色很白。可见僧人所赠为一黑猫,一白猫。

④分诉:辩说。食无鱼:战国齐孟尝君食客冯谖弹铗而歌:“长铗归来

乎！食无鱼。”见《战国策·齐策四》。这里借用其语，谐趣而双关。

西湖晚归[①]

帖帖平湖印晚天[②]，踏歌游女臂相牵[③]。
凤城半掩人争路[④]，犹有胡琴落后船。

【注释】

①《宋百家诗存》题作《西湖归晚》。周密《武林旧事》卷三《西湖游幸》纪杭人春日游湖盛况，有云：“至花影暗而月华生，始渐散去。绛纱笼烛，车马争门，日以为常。张武子诗云（诗如上略）。最能状此景。”

②帖帖：平静貌。这句写平静的湖水中倒映着黄昏的天光云影。

③踏歌：见卷三刘弇《莲花峰法云即事》注③。臂：《武林旧事》《南宋群贤小集》《南宋六十家集》《宋百家诗存》作“锦”。

④凤城：相传秦穆公之女弄玉，吹箫引凤，凤凰降于京城。后因称京都为凤城。这里指南宋都城临安（今浙江杭州）。《武林旧事》作“都城”。

九日书李季慈室[①]

上池入寺见承平[②]，影落南州迹易陈[③]。
手把黄花看新雁，风烟愁杀旧京人[④]。

【注释】

①九日：农历九月九日。即重阳节。李季慈：不详。李，《两宋名贤小集》《南宋群贤小集》作“吕”。

②承平：治平相承；指太平时日。

③南州：泛指南方地区。

④旧京：指北宋京都开封。作者原籍开封，故自称“旧京人”。这两句写节逢重阳，手持菊花，见秋雁南来，不禁起故国家山之思。

过西溪①

罨画层波蕙草荒②，冷云客雁两回皇③。
梅花到得吹成雪，尽是清愁不是香。

【注释】

①西溪：在杭州西湖北山之阴。从古荡以西，都称西溪。曲水弯环，群山四绕，名园古刹，前后踵接。两岸皆茶、竹、梅、栗，又多芦汀，宋元以来为探梅和赏芦花的胜地。

②罨（yǎn 眼）画：杂色的彩画。明杨慎《升庵诗话》卷十一："画家称罨画，杂彩色画也。吴兴有罨画溪，然其字当用'䍾'。'罨'乃鱼网，非其训也。"这里形容波光明丽的西溪。蕙草：香草，即佩兰。

③回皇：徘徊，狐疑。

许及之

许及之（？—1209），字深甫，号涉斋，温州永嘉（今浙江温州）人。隆兴元年（1163）进士。历官宗正寺簿、右拾遗、权礼部侍郎、给事中、吏部尚书等。嘉泰二年（1202），任参知政事。三年，除知枢密院事兼参知政事。四年，罢。晚居泉州。有《涉斋集》。

废　冢①

石人犹自立蒿莱②，拂读残碑字字哀。

邻冢已浇寒食酒，野风分送纸钱来[3]。

【注释】

①冢(zhǒng 种):坟墓。

②石人:指墓前石像。蒿莱:荒草。

③"邻冢"二句:言荒坟无人祭扫,只有野风把邻近扫墓的纸钱吹送一点过来。

周 孚

周孚,字信道,号蠹斋,济南(今属山东)人。寓家京口(今江苏镇江)。乾道二年(1166)进士。终真州教官。善丹青,工诗文,风格清拔自然。友人辛弃疾刊其集,名《蠹斋铅刀编》。

题所画梅竹[1]

骎骎老境困埃尘，开卷霜林解笑人[2]。
画地馋涎君莫怪[3]，十年魂断故园春。

【注释】

①题共二首,此选其二。

②"骎骎"二句:是说时光迅速,转眼已老,却仍奔走于埃尘之间;打开旧日的画卷,那傲霜的梅花和丛竹,也仿佛在嘲笑自己的困顿潦倒。骎骎(qīn 侵):马跑得很快的样子。这里喻光阴迅速流逝。解:会。

③画地:晋武帝向张华讯问汉宫室制度及建章宫的千门万户,张华画

地成图,武帝十分惊异。这里指画乡土的花木。馋涎:比喻对家乡的渴念。

孙应时

孙应时,字季和,号烛湖居士,余姚(今属浙江)人。从学于朱熹、吕祖谦之门。淳熙十年(1175)进士。知常熟县,移判邵武军,未赴而卒。

读《通鉴》[1]

簿书流汗走君房[2],那得狂奴故意降[3]。
努力诸公了台阁,不烦鱼雁到桐江[4]。

清浊无心陈仲弓,圆机聊救汉诸公[5]。
末流不料儿孙误,千古黄初佐命功[6]。

【注释】

①《通鉴》:《资治通鉴》的简称。司马光编撰。上起周威烈王二十三年(前403),下迄后周世宗显德六年(959),记一千三百六十二年事,为编年体通史巨著。按:《通鉴》记严光事极简略,于侯霸致书等节均未叙及,而见《后汉书·严光传》。诗题疑后人所加。《宋诗纪事》二诗分别题作《严子陵》《陈仲弓》。元吴师道《吴礼部诗话》谓朱熹称赏《子陵》《仲弓》二绝,即此二诗。

②簿书流汗:形容官务烦劳。簿书,官署文书。君房:东汉侯霸,字君房,光武初拜尚书令。

③狂奴:指严光,字子陵,会稽余姚(今属浙江)人。光武帝刘秀的早年同学。刘秀登帝位,严光不肯受宫,耕钓于浙江桐庐富春山中。侯霸跟他一向友好,派人送信给他,他不答,口授使者说:“君房足下:位至鼎足,甚善。怀仁辅义天下悦,阿谀顺旨要领绝。”侯霸把信给光武帝看,帝笑道:“狂奴故态也。”意思是狂士的老脾气。见《后汉书·严光传》。故意:本意。降:屈从。这句是说无法使严光违背本意,出来做官。

④“努力”二句:是说身居高位的诸公还是勉力完成军国大事吧,用不着写信给严光了。台阁:指尚书台。《后汉书·仲长统传》:“光武皇帝政不任下,虽置三公,事归台阁。”尚书台出纳诏命,掌握机要,实有宰辅之权。鱼雁:指书信。桐江:即富春江。严光隐钓之处。

⑤“清浊”二句:东汉陈寔字仲弓,有志好学,为政有清声。后牵涉党锢之祸,他为了减轻别人的罪名,就主动入狱,后遇赦得出。灵帝时,中常侍张让权倾天下,父死归葬,名士无人去吊唁,陈寔却去了。张让很感激。后来又诛杀党人,张让因为陈寔的缘故,就多所宽宥,救了许多人的命。见《后汉书·陈寔传》。清浊:喻人品的高下。圆机:灵活机变。

⑥“末流”二句:指陈寔的孙子陈群后来成为曹魏的佐命大臣。黄初:魏文帝曹丕年号。曹丕称帝后,任陈群为镇军大将军,录尚书事。文帝病危时,陈群与曹真、司马懿一同受遗诏辅政。明帝(曹叡)即位,进封颍阴侯。佐命:古代帝王自称承天受命而即位,故称辅佐之臣为佐命。作者对陈群的不满,显然是从奉蜀为正统的封建观点出发的。

项安世

项安世(?—1208),字平父,号平庵,括苍(今浙江丽水)

人，徙家江陵（今属湖北）。淳熙二年（1175）进士。除秘书省正字，迁校书郎。宁宗即位，应诏言事，主张减省养兵及宫掖之费，以厚国力。庆元党禁时，以朱熹为代表的理学家被斥为“伪学”“逆党”，并加贬逐。他上书请留朱熹，被劾罢。开禧中，以直龙图阁为湖广转运判官。有《平庵悔稿》。

次韵罗郢州送别①

江上相留不肯留，渡江沿岸却回头。
汉江东去人西去②，不见高城始是愁③。

【注释】

①罗郢州：疑为罗点，抚州崇仁（今属江西）人，作者同年进士。

②汉江东去人西去：语本《北史·魏本纪五》孝武帝云：“此水东流而朕西上。”苏轼《送欧阳主簿赴官韦城》诗：“江湖咫尺吾将老，汝颍东流子却西。”陆游《小市》诗：“客心尚壮身先老，江水方东我独西。”清人屡用此语意入诗，如黄景仁《十四夜京口舟次送张大归扬州》云：“春水将生君速去，此江东下我西行。”宋湘《荆山守风》云：“劝君休把石尤骂，君自西征水自东。”钱锺书《谈艺录补订》广引其例，可参看。

③不见高城始是愁：用唐欧阳詹《初发太原途中寄太原所思》诗：“高城已不见，况复城中人。”

楮州路口小雨①

三十年前过此时，一双青髻绾青丝②。
如今旧雨犹相记③，只傍星星白处吹④。

【注释】

①槠(zhū 诸)州:今江西上饶。县西有槠溪,发源灵山,流入上饶江。

②青髻:乌黑的发髻。绾(wǎn 晚):盘绕打结。青丝:喻黑发。

③旧雨:唐杜甫《秋述》:“常时车马之客,旧雨来,今雨不来。”后以“旧雨”为老朋友的代称。这里指跟三十年前一样遇雨。语意双关。

④星星:鬓发花白貌。晋左思《白发赋》:“星星白发,生于鬓垂。”句写旧雨有情,鬓边吹落,而无情岁月已换却当年青鬓。俯仰今昔,黯然神伤。

吹帽台[1]

千山摇落万林空[2],数点黄花酒盏中。
半破接䍦谁耐管[3],已将身世付西风。

【注释】

①题共二首,此选其一。吹帽台:在湖北江陵县西北龙山上。晋孟嘉为桓温参军,九月九日,桓温登龙山宴集,风吹落孟嘉的帽子,他自己没有发觉。桓温叫孙盛作文嘲笑孟嘉。孟嘉立即作文回答,词采很美。见《晋书·孟嘉传》。《后村诗话》题作《落帽台》。

②摇落:凋零。宋玉《九辩》:“悲哉秋之为气也,萧瑟兮草木摇落而变衰。”

③接䍦:帽子名。䍦,一作“篱”。唐李白《襄阳歌》:“落日欲没岘山西,倒着接䍦花下迷。”谁耐管:哪里值得管它。即不在意。耐,愿意;值得。

雨　夜

夜窗疏雨不堪听, 独坐寒斋万感生。
今夜故人江上宿, 如何禁得打篷声[1]?

【注释】

①“今夜”二句:想象友人独宿江上,孤篷听雨,心情将更寂寞凄苦,难以禁受。以己度人,笔意拓进一层。

陈　造

陈造(1133—1203),字唐卿,号江湖长翁,高邮(今属江苏)人。淳熙二年(1175)进士。调繁昌尉,任定海县令,房陵通判,官至淮浙安抚使参议。能诗。有《江湖长翁集》。

泛　湖①

酒边凉意雨余生②,望夜重期看月明③。
安得水仙会解事,巧随人意作阴晴④。

楼前行客尽抬头,楼上齐声唱《石州》⑤。
滚遍停催犹未彻⑥,署风晴月各新秋。

【注释】

①游杭州西湖之作。

②雨余:雨后。

③望夜:农历每月十五之夜。这句是希望雨后重新看到十五的明月。

④“安得”二句:是说最好水仙能随人心意安排阴晴,以满足人们十五赏月的愿望。水仙:即龙君。西湖平湖秋月附近有水仙庙,又名钱塘湖龙

君庙。今不存。

⑤《石州》:唐商调曲名。唐李商隐《代赠》诗:“东南日出照高楼,楼上离人唱《石州》。”

⑥滚遍:唐宋大曲术语。滚,同“衮”。宋王灼《碧鸡漫志》卷三:“凡大曲有散序、靸、排遍、攧、正攧、入破、虚催、实催、衮遍歇指、杀衮,始成一曲,此谓大遍。”滚遍已近尾声,但乐曲未终,故云“犹未彻”。

危　稹

危稹,原名科,字逢吉,号巽斋,又号骊塘,抚州临川(今江西抚州)人。淳熙十四年(1187)进士。孝宗更其名为稹。调南康军教授。宁宗朝,迁著作郎,进屯田郎官。出知潮州,又知漳州,后提举崇禧观。与乡里耆老七人为真率会。卒年七十四。诗文得洪迈、杨万里称赏。有《巽斋小集》。

春日即事

麦风翻陇泼浓绿[1],花露滴枝粘老红[2]。
独立楼头检春事[3],一丝暖日坠青虫。

【注释】

①陇:通“垄”。田埂。浓绿:指绿色的麦浪。

②老红:指枯萎的红花。

③独立:《南宋群贤小集》《南宋六十家集》《宋诗纪事》作“小立”。检:点检,察看。

邓　林

邓林，字楚材，一字性之，号四清社友，福清（今属福建）人，一说临江（今江西清江）人。年十五，以《诗》义魁乡校。宝祐四年（1256）进士。三上书陈时政得失，授石城丞。能诗，有《皇荂曲》一卷。

送衡山琴画张道士①

满天风雨淡萧寥②，三尺孤桐古调高③。
不敢问君听别操④，请弹二十五《离骚》⑤。

满空烟雨淡模糊，三尺霜缣老墨枯⑥。
不敢问君求别景，请描七十二峰图⑦。

【注释】

①衡山：见卷四程俱《戏题画卷》注③。

②风雨：《两宋名贤小集》《南宋群贤小集》《宋百家诗存》《宋诗纪事》作“风月”。萧寥：凄清寂寥。《两宋名贤小集》《南宋群贤小集》《南宋六十家集》作“消骚”。《宋诗纪事》作“萧骚”。

③三尺孤桐：指琴。传说神农造琴，长三尺六寸六分。孤桐，特生的梧桐。《书经·禹贡》：“峄阳孤桐。”传：“峄山之阳特生桐，中琴瑟。”上等的琴，都用桐木做琴身。

④问:向。操:琴曲名操。取其不失操守之意。

⑤二十五《离骚》:用二十五弦的琴来弹奏《离骚》。《离骚》,战国楚屈原作。抒写诗人关心国家命运,同情人民疾苦的政治怀抱,以及忠而见疑、抱负难伸的悲愤。《史记·屈原列传》:“离骚者,犹离忧也。”唐钱起《归雁》诗:“二十五弦弹夜月,不胜清怨却飞来。”

⑥三尺霜缣:指画绢。即上句所说烟雨模糊的山水画。

⑦七十二峰图:指衡山图。衡山有七十二峰。

李　壁

李壁(1159—1222),字季章,号雁湖居士,又号石林,眉州丹棱(今属四川)人。李焘之子。以父荫入仕。绍熙元年(1190)进士。历官秘书省正字、权礼部侍郎兼直学士院,拜参知政事,兼知枢密院事。生平嗜学,熟于典章制度。为文综练,能诗。有《雁湖集》《王荆公诗注》。

青云亭①

平林野水带孤城，倦客登临太瘦生②。
过眼千花竞红紫，可怜霜鬓转分明③。

【注释】

①青云亭:在江西抚州。

②太瘦生:很瘦弱。生,语助。李白《戏赠杜甫》诗:“借问别来太瘦生,总为从前作诗苦。”

③“过眼”二句:意谓春色万紫千红,映衬得头上白发更加分明。自伤韶光过眼,年华老大。

敖陶孙

敖陶孙(1154—1227),字器之,号臞翁,福州福清(今属福建)人。淳熙七年(1180)乡荐第一。绍熙末太学生,因作诗讥讽韩侂胄,变服逃亡。后中庆元五年(1199)进士。历海门主簿、漳州教授、泉州签判,广东转运司主管文字,终奉议郎。与刘克庄相过从,诗入江湖派。有《臞翁集》。所著《臞翁诗评》,以象征隐喻手法品评历代诗人风格,鉴裁既精,语亦隽妙,颇为时人所称。

西　楼

只有西楼日日登,栏干东角每深凭[①]。
一层已是愁无奈,想见仙人十二层[②]。

【注释】

①深凭:久久凭靠。

②仙人十二层:传说昆仑山瑶台有仙人十二层楼阁。见旧题晋王嘉《拾遗记》卷十。唐李商隐《无题》诗:“如何雪月交光夜,更在瑶台十二层。”这两句写登楼望远,触目成愁,从一层想到十二层,愁绪逐层加深,虽仙人恐亦难禁。设想新奇,正以反衬日日登楼而又害怕登楼的矛盾痛苦心情。

杜　范

杜范(1182—1245),字成己,一作成之,号立斋,台州黄岩(今属浙江)人。幼孤,从祖父烨受朱熹之学。嘉定元年(1208)进士。调金坛尉。端平中,除监察御史。嘉熙二年(1238),出知宁国府。入为权吏部侍郎兼侍讲。淳祐四年(1244),同知枢密院事。次年,拜右丞相。针对时弊,建言十二事。卒谥清献。有《清献集》。

寄题芦洲

幽人作计筑幽居[①],傍水为亭手植芦。
不爱世间闲草木,只缘胸次有江湖[②]。

【注释】

①作计:打算。

②胸次:胸间。句言自甘淡泊,有归隐江湖之志。

李　刘

李刘(1175—?),字公甫,号梅亭,崇仁(今属江西)人。嘉定元年(1208)进士。历礼部郎官,兼崇政殿说书,起居舍人,迁吏部郎中。又曾为成都路转运判官。有《诗文类稿》《四六标准》。

闻　笛

何处桓伊酒力雄①,分明嚼徵更含宫②。
倚楼三弄西风急,不觉梅花大半空③。

【注释】

①桓伊:字叔夏,晋谯国铚县(今安徽宿县西南)人。善吹笛,藏有汉蔡邕柯亭笛,时称江左第一。王徽之赴京,泊舟青溪,桓伊恰从岸上经过,王徽之跟他素不相识,却派人传话:"闻君善吹笛,试为我一奏。"桓伊当时已贵显,因久闻徽之之名,便下车,踞胡床,吹奏三弄。吹完,上车去,客主不交一言。见《世说新语·任诞》。唐杜牧《润州》诗:"月明更想桓伊在,一笛闻吹出塞愁。"这里是以桓伊借指善吹笛者。酒力雄:指倚醉吹笛。

②嚼徵含宫:形容笛声抑扬动听。宫、商、角、徵(zhǐ 祉)、羽,为古乐的五声音阶。相当于简谱中的1、2、3、5、6。

③"倚楼"二句:指在楼头反复吹奏笛曲《梅花落》,激扬的笛声使梅花在风中纷纷坠落(这是借曲名而想象描摹之词)。唐赵嘏《长安秋望》诗:"长笛一声人倚楼。"三弄:曲调反复三次。琴曲中有《梅花三弄》,据说是

根据桓伊的笛曲改编的。

姚　镛

姚镛，字希声，号雪篷，又号敬庵，剡（今浙江嵊州）人。嘉定十年（1217）进士。为吉州判官，擢知赣州。坐事贬衡阳。有《雪篷诗稿》。

寓雪川[①]

王戴溪头小隐仙[②]，渔翁引上雪溪船。
几回倦钓思归去，又为蘋花住一年[③]

【注释】

①雪川：见卷四沈与求《曾宏父将往雪川内见相叶公以诗为别次其韵以自见》注①。

②王戴溪头：指作者家乡的剡溪。用晋王徽之访戴逵的故事。见卷四陈与义《题向伯共过峡图》注③。小隐：隐居于山野。晋王康琚《反招隐》诗："小隐隐陵薮，大隐隐朝市。"小隐仙，作者自指。

③蘋花：见卷一孙光宪《竹枝词》注②。唐柳宗元《酬曹侍御过象县见寄》诗："春风无限潇湘意，欲采蘋花不自由。"

华　岳

华岳，字子西，号翠微，池州贵池（今属安徽）人。初为武学生。开禧元年（1205），上书请诛韩侂胄、苏师旦，下大理寺鞫治，编管建宁。侂胄诛，放还。嘉定十年（1217）廷试第一，授殿前司官，又谋去丞相史弥远，事觉，下临安狱，杖死东市。平生尚气侠，轻施与。善画，工诗，诗风豪纵遒丽。有《翠微南征录》。

琴

月浸虚堂夜气清，起听万籁寂无声[①]。
试将匣面尘轻拂[②]，玉笋不弹风自鸣[③]。

【注释】

①万籁：指自然界的一切音响。宋范祖禹《八月十一日夜玉堂对月》诗："天卷纤毫光不隔，风收万籁夜无声。"

②匣：琴匣。

③玉笋：喻美女的手指。唐韩偓《咏手》诗："暖白肤红玉笋芽，调琴抽线露尖斜。"

角[①]

画角梅花吸晓寒[②]，数声清彻碧云端。
谁知有客愁无寐，一掬乡心不耐酸[③]。

【注释】

①《宋百家诗存》题作《枕上吟》。角:即画角。见本卷陆游《沈园》注②。

②画角梅花吹晓寒:指画角吹奏《梅花》曲。唐大角曲有《大梅花》《小梅花》。

③一掬乡心:一捧思乡之泪。一掬,一捧。言其多。李白《秋浦歌》:“遥传一掬泪,为我达扬州。”不耐:犹无奈。《后村千家诗》《宋百家诗存》作“不奈”。酸:指酸心。由《梅花》角曲引起。梅子味酸,语意双关。

杨　花

一丝不染湖花白①,万点能回山色青。
三月金明池上水,与予同是一浮萍②。

【注释】

①湖花:《宋百家诗存》作“湖光”。义较长。

②“三月”二句:感慨旧京沦陷,身世如浮萍一样,飘泊无定。金明池:在北宋汴京(今河南开封)顺天门外,周围约九里。每年三月一日后,教习车驾,让士民纵观。金兵攻陷汴京,毁于兵火。浮萍:古人认为杨花落水化为浮萍。

杜　鹃

残月照愁人病酒①,好风吹梦客思家。
欲知亡国恨多少,红尽乱山无限花②。

【注释】

①病酒:饮酒过多而病。

②“欲知”二句:传说古蜀帝杜宇禅位于臣下,自亡而去,其魂魄化为

杜鹃，啼声悲苦，如说：“不如归去。”这里是说满山的杜鹃花，尽是亡国蜀帝的遗恨。似有慨于北宋沦亡而发。

姜 夔

姜夔（约1155—约1221），字尧章，号白石道人，饶州鄱阳（今江西鄱阳）人。庆元三年（1197），进《大乐议》，次年复上《圣宋铙歌鼓吹》，得与试礼部，未第。一生不仕，往来大江南北，过着清客的生活。晚年旅食浙东、嘉兴、金陵间，卒于杭州西湖。贫不能葬，友人吴潜等葬之于钱塘门外西马塍。

擅长诗词书法，精通音乐，尤以祠著名，能自度曲。音调谐婉，语意深远。诗初学黄庭坚，而精思独造，隽永有味，得范成大、杨万里称赏，但被词名所掩。著有《白石道人诗集》《白石道人歌曲》等。

除夜自石湖归苕溪[1]

细雨穿沙雪半销[2]，吴宫烟冷水迢迢[3]。
梅花竹里无人见，一夜吹香过石桥。

美人台上昔欢娱[4]，今日空台望五湖[5]。
残雪未融青草死，苦无麋鹿过姑苏[6]。

黄帽传呼睡不成[7],投篙细细激流冰[8]。
分明旧泊江南岸,舟尾春风飐客灯[9]。

千门列炬散林鸦[10],儿女相思未到家。
应是不眠非守岁[11],小窗春色入灯花[12]。

三生定是陆天随[13],又向吴淞作客归[14]。
已拚新年舟上过[15],倩人和雪浣征衣[16]。

笠泽茫茫雁影微[17],玉峰重叠护云衣[18]。
长桥寂寞春寒夜[19],只有诗人一舸归。

桑间篝火却宜蚕[20],风土相传我未谙[21]。
但得明年少行役,只裁白纻作春衫[22]。

环玦随波冷未销[23],古苔留雪卧墙腰。
谁家玉笛吹春怨[24],看见鹅黄上柳条[25]。

【注释】

①这组诗共十首,此选八首(其六、其九未选)。绍熙二年(1191)除夕,作者由苏州回湖州途中吟成。石湖:范成大退居之地,在今江苏苏州市西南,太湖东南岸。苕溪:见卷四沈与求《曾宏父将往霅川见内相叶公以诗为别次其韵以自见》注②。这里指浙江湖州。时作者寓湖州。作者曾将这组诗寄给杨万里,杨十分赞赏,复信说:"所寄十诗,有裁云缝月之妙思,敲金戛玉之奇声。"

②细雨:《白石道人诗集》作“细草”。《南宋群贤小集》又作“细柳”。

③吴宫:指苏州吴王宫殿的遗址。唐李白《登金陵凤凰台》诗:“吴宫花草埋幽径。”水迢迢:云水渺远貌。唐杜牧《寄扬州韩绰判官》诗:“青山隐隐水迢迢,秋尽江南草未凋。”

④美人台上昔欢娱:美人,指西施。台,指姑苏台。故址在今江苏苏州西南姑苏山上,吴国阖闾创建,后吴王夫差加以增筑。横广五里,三年乃成。台上建有春宵宫、天池等,夫差与西施成天嬉乐其中。

⑤空台:《宋诗纪事》作“台空”。五湖:太湖。

⑥苦无麋鹿过姑苏:伍子胥见吴王夫差荒淫酒色,预感到有亡国的危险,曾进谏说:“臣今见麋鹿游姑苏之台也。”见《史记·淮南王安传》。这里是感慨荒凉的姑苏台上,残雪未消,春草未生,连麋鹿的踪影也看不见。麋(mí 迷)鹿,角像鹿,尾像驴,蹄像牛,颈像骆驼,俗称四不像。这里泛指野鹿。

⑦黄帽:指船夫。汉代船夫都戴黄帽,称“黄头郎”。黄色属土,取土胜水之意。传呼:行船时,船夫相互喊话打招呼。

⑧细细:《宋百家诗存》作“细水”。激:一作“击”。

⑨飐(zhǎn 展):吹动。

⑩列炬散林鸦:用杜甫《杜位宅守岁》诗:“列炬散林鸦。”列炬,蜡烛成行。指家家户户灯火通明,准备过年。

⑪守岁:农历除夕,家人共坐,通宵不睡,送旧岁,迎新年,叫作守岁。

⑫春色:《白石道人诗集》《南宋群贤小集》作“春意”。灯花:灯芯烧结而成的花穗。俗谚称:“灯芯结花,远客归家。”

⑬三生:指过去、现在、未来三世。陆天随:即唐代诗人陆龟蒙,苏州人,自号天随子,隐居松江甫里,悠游江湖之间。作者对他非常推崇,常引以自况。定是:原作“定自”。据《白石道人诗集》《南宋群贤小集》改。

⑭又向:《白石道人诗集》作“只向”。吴淞:见卷一王禹偁《泛吴淞江》注①。

⑮拚:舍弃。

⑯倩:请。浣:《白石道人诗集》《南宋群贤小集》《宋百家诗存》《宋诗

纪事》作“洗”。征衣:出外远行时所穿的衣服。

⑰笠泽:即吴淞江。唐陆广微《吴地记》:“松江一名松陵,又名笠泽。”

⑱玉峰:形容积雪的山峰。

⑲长桥:即垂虹桥,有七十二桥洞。参见卷三米芾《垂虹亭》注①。

⑳篝火:指灯笼。

㉑谙(ān 安):熟悉。

㉒只裁:《白石道人诗集》作“自裁”。白纻(zhù 住):细而洁白的夏布。孙光宪《谒金门》词:“白纻春衫如雪色,扬州初去日。”

㉓环玦(jué 决):圆形和半圆形的玉佩。这里比喻水中的流冰。

㉔玉笛吹春怨:笛曲有《折杨柳》曲。六朝及唐人所作《折杨柳》,大多为伤春怨别、怀念征人之作。

㉕看见:转眼而见。看,估量时间之祠。旧抄本作“照见”。鹅黄:喻初春时娇嫩淡黄的柳色。王安石《南浦》诗:“弄日鹅黄袅袅垂。”

姑苏怀古

夜暗归云绕柁牙①,江涵星影鹭眠沙②。
行人怅望苏台柳③,曾与吴王扫落花。

【注释】

①柁牙:即船尾的柁。因形状如牙,故称。

②江涵星影:指江水中映着星星的倒影。唐杜牧《九日齐山登高》诗:“江涵秋影雁初飞。”

③苏台:即姑苏台。

平甫见招不欲往①

老去无心听管弦, 病来杯酒不相便②。
人生难得秋前雨, 乞我虚堂自在眠。

【注释】

①题共二首,此选其一。平甫:张鉴,字平甫,淳熙中曾任州推官。作者自称与他“十年相处,情甚骨肉”。

②相便(pián 骈):相宜。

三高祠[①]

越国霸来头已白[②],洛京归去梦犹惊[③]。
沉思只羡天随子,蓑笠寒江过一生[④]。

【注释】

①三高祠:在今江苏苏州东,宋建。祭奉春秋时越国范蠡、晋张翰、唐陆龟蒙。三人都是高士,故名三高。

②越国霸来头已白:指范蠡助越王勾践灭吴称霸,大功告成时头发已白了。

③洛京归去:用张翰在洛阳因秋风起,思念家乡菰菜莼羹和鲈鱼脍,便弃官而归事。参见卷一陈尧佐《吴江》注③。归去,《白石道人诗集》《南宋群贤小集》作“归后”。梦犹惊:指回到家乡后,梦见险恶的仕途风波,还不免感到心惊。

④“沉思”二句:是说“三高”中,最值得羡慕的还是陆龟蒙,他厌弃功名利禄,隐居江湖,无忧无虑地过了一生。蓑笠:披蓑衣,戴笠帽,渔父装束。唐柳宗元《江雪》诗:“孤舟蓑笠翁,独钓寒江雪。”按:陆龟蒙其实并未忘情世事,所作散文,时露讽刺时政的锋芒,诗歌也颇有愤世之慨,姜夔对陆龟蒙的赞赏偏于消极的一面,这与他自己的身世有密切关系。

湖上寓居杂咏[①]

荷叶披披一浦凉[②],青芦奕奕夜吟商[③]。
平生最识江湖味,听得秋声忆故乡。

湖上风恬月淡时，卧看云影入玻璃[4]。
轻舟忽向窗边过[5]，摇动青芦一两枝。

秋云低结乱山愁[6]，千顷银波凝不流[7]。
堤畔画船堤上马，绿杨风里两悠悠。

苑墙曲曲柳冥冥[8]，人静山空见一灯[9]。
荷叶似云香不断，小船摇曳入西陵[10]。

柳下轩窗枕水开[11]，画船忽载故人来。
与君同过西城路[12]，却指烟波独自回。

【注释】

①题共十四首，此选其一、其二、其三、其九、其十三。作于庆元六年(1200)，时作者寓居杭州西湖。

②披披：飘动貌。屈原《九歌·大司命》："灵衣兮披披。"

③奕奕：(yì 亦)：忧愁貌。《诗经·小雅·頍弁》："未见君子，忧心奕奕。"商：五音之一，在四季中为秋。这里指秋声。这句是写芦苇含愁，在夜风中发出凄凉的秋声。

④玻璃：喻澄明的湖水。

⑤窗边：《南宋群贤小集》作"窗前"。

⑥秋云：《白石道人诗集》作"秋风"。

⑦凝：《白石道人诗集》作"碍"。

⑧苑墙：指西湖孤山四圣观园即宋理宗御园的围墙。

⑨人静山空见一灯：周密《癸辛杂识》续集卷下："西湖四圣观前，每至

昏后有一灯浮水上，其色青红。”

⑩西陵：今西湖孤山西泠桥一带，古称西陵，风景优美，是一处渡口。

⑪轩窗：室中四面都可开的窗。枕水：临水。原作“枕上”，据《白石道人诗集》《南宋群贤小集》改。

⑫西城：《宋百家诗存》作“西陵”。

过垂虹[1]

自作新词韵最娇，小红低唱我吹箫[2]。
曲终过尽松陵路，回首烟波十四桥[3]。

【注释】

①垂虹：即垂虹桥。俗称长桥。见前《除夜自石湖归苕溪》注⑲。作于绍熙二年（1191）除夕，自苏州石湖归湖州途中。《宋元诗会》题作《吴江舟中》。

②“自作”二句：作者在石湖时，应范成大所请，作《暗香》《疏影》两首咏梅词，音乐谐婉，风韵柔美，范成大极为赞赏，把歌女小红赠送给他。新词，即指咏梅二词。自作：《砚北杂志》引作“自琢”。

③“曲终”二句：是说曲子唱完，船已过了吴江一段路程，回看所经过的那些桥，都已消失在烟波之中了。曲终：《宋元诗会》作“曲江”。松陵：吴江县（今属江苏）。十四桥：《宋元诗会》作“十里桥”。

武康丞宅同朴翁咏牵牛[1]

青花绿叶上疏篱，别有长条竹尾垂。
老觉淡妆差有味[2]，满身秋露立多时。

【注释】

①武康：旧县名，今并入浙江德清县。庆元二年（1196），同葛天民游

武康作。朴翁：即葛天民。见卷六作者介绍。牵牛：牵牛花。

②淡妆：喻牵牛花素淡而不妖艳。差有味：最有味。差，甚辞。

过德清①

木末谁家缥缈亭②，画堂临水更虚明③。
经过此处无相识，塔下秋云为我生。

溪上佳人看客舟，舟中行客思悠悠。
烟波渐远桥东去，犹见栏干一点愁④。

【注释】

①德清：县名，今属浙江。

②木末：树梢。宋辛弃疾《水调歌头·题张晋英提举玉峰楼》词："木末翠楼出，诗眼巧安排。"缥缈：高远隐约貌。这句是说在山间林木之颠看到隐约的亭阁。

③虚明：空明。

④栏干一点愁：指凭栏望远，心怀离愁的佳人。

刘　过

刘过（1154—1206），字改之，号龙洲道人，吉州太和（今江西泰和）人，长于庐陵（今江西吉安）。生平以功业自许，究心古今治乱之略。愤南宋偏安，曾多次上书朝廷，提出恢复中原的方略，未被采纳。四次应举，未中。放浪江湖间，依人作客。为陆游、辛弃疾所学识，亦与陈亮为友。以词名，风格豪放，语意峻拔。亦能诗。有《龙洲集》。

寄张东之[①]

见山堂上山如画[②]，二十年前曾客来。
飞絮满城归不得，江南老却贺方回[③]。

【注释】

①题共两首，此选其一。张东之：张潞，字东之，永新（今属江西）人。曾知昭州。诗学杨万里、范成大。东，原误作“柬”。据《龙洲集》改。按：此诗见《龙洲集》卷八，同书卷九又有《西湖》诗云：“西湖湖上山如画，二十年前曾客来。飞絮满城归未得，江南老却贺方回。”除首句改易三字及三句“不”作“未”外，余全同。

②见山堂：在今江苏常州旧崇胜寺前，与东山相望，故名。

③“飞絮”二句：贺铸《青玉案》词：“若问闲情都几许？一川烟草，满城风絮，梅子黄时雨”。黄庭坚十分赞赏，有句云：“解道江南断肠句，只今惟有贺方回。”贺方回：即贺铸。见卷三作者介绍。这里用其语意，且以贺铸自比。

呈王山父[①]

办得茅庐我便归[②]，玉堂何处有梅枝[③]？
岁寒老树虽荒寂，会有腊残春到时[④]。

【注释】

①题共两首，此选其二。王山父：不详。

②办:置造。

③玉堂:指富贵之宅。乐府《相逢行》:"黄金为君门,白玉为君堂。"

④"岁寒"二句:冬去春来,荒寂的老树仍能开花。托物寓意。

赋羊腰肾羹[①]

拔毫已付管城子[②],烂首曾封关内侯[③]。
死后不知身外物,也随樽俎伴风流[④]。

【注释】

①元蒋正子《山房随笔》:"辛稼轩帅浙东时,晦庵、南轩任仓宪使。刘改之欲见辛,不纳。二公为之地,云:'某日公燕,至后筵便坐,君可来。门者不纳,但喧争之,必可入。'既而,改之如所教,门外果喧哗。辛问故,门者以告,辛怒甚。二公因言改之豪杰也,善赋诗,可试纳之。改之至,长揖。公问:'能诗乎?'曰:'能。'时方进羊腰贤羹,辛命赋之,改之对:'寒甚,愿乞卮酒。'酒罢,乞韵。时饮酒手颤,余沥流于怀,因以'流'字为韵。即吟云(诗如上略)。辛大喜,命共尝此羹,终席而去,厚馈焉。"

②拔毫已付管城子:意谓拔下的羊毛已制成毛笔。管城子,见卷四米友仁《自题大姚村图》注②。

③烂首曾封关内侯:新莽末年,汉兵起,拥立更始将军刘玄为皇帝。刘玄荒淫昏庸,滥授官爵,以至群小、膳夫都封官加爵,长安有民谣讽刺说:"灶下养,中郎将,烂羊胃,骑都尉;烂羊头,关内侯。"意思是烹羊做菜的厨师都当上了大官。关内侯,秦朝封爵的第十九级。汉代因之。烂首,即"烂羊头"。原作"烂胃",与民谚不合,据《山房随笔》所引改。

④"死后"二句:指羊死后,腰肾做成了羹,成为宴席上待客的佳肴。樽俎:盛酒食的器具。樽以盛酒,俎以盛肉。借指宴席。《山房随笔》引作"樽酒"。

千首宋人绝句校注

［清］严长明 编选

吴战垒 校注

下册

浙江古籍出版社

卷　六

七　言　六

方　岳

方岳（1199—1262），字巨山，号秋崖，歙州祁门（今属安徽）人。绍定五年（1232）进士。任南康军及滁州教授、太学正、宗学博士等，累官吏部侍郎，历知饶、抚、袁三州，加朝散大夫。先后以忤贾似道、丁大全，被劾罢官。才锋凌厉，诗受杨万里、范成大影响，不用古律，以意为之，出语天然，与刘克庄齐名。尤工骈体，亦能词。有《秋崖集》。

清明日舟次吴门①

篷窗恰受夕阳明，杨柳梨花半月程。
老去不知寒食近②，一篙烟水载春行。

【注释】

①吴门：见卷三贺铸《吴门秋怀》注①。

②寒食：见卷二文彦博《寒食游压沙寺雨中席上偶作》注①。

立　秋①

秋日寻诗独自行，藕花香冷水风清②。
一凉转觉诗难作③，付与梧桐夜雨声。

【注释】

①立秋:二十四节气之一。秋季的开始。在公历8月7、8或9日。

②藕花:荷花。

③难作:《后村千家诗》作“难做”。

道中即事[①]

十日山寒雨不休,仆其痡矣得无愁[②]。
老夫自爱归程好,肯为春泥怨鹁鸠[③]。

冲雨冲风莫管渠[④],晨炊蓐食便巾车[⑤]。
能无几日到茅舍,睡到日高相折除[⑥]。

【注释】

①题共三首:此选其一、其二。

②仆其痡矣:仆人劳倦得走不动了。《诗经·周南·卷耳》:“我马瘏矣,我仆痡矣。”痡(pū 铺),劳倦。

③“老夫”二句:是说在回家的路上,心中高兴,尽管天雨泥泞难走,也不去怨恨叫个不停的鹁鸠了。肯:岂肯。鹁鸠:天将雨,鸣声甚悲,俗称水鹁鸪。参见卷三秦观《秋日》注⑥。

④冲雨冲风:顶风冒雨。莫管渠:不管它。这句是说归程风雨无阻。

⑤晨炊蓐食:烧好早饭,不等起身,坐在床上就匆匆吃饭。《左传·文公七年》:“秣马蓐食,潜师夜起。”这里形容赶路心切。蓐(rù 入),床垫。巾车:有帷幕的一种轻便车子。

⑥睡到日高相折除:是说回家以后可以美美地睡个懒觉,来抵偿归途中顶风冒雨,早行赶路的辛苦。折除,抵偿。

立春都堂受誓祭九宫坛[①]

辇路春融雪未干[②],鸡人初唱五更寒[③]。

琼幡第一番花信[4]，吹上东皇太乙坛[5]。

【注释】

①立春：二十四节气之一。春季的开始。在公历2月3、4或5日。都堂：指尚书省正厅。祭九宫神坛前陪祀等官在这里受誓戒。九宫坛：即太一、天地、招摇、轩辕、咸池、青龙、太阴、天符、摄提九宫神坛。唐玄宗天宝三年(744)置，四时行祭，称其司九州水旱灾福之事。宋代沿祭不衰。南宋九宫坛，在临安(今杭州)东青门外一里。

②辇路：帝王车驾所经的路。

③鸡人：宫中黎明时，有头戴红巾的卫士，于朱雀门外高声喊叫，如鸡鸣以报警，称为鸡人。唐王维《和贾舍人早朝大明宫之作》诗："绛帻鸡人报晓筹，尚衣方进翠云裘。"

④琼幡：即春幡。幡，旗子。立春日挂春幡，作为春天来到的象征。这一天宫中也以春幡赐给百官。第一番花信：古代把应花期而来的风称为花信风。从小寒到谷雨，共八个节气，一百二十日，每五日为一候，计二十四候，每候应一种花信，称二十四番花信风。第一番花信风是梅花。

⑤东皇太一：司春之神。

赵昭仪春浴[1]

红薇滴露护轻寒[2]，微鬌香丝卸玉鸾[3]。
只道春风庭院秘， 外间已作画图看[4]。

【注释】

①赵昭仪：指汉成帝宠后赵飞燕的妹妹，入宫封昭仪，姊妹擅宠十余年。

②红薇：蔷薇。以花喻人。

③鬌(duò 堕)：头发下垂。香丝：指头发。刘克庄《赵昭仪春浴行》："燕钗微卸香丝鬌。"玉鸾：首饰。

④“只道”二句：宫中美人春浴虽属隐秘，却已被绘成图画，传观于外了。

朱继芳

朱继芳，字季实，号静佳，建安（今福建建瓯）人。绍定五年（1232）进士。授龙寻令，后调桃源令。又调宜州教授，不赴。诗入江湖派。有《静佳乙稿》。

客　路[①]

屈指秋风与雁期，阳关西去到何时[②]？
侧身一望肠堪断[③]，天似穹庐碧四垂[④]。

【注释】

①题共十首，此选其九。

②阳关：见卷一章妙懿《送汪水云归吴》注③。

③侧身：倾侧身体，有所注意貌。汉张衡《四愁》诗之二：“侧身南望泪沾襟。”

④天似穹庐：《敕勒歌》：“天似穹庐，笼盖四野。”穹庐，毡帐。今俗称蒙古包。

淮　客

长淮万里秋风客[①]，独上高楼望秋色。

说与南人未必听，神州只在栏干北[2]！

【注释】

①长淮：原作“长怀”，据《南宋群贤小集》《南宋六十家集》改。秋风：原作“北风”，据《南宋群贤小集》《南宋六十家集》改。

②神州只在栏干北：凭栏北望，感慨中原故土即在眼前，却不能收复。神州，指北宋的中原故土。南宋和金国以淮河为界，淮河以北的国土都割让给金人。杨万里《初入淮河》诗云：“船离洪泽岸头沙，人到淮河意不佳。何必桑干方是远，中流以北即天涯！”路德章《盱眙旅舍》诗：“渐近中原语音好，不知淮水是天涯！”感慨相同，可参看。

朱　门[1]

长楸走马却归来[2]，雉挟春骄未应媒[3]。
不信杏梁双燕语[4]，日长帘幕有风开[5]。

【注释】

①题共十首，此选其十。朱门：指豪富之家。

②长楸走马：三国魏曹植《名都篇》：“斗鸡东郊道，走马长楸间。”走马，跑马。长楸，高大的楸树。

③雉挟春骄未应媒：猎者驯养雉鸡，用来引诱野雉而猎取之，称为雉媒。这句是说春天的野雉骄得很，不用雉媒也能猎取到手。王安石《自金陵如丹阳道中有感》诗：“空场老雉挟春骄。”

④杏梁：文杏所制的屋梁。言其华贵。唐郑谷《燕》诗：“低飞绿岸和梅雨，乱入红楼拣杏梁。”

⑤帘幕有风开：言无意中窥见室中情事。

辛亥二月望祭斋宫因游甘园[1]

朝霏作雨连天湿[2]，花气熏人到骨香[3]。

四望水亭无正面，有花多处背湖光。

公事相妨一半春，今朝才得自由身。
眼中领略能多少，细雨斜风便妒人[④]。

【注释】

①题共五首，此选其二、其五。辛亥：宋理宗淳祐十一年（1251）。二月望：二月十五日。斋宫：皇帝行郊祀大礼时的斋戒之所。这里指皇帝到郊坛致斋。作者当时是陪祀官员。南宋的郊坛在临安（今杭州）嘉会门内，后徙于城西小昭庆寺侧。甘园：宋教宗内侍甘升的园林，又名湖曲园，在西湖净慈寺对面，孝宗曾临赏。有御爱松、望湖亭、小蓬莱、西湖一曲等胜景。

②朝霏：晨雾。

③花气：《南宋群贤小集》《南宋六十家集》《宋百家诗存》作“春气”。

④“眼中”二句：是说刚刚领略了一点春光，老天就妒忌人，细雨斜风不止，不让人继续欣赏。

俞 桂

俞桂，字希郄，号渔溪，钱塘（今浙江杭州）人。绍定五年（1232）进士。尝出守海滨。能诗，长于绝句。浅浅着语，颇饶风致。常与吴惟信、陈起相唱和。有《渔溪诗稿》。

江 头

渔浦山边白鹭飞[①]，西兴渡口夕阳微[②]。

等闲更上层楼望③,贪看江潮不肯归。

【注释】

①渔浦山边白鹭飞:唐张志和《渔歌子》词:“西塞山前白鹭飞。”渔浦山:在浙江萧山区西南三十里。宋代置渔寨于其地。

②西兴渡口:在浙江省杭州市萧山区西北钱塘江边。苏轼《八声甘州· 寄参寥子》词:“问鱼塘江上,西兴浦口,几度斜晖?”

③等闲:随便。层楼:高楼。

即　事

吹落杨花春事了,小池新绿雨添痕①。
浴蚕时节寒犹在②,村落人家半掩门。

【注释】

①小池新绿雨添痕:谓雨后池塘水涨。痕,岸边水痕。

②浴蚕:将蚕种浸于盐水或以野菜花、韭花、白豆花制成的液体中,汰弱留强,进行选种。称为浴蚕。通常在立春前后浴蚕。《农政全书》说农历二月十二日是浴蚕之日。《南宋群贤小集》《南宋六十家集》作“育蚕”。

陆　叡

陆叡(ruì 瑞)(?—1266),字景思,号云西,会稽(今浙江绍兴)人。陆佃五世孙。绍定五年(1232)进士。淳祐中,为沿江制置使参议。宝祐五年(1257),自礼部员外郎除秘书少监,又除起居舍人。景定五年(1264),为中大夫、集英殿修撰。出任江南东路计度转运副使兼淮西总领。谢翱编《天地间集》,曾列其诗作。

绝　句

采药人归闻术气[1],寻仙路远梦桃花[2]。
买来山酿全如水[3],亦解昏昏到日斜[4]。

【注释】

①术:指白术,一名山精。古人认为久服不饥,可以轻身延年。

②寻仙路远梦桃花:传说东汉永平年间,浙江剡县(今嵊州市)人刘晨、阮肇入天台山采药,迷路,见山头桃花结果,取食后便觉不饥。忽遇二仙女,被邀至洞中。半年后回乡,子孙已过七代。见南朝宋刘义庆《幽明录》。今浙江天台山有桃源洞,即因刘、阮故事而得名。这句是说寻仙路远,只能在梦中见到仙源的桃花。

③山酿:山村酿造的酒。全如水:形容酒薄。

④解:能。这句是说村酒虽薄,也能使人醉一阵子。

林希逸

林希逸,字肃翁,号竹溪,又号鬳斋,福清(今属福建)人。端平二年(1235)进士。初为平海军节度推官,淳祐中迁秘书省正字,景定间官司农少卿,历中书舍人,直宝谟阁,出知兴化军。有《竹溪十一稿》《鬳斋续集》。后人合称《竹溪诗集》。刘克庄在跋中称乾淳间林光朝始好深沉之思，为文极锻炼，一传为林亦之，再传为陈藻，三传为林希逸。诗比其师，“槁干中含华滋，萧散中藏严密，窘狭中见纡余”。述希逸诗学渊源及其诗风特点，可谓推许备至。

乐轩先师挽词[①]

网山遗稿乐轩文[②]，已矣今无识子云[③]。
千载何人按图问，犀斜南谷两荒坟[④]。

【注释】

①《两宋名贤小集》《南宋群贤小集》《南宋六十家集》题作《乐轩先师挽歌辞》。共三首，此选其二。乐轩：陈藻，字元结，号乐轩，福清（今属福建）人。作者的老师。

②网山：林亦之，字学可，号月渔，又号网山山人，福清（今属福建）人。陈藻的老师。详见卷七作者介绍。

③已矣：过去了。指网山、乐轩都已去世。子云：汉扬雄，字子云，博通群籍，多识古文奇字。仿《易经》《论语》作《太玄》《法言》，很受后世儒家的推重。这里是借以比拟网山和乐轩。

④犀斜、南谷：地名。网山、乐轩葬处。

张道洽

张道洽，字泽民，号实斋。衢州开化（今属浙江）人。从真德秀学。端平二年（1235）进士。授池州签判，改襄阳府推官。

景定间致仕。卒年六十四。平生作梅花诗三百余首,次为二卷,名《实斋咏梅集》。方万里序其诗云:“实斋先生诗,无一语不平淡,而豪放之气,自不可掩。咏梅诗极多,篇有意,句有韵。”

瓶　梅

寒水一瓶春数枝，清香不减小溪时①。
横斜竹底无人见②,莫与微云淡月知。

【注释】

①小溪:宋张镃《玉照堂梅品》提出“花宜称”(与梅花适宜相称者)二十六条,“清溪”为其中之一。

②横斜竹底:林逋《梅花》诗:“疏影横斜水清浅。”苏轼《和秦太虚梅花》诗:“竹外一枝斜更好。”这里兼用其语意。竹底,《宋百家诗存》作“烛底”,似更帖于案头清供之瓶梅,且与下句“莫与微云淡月知”相呼应,义较胜。

对　梅①

秋水娟娟隔美人②,江东日暮几重云③。
孤灯竹屋霜清夜，梦到梅花即见君④。

【注释】

①题共四首,此选其四。

②秋水娟娟隔美人:用杜甫《寄韩谏议注》:“美人娟娟隔秋水。”美人,才德美好之人。常指所思念者。这里喻梅花。

③江东日暮几重云:望云以寄托怀人之思。用杜甫《春日忆李白》诗:“渭北春天树,江东日暮云。”

④梦到梅花即见君：唐卢仝《有所思》诗："相思一夜梅花发，忽到窗前疑是君。"

冯去非

冯去非（1192—?），字可迁，号深居，南康军（今江西星子）人。淳祐元年（1241）进士，干办淮东转运使。宝祐四年（1256），召为宗学谕。理宗下诏立石，禁三学诸生上书，去非不肯书名，遂罢归。年八十余卒。

所　思

雁自飞飞水自流，西风不寄小银钩①。
斜阳何处横孤簟②，十二栏干一样愁③。

【注释】

①小银钩：《晋书·索靖传》："盖草书之为状也，婉若银钩，漂若惊鸾。"小银钩，喻娟美而遒劲的小字书。这里指书信。句言秋风过雁，而不见传书。唐白居易《写新诗寄微之偶题卷后》诗，"写了吟看满卷愁，浅红笺纸小银钩。"

②簟（diàn 殿）：竹席。孤簟，指独眠。

③十二栏干：十二层栏干。形容楼台之高。参见卷五敖陶孙《西楼》注②。

刘克庄

刘克庄(1187—1269),初名灼,字潜夫,号后村居士,兴化军莆田(今属福建)人。嘉定二年(1209),以荫补将仕郎,为真州录事参军、潮州通判。因《落梅》诗获罪,闲居二十余年。端平初,起为宗正簿,历枢密院编修官、江东提刑等。淳祐六年(1246),特赐同进士出身,除秘书少监兼中书舍人。劾权相史嵩之,贬知漳州。景定初,为工部尚书兼侍讲,以焕章阁学士致仕。

诗初学"永嘉四灵",后取法晚唐,为江湖派巨子。诗风轻快流利,时或失之浅露。亦有伤时念乱之作,笔力雄迈,尚不失为南宋后期大家。亦能词,受辛弃疾影响,多感慨时事之作,风格犷放。有《后村先生大全集》。

和仲弟

一春檐溜不曾停①,滴破空阶藓晕青②。
便是儿时对床雨③,绝怜老大不同听④。

雁回杳杳浑无梦⑤,鹊语啾啾似有凭⑥。
忽得远书看百过, 眼昏自起剔残灯⑦。

【注释】

①檐溜:屋檐间的雨水。

②藓晕:苔痕。

③对床雨:见卷二苏辙《逍遥堂会宿》注①④。

④绝怜:最可叹惜。

⑤无梦:《宋诗钞·后村集》作“无报”。报,回信。

⑥鹊语:古人以为喜鹊噪鸣是喜事临门的征兆。五代王仁裕《开元天宝遗事》卷下“时人之家,闻鹊声,皆为喜兆。”金元好问《得纬文兄书》:“鹊语喜复喜,山城谁与娱?”凭:凭据。

⑦“忽得”二句:极写收到兄弟远方来信后反复细看的兴奋之情。百过:百遍。形容次数之多。剔残灯:灯油将尽,挑起灯芯,使光加亮。

海　棠①

万蕊千葩染似红②,停杯无语恨东风。
薄寒且为花愁恼,何况开时值雨中。

红点霏霏似撒沙,荒园幻作五侯家③。
自怜改尽青青鬓④,无力栽花且看花。

几树繁红映碧湾,苎萝山下见芳颜⑤。
分明消得黄金屋,却堕荒蹊野径间⑥。

颠风猛雨阻追攀⑦,欲问春留数日间。
过眼红云成白雪⑧,到晴只恐没花看。

梅太酸寒兰太清，海棠方可入丹青[9]。
赵昌骨朽徐熙死[10]，谁写春风上锦屏[11]？

【注释】

①《后村先生大全集》题作《熊主簿示梅花十绝，诗至，梅花已过，因观海棠，辄次其韵》。共十首。此选其一、其二、其三、其四、其五。《后村千家诗》题同此，共五首，次序同。

②葩（pā 啪）：花。

③五侯：汉成帝时外戚王谭、王商、王立、王根、王逢五人同日封侯，时称五侯。东汉桓帝时封外戚梁冀之子梁胤、叔父梁让及亲从梁淑、梁忠、梁戟等五人为侯，称梁氏五侯。又封宦官单超等五人为侯，亦称五侯。唐韩翊《寒食》诗："日暮汉宫传蜡烛，轻烟散入五侯家。"这里是说海棠盛开，点缀得荒园如同豪富之家一般。

④改尽青青鬓：指头发变白，人到老年。

⑤苎（zhù 住）萝山：在今浙江诸暨市南，传说山下为西施故乡。前临浣江，江中有西施浣纱石。《后村先生大全集》作"罗浮山"。芳颜：美貌女子，指西施。这里喻海棠。

⑥"分明"二句：是说海棠娇艳得如同绝色美人一般，本来值得住在珍贵的黄金屋里，却不料流落在荒野山径之间。消得：值得。黄金屋：汉武帝姑母馆陶长公主的女儿名阿娇，武帝年幼时，姑母问将来把阿娇嫁给他好不好，他回答说："若得阿娇作妇，当以金屋贮之。"即位后，就立阿娇为皇后。见汉班固《汉武故事》。

⑦猛雨：《后村先生大全集》作"狂雨"。

⑧红云：喻盛开的海棠。陆游《海棠》诗："横陈锦障栏干外，尽吸红云酒盏中。"白雪：喻海棠纷纷谢落。

⑨丹青：图画。

⑩赵昌：见卷一徽宗《赵昌红梅山茶》注①。《宣和画谱》卷十八载御府所藏赵昌之画中有各类海棠图十一幅。徐熙：见卷三张舜民《板子矶》

注③。《宣和画谱》卷十七载御府所藏徐熙之画中有各类海棠图十八幅。

⑪锦屏：锦制的屏风。这句感叹没有高手能在屏风上画出真色生香的海棠。

和用前韵①

色深乍捣守宫红②，片片俄随蛱蝶风③。
到得离披无意绪④，精神全在半开中。

蔷薇难比况金沙⑤，一种风标富贵家⑥。
我有公评君记取：惜花须惜海棠花。

千株绛雪照沧湾⑦，应笑刘郎带老颜⑧。
尚有少年情味在，戏搜绮语续《花间》⑨。

扬州官柳昔曾攀⑩，亦醉琼花芍药间⑪。
独有海棠心未足，甘州多处必来看⑫。

刘园水竹绝幽清⑬，花径繁红藓砌青。
何处贵游开步幛⑭，谁家生色画深屏⑮？

【注释】

①《后村先生大全集》题作《再和十首》。此选其一、其二、其三、其四、其五。《宋诗钞·后村集》题作《再和熊主簿梅花十绝》。题下注："诗至，梅花已过，因观海棠。"共十首，此选前五首，次序同。《后村千家诗》题同此，共五首，次序同。

②守宫：即壁虎。据说用朱砂喂养，使它浑身变红，然后用杵捣烂，拿来点宫人的肢体，鲜红不灭，有房事则灭，故名守宫。见晋张华《博物志》卷二。乍捣：初捣。言其色鲜。这里是形容海棠的鲜红颜色。

③片片：《后村先生大全集》《后村千家诗》作"片细"。蛱蝶：蝴蝶。

④离披：枝叶分散貌。

⑤金沙：金沙罗，花似酴醾，单瓣，红艳夺目。

⑥风标：风姿仪态。

⑦绛雪：道家丹药名，深红色。这里借以喻海棠。王禹偁《商山海棠》诗："浅着红蓝染，深于绛雪喷。"沧湾：清清的水湾。

⑧刘郎，作者自指。唐刘禹锡《自朗州至京戏赠看花诸君子》诗："玄都观里桃千树，尽是刘郎去后栽。"亦牵合刘晨遇仙事。见本卷陆罊《绝句》注②。

⑨绮语：指描摹男女情爱的诗词文字。《花间》：指《花间集》。五代后蜀赵崇祚编。选录晚唐、五代十八家词五百首，内容大多写男女欢爱，离情别绪等，词风绮靡。

⑩扬州官柳：《后村先生大全集》《宋诗钞·后村集》作"凤州宫柳"。官柳：官府所种的柳。多指大路旁的柳树。

⑪琼花：扬州后土祠有琼花一株，相传唐人所植，为稀有珍异名花。《后村先生大全集》作"宫花"。芍药：扬州当地名花，宋初已名闻天下。《能改斋漫录》卷十五引孔武仲《扬州芍药谱叙》云："扬州芍药，名于天下，非特以多为夸也。其敷腴盛大，而纤丽巧密，皆他州之所不及。"

⑫甘州：治所在今甘肃张掖市。因州东有甘峻山而得名。按：甘州疑为昌州之误。海棠有色无香，据说唯昌州海棠独香，因有"海棠香国"之称（见《广群芳谱》卷三十五引明张所望《阅耕余录》）。昌州，即今重庆大足区。此句《后村先生大全集》《宋诗钞·后村集》作"每逢多处必来看"。

⑬刘园：《宋诗钞·后村集》作"别园"。

⑭步幛：用以庶避风尘或障蔽内外的屏幕。《世说新语·汰侈》："君夫（王恺）作紫丝布步幛、碧绫裹四十里，石崇作锦步幛五十里以敌之。"

⑮生色画深屏：指在内室的屏风上画出生动逼真的海棠图。生色，颜

色形象鲜明如真。深屏,内室的屏风。唐李贺《秦宫》诗:“内屋深屏生色画。”

西　山

绝顶遥知有隐君①,餐芝种术鹿为群②。
多应午灶茶烟起, 山下看来是白云。

【注释】

①隐君:隐君子,隐居者。

②餐芝种术:以灵芝为餐,种白术以食,相传能轻身延年。参见本卷陆罂《绝句》注①。鹿为群:与野鹿为友,谢绝世俗交往。

湖南江西道中①

贾生废宅草芊芊②,路出长沙一怅然。
今日洛阳归不得, 招魂合在楚江边③。

少陵阻水诗难继④,子厚游山记绝工⑤。
断壁残圭零落锦⑥,新碑无数满湘中。

每嘲介甫行新法⑦,常恨欧公不读书⑧。
浩叹诸刘今已矣⑨,路傍乔木日凋疏⑩。

派里人人有集开⑪,竞师山谷友诚斋⑫。
只饶白下骑驴叟, 不敢勾牵入社来⑬。

【注释】

①题共十首，此选其二、其三、其七、其九。

②贾生：指贾谊，西汉文学家，河南洛阳人。年二十余任博士、太中大夫，有志改革政治，遭大臣之忌，被贬为长沙王太傅。贾谊宅在湖南长沙南。芊芊：草盛貌。唐刘长卿《长沙过贾谊宅》诗："秋草独寻人去后。"

③"今日"二句：贾谊被贬长沙，渡湘水时，感伤遭遇，曾作《吊屈原赋》，借凭吊千古忠魂，以抒其悲愤。招魂：招屈原之魂。

④少陵阻水诗难继：少陵，指杜甫。唐代宗大历五年（770）四月，杜甫因潭州（今湖南长沙）兵乱，拾妻子乘小船南下，抵衡州后，又溯郴水入耒阳县境，计划去郴州依舅父崔伟。适逢江水大涨，停泊在方田驿，五天得不到食物。耒阳令聂某闻知，立即写信问候，并赠送酒肉。杜甫为作《聂耒阳以仆阻水，书致酒肉，疗饥荒江，诗得代怀，兴尽本韵，至县呈聂令》一诗。因水势不退，杜甫无法前进，不能当面把诗交给聂令，只好掉转船头，又回衡州北上。水退后，聂令派人寻找杜甫，不见踪迹，便认为杜甫已被水淹死，就在耒阳县北建立一座空坟来纪念他。由此就传说杜甫饿了多天，一旦得到聂令送来的白酒牛肉，醉饱之后，当晚就死去了。这传说从中唐以后流布很广，刘克庄也信以为真，所以说"阻水诗难继"。难继，即成绝唱。

⑤子厚游山记绝工：子厚，唐代文学家柳宗元字。他因参加王叔文为首的政治改良集团，事败被贬为永州（今湖南零陵）司马。在州时常以游览山水自娱，写成山水游记八篇，即《始得西山宴游记》《钴鉧潭记》《钴鉧潭西小丘记》《至小丘西小石潭记》《袁家渴记》《石渠记》《石涧记》《小石城山记》，总称《永州八记》。

⑥断壁残圭零落锦：比喻遗留下来的诗文名篇。圭、璧，古代诸侯朝会、祭祀用作符信的玉器。

⑦每嘲介甫行新法：介甫，即王安石。指刘攽讽刺王安石新法。宋叶梦得《石林诗话》卷上："刘贡父（攽）天资滑稽，不能自禁，遇可谐谑，虽公卿不避。与王荆公素厚，荆公后当国，亦屡谑之，虽每为绝例，然意终不能平也。"宋杨万里《诚斋诗话》："介甫当国，喜言农田水利。有献议梁山泺

可涸之以为田，介甫欲行之，又念水无所归，以问刘贡父，曰：'此事杨蟠无齿。'贡父退，介甫思其说而不得。呼其子雱，问以此语何意，且出何书。雱曰：'不知，当召而问之。'贡父既至，雱以父之问问焉。贡父笑曰：'此易晓耳。杨蟠杭人，善作诗，自号浩然居士，相公熟识之。今欲涸湖为田，此事浩然无涯也。'一时闻者绝倒。"此事又见《明道杂志》《渑水燕谈录》等宋人笔记，而所说略有异同。丁传靖《宋人轶事汇编》卷九综述之云："王荆公好言利，有小人谄曰：'决梁山泊八百里水，以为田，其利大矣。'荆公喜甚，徐曰：'决水何地可容'？刘贡父曰：'自其旁别凿八百里泊，则可容矣。'荆公笑而止。"刘攽谐谑，类多如此。

⑧常恨欧公不读书：指刘敞。敞学问渊博，欧阳修读书有疑难，也写信向他请教。见《宋史·刘敞传》。清王士禛《池北偶谈》卷八《欧刘》："刘原父（敞）与永叔（欧阳修）相友善。然原父常言：'好个欧九，可惜不读书！'"

⑨诸刘：指刘敞、刘攽、刘庠、刘恕等人（庠、恕亦不满新法）。

⑩乔木：高大的树木。《孟子·梁惠王下》："所谓故国者，非谓有乔木之谓也，有世臣之谓也。"乔木凋疏：喻前辈凋零。凋疏：《池北偶谈》引作"萧疏"。

⑪派：指江西诗派。始于北宋江西人黄庭坚，以吕本中所作《江西诗社宗派图》而得名。

⑫山谷：即黄庭坚。他被推为江西诗派之祖。诚斋：即杨万里。曾作《江西宗派诗序》，有云："江西诗派者，诗江西也，人非皆江西也。人非皆江西而诗曰江西者，何系之也？系之者何？以味不以形也。"

⑬"只饶"二句：只剩下一位大诗人王安石，不曾被拉进江西诗派去。只饶：只剩。白下骑驴叟：指王安石，也是江西人。晚年退居南京钟山，出门好骑驴，故称。参见卷五杨万里《游定林寺即荆公读书处》注③。白下：今江苏南京的别称。勾牵：牵连。这里指拉关系。

戴表元

戴表元(1244—1310),字帅初,一字曾伯,庆元奉化(今属浙江)人。咸淳中登进士乙科。除建康教授,迁临安。又迁行户部掌故,国子主簿,皆以兵乱不就。入元,以荐为信州教授,调婺州,称病归。再以修撰博士荐,不起,终于家。著有《剡源戴先生文集》。清顾嗣立《元诗选》小传称:“至元、大德间,东南之士以文章大家名重一时,帅初一人而已。”

湖　州①

山从天目成群出,水傍太湖分港流②。
行遍江南清丽地③,人生只合住湖州④。

【注释】

①题共二首,此选其一。湖州:今属浙江。

②“山从”二句:天目,山名。东天目在旧浙江临安县西北,西天目在旧於潜县北。《元和郡县志》说东西天目山的顶上,各有天然天池,左右相对,如天之有两目,故称天目。湖州南倚天目,北傍太湖,山川秀丽,物产富饶,为江南著名的丝绸之府和鱼米之乡。

③江南清丽地:南朝齐谢朓《入朝曲》:“江南佳丽地。”

④只合:只应。

感旧歌者[1]

牡丹红豆艳春天[2]，檀板朱丝锦色笺[3]。
头白江南一尊酒，无人知是李龟年[4]。

【注释】

①旧歌者：指前朝的歌人。诗当作于入元以后。

②牡丹：北宋洛阳牡丹特盛，欧阳修曾撰《洛阳牡丹记》以记其盛况。南渡后，洛阳沦于金人治下，陈与义有感于国破家亡的惨痛，曾作《牡丹》诗云："一自胡尘入汉关，十年伊洛路漫漫。青墩溪畔龙钟客，独立东风看牡丹。"此暗用其意。红豆：别名相思子，木本，蔓生，冬春结实如豌豆而微扁，色艳红如珊瑚。唐王维《相思》诗："红豆生南国，春来发几枝。愿君多采撷，此物最相思。"（此诗一本题作《江上赠李龟年》）李龟年流落江南时最爱唱此曲。参见注④。红豆，一作"红紫"，意浅。艳春天：一作"艳阳天"。

③檀板：檀木拍板，歌时用以击节。朱丝：即朱弦。乐器上的红色丝弦。锦色笺：指歌笺。

④"头白"二句：李龟年，开元、天宝年间著名歌唱家，颇受唐玄宗优遇。安史之乱后，流落江南，每逢良辰胜景，在歌筵间常为人唱"红豆生南国"等曲，闻者莫不掩泣罢酒。见唐郑处诲《明皇杂录》、唐范摅《云溪友议》。唐杜甫《江南逢李龟年》诗："正是江南好风景，落花时节又逢君。"这里是以李龟年借指旧歌者，抒写故国沧桑的感慨。明田汝成《西湖游览志余》卷十一："奉化戴帅初表元，宋太学生也，入元不仕。其《湖上赠歌者》一绝，有故国之思焉（诗如上略）。"

题赵大年芦雁[1]

寒更索索惊霜丛[2]，兄弟当年意自同[3]。

犹是江湖太平处，未妨沉着卧秋风。

【注释】

①赵大年：即赵令穰，字大年，北宋著名画家。汴梁（今河南开封）人。宋宗室，官至崇信军节度观察留后。擅画湖天平远小景，兼工墨竹、禽鸟。笔墨清丽。

②寒更：寒夜打更声。索索：风声。霜丛：指秋后的芦苇。惊：《剡源戴先生文集》作“警”，义较长。

③兄弟：雁飞行先后有序，古人借以喻兄弟。《礼记·王制》：“兄之齿雁行。”参见卷三彭汝砺《君宜弟过鄱阳风雨未行驰寄此诗》注②。

铜山寺口初见梅花书寄何则颜[1]

吴歌楚舞送年华，忆着终还不似家。
今日春风吹梦醒，铜山寺口见梅花。

【注释】

①题共二首，此选其一。铜山寺：江苏江宁溧水、铜山、仪征，安徽泾县，浙江衢州，江西德兴等地皆有铜山，此未详所指。玩诗中“吴歌楚舞”之语，似在江西。何则颜：不详。

过鄮山祠塾作[1]

沧江城阙三叉口[2]，白日弦歌数亩宫[3]。
犹有祠官旧杨柳[4]，向人离立管春风[5]。

【注释】

①鄮（mào 茂）山：在鄞县（今浙江宁波市）东。据说从前海上有人在此贸易，故名贸山，后改“贸”为“鄮”。汉以名县，五代梁改鄞县。祠塾：附

设于祠堂的学校。祠,指祭祀南宋史浩的祠堂。史浩,字直翁,号鄮峰真隐,鄞县人。绍兴十四年(1144)进士。孝宗为建王时,他以司封郎中兼直讲,教宗即位后,迁翰林学士知制诰,累官右丞相。死后配享庙廷。

②沧江:清江,指甬江。城阙:城市。《剡源戴先生文集》作“城阓”。

③弦歌:古代学校授诗,以琴瑟配乐歌咏,称为弦歌。后泛指学习、授业。宫:学宫,即学舍。

④祠官:掌管祭祀、祠庙的官。

⑤离立:并立。《礼记·曲礼上》:“离坐离立,无往参焉。”离,犹“俪”。春风:喻教化。

谢枋得

谢枋得(1226—1289),字君直,号叠山,信州弋阳(今属江西)人。宝祐四年(1256)进士。宋末以江东提刑、江西招谕使知信州。元兵破信州,改换姓名隐居福建一带。元朝多次征聘,坚辞不就。后被胁迫至燕京,绝食而死。门人私谥文节。有《叠山集》。

武夷山中①

十年无梦得还家②,独立青峰野水涯。
天地寂寥山雨歇③,几生修得到梅花④。

【注释】

①武夷山:见卷五朱熹《武夷棹歌》注①。

②十年无梦得还家：德祐元年（1275），作者在信州兵败后，改名换姓，弃家流亡。次年，妻子和二子被元兵所俘。作者在福建山野间过隐居生活，至作此诗时将近十年。句谓心萦国事，既无暇思家，亦无家可归。

③天地寂寥山雨歇：喻宋室已亡，抗元大势已去。

④几生修得到梅花：梅花耐严寒，抗冰雪，素有花中君子之称。这里是借以自励气节。

方　回

方回（1227—1307），字万里，号虚谷，歙县（今属安徽）人。宋景定三年（1262）别省登第。官提领池阳茶盐，知严州。元兵至迎降，授建德路总管。不久罢官，往来杭、歙间。平生致力于诗，崇尚江西诗派，倡“一祖三宗”之说。评选唐宋以来律诗为《瀛奎律髓》。有《虚谷集》，已佚。今存《桐江集》《桐江续集》。

竹　阁①

千山斫入亚夫营②，佳墅名园怕近城。
赖是白公资佛力，小留苍翠作秋声③。

【注释】

①《桐江续集》总题为《记正月二十五日西湖之游十五首》，首各有小题，此首为其十一。竹阁：唐白居易建，在杭州西湖孤山。白居易有诗云：“晚坐松檐下，宵眠竹阁间。清虚当服药，幽独抵归山。巧未能胜拙，忙应不及闲。无劳别修道，只此是玄关。”

②亚夫营:即细柳营。汉文帝时周亚夫为将军,屯兵细柳(今陕西咸阳西南),号令严明。文帝亲往劳军,至军门,因无军令不得入。后遣使持节诏将军,亚夫传令开军门,请以军礼见。文帝既入,按辔徐行,成礼而去,因感叹周亚夫为真将军。斫营:偷袭敌营。这里是比喻城外群山有闯入城中之势。杭州群山环抱,素有"三面云山一面城"之称。

③"赖是"二句:句下自注云:"仅存。"指当年白居易所建的竹阁,仿佛得到神佛的呵护,得以留存至今,依然苍竹摇翠,秋声送耳。白公:指白居易。资:借助。

清湖春早①

楼上春阴覆晓云,一河天净碧沄沄②。
雨宜不骤风宜细,闲倚栏干看水纹。

【注释】

①题共二首,此选其二。清湖:在今浙江江山市南。旧为闽浙要会,自闽入浙者至此舍舟而陆,自浙入闽者至此舍陆而舟。

②沄沄:水波荡漾貌。

过湖口望庐山①

江行初见雪中梅,梅雨霏微棹始回②。
莫道无人肯相送,庐山犹自过江来③。

【注释】

①湖口:指鄱阳湖口。

②梅雨:江南四、五月间梅子黄熟时,阴雨连绵,称梅雨。

③过江:《元诗选》作"过湖"。

春晚杂兴[①]

岂有邪溪父老钱[②]，无朝无暮在尊前[③]。
樱桃豌豆分儿女，草草春风又一年[④]。

芳草茸茸没屦深[⑤]，清和天气润园林[⑥]。
霏微小雨初晴处，暗数青梅立树阴。

【注释】

①春晚：原作“春晓”，据《桐江续集》《元诗选》改。共十二首，此选其六、其十二。

②邪溪：即若邪溪。在浙江绍兴南若邪山下，北流入镜湖，相传为西施浣纱处，故又名浣纱溪。邪，亦作“耶”。

③尊：酒杯。这句是说成天喝酒。

④草草：匆促。

⑤屦(jù 据)：麻鞋。

⑥清和天气：暮春初夏天气，多指农历四月。南朝宋谢灵运《游赤石进帆海》诗：“首夏犹清和，芳草亦未歇。”

饮　归

潋滟红深百盏浇[①]，醉归不觉路迢迢。
临分情味殷勤甚，暗遣人扶过画桥[②]。

【注释】

①潋滟(liàn yàn 练艳)：满溢貌。这里形容酒从杯中溢出。唐白居易《对新酝家酿玩自种花》诗：“玲珑五六树，潋滟两三杯。”

②“临分”二句：主人情意深厚，度散临别时，怕客人醉倒，暗地派人扶他过桥。

过长安市①

算橘租菱小市哗②，堰头桥尾约千家③。
人家已尽无人处，时见芙蓉一岸花④。

【注释】

①长安市：指长安镇，在今浙江海宁市西北二十五里。旧为运河所经，宋时筑长安堰于此，为舟车要冲之地。宋德祐初，元伯颜军至长安镇，进屯皋亭而宋亡。元于此置税课务及驿。

②算橘租菱：指对橘子、菱角等果品征取税钱。宋时商税，行商每千钱算二十，坐贾每千钱算三十。大约如此，但无定制，其名物各随地宜不一。见《宋史·食货志下》。元时商税定三十分取一之制。见《元史·食货志二》。

③堰（yàn 宴）：挡水的低坝。

④芙蓉：荷花。

过崇德县①

枯柳无风影不摇，败墙颓屋意萧萧。
忽然唤醒承平梦②，犹有红栏夹画桥。

【注释】

①崇德县：旧县名，在浙江北部，今并入桐乡市。

②承平：太平时世。

晓发富阳县[①]

长山砻石片帆斜[②]，小雨初晴日眩沙[③]。
回首遥看富阳县，青烟低罩一丛花。

【注释】

①富阳县：今属浙江杭州，在钱塘江下游。

②砻（lóng 龙）石：指开采凿磨山石。

③日眩沙：指阳光照射在沙滩上，光彩闪烁，使人目眩。

江行大雨水涨[①]

客路由来但喜晴，山深何况更舟行。
孤篷酒醒三更雨，滴碎愁肠是此声。

【注释】

①题共四首，此选其一。

樱桃花[①]

浅浅花开料峭风[②]，苦无妖色画难工[③]。
十分不肯精神露，留与他时着子红[④]。

【注释】

①《桐江续集》有小序云："自梅既谢，久缺花诗，今随小园所有花赋之，非所有者不为，前冬后夏者亦不为，凡得二十四首。"所选为其一。樱桃：又名含桃，春季开花，淡红色或白色。

②料峭风：指微带寒意的春风。

③苦无妖色画难工：是说樱桃花并不浓艳，很难画好。妖色，浓艳之色。

④“十分”二句：是说樱桃花开浅淡，不愿把全副精神发露出来，是要留着将来结鲜红的果实。拓开一步，颇得咏物风神。他时：原作“他年”，据《桐江续集》《元诗选》改。

惜研中花①

花担移来锦绣丛②，小窗瓶水浸春风③。
朝来不忍轻磨墨，落研香粘数点红④。

【注释】

①研：同“砚”。《桐江续集》《元诗选》作“砚”。

②锦绣丛：喻花丛。

③瓶水浸春风：指把花枝插在瓶水中。

④“朝来”二句：瓶花落砚，不忍磨墨以玷损香红。点明题面，似有所寓意。

熊　钚

熊钚（hé 和）（1247—1312），初名禾，字去非，又字位辛。号勿轩，又号退斋，建安（今属福建）崇泰里人。咸淳十年（1274）进士，授汀州司户参军。宋亡不仕，入武夷山，筑洪源书堂讲学。又归故里，筑鳌峰书堂，学者称勿轩先生。有《勿轩集》。

客舍雨

青烟着雨傍楼横，展转虚窗梦不成[①]。
客里清愁无可奈，卧听檐溜泻秋声[②]。

【注释】

①展转：指翻来复去，难以成眠。

②檐溜：见本卷刘克庄《和仲弟》注①。

林一龙

林一龙，字景云，号石室先生，永嘉（今浙江温州）人。咸淳七年（1271）进士，官至史馆检阅。

十四夜观月张氏楼

只隔中秋一夕间，蟾光应未少清寒[①]。
时人不会盈虚意，不到团圆不肯看[②]。

【注释】

①“只隔”二句：是说离中秋只一晚，月光该少不了许多。蟾光：月光。传说月中有蟾蜍，故称。清寒：传说月宫有“广寒清虚之府”的题榜。见旧题柳宗元《龙城录》。这里形容月光的清冷皎洁。

②“时人”二句：感叹世人只知赏识已成圆满之物，而不懂事物发展变

化的道理。不会：不懂。盈虚：月亮圆缺。这里兼指事物消长变化的道理。

周密

周密（1232—1298），字公谨，号草窗、萧斋、蘋洲、弁阳啸翁、四水潜夫、华不注山人等。原籍济南（今属山东），其曾祖随宋室南渡，迁于吴兴（今浙江湖州）。早年随父往来闽、浙。宋末，为临安府幕属，充奉礼郎，两浙运司掾，监和剂局、丰储仓，为义乌令。入元不仕。居杭州，与谢翱、邓牧相往还，又与王沂孙、李彭老、张炎等结词社。能诗，尤工词，并勤于辑录宋代文献。著有《草窗韵语》《草窗词》《武林旧事》《癸辛杂识》《齐东野语》《云烟过眼录》《浩然斋雅谈》等。

西太乙宫①

蕊宫广殿号黄庭②，突兀浮云最上层。
五福贵神留不住，水堂空照九枝灯③。

【注释】

①西太乙宫：旧址在杭州西湖孤山。宋理宗时太监卢允升等妄称五福太乙神降临，因就孤山延祥园建西太乙宫。作者《武林旧事》卷五《湖山胜概》于“西太乙宫”下引此诗，并有说明云：“旧四圣观园，理宗朝建。今黄庭殿，乃昔凉堂也。两壁萧照画尚存。”

②蕊宫：又名蕊珠宫，道教的宫观。黄庭：道教经典名。这里指西太

乙宫的黄庭殿。

③九枝灯:一干九枝的花灯。这两句是感叹神灵不能为南宋统治者造福。最终落得国家沦亡。

甘　园[①]

小小蓬莱在水中[②],乾淳旧赏有遗踪[③]。
园林几换东风主[④],留得庭前御爱松。

【注释】

①甘园:见本卷朱继芳《辛亥二月望祭斋宫因游甘园》注①。作者《武林旧事》卷五《湖山胜概》于“甘园”下引此诗,并有说明云:“内侍甘昇园,又名‘湖曲’。曾经临幸,至今有御爱松、望湖亭、小蓬莱、西湖一曲。后归赵观文,又归谢节使。”

②小小蓬莱:指甘园“小蓬莱”之景。蓬莱,传说海中仙山。

③乾淳旧赏:指宋孝宗曾临赏甘园。乾淳,乾道、淳熙,孝宗年号。

④园林几换东风主:甘园原属孝宗内侍甘昇,后归赵观文,又归谢节使,数易其主,故云。

严　粲

严粲,字坦叔,一字明卿,邵武(今属福建)人。严羽族弟。登进士第,官清湘令。诗风清脱。戴复古赠句云:“遍参百家法,终乃师杜甫。”可知其趣尚。有《华谷集》。

雾中早行

行人模糊画中影，高树夭矫空际云[①]。
楼台几处半隐见[②]，三岛梦断犹纷纭[③]。

【注释】

①夭矫：形容枝干屈伸自如。这句是说雾中高树，看如空际之云。

②隐见：若隐若现。见，同“现”。

③三岛：传说中海上的三座神山，即蓬莱、方丈、瀛洲。

雪　梅

报道梅边雪未休，披衣晨起上帘钩。
孤根清健元如许，空为花寒一夜愁[①]。

【注释】

①“孤根”二句：大雪不止，担心梅花受冻，却不料它如此清健，显得夜来的担心是多余了。似有所寓意。孤根：指梅树。元：“同原”。

宿石潭寺寄黄炳[①]

昨日湖心共泊船[②]，一天星露宿寒烟。
朝来极目无洲渚，知采蘋花何处边[③]？

【注释】

①石潭寺：在湖南湘潭西南六十里涟水南岸。黄炳：字本阳，庐陵（今江西吉安）人。嘉定十六年（1223）进士。以太学博士召试馆职，除正字，历校书郎、秘书郎、著作佐郎，曾知汀州。作者集中寄赠诗颇多，题为《庐

陵黄炳，筑亭所居侯山，扁以赤松子，自号赤松亭长，之官鄂渚，为赋诗》，不啻其人小传。清王士禛《居易录》卷二评此诗及《秋入》诗云："稍有唐人音节。"

②昨日：《居易录》作"昨夜"，何从。

③蘋花：见卷一孙光宪《竹枝词》注①。唐柳宗元《酬曹侍御过象县见寄》诗："春风无限潇湘意，欲采蘋花不自由。"

秋　入

秋入白蘋风浪生[1]，痴云未放楚天晴[2]。
青山湖外知何处[3]？中有斜阳一段明。

【注释】

①秋入白蘋风浪生：《南宋群贤小集》《宋百家诗存》作"秋入蘋风白浪生"。

②痴云：呆滞不动的云。陆游《芒种后经旬无日不雨偶得长句》："痴云不散常遮塔，野水无声自入池。"

③湖外：《南宋群贤小集》作"湖水"。

吴则礼

吴则礼（？—1121），字子副，号北湖居士，兴国（今属江西）人。以父荫入仕。元符元年（1098），为卫尉寺主簿。崇宁中，直秘阁，知虢州。三年（1100），编管荆南。晚居江西南昌。有《北湖集》。

绝　句[1]

华馆相望接使星[2]，长淮南北已休兵。
便须买酒催行乐，更觅何时是太平！

满船买了洞庭柑[3]，雪色新裁白苎衫[4]。
唤得吴姬同一醉[5]，春风相送到江南[6]。

【注释】

①宋高宗绍兴十一年(1141)，与金国订立和约：宋、金东以淮河，西以大散关(今陕西宝鸡附近)为界，宋向金称臣，每年输纳银、绢各二十五万。和约签订后，一些苟安享乐的士大夫和糊涂人，却兴高采烈，认为从此化干戈为玉帛，天下可以太平无事了。这两首绝句即对此而发，反讽以见意。清潘德舆《养一斋诗话》卷五云："宋人绝句亦有不似唐人，而万万不可废者。"举"华馆相望接使星"一首及朱继芳《淮客》、郑汝谐《题盱眙第一山》(均见本书本卷)等诗，评曰："此类纯以劲直激昂为主，然忠义之色，令人起敬，未尝非诗之正声矣。"按：据杨万里《诚斋诗话》说：尤袤曾吟诵吴则礼的这两首绝句，但据《全宋词》，吴则礼卒于宋徽宗宣和三年(1121)，则不及见绍兴和议，亦无由作此诗。二者不知孰是，俟考。

②华馆：接待来往使者的华丽馆舍。使星：汉和帝时派使者到各地观采风谣，使者二人到益州，投李郃家。李郃前已见天上有二使星向益州分野，因知使者要来(见《后汉书·李郃传》)。后指朝廷派出的使者为"使星"，又称"星使"。

③买：《诚斋诗话》引作"卖"。洞庭柑：太湖洞庭山产的柑橘，颜色鲜红，果味鲜美。参见卷三米芾《垂虹亭》注③。

④雪色新裁白苎衫：见卷五姜夔《除夜自石湖归苕溪》注⑳。苎，一作"纻"。

⑤吴姬：吴地美女。常指酒家姑娘。李白《金陵酒肆留别》诗："风吹柳花满店香，吴姬压酒唤客尝。"

⑥到江南：《诚斋诗话》《宋诗纪事》作"过江南"。

王　铚

王铚（zhì 至），字性之，汝阴（今安徽阜阳）人，自称汝阴老民。南渡后寓居剡中（今浙江嵊州）。绍兴初，以荐，诏视秩史官，给札奏御，为枢密院编修官。秦桧当国，忤其意，遭摈斥。博学多闻，熟于掌故。能诗，风格近晚唐温庭筠、李商隐。著有《雪溪集》《默记》《国老谈苑》等。

忆　昔[①]

匡庐古寺暗松藤[②]，曾宿寒岩最上层。
火暖炉温四山静，前溪风雪后窗灯。

【注释】

①《宋百家诗存》题作《咏墨君杂题》，共四首。此选其四。

②匡庐：即庐山。见卷二李觏《送僧游庐山》注①。

春　郊[①]

碧飞红断正伤春[②]，万里天涯一病身。
芳草路长楼百尺，楼中更有凭栏人[③]。

【注释】

①《两宋名贤小集》题共二首，此选其二。

②碧飞红断：指花叶飘零，春天已去。

③“芳草”二句：写天涯孤客遥想高楼思妇凭栏望归之情。从对面着笔，逐层推进，情思显得更为凄苦。欧阳修《踏莎行》词：“平芜尽处是春山，行人更在春山外。”写高楼思妇遥念远方征人，着眼不同，构思相似。

赖　铸

赖铸（chóu 酬），字成之，号竹庄。铸，《宋诗纪事》作“铸”。按：铸，美玉。揆诸古人名与字应之例，一为玉成，一为铸成，义可两通。

送郑居之[①]

窗前落叶正萧萧，夜雨寒灯共寂寥[②]。
君是居人予是客，明朝相候合江桥[③]。

【注释】

①郑居之：不详。

②“窗前”二句：写秋夜孤客羁旅之思。唐马戴《灞上秋居》诗：“落叶他乡树，寒灯独夜人。”

③合江桥：在四川成都东南二江合流处。桥旁有亭，名合江亭，唐韦皋建，为宴饯之地，名人题咏很多。

汪　莘

汪莘(1155—?),字叔耕,休宁(今属安徽)人。隐居黄山,研穷《周易》、诸子百家及释老诸书。嘉定中,以布衣应诏,三上封事,不用。退而筑室柳溪,环以方渠,自号方壶居士。能诗词,其诗造境生而出语险,风格奇诡,绝句颇饶风神。词好苏轼、朱希真、辛弃疾三家,风格粗豪。有《方壶存稿》。

送赵君①

一榼村醪插别筵②,清风急雨送归船。
望中未是湖州境③,便有吴歌唱采莲④。

【注释】

①题共二首,此选其一。

②榼(kē 科):酒杯。村醪(láo 劳):村酒。言酒质薄劣。插:充厕。这句是说薄酒一杯,聊充别筵,表示不成敬意。是送客的客气话。

③湖州:见本卷戴表元《湖州》注①。

④吴歌:江南民歌。采莲:指《采莲曲》。乐府古辞《江南可采莲》:“江南可采莲,莲叶何田田。”

闻人武子

闻人武子，号蓬池，寓居丹徒（今属江苏）。绍兴三年（1133），特补从政郎，授江东宣抚使干办公事，后改京官。有《蓬池编》。

墨　梅[1]

陇首人归信息稀[2]，愁看冰楮破寒枝[3]。
瑶姬驻立缘何事，直到霜飞月堕时[4]。

【注释】

①宋曾季貍《艇斋诗话》："墨梅诗甚多，如陈去非'虽然变白能为黑，桃李依然是仆奴'，其词盖几乎骂矣。惟闻人武子一诗云：'瑶姬伫立缘何事，直到烟昏月堕时。'形容得宛转，甚佳。"

②陇首人归：用陆凯折梅寄范晔并赠诗事。见卷二欧阳修《寄赠丁判官》注②。陇首，即陇头。陇，指陇山，在今陕西陇县西北。

③冰楮：白纸。这句是说在纸上画梅。

④瑶姬：神女名。相传为赤帝之女，葬于巫山之阳，即巫山神女。唐唐彦谦《楚天》诗："不会瑶姬朝与暮，更为云雨待何时？"这两句是以含情久立的神女，比喻墨梅的风韵独绝。

董　颖

董颖，字仲达，德兴（今属江西）人。绍兴初，从汪藻、徐俯游。有《霜杰集》。

江　上

万顷沧江万顷秋，镜天飞雪一双鸥①。
摩挲数尺沙边柳②，待汝成阴系客舟。

【注释】

①飞雪：喻白色的鸥鸟。两句寄意稚柳，盼其成阴，浅淡语而自见深情。

②摩挲（suō 梭）：抚摩。

戴复古

戴复古（1167—？），字式之，台州黄岩（今属浙江）人，所居南塘有石屏，因以自号。一生不仕，浪游江湖，晚年归隐乡居。卒年八十余。初从同里徐渊子学诗，后受学于陆游，亦受晚唐诗及江西诗派影响。诗风清健轻快，自成一家，为江湖派中较有成就的诗人。有《石屏集》。

江村晚眺[1]

数点归鸦过别村[2]，隔滩渔笛远相闻[3]。
菰蒲断岸潮痕湿[4]，日落空江生白云。

【注释】

①《南宋群贤小集》题共二首，此选其一。《后村千家诗》题作《江上暮景》。

②数点归鸦过别村：秦观《满庭芳》词："斜阳外，寒鸦万点，流水绕孤村。"

③隔滩：《后村千家诗》作"逾溪"。《南宋群贤小集》作"隔溪"。

④菰蒲：见卷一陈尧佐《吴江》注②。

清明感伤[1]

客中今日最伤心，忆着家山松树林。
白石冈头闻杜宇[2]，对他人墓亦沾巾[3]。

【注释】

①感伤：《南宋群贤小集》《南宋六十家集》作"伤感"。

②杜宇：见卷一赵希橹《过临平》注③。

③沾巾：《南宋群贤小集》《南宋六十家集》作"沾襟"。

次韵郭子秀晓行[1]

脱叶园林带晓鸦，马蹄步步踏霜华[2]。

山边水际频凝顾③，怕有寒梅昨夜花④。

【注释】

①郭子秀：不详。

②霜华：晓霜。华，同“花”。

③凝顾：留神观看。

④寒梅昨夜花：唐齐己《早梅》诗：“前村深雪里，昨夜一枝开。”

赣州上清道院呈姚雪篷①

短墙不碍远山青，无事烧香读道经。
时把一杯非好饮，客怀宜醉不宜醒②。

【注释】

①赣州：宋置，州治在今江西赣县。姚雪篷：原误作“赵雪篷”，据《南宋群贤小集》改。姚雪篷，即姚镛，曾任赣州知州，并为戴复古诗集作跋。详见卷五作者介绍。此诗为复古寓居赣州上清道院时写吴雪篷之作。时雪篷当在赣州任上。作者集中另有《赣州呈雪篷姚使君》《题姚雪篷使君所藏苏野塘画》等诗，可证。

②“时把”二句：言客中常醉，并非贪杯好饮，而是借醉酒以忘却客愁。把：手持。

中　秋①

把酒冰壶接胜游②，今年喜不负中秋。
故人心是中秋月，肯为狂夫照白头③。

【注释】

①《石屏诗集》题作《中秋李漕冰壶燕集》。

②冰壶:盛冰的玉壶。喻洁白晶莹。南朝宋鲍照《白头吟》:“清如玉壶冰。”这里指月亮。胜游:意趣高雅的朋友。游,交游。这句是说与好友一同把酒赏月。

③“故人”二句:喻友人的心地如皓月一样光明普照,彼此的友谊经久不渝,白头如新。

翁　卷

翁卷,字续古,一字灵舒,永嘉(今浙江温州)人。曾登淳祐三年(1243)乡荐,以布衣终身。能诗,与徐照、徐玑、赵师秀并称“永嘉四灵”。有《苇碧轩集》。

秋　怀

不管秋天阴复晴,秋怀何处不凄清。
江城几夜无佳月,亦有新诗对雨成①。

【注释】

①“江城”二句:写秋怀清旷,触物皆可成诗,虽无佳月,秋雨亦能助人诗兴。以坦荡之心处物,则无往而不可。句意通脱,视为创作态度固可,视为人生态度亦无不可。

徐　照

徐照（？—1211），字道晖，又字灵晖，号山民，永嘉（今浙江温州）人。“永嘉四灵”之首。有《芳兰轩集》，又名《山民集》。

李溪曲别郑遇①

七十二滩声共闻②，一朝路向李溪分。
梅花无情动春梦，未好忆家先忆君。

【注释】

①李溪：在浙江永康市东南，源出县东四十四都峡上，西南流合下东溪，又折西北至水净岩，入永康溪。溪流屈曲，不胜舟楫。曲：指水流弯曲处。郑遇：不详。

②七十二滩：形容激流险滩之多。

葛天民

葛天民，字无怀，山阴（今浙江绍兴）人。初为僧，名义铦，字朴翁。后还俗，居杭州西湖，与文人名流交往。诗入江湖派，风度闲雅，为姜夔、叶绍翁等人所推许。有《无怀小集》。

即事用天竺韵[①]

寒食少逢天气佳[②]，十朝九日雨如麻[③]。
新巢初见燕生子[④]，小巷已无人卖花[⑤]。

【注释】

①《宋诗纪事》题作《即事》。天竺：见卷二苏轼《予去杭十六年而复来……》注①。

②寒食少逢天气佳：用唐颜真卿《寒食帖》语意。见卷三晁冲之《戏留次裒三十三弟》注④。

③十朝：《宋诗纪事》作“十日”。雨如麻：形容雨密而不止。杜甫《茅屋为秋风所破歌》：“雨脚如麻未断绝。”

④初见：《南宋群贤小集》《南宋六十家集》《宋百家诗存》作“唯有”。

⑤小巷已无人卖花：陆游《临安春雨初霁》诗：“小楼一夜听春雨，深巷明朝卖杏花。”

绝　句[①]

夜雨涨波高二尺[②]，失却捣衣平正石。
天明水落石依然[③]，老夫一夜空相忆。

【注释】

①元韦居安《梅磵诗话》卷上引此诗，题作《春怀》，评云：“意在言外。”

②二尺：《梅磵诗话》引作“一尺。”

③天明：《梅磵诗话》引作“明朝”。

正月二十七日雨中过苏堤[1]

一堤杨柳占春风，柳外群山细雨中。
人苦未晴浑不到，只宜老眼看空濛[2]。

【注释】

①苏堤：元祐四年（1089），苏轼任杭州郡守时，疏浚西湖，利用湖泥葑草筑成此堤，自南而北，横贯湖中。后人为了纪念他，名为苏公堤，简称苏堤。堤上杨柳成荫，有六桥烟水之胜。“苏堤春晓”，为西湖十景之一。

②“人苦”二句：游人因雨不到苏堤，作者却得以欣赏烟水空濛的西湖雨景。浑：全，都。苏轼《饮湖上初晴后雨》诗：“水光潋滟晴方好，山色空濛雨亦奇。”

周文璞

周文璞，字晋仙，号方泉，又号野斋、山楹，阳谷（今属山东）人。官溧阳县丞。宁宗时为内府守藏史，旋以事去官。卜居江苏无锡凤凰山，山有方泉，因以为号。诗入江湖派，常与姜夔、葛天民等唱和。有《方泉先生诗集》。

山居书事

荼蘼架倒无人架[1]，全似老夫狂醉时。
昨夜一场溪雨横[2]，又漂苔藓到花枝。

【注释】

①荼蘼:见卷二梅尧臣《京师逢卖梅花》注③。

②一场:《宋诗纪事》作"一番"。横(hèng):狂暴。

上强寺①

方池流水碧溶溶②,怊怅灵蛇不易逢③。
门外行人常立看,一株唐末半枯松。

【注释】

①上强寺:在浙江湖州。宋葛立方《韵语阳秋》卷十六:"湖州上强精舍寺有陈朝观音,殷仲容书寺额,山门高百尺,谓之三绝。又池有金鲫鱼,数年一现。故白乐天诗有'惟有上强精舍寺,最堪游处未曾游'之句,盖谓此也。"

②溶溶:水流貌。

③怊怅(chāo chàng 超倡):感伤失意貌。灵蛇:喻智慧之神。传说隋侯见大蛇伤断,以药敷之,后蛇衔大珠以报。人称灵蛇之珠,又称隋侯之珠。见《淮南子·览冥训》注。三国魏曹植《与杨德祖书》:"人人自谓握灵蛇之珠。"

戒　坛①

相君孙女小乘僧②,身入祇园佛律行③。
三级戒坛秋色冷,个中蝼蚁亦长生④。

【注释】

①戒坛:梵语"曼陀罗"的意译。佛教僧徒传戒之坛。

②相君:宰相。小乘:梵语"希那衍那"的意译。早期佛教的主要流派,注重修行、持戒,以求"自我解脱"。公元1、2世纪间,出现了"普渡众

生”的新教派，自称“大乘”，因贬原有教派为“小乘”，认其教义为小根器之人所乘，故名。小乘僧，指出家修行持戒，以求解脱。

③祇（qí 其）园：祇树给孤独园的略称，释迦牟尼去舍卫国说法时与僧徒居住之处。后以称佛寺。

④蝼蚁：蝼蛄与蚁。喻微贱的生命。

高　翥

高翥，字九万，号菊磵，余姚（今属浙江）人。孝宗时游士。有《菊磵集》，已佚。后人辑为《信天巢遗稿》一卷。

过临平[1]

征帆一似白鸥轻，起揭篷窗看晓晴[2]。
梅子着花霜压岸[3]，自披风帽过临平[4]。

【注释】

①临平：见卷一赵希檆《过临平》注①。

②篷窗：《南宋群贤小集》《居易录》作“船篷”。

③霜：商务本作“雪”。

④风帽：挡风御寒之帽，中实棉，或袭以皮。亦称风兜。范成大《正月十九日雨中与正夫朋元小集夜归》诗：“灯市凄清灯火稀，雨中风帽笑归迟。”

聚景园口号[1]

竹影参差临断岸[2]，花阴寂历浸清流[3]。

游人难到栏干角，尽日垂杨盖御舟。

【注释】

①题共二首，此选其二。聚景园：在杭州清波门外。宋高宗退居太上皇以后，孝宗为他建此园，以供游赏。理宗以后，日渐荒落。旧址即今柳浪闻莺公园。口号：随口吟成。

②断岸：高岸。

③寂历：宁静。《南宋群贤小集》《南宋六十家集》作“历寂”。

冬日即事

江上凝冰约水痕[①]，门前残雪缀溪云。
杖藜独立梅梢月[②]，成就清寒到十分[③]。

【注释】

①约水痕：指水面结冰后，岸边露出了水位下降的痕迹。约，减退。

②杖藜：见卷二王安石《北望》注②。

③成就：做成。

春日北山[①]

插花吹笛两山中[②]，桃李尊前日日同。
待得马头飞絮满，更来沽酒看残红[③]。

【注释】

①题共二首，此选其二。北山：今杭州西湖北山一带。

②两山：指西湖栖霞岭的宝云山和仙姑山。明田汝成《西湖游览志》卷九“北山胜迹”：“栖霞岭上，桃花灿烂，色如凝霞。其北有古剑关，盖左

宝云,右仙姑,两山夹峙,若剑门然。”

③“待得”二句:参看卷二张公庠《道中》:“夹路桃花新雨过,马蹄无处避残红。”

杂　兴[1]

秋分菊本自锄山[2],手缚枯藤作矮栏。
比似著书空用力,种花犹得一年看[3]。

【注释】

①题共二首,此选其一。

②分菊本:把菊花的根苗一株株分开来,以便栽种。秋分:《南宋群贤小集》作“新分”。

③“比似”二句:是说著书劳而无功,还不如花点力气种花,可以终年观赏。比似:譬如。

无　题[1]

风竹萧萧淡月明,孤眠真个可怜生[2]。
不知昨夜相思梦,去到伊行是几更[3]?

【注释】

①题共二首,此选其二。

②可怜生:可怜。生,语助。

③伊行:她那边。行,表示所在。宋蔡伸《极相思》词:“不如早睡,今宵魂梦,先到伊行。”是几更:《两宋名贤小集》作“更几更”。

恭跋思陵宸翰拓本卷后[1]

淡黄越纸打残碑[2],尽是先皇御赐诗[3]。

白发内人和泪读，为曾亲见写诗时④。

【注释】

①思陵：指宋高宗赵构。他的陵墓称永思陵，简称思陵。旧址在今浙江绍兴东南。元韦居安《梅磵诗话》卷中：“菊磵高九万《赋思陵御制墨本》诗云（诗如上略）。余甲戌岁薄宦三衢，常陪同僚游烂柯山集仙观，有即事十绝句，内一首《观宁宗御书画扇》云：‘箧中宝扇久珍储，上有宁皇御笔书。因记小臣生圣世，为观奎画重欷歔。’效此体也。”原题无“卷”字，据《两宋名贤小集》《南宋群贤小集》《南宋六十家集》《宋诗纪事》补。

②越纸：越中所产的纸。最负盛名的有剡纸（亦名剡藤）和苔笺。唐李肇《国史补》卷下：“纸则有越之剡藤、苔笺。”打残碑：指拓印碑字。

③御赐诗：《玉林诗话》作“御制诗”。

④“白发”二句：《诗人玉屑》卷十九引《玉林诗话》曰：“唐刘言史《观绳伎》一篇，末联云：‘坐中还有沾巾者，曾见先皇初教时。’盖谓玄宗遗乐。近时高九万赋观思陵御制墨本绝句，正用此意。”内人：宫女。和泪读：《玉林诗话》作“和泪看”。

陈允平

陈允平，字君衡，一字衡仲，号西麓，自称莆郧澹室后人。鄞县（今浙江宁波）人。试上舍，不遇。德祐时，授沿海制置使参议官。宋亡后，曾征至大都，不受官，放还。纵情山水，往来吴淞淮泗间。著有《西麓诗稿》《西麓继周集》《日湖渔唱》各一卷。

江南谣[1]

柳絮飞时话别离，梅花开后待郎归。
梅花开后无消息，更待明年柳絮飞[2]。

【注释】

①这首诗以质朴的歌谣语言，写女子盼郎归来的心理，真切而生动。四句之中，“柳絮”，“梅花”，错互其词，写出时节代序，愿望落空；一年已过，来年会不会重复这期待和失望相交织的循环呢？

②明年：《宋百家诗存》作“来年”。

登西楼怀汤损之[1]

杨柳飘飘春思长，绿杨流水绕宫墙[2]。
碧云望断空回首[3]，一半栏干无夕阳。

【注释】

①汤损之：汤仲友，初名益，字损之，更字端夫，晚号西楼。吴郡（今江苏苏州）人。学诗于周弼。有《壮游诗集》。《居易录》引此诗，题作《登西楼》。

②绿杨：《宋百家诗存》作“缘桥”。《两宋名贤小集》《南宋群贤小集》《居易录》作“绿桥”。

③碧云望断：指思念友人。南朝梁江淹《休上人怨别》诗：“日暮碧云合，佳人殊未来。”

柯梦得

柯梦得,字东海,兴化军莆田(今属福建)人,屡举不第,后以特科入仕。刘克庄称他为"乡前辈"。一生苦吟,古诗学孟郊,稍近僻晦。有《抱瓮集》。

梦　蝶[①]

一觉千年一转机，觉来还是梦还非。
当时梦里知为蝶[②],便好穿花傍水归[③]。

【注释】

①梦蝶:《庄子·齐物论》:"昔者庄周梦为胡蝶,栩栩然胡蝶也;自喻适志与,不知周也;俄然觉,则蘧蘧然周也。不知周之梦为胡蝶与,胡蝶之梦为周与?"刘克庄《后村诗话》续集卷一评此诗云:"前人所未道也。"

②知:《后村诗话》作"如"。

③穿花傍水:杜甫《曲江》诗:"穿花蛱蝶深深见,点水蜻蜓款款飞。"归:《后村诗话》作"飞"。

叶绍翁

叶绍翁，字嗣宗，号靖逸，祖籍建安浦城（今属福建），徙居处州龙泉（今属浙江）。其学出于叶适，与真德秀友善。尝卜居杭州西湖，与葛天民往来酬唱。诗风淡远，颇耐人寻味。有《靖逸小集》《四朝闻见录》。

西湖秋晚[1]

爱山不买城中地，畏客长撑屋后船[2]。
荷叶无多秋事晚，又随鸥鹭过残年[3]。

【注释】

①元韦居安《梅磵诗话》卷中："士之遁世者，以山深林密为乐。林和靖诗云：'山水未深猿鸟少，此生犹拟别移居。直过天竺溪桥畔，独树为桥小结庐。'（见本书卷二林逋）近世叶靖逸《西湖秋晚》诗云（诗如上略）。亦颇得野趣。"

②屋后船：系船于屋后，客来即撑船以避。

③又随：《两宋名贤小集》《梅磵诗话》作"又同"。鸥鹭：水鸟。与鸥鹭相伴，喻烟水忘机。

汉武帝[1]

殿号长秋花寂寂[2]，台名思子草茫茫[3]。

尚无人世团圞乐，枉认蓬莱是帝乡[④]。

【注释】

①宋周密《齐东野语》卷一《诗用史论》引此诗，并谓："亦出于林少颖《武帝论》云：'武帝好长生不死之术，聚方士于京师，由是祷祠之俗兴，以成巫蛊之祸。阳邑、朱昌二公主俱以此诛，而皇后、太子亦皆不免。其始也，欲求长生不死之术而不可得，徒使败亡之祸横及骨肉，可笑也！'"

②殿号长秋：长秋宫，皇后所居。长，取义长久；秋，取义万物成熟。汉武帝陈皇后，为长公主之女，失宠后退居长门宫。立卫子夫为皇后，色衰失宠，以巫蛊事，收皇后玺绶，自杀。花寂寂：宫花寂寞，喻皇后不得恩遇以善终。长秋，原误作"长生"，据《齐东野语》《宋诗纪事》改。

③台名思子：汉武帝太子刘据因巫蛊事自杀，后武帝知其冤，作思子宫，并建归来望思之台于湖县。台旧址在今河南灵宝市境。草中有龙思子蔓，又名悬肠草。草茫茫：语意双关。

④"尚无"二句：是说汉武帝废皇后、杀太子，连人间家庭的团圆之乐也享受不到，更不用说徒然去求什么海上仙乡了。团圞（luán 峦）：指家人团圆。蓬莱：汉武帝听信方士之言，多次派人到海上去寻找蓬莱仙山。参见卷二刘攽《自校书郎出倅泰州作》注⑤。帝乡：神话中天帝居住的地方。《庄子·天地》："乘彼白云，至于帝乡。"

九日呈真直院[①]

秋风吹客客思家，破帽从渠自在斜[②]。
肠断故山归未得[③]，借人篱落种黄花。

【注释】

①元韦居安《梅磵诗话》卷中以为此诗与赵思斋《客中清明》诗同一机轴。赵诗云："红尘乌帽寄他乡，欲语春愁怕断肠。惆怅清明归未得，借人门户插垂杨。"明瞿宗吉《清明》诗："客里不甘佳节过，借人亭馆看梨花。"

亦本此意。真直院：指真德秀，字景元，更为景希，号西山，浦城（今属福建）人。端平中拜参知政事，进资政殿直学士。直院，阁院入直学士。大臣帖职名。

②破帽：见卷五项安世《吹帽台》注①。从渠：随它。

③故山：《梅磵诗话》作“故乡”。

北　关[1]

脱衣命仆浣尘埃，篱落人家未见梅。
出得城门能几步[2]，船头便有白鸥来。

【注释】

①《南宋群贤小集》《南宋六十家集》题作《出北关二里》。《宋百家诗存》《宋诗纪事》题作《出北关一里》。北关：故址在今杭州武林门到湖墅一带，为水陆交通汇集之地。《西湖志》：“凡郭门之外皆曰关，武林门在城北，故门以外皆称北关。”北关夜市，为“钱塘八景”之一。

②能：只，仅。宋赵令畤《清平乐》词：“断送一生憔悴，能消几个黄昏。”能消，只消。

陈　起

陈起，字宗之，号芸居，又号陈道人，钱塘（今浙江杭州）人。宁宗时乡贡第一，时称陈解元。开书肆于临安（今杭州）睦亲坊，与江湖派诗人友善，选诗数十家，刊为《江湖集》。宝庆初，因诗刺权相史弥远，被流配。叶茵赠诗云：“气貌老成闻见熟，江湖指作定南针。”俨然推为江湖诗人的组织领导者。著有《芸居吟稿》。

夜过西湖①

鹊巢犹挂三更月，渔板惊回一片鸥②。
吟得诗成无笔写，蘸他春水画船头。

【注释】

①元韦居安《梅磵诗话》卷中:“陈起宗之,杭州人。鬻书以自给,刊唐宋以来诸家诗,颇详备。亦有《芸居吟稿》板行,芸居其自号也。集中有《夜过西湖》诗一绝云(诗如上略)。语意殊不尘腐。”清翁方纲《石洲诗话》卷四:“陈起绝句,如《秋怀》《夜过西湖》之类皆工。”

②渔板:即梆板,渔人击以捕鱼。

郑　震

郑震,改名起,字叔起,号菊山,连江(今属福建)人。郑思肖之父。早年场屋不利,弃举业,更读书,客都城三十余年。历主於潜、诸暨、萧山学,晚为安定和靖书院堂长。尝伏阙论史嵩之。淳祐丁未(1247),郑清之再相,他登门斥骂,被执,与子女俱下狱,郑罢相乃免。有《倦游稿》《清隽集》。

荆南别贾制书东归①

来时秋雨满江楼，归日春风度客舟②。

回首荆南天一角，月明吹笛下扬州。

【注释】

①荆南:唐置方镇名。宋荆南节度,治所在江陵(今属湖北)。贾制书:疑指贾似道。制书,皇帝诏命。指授命大臣。理宗开庆元年(1259)八月,蒙古忽必烈带兵渡淮,九月渡江,围鄂州(治今湖北武昌)。因拜贾似道右丞相兼枢密使,军汉阳以援鄂。似道乞和于蒙古,鄂州围解。次年三月,似道隐瞒议和内情,谎奏诸路大捷,因召还朝,加少师,封卫国公。诗中“来时秋雨”“归日春风”,日期均合。

②归日:《宋诗钞·清隽集》作“归月”。

郑汝谐

郑汝谐,字舜举,号东谷,处州青田(今属浙江)人。绍兴进士,官吏部侍郎、徽猷阁待制。有《东谷集》。

题盱眙第一山①

忍耻包羞事北庭②,奚奴得意管逢迎③。
燕山有石无人勒,却向都梁记姓名④!

【注释】

①盱眙(xū yí 须移):县名,在今江苏。第一山:又名都梁山,在盱眙县东南。宋金和议订立后,宋向金纳岁币及贺正旦、生朝等使,所费甚巨。盱眙位当南北通道,奉命应办往来事务,劳扰殊甚。关于这首诗,周密《齐

东野语》卷十二“淳绍岁币”有云:“时聘使往来,旁午于道。凡过盱眙,例游第一山,酌玻璃泉,题诗石壁,以记岁月,遂成故事,镌刻题名几满。绍兴癸丑(1133),国信使郑汝谐一诗云(诗如上略)。可谓知言矣。”按:“绍兴癸丑”(1133),和议未成,疑有误。参见本卷吴则礼《绝句》注①。

②忍耻包羞:含受耻辱。唐杜牧《乌江亭》诗:“胜败兵家事不期,包羞忍耻是男儿。”北庭:汉代北匈奴居住的地方。这里指金国。

③奚奴:奴才。这里指送往迎来,乐意为金人奔走服务的南宋吏役。

④“燕山”二句:后汉窦宪,破北匈奴,在燕然山(今蒙古杭爱山)刻石纪功而还。勒:指刻石纪功。这两句是讽刺南宋官员不能慷慨报国,收复中原,却有游山玩水,吟诗题名的闲情逸兴。宋戴复古《盱眙北望》诗:“难禁满目中原泪,莫上都梁第一山!”正面抒写感慨,情怀相似。

叶　茵

叶茵,字景文,笠泽(今江苏吴江)人。萧闲自放,所居草堂三楹,榜曰“顺适”。赋诗云:“顺时不作荣枯想,适意元无胜负心。”自称“顺适堂中老住持”。诗入江湖派,风格闲雅冲淡。有《顺适堂吟稿》。

舟中即事

一岸荻芦何处村[1],小舟荡漾日黄昏。
栖鸦散乱风惊柳,灯火青荧人倚门[2]。

【注释】

①茭芦：茭白、芦苇。指水乡景物。

②灯火：《南宋群贤小集》《南宋六十家集》《宋百家诗存》作“渔火”。

归　途

春来天气半阴晴，那更奔驰一月程[1]。
又恐花时成草草[2]，还家插柳过清明[3]。

【注释】

①那更：况更；更兼。

②草草：匆促；随便。

③插柳过清明：古时风俗，寒食清明，在门前插柳。宋周密《武林旧事》卷三：“清明前三日为寒食，都城人家，皆插柳满檐，虽小坊幽曲，亦青青可爱。”宋吴自牧《梦粱录》卷二《清明节》，谓清明插柳取“明眼”之意。明田汝成《西湖游览志余》卷二十《熙朝乐事》则谓清明时不但人家插柳满檐，男女亦都戴之，俗谚云：“清明不戴柳，红颜成皓首。”过清明：《两宋名贤小集》《南宋群贤小集》《南宋六十家集》《宋百家诗存》作“佐清明”。

刘仙伦

刘仙伦，一名儗，字叔拟，号招山，庐陵（今江西吉安）人。才气豪迈，落拓不遇，以布衣终身。诗入江湖派。先后与刘过并称。诗格新警峭拔，不为格律所拘。有《招山小集》。

归鸟

紫山青嶂尽如家[1]，负日冲烟复带霞[2]。
今古乾坤秋一幅，几番归鸟与栖鸦[3]。

【注释】

①紫山：山峦因夕阳返照而呈紫色。唐王勃《滕王阁序》："烟光凝而暮山紫。"青嶂：青色的群峰并列如屏障。

②负日冲烟复带霞：指鸟儿背负夕阳晚霞，在暮烟中冲飞归巢。宋周邦彦《玉楼春》词："雁背夕阳红欲暮。"

③"今古"二句：仰望归鸟消失于寥阔的秋空之中，不禁产生一种苍茫的时空感慨。唐杜牧《登乐游原》诗："长空澹澹孤鸟没，万古销沉向此中。"

潘柽

潘柽，字德久，号转庵，永嘉（今浙江温州）人。少年能诗，得项安世、叶适赏重。举进士不第，因父赏授右职，为阁门舍人，福建兵钤。有《转庵集》。

还自钱塘道中[1]

江上青山落照边，江头归客木兰船[2]。
春鸥自共潮回去，一点飞来是柳绵。

【注释】

①钱塘:今浙江杭州。

②木兰船:用木兰木制造的船。后用作船的美称。唐马戴《楚江怀古》诗:“猿啼洞庭树,人在木兰舟。”

利　登

利登,字履道,号碧涧,建昌军南城(今属江西)人。以《礼记》擢淳祐元年(1241)进士第。时年岁已老大,有诗云:“乾坤双鬓改,日月寸心死。誓从鹿豖游,乃复叨一第。”仕至宁都尉。宝庆间曾避乱于梅川,一时游离奔走之苦俱见于诗。诗入江湖派。有《骳稿》(疑当作《骫骳稿》)。

次琬妹月夕思亲之什①

缓作行程早作归,倚门亲语苦相思②。
白头亲老今多病,不似当初别汝时。

【注释】

①琬妹:作者妹妹,名琬。妹,原误作“姝”,据《南宋群贤小集》《南宋六十家集》改。作者集中有《盗犯金川境扶持母妹复走兴安有怀》诗。什:篇什,指诗篇。《南宋群贤小集》《南宋六十家集》题下有小注云:“追录。”

②“缓作”二句:母亲对出门的儿女说:“迟点动身,早点归来。”这句话深深地引起作者的思亲之情。倚门:指母亲盼望子女归来。《战国策·齐策》:“母曰:‘女(汝)朝出而晚来,则吾倚门而望,女(汝)暮出而不还,则

吾倚闾而望。'”

张　蕴

张蕴,字仁溥,号斗野,扬州(今属江苏)人。嘉熙间任沿江制置使属官。宝祐四年(1256),官干办行在诸司粮料院。诗入江湖派。有《斗野支稿》。

毗陵天庆观龙①

殿阴壁老怀仁笔,头争峥嵘春起蛰②。
有时麾斥惠山云③,行雨归来半身湿。

【注释】

①毗陵:今江苏常州。天庆观:著名道教宫观,在旧武进县东南四里。有寥阳、昊天、太清等三大正殿,层檐杰栋,殿阁庄严,为吴中道宫之冠。《古今图书集成·职方典·常州府》:“天庆观画龙:在寥阳殿壁,题曰姑苏道士李怀仁笔。世传怀仁酒豪,尝呼龙松江上,狎而观之,以此画入神品。是日大醉,睨殿壁,索墨汁数斗,曳帚裂袂,号呼奋掷,双龙立就。观者辟易,惧将攫焉。”戴复古《毗陵天庆观画龙呈王使君》诗:“姑苏道士天酒星,醉笔写出双龙形。”

②头角峥嵘:形容画龙气概非凡。春起蛰:指春雷初动,冬眠的画龙将惊醒而破壁飞去。蛰(zhé 折),昆虫冬眠。《周易·系辞下》:“龙蛇之蛰,以存身也。”

③麾斥:同“挥斥”,驾驭。惠山:又名慧山、九龙山,在今江苏无锡市西。

鹤与江社同赋[1]

立雪精神两瘦芦[2]，天风入羽思江湖。
逋仙梅下曾相识[3]，千载归来一语无[4]。

【注释】

①《南宋群贤小集》《南宋六十家集》《宋百家诗存》题作《凤鹤鹊三题与江社同赋》，共三首，此选其二。江社：不详。

②立雪：慧可初参达摩，夜降大雪，侍立不动，天明积雪过膝，并取利刀断左臂，置于师前。师知是法器，因传衣钵。见《景德传灯录》。又，宋游酢、杨时初见程颐，颐闭目而坐，二人侍立，及觉，门外之雪已深一尺。见《宋史·杨时传》。这里指鹤，因其羽白如雪，故以立雪为喻。两瘦芦：喻鹤胫。

③逋仙：指林逋。见卷二作者介绍。

④千载归来：汉丁令威，辽东人，学道成仙，化鹤归来，停于城门华表上。有少年欲射之，鹤乃鸣作人言："有鸟有鸟丁令威，去家千年今始归。城郭如故人民非，何不学仙冢累累。"这里说"一语无"，反用其意。

李叔达

李叔达，字颖士，生平不详。

舟中闻木犀[1]

地近孤城水合流，天风吹下广寒秋[2]。

岩花似喜幽人至[3]，先遣清香到小舟。

【注释】

①木犀：桂花。

②广寒秋：传说月中有桂树，桂子有时飘散人间。这里即指秋桂的清香。广寒，传说月宫名。唐宋之问《灵隐寺》诗："桂子月中落，天香云外飘。"

③岩花：指幽岩桂花。宋黄庚《秋夜》诗："井梧叶脱无多影，岩桂花稠不断香。"

吴惟信

吴惟信，字仲孚，号菊潭，霅川（今浙江湖州）人。寓居华亭（今上海松江）白鹤村。终身未仕。有诗名，与施枢友善，常相唱酬。有《菊潭诗集》。

西湖雨吟[1]

湿了荷花雨便休，晚风归柳淡于秋。
一生不作机心事，合转船头向白鸥[2]。

【注释】

①《南宋群贤小集》《宋百家诗存》题作《湖上雨吟》。

②"一生"二句：用鸥鸟忘机事。见卷二司马光《独步至洛滨》注④。这里是说平生不作机诈之事，自可移船与鸥鸟相亲。合：应当。

秋 夕

西风吹露下秋空[①]，乌鹊无声占碧桐。
天气微凉人好睡，栏干闲在月明中[②]。

【注释】

①西风：原作“南风”，据《南宋群贤小集》《宋百家诗存》改。

②“天气”二句：写秋夜微凉，凭栏眺月之人早已归寝。元高克恭《过京口》诗：“多少登临旧楼观，栏干闲在夕阳中。”亦为人所称许。“栏干”句脱胎之迹甚明。

苏堤清明即事[①]

梨花风起正清明，游子寻春半出城[②]。
日暮笙歌收拾去，万株杨柳属流莺[③]。

【注释】

①宋吴自牧《梦粱录》卷二“清明节”记南宋杭州清明春游盛况，有云：“车马往来繁盛，填塞都门。宴于郊者，则就名园芳圃，奇花异木之处；宴于湖者，则彩舟画舫，款款撑驾，随处行乐。此日又有龙舟可观，都人不论贫富，倾城而出，笙歌鼎沸，鼓吹喧天，虽东京金明池未必如此之佳。殢酒贪欢，不觉日晚。红霞映水，月挂柳梢，歌韵清圆，乐声嘹亮，此时尚犹未绝。男跨雕鞍，女乘花轿，次第入城。”可与此诗参看。苏堤：见本卷葛天民《正月二十七日雨中过苏堤》注①。

②游子：本指出门远游的人。这里指游春的人。

③“日暮”二句：一到傍晚，歌舞停歇，游人归去，堤上杨柳依依，大好的春色让黄莺给独占了。流莺：黄莺，因其鸣声圆转如流，故称。唐李白《对酒》诗：“流莺啼碧树。”元张可久《小梁州·春游晚归》曲：“曲水边，孤

山下,游人归去,明月管梅花。”正用此意。

题秋江晚照图

水光只肯净涵虚①,分浦通村路却无②。
风日向低鸿雁落③,钓竿一半出菰蒲④。

【注释】

①净涵虚:指天空倒映于清澄的江水之中。涵,包容。

②分浦:小河分流入江之处。

③风日向低:太阳将落。

④菰蒲:见卷一陈尧佐《吴江》注②。

咏　猫

弄花扑蝶悔当年,　吃到残糜味却鲜①。
不肯春风留业种,　破毡寻梦佛灯前②。

【注释】

①吃到:《南宋群贤小集》作“吃得”。糜(mí 迷):粥。

②“不肯”二句:是说这只猫年轻时不肯生育小猫,现在却孤独地睡在佛灯前的破毡上,徒然追寻旧梦。业种:指小猫。此诗有所寓意,似为青年浪荡,老境凄凉者而发。

余观复

余观复，字中行，建昌军南城（今属江西）人。江湖派诗人。有《北窗诗稿》。

次　韵

榴簇殷红竹迸青[①]，风惊檐玉一时鸣[②]。
晚来幽趣无人解[③]，流水声中看月行。

【注释】

①榴簇殷红：指石榴花花瓣簇集，颜色深红。殷（yān 烟）红，深红色。竹迸青：指绿竹枝叶四展。迸，散开。

②檐玉：即檐马。屋檐下挂的风铃。元陈芬《芸窗私志》："元帝作薄玉龙数十枚，以绣线悬于檐外，名曰檐马。夜中因风相击，听之无异竹，今之铁马其遗制也。"

③解：领会，欣赏。

刘应时

刘应时，字良佐，四明慈溪（今属浙江）人。陆游、杨万里曾序其诗。有《颐庵居士集》。

早行[1]

登舆睡思尚昏昏[2]，斗柄衔山月在门[3]。
鸡犬未鸣潮未落[4]，草虫声在豆花村。

【注释】

①元韦居安《梅磵诗话》卷下："早行诗，前辈多佳作。近世如杨秀诗：'雾外江山看不真，只凭鸡犬认前村。渡头蒲板霜如雪，印我青鞋第一痕。'宋清隐诗云：'西郊云起白漫漫，近树遥峰欲辨难。山下几多迷路者，人间方梦大槐安。'刘应时诗云（诗如上略）。三诗意皆高远。"见参卷五张良臣《晓行》注①。

②登舆：上车。

③斗柄衔山：指北斗转向，天色将明。斗柄，亦称斗杓，北斗七星中五至七三星。

④未落：《颐庵居士集》《梅磵诗话》《宋诗纪事》作"半落"。

卷　七

七　言　七

李　芾

李芾(？—1275),字叔章,祖籍广平(今河北广平县东南),徙汴京(今河南开封),南渡徙衡州(今湖南衡阳)。以荫入仕。咸淳中知潭州,兼湖南安抚使。德祐元年(1275),元兵围城,力尽而死。赠端明殿学士,谥忠节。

浯溪读《中兴颂》[①]

羯鼓梨园迹已荒[②],斯文犹在日星光[③]。
我来细拂青苔石，不忆三郎忆漫郎[④]。

【注释】

①浯溪:在湖南祁阳县西南五里。唐代诗人元结曾卜居其地。《中兴颂》:即《大唐中兴颂》。记平安禄山之乱,颂唐中兴之事。唐元结撰,颜真卿书。在浯溪摩崖,俗称《摩崖碑》。

②羯鼓梨园:羯鼓,源于印度,从西域传入,盛行于唐开元、天宝年间。唐玄宗好羯鼓,曾于内庭临轩击鼓,庭下桃杏时正开放,玄宗自称天公催花。见唐南卓《羯鼓录》。梨园,玄宗教习宫廷歌舞伎艺的地方。

③日星光:喻《大唐中兴颂》如太阳、星星一样光辉永照,历久不磨。宋楼钥《跋修禊序》诗:“右军草禊序,文采灿日星。”

④三郎:指唐玄宗。参见卷三晁说之《明皇打毬图》注③。漫郎:指元结。参见卷五周紫芝《将别湖居》注①。

牟巘

牟巘(yǎn 演)(1227—1311),字献之,祖籍井研(今属四川),父礼部尚书子才始徙居湖州(今属浙江)。擢进士第,官至大理少卿。入元不仕,闭户三十六年,与子应龙讨论经学,一门父子自为师友。有《牟氏陵阳集》。

四安道中所见①

听得荒鸡第一鸣②,吹灯发火饭初成。
衣囊减尽浑无袂③,又是萧萧带雨行。

人向长安渡口归④,长安不见但云霏⑤。
只应白鹭曾相识,船到前头更不飞⑥。

【注释】

①题共六首,此选其四、其五。四安:镇名。在浙江长兴县西南七里四安山下,与安徽广德县接界。为皖浙两省通道。其地以保障吴兴、宜兴、广德、安吉四处,故名。德祐二年(1276),元兵由此趋独松关,攻临安,宋室出降。

②荒鸡:夜间三更前打鸣的鸡。苏轼《召还至都门先寄子由》诗:"荒鸡号月未三更,客梦还家得俄顷。"按:荒鸡古以为"恶声",荒,言其荒乱失时而先鸣也。《三国志·魏志·方技传》裴松之注引《管辂别传》云:"徐

季龙言：世有军事，则感鸡雉先鸣。”作者当宋元易代之际，身经兵荒马乱、道途流离之苦，或以此寄慨。

③裌：夹衣。

④长安：借指南宋都城临安（今杭州）。

⑤长安不见但云霏：李白《登金陵凤凰台》诗：“总为浮云能蔽日，长安不见使人愁。”云霏，云雾。

⑥“只应”二句：自谓意态闲静，不存机心俗念，故能与鸥鹭亲近，而产生似曾相识之感。借以表明退隐之志。唐裴度《傍水闲行》诗：“鸥鸟亦知人意静，故来相近不相惊。”参见卷二司马光《独步至洛滨》注④。

林景熙

林景熙（1242—1310），一作景曦，字德阳（一作德旸），号霁山。温州平阳（今属浙江）人。咸淳七年（1271），自太学生授泉州教官。历礼部架阁，转从政郎。宋亡不仕。至元十五年（1278），元僧人杨琏真加盗发宋陵，他与唐珏（一作钰）等觅得高、孝二陵遗骨，葬于绍兴之兰亭。后往来吴越间二十余年。其诗感怀故旧，多家国之思，风格幽婉凄怆。有《白石樵唱》《白石稿》，后人重编，题为《林霁山集》。

哭德和伯氏[①]

溪冷浣花宗武哭[②]，池荒梦草惠连愁[③]。
行人犹说春风夜，灯影书声共水楼[④]。

伯兮癯似松间鹤[5],季也孤于云水僧[6]。
昨夜梦中闻笑语,觉来秋在影堂灯[7]。

【注释】

①题共六首,此选其四、其五。德和:即林景怡,字德和,号晓山,作者的长兄。古人以伯仲叔季排兄弟长幼之序,年最长称伯,年最幼称季。伯氏,即长兄。

②浣花:溪名,在四川成都西郊,杜甫曾卜居其地。今有浣花草堂故居。宗武:杜甫的小儿子。这句是痛悼父亲亡故。

③池荒梦草:南朝宋诗人谢灵运极赏从弟惠连,说:"每有篇章,对惠连辄得佳语。"尝于永嘉(今浙江温州)西堂思诗,竟日不就,忽梦惠连,即得佳句"池塘生春草。"池荒梦草,借指兄亡。

④"行人"二句:回忆兄弟春夜小楼共读的情景。从行人口中道出,既见手足情深在人耳目,又增今昔伤感之情。元章祖程曰:"读此者,友悌之心可以悠然兴起,凄然感发也。"(《白石樵唱笺注》卷一)

⑤伯兮:《诗经·卫风·伯兮》:"伯兮朅兮,邦之桀兮。"此用其语。伯,指长兄德和。癯(qú 瞿):清瘦。

⑥季:幼弟。指作者的弟弟德渊,比长兄德和还早半年去世。见题注。故作者悲叹:"只今风雪栖栖影,地老天荒一个鸿!"(本题其一)云水僧:云游四方的行脚僧。喻孤独无依。唐释丰干《壁上诗》:"一身如云水,悠悠任去来。"

⑦影堂:悬挂遗像的灵堂。

宋武帝居今为寿丘寺[1]

青衣梦破满林烟[2],一掷乾坤亦偶然[3]。
僧屋翠微看月上,江山犹似永初年[4]。

【注释】

①宋武帝:即刘裕,字德舆,小字寄奴,祖籍彭城(今江苏徐州),迁居京口(今江苏镇江)。幼年贫穷,贩履为业。后为东晋北府兵将领,官至太尉,封宋王。元熙二年(420),代晋自立,在位三年。寿丘寺:又名延庆寺,在江苏镇江葛家巷。原在寿丘山,建炎中毁地为军寨,景定五年(1264)移建。

②青衣梦破:传说刘裕贫贱时在薪洲割草,射伤一条大蛇,次日复至其地,见草丛中有青衣童子数人捣药,问其故,回答说:"大王被刘寄奴射伤,捣药用来傅伤。"又问:"何以不杀刘寄奴?"回答说:"寄奴有帝王之命,不可杀。"见《南史·宋武帝纪》。青衣梦破,指刘裕在位不久,三年即去世。满林烟,喻帝业烟消云散。

③一掷乾坤亦偶然:刘裕年轻时好赌博,为乡闾所贱。这里比喻他好像押赌注一样,偶然地赢得了天下。掷,掷金为注。韩愈《鸿沟》诗:"真成一掷赌乾坤。"

④永初:南朝宋武帝(刘裕)年号(420—422)。原误作"永和",据《霁山集》《宋诗纪事》改。

送 春

蜀魄声声诉绿阴, 谁家门巷落花深①。
游丝不系春晖住, 愁绝天涯寸草心②。

【注释】

①"蜀魄"二句:杜宇哀啼,落花满地,送春兼伤亡国。作者《答郑即翁》诗:"春风门巷杨花后,旧国山河杜宇时。"句意相似,可参看。蜀魄:即杜宇。见卷一赵希槛《过临平》注③。

②"游丝"二句:游丝无力系春,暗喻国破家亡,大势已去。游丝:飘动的蛛丝。宋辛弃疾《摸鱼儿》词:"怨春不语。算只有殷勤画檐蛛网,尽日惹飞絮。"唐孟郊《游子吟》:"谁言寸草心,报得三春晖?"春晖:春天和煦

的阳光。喻慈母之爱。这里借天涯游子思亲，寄亡国孤臣之痛。

梦　回[1]

梦回荒馆月笼秋[2]，何处砧声唤客愁[3]？
深夜无风莲叶响，水寒更有未眠鸥。

【注释】

①梦回：梦醒。

②荒馆：荒凉的旅舍。月笼秋：月色朦胧，秋意萧瑟。

③砧声：捣衣声。古代捣衣皆在秋晚。砧（zhēn 针），捣衣石。陆游《玻璃江》诗："愁来只欲撩屏睡，无奈梦断闻疏砧。"

山窗新糊有故朝封事稿，阅之有感[1]

偶伴孤云宿岭东，四山欲雪地炉红。
何人一纸防秋疏，却与山窗障北风[2]。

【注释】

①故朝：前朝。指南宋。封事：古代官员上书奏机密事，防有泄漏，用皂囊封缄，称封事，也称封章。

②"何人"二句：唐时突厥、吐蕃等常在秋天入侵，因于其时调兵守边，称防秋。这里指加强边备，防止外族入侵。防秋疏：指当年南宋官员关于防御元人入侵的奏章。疏，奏章。像这样重要而机密的奏稿，现在竟成了山村野店遮挡北风的窗纸，作者的悲愤和感慨可想而知。元章祖程云："此诗工在'防秋疏''障北风'六字间，非情思精巧，道不到也。然感慨之意，又自见于言外。"（《白石樵唱笺注》卷一）

谢　翱

谢翱(1249—1295),字皋羽,晚号晞发子,又号宋累,长溪(今福建霞浦)人,后迁居浦城(今属福建)。咸淳中,试进士,不第。元兵南侵时,曾参加文天祥抗战部队,任谘议参军。宋亡,避地浙东,寄居山阴王修竹家。元僧人杨琏真加发掘宋陵,与友人唐珏(一作钰)等密收诸陵遗骨,葬于兰亭附近。后至浦江,与吴渭、方凤、吴思齐等结月泉吟社,以诗文会友。尝过富春江,登严子陵钓台,祭奠文天祥,作《登西台恸哭记》。诗风沉郁,所作多寓家国兴亡之痛。有《晞发集》。

山中道士

山中道士服朝霞①,二十修行别故家。
留客一杯清苦蜜,蜂房知是近梅花②。

【注释】

①服朝霞:即餐霞。以朝霞为餐,据说可以使人长生。是道教的一种修炼方术。

②"留客"二句:蜜味清苦,知为梅花所酿;留以待客,则暗以寒梅贤贞之节操相勉。

秋社寄山中故人①

燕子来时人送客，不堪离别泪沾衣。
如今为客秋风里，更向人家送燕归②。

【注释】

①秋社：立秋后第五戊日，秋收已毕，立社祭酬土地神，称秋社。

②“如今”二句：写亡国以后，转徙他乡，客中送燕，自慨无家可归。视当年之秋风送客，情怀更觉凄苦。

郑 协

郑协，号南谷，景定元年（1260），任广东转运使。宋亡不仕。谢翱所编《天地间集》录其诗。

溪桥晚兴

寂寞亭基野渡边，春流平岸草芊芊①。
一川晚照人闲立②，满袖杨花听杜鹃③。

【注释】

①春流平岸：春水上涨，几与岸平。唐杜甫《春日江村》诗：“春流岸岸深。”芊芊：草盛貌。

②一川：一片。杜甫《自瀼西荆扉且移居东屯茅屋》诗：“平地一川稳，

高山四面同。”

③满袖杨花听杜鹃：伤春兼伤亡国意。参见本卷林景熙《送春》注①。

郑思肖

郑思肖（1241—1318），字忆翁，号所南，连江（今属福建）人。曾以太学生应博学鸿词试。宋亡，乃改今名。隐居苏州城南报国寺。坐卧未尝北向，名所居为“本穴世界”，以“本”字之“十”置“穴”字下，则成“大宋”二字，寓忆念宋室之意。岁时伏腊，必南望野哭。凡仕元知交，一概痛绝。善画兰，多露根，或画无根兰，以喻国土沦亡，无所凭藉之意。诗多悲慨之音，如《过徐子方书塾》诗云：“不知今日月，但梦宋山川。”《寒菊》诗云：“宁可枝头抱香死，何曾吹落北风中。”《水仙》诗云：“御寒不藉水为命，去国自同金铸心。”均苍凉而有节概。有《所南翁一百二十四图诗集》。

春日登城[①]

城头啼鸟隔花鸣，城外游人傍水行。
遥认孤帆何处去，柳塘烟重不分明。

【注释】

①在苏州作。

春日游承天寺[①]

野梅香软雨新晴，来此闲听笑语声。
不管少年人老去，春风岁岁阖闾城[②]。

【注释】

①承天寺：又名能仁寺，在苏州西北二里。

②“不管”二句：言岁月流逝，人生易老，而春风却依旧年年吹度苏州这座古城。阖闾城：指苏州。为春秋吴国都城。阖闾，见卷一陈尧佐《虎丘》注④。

汪元量

汪元量（1241—?），字大有，号水云，又号楚狂，钱塘（今浙江杭州）人。咸淳中补太学生。以善琴，供奉内庭。元兵陷临安，随三宫被虏北去。留燕甚久，曾多次访文天祥于狱中，作诗相尉勉。后南归为道士，往来匡庐、彭蠡之间，飘然不知所终。元仁宗延祐四年（1317）还在世。以身历亡国之痛，发而为诗，沉郁悲凉，语朴情深，“亡国之戚，去国之苦，间关愁叹之状，备见于诗”，被称为“宋亡之诗史”（李钰《〈湖山类稿〉跋》）。有《水云集》《湖山类稿》。

湖州歌[①]

受降城下草离离[②]，寒食清明只自悲。

汉寝秦陵何处在[3]?莺花无主雨如丝[4]。

京口沿河卖酒家[5],东边杨柳北边花。
柳摇花谢人分散[6],一向天涯一海涯。

【注释】

①题共九十八首,此选其十二、其十八。德祐二年(1276)二月,元兵在伯颜统帅下,直逼宋都临安,进驻湖州后,即派人到临安受降。然后把不满六岁的恭帝赵㬎和他的祖母谢太后、母亲全太后以及宫女、内侍等一起俘虏北去。作者也在俘虏之中。他以“湖州”为题,就是记下这段宋室沦亡的史实和抒发悲愤感慨之情。

②受降城:汉武帝曾命将军公孙敖筑受降城于阴山之北,以受北方匈奴奴隶主贵族来降。唐中宗景龙间张仁愿亦曾于黄河北筑三受降城。这里借指湖州,为元兵统帅伯颜指挥中心。他自湖州派人到临安受降,故称。或说受降城指临安,疑非是。此题九十八首,以时间先后为序。此首为其十二,其十有云:“太湖风起浪头高,锦柁摇摇坐不牢。”知舟行离临安已远,而湖州在太湖南岸,正舟行所经之地,故触绪而生感慨。离离:草长垂貌。唐白居易《赋得古原草送别》诗:“离离原上草,一岁一枯荣。”

③汉寝秦陵:秦汉帝王的陵墓。这里借指宋朝帝王的陵墓。

④莺花:莺啼花开,指春光正好。这句慨叹春光虽好,而国已无主。有如杜甫《春望》诗:“国破山河在,城春草木深。”

⑤京口:今江苏镇江市。南宋时是国防前线。

⑥柳摇:杨柳摇落。原作“柳遥”,据《湖山类稿》《宋诗钞·水云集》改。

醉　歌[1]

花底传筹杀六更[2],风吹庭燎灭还明[3]。

侍臣奏罢降元表[4]，臣妾佥名谢道清[5]。

涌金门外雨晴初[6]，多少红船上下趋[7]。
龙管凤笙无韵调，却挝战鼓下西湖[8]。

【注释】

①题共十首。刘辰翁批："此十歌真江南野史。"诗写德祐二年(1276)春，伯颜逼降，宋廷上传国玺和降表等事。此选其五、其八。

②花底传筹杀六更：《湖山类稿》《宋诗钞·水云集》作"乱点连声杀六更"。筹，更筹。古时夜间报更的牌。宋代宫中更漏比民间较短，五更过后还打一更，始开宫门。时称攒点，俗称六更。杀，同"煞"。收煞，完了。

③风吹庭燎灭还明：《湖山类稿》《宋诗钞·水云集》作"荧荧庭燎待天明"。庭燎，古代逢有邦国大事，燃于庭中照明的火炬。《诗经·小雅·庭燎》："夜如何其？夜未央，庭燎之光。"《周礼·秋官·司烜氏》："凡邦之大事，共坟烛庭燎。"

④侍臣奏罢降元表：《湖山类稿》《宋诗钞·水云集》作"侍臣已写归降表"。

⑤臣妾佥名谢道清：谢道清，理宗的皇后，帝㬎的祖母，时为太皇太后，位最尊显。伯颜向她逼取投降的手诏。"臣妾"是她在降表上签名的卑称。佥，通"签"。作者直斥谢太后之名，语含讽刺，流露了他的不满。

⑥涌金门：杭州西边城门。门外即西湖。

⑦红船：扎彩的船。

⑧"龙管"二句：是说元兵入城，湖山易主，船上奏乐，已无复太平韵调。参见《湖州歌》四十："凤管龙笙处处吹，都民欣乐太平时。宫娥不识兴亡事，犹唱宣和御制词。"笙、管都是吹奏乐器。龙、凤状其装饰华美。挝(zhuā 抓)：敲打。

龚　开

龚开(1222—?),字圣与,一作圣予,号翠岩,又号龟城叟,楚州淮阴(今属江苏)人。理宗景定间任两淮制置使监官,入元不仕。元成宗大德八年(1304)尚在世。善画山水、人物,粗笔焦墨,有峥嵘突兀之状。晚年好画瘦马,以寄托日暮途穷之感。存世画迹有《中山出游图》《骏骨图》等。诗文清劲古雅,有《龟城叟集》辑本。

瘦马图①

一从云雾降天关②,空尽先朝十二闲③。
今日有谁怜瘦骨,夕阳沙岸影如山④。

【注释】

①元汤垕《画鉴·宋画》:"近世龚圣予先生名开,淮阴人,身长八尺,硕大美髯,读书为文,能成一家法。画马专师曹霸,得神骏之意;但用笔颇粗,此为不足耳。画人物亦师曹、韩,画山水师米元晖,梅、菊、花卉,杂师古作,卷后必题诗或赞跋,皆新奇。尝自画瘦马,题诗曰(诗如上略)。此诗脍炙人口,真有盛唐风致。"元吴师道《吴礼部诗话》亦称引此诗。

②云雾降天关:指从天而下。天关,天门。喻骏马非人间所有。汉代西域大宛产良马,尤以汗血马为著名,素有"天马"之称。

③空尽:指骏马一来,其他马都黯然失色,似有若无。唐韩愈《送石处士序》:"伯乐一过冀北之野,而马群遂空。"空尽,《画鉴》引作"空进"。十

二闲：指皇家马厩。《周礼·夏官·校人》："天子十有二闲。"闲，马厩。

④影如山：形容骏马瘦骨崚嶒，如山岩耸立，虽瘦而骏骨犹在。借马喻人，称颂贫穷而有气节，似为故宋遗民而发。

黄　庚

黄庚，字星甫，天台（今属浙江）人。生于宋末，入元未仕。曾客山阴王英孙家，试越中诗社《枕〈易〉》题，推为第一。诗承宋末江湖派遗风，体格稍显卑弱，但也不乏风致婉约之作。有《月屋漫稿》。

闻　角

谁送寒声入梦中？遥知人在戍楼东①。
明朝梅岭花飞雪，未必都因昨夜风②。

【注释】

①戍楼：边地驻军的瞭望楼。

②"明朝"二句：梅岭：即大庾岭，在江西、广东交界处，古时岭上多梅，故名。花飞雪：暗指梅花被角声吹落。参见卷五华岳《角》注②。

晚　春

老来无复事狂游①，倚杖看花动客愁。
病骨怯寒春不管，柳棉风里木棉裘②。

【注释】

①狂游:指意兴狂放的春游。

②柳棉风里木棉裘:指老弱畏寒,在暮春柳絮飘飞时,还穿着棉衣。

江 干[①]

江上支筇眼界宽, 夕阳影里水云寒。
凭谁说与闲鸥鹭, 借我渔矶把钓竿[②]。

【注释】

①江干:江边。《元诗选》题作《江上》。

②"凭谁"二句:请鸥鹭允许暂借渔矶垂钓。意谓与鸥鹭为友,忘情于云水之间。矶:水边大石。唐李贺《南园》诗:"鱼拥香钩近石矶。"把钓竿:握竿垂钓。把,握持。

伤 春

园林芳事已阑珊[①],梅未生仁笋未竿[②]。
堤上柳绵风脱尽, 绿阴应在雨中寒。

【注释】

①阑珊:衰残。南唐李煜《浪淘沙》词:"帘外雨潺潺,春意阑珊。"

②仁:果核中的种子部分。这句是说梅子未成熟,竹笋未抽竿。

池 荷

红藕花多映碧栏[①],秋风才起易凋残[②]。
池塘一段荣枯事, 都被沙鸥冷眼看[③]。

【注释】

①红藕:红荷。宋李清照《一剪梅》词:“红藕香残玉簟秋。”

②秋风才起易凋残:南唐李璟《摊破浣溪沙》词:“菡萏香销翠叶残,西风愁起绿波间。”

③“池塘”二句:意谓池塘红荷的盛开和衰谢,都被沙鸥所冷眼旁观。咏物在有意无意之间,颇得远神。

见雁有怀

满眼西风忆故庐①,亲朋音问久相疏。
年年江上无情雁,只带秋来不带书②。

【注释】

①故庐:故居。

②“年年”二句:是说年年见秋雁南飞,却不见捎来一封家信。书:书信。雁来去有定候,以帛系雁足得以传书。汉苏武使匈奴,被留不返,诡称已死。汉使因言天子在上林苑射雁,雁足有苏武书信,以戳破匈奴谎言。见《汉书·苏武传》。后因称雁足传书。

江村即事

江村暝色渐凄迷,数点残鸦杂雁飞。
雁宿芦花鸦宿树,各分一半夕阳归①。

【注释】

①“雁宿”二句:唐温庭筠《春日野行》诗:“鸦背夕阳多。”宋周邦彦《玉楼春》词:“雁背夕阳红欲暮。”分别写黄昏投林的乌鸦和大雁,背负夕阳之光的景象,均为名句。此化用其语意。

暮　景

浮云开合晚风轻，白鸟飞遥落照明[①]。
一曲彩虹横界断，南山雷雨北山晴[②]。

【注释】

①飞遥:《元诗选》作“飞边”,宜从。

②“一曲”二句:以彩虹为界,山南山北晴雨不同。写夏日雷雨景象。俗谚有“夏雨隔牛背”“夏雨隔田埂”之称。

尹廷高

尹廷高,字仲明,号六峰,处州遂昌(今属浙江)人。宋亡遭乱转徙,元大德间任处州儒学教授,又曾掌教永嘉,秩满至京,谢病归。能诗,有《玉井樵唱》。

江乡夜兴

极浦霜清雁打围[①],渔灯明灭水烟微。
天寒想见鲈鱼少,犬吠空江船夜归。

【注释】

①极浦:犹元浦,遥远的水边。打围:指飞成圆形。

馆娃宫[1]

金绣鸳鸯绿锦茵[2]，水精帘底净无尘[3]。
君王醉枕香红软[4]，人隔重江正卧薪[5]。

【注释】

①馆娃宫：吴王夫差为西施所建，故址在今江苏苏州西南灵岩山上。吴人称美女为娃，故名。

②金绣鸳鸯绿锦茵：指床上铺着用金线绣上鸳鸯的绿色锦垫。茵，床垫。

③水精帘：质地精细而晶莹的帘子。水精，同水晶。

④香红：鲜花。喻美女。这里指西施。

⑤人隔重江正卧薪：春秋时吴越交战，越王勾践战败被俘，放还后，卧薪尝胆，刻苦自励，以期报吴之仇。人，指勾践。重江，多重水道。苏州水网交错，故称。南朝宋鲍照《芜城赋》："重江复关之隩，四会五达之庄。"全诗以勾践卧薪励志与夫差软卧香红相对比，先渲染三句，再逆挽一句，点明主旨，用笔冷隽而有力。

袁　易

袁易（1262—1306），字通甫，号静春，长洲（今江苏苏州）人。少敏于学，不求仕进，部使者拟荐于朝，谢不应。行中书省署为徽州路石洞书院山长，旋亦罢归。居吴淞、太湖之间，筑堂名静春，聚书万卷，手自校定。或放舟载笔床、茶灶、古器等，游于江湖。赵孟𫖯曾为画《卧雪图》,称他与龚𤩽、郭麟孙为“吴中三君子”。诗近陈与义,风骨遒上,高步一时。有《静春堂集》。

题画黄葵[1]

忆昔戎葵花下饮[2],金杯春滟绿鬟攲[3]。
只今花似金杯侧,独对西风咏折枝[4]。

【注释】

①《静春堂诗集》题作《题画四首》,首各有题,此选其三。

②戎葵:即蜀葵。观赏植物,花开五瓣,有红、紫、黄、白等颜色。

③金杯春滟:满斟杯酒。春,指酒。滟,犹潋滟,酒满溢貌。参见卷六方回《饮归》注①。绿鬟攲:乌黑的发鬟侧在一旁。形容美人含醉的风姿。

④“只今”二句:感叹现在花开而无美人佐酒共赏,只能独对秋风,吟咏画上的折枝而已。宋潘柽《咏黄葵》诗:“一树黄葵金盏侧,劝人相对醉西风。”金杯:形容黄色的葵花。侧:倒酒之状。折枝:见卷一徽宗《宫词》注④。唐韩偓《已凉》诗:“猩色屏风画折枝。”

陈仲渊别室[1]

琴中流水澜翻落[2],画里秋山杂沓开[3]。
更欲移床傍修竹,卧看饥鹤啄莓苔。

【注释】

①题共五首,此选其五。陈仲渊:不详。

②琴中流水:寓相知之意。《列子·汤问》:“伯牙鼓琴,钟子期善听。伯牙鼓琴,志在高山,钟子期曰:‘善哉,峨峨兮若泰山。’志在流水,曰:‘善哉,洋洋兮若江河。’”

③杂沓:众多纷杂貌。形容乱山重叠。

周　弼

周弼，字伯弜，郓州阳谷（今属山东）人。周文璞之子。博闻强记，好吟咏。嘉定进士。曾任江夏令，历宦吴楚江汉间近四十年。《四库总目提要》称其诗风不出宋末江湖一派，而时时出入晚唐，尚无当时粗犷之习，一丘一壑，亦颇有小小佳致。又曾编《三体唐诗》，倡一诗之法，一句之法，一字之法及"四实""四虚""虚实相半"之说，欲以救江湖派末流油腔滑调之弊，不失为有为之言。有《端平诗隽》。

野　庙

野庙荒芜倒掩扉，寂寥香火客来稀。
年年归燕相看觑①，空滴春泥损画衣②。

【注释】

①看觑（qù 去）：看望。这句形容野庙荒寂无人，唯有每年春燕北归时，飞入庙中看望营巢。

②春泥损画衣：指燕子衔泥筑巢，泥水下滴，损污了菩萨身上的画衣。形容野庙荒凉之状。隋薛道衡《昔昔盐》诗："空梁落燕泥。"

夜　深

虚堂人静不闻更①，独坐书床对夜灯②。

门外不知春雪霁，半峰残月一溪冰。

【注释】

①更:打更声。

②书床:《两宋名贤小集》作“书帷”。《南宋群贤小集》《南宋六十家集》作“书灰”,义较胜。唐李群玉《火炉》诗:“多少关心事,书灰到夜深。”《宋百家诗存》作“书斋”。

收家信

渺渺秋风生白波，故乡归梦隔山河。
可怜一纸平安信，不及衡阳雁字多①。

【注释】

①衡阳雁字:传说秋天北雁南飞,至湖南衡阳回雁峰(衡山七十二峰之首)而止,遇春即北回。雁字,雁飞行时,常排列成“人”字或“一”字形,故称。远客他乡的游子,总希望多知道一些家中亲人的消息,一纸平安家信,读来总觉太短,却正见出他对亲人的系念之深。

赠野逸①

悠悠行路雪侵头②，拟出重关洗敝裘③。
堤上忽逢憔悴客，背花停酒说通州④。

【注释】

①题共二首,此选其二。野逸:即沈中行,号野逸。能诗,与姜夔有交往。生平不详。

②雪侵头:喻头发变白。

③敝裘：破衣衫。喻穷困潦倒。敝，同“弊”。《战国策·秦策一》：“（苏秦）说秦王，书十上而说不行，黑貂之裘弊，黄金百斤尽。”

④通州：五代周置，治所在静海（今江苏南通）。俗称南通州。为水陆辐辏、市肆繁华之地。

宋无

宋无（1260—1340），字子虚，苏州（今属江苏）人。曾举茂才，以亲老不就。诗工五律，七绝次之。有《翠寒集》《啽呓集》等。

杭州[1]

锦绣波翻太液空[2]，一池寒雨落芙蓉[3]。
内前尚有中官在[4]，却听西番寺里钟[5]。

【注释】

①作于南宋亡国以后，凭吊旧都，慨然有感。清潘德舆《养一斋诗话》卷五评云：“亡国之余，尤为痛绝，令人欲涕。”

②波翻太液空：宋仁宗皇祐年间，柳永因老人星见，赋词应制，词中有“太液波翻”之句，仁宗看了很不高兴，说：“何不言‘波澄’！”掷词于地。见宋王辟之《渑水燕谈录》卷八。太液，太液池，皇家池苑。波翻太液空，喻赵宋王朝在风波板荡中覆亡。

③芙蓉：荷花。

④内前：宫中。内，大内，皇宫。中官：宦官，太监。中官在：《两宋名

贤小集》《元诗选》作“中官住”。

⑤西番寺:指来自西域少数民族的宗教寺院。以别于中土佛寺。这里指清真教寺院。杭州文锦坊南有清真教凤凰寺,唐代创建,宋末毁于火,元延祐间阿老丁重建。

唐宫词补遗①

昭阳仙仗五云中②,遥听笙箫起碧空。
夜半月明人望幸③,君王自在广寒宫④。

宫娥随驾蜀山回⑤,春日还从内苑来⑥。
闻道上皇忧寝食,御前休报海棠开⑦。

【注释】

①题共四首,此选其三、其四。宫词:以宫廷生活为题材的诗。始于唐王建《宫词》百首,历代继作者甚多。

②昭阳:汉宫名。成帝宠后赵飞燕所居。这里指后妃之宫。仙仗:皇帝的仪仗。五云:五色祥云。

③望幸:宫妃希望得到皇帝的宠幸。

④君王自在广寒宫:用唐玄宗游月宫事。见卷一范仲淹《桐庐方正父家藏唐翰林画白芍药……》注④。

⑤宫娥随驾蜀山回:安史之乱时,唐玄宗曾避乱四川。这句是说宫娥随皇帝的车驾从四川回到京城。唐白居易《长恨歌》:“蜀江水碧蜀山青,圣主朝朝暮暮情。”

⑥春日还从内苑来:暗用白居易《长恨歌》诗意:“归来池苑还依旧,太液芙蓉未央柳。芙蓉如面柳如眉,对此如何不泪垂?”

⑦“闻道”二句:写唐玄宗因思念杨贵妃而寝食不安(时贵妃已缢死于马嵬坡)。《太真外传》:“上皇登沉香亭,召太真妃子。妃子时卯酒未醒,

命力士从侍儿扶掖而至。妃子醉颜残妆，钗横鬓乱，不能再拜。上皇笑曰：‘岂是妃子醉，真海棠春睡未足耳。’”这里说“休报海棠开”，是怕触动往事，引起玄宗的伤感。上皇：太上皇。指唐玄宗。时肃宗已登位。

戴昺

戴昺（同“炳”），字景明，号东野，黄岩（今属浙江）人。戴复古从孙。少工吟咏，为复古所称。嘉定十二年（1219）进士。嘉熙三年（1239），授赣州法曹参军。宝祐中曾为池州幕僚。诗风清婉，有《东野农歌集》。

天目山道上早行[1]

篴舆轧轧过清溪[2]，溪上梅花压水低。
月影渐收天半晓，两山相对竹鸡啼[3]。

【注释】

①天目：见卷六戴表元《湖州》注②。

②篴（biān 边）舆：竹轿。轧轧：抬轿时发出的响声。

③竹鸡：竹林中野鸟，形比鹧鸪小，好啼。

武　衍

武衍，字朝宗，号适安，原籍开封（今属河南）。有诗名于宝庆间。诗受戴复古影响，所作颇多画意。有《适安藏拙余稿》二卷，俱近体。

宫　词[①]

牡丹春籞正秾华[②]，有旨今年不赏花。
剪落金盘三百朵，内批分赐近臣家[③]。

【注释】

①《南宋群贤小集》《南宋六十家集》题作《宫词补遗》。共二首，此选其二。

②春籞（yù 御）：春天的禁苑。籞，篱落。这里指苑囿的花圃。秾华：花朵繁盛。唐白居易《和梦游春》诗："秀色如可餐，秾华如可掬。"

③内批：宫中批示。近臣：君王左右亲近之臣。

老宫人[①]

侍辇看花上苑春[②]，太皇宣索凤笙频[③]。
如今犹记当时曲，对谱闲教小内人[④]。

【注释】

①题共二首,此选其二。老宫人:指宫中年老的女伎艺人。

②侍辇:侍从皇帝的车驾。看花:《南宋群贤小集》《南宋六十家集》《宋百家诗存》作"观花"。上苑:供帝王玩赏的园林。

③宣索:皇帝谕旨索取所需。

④小内人:宫中年幼的女伎艺人。唐崔令钦《教坊记》:"伎女入宜春院,谓之内人,亦曰前头人,常在上前头也。"

湖　边[①]

日日湖边上小车，要寻红紫醉年华。
东风合与春料理，忍把轻寒瘦杏花[②]。

【注释】

①湖边:指杭州西湖边。

②"东风"二句:是说东风理应帮助安排春光,却怎么忍心把阵阵轻寒刮得杏花不能盛开呢?料理:安排。

阮　客[①]

粉靥娇春掌上轻[②],玉琴声里见深情。
花边欲别重回首，犹恐丝弦说未明[③]。

【注释】

①阮客:弹月琴的女子。晋阮咸,精通音律,为"竹林七贤"之一,与叔父阮籍齐名,有大小阮之称。相传曾造乐器,似琵琶而圆,形似月,声似琴,故名月琴。又名阮咸。

②粉靥(yè 叶):粉脸上的酒窝。掌上轻:形容女子体态轻盈。汉赵飞燕轻盈娇美,时称能作掌上之舞。唐杜牧《遣怀》诗:"楚腰纤细掌

中轻。”

③“花边”二句:是说女子临别含情回顾,犹恐意中人不明琴中之意。似本陈师道《放歌行》:“不惜卷帘通一顾,怕君着眼未分明。”欲别:《两宋名贤小集》《南宋群贤小集》《南宋六十家集》作“临别”。

胡仲参

胡仲参,字希道,号竹庄,清源(今山西清徐)人。嘉定间赴试,未第。浪迹数年,终蹇遇合,乃寄情山水以自放。诗入江湖派,清丽有余,而苍劲不足。有《竹庄小稿》。

雨 中

愁坐黄昏掩客扉,风翻桑叶满庭飞[①]。
孤灯挑到寒更尽,犹有行人带雨归。

【注释】

①桑叶:《两宋名贤小集》《南宋群贤小集》《南宋六十家集》作“霜叶”。

和伯氏春雨中韵[①]

痴寒脉脉压晴莎[②],春渐三分景未和。
待得浓阴收拾后,花边春色已无多。

两堤杨柳拂新亭[③]，怪底游人懒踏青[④]。
手撚梨花人小立[⑤]，半窗湖水雨冥冥。

【注释】

①伯氏：见本卷林景熙《哭德和伯氏》注①。按：作者有《夜坐与伯氏苇航对床阅江湖诗偶成一首》，陈起亦有《与苇航适安饮》诗，因知其兄苇航，亦为江湖派诗人。春雨：原缺“春”字，据《南宋群贤小集》《南宋六十家集》《宋诗纪事》补。

②痴寒：久寒不退。这里指久雨春寒。脉脉（mò 莫）：视貌。这里似通“漠漠”，广布弥漫貌。

③两堤：指杭州西湖的白堤和苏堤。新亭：即劳劳亭，故址在旧江苏江宁县南。这里借指西湖亭阁。西晋末年，中原战乱频仍，过江诸人，每至暇日，相邀至新亭饮宴。元帝时，丞相王导与客宴新亭，周𫖮中坐而叹曰：“风景不殊，举目有山河之异。”皆相视流涕。见《世说新语·言语》。后以指忧国忧时的悲愤心情。南宋偏安江南，境况与东晋相似，故取以为喻。

④怪底：怪甚。即不足为怪。句言国事堪忧，难怪人们懒得去踏青游春。

⑤手撚：手执。句写执花怅望之状。人小立：《南宋群贤小集》《南宋六十家集》《宋诗纪事》作“成小立”。

许　棐

许棐（？—1249），字忱父，号梅屋，海盐（今属浙江）人。嘉熙中隐居秦溪，于水南种梅数十株，构屋读书，自号梅屋。慕白居易、苏轼，画二像悬室中，朝夕事之。诗沿江湖派遗风，推尊永嘉四灵。有《梅屋诗稿》《融春小缀》等。

枯　荷

万柄绿荷衰飒尽，雨中无可盖眠鸥[1]。
当时乍叠青钱满[2]，肯信人间有暮秋[3]。

【注释】

①雨中无可盖眠鸥：唐郑谷《莲叶》诗："多谢浣纱人不折，雨中留得盖鸳鸯。"此化用其意。

②乍叠青钱满：形容初生的荷叶，好像满池青钱。乍，初。杜甫《漫兴》诗："点溪荷叶叠青钱。"

③肯信：岂信。这句感叹夏去秋来，转眼之间初生的荷叶就干枯衰残了。人间：《两宋名贤小集》《南宋群贤小集》《南宋六十家集》《宋百家诗存》《宋诗纪事》均作"池塘"。

不语僧

默坐蒲团若塑成[1]，客来惟听小钟鸣。
却嫌庭树无禅力[2]，时有风枝雨叶声。

【注释】

①蒲团：见卷三秦观《绝句》注⑥。《两宋名贤小集》《南宋群贤小集》《南宋六十家集》作"蒲龛。"

②禅力：禅定之力。即《大乘义章》所谓"心住一缘，离于散动"。

春　雨

老来慵把种花锄[1]，片紫纤红一任无[2]。

不忍经春孤负雨[3]，自收檐水浸菖蒲。

【注释】

①慵把：懒得去握。句言老来无心种花。

②片紫纤红：犹言一朵半朵花。一任：听任，随它。

③经春：一春。过了一个春天。《两宋名贤小集》《南宋群贤小集》《南宋六十家集》《宋百家诗存》作“今春”。孤负：同“辜负”。

李 庭

李庭，字显卿，号寓庵，官安西府谘议。能诗，有晚唐风致。按：原署李显卿，今改署其名。

溪 行

枯木扶疏夹道旁[1]，野梅倒影浸寒塘。
朝阳不到溪湾处，留得横桥一板霜。

【注释】

①扶疏：原形容树木繁茂分披，这里指树木经霜后枝叶稀疏。

徐献可

徐献可，永嘉（今浙江温州）人。曾官泉州知州。

书　斋

十日书斋九日扃，春晴何处不闲行[1]。
瓶花落尽无人管，留得残枝叶自生。

【注释】

①“十日”二句：言书斋平时常常关门，主人趁春晴好天气，到处闲游。扃（jiōng）：关门。

徐千里

徐千里，生平不详。

茉　莉

炎州绿女雪为肌[1]，十二朱栏月未移[2]。

香逼簟纹眠不得[3]，为渠醒到打钟时[4]。

【注释】

①炎州绿女雪为肌：喻茉莉绿叶白花。炎州，南海之州。传说茉莉产于印度（一说波斯），移植于南海，故称“炎州”。雪为肌，《庄子·逍遥游》：“藐姑射之山，有神人居焉。肌肤若冰雪，绰约若处子。”

②十二朱栏月未移：唐李商隐《瑶台》诗：“如何雪月交光夜，更在瑶台十二层。”十二朱栏，即指瑶台。参见卷五敖陶孙《西楼》注②。

③簟（diàn 殿）纹：竹席的纹路。这句是说阵阵花香，扑向竹席，使人难以成眠。

④渠：它。指茉莉。打钟时：清晨寺院敲钟之时。这句是说花香撩人，一夜未睡。

孙　嵩

孙嵩，字元京，号艮山，休宁（今属安徽）人。以荐入太学。宋亡后，隐居海宁山中，不复出仕。杜门苦吟，以寄亡国之悲。有《艮山集》。

开岁连日阴雨[1]

日日岚阴守翠微[2]，清溪平没钓鱼矶。
流莺一任无来意，直恐梅花半树稀[3]。

新草天涯欲断魂[④],若为有意眺郊原[⑤]?
只应老子春愁少,须着潇潇雨暗村[⑥]。

【注释】

①题共三首,此选其二、其三。开岁:岁首,开春。《后汉书·冯衍传》:“开岁发春兮,百卉含英。”

②岚阴:山间雾气。翠微:指青山。

③“流莺”二句:是说久雨不晴,黄莺不来随它去,只怕梅花在雨中大半凋谢。一任:听任,随它。直恐:只怕。

④新草天涯欲断魂:苏轼《蝶恋花》词:“天涯何处无芳草。”杜牧《清明》诗:“清明时节雨纷纷,路上行人欲断魂。”欲断魂,《宋诗纪事》作“入断魂”。

⑤若为:如何。这句是说阴雨连绵,无法出门远眺郊原。

⑥“只应”二句:是说老天阴雨不停,可能是让我这个很少春愁的人体验一下困恼的滋味吧。老子:自称。犹“老夫”。须着:却教。潇潇:风雨声。

紫阳夜坐[①]

一夜灯前白纻单[②],沉吟有此夏初寒[③]。
露零若与人相语,松杪萧萧下石坛[④]。

【注释】

①紫阳:道观名。在江苏名容市茅山,为道教七十二福地之一。各地亦多有仿建。

②白纻:见卷五姜夔《除夜自石湖归苕溪》注㉒。

③沉吟:沉思。

④“露零”二句:露水随着松风滴在石坛上,好像在跟人交谈。零:滴落。

竹枝词[①]

滟滪堆头君莫行，瞿塘峡里不论程[②]。
龙吟小雨蜀天黑[③]，等有明朝春水生。

黄陵庙前鸦鹳栖[④]，黄陵宫外枭鹏啼[⑤]。
估客酬神巫姬醉[⑥]，青林日转风凄凄[⑦]。

【注释】

①题共三首，此选其一，其三。竹枝词：见卷一孙光宪《竹枝词》注①。

②"滟滪"二句：是说长江三峡险绝难行。参见卷三黄庭坚《雨中登岳阳楼望君山》注③。不论程：难以计程行船。

③龙吟：传说龙能行雨，龙吟则雨至。唐杜甫《滟滪》诗："江天漠漠鸟双去，风雨时时龙一吟。"

④黄陵庙：在湖北宜昌以西长江黄牛峡中，亦称黄牛庙，三国蜀汉建。不同于湖南洞庭湘山的黄陵庙。《宋诗纪事》作"黄牛庙"。鹳：见卷五范成大《四时田园杂兴》注⑩。

⑤黄陵宫：疑即黄陵庙，异文对举，以渲染气氛。《宋诗纪事》作"黄魔宫"。枭鹏：猫头鹰。汉贾谊《鹏鸟赋序》："鹏似鸮，不祥鸟也。"枭，通"鸮"。

⑥估客：贩货的行商。酬神：祭神还愿。《宋诗纪事》作"酹神"。

⑦青林：指枫林。唐杜甫《梦李白》诗："魂来枫林青。"唐李端《古别离》诗："行舟闻商估，宿在枫林下。"日转：指太阳西移，时近黄昏。

林亦之

林亦之(1136—1185),字学可,号月渔,又号网山山人,福清(今属福建)人。林光朝弟子。光朝讲学于莆田红泉,去世后,众推亦之继其讲席。赵汝愚帅闽,曾荐于朝,未及用而卒。景定间赠迪功郎。刘克庄称其“律诗高妙者,绝类唐人”。有《网山集》。

秋日题

漠漠骚骚如卷沙①,当门枯木见巢雅②。
秋林最怕风吹尽,一直愁心无叶遮③。

【注释】

①漠漠骚骚:形容秋风四起,骚骚作响。

②雅:同“鸦”。

③无叶:原作“无巢”,《两宋名贤小集》作“无树”,此据《宋百家诗存》改。

宋自适

宋自适，字正父，号清隐，金华（今属浙江）人。有弟五人：自道、自逢、自迪、自述、自逊，均有文名。

柳

丝丝烟雨弄轻柔，偏称黄鹂与白鸥[①]。
才着一蝉吟晚日，西风容易便成秋[②]。

【注释】

①偏称（chèn 趁）：最宜。黄鹂：黄莺。这两句是说绿柳轻柔，最宜与黄莺、白鸥相初相配。唐杜甫《绝句》："两个黄鹂鸣翠柳，一行白鹭上青天。"

②"才着"二句：是说夏天黄昏，柳阴中的蝉鸣还在耳边，却不料转眼秋风，很快就枝叶萧疏了。吟晚日：《宋诗纪事》作"嘶晚日"。

夜　雪

雪眼羞明夜转飞[①]，梅花未觉竹先知[②]。
一炉柴火三杯酒，谁记山阴有戴逵[③]。

【注释】

①雪眼羞明夜转飞：将雪拟人。说雪眼怕见亮光，所以白天不敢下，

到夜间才飘飞起来。羞明，怕光。《诗人玉屑》卷七《用事·反其意而用之》：“黄白石作雪诗云：‘说道羞明却不羞，日光玉洁共飞浮。天人胸次明如洗，肯似人间只暗投！’盖世谓雪之夜落为羞明，此反其语而用之。”

②梅花未觉竹先知：雪飘梅树无声，霰打竹叶作响，故云。

③“一炉”二句：是说雪夜煨炉，温酒取暖，根本不想外出访友。山阴有戴逵：用王徽之山阴访戴故事。见卷四陈与义《题向伯共过峡图》注③。

毛　珝

毛珝，字元白，号吾竹，三衢（今浙江衢州）人。屡举不第，有“几踏槐花角寸长，担簦羞作老来忙”之句。端平间有诗名，诗风清雅。有《吾竹小稿》。

仪　征①

多旨楼边古柳斜②，龙渊寺里隔荷花③。
清风尽日无人管，半属僧家半伎家④。

【注释】

①仪征：县名，在江苏省。《两宋名贤小集》《南宋群贤小集》《南宋六十家集》题作《仪真》。共三首，此选其二。

②多旨楼：疑即中和楼。在仪征朝宗门上，宋嘉定中知州吴机建。其下列屋五十楹，南望大江，北瞰运河，又有吸川阁、横江楼、拂云楼、西楼、南楼等，组成一群景观，今俱废。

③龙渊寺：疑即鼍淙寺，在今仪征市北，汉广宁太守陈登建。因见白黑二鼍（俗称猪婆龙）立于寺塘上，故名。

④伎家:指歌楼妓院。伎,歌舞妓。《两宋名贤小集》《南宋群贤小集》《南宋六十家集》作“妓家”。

何应龙

何应龙,字子翔,号橘潭,钱塘(今浙江杭州)人。嘉泰进士,曾知汉州。诗学晚唐,多缠绵旖旎之思。有《橘潭诗稿》一卷,俱七言绝句。

杜　鹃

君若思归可便归，故乡只在锦江西[1]。
不知何事留君住，却向空山日夜啼。

【注释】

①锦江:在四川成都南。传说蜀人濯锦其中。则锦色鲜艳,濯于他水,则锦色暗淡。故名。此言四川为杜鹃故乡。参见卷一赵希槠《过临平》注③。

春　寒

博山熏尽鹧鸪斑[1],罗带同心不忍看[2]。
莫近栏干听春雨[3],楼高无处着春寒。

【注释】

①博山：指博山炉，一种雕刻作重叠山形的香炉。鹧鸪斑：上等沉香名。色褐黑而带白斑，有如鹧鸪，故名。《名香谱》："鹧鸪斑香出日南，如乳香。"

②罗带：丝织的带。同心：指同心结。即用罗带扎成菱形的连环回纹结，以示长久恩爱，永不变心。

③春雨：《两宋名贤小集》《南宋群贤小集》《南宋六十家集》《宋百家诗存》均作"花雨"，宜从。

清　明

踏歌捶鼓近清明①，小雨霏霏欲弄晴。
唤起十年心上事，春风楼下卖花声②。

【注释】

①踏歌：见卷三刘弇《莲花峰法云即事》注③。捶鼓：击鼓。指鼓乐。南宋时杭州城内外酒库，均于清明前开煮，择日开沽呈样，官私妓女，新丽妆着，差雇社队鼓乐，以荣迎引。诸酒肆结彩欢门，游人随处品尝，追欢买笑，倍于常时。见宋吴自牧《梦粱录》卷二《诸库迎煮》。

②"唤起"二句：卖花声是南宋时杭州春天的本地风光。宋吴自牧《梦粱录》卷二《暮春》："是月春光将暮，百花尽开。如牡丹、芍药……映山红等花，种种奇绝。卖花者以马头竹篮盛之，歌叫于市，买者纷然。"明田汝成《西湖游览志余》卷二十《熙朝乐事》记花朝节有云："其时，马塍园丁，竞以名花荷担叫鬻，音中律吕。"南宋诗人写杭州卖花声的不少，有名的如陆游《临安春雨初霁》云："小楼一夜听春雨，深巷明朝卖杏花。"宋末孙岩《武林绝句》云："缤纷迎酒伎，宛转卖花声。偶似承平世，携书试风城。"钱锺书《宋诗选》引宋遗民陈著《本堂集》中一首七古，题为《夜梦在旧京忽闻卖花声，有感至于恸哭，觉而泪满枕上，因趁笔记之》。本诗作者是杭州人，他因卖花声而触动十年旧事，似乎也包含着今昔兴亡之感。

沈 说

沈说，字惟肖，龙泉（今属浙江）人。由上庠登科，主贵溪簿，一年弃官去，再调天台教官。晚年卧病不出，营别墅以居。田衣山屐，不入城市。诗风清淡。有《庸斋小集》。

春 词

水涨寒沟柳又阴，小窗风度一声禽①。
若将离绪萦春事，片片飞花是客心。

【注释】

①度：传送。

明融盆池①

凉入湘潭影半开②，小窗午枕梦初回。
萧疏数叶秋菰上③，也解声声报雨来。

【注释】

①题共二首，此选其一。明融：光明。《诗经·大雅·既醉》："昭明有融。"这里比喻小池的明净。唐韩愈《盆池》五首之一："老翁真个似儿童，汲水埋盆作小池。"

②凉入湘潭：指凉风吹入池面。湖南湘潭县北有昭潭，亦名湘州潭，

相传其深无底。这里借指小池。湘潭,《两宋名贤小集》《南宋群贤小集》《南宋六十家集》作“湘帘”。

③菰:生池沼中,嫩茎可食,即茭白。

纸　衾①

茧面新干带露揉②,春回斗帐伴吟愁③。
残年已便蒙头过,风雪从教打戍楼④。

【注释】

①题共三首,此选其二。纸衾:见卷五张孝祥《送纸衾韩中父再用韵》注①。

②茧面:茧纸(茧丝制的纸)之面。用水喷噀,待其初干后,即揉搓使柔软,以制纸衾。

③斗帐:小帐。因形如覆斗,故名。

④“残年”二句:是说人到老年,万事不管,盖着温暖的纸衾,蒙头而睡,任凭风雪敲打鼓楼,也高卧不起了。残年:垂暮之年。便:就,即。《两宋名贤小集》《南宋群贤小集》《南宋六十家集》《宋诗纪事》作“办”。从教:任凭,随它。戍楼:见本卷黄庚《闻角》注①。这里指城头报时的鼓楼。

林尚仁

林尚仁,字润叟,号端隐,长乐(今属福建)人。家贫,刻苦攻诗,宗姚合、贾岛。卜居半村半郭间,手自种竹,题曰“竹所”,吟啸其中。有《端隐吟稿》。

适越留别[1]

江亭饮罢起离愁，何事西风又远游[2]？
潮信欲来人欲去[3]，夕阳红蓼满汀洲[4]。

【注释】

①适越：往越中（今浙江绍兴一带）。留别：临别留赠友人。

②远游：《两宋名贤小集》《南宋群贤小集》《南宋六十家集》《宋百家诗存》《居易录》作“越游”。

③潮信：潮水。因其涨落有定时，故称。句言江潮欲来，离人之船将乘潮而去。

④汀洲：水中小洲。

史文卿

史文卿，字景望，一作景炎，鄞（今浙江宁波）人。曾为绍兴判官，终知处州。

种　梅[1]

呼童耕云种瑶树[2]，斗挂青冥下风露[3]。
隔林野鹤不知寒，为我飞来复飞去。

【注释】

①题共二首，此选其一。

②呼童耕云种瑶树：瑶树，指梅。句用李贺《天上谣》："呼龙耕烟种瑶草。"

③斗：星斗。青冥：指天。参见卷二王安石《题扇》注③。

郑　会

郑会，字文谦，一字有极，号亦山，贵溪（今属江西）人。早年从学于朱熹、陆九渊。嘉定四年（1211）进士，累官至礼部侍郎。为史弥远所忌，引疾归。卒谥文庄。有《亦山集》。

江亭夜坐呈曾苍山①

红梅欺雪树槎牙②，梅片飘零雪片斜。
夜半和风到窗纸，不知是雪是梅花？

【注释】

①曾苍山：即曾原一，字子实，号苍山，赣州宁都（今属江西）人。官至承奉郎，知南昌县。绍定中，与戴复古结江湖吟社。有《苍山曾氏诗评》。

②红梅：《宋诗纪事》作"江梅"。欺雪：傲雪。槎牙：形容梅枝错杂横斜。

高子凤

高子凤，字仪甫，华亭（今上海松江）人。曾注杜甫诗，林希逸为作序。

题扬补之墨梅卷①

篱根玉瘦两三枝②，为绕吟香夜不归③。
安得密林千亩月，仰眠吹笛看花飞④。

【注释】

①扬补之：即扬无咎，字补之，号逃禅老人、清夷长者，清江（今属江西）人，寓居豫章（今江西南昌）。绍兴年间，朝廷屡次征召，坚辞不就。善画水墨梅、竹、松、石、水仙，尤以画梅著称于世。创用墨线圈出花瓣，突破前人晕染成法，为后世所取法。

②玉瘦：形容小朵的梅花如珠玉一样莹洁。宋陈亮《梅花》诗："疏枝横玉瘦，小萼点珠光。"

③为绕吟香夜不归：因为徘徊在梅花树下吟诗，天黑了还不想回去。南朝梁何逊为扬州法曹时，官舍内梅花盛开，他在花下徘徊吟诗，不舍得离开。

④吹笛看花飞：指吹笛曲《梅花落》。参见卷五李刘《闻笛》注③。

侯畐

侯畐(fū 福),字道子,号霜崖,乐清(今属浙江)人。以武举入仕,宝祐间为海州通判,守城战死。有《霜崖集》。

暮雨

暮雨生寒衣袂薄[①],楚乡客子正伤情。
扁舟莫向芦洲宿[②],夜半西风有雁声。

【注释】

①衣袂(mèi 妹):衣衫。袂,袖子。

②芦洲:《宋诗纪事》作“芦边”。

张至龙

张至龙,字季灵,号雪林,建安(今属福建)人。与同里朱继芳友善,一时江湖诗人多与唱和。诗意闲远,词语清峭。有《雪林删余》。

宿易冲妙道院[1]

松发经寒乱不梳[2],夜来风减屋茅疏。
吟边冻指僵如铁，袖裹枯筇画雪书[3]。

【注释】

①《宋诗纪事》题作《宿易冲道院》,无“妙”字。

②松发:形容头发乱如松针。

③“吟边”二句:吟诗时手指冻僵了,只能用袖子裹了手杖,在雪地上画着写。裹:原作“裹”,据《宋诗纪事》改。

饯翁丹山发南浦[1]

鸣鸠乳燕近清明，柳絮风轻秧水平。
一带春流多断岸，尽缘卧柳作桥行[2]。

【注释】

①饯:原作“钱”,据《两宋名贤小集》《宋百家诗存》改。翁丹山:疑为翁定,建安(今属福建)人,作者同乡。能诗,有《瓜圃集》。南浦:地名,在江西南昌市西南。旧有南浦亭。又可泛指送别之地。南朝梁江淹《别赋》:“送君南浦,伤如之何?”

②尽缘卧柳作桥行:《南宋群贤小集》《南宋六十家集》《宋百家诗存》作“尽缘倒树当桥行”。《两宋名贤小集》作“尽缘倒树当篙行。”

陈 琰

陈琰(yǎn 演),字粲山,一作燦山,福州怀安(今福建福州)人。宝祐元年(1253)进士。按:原作"陈倓",名与字不合,今据《梅磵诗话》《宋诗纪事》改。又,另有陈琰,字伯玉,官真宗、仁宗朝,非一人。

题二俊祠①

尘暗香残二俊祠,可怜词藻妙当时。
联镳入洛成何事②,一段凄凉鹤未知③。

【注释】

①《宋诗纪事》题作《题二陆祠》。二俊:指晋陆机、陆云兄弟。吴郡华亭(今上海松江)人,以文学著称当时。南朝梁刘勰《文心雕龙·时序》:"机、云标二俊之采。"俊,才智出众的人。陆机兄弟的祖父陆逊、父亲陆抗,都是三国时吴国的重臣。晋武帝灭吴后,陆机和弟弟陆云同到洛阳,张华说:"伐吴之役,利获二俊。"陆机后成为成都王司马颖的幕僚长,受命带兵与长沙王司马乂作战,结果大败,被人谗陷,与弟弟陆云同为司马颖所杀。临刑时,陆机长叹说:"故乡华亭的鹤唳,再也听不到了!"见《晋书·陆机传》。本诗即有感于机、云的遭遇而发。元韦居安《梅磵诗话》卷上:"晁文元《耄智余书》书:'新鲜脍一筋,清醇酒一杯。晋室惟张翰,当时得意来。'陈燦山琰《题二陆祠》云(诗如上略)。合二诗而观,则张、陆祸福之几,在知与不知耳。"

②联镳入洛：指吴亡后，陆机、陆云同到洛阳。联镳，并骑而行。镳（biāo 标），马衔。

③一段凄凉鹤未知：是说陆机临刑时的凄凉慨叹，家乡的鹤并不知道。言下深为二陆的离乡出仕而惋惜。未知，《梅磵诗话》《宋诗纪事》作"不知"。

葛起耕

葛起耕，字君顾，丹阳（今属江苏）人。诗入江湖派。有《桧庭吟稿》。

宫　词

银漏疏风透玉屏[①]，碧梧枝上雨三更[②]。
依稀似写华清恨[③]，云冷香消梦不成。

【注释】

①银漏：银制漏箭，古记时器。玉屏：玉制屏风。

②碧梧枝上雨三更：唐温庭筠《更漏子》词："梧桐树，三更雨，不道离情正苦。"

③华清恨：指唐玄宗和杨贵妃生死相思的长恨。华清，见卷二苏轼《骊山》注⑤。

宋伯仁

宋伯仁,字器之,号雪岩耕田夫,湖州(今属浙江)人。举宏词科,历监淮阳盐课。素有梅花癖,辟圃以栽,筑亭相对,著《梅花喜神谱》。嘉熙元年(1237),寓京遭火,侨居城郊西马塍。与高翥、孙惟信、施枢等相酬唱,亦江湖派诗人。有《雪岩吟草》。

秋　晚

西风吹破黑貂裘①,多少江山惜倦游。
红叶已霜天欲雁,绿蓑初雨客吟秋②。

【注释】

①西风吹破黑貂裘:指客途穷愁困顿。见本卷周弼《赠野逸》注③。

②绿蓑(suō 梭):蓑衣,用草或棕制成,披以防雨。唐张志和《渔歌子》词:"青箬笠,绿蓑衣,斜风细雨不须归。"

黄初庵

黄初庵,生平不详。

游灵鹫寺[1]

屋畔危岑耸佛青[2]，客归僧定掩云扃[3]。
洞猿窣窣循墙过[4]，几上偷翻贝叶经[5]。

【注释】

①灵鹫寺：即杭州灵隐寺。寺前有飞来峰，一名灵鹫峰，东晋时印度僧人慧理见而惊叹说：“此是中天竺国灵鹫山之小岭，不知何年飞来？”故名。

②危岑：险峻的山岩。佛青：即佛头青。僧人剃头，头发呈青色，故名。这里借以形容山色青苍。林逋《西湖》诗：“晚山浓似佛头青。”

③僧定：僧人坐禅入定。即静坐敛心，不起杂念，使心定于一处。云扃：寺门。

④洞猿：飞来峰有呼猿洞，传说有黑、白二猿在洞中候选，慧理一呼即出。窣窣（sù 素）：象声词。形容快速行走。

⑤几：几案。贝叶经：写在贝叶上的佛经。亦泛指佛经。贝叶，印度多贝树叶，状如棕榈。

马宋英

马宋英，温州（今属浙江）人，放达能诗。宝祐间，以画名，作墨梅竹，俱妙。

游净慈寺，写古松于壁，因题[1]

磨出一锭两锭墨， 扫出千年万年树。

月明乌鹊误飞来，踏枝不着空归去[2]。

【注释】

①元夏文彦《图绘宝鉴》卷四："马宋英，温州人，放达能诗。父殁，赏赀日削。至钱唐，游净慈寺，写古松于壁，题云（诗如上略）。丁大全丞相赏其诗画，急命索之。人忌其能，阏不令出，卒不遇，此诚诗谶。"净慈寺：杭州西湖四大丛林之一，在慧日峰下。"西湖十景"中的"南屏晚钟"，即指净慈寺的钟声。

②"月明"二句：形容古松画得酷肖传神，以至月光下的乌鹊都飞来栖息，发觉踏枝不着，才空自飞去。三国魏曹操《短歌行》："月明星稀，乌鹊南飞。绕树三匝，何枝可依？"按：马宋英遭人之忌，未被任用，与踏枝不着而空归的乌鹊颇相类似，故《图绘宝鉴》说是"诗谶"。

林季谦

林季谦，生平不详。

客中立春

鬓丝无力受春幡[1]，把酒听歌意不欢。
千里同风亦同俗，客怀终作异乡看[2]。

【注释】

①鬓丝无力受春幡：旧俗在立春日，剪彩做成小幡（旗），插在头上，或挂在树枝上，表示迎春和取吉利。这里是说年老鬓发稀疏，已不能插春

幡。春幡,原作“风幡”,重“风”字,据《后村千家诗》改。

②“千里”二句:是说尽管外地和故乡在立春的风俗相同,但客子的心里仍然感到一种身在异乡的况味。

李　檝

李檝,字商卿,号栖碧山人,南丰(今属江西)人。以诗名江湖间,年八十余卒。

有　约

杨柳垂堤水绕门,可人清景近黄昏①。
明朝有约谁先到,手掐花梢记月痕②。

【注释】

①可人:宜人。近黄昏:指约期将到。欧阳修《生查子》词:“月上柳梢头,人约黄昏后。”

②“明朝”二句:情人相约明晚再会,手掐今夜花梢月上之痕,看明晚谁先赴约。掐(qiā):用指甲按划为记。

曾兰墅

曾兰墅，生平不详。

西湖夜景

闲窗收入四山青[①]，古篆无烟气自清[②]。
风不鸣条花着露[③]，一湖春月万蛙声。

【注释】

①收入：《宋诗纪事》作“放入”。

②古篆：指篆香，一种带有篆文印记可以计时的香。宋洪刍《香谱》：“近世尚奇者作香篆，其文准十二辰，分一百刻，凡燃一昼夜已。”无烟：指香已燃尽，残夜将明。

③风不鸣条：指和风轻拂，树上枝叶静不作声。汉董仲舒《雨雹对》：“太平之世，则风不鸣条。”

王　镃

王镃，字介翁，括苍（今浙江丽水）人。曾官县尉。宋亡后，归隐湖山，匾所居为“月洞”，与尹绿坡、虞君集、叶柘山诸人结社吟诗。诗宗晚唐，明汤显祖称其七绝有闲逸之趣。有《月洞吟》。

湖上晚望[①]

酒醒湖光生嫩凉[②]，卧船吹笛藕花香。
游人尽逐莺花去，一片闲情在夕阳[③]。

【注释】

①写杭州西湖晚景。

②嫩凉：微凉。

③“游人”二句：游人喜欢赶赴热门的场景，夕阳下那一片悠闲淡远的湖光山色，却无人欣赏。作者的审美态度与一般游人有所不同，他对黄昏的西湖之美有独特的发现和感受，但在赏心之余，也不无惋叹之情。周密《曲游春》词：“看画船尽入西泠，闲却半湖春色。”情景颇相似，可参看。

黄超然

黄超然，字立道，号寿云，黄岩（今属浙江）人。乡贡进士。精于《易》学，著有《周易学义》等书。元英宗至治初卒。

秋　夜

秋近园林风露凉，虫声无数出颓墙。

前朝旧事过如梦，不抵清秋一夜长[1]。

【注释】

①“前朝”二句：前朝旧事，忽忽如梦；耿耿秋夜，难挨如年。这都是写不眠者的心理，却流露出深长的兴亡之慨。不抵：不及。

潘朝英

潘朝英，生平不详。

善济寺[1]

春潮暮落海门山[2]，百艇齐飞牡蛎滩[3]。
分得鱼虾归野市，满江鸥鹭夕阳闲。

倦客登临力已疲，高僧故索小窗诗。
江山最好君知否？春去秋来烟雨时[4]。

【注释】

①善济寺：作者自注：“在临海县（今属浙江）金鳌山。”

②海门山：在临海县东南九十里，三面阻水，为浙东门户。

③牡蛎滩：牡蛎，软体动物，有贝壳，肉味鲜美。多生于浅海。潮退后，海滩上多牡蛎，故名。

④“江山”二句：意谓暮春初秋，烟雨霏微，为江山最美之时。句法仿

苏轼《赠刘景文》诗:“一年好景君须记,最是橙黄橘绿时。”

夏之中

夏之中,生平不详。

古别离[①]

郎上孤舟妾上楼,栏干未倚泪先流。
片帆渐远郎回首,一种相思两处愁[②]。

【注释】

①古别离:乐府《杂曲歌辞》篇名。《乐府诗集》卷七十一《杂曲歌辞·古别离》:“《楚辞》曰:‘悲莫悲兮生别离。’古诗曰:‘行行重行行,与君生别离。相去万余里,各在天一涯。’后苏武使匈奴,李陵与之诗曰:‘良时不可再,离别在须臾。’故后人拟之为《古别离》。”这类诗大多写男女离别,情调缠绵感伤。

②一种相思两处愁:言男女离别,相隔两地,而同怀相思之情。李清照《一剪梅》词:“一种相思,两处闲愁。”一种,同样。

高丽国王王徽

王徽,字烛幽,显宗询第三子,1046 年(宋仁宗庆历六年)即位。在位三十七年。谥仁孝王,庙号文宗。

记　梦[1]

恶业因缘近契丹，一年朝贡几多般[2]。
移身忽到中华地，可惜中宵漏滴残[3]。

【注释】

①宋叶梦得《石林诗话》卷中:“高丽自太宗后,久不入贡,至元丰初,始遣使来朝。神宗以张诚一馆伴,令问其复朝之意。云:其国与契丹为邻,每困契丹诛求,陵藉不能堪。国主王徽常诵《华严经》,祈生中国。一夕忽梦至京师,备见城邑宫阙之盛,觉而慕之,为诗以记(诗如上略)。余大观间,馆伴高丽人,尝见诚一语录,备载此事。”

②“恶业”二句:北宋时,高丽与契丹时相交恶,1035年(宋仁宗景祐二年),契丹责高丽停贡筑城,次年侵鸭绿江,令高丽速修职贡。高丽因遣使往契丹报谢,并于1038年(宋仁宗宝元元年)行契丹新年号,恢复对契丹的岁贡。恶业因缘:佛教语,指由于前世身、口、意三者所犯的罪恶而产生的后果。

③“移身”二句:指梦到北宋京都,而感叹好梦不长,夜半就在漏声中醒来了。残:指梦残。中华:《石林诗话》引作“京华”。

高丽使臣朴寅亮

朴寅亮,字代天,元丰年间高丽使臣,与同行金第、李绛孙、卢柳、金化珍等途中唱和七十余首,自编为《西上杂咏》宋王辟之《渑水燕谈录》卷九《杂录》云："使臣御民事官侍郎金第与同行朴寅亮诗尤精，如《泗州龟山寺》诗云：'门前客棹洪涛急，竹下僧棋白日闲'等句，中土士人亦称之。寅亮尝为其国词臣，以罪废。久之，从金第使中国。"

泗州龟山寺[1]

塔影到淮沉浪底[2]，磬声浮月落云间。
门前客棹洪涛急，竹下僧棋白日闲[3]。

【注释】

①《宋诗纪事》卷九十五录此诗，作为断句，无诗题。按：此诗四句皆对，似律诗中间两联，作断句为是。泗州：见卷三晁补之《赴广陵道中》注②。龟山寺：在江苏盱眙县北龟山上。盱眙，宋时属泗州。

②塔影：指泗州塔的倒影。塔为宋喻皓修建，极为工巧，塔顶俗称天门。

③竹下僧棋白日闲：苏轼《志林》卷十："司空表圣诗：'棋声花院闭，幡影石坛高。'吾尝独游五老峰，入白鹤观，松阴满地，不见一人，惟闻棋声，然后知此句之工也。"所写境界颇相近似，可参看。

韩 璘

韩璘，金国人，隆兴初，归宋未成，遇害。按：原本韩璘有"高丽使者"衔，误。《四朝闻见录》备载其事，今据以删正。

题扇寄弟[1]

嗈嗈鸣雁落江滨[2]，　梦里年来相见频。
吟尽《楚辞》招不得[3]，夕阳愁煞倚楼人。

【注释】

①宋叶绍翁《四朝闻见录》丙集《司马武子忠节》:“中原既陷敌,忠义之士欲图其国,挈而南向本朝者甚多,盖祖宗之泽时犹未泯也。谨按韩太监玉所记云:初,司马池之后朴,字文秀,借兵部侍郎使金,金丞相燕国王完颜宗干见而异之,因授以尚书右丞,朴不屈,然犹假其出入敌中。生子名通国,字武子,盖本苏武之意。通国有大志,尝结北方之豪韩玉举事,皆未得要领。绍兴初,玉挈家以南,授京秩江淮都督府计议军事。其兄璘犹在敌中,以弟故,与通国善。癸未(隆兴元年,1163)九月,都督魏公(张浚)遣张虬、侯泽往大梁伺璘,璘因以扇赠玉,题诗云(诗如上略)。魏公见此诗,于甲申(1164)岁春,复遣侯泽往大梁,讽通国、璘等,行至亳州,为逻者所获。通国、璘与常所与交聂山等三百余口,同日遇害。是岁三月十六日也。”

②嗈嗈鸣雁:宋玉《九辩》:“雁嗈嗈而南游兮。”嗈嗈(yōng 拥),和鸣声。这里以雁寄兴兄弟之情。参见卷六戴表元《题赵大年芦雁》注③。

③吟尽《楚辞》招不得:《楚辞》有《大招》《招魂》等篇。参见卷二苏轼《六月二十七日望湖楼醉书》注⑩。

刘元载妻

刘元载妻,“三英”之一。宋阮阅《诗话总龟》前集卷十引

《金华瀛洲录》:“天圣中,礼部郎中孙冕序三英诗:刘元载妻、詹茂光妻、赵晟之母《早梅》《寄远》《惜别》三诗。刘妻哀子无立,詹妻留夫侍母病,赵母惧子远游。孙公爱其才以取之。”(又见宋魏庆之《诗人玉屑》卷二十《闺秀·三英诗》)宋蔡传《历代吟谱》载孙冕《三英诗序》云:“三英者,三哲妇之词也。世有男子,大夸篇咏,而意随语尽者,滔滔皆然;三英妇德天赋若此,忍不序而揭之乎?”

早　梅①

南枝向暖北枝寒,一种春风有两般②。
凭仗高楼莫吹笛,大家留取倚栏干③。

【注释】

①《诗话总龟》前集卷十《雅什门上》及《诗人玉屑》卷二十《闺秀·三英诗》文后注,此诗《搜遗记》作女仙题蜀州江梅阁诗。

②“南枝”二句:唐李峤《鹧鸪》诗:“南枝日照暖,北枝霜露滋。”《白孔六帖》卷九十九:“大庾岭上梅,南枝落,北枝开。”(南枝向暖,梅花先开,待其谢落,北枝方开。)这里是说南北梅枝,同受春风吹拂,开花却有先后之分。以喻贫富子女处境待遇不同。一种:一样,同样。

③“凭仗”二句:是说不要吹奏笛曲《梅花落》,免使梅花早凋,留取花枝,让人倚栏共赏。婉转托兴,请求居高位而有权势者不要摧残她的孩子,即所谓“哀子无立”。

詹光茂妻

詹光茂妻,“三英”之一。详见刘元载妻介绍。光茂,《诗话总龟》作“茂光”。《诗人玉屑》作“茂先”。

寄　远

锦江江上探春回①,销尽寒冰落尽梅。
争得儿夫似春色,一年一度一归来②!

【注释】

①锦江:见本卷何应龙《杜鹃》注①。唐杜甫《登楼》诗:“锦江春色来天地。”

②“争得”二句:盼望外出的丈夫如年年春色,按归归来。玩诗意,似并无“留夫侍母病”之意。争得:怎得。儿夫:妻子称自己的丈夫。宋吴曾《能改斋漫录》卷八:“蔡宽夫记天圣中孙冕载詹光茂妻《寄远》诗云(诗如上略)。乃知‘惟有旧时王谢燕,一年一度到君家’所本。”按:宋陈辅《访建康杨德逢题壁》诗:“北山松粉未飘花,白下风轻麦脚斜。身似旧时王谢燕,一年一度到君家。”杨归见其诗,称于荆公,荆公笑曰:“此正戏君为寻常百姓耳。”见《苕溪渔隐丛话》前集卷五十四引《王直方诗话》。宋吴坰《五总志》则谓此为陈辅访荆公于定林不值而留壁间之诗。荆公笑谓龚深之曰:“此郎复以我为寻常百姓矣。”王安石《梅花》诗:“唯有春风最相惜,一年一度一归来。”即用其句。

赵晟母

赵晟母,"三英"之一。详见刘元载妻介绍。

惜别

暖有花枝冷有冰，佳人后会却无凭[1]。
预愁离别苦相对，挑尽渔阳一夜灯[2]。

【注释】

①佳人后会却无凭:指别后说不定何时能相见。佳人,美好而有才干的人。指其子。此句《诗话总龟》《诗人玉屑》引作"惟人没后却无凭"。没后,谓子亡;子亡即无凭靠。写慈母惧子远游不归心理,似较胜。

②渔阳:郡名。治所在今天津蓟州区。

赵德麟妻王氏

赵德麟,即赵令畤(1061—1134),初字景贶,苏轼改字德麟,太祖次子燕王德照玄孙。元祐中,签书颍州公事。因与苏轼交往,罚金,被列入党籍。后从高宗南渡,绍兴初,袭封安定郡王，同知行在大宗正事。王氏，是赵令畤的续娶妻子。

绝　句[①]

白藕作花风已秋[②]，不堪残睡更回头。
晚云带雨归飞急，去作西窗一夜愁[③]。

【注释】

①宋胡仔《苕溪渔隐丛话》前集卷六十《丽人杂记》引《王直方诗话》云："此赵德麟细君王氏所作也。德麟既鳏居，因见此篇，遂与之为亲。余以为乃二十八字媒也。"《宋元诗会》题作《咏怀》。

②白藕：白荷。

③一夜：《宋元诗会》作"一枕"。

赵明诚妻李清照

李清照（1084—？），号易安居士，济南历城（今山东济南）人。父李格非，当时著名学者。母为状元王拱宸之女，亦工诗文。丈夫赵明诚，金石考据家，著有《金石录》。早期生活优裕，与丈夫共同收集研究金石书画。南渡后，丈夫病死，境遇孤苦。诗文均有成就，尤以词名世。前期所作多抒幽闺情趣，后期则感叹身世，怀念故国，多凄苦之音。有《漱玉集》。

春　残[①]

春残何事苦思乡，病里梳头恨最长[②]。

梁燕语多终日在③，蔷薇风细一帘香④。

【注释】

①清陆昶《历朝名媛诗词》卷七："清照诗不甚佳，而善于词，隽雅可诵。即如《春残》绝句'蔷薇风细一帘香'，甚工致，却是词语也。"

②最长：《癸巳类稿》作"发长"。

③梁燕语多：欧阳修《蝶恋花》词："梁燕语多惊晓睡。"终日在：《历朝名媛诗词》作"终日伴"。

④蔷薇风细一帘香：唐高骈《山亭夏日》诗："水精帘动微风起，满架蔷薇一院香。"

朱淑真

朱淑真，号幽栖居士，钱塘（今浙江杭州）人，一说海宁（今属浙江）人。生于仕宦家庭。尝随夫宦游吴越荆楚间，相传因婚姻不美满，抑郁而死。近人考辨谓此说不确。擅书画，通音律，工诗词，多哀怨幽伤之作。有《断肠集》。

秋　夜①

夜久无眠秋气清，烛花频剪欲三更。
铺床凉满梧桐月②，月在梧桐缺处明。

【注释】

①题共二首，此选其一。

②铺床:《断肠集》清抄本作“罗衣”。

昙　颖

昙颖(?—1059),北宋诗僧,俗姓王,钱塘(今浙江杭州)人。出家杭州龙兴寺。博通书史,诗多出尘语。与欧阳修、刁约等交游。圆寂于金山龙游寺。

小　溪

小溪庄上掩柴扉,鸡犬无声月色微。
一只小舟临断岸[①],趁潮来此趁潮归。

【注释】

①断岸:高而陡的堤岸。

惟　政

惟政,余杭(今属浙江)僧人,住功臣山。庆历中,蒋堂知杭州时,相与为方外交。冬不拥炉,以荻花作毯,纳足于中。出门常骑黄牛,人称“政黄牛”。有《锦溪集》。

自题像

貌古形疏倚杖藜[1],分明画出须菩提[2]。
解空不许离声色[3],似听孤猿月下啼。

【注释】

①貌古形疏:形貌古朴疏散。杖藜:见卷二王安石《北望》注②。

②须菩提:释迦牟尼弟子。意为善吉、空生。相传他诞生之日,家室皆空,占卜为吉相,故以为名。出家后,解空得道。

③解空:指领悟万缘皆空的佛理。空,指超乎色相的境界。《大乘义章》:“空者,理之别目,绝众相,故名为空。”不许离声色:指从声色等现实事物中,照见其虚妄的本相。即所谓:“色即是空,空即是色。”

显　忠

显忠,宋初名僧赞宁的弟子,能诗。

闲　居[1]

竹里编茅倚石根[2],竹茎疏处见前村。
闲眠尽日无人到,自有春风为扫门[3]。

【注释】

①《苕溪渔隐丛话》前集卷五十七引《洪驹父诗话》:“王荆公书一绝

于壁间云(诗如上略)。盖诗僧显忠诗也。”清潘德舆《养一斋诗话》卷五:“贺方回《定林寺》诗:‘破冰泉脉漱篱根,坏衲遥疑挂树猿。蜡屐旧痕寻不见,东风先为我开门。’荆公见之,大加称赏。僧显忠《闲居》诗云(诗如上略),荆公亦常诵之不去口。二诗风味甚似,然方回虽名手,犹未逮僧诗之清绝也。”按:此诗又见《全唐诗》李涉卷中,题作《竹里》。亦收入王安石《临川先生文集》及《王荆文公诗笺注》,均题作《竹里》。

②编茅:结茅为屋。

③自有春风为扫门:钱锺书《谈艺录补订》以为语本李白《代寿山答孟少府移文书》:“亦遣清风扫门,明月侍坐。”又引宋王质《夜坐起赠范西叔何子方》诗:“青荧一点无人到,赖有西风为掩门。”有云:“‘东风开门’,‘西风掩门’,相映成对,岂所谓‘反仿’欤。”春风,《苕溪渔隐丛话》《竹庄诗话》《诗人玉屑》作“清风”。

道　潜

道潜(1043—?),俗姓何,本名昙潜,苏轼改今名。字参寥,赐号妙总大师。於潜(今浙江临安西)人。自幼出家,精熟内外典,工诗文,与苏轼、秦观等深相友善。元丰中,苏轼谪居黄州,他千里往访,同游庐山。元祐中,苏轼知杭州,他卜居西湖智果禅院,唱酬甚多。绍圣初,苏轼南迁,他拟渡海相从,后因诗语讥刺得罪,勒令还俗,编管兖州。建中靖国初,复剃发为僧。崇宁末,归老江湖。有《参寥子集》。

东　园①

曲渚回塘孰与期②?杖藜终日自忘机③。

隔林仿佛闻机杼[4]，知有人家住翠微[5]。

【注释】

①《宋高僧诗选》题共三首，此选其二。《苕溪渔隐丛话》前集卷五十六引惠洪《冷斋夜话》云："道潜作诗，追法渊明，其语有逼真处，曰：'数声柔橹苍茫外，何处江村人夜归。'又曰：'隔林仿佛闻机杼，知有人家住翠微。'时从东坡在黄州，士大夫以书抵坡曰：'闻日与诗僧相从，岂非"隔林仿佛闻机杼"者乎？真东山胜游也！'坡以书示潜，诵前句笑曰：'此吾师七字诗号。'"《苕溪渔隐丛话》作者胡仔不同意惠洪说"道潜作诗，追法渊明"以及所举诗例，他说："余细细味之，句格固佳，但不类渊明语，岂得谓之逼真处？若东坡《和陶诗》：'前山正可数，后骑且勿驱。'此方是逼真处。惠洪不善评诗，其言岂足凭哉！"（《苕溪渔隐丛话》后集卷三十七）

②曲渚回塘：指居处水道环绕。渚，水边。孰与期：与谁相约。

③忘机：恬淡自处，忘却计较和巧诈之心。参见卷二司马光《独步至洛滨》注④。《宋高僧诗选》《宋诗钞·参寥集》《宋诗纪事》作"忘归"。

④机杼：指纺织声。

⑤住：《宋高僧诗选》《宋诗钞·参寥集》《宋诗纪事》作"在"。翠微：指青山云烟深处。《宋诗纪事》作"水西"。

秋　江[1]

赤叶枫林落酒旗，　白沙洲渚夕阳微。
数声柔橹苍茫外[2]，何处江村人夜归？

【注释】

①参见《东园》注①。

②柔橹：见卷五陆游《小雨极凉舟中熟睡至夕》注④。

卜居智果答方外[①]

青灯残篆夜寥寥[②]，门外秋风振苇萧[③]。
惭愧高人能见忆[④]，为予西望立溪桥。

【注释】

①卜居：择地定居。智果：寺院名。旧址在今杭州西湖孤山。明田汝成《西湖游览志》卷二《孤山三堤胜迹》："智果院，旧有参寥泉。其时有僧道潜者，号参寥子，於潜人。通内外典，能诗。苏子瞻守黄州，参寥子自吴中访之，梦与赋诗，有'寒食清明都过了，石泉槐火一时新'。后七年，子瞻守杭州，参寥子始卜居智果院。有泉出石缝间，甘冷宜茶。寒食之明日，子瞻与客泛舟孤山来访，参寥子汲泉钻火，烹黄柏茶，适符所梦。"方外：世俗之外。《庄子·大宗师》："孔子曰：彼游方之外者也，而丘游方之内者也。"这里指出家的僧道。

②残篆：指篆香将燃尽。参见本卷曾兰墅《西湖夜景》注②。寥寥：空寂貌。

③苇萧：芦苇野蒿。

④惭愧：难得，多谢。感激之词。唐张籍《答韦使君寄车前子》诗："惭愧使君怜病眼，三千余里寄闲人。"

仲 殊

仲殊，字师利，号太平闲人，俗姓张，名挥，安州（今河北安新县）人。曾领乡荐，因事出家。先后住苏州承天寺、杭州吴山宝月寺。喜食蜜,人称“蜜殊”。善诗词,才思敏捷,曾与苏轼交游。有《宝月集》。

润　州①

北固楼前一微风②,断云飞出建康宫③。
江南二月多芳草,春在濛濛细雨中④。

【注释】

①清翁方纲《石洲诗话》卷三:“僧仲殊(即蜜殊)《过润洲》绝句‘北固楼前一笛风’一首,亦唐人佳境。”润州:隋置,治所在今江苏镇江市。

②北固楼:一名北固亭,在今镇江市东北北固山上。下临长江,形势险固。晋人蔡谟为储军备而建。后为江山凭眺之所。宋辛弃疾《南乡子·登京口北固有怀》词:“何处望神州?满眼风光北固楼。”一笛风:指临风吹笛。唐杜牧《题宣州开元寺水阁》诗:“落日楼台一笛风。”

③建康宫:指六朝旧都建康(今江苏南京)的宫殿。此句《诗话总龟》《诗人玉屑》作“碧云飞尽建康宫”。建康,原作“建章”,据《诗话总龟》《诗人玉屑》《宋诗纪事》改。

④细雨:《诗话总龟》作“烟雨”。

净　端

净端,字明表,俗姓丘,归安(今浙江湖州)人。肄业杭州吴山解空讲院,参龙华齐岳禅师,得悟,翻身作狮子状,丛林中号为“端狮子”。有《吴山集》。

山　居

吴山古寺近溪边[1]，高阁虚堂景象全。
林下寂寥炉火尽，未眠犹听夜行船。

【注释】

①吴山：原作“吴门”，据《宋诗纪事》改。吴山，见卷二黄庶《和柳子玉官舍》注③。

如　璧

如璧(1065—1129)，原姓饶，名节，字德操，临川(今江西抚州)人。博学能文，屡试不第。后走京师，曾布延为客门，因论新法不合，离去。于邓州香岩寺听智海禅师说法有悟，遂落发为僧。挂锡杭州灵隐，晚主襄阳天宁寺。尝作偈云：“闲携经卷倚松立，试问客从何处来?”因号倚松老人。诗入江西派。陆游《老学庵笔记》卷二称其诗为“近时僧中之冠”。有《倚松老人集》。

偶　成

松下柴门闭绿苔[1]，只有胡蝶双飞来。
蜜蜂两股大如茧[2]，应是前山花又开[3]。

【注释】

①闭绿苔:《墨庄漫录》《宋诗纪事》作"昼不开"。

②股:《墨庄漫录》《宋诗纪事》作"脾",宜从。欧阳修《山斋戏书绝句二首》之一:"蜜脾未满蜂采花。"

③前山:《墨庄漫录》《宋诗纪事》作"山前"。

山居杂颂

溪边小立听溪声，日到溪心衮衮明①。
独木自横人不渡，隔溪黄犊转头鸣。

华严台上平如掌，自是行人路不通②。
要识普贤真境界③，乱山如浪涌云中。

【注释】

①衮衮明:形容阳光随着溪水闪烁流淌。衮衮:通作"滚滚"。

②"华严"二句:华严,佛经名。全称《大方广佛华严经》。该经详细描写想象的佛境,所谓:"华严楼阁,弹指即现",借以显示宇宙万有圆融无碍,相涉相入,重重无尽,从而指出众生成佛的可能。华严台:犹华严楼阁,即佛境。这两句是说佛境平坦广阔,只是世人不得其道而入。

③普贤:佛教菩萨,骑白象,以愿行普遍广大和功德圆备得名。

晚　起

月落庵前梦未回，松间无限鸟声催。
莫言春色无人赏，野菜花开蝶也来。

如　琳

如琳，饶节（如璧）的仆人，随饶节落发为僧，改名如琳。一作如珪。宋曾季貍《艇斋诗话》："饶节德操，抚州人。祝发名如璧，号倚松道人，住邓州香岩寺。有一仆曰詹荣，亦抚人，璧携之以行。一日，因打木鱼先悟道，作颂云：'木鱼元来无肚肠，声声唤我出镬汤。佛法元来无多子，王婆头上戴丁香。'遂亦祝发，名如珪云。璧反于其仆处有省。"

韬光庵访渊公不值[1]

紫蕨伸拳笋破梢[2]，杨花飞尽绿阴交。
道人开户不知处，黄栗留鸣鹊在巢[3]。

【注释】

①韬光庵：在杭州灵隐山西北巢枸坞中。唐代长庆年间蜀僧韬光所建，故名。渊公：僧人。生平不详。不值：未遇。此诗又见如璧《倚松老人集》。

②紫蕨：山野草本植物，嫩叶淡紫色，可食用。根茎可制淀粉。伸拳：紫蕨抽芽，形如小儿拳，故又称拳菜。笋破梢：指春笋脱壳成竹。

③黄栗留：又作黄鹂留，即黄莺。

宝　罃

宝罃(nún)(？—1077),滏阳(今河北磁州)人。狂僧,往来于光州(今河南潢川)、黄州(今湖北黄冈)之间,熙宁十年去世。传说活了一百三十岁。

题逆旅壁①

满院秋光浓欲滴，老僧倚杖青松侧。
只怪高声问不应②,嗔余踏破苍苔色③。

【注释】

①《苕溪渔隐丛话》前集卷五十七《缁黄杂记》:"东坡云:余谪黄州,休马于逆旅祁宗祥家,见壁上有幅纸题诗云(诗如上略)。其后题云:滏水僧宝罃。"逆旅:施舍。《宋高僧诗选》题作《山院》。

②问不应:《宋高僧诗选》作"唤不应"。

③嗔余踏破苍苔色:苏轼《西江月》词写月色之美,有云:"可惜一溪风月,莫教踏碎琼瑶。"情味相似,可参看。嗔(chēn),怪罪,生气。

法　具

法具，字圆复，号化庵，吴兴（今浙江湖州）人。能诗，书法学王安石。有《化庵湖海集》。

送翁士特①

朝入羊肠暮鹿头②，十三官驿是荆州③。
具车秣马晓将发④，寒烛烧残语未休。

【注释】

①翁士特：即翁挺，字士特，号五峰居士，崇安（今属福建）人。政和中，以叔父彦国恩补官，调宜章尉，朝臣交荐，改授少府监，终尚书考功员外郎。

②羊肠：喻崎岖曲折的小路。三国魏曹操《苦寒行》："羊肠坂诘屈，车轮为之摧。"鹿头：鹿头关，在四川德阳市北，因鹿头山而名。地势险要，入关后，道路始平坦。唐杜甫《鹿头山》诗："及兹险阻尽，始喜原野阔。"这里指险关。句写行旅艰难。

③十三官驿：言所经驿站之多，道途之长。古代凡三十里置驿。荆州：见卷一王周《宿疏陂驿》注③。

④具车秣马：备好车，喂饱马。

东　山①

窗中远看眉黛绿，尽是当年歌吹愁②。

鸟语夕阳人不见，蔷薇花暗小江流[3]。

【注释】

①东山:在浙江上虞市西南,晋谢安早年隐居之地。

②“窗中”二句:是说远看山色青葱,好像当年谢安的歌妓颦眉含愁。传说谢安曾在东山携妓游宴。《晋书·谢安传》:“安虽放情丘壑,然每游赏,必以妓女从。”眉黛:古代女子画眉的颜料,比喻山色。旧题汉刘歆《西京杂记》卷二:“(卓)文君姣好,眉色如望远山。”歌吹(chuì):歌声和器乐伴奏声。

③“鸟语”二句:感叹古人不见,空留当年胜游陈迹。东山有蔷薇洞、洗屐池,相传为谢安携妓游宴之所。唐李白《忆东山》诗:“不见东山久,蔷薇几度花?”

月夜游钱塘江[1]

小舟为我载月色，白沙翠竹光相射[2]。
自从李白下金陵[3]，四百年无此豪逸。

【注释】

①钱塘江:源出浙、皖、赣边境的莲花尖,东北流至杭州市闸口以下注入杭州湾。江口成喇叭形,海潮倒灌,成为著名的钱塘潮。

②白沙翠竹:李白《题宛溪馆》诗:“白沙留月色,绿竹助秋声。”

③李白下金陵:李白《金陵城西楼月下吟》有句云:“解道澄江静如练,令人长忆谢玄晖。”写月夜江景,而忆古人佳句。此用其意。

蕴　常

蕴常，诗僧，字不轻。有《荷屋集》。

送空上人

过了梨花春亦归，小窗新绿正相宜。
白头更作西州梦[1]，细雨青灯话别离。

【注释】

①西州：故城在今江苏南京朝天宫西。晋谢安病重还都，舆入西州城门。安死后，友人羊昙悲伤悼念，行不由西州路。尝大醉，不觉至州门，悲感不已，诵曹植诗："生存华屋处，零落归山丘。"恸哭而去。见《晋书·谢安传》。按：此事似与诗意不合。疑用唐温庭筠《西州调》："他日相寻索，莫作西州客。西州人不归，春草年年碧。"（《西州调》一作《西洲曲》，本写男女离别相思，此借以代抒离情。）

显　万

显万，字致一，浯溪（在今湖南祁阳）僧人。能诗，曾参吕居仁。有《浯溪集》。

郴阳道中[1]

晓村寒水碧悠悠，雨歇浮云漫不收。
且缓晨炊三十里[2]，不妨亭午到郴州[3]。

【注释】

①题共二首，此选其一。郴阳：即郴州（今湖南郴县）。

②晨炊：早饭。

③亭午：正午。

绍　隆

绍隆，和州含山（今属安徽）人。圆悟弟子。绍兴年间，住持苏州虎丘。

槿　花[1]

朱槿移栽释梦中，老僧非是爱花红。
朝开暮落关何事，只要人知色是空[2]。

【注释】

①槿花：即木槿花，夏秋开红、白或紫色花，朝开暮谢。人家常植以为篱。

②"朝开"二句：借花说法，让人领悟色空之理。色是空：《心经》："色

即是空。”指一切可感知的形质，皆由因缘所生，虚幻不实。这里是借槿花之色说法，语意双关。

仲　皎

仲皎，字如晦，越州剡县（今浙江嵊州）明心寺僧人。于剡山星子峰前筑白塔，结庐以居，名闲闲庵。精禅学，擅诗文，所交皆文士。常与王铚相酬答。有《梅花赋》及诸诗传世。仲：原作“伯”，据《宋高僧诗选》《宋诗纪事》改。

静林寺古松①

古松古松生古道，枝不生叶皮生草。
行人不见树栽时，树见行人几回老②。

【注释】

①唐徐凝《古树》诗：“古树欹斜临古道，枝不生花腹生草。行人不见树少时，树见行人几番老。”（《全唐诗》四七四卷）与此诗韵意皆同，为仲皎所本。静林寺：在浙江绍兴东南静林山。

②“行人”二句：南朝宋刘义庆《世说新语·言语》：“桓公（桓温）北征，经金城，见前为琅邪时种柳皆已十围，慨然曰：‘木犹如此，人何以堪！’攀枝折条，泫然流泪。”这里说行人不知树栽之时，而树已数见人生老死、世道沧桑，其感慨似更为广泛而深沉。即物兴感，中有禅味。

法　成

法成，僧人，事迹不详。

山　居

雪压乔林同一色，清光上下含虚碧[①]。
采樵人立渡头寒，极目圆蟾为谁白[②]？

【注释】

①"雪压"二句：形容月光下的森林如同披上一层积雪，显得一片清寒，上下空碧。"雪"为此况之词，非实写，观结句点出"圆蟾"可知。乔林：高大的树林。

②圆蟾：圆月。传说月中有蟾蜍，故称。

昙　莹

昙莹，号萝月，南宋初嘉禾（今浙江嘉兴）僧人。精通《周易》，洪迈《容斋续笔》卷二称之为"《易》僧"。

姚　江[1]

沙尾鳞鳞水退潮[2]，柳行出没见渔樵[3]。
客船自载钟声去，落日残僧立寺桥[4]。

【注释】

①姚江：又名舜江，在浙江余姚市南。

②鳞鳞：形容波纹。

③柳行（háng 杭）：指成行的岸柳。亦可解作柳边。

④残僧：孤僧。

惠　洪

惠洪（1071—1128），一作慧洪，字觉范，后改名德洪。俗姓彭（一说姓喻），筠州新昌（今江西宜丰）人。元祐四年（1089），试经于汴京天王寺，得度，依宣秘大师讲《成唯识论》，有声讲肆。后南归依真净禅师于庐山，从徙洪州石门。入清凉寺为僧。大观年间，因医术得识丞相张商英，又结交方技郭天信。政和元年（1111），因张、郭得罪而受牵累，决配朱崖。三年释还筠州，馆于荷塘寺。又以张商英党坐狱，再释归湘中。善画梅竹，笔力遒劲。工诗词，与黄庭坚相识。著有《石门文字禅》《天厨禁脔》《冷斋夜话》等。

夏日

山县萧条半放衙[1],莲塘无主自开花。
三叉路口炊烟起,白瓦青旗一两家[2]。

【注释】

①半放衙:古代郡县属吏早晚两次参见守令,称两衙。放衙,指参衙完毕而散。半放衙,即免参一次。形容官务闲散。《宋高僧诗选》作“早放衙”。

②青旗:酒旗。

梵崇

梵崇,字宝之,事迹不详。

春晚

春光过眼只须臾,榆筴杨花扫地无[1]。
却忆菩提湖上寺[2],绿荷擎雨看跳珠[3]。

【注释】

①榆筴:榆树的果实,形似钱而小,联缀成串,也称榆钱。筴,一作“荚”。

②菩提湖上寺:即湖上菩提寺,在杭州西湖。原名惠严寺,与昭庆寺

相连，门对西湖。今不存。

③跳珠：苏轼《与莫同年雨中饮湖上》诗："还来一醉西湖雨，不见跳珠十五年。"参见卷二苏轼《六月二十七日望湖楼醉书》之一。这里形容雨打荷叶，水珠乱跳景象。

道　璨

道璨，字无文，一作号无文印，俗姓陶，进士陶跃之之子。出家为饶州（今江西波阳）荐福寺僧人。善诗文，有《柳塘外集》。按：明俞弁《逸老堂诗话》卷下称"元僧道璨"，是知由宋入元者。《宋诗纪事》卷九十三则称其"南渡时饶州荐福寺僧"，下距宋亡几一百五十年，则不得入元。二说不知孰是，俟考。

题水墨草虫

蜻蜓低傍豆花飞①，络纬无声抱竹枝②。
忆得西湖烟雨里，小园清晓独行时③。

【注释】

①蜻蜓：《宋百家诗存》作"蜻蛉"。

②络纬：虫名，俗称纺织娘。

③"忆得"二句：称赞所画栩栩如生，能唤起欣赏者对真实事物的联想和情趣。黄庭坚赞华光长老画墨梅云："如嫩寒清晓，行孤山篱落间，但欠香耳。"此用意正同。

金梁之

金梁之(1114—1174),字彦隆,休宁(今属安徽)人。两浙提刑金受长子,以荫为奉新尉。不满秩,弃归。栖止无常处,自称野仙。

赠郡士张梦锡赴南宫试[①]

秧针刺水麦锋齐[②],漠漠平沙白鹭飞[③]。
尽道春光已归去,清香犹有野蔷薇。

【注释】

①南宫试:礼部试,即会试。南宫,指礼部。科举时代礼部主会试,故名。《宋诗纪事》卷九十引宋罗愿《新安志》云:"梦锡下第归,授徙他邑,望窗外绿秧如针,白鹭飞过,徘徊惊讶。而篱间蔷薇正开,悉如诗中所云。"把金梁之当作未卜先知的神仙了。

②秧:原作"秋",据《宋诗纪事》改。麦锋:麦芒。

③漠漠平沙白鹭飞:唐王维《积雨辋川庄作》诗:"漠漠水田飞白鹭。"

正　觉

正觉，海盐（今属浙江）人。枢密郭三益孙女，适云间叶氏，早寡，出家法云寺为尼。

绝　句

春朝湖上风兼雨，世事如花落又开①。
退省闭门无乐处②，闲云终日去还来③。

【注释】

①世事如花落又开：比喻新奇，未经人道。世事生灭，如花之开谢，言循环无端，超脱之不易。

②退省：退而自省。语出《论语·为政》："退而省其私，亦足以发。"无乐处：《宋诗纪事》作"真乐处"，意浅。

③闲云：闲散之云。这里说成天来去不停，则无闲可言，反为"忙云"了。借喻扰攘劳生，心猿意马，终无闲处。此诗颇类偈语。

太学蕴道斋生

太学，即国学，封建王朝的最高学府。蕴道斋生，指在蕴道斋读书的太学生。蕴道斋,太学书斋名。

绝　句[①]

朝来池上有新句，火急报教同舍知[②]：
“昨夜雨余春水满,白鸥飞下立多时[③]!”

【注释】

①宋罗大经《鹤林玉露》甲编卷一《池鸥》:“太学蕴道斋有小池,忽一鸥飞来,容与甚久。一同舍生题诗云(诗如上略)。读者赏其酝藉。”按:白鸥飞入太学小池,目击的太学生兴奋异常,把它看作灵感降临的新诗,火急报告同学,让大家分享这种新奇的乐趣。通过这件小事,也正反映了太学生话的无聊乏味,难得有一点新鲜事物的刺激。《鹤林玉露》说“读者赏其酝藉”,也许是指此而言吧。

②“朝来”二句:清晨发现池上新景如诗,赶紧告知同学来欣赏。苏轼《腊日游孤山访惠勤惠思二僧》诗:“作诗火急追亡逋,清景一失后难摹。”新句:《鹤林玉露》作“斯事”,《宋诗纪事》作“新事”。

③白鸥飞下立多时:葛天民《湖上观柳偶记龙泉先生勾春柳一丝之句感而有述》诗:“不是画船栖泊处,白鸥飞下立多时。”

钱唐士人

钱唐,今浙江杭州,南宋都城。士人,读书人。

寄　友[①]

江涨桥边花发时[②],故人曾共着征衣。

请君莫唱桥南曲[3]，花已飘零人不归。

【注释】

①宋吴曾《能改斋漫录》卷十六《乐府·玉珑璁词》："近时有士人(注：不欲书名)，尝于钱塘江涨桥为狭斜之游，作乐府名《玉珑璁》云：'城南路，桥南树，玉钩帘卷香横雾。新相识，旧相识，浅颦低笑，嫩红轻碧。惜惜惜！　刘郎去，阮郎住，为云为雨朝还暮。心相忆，空相忆，露荷心性，柳花踪迹。得得得！'其后朝廷收复河南，士人者陷而不返。其友(注：不欲书名)作诗寄之，且附以龙涎香。诗云(诗如上略)。士人在河南得诗，酬之云：'认得吴家心字香，玉窗春梦紫罗囊。余熏未歇人何许？洗破征衣更断肠。'"

②江涨桥：在今杭州武林门北。近东西马塍，宋时杭城四时花卉都出于这一带，笙歌粉黛，车马看花，极一时之盛。

③桥南曲：指所作《玉珑璁》(即《钗头凤》)词。因词中有"桥南树"云云，故称。

潼关士人

潼关，古称桃林之塞，东汉建安中建关，以潼水而名。在今陕西潼关县东南，隋移于旧关北四里，即今县治。地当陕西、山西、河南三省要冲，历代皆为军事要地。诗为不知名士人所作，因有"西出潼关"之语，故称潼关士人。

无　题[1]

西出潼关客路迷[2]，一葫芦酒一篇诗[3]。

葫芦酒尽兴未尽[4]，坐看春山春尽时[5]。

【注释】

①宋范温《潜溪诗眼》谓友人称道此诗，而独不以为然，乃逐句加以讥评，以为诗病之一例（见《苕溪渔隐丛话》前集卷五十四所引）。《宋诗纪事》卷九十六即据以收录，题作《士人诗》。

②《潜溪诗眼》云："唐人尤用意小诗，其命意与所叙述，初不减长篇，而促为四句，意正理尽，高简顿挫，所以难耳。故必有可书之事，如王摩诘云：'西出阳关无故人'，故行者为可悲，而劝酒不得不饮，《阳关》之词不可不作。若'客路迷'，则潼关之东亦可矣；且潼关之西乃通衢，非有山林曲折，所谓'迷'者，果何谓邪？"

③《潜溪诗眼》云："沈存中言'蕙肴烝兮兰藉，奠桂酒兮椒浆'，必相错成文，则语势矫健。太史公《淳于髡传》云：'操一豚蹄酒一盂。'夫叙事犹尔，所谓'一胡芦酒一篇诗'，自有七言无此句法也。"

④《潜溪诗眼》云："惟第三句若有意，而语亦不工。"

⑤《潜溪诗眼》云："看春山春尽，有何意味，而遽成诗乎？"

无名氏

潭石诗[1]

乾淳老人气岳岳[2]，破冠穿履行带索[3]。
撑肠拄肚书万卷[4]，临风欲言牙齿落。

【注释】

①据元杜本所编宋末逸民诗集《谷音》所载，此诗系渔人得于潭中片石，上有字十数行，率磨灭，仅识得二十八字。意幽人愤世之作，不合于时，故沉之以俟知者。原诗字数既不止于此，则本非绝句可知。《谷音》《宋诗纪事》题作《古碑文诗》。

②乾淳：指宋孝宗乾道、淳熙年间。岳岳：挺立不屈貌。形容气盛。

③穿履：鞋子穿孔。《庄子·山木》："衣弊履穿，贫也，非惫也。"带索：用草绳当腰带。《列子·天瑞》："孔子游于太山，见荣启期行乎郕之野，鹿裘带索，鼓琴而歌。"

④撑肠拄肚书万卷：形容满腹诗书。苏轼《试院煎茶》诗："不用撑肠拄腹文字五千卷，但愿一瓯常及睡足日高时。"

无名氏

裴公亭诗[①]

裴相亭成未退身，空烦舞袖与歌尘。
至今亭上萧萧竹，似对西窗怨主人[②]。

【注释】

①裴公亭：在湖南益阳市南白鹿山，一名裴休亭，唐裴休读书处。裴休，字公美，孟州济源（今属河南）人。擢进士第，举贤良方正异等。大中时，以兵部侍郎领诸道盐铁转运使。六年（852），进同中书门下平章事。累转中书侍郎，兼礼部尚书。在相位五年。

②西窗:《宋诗纪事》作“西风”。

湘 妃

湘妃,指舜二妃娥皇、女英。传说二妃死后成为湘水之神。

题庙中[①]

碧杜红蘅缥缈香[②],冰丝弹月弄新凉[③]。
峰峦向晓浑相似[④],九处堪疑九断肠[⑤]。

【注释】

①宋许觊《彦周诗话》云:“有客泊湘妃庙前,夜半偶不寐,见舆卫入庙中,置酒鼓琴,心悸不敢窥。迨明方散,隐隐绝水浮空去。因入庙中,见诗四句,墨色犹未干(诗如上略)。神怪不足言,但诗殊佳,故录之。”湘妃庙,见卷四陆士规《黄陵庙》注①。

②碧杜红蘅:即杜蘅,香草名。屈原《九歌·湘夫人》:“芷葺兮荷屋,缭之兮杜蘅。”这里泛指香草。

③冰丝弹月:指湘灵月下鼓瑟。冰丝,弦。唐钱起《归雁》诗:“二十五弦弹夜月。”

④向晓:黎明。浑相似:指山形都很相像。

⑤九处堪疑:指九疑山,传说舜葬之处,在今湖南宁远县南。《水经注》卷三八《湘水》:“蟠基苍梧之野,峰秀数郡之间;罗岩九举,各导一溪;岫壑负阻,异岭同势;游者疑焉,故曰九疑山。”九断肠:意谓九疑峰峦,在湘妃眼中,处处望而生伤感之情。

淮漘龙女

赠张孝和[①]

落帆且泊小河滩[②],霜月无波淮上寒。
若向江湖得消息，为传风水到长安[③]。

【注释】

①宋阮阅《诗话总龟》前集卷四十七引《摭遗》:“张孝和,关中人,淳化壬辰年(992)游淮南,在寿春与张、李二生披酒及淮漘,入就龙女祠,取桐叶写诗两句云:‘我是梦中传彩笔,欲书花叶寄朝云。’投于帐中而去。一旦独至其祠,忽帘中有妇人。邀而置酒,赠孝和诗一绝曰(诗如上略)。孝和告去,行数十步,忽小女奴叫曰:‘娘子令还桐叶,勿复置念。’孝和得之,回顾唯古祠败舍而已。”淮漘:淮水之滨。漘(chún 唇),水边。

②河滩:《诗话总龟》《宋诗纪事》作“沙滩”。

③风水:犹风雨。句言龙女行雨至京师。

无名神

降郑泽宅诗[1]

忽然湖上片云飞，不觉舟中雨湿衣。
折得荷花浑忘却[2]，空将荷叶盖头归。

【注释】

①见陆游《避暑漫抄》。

②“折得”二句：陆游《采莲》诗：“风鬟雾鬓归来晚，忘却荷花记得愁。”荷花：《避暑漫抄》《宋诗纪事》作“莲花”。

吕　岩

吕岩，即吕洞宾，俗传八仙之一。原名绍先，后改号纯阳子，河中府（今山西永济）人。唐会昌中，两举进士不第。隐居终南山修道，后游历各地，自称回道人。宋人关于他的传说很多。

题秦州天庆观壁[1]

石池清水是吾心，漫被桃花倒影沉。
一到邽山空阙内[2]，消闲尘累七弦琴[3]。

【注释】

①宋张邦基《墨庄漫录》卷一："（胡咏之）在边日，尝至秦州天庆观，闻说吕先生在此月余，近日方去矣。问何以知其为吕道士？云道人去时，适道众皆赴邻郡醮，道人顾小童曰：'吾且去，借笔书壁，候师归示之。'小童辞以观新修，师戒勿令题涴。乃曰：'烦贮火殿炉，吾欲礼三清而去。'既而行殿后，砌下有池，水甚清泚。乃以爪画殿壁，留诗云（诗如上略）。后题'回'字。众惊叹，以为必吕翁也。壁甚高，其字非手可能及。邽山，即秦山也。"秦州，治所在今甘肃天水。

②邽山：在今甘肃天水境。空阙：指山谷。

③消闲尘累七弦：以弹琴来消除尘俗的牵累。琴有七弦，故称。

葛庆龙

葛庆龙，号秋岩，又号寄渔翁、江南野道人，九江（今属江西）人。早年曾入庐山学佛，后又归俗，放浪江湖中。名公巨卿，酒徒剑客，多与之游。好为诗，落落有气。寓越中（今浙江绍兴一带）。死后埋骨山阴县（今浙江绍兴）西北山洞中，人称葛仙洞。

游宝林寺[1]

坐如有待思依依，看竹回廊出寺迟。
窅窅绿阴清寂处[2]，半窗斜日两僧棋[3]。

【注释】

①宝林寺：在浙江绍兴西北宝林山下。南朝宋元徽元年(473)建。唐会昌中废，乾符元年(874)重建，改题应天寺。宋乾德初建塔九层，高二百二十丈，名应天塔，为当地胜景。

②窅窅(yǎo 咬)：幽深貌。

③半窗斜日两僧棋：参见本卷高丽使臣朴寅亮《泗州龟山寺》注③。

葛长庚

葛长庚(1194—1229)，又名白玉蟾，字如晦，又字白叟，号海琼子。琼州(今海南岛琼山)人，一说闽清(今属福建)人。十二岁举童子科，谙九经，能诗赋，且长于书画。因任侠杀人，亡命于武夷山，改装道士，浪游华南各地。嘉定中诏征赴阙，封紫清明道真人，世称“紫清先生”。著有《海琼玉蟾先生文集》。

游桐柏观[1]

仙翁夜来叩林壑[2]，约我明朝过南岳[3]。
石坛对坐话松风，鹤唳一声山月落[4]。

【注释】

①游:《宋诗纪事》作“题”。桐柏观:见卷四曹勋《和双溪》注③。

②叩林壑:指来到山林叩门请见。

③南岳:衡山。

④鹤唳一声山月落:化用宋俞紫芝《宿蒋山栖霞寺》:“猛虎一声山月高。”

无名女仙

绝　句①

屈曲栏干月半规②,藕花香淡水漪漪③。
分明一夜文姬梦,只有青团扇子知④。

【注释】

①见周密《齐东野语》卷十六《降仙》,云董无益所记,共三首,此选其三。《宋诗纪事》误其出处为《癸辛杂识》。

②半规:半圆。指弦月。

③漪漪(yī 伊):水波纹。

④“分明”二句:写怨妇梦醒自伤。文姬:指班姬,即汉成帝妃子班婕妤。文,言其有文才。为赵飞燕所妒恨中伤,退处冷宫。曾作《怨歌行》,以秋扇见弃自喻。诗云:“新裂齐纨素,皎洁如霜雪。裁为合欢扇,团团似明月。出入君怀袖,动摇微风发。常恐秋节至,凉风夺炎热。弃捐箧笥中,恩情中道绝。”南朝梁钟嵘《诗品》云:“汉婕妤班姬,团扇短章,词旨清

捷，怨深文绮。”

蜀宫双竹斋女

二绝句[①]

旧时衣服尽云霞[②]，不到迎仙不是家。
今日楼台浑不识，只余古木记宣华[③]。

小雨廉纤梅子黄[④]，晚云收尽月侵廊[⑤]。
树阴把酒不成醉，说着无情更断肠。

【注释】

①《宋诗纪事》卷九十九引宋程遇孙等编《成都文类》：“近李西美帅成都，士人陈甲，馆于双竹斋。月夜，有危髻古裳衣妇人数辈，语笑花圃中，甲殊不顾。有甚丽者，诵诗云（诗如上略）。忽不见。”

②衣服尽云霞：指仙人衣装华丽。屈原《九歌·东君》：“青云衣兮白霓裳。”

③宣华：蜀宫故苑名，见《蜀梼杌》。

④廉纤：细微貌。唐韩愈《晚雨》诗：“廉纤晚雨不能晴。”

⑤晚云收尽月侵廊：苏轼《中秋月》诗：“暮云收尽溢清寒。”

乔望仙

题　帕[1]

萧萧风起月痕斜，露重云鬟压玉珈[2]。
望断行云凝立久[3]，手弹珠泪湿梅花[4]。

【注释】

①宋佚名《异闻总录》卷一："潭州有清净觉地，宋咸淳间，游士胡天俊寓焉。月夜抚琴梅树下，遥见美女欲前且却，胡作意三弄，女迤逦近前，胡迎揖之。女曰：'声虽和，哀怨多有所欲，不能直遂耳。'胡执其手，曰：'举世无知音，今日相逢，岂天假真缘耶？'女敛衽而去，曰：'后夜月明，当赴子约。'翌日，友人拉入城，游钦忘归者两宿，大悔失期，亟归。于树下得一白罗帕，上题诗，诗云(诗如上略)。胡怅然而寝。明日，以帕示人，赵冰壶骇曰：'吾亡妾杭人乔氏，名望仙，贵妃侄女也。去年暴亡，殡梅树后，正其笔迹也。'(胡)以酒酹之，且成诗云：'王孙自恨负佳期，夜醉长沙偶忘归。应想芳魂踏残月，瀼瀼露湿去时衣。'"

②云鬟：女子发鬟如云，言其美。唐杜甫《月夜》诗："香雾云鬟湿。"玉珈：玉制的首饰。

③行云：喻情人。南唐冯延巳《鹊踏枝》词："几日行云何处去？忘了归来，不道春将暮。"凝立：深情专注地站立等待。

④湿梅花：《异闻总录》作"湔梅花"。

安吉碧澜堂女

绝　句①

水天日暮风无力，断云影里芦花色。
折得荷花水上游，两鬓萧萧玉钗直②。

【注释】

①明陶宗仪《说郛》卷三十八引宋何光《异闻》云："安吉碧澜堂，素有奇怪。郡士晁紫芝，尝与客游眺于彼。迫暮，共见水面一好女子，衣服楚楚，手捧莲叶，足履萍草而来。晁料其异物，急叱之。女子自若，且行且吟云（诗如上略）。吟毕，由东岸而去。"碧澜堂：旧址在浙江湖州城东南，唐湖州刺史杜牧建。前临霅溪，风物秀美。安吉：宝庆二年（1226），改湖州为安吉州。今安吉为湖州属县。

②萧萧：形容鬓发飘散。《异闻》作"潇潇"。玉钗：《异闻》作"钗玉"。

胡　楚

胡楚，杭州妓女，有诗名。见陈师道《后山诗话》、赵令畤《侯鲭录》。

绝　句[1]

不见当年丁令威[2]，年年处处是相思[3]。
若将此恨同芳草，却恐青青有尽时[4]。

【注释】

①宋陈师道《后山诗话》："杭妓胡楚、龙靓，皆有诗名。胡云（诗如上略）。张子野老于杭，多为官妓作词，与胡而不及靓。靓献诗云：'天与群芳十样葩，独分颜色不堪夸。牡丹芍药人题遍，自分身如鼓子花。'子野于是为作词也。"清吴乔《围炉诗话》卷五："陈无已云：'春风永巷闭娉婷，长使青楼浪得名。不惜卷帘通一顾，怕君着眼未分明。'杭妓胡楚曰（诗如上略）。一比一兴，却自深婉，不类宋诗。"

②丁令威：见卷六张蕴《鹤与江社同赋》注④。

③年年：《后山诗话》《宋诗纪事》作"年来"。《围炉诗话》作"看来"。

④"若将"二句：南唐李煜《清平乐》词："离恨恰如春草，更行更远还生。"此更翻进一层，意谓芳草有尽，而别恨无穷。青青：指芳草。汉乐府《饮马长城窟行》："青青河畔草，绵绵思远道。"

周　氏

周氏，福州古田（今属福建）妓女，能诗。

赠陈筑[1]

梦和残月过楼西，月过楼西梦已迷[2]。

唤起一声肠断处，落花枝上鹧鸪啼[3]。

【注释】

①宋洪迈《夷坚志》甲卷六《古田倡》:“陈筑,字梦和,莆田人。崇宁初登第,为福州古田尉,惑邑倡周氏。周能诗,赠筑绝句曰(诗如上略)。首句盖寓筑字也。”按:首句“梦和”二字即陈筑之字。

②过楼西:《夷坚志》作“到楼西”。

③鹧鸪啼:寓留连忍别之意。参见卷一张咏《闻鹧鸪》注①。

卷　八

五　言　一

度　宗

度宗(1240—1274),即赵禥,嗣荣王赵与芮之子,理宗弟。理宗无子,入为嗣。景定元年(1260),立为皇太子。五年(1265),理宗死,即位,建元咸淳。昏庸无能,耽于酒色。权臣贾似道专制国命,朝政日坏,边事日急,以致局势不可收拾。在位十一年。

晚　望

鸥鹭归烟渚,　　秋江挟晚晴①。
老渔闲舣艇②,　　坐待月华生。

【注释】

①秋江挟晚晴:夕阳的余晖铺满了整个江面。挟,通"浃"。周匝、四达。

②舣(yǐ 椅):使船靠岸。

恭　宗

恭宗(1271—1323),即赵㬎(xiǎn 显),度宗次子。咸淳九年(1273),封嘉国公。次年,度宗死,即位,年仅四岁,谢太后临朝听政。建元德祐。时元兵破鄂,诏天下勤王,应者寥寥。德祐二年(1276),元兵入临安,被俘北行,降封瀛国公。后奉命出家为僧,往吐蕃学佛法。元英宗至治三年(1323),赐死于河西。

在燕京作①

寄语林和靖②，　　梅花几度开③？
黄金台下客④，　　应是不归来⑤。

【注释】

①元陶宗仪《辍耕录》卷二十《宋幼主诗》首载此诗,并云:"此宋幼主在京都所作也。始终二十字,含蓄无限凄戚意思,读之而不兴感者几希。"明初释恕中无愠《山庵杂录》云:"瀛国公为僧后,至英宗朝,适兴吟诗云(诗如上略)。谍者以其意在讽动江南人心,闻之于上,收斩之。"明瞿佑《归田诗话》卷中:"水云汪元量,宋亡,以善琴召赴大都。见世祖,不愿仕,赐黄冠遣归。幼主送诗云(诗如上略)。"明田汝成《西湖游览志余》卷六《版荡凄凉》亦谓此诗为送元量南归之作。据今人考证,此说不确,诗应为自况之作。

②林和靖:即林逋。见卷二作者介绍。

③梅花几度开:《山庵杂录》作"梅开几度花"。

④黄金台:在北京大兴区东南。战国时燕昭王在易水东南筑黄金台,延请天下之士。后人慕其好贤之名,亦筑台于此。为"燕京八景"之一。黄金台下客,作者自指。台下:《山庵杂录》作"台上"。

⑤应是不归来:《山庵杂录》作"无复得还家"。

赵汝燧

赵汝燧，一作汝鐩，字明翁，号野谷，先世汴都（今河南开封），徙居袁州（治今江西宜春）。宋太宗八世孙。嘉泰二年（1202）进士，授馆职。开禧三年（1207），被劾去官。嘉定中起为镇江管榷分司。尝蓄苏轼书杜甫《夏夜叹》，蜀人赵子云画李、杜像及古琴一张，称为“三珍”，每携以自随。才情豪放，诗入江湖派。有《野谷诗集》。

伤　春

飞蝶捎风絮[①]，　　鸣禽恋午檐。
不知春去未？　　但觉绿阴添[②]。

【注释】

①捎：拂掠。

②绿阴添：指春去夏来，花落叶长。

后　圃

浇花惟要早，　　芟草不知名[①]。
新竹生来巧，　　南墙补数茎[②]。

【注释】

①芟(shān 山):割除。

②墙:《两宋名贤小集》作“塘”。

赵师侠

赵师侠,一作师使,字介之,号坦庵,新淦(今属江西)人。燕王德昭七世孙。淳熙二年(1175)进士。曾为江华郡丞。能诗,尤善词,萧疏淡远,不肯为剪红刻翠之作。有《坦庵长短句》。

梅　花

南山如佳人①,　迥立不可亲②。
而况得道者,　其间梅子真③。

【注释】

①南山如佳人:原作“南田□佳人”,据《宋诗纪事》补改。

②迥(jiǒng 窘):远。

③梅子真:汉梅福,字子真,曾任南昌尉。成、哀之世,多次上书言事。后见王莽专权,朝政日乱,离家出走,传说得道成仙。这里取其姓梅,以借喻梅花。

越崇锑

越崇锑(fú 拂),字元冶,开封(今属河南)人。宋太宗九世孙。曾为都昌令。有《鸥渚微吟》。

破　褐[1]

生松郁寒灰[2]，　　破褐出残絮[3]。
童儿不耐烦，　　微吟起身去。

【注释】

①褐(hè 贺):粗布衣服。

②生松郁寒灰:指新砍的松柴难以燃旺,不久就被闷熄在寒灰中。郁,闷。

③破褐出残絮:破棉衣中残存的一点棉絮也掉了出来。极言难以御寒。

南唐后主

南唐后主,即李煜。见卷一作者介绍。

尝与周后移植梅花于瑶光殿之西，及花时而后已殂，因成诗见意[1]

失却烟花主[2]，　东君自不知[3]。
清香更何用，　犹发去年枝。

【注释】

①周后：即昭惠后，又称大周后，周宗之女，名娥皇。貌美，通书史，善音律，兼擅歌舞。李煜十八岁时与她结婚，夫妇感情很好。婚后十年去世。李煜曾亲撰诔文，并写了不少怀念她的诗词。宋马令《南唐书》卷六《昭惠周后传》记李煜悼周后而作此诗，有云："又尝与后移植梅花于瑶光殿之西，及花时而后已殂，因成诗见意曰：'殷勤移植地，曲槛小栏边。共约重芳日，还忧不盛妍。阻风开步障，乘月溉寒泉。谁料花前后，蛾眉却不全。'此不特叙其幽思，且以兴内助之艰难，而不得与之同乐。又云（诗如上略）。此足以见光景于人无情，而人于景物不可认而有之也。"知同时所作为二首。殂（cú 徂）：死亡。

②烟花主：护持和赏玩春光的主人。指周后。

③东君：司春之神。

徐　铉

见卷一作者介绍。

行园树[1]

松节凌霜久[2]，　蓬根逐吹频[3]。

群生各有性，　　桃李但争春④。

【注释】

①原题作《题雷公井》，系别一首诗题误值，据《徐公文集》《全唐诗》改。

②松节凌霜久：指松树凌严寒，傲霜雪，有坚劲持久的节操。《论语·子罕》"岁寒然后知松柏之后凋也。"松节，原作"搒霭"，系蒙《题雷公井》起句"搒霭愚公谷"首二字而误，据《徐公文集》《全唐诗》改。

③蓬根逐吹频：指枯蓬频频随风飘转。吹（chuī），指风吹。

④"群生"二句：是说各种生物本性不同（如劲松之傲霜坚贞，飞蓬之随风飘转），桃李则只知争春斗艳而已。托物寓意，为社会上某一类人画像。

自题山亭

簪组非无累①，　　园林未是归②。
世喧长不到③，　　何必故山薇④。

小舫行乘月⑤，　　高斋卧看山。
退公聊自足⑥，　　争敢望长闲⑦。

跂石仍临水⑧，　　披襟复挂冠⑨。
机心忘未得，　　棋局与鱼竿⑩。

【注释】

①簪组：簪，冠簪；组，冠带。指官服。这里是说做官。

②归：归宿。

③世喧：尘世的喧闹。

④故山薇：商孤竹君二子伯夷、叔齐反对周武王伐纣，武王灭商后，二人耻食周粟，隐于首阳山，采薇而食，饿死山中。旧时作为高尚守节的典型。作者欣赏的是一种亦官亦隐的生活，不愿效法夷齐的高节，这大概与他由南唐旧臣入仕宋朝的经历有关。

⑤小舫：小船。

⑥退公：办完公事归来。

⑦争：怎。长闲：见卷二苏轼《六月二十七日望湖楼醉书》注⑫。

⑧跂（qì 气）：指跂坐，垂足而坐，脚跟不着地。

⑨披襟复挂冠：敞开衣襟，挂起帽子。形容疏放潇散的风姿。

⑩"机心"二句：闲来以下棋和钓鱼作为消遣，似乎还没有消尽机心。机心，机谋巧诈之心。下棋须费心思赢对方，钓鱼则意在有所得，故云"机心忘未得"。参见卷二司马光《独步至洛滨》注④。

王　周

见卷一作者介绍。

使　风①

风起即千里，　　风回翻问津②。
沉思宦游者，　　何啻使风人③！

【注释】

①使风：驾驶风帆。这首诗是以行船的顺风和逆风，比喻仕途的得意和失意。

②翻:反而。问津:问渡。津,渡口。

③“沉思”二句:感叹仕途的得失升沉,更甚于行船的风向顺逆。宦游:外出做官。何啻(chì 翅):何止,岂但。即有过之而无不及。

渡　溪

渡溪溪水急，　　水溅罗衣湿。
日暮犹未归，　　盈盈水边立[1]。

【注释】

①盈盈:兼指人之美好和水之清澈。《古诗十九首》之二:“盈盈楼上女,皎皎当窗牖。”又,《古诗十九首》之十:“盈盈一水间,脉脉不得语。”

落　叶

素律铄欲脆[1]，　　青女妒复稀[2]。
月冷天风吹，　　叶叶乾红飞。

【注释】

①素律:指秋风。古代五行说,认为秋季属金,其色白,故称素;配之五音,其律中商。铄(shuò 硕):侵蚀毁损。这句是说树叶在秋风的侵袭下变脆了。

②青女:传说中的霜神。这句是说秋霜一打,树叶稀疏凋零。

巴　江[1]

巴江江水色[2]，　　一带浓蓝碧[3]。
仙女瑟瑟衣[4]，　　风梭晚来织[5]。

【注释】

①明杨慎《升庵诗话》卷二:“晚唐绝句,此殆为冠,而洪氏唐绝(按:指洪迈《万首唐人绝句》)不收。”巴江:又名南江。源出四川南江县北大巴山,南流经巴中市,又东南会巴水,遂称巴江。

②巴江江水:《升庵诗话》作“嘉陵江水”。

③浓蓝:《升庵诗话》作“柔蓝”。

④仙女:《升庵诗话》作“天女”。

⑤“仙女”二句:瑟瑟,碧绿貌。唐白居易《暮江吟》:“一道残阳铺水中,半江瑟瑟半江红。”这里是比喻风吹江面,绿波涟涟,好像仙女穿梭在织碧绿的衣衫。句意似本唐上官婉儿《游长宁公主流杯池》诗:“石画妆苔色,风梭织水文。”

陈 亚

陈亚,字亚之,维扬(今江苏扬州)人。咸平五年(1002)进士。尝任於潜令,历知越州、润州、湖州,官至太常少卿。为人滑稽,好为药名诗。有《澄源集》。

惜 竹[①]

出槛京不剪,　　从教长旧丛[②]。
年年到朱夏[③],　　叶叶是清风。

【注释】

①宋彭乘《墨客挥犀》卷十:“《惜竹》诗,独陈亚少卿最佳。”宋陈岩肖

《庚溪诗话》卷下:"陈亚少卿有《惜竹》诗曰(诗如上略)。其兼收并蓄,使物各效其用,则此诗深可尚也。余比因洗竹,戏用其韵曰:'直簳解新箨,低枝蔽旧丛。芟繁留嫩绿,引月更添风。'其去冗除繁,使物无所壅蔽,则余诗亦自有味也。"惜,爱惜。

②从教:任凭。旧丛:《墨客挥犀》《诗话总龟》作"瘦丛"。

③朱夏:夏季。《尔雅·释天》:"夏为朱明。"到朱夏:《墨客挥犀》作"当盛夏"。

鲍　当

鲍当,景德二年(1005)进士,为河南府法曹,历职方员外郎。有《清风集》。据方勺《泊宅编》载,其故居在杭州清波门外。

秋江夜泊①

舟闲人已息,　　林际月微明②。
一片清江水,　　中涵万古情。

【注释】

①秋江:《宋元诗会》《宋诗纪事》作"松江"。

②林际月微明:唐常建《宿王昌龄隐居》诗:"松际露微月,清光犹为君。"

孤　雁①

天寒稻粱少②,　　万里孤难进。

不惜充君庖，　　为带边城信[3]。

【注释】

①司马光《温公续诗话》："鲍当善为诗，景德二年进士及第，为河南府法曹。薛尚书映知府，当失其意，初甚怒之，当献《孤雁》诗云（诗如上略）。薛大嗟赏，自是游宴无不预焉，不复以掾属待之。时人谓之'鲍孤雁'。"

②天寒：《宋元诗会》作"寒多"。稻粱：鸿雁的食物。唐杜甫《同诸公登慈恩寺塔》诗："君看随阳雁，各有稻粱谋。"

③"不惜"二句：是说孤雁为了传送边城征夫的消息，不惜牺牲自己，甘作厨中之物。庖，厨房。《礼记·王制》："天子诸侯无事，则岁三田，一为乾豆，二为来宾，三为充君之庖。"

范仲淹

见卷一作者介绍。

牡　丹[1]

阳和不择地[2]，　　海角亦逢春。
忆得上林色[3]，　　相看如故人。

【注释】

①宋王辟之《渑水燕谈录》卷七《歌咏》："海陵（今江苏泰州）西溪盐场，初，吕文靖公（吕夷简）尝官于此，手植牡丹一本，有诗刻石。后范文正公亦尝临莅，复题一绝（诗如上略）。后人以二公诗笔故，题咏极多，而花

亦为人贵重，护以朱栏，不忍采折。岁久茂盛，枝复数丈，每花开数百朵，为海滨之奇观。”

②阳和：和暖的春光。

③上林：上林苑，指皇家园林。

潇洒桐庐郡[①]

潇洒桐庐郡，　　家家竹引泉[②]。
令人思杜牧，　　无处不潺湲[③]。

【注释】

①题共四首，此选其二。桐庐郡：见卷二作者《桐庐方正父家藏唐翰林白芍药予来领君事……》注①。

②竹引泉：用竹筒接引山泉入户。

③“令人”二句：唐杜牧《睦州四韵》诗：“州在钓台边，溪山实可怜。有家皆掩映，无处不潺湲。”桐庐：唐时属睦州。潺湲：水流貌。屈原《九歌·湘夫人》：“观流水兮潺湲。”

江上渔者[①]

江上往来人，　　但爱鲈鱼美[②]。
君看一叶舟，　　出没风波里[③]。

【注释】

①宋蔡正孙《诗林广记》后集卷十引《翰府名谈》云：“范希文《赠钓者》诗，实寓深意，不徒作也。”又引《文酒清话》云：“希文《江上遇风》及《赠钓者》诗，语虽同而意各有寓也。”清吴乔《围炉诗话》卷五评云：“宁让子美！”题均作《赠钓者》。

②但爱：《诗话总龟》《诗林广记》《围炉诗话》作“尽爱”。

③风波:《诗话总龟》《诗林广记》《围炉诗话》作“风涛”。

淮上遇风①

一棹危于叶②，　　旁观亦损神③。
他时在平地④，　　无忽险中人⑤。

【注释】

①宋蔡正孙《诗林广记》后集卷十引《诗话》云:“范文正淮上遇风作此诗,虽弄翰戏语,卒然而作,其济险加泽之心,未尝忘也。”清吴乔《围炉诗话》卷五:“范希文《过淮遇风》云(诗如上略)。直是杜诗。余谓是子美之人,方可作子美之诗,于希文验之矣。”《文酒清话》题作《江上遇风》。《后村千家诗》题作《遇风险》。

②一棹危于叶:《诗话总龟》作“小艇破涛去”。危于叶:《后村千家诗》《宋元诗会》作“危如叶”。

③亦:《宋诗纪事》作“欲”。损神:担心。

④他时:《诗话总龟》《诗林广记》《围炉诗话》作“他年”。

⑤忽:轻忽,忽视。

宋　祁

宋祁(998—1061),字子京,安州安陆(今属湖北)人,后迁雍丘(今河南杞县)。天圣二年(1024),与兄庠同举进士,奏名第一。章献太后以为弟不可先兄,乃擢庠第一,而置祁第十,时号大小宋。曾官翰林学士、史馆修撰,与欧阳修合修《新唐书》。

书成，进工部尚书，拜翰林学士承旨。卒谥景文。有《宋景文集》。

拒　霜[1]

浩露侵缃蕊[2]，　　尖风猎绛英[3]。
繁霜不可拒，　　切勿爱空名。

【注释】

①拒霜：木芙蓉花的别名。冬凋夏茂，仲秋开花，耐寒不落，故名。苏轼《和陈述古拒霜花》诗："唤作拒霜知未称，细思却是最宜霜。"此诗谓"繁霜不可拒"，别有寓意。

②缃蕊：淡黄色的花蕊。缃，浅黄色。

③绛英：深红色的花朵。绛（jiàng 降）：深红色。

司马光

见卷二作者介绍。

野　花

喧喧桃李蹊[1]，　　何妨笑幽草[2]。
但愿保天真，　　徐共春风老。

【注释】

①喧喧桃李蹊：《史记·李将军传赞》："谚曰：'桃李不言，下自成

蹊。’”蹊（xī 西），小路。这里反用其意。

②笑幽草：指野花含笑开放于幽僻的草丛中。

观江上人壁许道宁画寒林[1]

昔曾驱瘦马，　　冲雪过荥阳[2]。
不悟当时景，　　萧然在此堂。

【注释】

①上人：对僧人的敬称。许道宁：北宋画家。京兆长安（今陕西西安）人。初在汴京端门外卖药，随药送画，逐渐得名。擅写山水寒林等平远景色，师法李成而别具面目。时人誉之云：“李成谢世范宽死，唯有长安许道宁。”传世作品有《渔父图》。

②冲雪：冒雪。荥阳：县名，属河南省。

瞑　目[1]

瞑目思千古，　　飘然一烘尘[2]。
山川宛如旧，　　多少未来人。

【注释】

①此诗写闭目凝神，思通千古，体验到在无际的时空中个人存在的渺小，对山川等物质世界的永恒和人世社会的递变进行哲理性的沉思。不妨参见唐陈子昂的《登幽州台歌》：“前不见古人，后不见来者。念天地之悠悠，独怆然而涕下！”两首诗所抒发的历史人生感慨有相似之处，但一个登高远眺，情见乎辞；一个闭目沉思，不动声色，从中也可窥见唐宋诗分际之一端。

②烘尘：烧余的灰烬。喻微不足道。

王安石

见卷二作者介绍。

聊　行①

聊行弄芳草，　　独坐隐团蒲②。
问客茅檐日，　　君家有此无③？

【注释】

①聊行：随意散步。此诗以首二字为题。

②隐（yìn 印）：凭倚。团蒲：即蒲团。见卷三秦观《绝句》注⑥。

③"问客"二句：古代宋国有一农夫，冬天衣衫单薄，在阳光下曝背，感到温暖如春，就对妻子说："曝太阳的温暖，别人都不知道，如果献给君王，一定会得到重赏。"见《列子·杨朱》。这里是以负暄于茅檐的乡野之人自况，写其闲适自得之乐。

芳　草

芳草知谁种，　　缘阶已数丛。
无心与时竞①，　　何苦绿葱葱？

【注释】

①无心与时竞：唐张九龄《与林甫海燕》诗："无心与物竞。"

送王补之行，风忽作，因题四句于舟中[①]

淮口西风急，　　君行定几时[②]？
故应今夜月，　　未便照相思[③]。

【注释】

①王补之：即王无咎，字补之，嘉祐进士，曾任天台令。弃官从王安石游。好书力学，学者归之，常数百人。

②定：究竟，到底。李白《新林浦阻风寄友人》诗："岁物忽如此，我来定几时？"

③"故应"二句：因风船阻，希望王补之暂不成行，则今夜之月仍可同赏，而不致两处相思了。唐杜牧《偶题二首》之二："只应明月见，千里两相思。"此反用其意。

题定林壁怀李叔时[①]

云与渊明出[②]，　　风随御寇还[③]。
燎炉无伏火[④]，　　蕙帐冷空山[⑤]。

【注释】

①定林：指定林寺。见卷五杨万里《游定林寺即荆公读书处》注①。李叔时：未详。

②云与渊明出：晋陶渊明《归去来辞》："云无心以出岫。"

③风随御寇还：《庄子·逍遥游》："夫列子御风而行，泠然善也。"御寇，列子名。

④伏火：道家炼丹砂，炉中火候调伏称为伏火。唐白居易《酒瓮呈梦得》诗："伏火炉中药未成。"

⑤蕙帐冷空山：见卷一王喦《回旧山》注④。

江　上

江水漾西风，　　江花脱晚红。
离情被横笛，　　吹过乱山东[1]。

【注释】

①“离情”二句：唐郑谷《淮上与友人别》诗：“数声风笛离亭晚，君向潇湘我向秦。”风致差相类似。

代陈景元书于太一宫道院壁[1]

官身有吏责，　　触处遇嫌猜[2]。
野性岂堪此，　　庐山归去来[3]！

【注释】

①陈景元：道士，号碧虚子，为右街都监，赐号真靖大师，主中太一宫。屡请归庐山，朝廷不从。王安石为其代言而题此绝。原作“陈景初”，误。按：景初为医者，乃别一人。今据沈钦韩《王荆公诗集补注》改。太一宫：祀太一神的宫观。太一，天神之最尊贵者。亦作“太乙”。

②触处：到处，处处。

③归去来：归去吧。来，语助词。晋陶渊明《归去来辞》：“归去来兮，田园将芜胡不归！”

题八功德水[1]

欲寻阿练若[2]，　　曳屧出东冈[3]。
涧谷芳菲少[4]，　　春风着野桑。

【注释】

①八功德水：在南京钟山之东，悟真庵后。传说南朝梁天监中，有西域僧人来山挂锡，缺水，有白眉老叟自称山龙，能解其渴，果然一池清水涌出。后西域其他僧人来，说西域八池已失其一，所失者正是钟山涌出的这一池。按：佛经谓须弥山下大海中有八功德水。八功德指一甘、二冷、三软、四轻、五清净、六不臭、七不损喉、八不伤腹。

②阿练若：即阿兰若，梵语空静闲静之处，指寺院。

③曳屐：拖着木屐。

④芳菲：指春花。

春　晴[1]

新春十日雨[2]，　雨晴门始开。
静看苍苔纹[3]，　欲上人衣来[4]。

【注释】

①明杨慎《升庵诗话》卷三："王维《书事》诗：'轻阴阁小雨，深院昼慵开。坐看苍苔色，欲上人衣来。'洪觉范《天厨禁脔》云：'此诗含不尽之意，子由所谓不带声色者也。王半山亦有绝句，诗意颇相类。'按半山诗云（诗如上略）。蔡正孙编《诗林广记》，乃以'若耶溪上踏莓苔'一首当之，谬矣。"按：见《诗林广记》前集卷五。杨说是。

②新春：《升庵诗话》作"山中"。

③纹：《升庵诗话》作"文"。

④欲上：《临川集》作"莫上"。

别方邵秘校[1]

迢迢建业水，　中有武昌鱼[2]。
别后应相忆，　能忘数寄书[3]！

【注释】

①方邵：未详。秘校：秘书省校书郎的省称。

②"迢迢"二句：三国吴建都建业（今南京市），至孙皓迁徙武昌，江东百姓溯流供给，以为患苦，有民谣云："宁饮建业水，不食武昌鱼。"清翁方纲《石洲诗话》卷三："王荆公诗：'迢迢建业水，中有武昌鱼。'如此炼用古语，可谓入妙。"这里是指建业和武昌一水相通，别后希望书信往来。鱼：借喻书信。

③能：岂能。

梅　花[1]

墙角数枝梅[2]，　凌寒独自开。
遥知不是雪，　为有暗香来。

【注释】

①王安石此诗脱胎于南朝陈苏子卿《梅花落》诗："中庭一树梅，寒多叶未开。只言花是雪，不悟有香来。"清贺裳《载酒园诗话》卷一对改作和原作有所比较："（介甫）虽用其语，却全反其意，亦自可嘉。然细味之，则古人之意婉，介甫之气直。大抵介甫一生，不徒事事立异，性亦不耐含蓄。"清潘德舆《养一斋诗话》卷五："王荆公'遥知不是雪，为有暗香来'，亲切而有稚气。"

②数枝：《诗林广记》作"一枝"。

离昇州作[1]

相看不忍发[2]，　惨淡暮潮平[3]。
语罢更携手[4]，　月明洲渚生。

【注释】

①昇州:治今南京市江宁县。宋惠洪《冷斋夜话》卷四谓其弟超然评此诗“得于天趣”,“予问之曰:‘句法固佳,然何以识其天趣?’超然曰:‘能言萧何所以识韩信,则天趣可言。’予竟不能诘,叹曰:‘微超然,谁知之!’”

②相看不忍发:李白《送殷淑》诗:“相看不忍别,更进手中杯。”

③惨淡:《冷斋夜话》作“惨泊”。

④语罢:《冷斋夜话》作“欲别”。

黄　庶

见卷二作者介绍。

和刘卿材[①]

红　树

几树浓于茜[②],　　斜阳景最幽。
忽因风雨尽,　　全减十分秋[③]。

溪　声

至音不可收[④],　　今人滞形器[⑤]。
欲知古乐心,　　山中此声是。

【注释】

①《两宋名贤小集》《宋百家诗存》题作《和刘卿材十咏》，共十首，首各有题。此选其三、其七。

②茜（qiàn 欠）：茜草。根可作红色染料，因借指红色。

③秋：指秋色。

④至音：至妙之音。

⑤滞：拘执。形器：指事物的形相。《周易·系辞上》："形而下者谓之器。"

杨蟠

杨蟠，字公济，章安（今浙江临海）人，一作钱塘（今浙江杭州）人。庆历六年（1046）进士。为密、和二州推官，以诗知名。元祐中，苏轼知杭州，蟠为通判，与轼唱酬为多。后知温、寿二州，卒。

杨梅坞①

夏日红相照，　　天晴坞自开。
襄阳多稚子，　　摘赠故人来②。

【注释】

①杨蟠有《钱塘西湖百咏》，散佚已久，清丁午辑得四十一首，附于郭祥正百首和作之后，收入《西湖集览》中。杨梅坞：在杭州南山。《淳祐临安志》卷九《山川·诸坞》引《古迹事实》云："杨梅坞，在南山，近瑞峰。坞

内有一老妪姓金，其家杨梅甚盛，俗称杨梅坞，所谓金婆杨梅是也。”

②“襄阳”二句：晋山简镇襄阳，优游卒岁，唯酒是耽。每出游嬉，多至习家园池，置酒辄醉，名为高阳池。时有儿童歌曰：“山公出何许？往至高阳池。日夕倒载归，酩酊无所知。”见《晋书·山简传》。襄阳，今属湖北。唐孟浩然《裴司士见寻》诗：“厨人具鸡黍，稚子摘杨梅。谁道山公醉，犹能骑马回。”稚子：儿童。

西　溪①

为爱西溪好，　　长忧溪水穷②。
山源春更落③，　　散入野田中。

【注释】

①此首亦《钱塘西湖百咏》之一。西溪：见卷五张良臣《过西溪》注①。

②“为爱”二句：因溪景幽美，故溪行不嫌其远，而唯恐很快走完。写赏景心理，颇真切。穷：尽。

③落：指水位下降。

梅尧臣

见卷二作者介绍。

夏夜小亭有怀

西南雨气深，　　林上昏月色。

寒影不随人[①]，　　寥寥空露白[②]。

【注释】

①寒影：清冷的月光。

②寥寥：空阔。

杂　诗[①]

青草生水中，　　日日随水长。
水落何所依，　　撩乱为宿莽[②]。

青青老镜叶，　　下有繁实尖[③]。
浪头拨船女，　　刺手终不嫌。

前时双鸳鸯，　　失雌鸣不已。
今更作双来，　　还悲旧流水[④]。

度水红蜻蜓，　　傍人飞款款[⑤]。
但知随船轻，　　不知船去远。

【注释】

①《宛陵集》题作《杂诗绝句十七首》。此选其二、其六、其十二、其十三。庆历八年（1048），作者船过宝应，取道返宣城，沿途即景成诗。原注作庆历七年，误。

②宿莽：经冬不枯的草。

③“青青”二句：指芡实，水生植物，叶圆如镜，浮于水面，全株有刺。

果实可供食用，俗称鸡头。

④"前时"四句：朱东润《梅尧臣诗选》云："'前时'一首，叙谢氏（作者前妻）死时自己的悲感，和续弦以后，对于旧偶的怀念，感情诚挚，措词坦率，为诗人中所仅见。"

⑤"度水"二句：杜甫《曲江二首》之二："点水蜻蜓款款飞。"款款，缓慢从容貌。

苏　轼

见卷二作者介绍。

雍秀才画草虫①

促　织②

月丛号耿耿③，　露叶泣漙漙④。
夜长不自暖，　那忧公子寒⑤。

蜗　牛

腥涎不满壳，　聊足以自濡⑥。
升高不知回，　竟作黏壁枯。

【注释】

①题共八首，每首咏一种昆虫，借物寓意。此选其一、其七。宋邓椿

《画继》卷四："雍秀才，不知何许人，坡有咏所画草虫八物诗，诗意每一物讥当时用事者一人。如'升高不知回，竟作黏壁枯'，以比介甫；'初来花争妍，倏去鬼无迹'，以比章惇。今诗与画俱刊石流传于世。"按：郭祥正《青山集》有《泗水雍秀才画草虫》诗，知为泗水（今山东济宁）人。

②促织：即蟋蟀，又名纺织娘。

③月丛号耿耿：指蟋蟀在月光下的草丛中悲鸣。耿耿，形容星月明亮。南朝齐谢朓《暂使下都夜发新林至京邑赠西府同僚》诗："秋河曙耿耿。"

④漙漙（tuán 团）：形容露水多。《诗经·郑风·野有蔓草》："野有蔓草，零露漙兮。"

⑤那忧：岂忧。公子寒：《诗经·豳风·七月》有"为公子裳""为公子裘"及"十月蟋蟀入我床下"之句。

⑥"腥涎"二句：据《诗话总龟》前集卷九引《王直方诗话》，原作"中弱不胜触，外坚聊自郛"，后改。王直方以为改者胜。

嘲子由①

堆几尽埃简②，　　攻之如蠹虫③。
谁知圣人意，　　不在古书中④。

【注释】

①此诗共八句，而各本多止前四句，故误为绝句。今据中华书局版《苏轼诗集》卷四十七，补引如下："曲尽弦犹在，器成机见空。妙哉斲轮手，堂下笑桓公。"

②埃简：积满尘埃的简册。

③攻：攻治，钻研。蠹（dù 杜）虫：蛀书虫。唐韩愈《杂诗》："古史散左右，读书置后前。岂殊蠹书虫，生死文字间。"

④"谁知"二句：《庄子·天道》："桓公读书于堂上，轮扁斲轮于堂下，释椎、凿而上，问桓公曰：'敢问公之所读者何言耶？'公曰：'圣人之言也。'曰：'圣人在乎？'公曰：'已死矣。'曰：'然则君之所读者，古人之糟粕已

夫!'"斲(zhuó 酌)轮:砍木头做车轮。斲,砍削。不在:《苏轼诗集》作"不尽"。古书:《苏轼诗集》作"书籍"。

初入庐山[①]

自昔怀清赏，　　神游杳霭间[②]。
如今不是梦，　　真个是庐山[③]。

【注释】

①原题作《庐山》,据《苏轼诗集》改。共三首,此选其二。

②神游杳霭间:指梦入庐山。杳霭,林壑幽深貌。

③是庐山:《苏轼诗集》作"在庐山"。

和子由岐下诗[①]

鱼

湖上移鱼子，　　初生不畏人[②]。
自从识钩饵，　　欲见更无因[③]。

柳

今年手自栽，　　问我何年去?
他年我复来，　　摇落伤人思[④]。

【注释】

①《苏轼诗集》题作《次韵子由岐下诗》,共二十一首。并有引云:"予既至岐下逾月,于其廨宇之北隙地为亭,亭前为横池,长三丈。池上为短

桥，属之堂。分堂之北厦为轩窗曲槛，俯瞰池上。出堂而南，为过廊，以属之厅。廊之两傍，各为一池，三池皆引汧水，种莲养鱼于其中。池边有桃、李、杏、梨、枣、樱桃、石榴、樗、槐、松、桧、柳三十余株。又以斗酒易牡丹一丛于亭之北。子由以诗见寄，次韵和答，凡二十一首。”王文诰《苏诗编注集成》引纪昀曰：“五绝分章，模山范水，如画家之有尺幅小景，其格倡自辋川。尔后辗转相摹，渐成窠臼。流连光景，作似尽不尽之词，似解不解之语，千人可共一诗，一诗可题千处，桃花作饭，转归尘劫。此非创始者过，而依草附木者过也。此二十一首，要自我行我法，固知豪杰之士，必不依托门户以炫俗也。”此选其八、其二十一。岐下：岐山之下，指陕西凤翔。嘉祐六年(1061)十一月，苏轼赴大理寺评事签书凤翔府节度判官厅公事任。

②“湖上”二句：指从别处移养的鱼儿，由于幼小，还不怕与人亲近。俗谚云：“初生牛犊不畏虎。”诗似衍此意，为下二句作垫。王文诰《苏诗编注集成》案：“此种极细微处，他人不留意，公必搜索出之，着落到地，自成妙文。”

③“自从”二句：王文诰《苏诗编注集成》引纪昀曰：“《列子》狎鸥事化出。”参见卷二司马光《独步至洛滨》注④。

④“他年”二句：晋桓温北征，经金城，见早年栽种的柳树，粗已十围，因慨叹说：“木犹如此，人何以堪！”攀枝执条，泫然流涕。见《世说新语·言语》。思(sì)：情思。《东坡诗集》作“意”。

苏　辙

见卷二作者介绍。

璎珞岩[1]

泉流逢石缺[2]，　　脉散成宝网[3]。
水作璎珞看，　　山是如来想[4]。

雨花岩[5]

岩花不可攀，　　翔蕊久未堕[6]。
忽坠幽人前[7]，　　知子观空坐[8]。

白龙潭[9]

白龙昼饮潭，　　修尾挂石壁。
幽人欲下看，　　雨雹晴相射[10]。

陈鼓漈[11]

苍壁立积铁[12]，　　悬泉泻天绅[13]。
山行见已久[14]，　　指与未来人。

【注释】

①《栾城集》总题为《题李公麟山庄图》，共二十首，首各有题。前有叙云："伯时作《龙眠山庄图》，由建德馆至垂云沜，著录者十六处。自西而东，凡数里，岩崿隐见，泉源相属，山行者路穷于此。道南溪山清深秀峙，可游者有四，曰胜金岩、宝华岩、陈彭漈、鹊源。以其不可绪见也，故特著于后。子瞻既为之记，又属辙赋小诗，凡二十章，以继摩诘辋川之作云。"此选其七、十二、十四、十九。明杨慎《升庵诗话》卷一评此四诗云："苏子由《李龙眠山庄图》四诗，奇景奇句，可诵可想。放翁谓子由诗胜子瞻，亦

有见也。”卷十四又云：“此四诗，泉既奇，诗亦称，何异王右丞！”清叶矫然《龙性堂诗话续集》引此四诗，而尤赏《陈彭漈》一首措语奇警。并谓：“陆放翁称次公诗胜于长公，非无见也。”李公麟，见卷二苏颂《和题李公麟阳关图》注①。

②泉流：《龙性堂诗话续集》作“流泉”。

③脉散成宝网：泉水分流，萦回缭绕，有如网络。脉，泉脉。

④“水作”二句：形容泉流清澈萦回，有如成串的珠玉；山岩庄严雄伟，好像沉思的大佛。璎珞：珠玉串成的装饰物，多用为佛像的颈饰。如来：佛的别名。《金刚经》：“如来者，无所从来，亦无所去，故名如来。”作：似。原作“如”，重“如”字，据《栾城集》改。

⑤雨花：传说佛讲经时，空中雨曼陀罗花。见《法华经·分别功德品》。

⑥翔蕊：飞花。

⑦坠：《栾城集》作“下”。《龙性堂诗话续集》作“荡”。

⑧观空：指参悟佛教万缘皆空之理。

⑨白龙潭：一作“玉龙峡”。《龙性堂诗话续集》作“玉龙潭”。

⑩雨雹：《龙性堂诗话续集》作“雨电”。

⑪鼓：《栾城集》《龙性堂诗话续集》作“彭”。漈（jì祭）：水边。

⑫苍壁立积铁：杜甫《铁堂峡》诗：“壁色立积铁。”积铁，《栾城集》作“精铁”。

⑬天绅：天上挂下的带子。形容瀑布。唐韩愈《送惠师》诗：“是时雨初霁，悬瀑垂天绅。”

⑭山行：原作“行山”，据《栾城集》乙改。

杨 杰

见卷二作者介绍。

送陈令归无为[1]

楚水漾轻碧，　　楚花飞乱红。
故人故乡去，　　半雨半晴中。

【注释】

①陈令：未详。作者同乡友人。作者另有《题陈令壁》五绝，有“风清令尹家”之句，称其为官清廉。无为：县名，今属安徽。为作者家乡。

祖无择

祖无择，字择之，上蔡（今属河南）人。景祐进士。历知南康军、海州，提点淮南、荆湖北路刑狱，充广东转运使，入为太常博士、直集贤院。出知袁州，首建学官，置生徒，学校始盛。英宗朝为同修起居注、知制诰，知开封府。又知郑、杭二州。神宗朝，为通进银台司，知明州。坐事谪授忠正军节度副使。复秘书监、集贤院学士。元丰中，主管西京御史台，移知信阳军，卒。有《龙学文集》。

记万载县风俗[1]

居民覆其屋，　　大半施白瓦[2]。
山际两三家，　　如经新雪下。

【注释】

①万载县：在今江西省西部，多丘陵山地。宋代属袁州辖境。

②"居民"二句：当地居民大多用白瓦盖屋，故下有"如经新雪"之喻。

孔平仲

孔平仲，字毅父，一作义甫，武仲之弟，临江新淦（今江西新干）人。治平二年（1065）进士。元祐二年（1087）召试，授集贤校理。仕至提点京西刑狱。绍圣中，坐党籍，谪惠州安置。徽宗即位，召为户部员外郎，迁金部郎中，出使陕西，帅鄜延、环庆。党论再起，罢职卒。长于史学，工诗文。有《清江集》《续世说》《孔氏杂说》《谈苑》等。

曹亭绝句①

漾舟荷花里，　　舣棹绿杨阴②。
却上曹亭望，　　山高江水深。

登临常患远，　　游览不能继。
此景对门墙，　　篼舆日三四③。

【注释】

①题共三首，此选其二、其三。曹亭：在江西九江城郊。

②舣棹：系船。

③篗舆：竹轿。日三四：指一天之内可往游三四次。

晓　行①

枕上杜鹃啼，　　匆匆早起时。
出门天未晓，　　月在杏花枝。

【注释】

①此诗写晓行情景，纯以白描出之。离人枕上鹃声，杏花枝头残月，只须淡淡勾勒，已觉别情难堪。唐释无闷《暮春送人》诗：“杜鹃不顾离人意，更向落花枝上啼。”唐温庭筠《碧涧驿晓思》诗：“月落子规歇，满庭山杏花。”唐戎昱《别离作》诗：“手把杏花枝，未曾经别离。”唐张曙《浣溪沙》词：“二年终日两相思，杏花明月始应知。”所写离别相思情景，均以杜鹃、杏花、明月作为触媒和特征性的意象，蕴蓄于其中的情感内容，已超出个人的体验范围，而带有某种普泛性和典型性，它无须点破，却能自然地唤起读者有关的情绪记忆和联想，从而达到某种默契或神会。

郭祥正

见卷三作者介绍。

和杨公济钱塘西湖题①

陈朝桧②

岁老枝叶简，　　春深香气断。

可怜湖上桧，　曾识井中人[3]。

白云峰[4]

湖上峰争碧，　此峰藏白云。
云光连月色，　鸥鹭亦迷群[5]。

卧龙石[6]

龙卧苍山下，　岂知今古春？
不忧雷雨作，　头角本非真。

大慈坞[7]

十刹密相望[8]，　林开一坞香。
木鱼声渐急[9]，　山衲下云房[10]。

【注释】

①杨公济：即杨蟠。见本卷作者介绍。钱塘西湖题：指《钱塘西湖百咏》。见本卷杨蟠《杨梅坞》注①。

②陈朝桧：又名陈朝柏，在杭州西湖孤山东，宋僧志铨于其地筑柏堂。明田汝成《西湖游览志》卷二《孤山三堤胜迹》："柏堂，宋僧志铨作。陈文帝天嘉二年(561)，有植两桧于孤山寺中，至宋时犹存其一，号陈朝桧。志铨作堂其侧，曰柏堂，与竹阁连。属苏子瞻作诗纪之云：'道人手种几生前，鹤骨龙姿尚宛然。双干一先神物化，九朝三见太平年。忽惊华厦依岩出，乞与嘉名到处传。此柏未枯君记取，灰心聊伴小乘禅。'后孝宗尝书此诗勒石。"桧(guì 桂)：即刺柏。

③井中人：隋开皇八年(588)，贺若弼、韩擒虎等伐陈，次年隋兵过江，攻占台城。陈后主与宠妃张丽华、孔贵嫔同匿入景阳殿井中，为隋兵所执。后人称此井为"辱井"。井中人，即指此。这句是说桧树曾历陈朝

兴亡。

④白云峰:《淳祐临安志》卷八《山川·城西诸山》:“白云峰,上天竺山后,最高处谓之白云峰。于是寺僧建堂其下,谓之白云堂;山中出茶,谓之白云茶。东坡居士有和茶诗云:‘白云峰下两枪新。’谓此也。”

⑤“云光”二句:形容白云和月色相遇,白茫茫一片,连鸥鹭也辨别不清而迷群。鸥、鹭都是水鸟,毛羽洁白,故云。

⑥卧龙石:《淳祐临安志》卷九《山川·诸石》:“卧龙石,在石门涧中。或云在下天竺寺内草堂前。”

⑦大慈坞:在杭州城南大慈山中。

⑧十刹:指大慈山一带的大慈寺、般若院、宝惠院、崇福院、梵天寺、圣果寺、直觉院、法云寺、小杨寺、香严寺等十所寺院。刹(chà 岔),佛寺。

⑨木鱼:佛教法器。传说鱼昼夜不合眼,故刻木作鱼形,击之以警僧众昼夜思道。

⑩山衲(nà 纳):山僧。衲,僧衣。云房:僧人的居室。

晁补之

见卷三作者介绍。

国子监暮归①

杖屦清晨往,　　缣囊薄暮归②。
闲官厅事冷,　　蝴蝶上阶飞。

【注释】

①国子监:封建王朝的中央教育机构。简称国学。

②缣囊:书袋。缣,供书写的细绢。借指书册。

谯国嘲提壶①

何处提壶鸟,　　荒园自叫春。
夕阳深樾里②,　　持此劝何人?

【注释】

①谯国:今安徽亳州。三国魏以皇室本贯在谯,令建为陪都。提壶:又名提壶芦,鸟名。欧阳修《啼鸟》诗:"独有花间提壶芦,劝我沽酒花间醉。"

②樾:树荫。

张　耒

见卷三作者介绍。

书旧局屏①

庭树应知我②,　　相逢益老苍③。
别来秋苦雨,　　但见瓦松长④。

【注释】

①《柯山集》《宋诗钞·宛丘集》题作《余元祐六年六月罢著作佐郎,除秘书丞,是岁仲冬,复除著作郎兼史院检讨,复至旧局,题屏》。屏:指屏风。

②知我:《柯山集》作“如我”。

③老苍:即苍老。

④但见:《柯山集》作“但觉”。瓦松:长在屋瓦上或树上的小草,叶肥厚,夏日开花。

张舜民

见卷三作者介绍。

纨　扇[1]

纨扇本招风,　　曾将热时用。
秋来挂壁间[2],　　却被风吹动。

【注释】

①纨扇:绢制的团扇。用班姬秋扇见捐事,以抒写失意冷落之感。参见卷七无名女仙《绝句》注④。

②壁间:《宋元诗会》作“壁上”。

百　舌[1]

学尽百禽语,　　终无自己声。

深山乔木底，　　缄口过平生[2]。

【注释】

①百舌:鸟名。又名反舌。鸣声反复如百鸟之音,故名。这首诗借百舌来讽刺那种随声附和,毫无主见的人。

②缄口:闭口。

崔　鷗

见卷三作者介绍。

题绩溪雪峰楼[1]

题诗最高处，　　不为付人看。
记着今朝胜[2]，　　山明松雪寒。

【注释】

①绩溪:县名,在今安徽。

②胜:指胜景。

黄庭坚

见卷三作者介绍。

题花光为曾公卷作水边梅[①]

梅蕊触人意[②]，　　冒寒开雪花。
遥怜水风晚，　　片片点汀沙。

【注释】

①花光：见卷三邹浩《仁老寄墨梅》注①。《山谷外集诗注》作“花光老”。曾公卷：即曾纡，字公卷，号空青，南丰（今属江西）人，曾布之子。崇宁二年（1103），坐党籍编管永州。绍兴中，除直显谟阁，知衢州。

②触人意：有感于人意。

唐　庚

见卷四作者介绍。

栖禅暮归书所见[1]

春着湖烟腻[2]，　　晴摇野水光。
草青仍过雨[3]，　　山紫更斜阳。

【注释】

①题共二首，此选其二。作于惠州贬所。栖禅：寺名，在惠州（今广东惠州市）西三里。

②春着湖烟腻：指春天来时，湖上烟水迷濛。着，到。苏轼《减字木兰花·赠军猷家姬》词："春着花枝百态生。"腻，浓。

③仍：还，再。与下句"更"为对文。《苕溪渔隐丛话》后集卷三十四赞此联"语意俱新"。

韩　维

见卷三作者介绍。

和晏相公湖上[1]

获水登红稻[2]，　　篙舟割紫菱。
杯盘见秋物，　　江海思飞腾[3]。

风枝挂危叶[4]，　　飞动夕阳中。
莫遣儿童撼，　　留看着露红。

【注释】

①题共四首，此选其二、其三。晏相公：指晏殊。见卷一作者介绍。

②获水登红稻：在湖田中收割稻谷。获，收割谷物。登，谷物成熟。

③江海思飞腾：杜甫《故仆射相国张公九龄》诗："矫然江海思，复与云路永。"

④危叶：高处将坠的秋叶。

城西书事①

犬吠村墟改，　　人移井臼空②。
谁家收栗罢，　　林脚有遗篷③。

松阴不可憩，　　冷冽恐飞霜。
时有高风过，　　乾花落石床④。

【注释】

①题共五首，此选其三、其四。

②井臼：井以汲水，臼以舂米，为日用所需。此借指居人村落。

③篷：斗篷。指栗子外面的壳斗。栗子包在多刺的壳斗中，成熟时壳斗裂开而散出。

④石床：石凳。

满执中

满执中，字子权，广陵（今江苏扬州）人。治平中，为万寿令。

明月溪[1]

月出溪水清，　　月落溪水黑。
茫茫溪上人，　　笑与月为客。

【注释】

①明月溪：在今安徽滁县琅玡山侧，与庶子泉、白龙泉、清风亭、望日台、归云洞、阳冰篆、垂藤盖等合称“八绝”。王禹偁曾作《八绝诗》，并序其由来。见《小畜集》卷五。

陈师道

见卷三作者介绍。

绝　句[1]

斫水水可断，　　续弦弦可完[2]。
如何郑公客，　　不作百年看[3]？

【注释】

①元祐六年(1091)，在颍州(今安徽阜阳)作。

②“斫水”二句：传说越王勾践有八把宝剑，第二把名断水剑，用剑指水，水就开而不合。故云“斫水水可断”。传说凤麟洲以凤喙麟角合煮作胶，名续弦胶，弓弦或刀剑断折，着胶即可连接。故云“续弦弦可完”。完，

修复完整。任渊注云:“两句言物理之间,合者固有时可断,而断者宁不可复续耶?而客主之交,一绝不续,即可叹矣。”

③“如何”二句:西汉郑当时,以好客著称。客至,无贵贱皆执宾主之礼。后因罪废,宾客纷纷离去。死时家无余财。《汉书·郑当时传》引廷尉翟公慨叹世态人情的话说:“一死一生,乃知交情;一贫一富,乃知交态;一贵一贱,交情乃见。”这两句是慨叹那些势利小人,只看一时的盛衰荣辱,而从不考虑长远的祸福变化。

贺 铸

见卷三作者介绍。

送僧法印智因西上

千里长淮北,　　东风破雪寒。
此行休问路,　　蓦直到长安[①]。

【注释】

①蓦直:一直。长安:指北宋都城汴京(今河南开封)。

追和亡友杜仲观《古黄生曲》[①]

朝为去山云,　　暮为还山雨[②]。
谁谓物无情?　　欢期不如许[③]。

欢归夜何其[4]，　　月照临门别。
后夜待欢来，　　开门但明月。

【注释】

①题共三首，此选其一、其二。作于绍圣元年（1094）四月。杜仲观：即杜俨，事迹不详。《古黄生曲》：宋郭茂倩《乐府诗集》卷四十五《清商曲辞》录《黄生曲》古辞三首，写痴心女子对负心郎的嗔爱之情。其一云："黄生无诚信，冥强将侬期。通夕出门望，至晓竟不来。"可参看。

②"朝为"二句：朝云暮雨，喻变化无常。

③欢：女子称自己的情人。《子夜歌》："遣信欢不来，自往复不出。"期：约会。这句是写女子希望情人不要失约。

④夜何其：夜间到什么时候了？《诗经·小雅·庭燎》："夜如何其？夜未央。"这里指夜深。

李　廌

李廌（1059—1109），字方叔，阳翟（今河南禹州市）人，一说华州（治今陕西华县）人。父李惇，与苏轼同年进士。少孤贫，勤奋力学。苏轼极称其文，与范祖禹谋荐于朝，未果。中年绝意仕进，定居颍昌（今河南许昌）。为文喜论古今治乱。工诗词，通画理。著有《济南集》《德隅斋画品》。

隐　逸[1]

偶来松树下，　　高枕石头眠。

山中无历日，　　寒尽不知年[②]。

【注释】

①今本《济南集》不见此诗。《诗话总龟》前集卷十三引《古今诗话》："太上隐者，人莫知其本末。好事者从问其姓名，不答。留诗一绝云：'偶来松树下，高枕石头眠。山中无历日，寒尽不知年。'"明高棅《唐诗品汇》卷四十五、《全唐诗》卷七八四题作《答人》，署"太上隐者"。

②"山中"二句：意谓隐居深山，不问时日，冬去春来，不知过了多少年。宋陈元靓《岁时广记》卷三引唐人诗："山僧不解数甲子，一叶落知天地秋。"

晁冲之

见卷三作者介绍。

与秦少章题汉江远帆[①]

江阔雁不到，　　山深猿自迷。
传闻杜陵老[②]，　　只在瀼东西[③]。

【注释】

①题共五首，此选其四。秦少章：即秦觏，字少章，高邮（今属江苏）人。秦观之弟。有才名。元祐六年（1091）进士。调临安簿。

②杜陵老：指诗人杜甫。杜陵，在今陕西西安市东南。本名杜原，又名乐游原，因汉宣帝筑陵于此，改名杜陵。其东南十余里有少陵，为许后

葬处。杜甫曾居此地，故自称杜陵布衣、少陵野老。

③瀼（nǎng）东西：指瀼水附近。夔州（今重庆奉节县）城东有东瀼水，杜甫曾租住其地，有《暮春题瀼西新赁瀼草屋》诗五首。

龙兴道中[①]

涧道垂黄花，　　山城拥红叶。
人争小舟渡，　　马就平沙涉[②]。

【注释】

①龙兴：县名，今河南宝丰县。

②涉：渡。

谢任伯久无书，常子然寄茶，谢之，因简任伯[①]

谏议茶犹送[②]，　　郎官迹已疏[③]。
斜封三道印[④]，　　不奉一行书[⑤]。

【注释】

①谢任伯，即谢克家，字任伯，上蔡（今属河南）人。绍圣四年（1097）进士。建炎四年（1130），官至参知政事。绍兴初，寓居临海。四年（1134）卒。常子然：不详。按：《宋诗钞·具茨集》题同此，止四句。《苕溪渔隐丛话》后集卷三十六引《诗说隽永》："晁冲之叔用乐府最知名，其谢先公寄茶兼简深明诗曰：'谏议茶犹寄，郎官迹已疏。斜封三道印，不奉一行书。会远长安去，终临顾渚居。大江清见底，为问渴何如？'"《宋诗纪事》题作《谢胡御史寄茶兼简朱郎中》，为五律，与《诗说隽永》同，唯结句"渴"作"客"。

②谏议：谏议大夫，掌规谏讽谕，凡朝政阙失，大臣至百官任用不当，三省至百司事有失误，皆得谏正。此指常子然。

③郎官：侍郎、郎中、员外郎均可称郎官。谢克家曾任副总侍郎，故称。

④斜封三道印：指常子然寄茶，包封甚固。

⑤不奉一行书：指未收到谢克家的来信。一行书，简短的书信。杜甫《寄高詹事》诗："相看过半百，不寄一行书。"

米　芾

见卷三作者介绍。

怀南唐砚山①

砚山不复见，　　哦诗徒叹息。
惟有玉蟾蜍②，　　向余频泪滴。

【注释】

①南唐砚山：南唐后主李煜有一块石砚，长仅一尺余，上雕三十六峰，极为精巧珍贵。国破后，砚为米芾所得。后米芾用它与人交换宅院地，一去则不得复见，每与知交往观，对方亦不出示。米芾因怀想而默写成图，并吟诗记其事。详见元陶宗仪《南村辍耕录》卷六《宝晋斋研山图》。清王士禛《居易录》卷六："米海岳研山，是南唐宝石，其图及得失始末，具陶南村《辍耕录》第六卷中。初为宝晋斋物，薛绍彭易之。元章诗云（诗如上略），因笔想为之图。元梅花道人吴仲圭又画砚山图。《癸辛杂识》云：'米氏研山，后归宣和御府，流落台州戴氏家。'此石今在朱竹垞太史所。所谓华盖峰、月岩、翠岩、方坛、玉笋、上洞、下洞（下洞三折，通上洞）、龙池诸

胜，宛然皆具。上有‘宝晋斋’三篆字及‘襄阳米氏世珍’印。”又其《香祖笔记》卷七亦记此事，谓从朱彝尊处得见此砚，朱请赋诗，既作长句，又题一绝，云：“南唐宝石劫灰余，长与幽人伴著书。青峭数峰无恙在，不须泪滴玉蟾蜍。”此砚后又被徐乾学购去。

②玉蟾蜍：玉制蟾蜍形的砚滴，注水用。参见卷一晏殊《张殿院惠古瓦研》注⑦。

陈与义

见卷四作者介绍。

出　山①

山空樵斧响，　隔岭有人家②。
日落潭照树，　川明风动花③。

【注释】

①题共二首，此选其二。建炎二年（1128）春，作者避乱居房州（今湖北房县），出入南山（在房县南），《出山》《入山》即作于此时。

②“山空”二句：从深山樵夫的砍柴声，推知隔岭有山居人家。参见卷三秦观《秋日》注②。

③“日落”二句：夕阳西下时，清澄的潭水映照着岸边的树木；波光粼粼的河水中，微风摇动着花枝的倩影。

入　山①

都迷去时路②，　策杖烟漫漫。

微雨洗春色，　　诸峰生晚寒。

【注释】

①题共二首，此选其二。

②都迷去时路：意谓从前进山时走过的路，已不能记忆。陶潜《桃花源记》写武陵渔人入桃花源，出来后把经过的路一一作了标记，但当太守派人跟他重寻桃花源时，却“迷不复得路”。去时路，《简斋集》作“去时景”。

程　俱

见卷四作者介绍。

书寿昌驿[①]

岁暮白日速[②]，　　风高黄叶稀[③]。
归心与寒雁，　　一夜向南飞。

【注释】

①寿昌：县名，今并入浙江建德市。

②岁暮白日速：指冬日昼短，兼有时光迅速，一年又尽之意。杜甫《乾元中寓居同谷县作七首》之七：“仰视皇天白日速。”

③风高：风劲。

朱槔

朱槔，字逢年，号玉澜，徽州婺源（今属江西）人。朱熹叔父。困穷而有节操，诗风闲暇而无悲伤憔悴之态。有《玉澜集》。

春间小诗书赵园壁，追录之

柳态随时秀，　　花容近酒轻①。
绿窗京洛语，　　盖抹早莺声②。

小语不知夕③，　　幽香无尽时。
影寒人欲醉，　　明月照酴醾④。

【注释】

①"柳态"二句：以花柳形容美女。说她的姿态如当春的杨柳一般秀美，红润的面容就像饮酒微醉那样动人。

②"绿窗"二句：说美人清脆圆啭的京都语音，胜过早春的黄莺。绿窗：绿纱窗。常指美人所居。五代前蜀韦庄《菩萨蛮》词："琵琶金翠羽，弦上黄莺语。劝我早还家，绿窗人似花。"京洛：洛阳。因东周、东汉曾建都于此，故称。这里借指京都。盖抹：压倒，胜过。

③小语：低声细语。

④酴醾（tú mí 图迷）：即荼蘼。见卷二梅尧臣《京师逢卖梅花》④。

刘子翚

见卷四作者介绍。

早　行

村鸡已报晨，　　晓月渐无色[①]。
行人马上去，　　残灯照空驿[②]。

【注释】

①晓月渐无色：指残月欲隐，天将破晓。

②“行人”二句：旅客天刚亮就起身走路，空荡荡的驿馆里只留着一盏昏昏欲灭的残灯。把旅况的孤苦凄凉和行役的风尘劳顿，都点化为可供观照的视觉形象。南唐李中《邮亭早起》诗：“邮舍残灯在，村林鸡唱频。”情景相似，可参看。

周邦彦

周邦彦（1056—1121），字美成，号清真居士，钱塘（今浙江杭州）人。元丰初，以献《汴都赋》，受神宗赏识，命为太学正。

后任庐州教授、溧水县令。绍圣初，历国子主簿、校书郎。徽宗时，为徽猷阁待制，提举大晟府（音乐机关）。精通音律，与万俟咏、田为等讨论古音，审定古调，创制新词，为后来格律派词人所宗。有《清真居士集》。

曝　日[1]

冬曦如村酿，　　奇温止须臾[2]。
行行正须此[3]，　　恋恋忽已无。

【注释】

①宋吴聿《观林诗话》："周美成诗云（诗如上略）。非惯饮茅柴，不能为此语也。"（茅柴，谓点火即着，一燃即过，喻酒力极薄。）宋周密《齐东野语》卷四《曝日》："冬日可爱，真若可持献者。晁端仁尝得冷疾，无药可治，惟日中炙背乃愈。周邦彦尝有诗云（诗如上略）。"王国维《清真先生遗事·尚论》："先生诗之存者，一鳞片爪，俱有足观。至如《曝日》诗云（诗如上略）。语极自然，而言外有北风雨雪之意，在东坡和陶诗中犹为上乘，惜仅存四句也。"

②"冬曦"二句：冬天的阳光像土制的薄酒，只有一会儿的劲，那温暖很快就过去。曦：阳光。村酿：村酒。言其薄。须臾：一会儿。

③行行：时间副词，犹刚刚，正当。

张　俞

见卷三作者介绍。

蚕 妇

昨日到城郭[①]，　　归来泪满巾[②]。
遍身罗绮者，　　不是养蚕人[③]！

【注释】

①到城郭:《宋诗纪事》作“入城市”。

②归来:《宋元诗会》作“归途”。

③“遍身”二句:意谓养蚕人却穿不上丝织衣服。唐杜荀鹤《蚕妇》诗:“年年道我蚕辛苦,底事浑身着苎麻?”则以蚕妇的口吻,发出悲愤的诘问。又,梅尧臣《陶者》诗:“陶尽门前土,屋上无片瓦;十指不沾泥,鳞鳞居大厦!”所写对象不同,而命意相似,亦可参看。罗绮:华美的丝织物。

李师中

李师中(1013—1078),字诚之,楚丘(今山东曹县东南)人。举进士,累擢提点广西刑狱。迁转运使,权经略使。善抚土著,边民呼为“桂州李大夫”。神宗时,知凤翔府,除河东都转运使,改秦凤路经略安抚使、知秦州。反对王韶开熙河,削职知舒州。上书乞召用司马光、苏轼,论时政得失,与王安石政见不合,被劾,贬和州团练副使,徙单州,复分司南京,提举太极观,卒。著有《珠溪诗集》。按:原署李诚之,今改署其名。

燕[1]

燕子知时节，　　还从旧宇归。
新人方按曲[2]，　　不许傍檐飞[3]。

【注释】

①《宋诗纪事》题作《偶题》。宋孙宗鉴《东皋杂录》："李诚之才致高妙，守边有威信。熙宁初，荆公用事，议论不合，退居汶上，题诗云（诗如上略）。"则此诗为托讽之作。

②新人：指男子休弃旧偶后新娶的妻子。按曲：按曲谱歌唱。

③傍檐：《后村千家诗》《宋诗纪事》作"傍帘"。

吕　钦

吕钦，字知止，寿州（今安徽凤台）人。吕公著孙，吕本中叔父。曾官盐酒正。按：原署吕知止，今改署其名。

初　凉[1]

西风吹木叶[2]，　　庭户作凉时[3]。
夜有愁人叹，　　寒先病骨知[4]。

【注释】

①吕本中《紫微诗话》："知止叔少时，尝作《初凉》诗云（诗如上略）。

余每喜诵此句。迩来少年能为此诗者盖少矣。”

②木叶：树叶。屈原《九歌·湘夫人》：“袅袅兮秋风，洞庭波兮木叶下。”

③作凉：《紫微诗话》作“乍凉”，宜从。

④寒先病骨知：意谓病弱之身最先感受到秋寒。

吴　沆

吴沆（1116—1172），字德远，抚州崇仁（今属江西）人。绍兴十六年（1146），与弟澥各献所著书，沆以误抵庙讳罢归。隐居环溪，自号无莫居士。及卒，门弟子私谥文通先生。有《环溪诗话》。

春游吟

鸟语烟光里，　　人行草色中[①]。
池边各分散，　　花下复相逢[②]。

【注释】

①“鸟语”二句：写阳春烟景中，鸟语人游，各得其乐。草色烟光，泛指春景。宋柳永《凤栖梧》词：“草色烟光残照里。”

②“池边”二句：池边花下，自由游赏，虽径路不同，却时复相逢。写春游情景很真切。

左　纬

左纬，字经臣，号委羽居士，黄岩（今属浙江）人。政和中，以诗鸣。有《委羽居士集》。

许少伊被召，追送至白沙不及①

短棹无寻处②，　　严城欲闭门③。
水边人独自④，　　沙上月黄昏。

【注释】

①《诗人玉屑》卷十九引黄升《玉林诗话》云："许少伊被召，左经臣追送至白沙不及，作诗云（诗如上略）。此二十字，可谓道尽惜别之情矣。至今读之，使人黯然销魂也。"清吴乔《围炉诗话》卷五："李光忤秦桧，安置藤州，赠伴送使臣云：'马蹄惯踏关山路，他日重来又送谁？'左经臣送许少伊至白沙不及，作诗云（诗如上略），皆唐人诗也。"许少伊：即许景衡，字少伊，温州瑞安（今属浙江）人。元祐九年（1094）进士。高宗朝，官至御史中丞，迁尚书左丞。为权相黄潜善等所及逐。有《横塘集》。白沙：指浙江乐清的白沙岭，其地东通台州。

②短棹：小船。

③严城：高城。唐崔琪《击柝赋》："严城暮兮绝人踪。"

④独自：《围炉诗话》作"独立"。

熊彦诗

熊彦诗，字叔雅，安仁（今江西余江）人。宣和六年（1124）进士。靖康中为太学博士，绍兴初以左奉议郎知瑞安县，累官至银青光禄大夫。潜心力学，文鸣一时，学者称曲肱先生。

和刘彦冲潭溪①

屏山夜雪②

夜深寒妥帖③，　　前村人断绝。
何许小茅茨④？　　开门满山雪⑤。

【注释】

①刘彦冲：即刘子翚。见卷四作者介绍。潭溪：在刘子翚家乡福建崇安。

②屏山：在福建崇安东五十里。刘子翚家居山下，学者因称屏山先生。《宋诗纪事》于《屏山夜雪》题下注："和刘彦冲潭溪四景之一。"潭溪四景，指"石峰春霭""清湖骤雨""潭溪秋碧""屏山夜雪"。此首咏冬景。按，刘子翚《屏山集》卷十三有《和熊叔雅四咏》，其和《屏山夜雪》一首云："谁怜组练寒，夜雪连营积。有客卧衡茅，淮山梦中白。"

③妥帖：原为稳当意。这里形容夜深寒重，空气仿佛都冻结了。

④何许：何处。茅茨：茅屋。

⑤开门满山雪：唐王维《冬晚对雪忆胡居士家》诗："开门雪满山。"

卷　九

五　言　二

朱　熹

见卷五作者介绍。

莲　沼[①]

亭亭玉芙蓉[②]，　迥立映澄碧[③]。
只愁山月明，　照作寒露滴。

【注释】

①《朱文公文集》题为《云谷二十六咏》，共二十六首，每首有小题。此首及以下三首为其五、其十一、其十二、其十九。均写武夷山中景色及隐居生活情趣。莲沼：荷池。

②亭亭：直立貌。宋周敦颐《爱莲说》："亭亭净植，可远观而不可亵玩焉。"玉芙蓉：白荷。玉，形容其洁白。

③迥（jiǒng 炯）立：风姿高远地挺立。

药　圃

长镵斸灵根[①]，　莳此泉下圃[②]。
珍剂未须论，　丹荑已堪煮[③]。

【注释】

①长镵（chán 蝉）：见卷四刘子翚《有怀》注⑧。斸（zhú 烛）：掘取。

灵根:指药草。

②莳(shì 世):移植。

③丹荑(tí 提):红色的药草嫩芽。晋郭璞《游仙诗》:“临源挹清波,陵冈掇丹荑。”

井泉

山高泽气通,　　石窦飞灵液[①]。
默料谷中云,　　多应从此出。

【注释】

①石窦:岩间的孔穴。灵液:指泉水。

桃溪

涧里春泉响,　　种桃泉上头。
烂红纷委地,　　未肯出山流[①]。

【注释】

①“烂红”二句:桃花纷纷落地,不肯随涧水流出山外。喻隐居山中,不愿随波逐流,过问世事。唐杜甫《佳人》诗:“在山泉水清,出山泉水浊。”

陈渊

见卷五作者介绍。

题绿波亭

南浦江波绿[1]，　　阳关柳色青[2]。
夕阳千古恨，　　分付短长亭[3]。

【注释】

①南浦江波绿：南朝梁江淹《别赋》："春草碧色，春水绿波。送君南浦，伤如之何！"后以南浦为送别之地。

②阳关柳色青：见卷一章妙懿《送汪水云归吴》注③。

③"夕阳"二句：意谓夕阳西下，道路悠悠，千古别恨，都交付给长亭和短亭了。就时间和空间两方面写别恨之深长无际。唐李白《菩萨蛮》词："暝色入高楼，有人楼上愁。玉阶空伫立，宿鸟归飞急。何处是归程？长亭更短亭。"古时设亭于路旁供行人休息，因各亭之间距离长短不一，故有长亭、短亭之名。

范成大

见卷五作者介绍。

双　燕

底处双飞燕[1]，　　衔泥上药栏[2]。
莫教惊得去，　　留取隔帘看[3]。

【注释】

①底处:何处。

②药栏:护花药的栏干。唐杜甫《宾至》诗:“不嫌野外无供给,乘兴还来看药栏。”

③“莫教”二句:把停在栏干上的双燕,当作图画来欣赏,这是一种艺术的眼光。“隔帘”而看,是怕惊飞双燕,也是一种欣赏距离。

杨万里

见卷五介绍。

春日绝句[①]

江水夜韶乐[②],　　海棠春贵妃[③]。
殷勤向春道:　　莫遣一花飞[④]!

日落碧簪外[⑤],　　人行红雨中[⑥]。
幽人诗酒里,　　又是一春风。

【注释】

①题共六首,此选其四、其五。原“日落”首在前,据《宋诗钞·诚斋江湖集》《宋元诗会》易次。

②韶乐:传说舜所作的乐曲。《论语·述而》:“子在齐闻《韶》,三月不知肉味。”这里比喻江水流动之声。

③海棠春贵妃:比喻海棠花像春酣的杨贵妃一样娇媚动人。见卷七

宋无《唐宫词补遗》注⑦。

④“殷勤”二句：珍惜春光，唯恐春随落花而去。唐杜甫《曲江》诗：“一片花飞减却春。”

⑤碧簪：喻青山。唐韩愈《送桂州严大夫同用南字》诗：“江作青罗带，山如碧玉簪。”

⑥红雨：喻落花。唐李贺《将进酒》诗：“况是青春日将暮，桃花乱落如红雨。”

张孝祥

见卷五作者介绍。

次东坡先生韵[①]

微凉入船窗，　　秋水满湘浦。
过尽前头滩，　　又得夜来雨[②]。

朝发方良矶[③]，　　暮宿白水湾[④]。
宽作一月程，　　须见江南山。

【注释】

①题共八首，此选其一、其五。按：苏轼原诗题为《出都来陈，所乘船上有题小诗八首，不知何人。有感于余心，聊为和之》，共八首。张孝祥依次和其韵。苏诗其一云：“蛙鸣青草泊，蝉噪垂杨浦。吾行亦偶然，及此新过雨。”其五云：“舟人苦炎热，宿此乔木湾。清月未及上，黑云如颓山。”

②又得:《于湖居士文集》作“只得”。

③方良矶:指险滩。方良,亦作“罔两”“魍魉”,传说中的山精鬼怪名。

④白水湾:古名白水者非一处,此未详所指。

野牧园[1]

吴牛三十角[2],　　久与牧相忘。
忽忆淮南路,　　春风满柘冈[3]。

秋晚稻生孙[4],　　催科不到门[5]。
人闲牛亦乐,　　随意过前村。

【注释】

①园:《于湖居士文集》作“图”。《宋百家诗存》同此。

②吴牛:江南的水牛。三十角:十五头。

③柘冈:见卷二王安石《乌塘》注①。

④稻生孙:指稻子收割后再长出余穗。宋叶寘《坦斋笔衡》:“米元章为无为守,秋日与寮佐登楼燕集,遥望田间青色如剪,元章曰:‘秋已晚矣,刈获告功,而田中复青,何也?’亟呼老农问之,农曰:‘稻孙也。稻已刈,得雨复抽余穗,故稚色如此。’”

⑤催科:催租。

吕本中

见卷五作者介绍。

题芦雁扇

雁下秋已晚，　　江天风雨微。
宁为聚沙立，　　不作傍云飞[①]。

【注释】

①"宁为"二句：言鸿雁宁愿群聚沙滩，不愿高飞天外。暗寓甘居低位，不愿夤缘高攀之意。

夜[①]

梦短添惆怅，　　更深转寂寥。
如何今夜雨，　　只是滴芭蕉[②]？

【注释】

①《东莱先生诗集》《后村千家诗》题作《夜雨》。

②"如何"二句：雨滴芭蕉之声，在长夜失眠的人听来，觉得凄清寂寥，特别难以禁受。唐杜牧《雨》诗："一夜不眠孤客耳，主人窗外有芭蕉。"宋万俟咏《长相思·雨》词："一声声，一更更。窗外芭蕉窗里灯。此时无限情。"宋杨万里《诚斋诗话》："退之云：'如何连晓语，只是说故乡。'吕居仁云：'如何今夜雨，只是滴芭蕉。'此皆用古人句律，而不用其句意，以故为新，夺胎换骨。"作者另有《听雨》诗："日数归期似有期，故园无语说相思。芭蕉叶上三更雨，正是愁人睡觉时。"可与此诗互参。

胡　笛[①]

胡人吹短笛，　　一半是离声。
想得南飞雁，　　云间亦厌听[②]。

【注释】

①《东莱先生诗集》题作《边愁》,共二首,此其一。

②"想得"二句:雁飞合群,亦厌听笛中怨别之声。意谓雁犹如此,何况于人。

周紫芝

见卷五作者介绍。

题钱少愚画[①]

鸳　浦[②]

一点伤春恨[③],　看成两鬓霜[④]。
如今无此梦,　莫画两鸳鸯。

兰　亭[⑤]

事去空千载,　何曾有若人[⑥]?
只应烟树里,　便是永和春[⑦]。

【注释】

①《宋诗纪事》题作《题钱少愚四画》,分题鸳浦、钓雪、兰亭、秋观四画。此选其一、其三。钱少愚:未详。

②鸳浦:鸳鸯栖息的水边。鸳鸯,水鸟,雌雄偶居不离,故常以喻夫妻

情深。

③伤春恨:指年轻时伤春怨别的情怀。

④看成:转眼而成。看,犹看看,时间副词。句谓转眼人已衰老。

⑤兰亭:在今浙江绍兴西南。东晋穆帝永和九年(353)三月三日,王羲之与谢安、孙绰等四十一人,在兰亭修禊事,会上各人作诗,由王羲之作序。序中记述兰亭四周山水景物之美和朋友聚会之乐,也流露了好景不长和生死无常的感慨。

⑥“事去”二句:兰亭修禊距作者生活的年代,有八百年左右,“千载”是举其大概而言。若人:如此之人。指王羲之。句言如王羲之这样的人,千载难逢。唐李益《鹳鹊楼》诗:“事去千年犹恨促,愁来一日即为长。”

⑦永和春:指永和九年三月三日兰亭修禊之时。王羲之《兰亭序》:“永和九年,岁在癸丑,暮春之初,会于舒适山阴之兰亭,修禊事也。”这两句是凭吊遗迹,想象当年兰亭修禊的盛事。

陆　游

见卷五作者介绍。

久不得张汉州书①

尽道三巴远②，　那无一纸书③?
衰迟自难记，　不是故人疏④。

【注释】

①张汉州:似指张缜,字季长,唐安(今四川崇州)人。隆兴元年

(1163)进士,官大理少卿,后出任地方官。或曾知汉州,俟考。乾道八年(1172),陆游与他在南郑抗金前线相识,共同的抱负和志趣,使他们结下深厚的友谊。陆游晚年经常怀想他,并形诸吟咏。《剑南诗稿》卷七十《春感》自注:“张季长久不通书,或传其卧病,甚耿耿也。”同卷《春阴溪上小轩作》:“故人万里岷山下,安得书来慰断魂。”自注:“比遗书问张季长消息于都下,未报。”开禧三年(1207),张卒,陆游作文祭之,有云:“渺邈天涯,一书万金。”可见系念之深切。

②三巴:巴郡、巴东、巴西的合称。相当今四川嘉陵江和綦江流域以东的大部地区。后多泛指四川。

③那无:岂无。

④“衰迟”二句:说可能因为自己年老健忘,并不是老朋友疏远而没有来信。话说得很委婉,而盼望友人来信的心情十分恳切。衰迟:衰老,迟暮。

樵　父

去去穿白云①,　　落叶无行路。
但闻丁丁声②,　　知是束薪处③。

【注释】

①去去:越走越远貌。唐孟浩然《夜泊宣城界》诗:“去去怀前浦,茫茫泛夕流。”

②丁丁(zhēng 铮):伐木声。《诗经·小雅·伐木》:“伐木丁丁。”

③束薪:把砍下的柴草捆扎成束。《诗经·唐风·绸缪》:“绸缪束薪,三星在天。”

张良臣

见卷五作者介绍。

别持上人①

茂竹永和字②，　　浣花天宝诗③。
晴江入舟楫④，　　忍泪别僧时⑤。

【注释】

①持上人：南宋杭州候潮门外延庆寺僧人。上人，对僧人的敬称。

②茂竹永和字：指晋王羲之的《兰亭序》法帖。序中有“此地有崇山峻岭，茂林修竹”之句。永和，指东晋永和九年（353），王羲之等兰亭修禊之时。参见本卷周紫芝《题钱少愚画》注⑤。这句是称颂持上人的书法成就。

③浣花天宝诗：唐玄宗天宝十四载（755），平卢、范阳、河东三镇节度使安禄山以诛杨国忠为名，起兵叛乱，攻陷洛阳，次年称帝，入长安。并使其部将史思明攻占河北十三郡地。玄宗逃往四川。史称“安史之乱”。杜甫于战乱期间，忧国忧民，写下许多光辉的现实主义诗篇，后世称为“诗史”。浣花，指四川成都浣花草堂，杜甫避乱定居之所。这句是称颂持上人的诗歌成就。

④晴江：《南宋群贤小集》《南宋六十家集》作“清江”。

⑤僧时：《南宋群贤小集》《南宋六十家集》作“僧持”。

周　孚

见卷五作者介绍。

公佐索诗[①]

欲书归田具[②]，　　请子试濡笔[③]。
先之蜡屐双，　　侑以藜杖一[④]。

【注释】

①公佐：即宋元辅，字公佐，善绘事，能诗，与作者时相唱酬。作者《赠宋公佐》诗云："阅士几千百，如君只二三。"颇致推许。

②归田具：指辞官归里所用的器物。

③濡笔：染墨书写。句言请用笔记一下归隐要用的东西。

④"先之"二句：首先要一双涂蜡的木屐，再加上一根轻便的拐杖。均指游观济胜之具。蜡屐：以蜡涂屐，取其光洁舒适。参见卷四程俱《试端溪石砚偶书》注②。藜杖：用藜的老茎制成的手杖，取其轻便。

陈　造

见卷五作者介绍。

泊上虞驿来日行[①]

梁湖莽苍外[②]，　　后去未云迟。
县市容吾恋，　　江潮不汝期[③]。

【注释】

①上虞:县名,今属浙江。

②梁湖:在上虞西,姚江上游。

③“县市”二句:县市使人留恋,而江湖并不等人,指船只能暂泊一宿,来日乘湖即行。期:等待。

吴子良

吴子良,字明辅,号荆溪,临海(今属浙江)人。宝庆二年(1226)进士。官至湖南转运使、太府少卿。诗文宗叶适。有《荆溪集》(已佚)、《荆溪林下偶谈》。

葵　花[①]

花生初咫尺[②]，　　意思已寻丈[③]。
一日复一日，　　看看众花上[④]。

【注释】

①作者自注:“俗名一丈红。”按:即蜀葵。《广群芳谱·花谱二五》:

“蜀葵，一名一丈红。”注引《草木记》：“浙中人种葵，俗名一丈红，有五色。”此诗录自宋陈景沂《全芳备祖》前集，为作者仅存的一首小诗。

②咫尺：喻短小。古代称八寸为咫。

③寻丈：指八尺至一丈左右的长度。古代称八尺为一寻。

④看看：转眼。

朱继芳

见卷六作者介绍。

蛬[1]

一蛬何唧唧，　　吟入儿童心[2]。
只在竹篱外，　　篝灯无处寻[3]。

【注释】

①蛬（qióng 穷）：蟋蟀。

②吟入：《两宋名贤小集》作“吟落”。

③篝灯：提灯笼。宋姜夔《齐天乐》咏蟋蟀词：“笑篱落呼灯，世间儿女。”

意行桥[1]

我行且奚适[2]？　　兴尽忽自返。
倒影射清漪[3]，　　回光在桥板。

【注释】

①意行桥:指漫步所经之桥。意行,随意而行;漫步。

②且奚适:将何往。指随意而行,漫无目的。

③清漪:水面波纹。

柳

临水送将归[①],　　春风折赠时[②]。
而今三丈树,　　元是手中枝[③]。

【注释】

①临水送将归:宋玉《九辩》:“登山临水兮送将归。”

②春风折赠时:古人春时相别,有折柳以赠行人的习俗。唐释慕幽《柳》诗:“今古凭君一赠行,几回折尽复重生。”

③“而今”二句:意谓如今高大的柳树,原是当年折柳送别时所插栽的柳枝。言外有“树已如此,人何以堪”的感慨。参见卷七仲皎《静林寺古松》注②。

东　菑[①]

东菑足时雨[②],　　离离半青黄[③]。
田家不待获[④],　　小摘炊新香。

【注释】

①东菑(zī资):东边的田亩。唐王维《积雨辋川庄作》诗:“积雨空林烟火迟,蒸藜炊黍饷东菑。”

②时雨:及时雨。

③离离:分披繁茂貌。《诗经·王风·黍离》:“彼黍离离,彼稷之苗。”半青黄:指谷物未完全成熟。

④获：收割。

俞　桂

见卷六作者介绍。

江　上

江头云阁雨①，　　柳色与春深②。
船发春风阻，　　谁知客子心？

【注释】

①云阁雨：云层带着雨意。阁，通“搁”。

②柳色与春深：谓柳色随春深而加浓，景物与时令同步流转，言外有春光荏苒，人未归家之慨。唐钱起《赠阙下裴舍人》诗：“龙池柳色雨中深。”

刘克庄

见卷六作者介绍。

宿山中[①]

城中人怪我，　　清旦买芒鞋[②]。
君若知其趣，　　还应日日来。

玉箸篆文古[③]，　　银钩楷法精[④]。
得知千载下，　　时有打碑声[⑤]。

凄风转林杪[⑥]，　　露坐感衣单[⑦]。
不道山中冷，　　翻忧世上寒。

【注释】

①《后村先生大全集》题共四首，此选其一、其三、其四。原本三首分立两题，“凄风”首在前，“城中”“玉箸”二首在后，今据《后村先生大全集》调整序次，归并一题。

②清旦：清晨。芒鞋：草鞋。

③玉箸：书体名，即李斯所作的小篆。唐齐己《谢西川昙域大师玉箸篆书》诗：“玉箸真文久不兴，李斯传到李阳冰。”

④银钩：形容书法笔姿的遒劲。《晋书·索靖传》：“盖草书之为状也，婉若银钩，漂若惊鸾。”

⑤打碑：拓碑。

⑥林杪：树梢。

⑦露坐：把帽子和束发巾都去掉，露发而坐。亦指露天而坐。

答妇兄林公迈[①]

恨予行李速[②]，　　愧子酒杯长[③]。

日暮于谁屋，　　天寒陟彼冈[4]。

【注释】

①题共四首，此选其二。

②行李：指出门远行，收拾行装。

③愧：感谢。酒杯长：指频频举杯，情意深长。

④“日暮”二句：写远行人在征途中想象家中的亲人正在惦念自己。陟彼冈：《诗经·魏风·陟岵》：“陟彼冈兮，瞻望兄兮。”

乍　归[1]

官满无南物[2]，　　飘然匹马还。
惟应诗卷里，　　偷画桂州山[3]。

绝爱墙阴桔，　　花开满院香。
邻人欺不在，　　稍觉北枝伤。

手种梅无恙，　　苍苔满树身。
可怜开较早[4]，　　不待远归人。

【注释】

①原题共九首：此选其一、其四、其八。潮州通判任满归家时作。

②官满：指任期已满。南物：指岭南土特产。

③桂州山：指桂林一带的山水。桂州，治今广西桂林。句谓行踪到处，山水入于吟卷。

④可怜：可惜。

薛　嵎

薛嵎，字仲止，一字宾日，号云泉，永嘉（今浙江温州）人。宝祐四年(1256)进士。终长溪簿。晚年隐居范湾。有《云泉诗集》。

蓑衣步①

水浸石根冷，　　风吹藤叶飞。
菰蒲秋影里，　　长趁钓船归。

【注释】

①《南宋群贤小集》《南宋六十家集》总题为《湖上别业四咏》，分咏归洁庵、渔村晚照、苜蓿轩、蓑衣步。蓑衣步：指渔人泊船的埠头。蓑衣，渔人所穿。步，通"埠"。

方　回

见卷六作者介绍。

晚春客愁[1]

春老鱼苗动[2]，　　江肥雪水来[3]。
大孤山下路[4]，　　何日泛舟回？

十载干戈后[5]，　　辛勤莳牡丹[6]。
岂知身是客，　　借与别人看。

【注释】

①题共五首,此选其二、其四。

②春老:春暮。鱼苗:鱼卵最初化出的幼鱼。

③江肥:喻江水上涨。范成大《石湖旧隐》诗:“鲈江一雨水应肥。”

④大孤山:在江西九江东南鄱阳湖中。四面洪涛,一峰独峙。

⑤干戈:指战乱。

⑥莳(shì 事):栽种。

严　粲

见卷六作者介绍。

松　雪

阴崖未知晴[1]，　　松雪自在白。

可恨晓风颠[②]，　　飞寒乱苔石[③]。

【注释】

①阴崖:背阴的山岩。

②晓风:《南宋群贤小集》作"晚风"。

③飞寒:指风吹松枝,积雪乱飞。

家铉翁

家铉翁(1213—1294),号则堂,眉州(治今四川眉山)人。以荫补官。德祐二年(1276)赐进士出身。知常州,有政声,迁浙东提点刑狱。官至端明殿学士、签书枢密院事。元兵至临安近郊,他拒绝在檄降文上签字。旋以参知政事充祈请使,被扣留燕京。宋亡,守志不仕,改馆河间。每与诸生论宋室兴亡,未尝不唏嘘流涕。有《则堂集》。

寄江南故人[①]

曾向钱塘住[②]，　　闻鹃忆蜀乡[③]。
不知今夕梦[④]，　　到蜀到钱塘？

【注释】

①作于被扣留燕京时。清贺贻孙《诗筏》:"宋末诗人,当革命之际,一腔悲愤,尽泄于诗。如家铉翁《忆故人》诗云(诗如上略)。王曼之《幽窗》

诗云:'西窗枕寒池,池边老松树。渴猿下偷泉,见影忽惊去。'皆宋元间人也,情真语切,意在言外,何遽减唐人耶?"

②钱塘:今浙江杭州,为南宋都城。作者曾在南宋朝廷任职,句出追念语气,但措辞宛曲。

③闻鹃:见卷一赵希槠《过临平》注③。作者身为亡宋故臣,又是蜀人,用"闻鹃"典,兼寓亡国之痛和乡土之思。三、四两句即申言此意,而出以问语,倍觉沉痛。

④今夕:《诗筏》作"今夜"。

牟　𪩘

见卷七作者介绍。

题東季博山园①

东　壑

云卧不禁冷②,　误把岩扃触③。
翻动若木枝④,　红光被空曲⑤。

第一溪

倚栏发长啸,　援笔记旧游。
想见同来者,　俱非第二流⑥。

钓　台

穷鳞无处避⑦，　　网罟如云密⑧。
悠然钓台畔，　　袖手看落日⑨。

云　关

此处若为关？　　自来还自去⑩。
中有无心人⑪，　　不妨相伴住。

【注释】

①题共二十首，各有分题。此选四首。东季博：不详。

②云卧不禁冷：指宿于高寒之地。杜甫《游龙门奉先寺》诗："天阙象纬逼，云卧不禁冷。"

③岩扃(jiōng)：岩洞的门户。

④若木：神话传说中长在日入处的一种树木。《山海经·大荒北经》："大荒之中，有衡石山、九阴山、洞野之山，上有赤树，青叶赤华(花)，名曰若木。"郭璞注："生昆仑西，附西极，其华(花)光赤下照地。"屈原《离骚》："折若木以拂日兮，聊逍遥以相羊。"

⑤被空曲：广布整个天空。曲，偏僻之处。

⑥俱非第二流：言都是第一流(等)人物，切溪名。《世说新语·品藻》："桓大司马(温)下都，问真长(刘惔)曰：'闻会稽王语奇进，尔邪？'刘曰：'极进，然故是第二流中人耳。'桓曰：'第一流复是谁？'刘曰：'正是我辈耳！'"

⑦穷鳞：指网下无处躲避的鱼儿。唐刘长卿《谪居干越亭作》诗："青山数行泪，沧海一穷鳞。"

⑧网罟如云密：指到处张网，大有捕尽之概。《史记·酷吏传序》："昔

天下之网尝密矣，然奸伪萌起，上下相遁，至于不振。”晋陶潜《感士不遇赋》：“密网裁两鱼骇，宏罗制而鸟惊。彼达人之善觉，乃逃禄而归耕。”这里言外亦寓此意。罟（gǔ 古），渔网。

⑨“悠然”二句：悠然袖手，指钓者意不在鱼，借以娱情遣兴而已。与“网罟如云”适成对照。

⑩“此处”二句：言白云自来自去，无法设关阻止。若为：如何，怎样。关：关口，门户。

⑪无心人：无意于功名富贵的人。故可以自由来去的浮云作伴。晋陶潜《归去来辞》：“云无心以出岫，鸟倦飞而知还。”

张　栻

张栻（1133—1180），字敬夫，一字钦夫，又字乐斋，号南轩，汉州绵竹（今属四川）人，迁于衡阳（今属湖南）。张浚之子，以荫补官。历吏部侍郎兼侍讲，知江陵府兼湖北路安抚使。以右文殿修撰提举武夷山冲佑观。为南宋著名理学家，受学于胡宏，强调为学先于义利之辨。与朱熹、吕祖谦齐名，时称“东南三贤”。有《南轩文集》。

题城南①

城头望西山②，　　秋意已如许。
云影度江来，　　霏霏半空雨③。

【注释】

①此诗不见《南轩文集》。以下五诗见《南轩文集》卷七，总题《城南杂咏二十首》，各有小题，所选为其二、其五、其十四、其十五、其十九。宋罗大经《鹤林玉露》甲编卷三《南轩六诗》云："六诗闲淡简远，德人之言也。"明杨慎《升庵诗话》卷四《宋人绝句》引此五诗（《濯清亭》未引）云："五诗有王维辋川遗意，谁谓宋无诗乎？"城南：《鹤林玉露》《升庵诗话》作"南城"。

②城头：《鹤林玉露》《升庵诗话》作"城头"。

③霏霏：纷飞貌。《诗经·小雅·采薇》："雨雪霏霏。"

东　渚[1]

团团凌风桂[2]，　　宛在水之东[3]。
月色穿林影，　　却下碧波中。

【注释】

①东渚：亭名。作者《城南即事》诗之五："茅亭水溜四周遭，花木经春一一高。却望西山隔江水，径思一叶泛云涛。"自注云："新亭名东渚。"所写为其地春景，此首则为秋景。

②团团：团簇貌。南朝梁江淹《杂体·刘文学感怀》诗："苍苍山中桂，团团霜露色。"

③宛在水之东：《诗经·秦风·蒹葭》："溯游从之，宛在水中央。"宛，分明。

丽　泽[1]

长哦伐木篇[2]，　　伫立以望子[3]。
日暮飞鸟归，　　门前长春水[4]。

【注释】

①丽泽:两泽相连。寓朋友之间讲习切磋之意。《周易·兑》:“丽泽兑,君子以朋友讲习。”孔颖达疏:“丽犹连也,两泽相连,润说之盛,故曰丽泽兑也。”

②伐木篇:指《诗经·小雅·伐木》。是一首宴请朋友、故旧的诗篇。有句云:“伐木丁丁,鸟鸣嘤嘤。……嘤其鸣矣,求其友声。”后常用为求友的典故。篇,《鹤林玉露》《升庵诗话》作“诗”。

③伫(zhù 住)立:久立。

④长:同“涨”。

濯清亭①

芙蓉岂不好②,　　濯濯清涟漪③。
采去不盈把④,　　怅惆暮忘饥⑤。

【注释】

①濯清亭:《鹤林玉露》作“濯清”,无“亭”字。

②芙蓉:荷花。

③濯濯:明净清新貌。苏轼《记所见开元寺吴道子画佛灭度以答子由》诗:“初如濛濛隐山玉,渐如濯濯出水莲。”

④采去不盈把:采芙蓉欲以赠远方的友人;不盈把,言所采不多。《古诗十九首》之六:“涉江采芙蓉,兰泽多芳草。采之欲遗谁?所思在远道。”采去,《南轩文集》作“采之”。

⑤怅惆:《南轩文集》作“怊怅”。《鹤林玉露》作“惆怅”。

西　屿

系舟西岸边,　　幅巾自来去①。
岛屿花木深,　　蝉鸣不知处。

【注释】

①幅巾：不戴帽子，只用绢一幅束发，称为幅巾。是一种闲散随便的装束。

采菱舟

散策下亭阿①，　水清鱼可数。
却上采菱舟，　乘风过南浦。

【注释】

①散策：扶杖散步。苏轼《尘外亭》诗："散策尘外游，麾手谢此世。"策，手杖。亭阿：岸边的亭子。阿，水岸。《鹤林玉露》作"亭舸"。《升庵诗话》作"舸亭"。《南轩文集》同此。

赵　葵

赵葵（1186—1266），字南仲，号信庵，潭州衡山（今属湖南）人。少从父赵方军中，嘉定间，先后与金兵战于枣阳、邓州、蕲州等地，以军功补承务郎，知枣阳军。绍定中，以平李全有功，进兵部侍郎。旋任淮东制置使，知扬州。淳祐中，拜右丞相，兼枢密使。咸淳初，特授少师，武安军节度使，封冀国公。卒赠太傅，谥忠靖。有集。

雪　夜

酒力欺寒浅①，　心清睡较迟。

梅花擎雪影[2]，　　和月度疏篱。

【注释】

①酒力欺寒浅：谓好酒有劲，能挡雪夜之寒。欺，胜过。寒浅，轻寒。相对酒力之劲而言。

②梅花擎雪影：指梅枝负雪而横逸高举的倩影。擎（qíng 情），举。

陈　恬

陈恬，字叔易，陈尧叟裔孙。居阳翟（今河南禹州）涧上村，自号涧上丈人。与鲜于绰、崔鶠齐名，号“阳城三士”。又与晁以道同卜隐于嵩山，无仕宦意。建炎初，召赴行在，直秘阁。有《涧上丈人集》。

子　规[1]

暮春春已晚[2]，　　不见子规飞。
莫是无归处，　　山禽不劝归[3]？

【注释】

①子规：鸟名，即杜鹃。

②晚：原作“晓”，据《后村千家诗》《宋诗纪事》改。

③“莫是”二句：古人认为子规的啼声好像在说：“不如归去，不如归去！”很能触发游子的乡思旅愁。这里是承前面说暮春还不见子规飞鸣，因而推想说：莫非由于自己飘泊四方，无家可归，所以连子规也不劝我归

乡了吧？从反而拓进一层，含意更为凄苦。山禽：指子规。

刘　过

见卷五介绍。

游郭希吕石洞杂题[①]

清　旷

笋舆咿哑来[②]，　路转此歇脚。
长风挟秋下，　深意满万壑[③]。

小烂柯[④]

游戏一弹棋[⑤]，　岁月驹隙过[⑥]。
不如两忘机[⑦]，　石上跏趺坐[⑧]。

韬　玉[⑨]

至宝不自献，　韬藏亦英华。
余香被草木，　秀擢幽岩花[⑩]。

【注释】

①《龙洲集》题作《游郭希吕石洞二十咏》，缺一首，存十九首，每首均有小题。此选其一、其七、其十六。《南宋群贤小集》《南宋六十家集》题作《游郭希吕石洞九绝》，共九首，每首亦有小题，无《小烂柯》一首。《宋百家诗存》录三首，同此本。郭希吕：东阳（今属浙江）人，郭德谊之子。朱熹曾作郭德谊墓志铭，陆游有《跋郭德谊墓志铭》二首（见《渭南文集》卷二十七）。其二有云："德谊之名，固自不朽，然吾元晦为斯人计亦至矣。岂希吕兄弟孝爱笃至，有以发之耶？"郭希吕常送家酿石洞酒给陆游，《剑南诗稿》卷二十六有《谢郭希吕送石洞酒》诗，后又数见于诗。

②笋舆：竹轿。咿哑：抬轿声。

③深意：《宋百家诗存》作"清意"。

④小烂柯：借用烂柯山命名的景观。见卷二欧阳修《梦中作》注②。

⑤弹棋：古代的一种博戏。《艺经》："弹棋，两人对局，白黑棋各六枚，先列棋相当，更先弹也。其局以石为之。"起于汉成帝时，棋数代有所增，魏用十六棋，唐增为二十四棋。至宋此术失传。

⑥驹隙：《庄子·知北游》："人生天地之间，若白驹之过郤（隙），忽然而已。"白驹，阳光。隙，空隙。阳光掠过空隙，极言光阴迅速。《两宋名贤小集》作"隙驹"。

⑦忘机：忘却计较或巧诈之心。指淡泊自守，与世无争。

⑧跏趺坐：佛教徒的坐法，分降魔坐与吉祥坐两种。前者先以右趾押左股，后以左趾押右股，诸禅宗多传此坐；后者先以左趾押右股，后以右趾押左股，令二足掌仰放于二股之上，相传为如来佛成道时的坐法。

⑨韬（tāo 滔）：掩藏。韬玉：这里指花坞。

⑩秀擢：指花木欣欣向荣。擢，挺拔。

周　密

见卷六作者介绍。

题温日观葡萄[1]

百八牟尼颗[2]，　携将万里游。
归来还自笑，　何不博凉州[3]！

【注释】

①温日观：宋末僧人，居杭州葛岭玛瑙寺。擅书画，尤善画葡萄，枝叶须梗皆得草书法。

②百八牟尼颗：佛珠。佛教认为人生的烦恼共一百零八种，为去此烦恼，故贯佛珠一百零八颗，念佛、扣钟亦以一百零八为数。牟尼，即释迦牟尼，佛教的始祖。这里是以佛珠喻葡萄。

③"归来"二句：汉扶风孟陀以葡萄酒一斛，送给中常侍张让，即被提拔为凉州刺史。见《续汉书》引《敦煌张氏家传》。博：取。凉州：西汉置，为汉武帝十三刺史部之一。东汉治所在陇县（今甘肃清水县北），三国魏移治姑臧（今甘肃武威县）。其地盛产葡萄。句谓自笑不以温日观所作葡萄献给显贵权要，以博取一官半职。

严　羽

严羽，字仪卿，一字丹丘，号沧浪逋客，邵武（今属福建）人。论诗宗盛唐，主妙悟，重视诗歌的艺术特点，对后世诗歌理论有较大的影响。著有《沧浪集》《沧浪诗话》。

懊侬歌[1]

船在下江口，　逆风不得上。

结束作男儿[②]，　　与郎牵百丈[③]。

朝亦出门啼，　　暮亦出门啼。

蛛网挂风里，　　摇思无定时[④]。

【注释】

①懊侬歌：乐府《吴声歌曲》名。也作“懊憹歌”“懊恼歌”。产生于南朝江南民间，抒写男女爱情受到挫折的苦恼。现存歌词十四首，后世文人多有仿作。此即属仿作，原题共三首，选其二、其三。

②结束：装扮。

③牵百丈：拉纤。杜甫《秋风》诗：“吴樯楚柁牵百丈。”百丈，牵船的篾缆。宋程大昌《衍繁露》卷十五：“杜诗舟行多用百丈，问之蜀人，云：水峻，岸石又多廉棱，若用索牵，即遇石，辄断不耐，故劈竹为六瓣，以麻索连贯其际，以为牵具，是名‘百丈’。百丈，以长言也。”

④“蛛网”二句：比喻女子思念情郎，心思摇晃，难以平静。“摇思”为“摇丝”的谐音双关词。《宋元诗会》《宋诗钞补》作“遥思”。

严　参

严参，字少鲁，号三休居士，邵武（今属福建）人。严羽族人。与严羽、严仁齐名，世称“邵武三严”。

看　雪

天远正难穷，　　楼高不堪倚。

醉梦入江南，　　杨花数千里[1]。

【注释】

①“醉梦”二句：唐岑参《春梦》诗：“枕上片时春梦中，行尽江南数千里。”此化用其语意。杨花数千里：喻纷飞无际的雪花。苏轼《少年游》词：“去年相送，余杭门外，飞雪似杨花。”

严　肃

严肃，字伯复，号凤山。事迹不详。

落　花[1]

片片落花飞，　　随风去不归。
如何临欲别，　　不得傍君衣！

【注释】

①此诗似以落花喻被遗弃的女子。

吴龙翰

吴龙翰（1233—？），字式贤，号古梅，歙县（今属安徽）人。

曾从学于方岳。咸淳元年(1265)乡贡,后以荐,授编校国史院实录院文字。元世祖至元十三年(1276),乡校请充教授,不久弃去。筑楼三层,吟啸其中,楼前有古梅一株,即以自号。有《古梅吟稿》。

侠客行[①]

击筑复击筑,　　欲歌双泪横[②]。
宝刀重如命,　　命如鸿毛轻[③]。

【注释】

①侠客行:乐府《杂曲歌辞》名。写急人之难,见义勇为的侠客行为。唐李白、元稹、温庭筠均有作。

②"击筑"二句:战国燕太子丹遣荆轲入秦刺秦王,送行至易水上,高渐离击筑,荆轲和而歌,为变徵(zhǐ 止)之声,士皆垂泪涕泣。荆轲又前而为歌,云:"风萧萧兮易水寒,壮士一去兮不复还!"见《战国策·燕策三》。这里指侠士慷慨悲歌。筑:古弦乐器,似筝,击之以和歌。

③命如鸿毛轻:把生命看得毫不在乎。指侠客重然诺,轻生死。鸿毛,鸿雁的羽毛。喻极轻之物。《战国策·楚策四》:"是以国权轻于鸿毛,而积祸重于丘山。"

程　先

程先,字傅之,休宁(今属安徽)人。父为团练使,以偏师御金兵于池州,殉节死。朝议录其嗣,固辞不受。隐居东山,自号东山隐者。曾与子永奇从学于朱熹。有《东隐集》,不传。

和人感秋韵

秋　风

疾风拔枯楠,　　天作破瓦色①。
古殿无飞尘,　　过者见瑟瑟②。

秋　山

忆昔游吴甸③,　　新知结项容④。
松江枫落后⑤,　　貌得洞庭峰⑥。

【注释】

①破瓦色:青蓝色。

②瑟瑟:风声。唐白居易《琵琶行》:“枫叶荻花秋瑟瑟。”

③吴甸:指江苏苏州一带。苏州为春秋吴国都城。甸,都城郊外之地。

④新知:新相识的朋友。项容:唐代画家,天台(今属浙江)人。师事王默,画山水松石。这里借指新结识的画家。

⑤松江枫落:唐人崔信明有“枫落吴江冷”的名句。松江,即吴淞江。见卷一王禹偁《泛吴淞江》注①。

⑥貌:描绘。唐杜甫《丹青引》:“先帝天马玉花骢,画工如山貌不同。”洞庭峰:指太湖洞庭山。参见卷三米芾《垂虹亭》注②。

戴复古

见卷六作者介绍。

寄　兴[①]

长愿人人意[②]，　　一生无别离。
妾当年少日，　　花似半开时。

黄金无足色[③]，　　白璧有微瑕[④]。
求人不求备，　　妾愿老君家[⑤]。

【注释】

①《石屏诗集》题下注："代作"。即代言体。

②人人：对于亲爱者的昵称。宋晏幾道《生查子》词："归傍碧纱窗，说与人人道：真个别离难，不似相逢好！"《石屏诗集》作"如人"。就己而言，角度不同，而意愿则一。

③足色：成色精纯，不含杂质。按：此句合下以观，即俗谚所谓"金无足赤，人无完人"之意。

④瑕（xiá 峡）：玉上的斑点。

⑤老：偕老，终老。

徐　照

见卷六作者介绍。

自君之出矣[①]

自君之出矣，　　懒妆眉黛浓[②]。
愁心如屋漏，　　点点不移踪[③]。

【注释】

①题共三首，此选其三。自君之出矣：乐府《杂曲歌辞》名。三国魏徐干有《室思》五章，其第三章说："自君之出矣，明镜暗不治。思君如流水，无有穷已时。"后人仿其体，题作《自君之出矣》。内容抒写妻子思念出门的丈夫。

②懒妆眉黛浓：谓懒得梳妆画眉。

③"愁心"二句：屋漏点点，不移定处；喻愁心不解，始终记挂着远出的丈夫。

三峡水[①]

山水七百里[②]，　　上有青枫林。
啼猿不知愁，　　愁落行人心[③]。

【注释】

①三峡:指长江三峡。历代所说不一,今以瞿塘峡、巫峡、西陵峡为三峡。

②山水七百里:泛指三峡之间距离。北魏郦道元《水经注·江水》:“自三峡七百里中,两岸连山,略无阙处,重岩叠嶂,隐天蔽日。”

③“啼猿”二句:三峡两岸高山丛林中多猿猴,啼声凄哀。《水经注·江水》云:“每至晴初霜旦,林寒涧肃,常有高猿长啸,属引凄异,空谷传响,哀转久绝。故渔者歌曰:‘巴东三峡巫峡长,猿鸣三声泪沾裳。’”

葛天民

见卷六作者介绍。

春　晚[①]

向晚一鸠鸣[②],　道人春睡足。
无处写幽怀,　巡檐数修竹[③]。

【注释】

①《两宋名贤小集》《南宋群贤小集》《南宋六十家集》题作《春怀》。

②向晚:傍晚。

③巡檐:在檐下来回察看。唐杜甫《舍弟观赴蓝田取妻子到江陵喜寄》诗:“巡檐须共梅花笑,冷蕊疏花半不禁。”

周文璞

见卷六作者介绍。

玉晨观[1]

野笋冲泉出，　　山花避石开。
予方有公事，　　不为等闲来。

羽扇临玄寺，　　霓衣上醮坛[2]。
九枝松叶冷，　　千叶杏花寒[3]。

【注释】

①玉晨观：道教宫观名。玉晨，仙号，全称为“上清高圣太上玉晨大道君”。道教称其为“万道之主”。

②“羽扇”二句：羽扇：道士所执。霓衣：道士所穿。这里似指女道士。醮（jiào 教）坛：道士礼神祈祷之坛。唐元稹《青云驿》诗写梦至道教仙境蕊珠殿情景，有云：“众真千万辈，柔颜尽如荑。手持凤羽扇，头戴翠羽笄。云韶互铿戛，霞服相提携。”可参看。

③“九枝”二句：形容道观荒落，景物凄清。松树为道士盘桓之所，杏林则传说为三国吴董奉修炼成仙之处，后因称道观为杏坛。唐白居易《寻王道士药堂因有题赠》诗：“行行见路缘松峤，步步寻花到杏坛。”千叶杏花：花瓣多重的杏花。寒：《南宋群贤小集》《南宋六十家集》作“残”。

高　翥

见卷六作者介绍。

题二小姬扇①

庆娘颦翠眉，　春瘦怯罗衣②。
笑问采花蝶，　如何成对飞？

湘湘未识羞，　独坐抱箜篌③。
贪学耆婆舞④，　抬身拜部头⑤。

【注释】

①小姬：年轻的侍女。诗中庆娘、湘湘是她们的名字。

②怯罗衣：不胜罗衣。形容体态娇弱。

③箜篌：古弦乐器，似瑟而小，七弦，用拨弹之，如琵琶。

④耆婆舞：西域乐舞名。耆婆，梵语长寿之义。

⑤部头：乐部总教练。周密《齐东野语》卷十七："吹弹舞拍，各有总之者，号为部头。"

陈允平

见卷六作者介绍。

山中吟[①]

东望泰岳松[②]，　　西望苍梧竹[③]。
知心侣渔樵，　　忘情友麋鹿[④]。

朝餐山上霞[⑤]，　　暮采山下药[⑥]。
安得山中人，　　共跨山头鹤[⑦]。

【注释】

①《两宋名贤小集》《南宋群贤小集》《南宋六十家集》题同此，但为一首，体似五古，四句一换韵。此二首系摘取其中间及末尾各四句而成。《宋百家诗存》题同，作五绝，共六首。此选其一、其六。

②泰岳松：泰岳，即泰山，在山东省中部，古称东岳，为五岳之一。秦始皇登泰山，立石封祀，风雨暴至，休于松树下，因封其松为五大夫。

③苍梧竹：即斑竹。传说舜死后葬于苍梧之野，二妃娥皇、女英哭于洞庭，挥泪染竹，竹子尽斑。参见卷三徐积《钓者》注②、卷七湘妃《题庙中》注⑤。

④“知心”二句：以渔夫樵子为知交，与山野麋鹿为朋友。指忘情世事，避俗高隐。《庄子・盗跖》：“与麋鹿共处，耕而食，织而衣，无相害之

心，此至德之隆也。”渔樵：《宋百家诗存》作“樵渔”。

⑤餐霞：服食朝霞，道家的一种修炼之术。南朝宋颜延之《五君咏·嵇中散》：“中散不偶世，本是餐霞人。”

⑥采药：采草药以求长生。

⑦跨鹤：指飞升成仙。古人视鹤为仙禽。《相鹤经》：“鹤者，羽族之宗长，仙人之骐骥。”

叶　茵

见卷六作者介绍。

有所思①

仰天有所思，　　心远目苦短②。
西风驱残云，　　千里月华满③。

【注释】

①有所思：乐府《鼓吹歌辞》名，以首句“有所思”为题。后人仿其体，以抒写相思离别之情。

②心远目苦短：言所思在远方，望远难穷，目力不及。

③千里月华满：南朝宋谢庄《月赋》：“美人迈兮音尘阙，隔千里兮共明月。”

方景绚

方景绚,字武子,莆田(今属福建)人。擢第,终于郡掾。

题　壁

明月照齐州①,　　玉龙栖欲起②。
壮士肠夜回③,　　寒衾泼秋水④。

【注释】

①齐州:犹中州,古时指中国。《尔雅·释地》:"岠齐州以南,戴日为丹穴。"郭璞注:"岠,去也;齐,中也。"邢昺疏:"中州,犹中国也。"唐李贺《梦天》诗:"遥望齐州九点烟,一泓海水杯中泻。"

②玉龙:指宝剑。唐李贺《雁门太守行》:"报君黄金台上意,提携玉龙为君死。"栖欲起:指宝剑将脱鞘而出。

③肠夜回:形容忧愤难眠。汉司马迁《报任安书》:"是以肠一日而九回。"南朝梁简文帝《应令》诗:"悲遥夜兮九回肠。"

④寒衾泼秋水:秋夜寒冷,被上好像泼过水一样。衾(qīn 侵),被子。苏轼《雪后书北台》诗:"但觉衾裯如泼水,不知庭户已堆盐。"

真山民

真山民，一说名桂芳，括苍（今浙江丽水）人。宋末进士。宋亡后，避居不出，自称“山民”，时人拟之为陶潜。有《山民集》。

吉水夜泊①

入夜始维舟②，　　黄芦古渡头。
眠鸥知让客，　　飞过蓼花洲。

【注释】

①吉水：县名，今属江西省。

②维舟：系船停泊。

谢　翱

见卷七作者介绍。

秋夜词

愁生山外山，　　恨杀树边树[①]。
隔断秋月明，　　不使共一处[②]。

【注释】

①“愁生”二句：写视线被阻而生愁恨。山外山：言山峦重叠无际；树边树，言树木连绵不尽。句式用戴复古《世事作》诗：“春水渡傍渡，夕阳山外山。”

②“隔断”二句：点明对山和树产生愁恨的原因，在于它们隔断了想望中的远方之人，不能与之共赏明月。按：此诗似有寓意，南宋都城临安沦陷后，陆秀夫、张世杰等人在闽广沿海一带拥立帝昺，继续抗元。作者对此寄以深切的怀念，并渴望与之共事，却因道路阻隔而不能如愿。诗中的感慨当因此而发。

宋　无

见卷七作者介绍。

寄衣回

闻有宫袍赠[①]，　　翻令闺意伤[②]。
良人在行伍[③]，　　只待妾衣裳。

【注释】

①宫袍:指朝廷赐给戍边将士的战袍。

②翻:反而。

③良人:妻子称丈夫。行(háng 杭)伍:古代军队编制,五人为伍,二十五人为行,因以行伍代称军队。

墨　梅

似到孤山下①,　　斜枝入眼中②。
分明几点雪,　　欲折又成空。

【注释】

①孤山:见卷二林逋《孤山隐居书壁》注①。

②斜枝:梅枝以横斜为美。林逋《梅花》诗:"疏影横斜水清浅,暗香浮动月黄昏。"

罗与之

罗与之,字与甫,一字北涯,螺川(今江西吉安)人。端平间屡举不第,遂归隐,晚年潜心性理之学。诗得刘克庄称赏。有《雪坡小稿》。

山　居①

雨作糟床注②,　　秋生鲈脍思③。

卷帘了清景[④]，　　流水袅烟丝[⑤]。

【注释】

①《南宋群贤小集》《南宋六十家集》题作《山居闲思》，共三首，此选其三。

②雨作糟床注：杜甫《羌村三首》之二："赖知禾黍收，已觉糟床注。"糟床，榨酒器。注，流下。这里是比喻秋雨不停，如糟床注酒。

③秋生鲈脍思：见卷一陈尧佐《吴江》诗注③。

④卷帘了清景：卷帘眺望，景色尽收眼底，了了分明。了，分明。

⑤流水：《南宋六十家集》作"沉水"（即沉香），当从。

刘文晦

刘文晦，生平不详。

种　梅

佳人天一方[①]，　　岁暮音书绝。
一枝持赠君[②]，　　犹带去年雪。

【注释】

①佳人天一方：指知心友人远在外地。佳人，亦作美人，情操美好的人。不必定为女子。苏轼《前赤壁赋》："渺渺兮予怀，望美人兮天一方。"

②一枝持赠君：用陆凯折梅寄范晔事。见卷二欧阳修《寄赠丁判官》注②。

袁　易

见卷七作者介绍。

郊居寓目随事辄题[①]

绝江捕寒鱼[②]，　赤鲜巨莫逃[③]。
鲦鲿翻有神[④]，　腾出如银刀[⑤]。

【注释】

①《静春堂诗集》题作《郊居寓目随事辄题得诗九首》，此选其二。

②绝江：以网横截江流。

③鲜（hún 浑）：俗名草鱼。

④鲦（tiáo 迢）：俗名白条鱼。鲿（cháng 尝）：俗名黄颊鱼。

⑤银刀：形容鱼儿鳞光耀目之状。苏轼《赠莘老七绝》之五："今日骆驼桥下泊，恣看修网出银刀。"

许　棐

见卷七作者介绍。

秋风辞[1]

飒飒秋风来[2]，　　一叶两叶坠。
燕子动归心，　　薄情知也未[3]？

飒飒秋风来，　　衣衾愁未整。
莫作闺中寒，　　且作天涯冷[4]。

【注释】

①秋风辞：乐府《杂曲谣辞》有《秋风辞》，汉武帝作，写泛舟中流，与群臣饮宴之乐，与此不类。乐府《琴曲歌辞》有《秋风》，写秋闺女子思念远客他乡的丈夫。有南朝宋吴迈远、汤惠休等作，与此相类。

②飒飒（sà 萨）：风声。

③薄情：无情。指久别不归的丈夫。是一种亲昵的反语。

④“莫作”二句：希望秋风不要使闺中思妇感到寒冷孤单，而使远在天涯的丈夫感到寒冷难禁，促使他早日归家。

王仲素

王仲素，号石髓，宋末遗民。生平不详。谢翱编《天地间集》录其诗。

归去词

种松雨濯发[1]，　　折笋春堕指[2]。

长啸归去来[3]，　　沧江一天水[4]。

【注释】

①濯发：散发洗沐。屈原《离骚》："夕归次于穷石兮，朝濯发乎洧盘。"王逸注："暮即归舍穷石之室，朝沐洧盘之水，遁世隐居，而不肯仕也。"

②折笋春堕指：古人以春笋比喻女子纤美的手指，故因折笋而发此联想。春堕指，造语新奇。宋吴文英《浣溪沙》词："落絮无声春堕泪。"可比观互参。

③归去来：犹言回去吧。来，语助词。晋陶潜《归去来辞》："归去来兮，田园将芜胡不归！"

④一天水：天水相接，浑茫如一。

王曼之

王曼之，号野处，宋末遗民。事迹不详。谢翱编《天地间集》录其诗。

西　窗[1]

西窗枕寒池[2]，　　池边老松树。
渴猿下偷泉，　　见影忽惊去[3]。

【注释】

①《诗筏》题作《幽窗》。参见本卷家铉翁《题江南故人》注①。

②枕：临，靠近。

③“渴猿”二句：借喻亡国后孤臣孽子避迹畏影的惊疑心理。《庄子·渔父》：“人有畏影恶迹而去之走者。”渴猿：口渴的猿猴。

柯　芝

柯芝，字士先，南康军（治今江西星子）人。宋末逸民。早通五经，善词赋。曾赴都城，求读书省中。晚年教授生徒，著书自娱。元杜本编《谷音》录其诗。

横　江①

横江一片碧，　　携鹤上渔船。
收纶不成下②，　　却抱钓竿眠。

【注释】

①横江：一名横江浦，在今安徽和县东南，与南岸采石矶隔江相对，为古代要津。

②纶（lún 伦）：钓丝。不成下：不下钓。句言钓者意不在鱼。

柯茂谦

柯茂谦，字退之，南康军（治今江西星子）人。柯芝之子。

宋末逸民。《谷音》录其诗。

江行早发

陶铛煮孤影[①]，　　寒灯沸青花[②]。
冰开数江树，　　月落失人家。

【注释】

①陶铛(chēng 撑)：陶制的煮器。煮孤影：谓对影而煮，形容孤独。影入铛中，则粥汤如水，兼言生涯清苦。

②寒灯沸青花：灯芯结花，吱吱作响。指油尽灯将灭。

杨　雯

杨雯，字天章，临江(治今江西清江)人。宋末逸民。《谷音》录其诗。

北　客[①]

北客相催发，　　一日举千帆。
遥怜庾开府，　　岁晚望江南[②]。

【注释】

①《谷音》题作《客》。

②"遥怜"二句：庾开府，指北周文学家庾信，南阳新野(今属河南)人。

初仕梁，后出使西魏，值西魏灭梁，被留。历仕西魏、北周、官至骠骑大将军、开府仪同三司，世称“庾开府”。在梁时作品绮艳轻靡，暮年文风一变，颇多感伤遭遇，反映世乱之作，最著名的为《哀江南赋》。其序言有云：“信年始二毛，即逢丧乱，藐是流离，至于暮齿。燕歌远别，悲不自胜；楚老相逢，泣将何及！”流露了对江南旧国的眷怀之情。

邵　定

邵定，字中立，庐陵（今江西吉安）人。宋末逸民。通《周易》《春秋》。宅边种梅、竹、兰、莲、菊各十余株，深衣大带，婆娑其间，自称“六香老人”。《谷音》录其诗。

渔　家

渔家临水住，　　春尽无花开。
年年谢流水，　　流得好花来①。

【注释】

①“年年”二句：意谓人间春尽，此地却有流水浮好花而来，让渔家坐享春色。李白《山中问答》诗：“桃花流水窅然去，别有天地非人间。”刘长卿《寻张逸人山居》诗：“桃源定在深处，涧水浮来落花。”

罗公升

罗公升，字时翁，吉州永丰（今属江西）人。祖父开礼，从文天祥抗元，兵败被俘，绝食而死。公升以军功授本邑尉，北游图恢复，未成。有《沧州先生集》。

秋　怀[1]

空庭下梧叶，　欲静闻疏雨[2]。
幽怀耿无寐，　邻客终夜语[3]。

【注释】

①题共二首，此选其二。

②“空庭”二句：秋风中梧叶飘落空庭，在静夜听来仿佛稀疏的雨声。唐释无可《晚秋寄贾岛》诗：“听雨寒更尽，开门落叶深。”以落叶比雨声，此用其意。宋人称之为“象外句”，说：“用事琢句，妙在言其用而不言其名耳。”见惠洪《冷斋野话》。

③“幽怀”二句：可作数层解会：其一，因自己不眠而听到邻客夜语；其二，因邻客夜语而引起自己不眠；其三，既点出“邻客”，可见彼此同在客中，羁旅秋怀，宜其相似，则耿耿不眠，亦出同源。耿无寐：烦躁不安，难以入睡。《诗经·北风·柏舟》：“耿耿不寐，如有隐忧。”耿，犹耿耿，不安貌。

谢松野叔惠菊

囷粟分公瑾[1]，　千金寿仲连[2]。

山人不须此③，　　再拜菊花前。

【注释】

①囷粟分公瑾：《三国志·鲁肃传》："周瑜为居巢长，将数百人故过候肃，并求资粮。肃家有两囷米，各三千斛，肃乃指一囷与周瑜。"囷（qūn逡），圆形谷仓。公瑾，周瑜的字。

②千金寿仲连：公元前258年，秦国围赵国京都邯郸，齐国高士鲁仲连适游赵国，他义正词严地驳倒了辛垣衍"帝秦"的投降论调，激发了赵国抗秦的决心和信心。终于在魏信陵君的救援下，迫使秦国引兵而退。于是赵国平原君欲封鲁仲连，仲连坚辞不受。平原君乃置酒，以千金为鲁仲连寿。仲连笑道："所贵于天下之士者，为人排患、释难、解纷乱而无所取也。即有所取者，是商贾之人也，仲连不忍为也。"见《战国策·赵策》。

③山人：山居隐逸之人。作者自指。不须此：指用不着富贵资财。承上二句而言。

溪　上

往岁贪奇览①，　　今年遂考槃②。
门前溪一发③，　　我作五湖看④。

【注释】

①奇览：指游览奇山异水。

②遂考槃：实现了归隐的愿望。考槃：《诗经·卫风》篇名，赞美隐居山林的贤士。以首句"考槃在涧"为题。考，叩击，敲。槃，同"盘"。考槃，即敲盘而歌。

③一发：形容细小。苏轼《澄迈驿通潮阁二首》之二："杳杳天低鹘没处，青山一发是中原。"

④五湖：太湖。《后汉书·隗嚣传》："范蠡收责勾践，乘扁舟于五湖。"

借指归隐之地。苏轼《忆江南寄纯如》五首之三:“未卜柴桑旧宅,须乘五湖扁舟。”

绝 句

天岂私贫我? 看书每自疑[①]。
寸心即知己, 不用世人知[②]。

【注释】

①“天岂”二句:意谓看书之际,常常产生天道不公,使我独贫的疑惑。

②“寸心”二句:意谓扪心无愧,不求人知。虽贫困也不在意。自问自答,自宽自解。

吴有定

吴有定,生平不详。

九鲤湖[①]

昔闻九仙灵, 今登九仙地[②]。
袅袅一炉香, 寥寥千载事。

【注释】

①九鲤湖:在福建仙游县东北。相传汉武帝元狩间,有何氏兄弟九人炼丹于此,丹成以后,各乘一鲤仙去,故名。湖上有九仙宫。

②“昔闻”二句：言闻其名已久，今得遂夙愿。句式仿杜甫《登岳阳楼》诗：“昔闻洞庭水，今上岳阳楼。”

马知节

马知节，字介卿，环州（治今广西思恩）人。生平不详。

枯　梅

斧斤戕不死①，　　半蘖半枯槎②。
寂寞幽岩下，　　一枝三四花③。

【注释】

①斧斤：斧头。戕（qiāng 枪）：砍损。

②枯槎：被砍后干枯的枝条。槎，斜砍。

③“寂寞”二句：枯梅遭砍伐而不死，处寂寞而开花；托物寓意，赞叹百折不挠的顽强意志和不求闻达的高蹈精神。

张至龙

见卷七作者介绍。

演　雅[1]

蚕饱办丝课，　　蜂忙供蜜工。
役役为人劳[2]，　　衣食还自空。

江鳞行比目[3]，　　沙鸳睡交颈[4]。
不知山兔寒，　　清夜顾蟾影[5]。

墨鱼黑覆形[6]，　　火萤明照身[7]。
拙于用显晦，　　踪迹徒自陈。

犬眠苍玉地[8]，　　猫卧香绮丛[9]。
倘无鼠与盗，　　猫犬命亦穷。

【注释】

①《南宋群贤小集》《南宋六十家集》《宋百家诗存》题作《演雅十章》，"墨鱼"一首在"犬眠"之后，为殿章。此选其五、其七、其九、其十。演雅：推衍《尔雅》释草木虫鱼之义而作，大多托物寓意，有感而发。

②役役：劳而不息貌。《庄子·齐物论》："终身役役，而不见其成功。"

③江鳞行比目：指比目鱼。旧谓此鱼一目，须两两相并，始能游行。《尔雅· 释地》："东方有比目鱼焉，不比不行，其名谓之鲽。"

④沙鸳：沙滩上的鸳鸯。交颈：两颈相依，表示亲密。唐杜甫《绝句二首》之一："沙睡睡鸳鸯。"

⑤"不知"二句：古代神话传说月中有蟾蜍、玉兔。此言山兔孤单凄清，只能望月相思。瞻影：指月。

⑥墨鱼：乌贼。墨覆形：指乌贼在遇到危险时，体内分泌黑色液体，以

掩护逃跑。因不免形迹,故三句说拙于用“晦”。

⑦火萤:萤火虫。因发光自照,故三句说拙于用“显”。

⑧苍玉地:碧玉砌成的地面。形容富丽之家。

⑨香绮丛:指贵妇人的卧室。香绮,脂粉和绮罗。

寓　兴[①]

东日照瓦霜,　　西向界余白[②]。
莫言日不到,　　日光来未及。

高风吹秋霜,　　庭前百草死。
谁知草有根,　　昨夜东风起[③]。

【注释】

①《两宋名贤小集》《南宋六十家集》题作《寓兴十首》,此选其三、其八。二诗各有寓意,一言报应未到,二言否极泰来,恰成对照。

②余白:指未被曝光所融化的霜。

③“谁知”二句:即白居易咏草诗“春风吹又生”之意。

邓宗度

邓宗度,生平不详。

祥符寺[①]

云水最饶处[②],　　轮蹄无到时[③]。

夜蟾生佛面[4]，　　春雪印僧眉[5]。

【注释】

①祥符寺：在安徽黄山。初名灵泉院，宋祥符中改名。寺前流水淙淙，松杉参天。有灵泉自朱砂峰来，依岩通二小池，池水清澈，可鉴毫发。寺周围有天都、芙蓉、朱砂诸峰，拔地参天，烟云缭绕，境地十分清幽。《宋诗纪事》题为《黄山杂咏》，题下注："十四岁作。"录二首，此选其二。

②云水最饶处：山水最幽美的地方。

③轮蹄无到时：指夜晚车马不到，游人绝迹之时。轮蹄，车马。

④夜蟾：指月光。

⑤春雪印僧眉：谓僧人年高，白眉如雪（兼指月色映眉）。

简　长

简长，汝州（今河南汝州）人。与希昼、保暹、文兆、行肇、惟凤、惠崇、宇昭、怀古合称宋初九僧，有《九僧诗集》。张景曾序其诗云："上人之诗，始发于寂寞，渐进于冲和，尽出于清奇，卒归于雅静。"

夜　感

无眠动归心，　　寒灯坐将灭。
长恐浮云生，　　夺我西窗月[1]。

【注释】

①“长恐”二句：比喻惟恐光明的心地为物谷所障蔽。

文　政

文政，南岳衡山僧人。

题胜业寺[①]

山鸟无凡音，　　山云无俗状。
引得白头僧，　　时时倚藜杖。

【注释】

①胜业寺：在衡山南岳庙前。

斯　植

斯植，字建中，号芳庭，武林（今浙江杭州）人。理宗时，以诗称。初住衡山南岳寺，旋投单四方，所交尽一时文士。常与朱继芳、熊钚等相酬唱。游方近二十年，晚岁居杭州天竺，筑室名水石山居，吟咏其中。有《采芝集》。

古乐府[1]

欲买采菱舟[2]，　野水无人识。
野水去不回，　迢迢暮山碧。

【注释】

①题共九首，此选其三。

②采菱舟：《南宋群贤小集》《南宋六十家集》《宋百家诗存》作“采菱船”。

门　柳

看尽前门柳，　愁多白发新[1]。
灞桥风雨夜[2]，　离别是何人！

【注释】

①“看尽”二句：见门前之柳，不免生伤离叹老之情，则出门远别者更可想而知。为下二句作铺垫。唐唐彦谦《柳》诗：“晚来飞絮如霜鬓，恐为多情管别离。”

②灞桥：本作霸桥，在长安（今陕西西安）东。为古人折柳送别之地。《三辅黄图》卷六：“霸桥在长安东，跨水作桥。汉人送客至此，折柳赠别。”五代王仁裕《开元天宝遗事》卷下：“长安东灞陵有桥，来迎去送皆至此桥，为离别之地，故人呼之销魂桥也。”

远　山

万里色苍然，　寒林夕照边[1]。
旧过南岳寺[2]，　曾向雨中看。

【注释】

①寒林:《南宋群贤小集》《南宋六十家集》《宋百家诗存》作“春烟”。

②南岳寺:在衡山紫云峰下。

老 去

老去厌芳菲[①], 思归未得归。
夕阳溪上树, 花作去年飞[②]。

【注释】

①芳菲:芬芳的花草。

②花作去年飞:落花还像去年一样纷飞。指年复一年,坐见春光老去。作,似。

雪 鸪[①]

风吹芦苇鸣, 残雪满桥板。
不见棹回人, 愁立沙汀晚。

【注释】

①雪鸪:鹡鸰的别名,巢于沙上,常在水边觅食。《诗经 · 小雅 · 常棣》:“鹡鸰在原,兄弟急难。”后以喻兄弟。此诗亦有以鸟喻人之意。

鸣 鸠[①]

何处芳草多, 相呼向深坞。
竹外立寒枝, 山南又春雨。

【注释】

①鸣鸠：即鹁鸠。传说雄鸠天阴将雨就斥逐雌鸠，天晴时又呼唤雌鸠，故有："天将雨，鸠逐妇"之谚。诗中"相呼向深坞"和"山南又春雨"，即含蓄地写"呼妇""逐妇"之意。参见卷三秦观《秋日》注⑥。

南唐后主

即李煜。见卷一作者介绍。

亡后见形诗①

异国非所志，　　烦劳殊清闲。
惊涛千万里②，　　无乃见钟山③？

【注释】

①亡后见形：人死后鬼魂重现。这是一种迷信的说法。见，同"现"。《诗话总龟》前集卷四十七引《摭遗》："贾魏公（昌朝）尹京日，忽有人来展谒，刺曰：'前江南国主李煜。'相见则一清癯道士耳。公曰：'太师已物故，何得及此？'曰：'某幼时，探释氏未达，误有所见。今为师子国王，偶思钟山而来。'怀中取一诗授公，曰（诗如上略）。公读之，随手灰灭。"

②惊涛千万里：指长江。

③无乃：莫非。钟山：见卷二王安石《次韵朱昌叔》注②。南唐定都金陵（今江苏南京），钟山、长江，指故国山河。

段　明

《宋诗纪事》卷九十九署作"周公埠鬼",当从。按:据《宋诗纪事》所引《饶州府志》载,段明乃杀人者,而诗系被害者所作,自不当署段明。

上罗令①

白云分两片,　　秋月正扬辉②。
惆怅江头暮,　　无船不可归。

【注释】

①《宋诗纪事》卷九十九引《饶州府志》:"罗必元,咸淳中为余干令。有客被贼谋死于周公埠,其魂以状告,无字,照之有诗云(诗如上略)。必元曰:'此必姓段名明者。'捕得服罪。"余干,县名,今属江西省。上:呈。罗令:指余干县令罗必元。

②"白云"二句:上句暗寓"段"字,下句暗寓"明"字,合为"段明",即杀人者。

李　氏

《宋诗纪事》卷九十九作“李媛鬼”。

题余杭步伍亭壁①

夜台夜复夜②，　　东山东复东③。
当时九龙月④，　　今日白杨风⑤。

【注释】

①宋何薳《春渚纪闻》卷七《诗词事略·李媛步伍亭诗》:“薳兄子硕，送客余杭步伍亭，就观壁后，得淡墨数行。仿佛可辨，笔迹遒媚，如出女手。云(诗如上略)。后题云‘李媛书’。详味诗句，似非世人所作。亭后荒阒，有数十冢，疑冢间鬼凭附而书，不然好事者为鬼语耳。”步伍亭，亦作部伍亭，在余杭县(今属浙江)东北三里。三国吴将凌统家住余杭，募乡兵置部伍，因以名亭。今不存。

②夜台:坟墓。人死入墓，如长夜不见光明，故称。夜复夜:言长眠不起。指去世的思妇。

③东山:《诗经·豳风》篇名。写远征战士思家还乡。凡四章，每章首四句皆为:“我徂东山，慆慆不归。我来自东，零雨其濛。”东复东:言丈夫出征，道途遥远，久役不归。

④九龙月:边塞的月光。九龙，指龙城，匈奴单于祭天地鬼神之所。后泛指边塞。这句写女子生前望明月而思征夫，边塞的征人也同样在望月相思。

⑤白杨风：形容墓地悲凉的气氛。《古诗十九首》之十四："出郭门直视，但见丘与坟。古墓犁为田，松柏摧为薪。白杨多悲风，萧萧愁杀人。"这句写女子葬入坟墓，与征夫已成永诀。

灯檠怪

绝　句[①]

郎行久不归，　　妾心伤亦苦。
低迷罗箔风[②]，　　泣向西窗雨[③]。

【注释】

①宋李献民《云斋广录》卷四《甘陵异事》载：宋潜为甘陵巡检，故人赵当贫依门馆，训其子弟。赵生夜宿，忽见美妇人立灯下，纤腰一搦，颜色动人，唱云（诗如上略）。遂灭灯，趋赵就寝。赵询其所从来，则曰："妾本东方人，不幸失身，流落至此，遂鬻身于彭城郎。今郎观光上国，孤眠暗室，故来相伴。"后诸生怪赵精神恍惚，具告其父。宋度其有滥，入夜潜往观焉，见一妇人，宋乃大呼，遽入，以手抱之，觉所拒之妇人甚细，命烛视之，乃一灯檠耳。取火焚之，其怪遂绝。按：原文较长，今述其大概。女尚有四诗，皆隐喻灯檠，所选为首唱。灯檠（qíng 擎）：灯架。

②低迷罗箔风：写风吹帘幕，灯光摇曳暗淡。低迷，模糊不清貌。罗箔，帘幕。唐徐寅《灯》诗："几处隔帘愁夜雨，谁家当门怯秋风。"

③泣向西窗雨：西窗夜雨，夫妻团聚，剪烛畅叙别情。泣，指相逢感泣，兼指烛泪，语意双关。句用李商隐《夜雨寄北》诗意："何当共剪西窗烛，却话巴山夜雨时。"向，《云斋广录》作"背。"

卷　十

六　言　一

恭　宗

见卷八作者介绍。

鹦　鹉

毛羽自然可数，　仙禽不受凡笼。
衔得梧桐一叶，　中含无限秋风[①]。

【注释】

①“衔得”二句：即一叶知秋之意。唐李子卿《听秋虫赋》：“时不与兮岁不留，一叶落兮天地秋。”宋张炎《清平乐》词：“只有一枝梧叶，不知多少秋声。”

司马光

见卷二作者介绍。

陪张龙图南湖暑饮[①]

红旆萦林却转[②]，　琼筵就水重开[③]。

荷香着衣不去[4]，竹色映水遥来[5]。

楼船潋滟轻浪[6]，鸥鹭缤纷满天。
清影久之未度，画梁尘落芳筵[7]。

【注释】

①张龙图：指张存，字诚之，冀州（治今河北冀州市）人。历官京东、陕西、河北转运使，户部度支副使，迁龙图阁学士。司马光岳父。

②红旆（pèi 配）：红旗。

③琼筵：珍美的宴席。晋袁宏《夜酣赋》："开金扉，坐琼筵。"

④着衣：附着在衣服上。

⑤映水：《宋百家诗存》作"映酒"。

⑥楼船：有叠层的游船。潋滟（liàn yàn 敛艳）：波光闪动貌。

⑦"清影"二句：写陪宴的歌声十分美妙，使鸥鹭为之不飞，梁尘为之下落。清影：指鸥鹭之影。未度：不飞。画梁尘落：《艺文类聚》卷四十三引《刘向别录》："汉兴以来，善歌者鲁人虞公，发声清哀，歌动梁尘。"唐赵嘏《淮南丞相座赠歌者虞姹》诗："绮筵无处避梁尘，虞姹清歌白日新。"

王安石

见卷二作者介绍。

题西太一宫壁[1]

柳叶鸣蜩绿暗，荷花落日红酣[2]。

三十六陂烟水，　白头相见江南[3]。

三十年前此地，　父兄持我东西[4]。
今日重来白首，　欲寻陈迹都迷[5]。

【注释】

①西太一宫：神庙名，宋神宗天圣年间建。在汴京（今河南开封）西八角镇。太一，尊神名。陈衍《宋诗精华录》卷三评此二诗云："绝代销魂。荆公诗当以此二首压卷。"

②"柳叶"二句：蜩（tiáo 条）：蝉。绿暗，形容柳荫浓密。红酣：形容荷花艳丽。《临川集》作"草色浮云漠漠，树阴落日潭潭"。

③"三十六陂"二句：三十六陂：地名。汴京和扬州都有三十六陂。陂（bēi 悲），池塘。这两句是说已生白发的自己，重游汴京的三十六陂，恍如置身于烟水迷濛的江南三十六陂景色之中。烟水：一作"流水""春水"。相见：一作"想见"。

④"三十年前"二句：景祐三年（1036），王安石十六岁，随父亲王益、兄长王安仁到汴京；熙宁元年（1068），王安石四十八岁，应召赴京，准备变法。先后相距三十二年。三十，举其成数而言。原本作"二十"，据《临川集》改。地：《临川集》作"路"。

⑤陈迹：一作"旧迹"。

西太一宫楼

草际芙蕖零落[1]，　水边杨柳攲斜[2]。
日落炊烟孤起[3]，　不知渔网谁家。

【注释】

①芙蕖：荷花。

②攲斜：倾斜。

③日落：《王荆文公诗》作“日暮”。

题舒州山谷寺石牛洞①

水泠泠而北出②，　山靡靡而旁围③。
欲穷源而不得，　竟怅望以空归。

【注释】

①《王荆文公诗》“石牛洞”下尚有“泉穴”二字。一本题作《留题三祖山谷寺石壁》。诗为王安石通判舒州时作。题下自注云：“皇祐三年(1051)九月十六日，自州之太湖过怀宁县山谷乾元寺宿，与道人文锐、弟安国拥火游石牛洞，见李翱习之书，乃刻习之后。”宋葛立方《韵语阳秋》卷十三：“皇祐三年，荆公倅舒，与道人文锐、弟安国拥火游石牛洞，玩李习之题字，听泉而归。故有诗曰(诗如上略)。元丰间，鲁直尝至其处，亦题诗云：‘司命无心播物，祖师有记传衣。白云横而不度，高鸟倦而犹飞。’盖效其作也。晁无咎《续楚词》载荆公词，以为二十四言具六艺群言之遗味，故与经学典册之文俱传，未晓其说也。”黄庭坚曾书此诗于石牛洞旁涧石之上。舒州：治所在今安徽安庆市。山谷寺：又名三祖寺，在今安徽潜山市天柱山。石牛洞：在山谷寺西，因山谷中有大石如牛眠，故名。其地山岩陡峭，流水潺潺，景色幽胜，有“山谷流泉”之称。

②泠泠(líng 玲)：形容水声清越。

③靡靡：形容山势逶迤。

苏　轼

见卷二作者介绍。

奉敕祭西太一和韩川韵[1]

圣主新除秘祝[2]，　侍臣来乞丰年[3]。
寿宫神君欲至，　半夜灵风肃然[4]。

玉玺亲题御笔[5]，　金童来侍天香[6]。
礼罢祝融参乘[7]，　前驱已过衡湘[8]。

解剑独行残月，　披衣困卧清风[9]。
梦蝶犹飞旅枕[10]，　粥鱼已响枯桐[11]。

陂水初含晓渌[12]，　稻花半作秋香。
皂盖却迎朝日[13]，　红云正绕宫墙[14]。

【注释】

①奉敕:奉皇帝之旨。韩川:字元伯,元祐初,为监察御史。作诗时正在御史任上。

②圣主:指宋哲宗赵煦。秘祝:官名。国家有灾祸,即祝词移过失于臣下。《史记·孝文本纪》:“十三年夏,上曰:‘盖闻天道,祸自怨起,而福由德兴。百官之非,宜由朕躬。今秘祝之官,移过于下,以彰吾之不德,朕甚不取,其除之。’裴骃《集解》引应劭曰:秘祝之官,移过于下,国家讳之,故曰秘。”除秘祝,是颂扬皇帝政治开明,有引咎自责的美德。

③侍臣来乞丰年:宋制,每年立春派官祭东太一宫,立夏、立冬祭中太一宫,立秋祭西太一宫。这次祭西太一宫是在立秋,祈求年谷丰登,故云“乞丰年”。

④“寿宫”二句:寿宫:神祠。屈原《九歌·云中君》:“蹇将憺兮寿宫,

与日月兮齐光。”王逸注：“寿宫，供神之处也。祠祀皆欲得寿，故名为寿宫也。”《汉书·郊祀志》：“武帝置寿宫神君，神君最贵者太一，其佐曰大禁、司命之属，皆从之。非可得见，闻其言，言与人音等。时去时来，来则风肃然。”灵风：神灵之风。唐李商隐《重过圣女祠》诗：“一春梦雨常飘瓦，尽日灵风不满旗。”半夜：一作“夜半”。

⑤玉玺（xǐ 洗）：帝王的玉印。这里指祀神的祝词，由皇帝亲笔题写，并加盖玉印。极言祀礼之隆重。

⑥金童：指奉侍上香的童子。道家有散花玉女，侍香金童。

⑦祝融：传说南方炎帝之佐，为火神。参乘：古代乘车，尊者在左，御者在中，又一人在右，称参乘或车右。这句是说祝融为太一神的陪乘。

⑧衡湘：湖南衡山有祝融峰，为衡山最高峰。这句形容神的行踪迅速高远。

⑨“解剑”二句：祭祀太一神，须从黄昏到次日黎明。两句写时间过程。

⑩梦蝶：见卷六柯梦得《蝶梦》注①。这句是说梦尚未醒。

⑪粥鱼已响枯桐：指木鱼已经敲响。粥鱼，俗称木梆。寺院于黎明击梆招呼僧众会聚食粥，梆象鱼形，故称粥鱼。枯桐，指粥鱼用桐木所制。《晋书·张华传》：“临平岸，出一石鼓，捶之无声。华曰：‘取蜀中桐材，刻为鱼形，扣之则鸣矣。’如其言，果声闻数里。”

⑫晓：原本作“晚”，据《苏轼诗集》改。渌（lù 录）：清澈。

⑬皂盖：古代车上的黑色篷盖。《后汉书·舆服志》：“中二千石、二千石皆皂盖，朱两幡。”这里指奉旨祀神归来的官员车驾。

⑭红云：指朝霞。

西太一见王荆公旧诗偶次其韵①

秋早川原净丽②，　雨余风日清酣③。
从此归耕剑外④，　何人送我池南⑤？

但有尊中若下[⑥]，　何须墓上征西[⑦]。
闻道乌衣巷口，　而今烟草萋迷[⑧]。

【注释】

①王荆公旧诗：即前王安石《题西太一宫壁》二首。苏轼见此两绝，注目久之，叹道："此老野狐精也！"遂和之。见《西清诗话》。又谓惟黄庭坚笔力可及此，黄对曰："庭坚极力为之或可追及，但无荆公之自在耳。"见《竹庄诗话》。后黄庭坚亦和四首。可见他们对王安石这两首诗的赞赏。

②净丽：明净美丽。

③雨余：雨后。风日清酣：指风清日暖。

④剑外：四川剑门关以南之地，亦称剑南。作者是四川人，故云"归耕"。杜甫《恨别》诗："草木变衰行剑外。"

⑤池南：池阳（今陕西泾阳西北）之南，指归蜀之路。

⑥若下：美酒名。《初学记》卷八引《吴录》："长城若下酒有名，溪南曰上若，北曰下若，并有村。村人取若下水以酿酒，醇美胜云阳。"长城，故属乌程，今浙江湖州之地。

⑦墓上征西：建安十五年（210），曹操在《让县自明本志令》中说他想为国家讨贼立功，封侯作征西将军，死的时候在墓碑上题"汉故征西将军曹侯之墓"，平生志愿不过如此。此句和上句是说只要生前杯中有美酒可饮，死后的浮名又有什么用。针对好功业而言。作者不满王安石变法，这两句即微寓讥讽之意。

⑧"闻道"二句：乌衣巷：在今江苏南京市东南。东晋以来，王、谢两大世族都住在这里。唐刘禹锡《乌衣巷》诗："朱雀桥边野草花，乌衣巷口夕阳斜。旧时王谢堂前燕，飞入寻常百姓家。"王安石罢相后退居金陵，这里以乌衣巷王、谢世家的历史典故作暗喻，于姓氏、地望均很贴切。苏轼作此诗时王安石已去世，故句中寄以哀悼惋叹之意。

忆江南寄纯如[①]

湖目也堪供眼[②]，　木奴自足为生[③]。

若话三吴胜事④，　不惟千里莼羹⑤。

生计曾无聚沫，　孤踪漫有清风⑥。
治产犹嫌范蠡⑦，　携孥颇笑梁鸿⑧。

【注释】

①题共五首，此选其二、其四。

②湖目：指莲子。唐段成式《酉阳杂俎·广知》："历城北有莲子湖，魏袁翻在湖宴集。张伯瑜谘公，言：'向为鱼羹，频不能就。'公曰：'取洛水必成。'遂如公语，果成。清河王异焉，公曰：'可思湖目。'清河未解，房叔道曰：'藕能败血，湖目莲子，故令公思。'"湖目莲子，即湖名莲子。目，命名。这里是截取"湖目"二字以代称莲子。供眼：一作"供腹"。

③木奴：指柑橘。三国吴丹阳太守李衡于宅边种橘千株，临死谓其子曰："汝毋恶我治家，故穷如是。然吾州里有千头木奴，不责汝衣食，岁上一匹绢，亦足用耳。"见《襄阳记》。

④若话：一作"若问"。三吴：有多种说法：一、吴兴、吴郡、会稽。见《水经注·渐江水》。二、吴郡、吴兴、丹阳。见《通典·州郡十二》。三、苏州、润州、湖州。见《名义考·地部》。一般泛指江浙一带。胜事：美好之事。

⑤不惟：不但。一作"岂惟"。千里莼羹：《世说新语·言语》："陆机诣王武子（济），武子前置数斛羊酪，指以示陆曰：'卿江东何以敌此？'陆曰：'有千里莼羹，但未下盐豉耳！'"千里，湖名，在江苏溧阳市。莼羹，莼菜汤。味鲜美。

⑥"生计"二句：感叹生计无着，孤宦飘零，徒然如清风来去而已。聚沫：凝聚的水泡。喻微小而空虚。梁简文帝《和会三教》诗："聚沫多缘假，标空非色香。"漫有：徒有。

⑦治产犹嫌范蠡：治产，经营产业。范蠡，春秋时越国大夫，辅左越王勾践刻苦图强，卒灭吴国。以勾践为人可与共患难，不可与共安乐，去越

入齐，改名鸱夷子皮，到陶称朱公。“以为陶天下之中，诸侯四通，货物之所交易也。乃治产积居，与时逐而不责于人。故善治生者，能择人而任时。十九年之中三致千金，再分散与贫交疏昆弟。”（《史记·货殖列传》）这里是说自己不善营生计，却嫌范蠡经营家产过于操心。

⑧携孥颇笑梁鸿：梁鸿，字伯鸾，东汉高士。为避朝廷征召，变易姓名，携妻儿隐居齐鲁之间。孥（nú 奴），妻子儿女。这句是笑梁鸿虽欲隐居避世，却仍携带妻儿，不免家室之累。

沈　括

见卷二作者介绍。

开元乐词①

鹳鹊楼头日暖②，　蓬莱殿里花香③。
草绿烟迷步辇④，　天高日近龙床⑤。

楼上正临宫外，　人间不见仙家。
寒食轻烟薄雾，　满城明月梨花⑥。

按舞骊山影里⑦，　回銮渭水光中⑧。
玉笛一天明月⑨，　翠华满陌东风⑩。

殿后春旗簇仗⑪，　楼前御队穿花⑫。
一片红云闹处，　外人遥指官东⑬。

【注释】

①宋赵令畤《侯鲭录》卷七:“沈存中括,元丰中入翰林为学士,有《开元乐》词四首,裕陵赏爱之。”裕陵,宋神宗。开元,唐玄宗李隆基年号(713—741)。按:《开元乐》,词调名,又名《翠华引》,通称《三台令》。这里作六言诗收录。所写为唐玄宗宫廷宴乐之事。

②鹳鹊楼:疑当作鳷鹊楼。因鹳鹊楼在蒲州(今山西永济)西南,与此诗所写境地、情状均不相符。按:汉长安甘泉宫有鳷鹊观,南朝金陵宫中亦有鳷鹊楼,屡见于诗人吟咏。如南朝齐谢朓《暂使下都夜发新林至京邑赠西府同僚》诗:“金波丽鳷鹊,玉绳低建章。”南朝梁吴均《与柳恽相赠答》诗:“日映昆明水,春生鳷鹊楼。”唐李白《永王东巡歌》之四:“春风试暖昭阳殿,明月还过鳷鹊楼。”这里借指唐玄宗宫中宴息之处。

③蓬莱殿:唐宫殿名。开元末,江陵进柑橘,玄宗以十枚种于蓬莱宫,后结果实。有一合欢果,玄宗与杨贵妃互相持玩,并坐同食。见《杨太真外传》。

④步辇:皇帝、皇后所乘的一种便轿。汉班固《西都赋》:“乘茵步辇,惟所息宴。”步,一作“凤”。

⑤龙床:皇帝所用的床。

⑥“寒食”二句:寒食:见卷二文彦博《寒食过压沙寺雨中席上偶作》注①。寒食禁火,过了这天,再重新生火,称为新火或新烟。轻烟薄雾:指宫中赐新火。唐韩翃《寒食》诗:“日暮汉宫传蜡烛,轻烟散入五侯家。”寒食前后,正是梨花盛开之时,故云“满城明月梨花”。唐王表《清明登城春望寄王使君》诗:“寒食花开千树雪,清明日出万家烟。”

⑦按舞:依音乐节拍而歌舞。元张昱《唐天宝宫词》:“霓裳按舞长生殿,击碎梧桐夜未央。”原本误作“接舞”,据《侯鲭录》《宋诗纪事》改。骊山:见卷二苏轼《骊山》注①。

⑧回銮:指皇帝车驾回京。銮(luán 鸾),銮驾,皇帝的车驾。渭水:陕西境内主川之一,流经骊山附近,横贯渭河平原,为汉唐关中漕运要道。

⑨玉笛一天明月:唐玄宗梦游月宫,诸仙娱以上清之乐,流亮清越,非人间所闻。醒后,曲音犹在耳,因以玉笛追习之,尽得其节奏。曲名《紫云回》。见唐郑綮《开天传信记》。

⑩翠华:用翠羽饰竿顶的旗,为皇帝仪仗。唐杜甫《北征》诗:"都人望翠华,佳气向金阙。"陌:街道。

⑪簇仗:唐人称宫廷仪仗按队齐集为簇仗。唐杜甫《晚出左掖》诗:"昼刻传呼浅,春旗簇仗齐。"

⑫御队:皇帝仪仗队。

⑬官家:对皇帝的称呼。《资治通鉴·晋成帝咸康三年》"官家难称"胡三省注:"称天子为官家,始见于此。西汉称天子为县官,东汉称天子为国家,故兼而称之。或曰:五帝官天下,三王家天下,故兼称之。"今人周一良《魏晋南北朝史札记·三国志》"家"条谓:称贵人为官,亦加家字曰官家,即官人,多指皇帝。然宋羊戎亦称江夏王义恭为官家(《南史》二六)。唐宋时期,官家一词几专用以称皇帝,至其原义,则颇多妄测。并谓《通鉴》胡注所称二说皆未当。古代言国家者,国指诸侯,家指大夫。东汉称天子曰国家,盖示不敢指斥,故以机构为代称,犹称陛下之意。魏晋延后汉旧习,亦称皇帝为国家,至隋犹尔。按:周说近是。其书征引繁复,可参看。指:《侯鲭录》《宋诗纪事》作"认"。

文　同

见卷三作者介绍。

相　如[①]

相如何必称病[②]，　靖节奚须去官[③]。
就下其谁不许[④]，　如愚是处皆安[⑤]。

【注释】

①《丹渊集》题为《郡斋水阁闲书》，共二十六首，每首均标小题。《相如》为其十。相如：指西汉文学家司马相如。见卷一田况《琴堂》注②。

②称病：司马相如初事汉景帝，为武骑常侍，非其所好；而景帝又不好辞赋，相如所长不能发挥。适梁孝王来朝，从游之士邹阳、枚乘、庄忌等皆能文，相如与之一见相投，因称病免官，客游梁。见《史记·司马相如传》。

③靖节：指东晋大诗人陶渊明。一名潜，字元亮，私谥靖节。参见卷五杨万里《甲申上元前闻家君不快西归见梅有感》注⑤。奚须：何须。去官：弃官。

④就下：屈己俯从。

⑤如愚：指外表愚笨而内心明白。《老子》："大智若愚。"是处：到处。

彭汝砺

见卷三作者介绍。

拟田园乐[①]

买田何须近郭[②]，　作屋却要依山。

青松共我终始，　白鸟随人往还。

春酒家家初熟，　春光处处光辉。
看花更携酒去，　酒醉却插花归[3]。

【注释】

①题共四首，此选其一、其二。

②买田何须近郭：靠近城郭的田，操作管理和收割都很方便，因而为人所喜。《史记·苏秦传》："且使我有雒阳负郭田二顷，吾岂能佩六国相印乎？"负郭田，即近郭田。这里说买田何须近郭，是希望远离城市，过乡间的田园生活。

③酒醉却插花归：欧阳修《丰乐亭游春》诗："篮舆酩酊插花归。"

秦　观

见卷三作者介绍。

宁浦书事[1]

挥汗读书不已，　人皆怪我何求？
我岂更求荣达[2]，　日长聊以消忧。

鱼稻有如淮右[3]，　溪山宛类江南[4]。
自是迁臣多病，　非干此地烟岚[5]。

南土四时尽热[6]，　愁人日夜俱长[7]。
安得此身如石，　一齐忘了家乡[8]。

洛邑太师奄谢[9]，　龙川仆射云亡[10]。
他日岿然独在，　不知谁似灵光[11]？

身与杖藜为二，　影将明月成三[12]。
骨肉未知消息，　人生到此何堪！

寒暑更拚三十[13]，　同归灭尽无疑。
纵复玉关生入[14]，　何殊死葬蛮夷[15]！

【注释】

①宁浦：郡名，晋置。宋为横州。治所在今广西横县西南。绍圣四年(1097)，秦观奉命由郴州(今湖南郴州)贬所编管横州，元符元年(1098)抵横州，《宁浦书事》六首即作于此年。

②荣达：《淮海集》作“闻达”。

③淮右：即淮西，今皖北、豫东、淮河北岸一带。为作者家乡所在地。

④溪山：原本作“溪水”，失黏，据《淮海集》改。

⑤“自是”二句：迁臣：迁谪之臣。作者自指。烟岚：指南方烟瘴之气，触之能致人疾病。这两句是说自身多病，本因体弱所致，与当地的烟瘴没有关系。语气委婉旷达而实沉重隐痛。

⑥宋惠洪《冷斋夜话》卷三引此诗，并云：“鲁直谪宜，殊坦夷，作诗云：‘老色日上面，欢情日去心。今既不如昔，后当不如今。’‘轻纱一幅巾，短簟六尺床。无客白日静，有风终夕凉。’少游钟情，故其诗酸楚；鲁直学道

休歇，故其诗闲暇。至于东坡南中诗曰：‘平生万事足，所欠惟一死。’有英特迈往之气，不受梦幻折曲，可长而仰哉！”尽热：《冷斋夜话》作“都热”。

⑦愁人日夜俱长：晋傅玄《杂诗》：“志士惜日短，愁人知夜长。”

⑧一齐：《冷斋夜话》作“一时”。

⑨洛邑太师：指司马光。洛邑，今河南洛阳。司马光长期退居洛阳，哲宗即位，召入京主国政，元祐元年（1086）卒，赠太师、温国公。故云“洛邑太师”。太师，三公之一。西周始置。为国君辅弼之官。后代多用作大官加衔，表示恩宠。奄谢：去世。

⑩龙川仆射：指吕大防。字微仲，京兆蓝田（今属陕西）人。元祐间，官至尚书左仆射，与范纯仁、刘挚等同时执政，废新法。哲宗亲政后，一再被贬。绍圣四年（1097），贬舒州团练副使循州安置，行至虔州（今江西赣州）而死。龙川，县名，今属广东。宋为循州治所。仆射（yè 叶），官名。职位相当于宰相。云亡：去世。云，语助词。《诗经·小雅·四月》：“人之云亡，邦国殄瘁。”

⑪“他日”二句：感叹老成凋谢殆尽，不知今后谁能卓然独立地主持朝政。岿（kuī 奎）然：高峻挺立貌。灵光：汉鲁国宫殿名。汉末古建筑都被破坏了，只有鲁灵光殿依然存在。这里是比喻健在而有节概的朝廷重臣。北周庾信《哀江南赋》：“死生契阔，不可问天。况复零落将尽，灵光岿然！”

⑫影将明月成三：形容孤独。唐李白《月下独酌》之一：“花间一壶酒，独酌无相亲。举杯邀明月，对影成三人。”将（jiāng 江），带。《淮海集》《宋诗钞·淮海集》作“对月和影成三”，失黏。按：宋王应麟《困学纪闻》卷十八《评诗》：“朱新仲：‘无人马为二，对饮月成三。’本于秦少游：‘身与杖藜为二，影将明月成三。’”所引与此本同。

⑬拚（pàn 盼）：不顾，豁出去。三十：三十年。即古称一世。唐权德舆《古兴》诗：‘人生大限虽百岁，就中三十称一世。’这句是说大不了再豁上三十个春秋。

⑭玉关生入：见卷三黄庭坚《雨中登岳阳楼望君山》注③。

⑮蛮夷：对南方少数民族的旧称。这里指贬谪所在地。上句和此句谓久谪以后，即使能活着回乡，也跟死在边荒差不多。

黄庭坚

见卷三作者介绍。

谢胡藏之送栗鼠尾画维摩[1]

貂尾珍材可笔[2]，　虎头墨妙疑神[3]。
颇知君尘外物[4]，　真是我眼中人[5]。

【注释】

①栗鼠尾:指以貂尾所制成的笔。栗鼠,即貂。维摩:佛名,即维摩诘。义译“无垢称”或“净名”。释迦牟尼同时人。为毗耶离城中一位大乘居士。善于应机化导,曾以称病为由,向佛弟子舍利弗、弥勒、文殊师利等讲说大乘教义,为佛典中现身说法,辩才无碍的代表人物。本题共二首,此选其一。

②珍材:珍贵的材料。貂尾十分名贵,故称。

③虎头:东晋画家顾恺之的小字。墨妙疑神:形容顾恺之画的维摩诘像生动传神。晋哀帝兴宁年间,京师瓦棺寺落成。寺僧请大众施舍钱财,士大夫施舍最多的没有超过十万钱,顾恺之却写了百万之数。顾恺之一向贫穷,大家以为他说大话。他就请闭门在寺院的一壁上画维摩诘像,每天画一部分,一个月左右完成。将要点睛时,对寺僧说:“第一日观者请施十万,第二日五万,第三日可任例责施。”等到开门之日,光照一寺,参观施舍者络绎不绝,很快就得到百万钱。见宋张彦远《历代名画记》卷五引《京师寺记》。唐杜甫《送许八拾遗归江宁》诗:“虎头金粟影,神妙独难忘。”

(金粟影,即维摩诘像。佛家谓维摩诘前身为金粟如来。)

④尘外物:超脱尘俗之物。这里指维摩诘画像。

⑤眼中人:指所想望的人。南朝梁何逊《霖雨不晴怀郡中游聚》诗:“不见眼中人,空想山南寺。”

蚁蝶图①

蝴蝶双飞得意，　偶然毕命网罗。
群蚁争收坠翼②，　策勋归去南柯③。

【注释】

①宋岳珂《桯史》卷十一《蚁蝶图》:“党祸既起,山谷居黔。有以屏图遗之者,绘双蝶翾舞,罥于蛛丝,而队蚁憧憧其间。题六言于上云(诗如上略)。崇宁间,又迁于宜,图偶为人携入京,鬻于相国寺肆。蔡客得之,以示元长,元长大怒,将指为怨望,重其贬。会以讣奏,仅免。”元长,蔡京字。

②坠翼:指蝴蝶掉下来的翅膀。

③策勋:把功劳记在简册上。指蚂蚁争得蝴蝶坠翅,回去可以记大功。南柯:唐李公佐作《南柯记》,叙述淳于棼梦到槐安国,娶了公主,当了南柯太守,享尽荣华富贵。后率师出征战败,公主亦死,遭到国王疑忌,被遣归。于是梦醒,在庭前槐树下寻得蚁穴,即梦中槐安国都城。南柯郡则为槐树南枝下另一蚁穴。故事寓有富贵得失无常虚幻之意。这里借以讥刺热衷富贵利禄之徒。

题郑防画夹①

惠崇烟雨归雁②，　坐我潇湘洞庭③。
欲唤扁舟归去，　故人言是丹青④。

徐生脱水双鱼⑤，　吹沫相看晚图⑥。

老矣个中得计，　　作书远寄江湖[7]。

【注释】

①题共五首，此选其一、其三。画夹：分页装潢的画册。今称册页。

②惠崇：见卷二苏轼《惠崇春江晚景》注①。

③坐我潇湘洞庭：潇湘，指湖南潇水和湘水附近的胜景。洞庭，湖名。在湖北省北部，长江南岸。湘、资、沅、澧四水汇流于此，湖中小山甚多，以君山为最著名。这里是说仿佛让我坐对潇湘烟雨和洞庭美景。形容所画意境逼真。唐杜甫《奉先刘少府新画山水障歌》："悄然坐我天姥下，耳边已似闻清猿。"

④"欲唤"二句：谓赏画忘情，几欲呼扁舟游于其中，经友人点醒而罢。丹青：见卷一司马池《行色》注③。

⑤徐生：指徐熙，五代著名画家。见卷三张舜民《板子矶》注③。脱水：指鱼离开水中。《庄子·胠箧》："鱼不可脱于渊。"

⑥吹沫相看晚图：指离水之鱼相互以吹口沫来湿润，以求苟延生命。《庄子·大宗师》："泉涸，鱼相与处于陆，相呴以湿，相濡以沫；不如相忘于江湖。"

⑦"老矣"二句：作者感慨自况语。意谓暮年从离水之鱼的困境中得到启发，并将自己的体会写信告诉友人。个中：此中。得计：指得到启发。作书远寄江湖：古代传说鱼能传书，称书信为鱼书。古乐府《枯鱼过河泣》："枯鱼过河泣，何时悔复及。作书与鲂鱮，相教慎出入。"这里亦有"不如相忘于江湖"之意。参看注⑥。

李　䕩

李䕩（táo 桃），字彦渊，富阳（今属浙江杭州）人。崇宁二年

(1103)进士。宣和初,提举广东市舶,居官廉直,迁吏部郎。秦桧为儿子向他女儿求婚,被拒绝;桧又多次让儿子从他学习,亦不允。因不安于朝,求外任。晚年自谓贪与痴已绝,独嗔未尽去,因名书室为“去嗔室”。有《去嗔居士集》。

三学院①

小槛平临更爽②,　孤云徙倚长闲③。
飞出偶成霖雨,　归来依旧青山④。

【注释】

①三学院:佛教寺院。佛教称戒学、定学、慧学为三学。题下自注:“在富阳县。”即其家乡境内。

②小槛:有栏干可供凭眺的小阁。

③孤云徙倚长闲:唐李白《独坐敬亭山》诗:“众鸟高飞尽,孤云独去闲。”徙倚,流连,徘徊。句写孤云闲漫之状与看云闲适之情。

④“飞出”二句:孤云偶或出山,则行霖雨以济苍生,归来则依旧环抱于青山之间。即“达则兼济天下,穷则独善其身”之意,自喻出仕与归隐。

孙　觌

见卷四作者介绍。

清明日与范季实诸人过胥泽民别墅①

兀兀三杯卯酒②,　昏昏一枕春融③。

酒醒落花风里，　　梦回啼鸟声中[4]。

【注释】

①题共二首,此选其二。范季实:待考。胥泽民:即胥作霖,字泽民,宜黄(今属江西)人。乡居不仕。

②兀兀:昏沉貌。唐白居易《对酒》诗:"所以刘阮辈,终年醉兀兀。"卯酒:清晨饮的酒。白居易《卯时酒》诗:"未如卯时酒,神速功力倍。"酒,《宋诗钞·鸿庆集》作"困"。

③春融:形容春睡和美。

④梦回啼鸟声中:唐孟浩然《春晓》诗:"春眠不觉晓,处处闻啼鸟。"梦回,梦醒。

朱　熹

见卷五作者介绍。

铅山立春[1]

雪拥山腰洞口，　　春回楚尾吴头[2]。
欲问闽天何处[3]，　明朝岭水南流。

行尽风林雪径，　　依然水馆山村。
却是春风有脚，　　今朝先到柴门[4]。

【注释】

①铅(yán沿)山:县名,今属江西省。立春:二十四节气之一。为春季的开始。在公历2月3、4或5日。

②楚尾吴头:指江西。江西位于吴地上游,楚地下游,如首尾相衔接,故称。黄庭坚《谒金门·戏赠知命》词:"山又水,行尽吴头楚尾。"

③闽天:指福建。朱熹曾居福建武夷山。

④"却是"二句:五代王仁裕《开元天宝遗事》卷下《有脚阳春》:"宋璟爱民恤物,朝野归美,时人咸谓璟为'有脚阳春',言所至之处,如阳春煦物也。"这里说春风有脚,先到柴门,既感春意已临,又有仁政及民之意。

陈　渊

见卷五作者介绍。

钱塘学中寄伯思[①]

剑水庭闱底处[②]?　苕溪水月弥深[③]。
绿草年年离恨[④],　白云日日归心[⑤]。

部伍亭前归路[⑥],　凤凰山下萧斋[⑦]。
我自无聊不住,　君如有兴重来。

【注释】

①题共五首,此选其三、其五。钱塘学:指钱塘县学,与仁和县学同附

于临安府学。

②剑水：指剑溪，在南剑州（今福建南平），为作者家乡所在地。庭闱：父母居住之地。借以称父母。唐杜甫《送韩十四江东省觐》诗："我已无家寻弟妹，君今何处访庭闱？"底处：何处。

③苕溪：见卷四沈与求《曾宏父将往霅川见内相叶公以诗为别次其韵以自见》注②。水月弥深：喻淹留日久。

④绿草年年离恨：参见卷七胡楚《绝句》注④。

⑤白云日日归心：唐狄仁杰为并州（今山西太原）法曹，双亲在河阳（今河南孟州市），仁杰赴任并州时，登太行山，南望白云孤飞，对左右说："我父母住的地方，就在那白云下面。"说着便悲泣不止，长久站着，目送白云远去才离开。见唐刘肃《大唐新语》。这句是写思亲念归之情无时去怀。

⑥部伍亭：见卷九李氏《题余杭步伍亭壁》注①。

⑦凤凰山：在杭州市南郊，左邻西子湖，右滨钱塘江，形如凤凰张双翅高飞，故名。自唐以来，州治在山右。南宋建都，筑皇宫于凤凰山一带，此山东麓被圈入禁苑。萧斋：书斋。唐李肇《国史补》卷中"梁武帝造寺，令萧子云飞白大书'萧'字，至今一'萧'字存焉。李约竭产自江南买归东洛，匾于小亭以玩之，号为'萧斋'"。后借称书斋，兼取萧瑟之意，犹寒斋。

和灿老①

江静波微皱縠②，　庭空落絮铺茵③。
正是邻床作梦，　直须款款反身④。

【注释】

①灿老：僧人名灿者。事迹不详。

②波微：《宋百家诗存》作"微波"。皱縠（hú 胡）：皱纹。形容水的波纹。縠，绉纱。苏轼《临江仙》词："夜阑风静縠纹平。"

③落絮铺茵：指柳絮飘落满地。茵，褥垫。形容满地柳絮。

④直须：正须。款款：徐缓貌。反身：翻身。反，读平声（fān 翻），句言夜间睡不着，转侧翻身，动作要轻缓，以免惊醒邻床的梦境。

尤　袤

尤袤（1127—1194），字延之，号遂初居士，无锡（今属江苏）人。绍兴十八年（1148）进士。曾任泰兴令，台州知州、江东提举常平等，官至礼部尚书兼侍读。立朝敢言，守法不阿。诗与杨万里、范成大、陆游齐名，称“南宋四大家”。著作散佚，后人辑有《梁溪遗稿》。

题米元晖《潇湘图》①

万里江天杳霭②，　一村烟树微茫③。
只欠孤篷听雨④，　恍如身在潇湘。

淡淡晓山横雾，　茫茫远水平沙。
安得绿蓑青笠⑤，　往来泛宅浮家⑥。

【注释】

①米元晖：即米友仁。见卷四作者介绍。米友仁存世画迹有《潇湘奇观图》。潇湘：见卷三刘弇《莲花峰法云即景》注④。

②杳霭：深远貌。唐韦应物《往云门郊居途经回流作》诗：“明灭泛孤景，杳霭含夕虚。”

③微茫：隐约模糊。唐杜牧《华清宫三十韵》："蜀峰横惨淡，秦树远微茫。"

④孤篷：孤舟。篷，船的篷盖。

⑤绿蓑青笠：蓑衣笠帽，指渔父装束。唐张志和《渔歌子》词："青箬笠，绿蓑衣，斜风细雨不须归。"

⑥泛宅浮家：指以船为家，漂泊江湖。唐张志和，肃宗时因事贬官，赦还后退隐江湖，自号烟波钓徒。曾诣见湖州刺史颜真卿，说："愿为浮家泛宅，往来苕霅间。"见《新唐书·张志和传》。

范成大

见卷五作者介绍。

宿牧马山胜果寺①

佛灯已暗还吐②，　旅枕才安却惊③。
月色看成晓色，　溪声听作松声。

【注释】

①牧马山胜果寺：在安徽宁国市北。寺为唐咸通中建。绍兴二十五年（1155），范成大赴官徽州司户参军，此诗为途中所作。

②已暗还吐：形容灯光若暗若明。

③旅枕：指旅宿。旅，原本误作"旋"，据《范石湖集》改。

甲辰人日病中吟以自嘲①

壮岁喜新节物，　老来惜旧年华②。

病后都卢不问[3]，　家人时换瓶花。

【注释】

①《范石湖集》题作《甲辰人日病中吟六言六首以自嘲》。此选其六。甲辰，淳熙十四年(1184)。人日，农历正月初七日。

②"壮岁"二句：青壮年时喜欢新年的时节景物，人老了，却格外珍惜逝去的年华。壮岁：古人以三十岁为壮，指年华壮盛之时。

③都卢不问：统统不管。都卢，统统，一概。唐卢仝《守岁》诗："不及儿童日，都卢不解愁。"

晓　枕[1]

煮汤听成万籁[2]，　添被知是五更[3]。
陆续满城钟动[4]，　须臾后巷鸡鸣。

卧闻赤脚鼾息[5]，　乐哉栩栩蘧蘧[6]。
病夫心口相语：　何日佳眠似渠[7]？

【注释】

①题共三首，此选其一、其二。

②汤：热水。亦指汤药。万籁：指自然界的各种声响。这里是闻沸水声的幻觉。苏轼有《瓶笙》诗，亦写双瓶煮水，听为笙箫之声。

③添被知是五更：五更寒气袭人，故添被。南唐李煜《浪淘沙》词："罗衾不耐五更寒。"

④钟动：指晨钟敲响。

⑤赤脚：指婢女。唐韩愈《寄卢仝》诗："一奴长须不裹头，一婢赤脚老无齿。"陆游《农家》诗："苍头供井臼，赤脚解缝纫。"鼾(hān 酣)息：熟睡时打呼噜声。

⑥栩栩蘧蘧:用庄子梦蝶事。见卷六柯梦得《蝶梦》注①。栩栩,翩然自得貌。蘧蘧,安卧貌。

⑦“病夫”二句:病夫:作者自指。心口相语:自问。渠:她。指酣睡的婢女。作者羡慕从事劳动的奴婢不知忧愁烦恼,睡得安稳而甜熟,感叹自己却不能如此。

积雨作寒①

压屋雨云昼暗,　环城霖潦夏寒②。
西池半没荷柄,　南荡平沉芡盘③。

婢喜蚊僵雾帐④,　儿嗔蛸篆风棂⑤。
兀坐鼻端正白⑥,　忘怀眼底常青⑦。

【注释】

①题共五首,此选其一、其四。

②霖潦(lǎo 老):久雨路上积水。霖,久雨。潦,积水。

③荡:浅水湖。芡盘:见卷二苏轼《六月二十七日望湖楼醉书》注⑤。

④蚊僵雾帐:指帐内熏蚊烟,使蚊子僵死。

⑤蛸篆风棂:指白蚁蛀蚀窗棂。蛸,同蝝(yuán 园),白蚁。《说苑》:“蠹蝝仆柱梁。”篆,指蛀蚀纹,形如篆刻。棂(líng 灵),窗格。

⑥兀坐:屏绝思虑,端坐不动。苏轼《客位假寐》诗:“兀坐如枯株。”鼻端正白:佛教有观想法,观鼻端白称为鼻观,是一种修身炼性之法。《楞严经》卷五:“世尊教我及俱绨罗观鼻端白,我初谛观,经三七日,见鼻中气出入如烟,身心内明,圆洞世界,遍成虚净,犹如琉璃。烟相渐销,鼻息成白,心开漏尽,诸出入息化为光明,照十方界,得阿罗汉。”鼻端正白,是指修身养性达到高深的境界。

⑦忘怀:指对得失荣辱都不介意。晋陶潜《五柳先生传》:“忘怀得失,

以此自终。”眼底常青:高兴时,眼睛正着看,青黑色的眼珠在中间,叫作青眼。瞧不起人时,眼睛朝上或向旁边看,现出白眼珠,叫作白眼。据说晋阮籍不拘礼教,能为青白眼。见凡俗之士,以白眼对之,嵇康来访,则对以青眼。见《晋书·阮籍传》。眼底常青,是说心平色和,常以青眼对人。

题请息斋[1]

洞门昼挂铁锁, 阁道秋生绿苔[2]。
著下略同龟伏[3], 瓜中且免蝇来[4]。

多谢纷纷云雨[5], 相忘渺渺江湖[6]。
坐隅但忌占鹏[7], 屋上何烦誉乌[8]。

不惜人扶难拜[9], 非关我醉欲眠[10]。
劳君敬枯木耳[11], 恐汝见湿灰焉[12]。

税驾今吾将老[13], 结庐此地不喧[14]。
恐妨蝴蝶同梦[15], 笑倩颠当守门[16]。

冷暖旧雨今雨[17], 是非一波万波[18]。
壁外枯禅达磨[19], 室中病者维摩[20]。

园丁以时白事[21], 山客终日相陪[22]。
竹比平安报到[23], 花依次第折来[24]。

【注释】

①题共十首，此选其一、其二、其五、其六、其八、其十。请息斋：作者的书斋。命名取陶渊明《归去来辞》“请息交以绝游”开头二字。作者《请息斋书事三首》之三：“长平失势见何晚，栗里息交归去来。”可证。

②阁道：楼阁之间以木架空的通道。

③蓍下：指占卜的征兆。蓍（shī 师），多年生草本植物，古时用它的茎占卜。龟伏：龟遇危险，即将首尾四足缩进甲中，伏藏不出。喻深居简出，以避灾祸。

④瓜中且免蝇来：唐元稹倚靠宦官之力得授知制诰，同官武儒衡很看不起他，一次食瓜，苍蝇飞集瓜上，儒衡用扇挥赶说：“这家伙从什么地方来，竟飞到这里！”见《旧唐书·武儒衡传》。这里是说不与夤缘攀附的小人来往。

⑤纷纷云雨：比喻反复无常的势利小人。唐杜甫《贫交行》：“翻手为云覆手雨，纷纷轻薄何须数。”

⑥相忘渺渺江湖：见本卷黄庭坚《题郑防画夹》注⑥⑦。南朝梁刘峻《广绝交论》：“寄通灵台之下，遗迹江湖之上，风雨急而不辍其音，霜雪零而不渝其色，斯贤达之素交，历万古而一遇。”

⑦坐隅但忌占鹏：汉贾谊被贬为长沙王太傅，郁郁不得志，曾作《鹏鸟赋》以抒悲愤。起句即云：“谊为长沙王太傅，三年，有鹏鸟飞入谊舍，止于坐隅。鹏似鸮，不祥鸟也。”坐隅，座席角旁。古无椅子，有席共坐于地，尊者正席，卑者坐于席角。鹏（fú 服），又名山鸮。夜鸣，声恶，古以为不祥之鸟。这句是说但愿无意外之祸临门。

⑧屋上何烦誉乌：《尚书·牧誓·大战》：“爱人者，兼及其屋上之乌。”是说爱其人而推爱及于与之有关的人或物。乌，乌鸦。这里是反用其意，表明不想得到廉价的赞誉。

⑨不惜人扶难拜：指年老多病，行动须人搀扶，难以拜见客人。唐杜甫《宾至》诗：“幽栖地僻经过少，老病人扶再拜难。”

⑩非关我醉欲眠：晋陶潜为人直率旷放，喜喝酒。朋友来了，就取酒共饮，他如先醉，便对客人说：“我醉欲眠，卿可去！”见《晋书·陶潜传》。

这里是说年老不愿见客，并非因为对客人简慢。

⑪枯木：比喻形体漠然无知，有如枯槁之木。《庄子·田子方》："先生形体掘如槁木，似遗物离人而立于独也。"

⑫见湿灰焉：《列子·黄帝》篇记列子陪神巫季咸去看他的老师壶丘子，回来时，季咸对列子说："嘻！子之先生死矣，弗活矣，不可以旬数矣。吾见怪焉，见湿灰焉。"湿灰，犹死灰。形容气息寂然。

⑬税驾：解驾，停车。这里指归休。吾将老：《左传·隐公十一年》："使营菟裘，吾将老焉。"

⑭结庐此地不喧：晋陶潜《饮酒》诗："结庐在人境，而无车马喧。问君何能尔？心远地自偏。"

⑮蝴蝶同梦：见卷六柯梦得《梦》注①。

⑯倩（qiàn 欠）：请。颠当：土蜘蛛的别称。做窠深如蚓穴，网丝其中，土盖与地平，大如榆荚，常仰捍其盖。伺虫蝇等经过，即翻盖捕获。才入复闭，与地一色，并无缝隙可寻。秦中童谣云："颠当颠当牢守门，蠮螉寇汝无处奔。"见唐段成式《酉阳杂俎》前集卷十七《虫篇》。

⑰冷暖旧雨今雨：感叹新旧朋友都随境遇不同而变化。冷暖，指人情冷暖。唐杜甫《秋述》："秋，杜子卧病长安旅次，多雨生鱼，青苔及榻。常时车马之客，旧雨来，新雨不来。"原意为过去宾客遇雨也来，现在遇雨就不来了。后以"旧雨今雨"指旧交新知。本诗作者《丙午新正书怀》诗："人情旧雨非今雨，老境增年是减年。"可参看。

⑱是非一波万波：喻是非辗转相生，并无止息之时。华亭船子和尚有偈云："千尺丝纶直下垂，一波才动万波随。夜静水寒鱼不去，满船空载月明归。"见《冷斋夜话》。

⑲壁外：《范石湖集》《宋诗钞·石湖集》作"壁下"。枯禅：又称枯木禅，指佛教徒静坐参禅。因其长坐不卧，呆若枯木，故称。《范石湖集》作"禅枯"。达磨：菩提达磨的省称，天竺人，本名菩提多罗。于南朝梁普通元年（520）入华，梁武帝迎至金陵。后渡江往北魏，住嵩山少林寺，面壁九年而化。传法于慧可，为中华禅宗的始祖。

⑳室中病者维摩：见卷五张孝祥《送纸衾韩中父再用韵》注③、本卷黄

庭坚《谢胡藏之送栗鼠尾画维摩》注①。病者,《范石湖集》作“病着”。

㉑白事:言事。白,禀告。

㉒山客:隐居山林的人。

㉓竹比平安报到:唐段成式《酉阳杂俎》续集卷十《支植下》:“童子寺有竹一窠,才长数尺,相传其寺纲维(知事僧),每日报竹平安。”

㉔次第:次序。指开花的先后。

杨万里

见卷五作者介绍。

看 笋

笋如滕薛争长①, 竹似夷齐独清②。
只爱锦绷满地③, 暗林忽两三茎④。

【注释】

①滕薛争长:《左传·隐公十一年》:“滕侯、薛侯来朝,争长。”滕、薛都是春秋时诸侯国名,前者在今山东滕州、后者在滕州南。长,音 zhǎng。这里借以比喻竹笋竞长。宋方岳《春日杂兴》诗:“先后笋争滕薛长,东西鸥背晋齐盟。”

②夷齐:见卷八徐铉《自题山亭》注④。独清:屈原《渔父》:“举世皆浊我独清,众人皆醉我独醒。”这里借以比喻竹子的孤高劲节。

③锦绷满地:比喻满地新笋冒土而出。锦绷(bēng 崩),锦绣做成的襁褓。竹笋有箨层层包裹,如襁褓中的婴儿,故以为喻。元岑安卿《食新

笋》诗："脱绷锦纹散，切玉霜刀弄。"

④两三茎：指新长出的竹笋。

宴客夜归[①]

月在荔枝梢上，　　人行茉莉花间[②]。
但觉胸吞碧海，　　不知身落南蛮[③]。

【注释】

①此诗编于《南海集》中，为作者提举广东常平茶盐事时所作。宋魏庆之《诗人玉屑》卷十九引《玉林诗话》云："六言绝句如王摩诘'桃红复含夜雨'，及王荆公'杨柳鸣蜩绿暗'，二诗最为警绝，后难为继。近世惟杨诚斋《醉归》一章（诗如上略）。雄健富丽，殆将及之。"

②茉莉：《玉林诗话》作"豆蔻"。

③南蛮：旧指南方少数民族居地。这里指广东。

吕本中

见卷五作者介绍。

次韵钱逊叔《清江图》后[①]

公但一室坚坐[②]，　　我方万里生还[③]。
共作十年清梦，　　同寻五岭名山[④]。

作清江三两曲[5]，　胜大厦千万间[6]。
若保此中安坐，　不必中原遽还[7]。

【注释】

①钱逊叔，吴越钱氏后裔，善书画。吕本中与他常有唱和之作。

②坚坐：安坐。

③万里生还：绍圣年间，哲宗亲政，任曾行新法的章惇为相，尽斥元祐旧党。作者的曾祖吕公著、祖父吕希哲、父亲吕好问等一门尽在追贬和贬斥之列，作者亦受牵连，被贬逐岭南，元符间复官。生还：活着归来。按：此句与上句句法似用苏轼《龟山》诗："身行万里半天下，僧卧一庵初白头。"

④五岭：指越城岭、都庞岭、萌渚岭、骑田岭、大庾岭，在湖南、江西南部和广西、广东北部交界处。

⑤清江三两曲：唐杜甫《江村》诗："清江一曲抱村流。"曲，河流弯曲的地方。句言作《清江图》。

⑥大厦千万间：杜甫《茅屋为秋风所破歌》："安得广厦千万间，大庇天下寒士俱欢颜。"

⑦遽（jù 巨）：匆忙，急促。

周紫芝

见卷五作者介绍。

题徐季功画墨梅木犀[1]

夜色无人能画，　徐郎挽上寒枝。

仿佛孤山尽处，　黄昏月到花时②。

细雨欲催秋晚，　幽花已着寒枝③。
似我江南九月，　西风马上归时④。

【注释】

①徐季功：不详。宋有徐禹功，善画墨梅。见张庚《画徵》。不知是否其人。木犀：见卷一赵师秀《池上》注②。

②"仿佛"二句：林逋《梅花》诗："疏影横斜水清浅，暗香浮动月黄昏。"

③幽花：指木犀。

④"似我"二句：见画上桂花，如闻江南九月还乡时闻到令人心醉的桂子清香。九月、西风：点明秋令，正是桂花开时。

题徐季功画二古木

何处千年双干，　未嫌雪压风饕①。
楚士两公介洁②，　孤竹二子清高③。

【注释】

①雪压风饕：指风雪摧残。饕（tāo 滔），贪残。

②楚士两公：指汉龚胜、龚舍，以名节称于世。《汉书·两龚传》："两龚皆楚人也，胜字君实，舍字君倩，二人相友，并著名节，故世谓之楚两龚。"介洁：高洁。汉扬雄《法言》："楚两龚之洁，其清矣乎！"

③孤竹二子：指伯夷、叔齐。见卷八徐铉《自题山亭》注④、本卷杨万里《看笋》注②。

徐　俯

徐俯(1075—1141),字师川,号东湖居士,洪州分宁(今江西修水)人。黄庭坚之甥。以父禧死事,授通直郎。绍兴二年(1132),赐进士出身。累官端明殿学士、签书枢密院事、权参知政事。罢,提举洞霄宫。与曾幾、吕本中游,晚年为诗,力求平易。有《东湖集》,不传。

再次韵题于生画雁①

彭蠡何限秋雁,　此君胸次为家②。
醉里举群飞出,　着行排立平沙③。

【注释】

①题共二首,此选其二。

②“彭蠡”二句:是说鄱阳湖中无数秋雁,仿佛都栖息在画家胸间。彭蠡:湖名,在江西省。又名鄱阳湖。胸次:胸间。

③“醉里”二句:是说画家乘醉挥毫,胸中的秋雁便成群飞出,一行行排立在沙滩上。画竹则胸有成竹,画雁亦胸有成雁;写创作过程,可谓形神飞动。

陆　游

见卷五作者介绍。

舍北闲望绝句[①]

潘岳一篇秋兴[②]，　李成八幅寒林[③]。
舍北偶然倚杖，　尽见古人用心[④]。

【注释】

①《剑南诗稿》题作《舍北闲望作六字绝句》。

②潘岳：西晋文学家，字安仁，荥阳中牟（今属河南）人。能诗赋，与陆机齐名。曾作《秋兴赋》，小序有云："仆野人也，偃息不过茅屋茂林之下，谈话不过农夫田父之客；摄官承乏，猥厕朝列，夙兴晏寝，匪遑底宁；譬犹池鱼笼鸟，有江湖山薮之思。于是染翰操纸，慨然而赋。"

③李成，宋初画家，字咸熙，先世为唐宗室，居长安，后迁居青州益都（今属山东），人称李营丘。擅画山水，多作平远寒林，画法简练，笔势锋利，好用淡墨，有"惜墨如金"之称。八幅寒林：《宣和画谱》著录御府所藏李成画迹一百五十九件，内有《寒林图》八幅。

④"舍北"二句：是说在屋北倚杖眺望秋景时，体会到古人所抒写和描绘的艺术用心。

杂　兴[①]

失马讵知非福[②]？　亡羊不妨补牢[③]。

病里正须《周易》④,醉中却要《离骚》⑤。

举足加刘公腹⑥，　引手捋孙郎须⑦。
士气日趋委靡，　赖有二君扫除⑧。

广平作梅花赋⑨，　少陵无海棠诗⑩。
正自一时偶尔⑪，　俗人平地生疑。

【注释】

①《剑南诗稿》题作《六言杂兴》。共九首,此选其四、其五、其六。

②失马讵知非福:《淮南子·人间训》:"近塞上之人,有善术者,马无故亡而入胡,人皆吊之。其父曰:'此何遽不为福乎?'居数月,其马将胡骏马而归,人皆贺之。其父曰:'此何遽不为祸乎?'家富良马,其子好骑,堕而折其髀,人皆吊之。其父曰:'此何遽不为福乎?'居一年,胡人大入塞,丁壮者引弦而战,近塞之人,死者十九,此独以跛之故,父子相保。故福之为祸,祸之为福,化不可极,深不可测也。"言祸福相倚,坏事可以变为好事,不必为一时的损失介意。讵(jù 巨),岂。

③亡羊不妨补牢:《战国策·楚策四》:"臣闻鄙语曰:'见兔而顾犬,未为晚也;亡羊而补牢,未为迟也。'"亡,逃失。比喻出了差错还可以及时补救。

④《周易》:亦称《易经》,我国古代富有哲学思想的占卜书,为儒家重要经典。相传孔子晚年很喜欢读《周易》。

⑤醉中却要《离骚》:《世说新语·任诞》:"王孝伯言:'名士不必须奇才。但使常得无事,痛饮酒,熟读《离骚》,便可称名士。'"《离骚》,见卷五邓林《送衡山琴画张道士》注⑤。

⑥举足加刘公腹:东汉严光,字子陵,是光武帝刘秀少年时期的同学,刘秀登帝位后,严光隐居不见。刘秀访得,请至京师,共叙旧谊,并留严光

同床而卧。严光睡觉时把脚搁在刘秀腹上。第二天,太史奏客星犯帝座,光武帝笑道:“是我的老朋友严子陵跟我同床而卧啊。”见《后汉书·严光传》。参见卷五孙应时《读通鉴》注③。

⑦引手捋孙郎须:《三国志·吴志·朱桓传》引《吴录》:“(孙)权凭几前席,(朱)桓近前捋须曰:‘臣今日真可谓捋虎须也。’”捋(lǚ 吕),用手顺抹。孙郎,指孙权,三国时吴国君主。

⑧扫除:指清除萎靡不振的士气。

⑨广平作梅花赋:广平,指宋璟,唐睿宗时任宰相,敢于革除弊政,因触犯太平公主,被贬职。开元四年(716),继姚崇居相位,立朝刚正,有能名,累封广平郡公。唐皮日休《桃花赋序》:“余尝慕宋广平之为相,贞姿劲质,刚态毅状,疑其铁石心肠,不解吐婉媚辞。然睹其文而有《梅花赋》,清便富艳,得南朝徐庾体,殊不类其为人也。”

⑩少陵无海棠诗:少陵,指唐代诗人杜甫,曾居长安少陵原,自号少陵野老。杜甫在四川多年,集子中却没有写蜀中海棠的诗。这一点使许多诗人感到奇怪和惋惜。唐薛能《海棠诗序》:“蜀海棠有闻,而诗无闻。杜子美于斯,兴象靡出,没而有怀。”唐郑谷《蜀中海棠》诗:“浣花溪上堪惆怅,子美无情为发扬。”自注:“杜工部居西蜀,诗集中无海棠之题。”宋代诗人咏此事者甚多,如郭稹《和枢密侍郎因看海棠忆禁苑此花最盛》诗:“应为无诗怨工部,至今含露作啼妆。”吴中复《江左谓海棠为川红》诗:“子美诗才犹阁笔,至今寂寞锦城中。”李定《海棠》诗:“不沾工部风骚力,犹占勾芒造化权。”曾幾《海棠洞》诗:“杜老岂无诗,应为六丁取。”李颀《古今诗话》乃谓:“杜子美母名海棠,子美讳之,故杜集中绝无海棠诗。”陆游认为这种猜测都是多事。

⑪偶尔:偶然。

杨　简

杨简(1141—1225),字敬仲,慈溪(今属浙江)人。陆九渊弟子。乾道五年(1169)进士。宁宗朝,累官将作少监,出知温州,以宝谟阁学士致仕。因筑室德润湖上,号慈湖,世称慈湖先生。著作由门人编为《慈湖遗书》。

绝　句[①]

净几横琴晓寒[②],　梅花落在弦间[③]。
我欲清吟无句,　转烦门外青山[④]。

【注释】

①宋罗大经《鹤林玉露》丙编卷五《慈湖诗》评此诗云:“句意清圆,足觇其所养。”

②净几横琴:拂拭琴几,置琴欲弹。晓寒:一作“晚寒”。

③梅花落在弦间:琴曲中有《梅花三弄》,又名《梅花引》《梅花曲》,相传系根据晋桓伊所作笛谱改编而成。内容表现梅花傲霜雪的风姿神韵。这里是说弹奏《梅花曲》。

④“我欲”二句:写曲终余韵无尽而又不可言传的感受,似乎只有门外那无言的青山能领略一二。

陆九渊

陆九渊(1139—1193),字子静,号存斋,又号象山翁,抚州金溪(今属江西)人。南宋著名理学家。乾道八年(1172)进士,任靖安县主簿,调敕令所删定官。光宗时,知荆门军,创修军城以固边防,在任颇有政绩。与朱熹齐名,而学术见解多有不合。

提出“心即理”说，认为“宇宙便是吾心，吾心即是宇宙”，“学苟知本，六经皆我注脚”，世称“心学”。曾结庐讲学于象山（在今江西贵溪市西南），学者称象山先生。有《象山先生全集》。

子　规[1]

柳院竹亭茅店[2]，　云芜风树烟溪[3]。
听彻残阳月下，　不论巴蜀东西。

【注释】

①子规：即杜宇。见卷一赵希櫓《过临平》注③。

②茅店：乡村旅店。唐温庭筠《商山早行》诗：“鸡声茅店月，人迹板桥霜。”

③云芜：连天的草地。

朱继芳

见卷六作者介绍。

溪　村

榉柳正当官道[1]，　渔舟偏系柴门。
今年春水深浅，　看取层层岸痕。

雨洗山光绿净，　波涵天影清空。
草际自浮鹅鸭，　柳阴分坐儿童[②]。

【注释】

①榉(jǔ 举)柳:一作柜柳,即枫杨。多生溪边及河谷低地。唐杜甫《田舍》诗:“榉柳枝枝弱,楷杷树树香。”官道:官修的道路。

②分坐:分散而坐。

林希逸

见卷六作者介绍。

物　理[①]

以鸟养鸟尽性[②]，　惟虫能虫知天[③]。
万物与我为一，　反身乐莫大焉[④]。

非鱼知鱼谁乐[⑤]？　梦鹿得鹿谁诬[⑥]？
若与予也皆物[⑦]，　执而我之则愚[⑧]。

【注释】

①《两宋名贤小集》《南宋群贤小集》《南宋六十家集》题作《物理六言》。共六首,此选其一、其六。物理:事物的常理。唐杜甫《曲江》诗:“细推物理须行乐,何用浮名绊此生。”

②以鸟养鸟尽性:《庄子·至乐》:“昔者海鸟止于鲁郊,鲁侯御而觞于庙,奏《九韶》以为乐,具太牢以为膳。鸟乃眩视忧悲,不敢食一脔,不敢饮一杯,三日而死。此以己养鸟也,非以鸟养鸟也。夫以鸟养鸟者,宜栖之深林,游之坛陆,浮之江湖,食之鳝鲦,随行列而止,委蛇而处。”以鸟养鸟,即按鸟的生活规律去养鸟。尽性,指尽鸟的天性。

③惟虫能虫知天:《庄子·庚桑楚》:“唯虫能虫,唯虫能天。”意思是只有鸟兽才能安于为鸟兽,只有鸟兽才能契合自然,遂其天性。虫,飞鸟走兽等各类动物的总称。作者《南华真经口义》云:“虫,鸟兽百物之总名也。物物虽微,皆有得诸天者,如能飞、能走、能啼、能啮、能鸣、能跃,皆能遂其天性,故曰‘能虫’‘能天’。”可与诗互参。

④“万物”二句:《孟子·尽心》:“万物皆备于我矣,反身而诚,乐莫大焉。”反身:反躬自问。

⑤非鱼知鱼谁乐:《庄子·秋水》:“庄子与惠子游于濠梁之上。庄子曰:‘儵鱼出游从容,是鱼之乐也。’惠子曰:‘子非鱼,安知鱼之乐?’庄子曰:‘子非我,安知我不知鱼之乐?’惠子曰:‘我非子,固不知子矣;子固非鱼也,子之不知鱼之乐,全矣。’庄子曰:‘请循其本。’子曰:‘汝安知鱼乐’云者,既已知吾知之而问我,我知之濠上也。”辩论的结果,庄子认为我游濠上而乐,则知鱼游濠下亦乐,是由己推及于物。濠,水名,在淮南钟离郡(今安徽凤阳县附近)。梁,桥。

⑥梦鹿得鹿谁诬:《列子·周穆王》:“郑人有薪于野者,遇骇鹿,御而击之,毙之。恐人见之也,遽而藏诸隍中,覆之以蕉,不胜其喜。俄而遗其所藏之处,遂以为梦焉。”得到鹿很高兴,忘记了藏鹿之处,又以为得鹿是做梦。谁诬,指得鹿和梦鹿,哪一种是欺骗人的幻象?

⑦若与予也皆物:承“非鱼知鱼谁乐”句。说人与鱼都属万物,人乐,则知鱼也乐。若,你。予,我。

⑧执而我之则愚:承“梦鹿得鹿谁诬”句。指郑人从得鹿而疑为梦鹿,其真假得失的变化,都是因占有外物的私欲而产生,是愚蠢而不明智的。则,原本作“非”,据《两宋名贤小集》《南宋群贤小集》《南宋六十家集》《宋百家诗存》改。

罗　椅

罗椅(1214—?),字子远,号涧谷,庐陵(今江西吉安)人。富家子,壮年捐金结客,以荐登贾似道之门。宝祐四年(1256)第进士。以秉义郎为江陵教,改潭州。宰江西信丰,迁提辖榷货。度宗去世,失于入临,论罢。

吴江雪霁图①

天上清流雪片②,　人间名胜吴淞③。
两贤相厄已甚④,　赖得斜阳半峰⑤。

【注释】

①《江湖后集》题作《题向伯桥吴松雪霁图》,共三首,此选其二。吴江:即吴淞江。见卷一王禹偁《泛吴淞江》注①。

②清流:负有时望的清高的士大夫。《三国志·魏志·陈群传》:"陈群动仗名义,有清流雅望。"这里比喻天上的雪片,取其清冷高洁之意。

③人间名胜吴淞:南宋俗谚有"天上天堂,地下苏杭"之称,见范成大《吴郡志》。吴淞江,又名苏州河,流经苏州。

④两贤相厄:《史记·季布传》:"高祖急,顾丁公曰:'两贤岂相厄哉?'"相厄,相互过不去。这里借以比喻天上飞雪和吴淞烟景相互比美争胜。

⑤赖得:《江湖后集》作"赖有"。斜阳半峰:指黄昏雪霁。

李曾伯

李曾伯，字长孺，号可斋，覃怀（今河南武陟）人，寓居嘉兴（今属浙江）。宝祐进士，通判濠州。历官四川宣抚使、湖南安抚使，进观文殿学士。又知庆元府，兼沿海制置使。有《可斋类稿》。

全州道间①

竹里几椽茅屋②，　门前一树桃花。
布袖蒿簪笑语③，　鸡豚社酒山家④。

【注释】

①全州：今属广西。

②几椽（chuán 船）：几间。

③布袖蒿簪：以粗布为衣，以蒿草为簪，指乡野妇女的俭朴打扮。蒿（hāo），艾类野草。

④鸡豚：指杀鸡宰猪。豚（tún 屯），猪。社酒：古有社祭，立春后第五个戊日为春社，立秋后第五个戊日为秋社，适当春分、秋分前后。每逢社日祭祀社神。社酒，即祭社神之酒。俗谓饮之可治耳聋。陆游《新晴》诗："社酒家家醉，春芜处处耕。"

汪 荐

汪荐，一名韶，字乐美，黟县（今属安徽）人。咸淳四年（1268）进士。

演 雅①

布谷不稼不穑②， 巧妇无褐无衣③。
提壶不可挹酒④， 络纬匪来贸丝⑤。

【注释】

①演雅：见卷九张至龙《演雅》注①。此诗以鸟名和虫名入诗，每句均嵌入《诗经》成句，以为反拨，熨帖自然，颇见巧思。

②布谷：鸟名。又名勃姑、鸤鸠、郭公、戴胜。以鸣声似“布谷”，鸣又当耕种时，故以为劝耕之鸟。不稼不穑：《诗经·魏风·伐檀》：“不稼不穑，胡取禾三百廛兮！”稼，耕种。穑（sè 色），收获。

③巧妇：鸟名。又名工雀、巧雀、鹪鹩。能以获花絮为囊作巢，故民间有巧妇之称。无衣无褐：《诗经·豳风·七月》：“无衣无褐，何以卒岁？”褐（hè 赫），粗布衣服。

④提壶：鸟名。也作提葫、提胡、提壶芦。宋王质《林泉结契》：“提壶芦，身麻斑，如鹞而小，嘴弯，声清重，初稍缓，已乃大激烈。”不可挹酒：《诗经·小雅·大东》：“维北有斗，不可以挹酒浆。”挹（yì 亦），舀取。

⑤络纬：虫名。又名莎鸡、促织、络丝娘、纺织娘。晋崔豹《古今注·鱼虫》：“莎鸡，一名络纬，一名蟋蟀，谓其鸣如纺纬也。”匪来贸丝：《诗经·

卫风·氓》:“匪来贸丝,来即我谋。”匪,通“非”。贸,交换。

王履仁

王履仁,不详。与颜持约同时有王履,字坦翁,靖康元年(1126)为和议副使出使金军,不为所屈。次年正月扈从钦宗至金营,遂同被执。因痛骂金人被杀。不知是否其人,俟考。

题颜持约小景①

桂岭秋晴②

海市当寒可出③, 岳云正雨犹开④。
故卷黄茅瘴尽⑤, 为飞碧玉簪来⑥。

梅村欲晓

暗麝霏霏逆鼻⑦, 荒鸡喔喔号村⑧。
万里客行憀栗⑨, 玉颜破雾相湿⑩。

【注释】

①颜持约:即颜博文,字持约,德州(今属山东)人。政和八年(1118)进士。靖康初,为中书舍人。长于水墨画。作人物,笔法位置如李伯时,又善墨花。

②桂岭:在广西贺州市东北百里,与湖南江华、广东连州市接界,即古

临贺岭，北与萌渚岭相连。

③海市：大气因折射而形成的反映地面物体的一种自然现象。古人以为蜃吐气而成，故称海市蜃楼。宋沈括《梦溪笔谈·异事》："登州海中，时有云气如宫室、台观、城堞、人物、车马、冠盖，历历可见，谓之海市。"

④岳云：山间云雾。

⑤黄茅瘴：指南方山林中，秋天茅草枯黄时发的瘴气。《番禺杂编》："岭外二、三月为青草瘴，四、五月黄梅瘴，六、七月新水瘴，八、九月黄茅瘴。"

⑥碧玉簪：喻秀美的青山。唐韩愈《送桂州严大夫同用南字》诗："江作青罗带，山如碧玉簪。"

⑦暗麝：暗香。指梅花的幽香。霏霏：香气飞散貌。逆鼻：扑鼻。

⑧荒鸡：见卷七牟巘《四安道中所见》注②。

⑨憀栗（liáo lì 聊力）：凄怆貌。晋潘岳《秋兴赋》："憀栗兮若在远行。"

⑩玉颜：容颜美好的女子。战国楚宋玉《神女赋》："貌丰盛以庄姝兮，苞温润之玉颜。"这里借喻梅花。温，温存。句言梅花似乎懂得行客的旅愁，破晓雾而吐清香，给行客以抚慰和温存。

陈与义

见卷四作者介绍。

不见梅花

荆楚岁时经尽①， 今年不见梅花。

想得苍烟玉立[2]，　都藏江上人家。

【注释】

①荆楚：春秋时楚国最早建国于荆山（今湖北南漳西）一带，故称荆楚。这里泛指江湘楚地。岁时经尽：旧岁已过。

②苍烟玉立：形容梅花笼烟挺秀的风姿。玉立，亭亭如玉山秀立。喻风姿之美。唐崔嘏《授裴谂司封郎中制》："风仪玉立，器宇川渟。"

汤　汉

汤汉，字伯纪，安仁（今属湖南）人。因江东提刑赵汝腾荐，免解，差充象山书院堂长。赴礼部院试，正奏名，授上饶簿。淳祐中，差充史馆校勘。度宗朝，仕至刑部侍郎，权工部尚书，提举玉隆宫，以端明殿学士致仕。卒谥文清。

自　儆[1]

《春秋》责备贤者[2]，造物计较好人[3]。
一点莫留余滓[4]，　十分成就全身[5]。

【注释】

①宋王应麟《困学纪闻》卷十八《评诗》："汤伯纪《自儆》云（诗如上略）。此老晚节，庶几践斯言也。"自儆：自我警戒。儆，同"警"。

②《春秋》责备贤者：《新唐书·太宗纪赞》："《春秋》之法，常责备于

贤者。”《春秋》,史籍名。相传孔子据鲁国史书修订而成。所记起鲁隐公元年(前722),迄鲁哀公十四年(前481)西狩获麟,凡十二公,二百四十二年。叙事简炼,常以用字为褒贬。

③造物:旧谓创造万物的主宰,指天。计较:《困学纪闻》《宋诗纪事》作“计校”。

④一点莫留余滓:指心地纯净,毫无杂念。《朱子语类》:“只是一个阴阳五行之气,滚在天地中,精英者为人,渣滓者为物;精英之中又精英者为圣为贤,精英之中渣滓者为愚为不肖。”

⑤全身:全人,道德完美的人。《庄子·庚桑楚》:“夫工乎天而俍乎人者,唯全人能之。”郭象注:“全人,则圣人也。”

张　昌

张昌,字师言。绍兴中,以参知政事出知潭州。

游真源宫①

木末轻风索索②,　云边小雨斑斑③。
行尽丹霞林樾④,　皖公下看灊山⑤。

【注释】

①题共二首,此选其二。真源宫:道教宫观,在安徽潜山县天柱山。道教称此山为司元洞天。

②木末:树梢。索索:风声。

③斑斑:同“班班”。见卷二王琪《答永叔问月》注②。

④丹霞：道家称二十八小洞天为丹霞天。这里指道观。樾（yuè 越）：树荫。

⑤皖公：《宋诗纪事》作“皖山”。即皖公山，在安徽潜山县西北，与霍山相接界。最高峰峭拔如柱，称天柱峰。唐李白《江上望皖公山》诗：“奇峰出奇云，秀木含秀气。清宴皖公山，巉绝称人意。”灊山：即潜山。灊（qián 潜），通作“潜”。

钱端礼

钱端礼，字处和，临安（今浙江杭州）人，迁居台州临海（今属浙江）。钱惟演四世孙，少师钱忱之子，以恩补官。孝宗朝，累除参知政事，兼权枢密院事，出知绍兴府。卒谥忠肃。

题米元晖《潇湘图》[1]

画手自高前辈，　云山已属吾曹[2]。
若会潇湘物色[3]，　便合醉读《离骚》[4]。

【注释】

①米元晖《潇湘图》：见本卷尤袤《题米元晖〈潇湘图〉》注①。

②吾曹：我辈，我们。

③会：领略，欣赏。

④合：应该。醉读《离骚》：见本卷陆游《杂兴》注⑤。

李　壮

李壮(1144—1220),字诚之,号臞庵,又号山泽道人,晋江(今属福建)人。以祖荫补承务郎。嘉定中,以朝议大夫、敷文阁待制知建州,后为户部侍郎,坐忤韩侂胄罢。起除宝文阁待制。

控巴台次韵①

谁道地拘偪仄②，　须知天闷幽妍③。
一段丹青台阁，　何人淡扫松烟④？

【注释】

①控巴台:在忠州临江县(今四川忠县)。唐杜甫《禹庙》诗:“早知乘四载,疏凿控三巴。”(庙在忠州)。三巴,指巴郡、巴东、巴西。

②偪仄:迫近。杜甫《偪仄行》:“偪仄何偪仄,我居巷南子巷北。”偪(bī),同“逼”。

③闷(bì 闭):关闭,封锁。幽妍:幽深秀美。

④松烟:指墨。古代以松木烧出的烟灰制墨。《太平御览》卷六〇五引三国魏曹植乐府诗:“墨出青松烟,笔出狡兔翰。”淡扫松烟,指挥笔蘸墨作画。这里是形容控巴台景色如画。

姜　夔

见卷五作者介绍。

金神夜猎图[①]

夜半金神羽猎[②]，　奔走山川百灵[③]。
云气旌旗来下[④]，　飒然已入青冥[⑤]。

后宫婵娟玉女[⑥]，　自鞚八尺飞龙[⑦]。
两两鸣鞭争导[⑧]，　绿云斜坠春风[⑨]。

【注释】

①金神:传说中西方司秋之神,名蓐收,主刑杀。晋郭璞《山海经赞》:“蓐收金神,白毛虎爪。珥蛇执钺,专司无道。立号西阿,恭行天讨。”

②羽猎:君王狩猎时,士卒负羽箭随从。宋玉《高唐赋》:“传言羽猎,衔枚无声。”

③百灵:众多的神灵。

④旌旗:用旌牛尾和彩色鸟羽作竿饰的旗。亦作旗帜的通称。

⑤飒(sà 萨)然:迅速貌。青冥:指天空。

⑥婵娟:美好貌。玉女:神女。

⑦鞚(kòng 控):马勒。借指驾驭。八尺飞龙:高大的骏马。李白《答杜秀才五松见赠》诗:“敕赐飞龙二天马,黄金络头白玉鞍。”

⑧导：先导，开路。

⑨绿云：女子的发鬟。白居易《和春深》诗："宋家宫样髻，一片绿云斜。"

刘辰翁

刘辰翁（1232—1297），字会孟，号须溪，庐陵（今江西吉安）人。少从陆九渊学，补太学生。景定三年（1262），廷试对策，因直言忤贾似道，置于丙第。以亲老请濂溪书院山长。江万里、陈宜中等荐居史馆，除太学博士，皆固辞。宋亡，隐居不仕。工诗词，多感伤时事，眷怀故国之作。有《须溪集》。

春　归

留春一日不可，　种树十年未成①。
芳草断肠花落，　绿窗携手莺声②。

【注释】

①"留春"二句：春归难留，种树未成，喻国亡大势已去，无栋梁之材以支撑危局。种树十年：《管子·权修》："十年之计，莫如树木；终身之计，莫如树人。"

②绿窗：绿纱窗。指女子所居。携手莺声：指莺声告语，芳春难久，应及时携手行乐。乐府《杂曲歌辞》有《携手曲》。《乐府解题》："《携手曲》，言携手行乐，恐芳时不留，君恩将歇也。"唐田娥《携手曲》："携手共惜芳菲节，莺啼锦花满城阙。行乐逶迤含容色，色衰只恐君恩歇。"这里是感叹芳

时已去,闻莺声徒增伤感而已。

黄复之

黄复之,字幼张,生平不详。

题扇面

峡束天围渐小①, 林穿日脚微明②。
竹居有径谁扫, 水碓无人自鸣③。

【注释】

①峡束:山峡控束。唐杜甫《秋日夔府咏怀》诗:“峡束苍江起,岩排古树圆。”

②日脚:穿过云隙下射的日光。杜甫《羌村三首》之一:“峥嵘赤云西,日脚下平地。”

③水碓(duì 对):利用水力舂米的工具。

毛　珝

见卷七作者介绍。

书墨竹

伯夷有夙世契[①]，　子猷结千古交[②]。
烟外三叶五叶，　雨中一梢两梢。

【注释】

①伯夷：见卷八徐铉《自题山亭》注④。参见本卷杨万里《看笋》注②。夙世契：前生的缘分。夙世，同“宿世”。

②子猷：晋王徽之的字，他爱竹成癖。南朝宋刘义庆《世说新语·任诞》：“王子猷尝暂寄人空宅住，便令种竹。或问：‘暂住，何烦尔？’王啸咏良久，直指竹曰：‘何可一日无此君！’”

叶　茵

见卷六作者介绍。

春　去

几阵红侵野草[①]，　一团绿染庭槐[②]。
梦里未知春去，　翩翩蝴蝶飞来[③]。

【注释】

①几阵：指几次摧花风雨。红侵野草：指花落在草地上。

②绿染庭槐：指庭中槐树长满了绿叶。

③翩翩蝴蝶飞来：蝴蝶翩飞，春色只在梦境之中。暗用庄子梦蝶事。参见卷六柯梦得《蝶梦》注①。

许　棐

见卷七作者介绍。

三台春曲[①]

昨夜微风细雨，　今朝薄雾轻寒[②]。
檐外一声啼鸟，　报知花柳平安[③]。

【注释】

①题共二首，此选基一。三台春曲：乐府《杂曲歌辞》有《三台曲》。此首咏春景，故名春曲。唐韦应物《三台曲》："冰泮寒塘始绿，雨余百草皆生。"参见卷四刘子翚《铜爵》注②。

②薄雾：《南宋群贤小集》作"薄霁"。

③报知花柳平安：参见本卷杨万里《题请息斋》注㉓。

刘仙伦

见卷六作者介绍。

野　步[1]

黄犊眼中荒草[2]，　鹭鸶立处枯荷[3]。
宦海风涛舟楫[4]，　故山烟雨松萝[5]。

白日长绳难系，　青帘浊酒堪赊[6]。
归鹤苍山云际[7]，　故人锦字天涯[8]。

【注释】

①《宋百家诗存》题作《野步十首》，所选为其三、其五。后面陈普同题“红叶”一首，亦署刘仙伦作，在十首之内，为其六。《宋诗纪事》刘仙伦名下无此诗，“黄犊”一首署陈普作，与“红叶”一首并列，题为《野步六言》。似从《宋百家诗存》为是。野步：野外漫步。

②黄犊：小黄牛。王安石《题舫子》诗：“眠分黄犊草，坐占白鸥沙。”

③鹭鸶：水鸟，又名白鹭、白鸟、舂锄。羽毛洁白，高脚长颈而喙强，栖息水边，以鱼虾为食。梅尧臣《画鹭》诗：“翘沙依折苇，列羽对衰荷。”

④宦海风涛：比喻官场升沉变幻，有如风波不定的大海。陆游《休日感兴》诗：“宦海风波实饱经，久将人世寄邮亭。”

⑤烟雨松萝：指山林隐居之地。松萝，寄生在松树上的地衣类植物，丝状，蔓延下垂。

⑥“白日”二句：感叹时光流逝，难以留住；唯有把酒开怀，珍惜眼前。晋傅玄《九曲歌》：“岁暮景迈群光绝，安得长绳系白日！”青帘：酒旗。这里代指酒店。这两句化用南朝陈江总《岁暮还宅》诗：“长绳岂系日，浊酒倾一杯。”

⑦归鹤：见卷六张蕴《鹤与江社同赋》注⑤。

⑧锦字：前秦窦滔被徙流沙，其妻苏氏思之，织锦为回文旋图诗以寄滔。可宛转循环以读之，词甚凄惋。后以称妻子寄丈夫的书信为锦字。

亦用作书信的美称。这里即指书信。

陈　普

陈普，字尚德，号石堂，宁德（今属福建）人。韩翼甫门人。宋亡后，三辟为本省教授，不起。有《石堂集》。

野　步[①]

红叶林风飒飒[②]，　苍苔径雨班班[③]。
人迹石边流水，　樵歌鸟外青山[④]。

【注释】

①见前刘仙伦《野步》注①。

②飒飒（sà 萨）：风声。

③班班：见卷二王琪《答永叔问月》注②。

④鸟外青山：指飞鸟隐没的远处青山。

惠　琏

惠琏，宋代僧人。生平不详。诗作见《宋高僧诗选》。

别赵莘老

十里青山照眼，　一篷疏雨催诗[①]。
记取江边作别，　烟村梅子黄时[②]。

【注释】

①一篷疏雨催诗：指雨打船篷，助人诗兴。唐杜甫《陪诸贵公子丈八沟携妓纳凉晚际遇雨》之一："片云头上黑，应是雨催诗。"

②梅子黄时：指江南四、五月梅雨季节。贺铸《青玉案》词："若问闲情都几许？一川烟草，满城风絮，梅子黄时雨。"

善　权

善权，僧人。字巽中，俗姓高，靖安（今属江西）人。身材清癯，人称"瘦权"。落魄嗜酒，诗列江西派，与祖可齐名。徐俯跋其诗卷云："巽中下笔，豪俊崚嶒，余每诵之，辄能兴起。"有《真隐集》。

奉题性之所藏李伯时画渊明[①]

采　菊

南山崔嵬在眼[②]，　古木参差拂云[③]。
不负手中篱菊，　白衣送酒相醺[④]。

泛　舟

着鞭已惊南渡[5]，　举扇仍避西风[6]。
耿介独余此老[7]，　隤然醉卧孤篷[8]。

【注释】

①性之：王铚字。见卷六作者介绍。李伯时：见卷二苏颂《和题李公麟〈阳关图〉》注①。渊明：东晋诗人陶渊明。

②南山崔嵬在眼：陶渊明《饮酒》诗："采菊东篱下，悠然见南山。"崔嵬，山势高耸貌。

③古木参差拂云：形容老树繁茂高大。参差（cēn cī），不齐貌。陶渊明《读山海经》诗："孟夏草木长，绕屋树扶疏。"

④"不负"二句：陶渊明九月九日（重阳）在宅边东篱下摘菊盈把，坐于其侧，想喝酒而不能得。正好江州刺史王弘派白衣人送酒来，于是酣饮而醉。见《续晋阳秋》。醺（xūn 熏），醉。

⑤着鞭已惊南渡：晋祖逖和刘琨年轻时相友好，共被而卧，夜半闻鸡起舞，以天下为己任。晋室南渡后，祖逖渡江北伐，中流击楫而誓，以示义无反顾。刘琨给朋友写信说："吾枕戈待旦，志枭逆虏，常恐祖生先吾着鞭耳。"意为恐被祖逖占先一步，提前建立功业。见《晋阳秋》。

⑥举扇仍避西风：南朝宋刘义庆《世说新语·轻诋》："庾公（亮）权重，足倾王公（导）。庾在石头，王在冶城坐，大风扬尘，王以扇拂尘曰：'元规尘污人！'"元规，庾亮字。王导厌恶庾亮权势逼人，所以这样说。

⑦耿介：正直刚强，不肯趋炎附势。战国楚宋玉《九辩》："独耿介而不随兮，愿慕先圣之遗教。"此老：指陶渊明。

⑧隤（tuí 颓）然：醉倒貌。

祖　可

祖可，僧人。字正平，丹阳（今属江苏）人。苏坚之子，苏庠之兄。出家住庐山，身被恶疾，人称“癞可”。诗列江西派。骨气高迈，为徐俯所推许。刘克庄誉之为“僧中一角麟”。有《东溪集》《瀑泉集》。

书性之所藏伯时木石屏①

淡宠嵸烟雨色②，　老槎牙霜霰痕③。
想见湘岑落木④，　雾连江月昏昏。

胸中定自有此，　笔端乃一见之⑤。
摧却岌峨天柱⑥，　来成咫尺峨嵋⑦。

【注释】

①性之：王铚字。见卷六作者介绍。伯时：即李伯时。见卷二苏颂《和题李公麟〈阳关图〉》注①。木石屏：绘有树木、石头的屏风。前一首咏木，后一首咏石。

②宠嵸（lóng sǒng）：丛集貌。杜甫《乾元中寓居同谷县作歌》之七：“南有龙兮在山湫，古木宠嵸枝相樛。”

③槎牙：枝干错杂貌。霜霰痕：指风霜摧残的痕迹。

④湘岑落木：指秋风中洞庭君山的落叶。屈原《九歌·湘夫人》：“袅

袅兮秋风，洞庭波兮木叶下。”

⑤“胸中”二句：指胸中块磊，化为笔下的石头。

⑥岌峨：险峻貌。天柱：见卷三晁补之《皖口寄怀前太平守陈公度》注④。

⑦咫尺峨嵋：指把险峻的高山化作画幅上小小的山石。咫尺，八寸。喻画幅短小。杜甫《戏题王宰画山水图歌》：“尤工远势古莫比，咫尺应须论万里。”峨嵋，山名，在四川峨眉山市西南。山势雄伟，绵亘三百多里。

书余逢时所作山水①

江势卷十万顷②，　村墅掩三四家③。
落雁惊横烟水，　小舟攲着寒沙④。

折苇非关秋水⑤，　飞鸥元自斜行⑥。
坐上忽惊丘壑，　窗间那有潇湘⑦。

【注释】

①余逢时：宋代画家，生平不详。

②十万顷：形容波涛壮阔。顷，一百亩。

③村墅：村落。

④攲着：斜着。

⑤折苇：折苇为舟。形容小船。《诗经·卫风·河广》：“谁谓河广？一苇杭之。”北齐邢邵《贺平石头城表》：“折苇为舟，凭力可渡。”秋水：《庄子·秋水》：“秋水时至，百川灌河，泾流之大，两涘渚崖之间，不辨牛马。”

⑥元：通“原”。

⑦“坐上”二句：形容山水画境界逼真，使人身在座席窗户之间，而有神游丘壑潇湘之感。那：即“哪”。

附　录

内阁侍读严长明传

钱大昕

严长明，字冬友，号道甫，江宁人。幼读书，十行并下。年十一，临川李阁学绂典试江南，闻其早慧，欲见之。因介熊编修本往谒。李随举“子夏”二字令对，即应声曰“亥唐”，李大奇之，谓方侍郎苞、杨编修绳武曰：“此将来国器也，公等善视之！”遂执经二人之门。及补县学生，学使梦侍郎以国士目之。侍郎知其贫，问所需，长明曰：“贫乃士之常，闻广陵马氏多藏书，愿得一席，为读书计耳。”因荐之卢运使见曾，立延致之。是时东南名士多假馆马氏斋，长明虚心质难，相与上下其议论，遂博极群书。

乾隆二十七年，天子巡幸江南，长明以献赋召试，特赐举人，授内阁中书。甫任事，即奏充方略馆纂修官。以书局在内廷，许悬数珠。中书在书局得悬数珠，自此始也。一日，户部奏赋役全书所载杂项钱粮，名目烦多，请并入地丁项下。内阁已票拟依议矣，长明言于刘文正公统勋曰：“杂项既经折色，即为正供，若并去其名目，异日如薪红茶药之类，更有需用，必复加征，是重困民也。”刘公曰：“不图后生有此谠论！”即令驳止之。因荐入军机处行走。傅文忠公恒亦器重之，枢廷有重难事，辄委决焉。

尝扈跸木兰，大雪中失橐驼并所装物，求之不获。越一日，一人牵驼而至，且谢罪。问之，乃故军机苏拉缘事遣配者。问："何以知为吾物？"曰："军机官披羊裘者独公一人，今箧无他裘，非公而谁？"问："既窃何以复还？"曰："恐公寒耳。"劳以钱而遣之。

上尝问军机章京中人才可用者，傅公对曰："人才可用者多，若有守有为，可继胡宝瑔者，严长明一人耳。"长明内直日久，谙悉典故，尤务持平允。云南粮道罗源浩亏铜厂银万一千两，又分赔属员汪大镛银一千两，有旨加罚十倍，以一年为限，逾期即正法。罗已纳正项十有一万矣，仍有分赔六千未完，而限垂满，罗呈乞展限，诏下军机大臣与刑部查办。时刘文正公掌刑部，方主会试入闱，诸公相视莫能决。适有行在宣谕军机大臣事，长明即诣贡院，挝鼓求见刘公，宣谕毕，因从容曰："罗观察之限已迫，俟公出闱恐无及矣。其所欠者分赔属员之项，昨见吏部档，汪大镛捐复，赴补直隶，属员既邀宽释，且得官，而上司乃坐极刑，可乎？"即于袖中出请宽限稿，求画押。刘公义而许之。长明出以示诸公，列衔会奏，果奉谕旨，令汪大镛分缴欠项，而罗得出狱矣。

擢内阁侍读，历充《通鉴辑览》《一统志》《热河志》纂修官。长明于蒙古托忒唐古特文字一见便能通晓，尝奉命直经咒馆，更正《翻译名义》《蒙古源流》诸书，书成辄进秩焉。

以父忧去官，寻丁母忧，哀毁过礼，免丧后引疾不出。筑室三楹，颜曰"归求草堂"，藏书三万卷，金石文字三千卷，日吟哦其中。海内求诗文者踵相接，从容应之无倦色。尝语学者曰："士不周览古今载籍，不遍交海内贤俊，不通知当代典章，遽欲握笔撰述，纵使信今，亦难传后。"其自命者如此。

毕中丞沅巡抚山西，招至官斋，为文字交。因得游太华、终南之胜，诗文益奇纵，所得金石刻益富。在秦中十载，撰次《西安府志》八十卷、《汉中府志》四十卷，皆详赡有法。晚岁为庐江书院掌院。卒年五十七。

生平著述有《归求草堂诗文集》《西清备对》《毛诗地理疏证》《五经算术补正》《三经答问》。《三史答问》《淮南天文太阴解》《文选课读》《文选声类》《尊闻录》《献征余录》《知白斋金石类签》《金石文字跋尾》《石经考异》《汉金石例》《五岳贞珉考》《五陵金石志》《平原石迹表》《吴兴石迹表》《灵素发伏》《墨缘小录》《南宋文鉴》《奇觚类聚》《八表停云录》《养生家言》《怀袖集》《吴谐志》，凡二十余种。

子观、晋，皆以读书世其家。

论曰：予友曹学士仁虎有言："政事可以文饰，惟文学不可假借，风节或激于一时而成，惟文学非积久不能致。"予与侍读交廿余年，听其议论，经纬古今，混混不竭，可谓闳览博物文学之宗矣！同岁召试得官者，歙程晋芳鱼门，上海赵文哲损之，长洲吴泰来企晋，上海陆锡熊健男，彬彬尔雅，皆述作之选，盛矣哉！

《碑传集》卷四十二《内阁九卿下》

严长明传

冬友严姓，讳长明，一字道甫，江宁人。幼有奇慧，年十一，李穆堂典试江南见之，随举"子夏"命对，即应对曰"亥唐"，李大奇之。谓方望溪曰："国器也，可善视之。"遂受业望溪门。寻假馆扬州马氏，尽读其藏书。

乾隆二十七年，车驾南巡，以诸生献赋，召试，赐举人，授内阁中书，直军机处。君在军机凡七年，通古今，工于奏牍，刘文正公最奇其才。户部奏天下杂项钱粮名目繁多，请去其名，并入地丁征收。君曰："杂项既经折色，即为正供，若并去其名目，他日吏忘之,谓其物官所需,必且再征,是重民困也。”文正曰善,乃奏寝之。

大金川逆命,大学士温福公往督师,招君从行,固辞。退,有咎君者,君曰:“是将败没,若之何从之!”人颇甚君言,军卒溃,随往者皆尽。

辛卯会试,文正为考官。值军机事有当关白,君挝鼓,入闱得见。既出,同考官朱学士筠曰:“甚哉!冬友不自就试,而屑屑治吏事为!”文正曰:“士亦视有益于世否耳,即试成进士,何足贵!”当是时,军机有数大案,赖君在直,任其劳,获成议。而云南粮道罗源浩,以分偿属吏亏银不完,将论死。去限期才十日,君袖疏稿,入请文正奏宽之,罗得出狱。然君固不识罗也。

擢内阁侍读。尝扈跸木兰,大雪中失橐驼并所装物。越日有牵驼至且谢罪者,则故军机吏坐事遣戍者也。问:“何以知为吾物?”曰:“军机官披羊裘止公一人。”问:“既窃何复还?”曰:“恐公寒耳。”劳而遣之。

君治事,众中独勤办,然以是颇见疾。忧归,遂乞病。筑室三楹,曰归求草堂,藏书二万卷,金石文字三千卷,日哦其中。闲游秦中、大梁,居毕中丞所,为司奏牍。撰西安、汉中二府志,游太华、终南,诗文益奇纵。还主庐阳书院。乾隆五十二年卒,年五十有七。

君于书无不读,或举问,无不能对。历充《通鉴辑览》《一统志》《热河志》《平定准噶尔方略》纂修官。其自为之书曰《归求草堂诗文集》《西清备对》《毛诗地理疏证》《五经算术补正》《三经答问》《三史答问》《淮南天文太阴解》《文选课读》《文选声类》《尊闻录》《献征余录》《知白斋金石类签》《金石文字跋尾》《石经考异》《汉金石例》《五岳贞珉考》《五陵金石志》《平原石迹表》《吴兴石迹表》《灵素发伏》《墨缘小录》《南宋鉴》《奇觚类聚》《八表停云录》《养生家言》《怀袖集》《吴二谐志》凡二十种。

子观、晋，皆以读书世其家。

《国朝先正事略》卷四十二《文苑》

严长明传

严长明，字道甫，江宁人。幼奇慧。年十一，为李绂所赏，告方苞曰："国器也！"遂从苞受业。寻假馆扬州马氏，尽读其藏书。高宗二十七年南巡，以诸生献赋，赐举人，用内阁中书，入军机。

长明通古今，多智数，工于奏牍，大学士刘统勋最奇其才。户部奏天下钱粮杂项名目繁多，请并入地丁征收，长明曰："今之杂项折征银，皆古正供也。若去其名，他日吏忘之，谓其物官所需，必且再征，是使民重困也。"统勋曰善，乃奏已之。大学士温福征大金川，欲长明从行，长明固辞。退，有咎之者，答曰："是将败没，吾奈何从之！"既而温福果军溃以死，随往者皆尽。

长明在军机七年，干敏异众，然亦以是见嫉。其救罗浩源（前二传作源浩，未知孰是）事，人尤喜称之。浩源，云南粮道也。分偿属吏汪应缴所亏帑金，有诏逾期即诛。浩源缴不如数，逾期十日，牒请弛限，上下其议，时统勋主试礼部，秋曹无敢任其事者。长明因挝鼓入闱，见统勋，为言汪已捐复，将曳组绶出都，独坐浩源，义未协，宜仍责汪自缴。统勋曰："具疏稿乎？"曰："具。"即振袖出之，辞义明晰。疏入报可，狱遂解。其他事多类此。人有图其像祀之者。

三十六年，擢侍读。尝扈跸木兰，大雪中失橐驼并所装物，越日故吏以驼至。问："何以知为吾物？"曰："军机官披羊裘者独君耳。"长明劳而遣之。

后以忧归，遂不复出。客毕沅所，为定奏词。又主讲庐阳书院。博学强记，所读书，或举问，无不能对。为诗文用思周密，和易而当于情。著《毛诗地理疏证》《五经算术补正》《三经三史答问》《石经考异》《汉金石例》《献征余录》等书。

子观，字子进。嗜学，好金石文字。父乞归后，筑归求草堂，藏书二万卷，观丹黄几满。著《江宁金石记》。钱大昕甚高其品节。

《清史稿》卷四百八十五《文苑传二》